Viaje al Oeste

Xi You Ji, Vol. 1: Búsqueda de la Iluminación

Wu Cheng'en

ISBN: 9798339994947
Traductor: Ambrose Whitaker
Daybreak Studios

CONTENIDO

PREFACIO

"Viaje al Oeste", también conocido como "El Peregrinaje al Oeste" o "Xī Yóu Jì" en chino, es una de las cuatro grandes novelas clásicas de la literatura china. Escrita por Wu Cheng'en durante la dinastía Ming, esta obra maestra combina aventuras épicas, mitología, religión y sátira social en una narrativa fascinante y atemporal.

La historia sigue las hazañas del monje Tang Sanzang, quien es encargado de viajar a la India para obtener escrituras budistas sagradas. Acompañado por sus discípulos, el astuto y poderoso Rey Mono Sun Wukong, el bondadoso y leal Zhu Bajie, y el sabio pero temperamental Sha Wujing, el grupo enfrenta numerosos desafíos y adversidades en su camino. Cada personaje, con sus propias virtudes y defectos, representa diferentes aspectos de la naturaleza humana y la búsqueda espiritual.

Sun Wukong, el protagonista más memorable, es un ser travieso y rebelde que posee increíbles poderes mágicos. Su transformación de un espíritu indomable a un devoto protector del monje Tang simboliza el viaje interno de autocontrol e iluminación. A través de sus aventuras, la novela explora temas profundos de redención, sacrificio y el equilibrio entre el bien y el mal.

"Viaje al Oeste" no solo es una obra de entretenimiento, sino también una alegoría rica en significados filosóficos y religiosos. La influencia del budismo, el taoísmo y el confucianismo se entrelaza a lo largo de la narrativa, ofreciendo al lector una visión profunda de la cultura y espiritualidad chinas. La combinación de elementos sobrenaturales y realistas, junto con su estilo satírico, hace que esta obra sea accesible y relevante para lectores de todas las edades y contextos culturales.

La traducción de esta obra al español permite que una audiencia más amplia descubra la riqueza de la literatura china clásica. "Viaje al Oeste" sigue siendo una fuente de inspiración y un tesoro literario que continúa resonando con lectores de todo el mundo. A través de su lectura, uno puede embarcarse en un viaje de descubrimiento y reflexión, tal como lo hicieron sus personajes hace siglos.

CAPÍTULO 1

La raíz divina concibe, su fuente revelada;
La mente y la naturaleza nutridas, nace el Gran Dao.

El poema dice:
Antes de la división del Caos, con el Cielo y la Tierra en desorden,
No aparecía ningún humano en esta oscuridad.
Cuando Pan Gu rompió la nebulosa,
Lo denso y lo puro se definieron, y comenzó la claridad.
Abracar toda la vida con suprema humanidad
Y enseñar a todas las cosas cómo deben ser buenas.
Para conocer el trabajo del tiempo cíclico, si eso es lo que buscas,
Lee "La Historia de las Penas Disipadas en el Viaje al Oeste".

Escuchamos que, en el orden del Cielo y la Tierra, un solo período consistía en 129,600 años. Dividiendo este período en doce épocas estaban los doce troncos de Zi, Chou, Yin, Mao, Chen, Si, Wu, Wei, Shen, Yu, Xu y Hai, con cada época teniendo 10,800 años. Considerado como el círculo horario, la secuencia sería así: el primer signo del amanecer aparece en la hora de Zi, mientras que en Chou canta el gallo; el amanecer ocurre en Yin, y el sol se levanta en Mao; Chen viene después del desayuno, y en Si todo está planeado; en Wu el sol llega a su meridiano, y declina hacia el oeste en Wei; la comida vespertina llega durante la hora de Shen, y el sol se hunde completamente en Yu; el crepúsculo se establece en Xu, y la gente descansa en la hora de Hai. Esta secuencia también puede entenderse macrocósmicamente. Al final de la época de Xu, el Cielo y la Tierra eran oscuros y todas las cosas eran indistintas. Con el paso de 5,400 años, el comienzo de Hai fue la época de la oscuridad. Este momento fue llamado Caos, porque no había seres humanos ni las dos esferas. Después de otros 5,400 años terminó Hai, y mientras la fuerza creativa comenzaba a trabajar después de una gran perseverancia, la época de Zi se acercaba y nuevamente traía a desarrollo gradual. Shao Kangjie dijo:

Cuando al medio de Zi el invierno se movió,
Ningún cambio había sido aprobado por la mente del Cielo.
El principio masculino apenas se había agitado,
Pero el nacimiento de todas las cosas aún se aplazaba.

En este punto, el firmamento adquirió su fundamento por primera vez. Con otros 5,400 años vino la época de Zi; lo etéreo y lo ligero se elevaron para formar los cuatro fenómenos del sol, la luna, las estrellas y los cuerpos celestiales. Por lo tanto, se dice que el Cielo fue creado en Zi. Esta época llegó a su fin en otros 5,400 años, y el cielo comenzó a endurecerse cuando la época de Chou se acercaba. El Clásico de los Cambios decía:

Grande era el principio masculino;
Supremo, el femenino!
Hicieron todas las cosas,
En obediencia al Cielo.

En este punto, la Tierra se solidificó. En otros 5,400 años después de la llegada de la época de Chou, lo pesado y lo turbio se condensaron abajo y formaron los cinco elementos de agua, fuego, montaña, piedra y tierra. Por lo tanto, se dice que la Tierra fue creada en Chou. Con el paso de otros 5,400 años, la época de Chou llegó a su fin y todas las cosas comenzaron a crecer al comienzo de la época de Yin. El Libro del Calendario decía:

El aura celestial descendió;
El aura terrestre se elevó.
El Cielo y la Tierra copularon,
Y todas las cosas nacieron.

En este punto, el Cielo y la Tierra eran brillantes y justos; el yin tuvo relaciones con el yang. En otros 5,400 años, durante la época de Yin, los humanos, las bestias y las aves llegaron a existir, y así se establecieron las llamadas tres fuerzas de Cielo, Tierra y Hombre. Por lo tanto, se dice que el hombre nació en Yin.

Después de la construcción del universo por Pan Gu, el gobierno de los Tres Augustos y la organización de las relaciones por los Cinco Emperadores, el mundo se dividió en cuatro grandes continentes. Ellos eran: el Continente Pūrvavideha del Este, el Continente Aparagodānīya del Oeste, el Continente Jambūdvīpa del Sur y el Continente Uttarakuru del Norte. Este libro se ocupa únicamente del Continente Pūrvavideha del Este.

Más allá del océano había un país llamado Aolai. Estaba cerca de un gran océano, en cuyo medio se encontraba la famosa Montaña de la Flor y el Fruto. Esta montaña, que constituía la cadena principal de los Diez Islotes y formaba el origen de las Tres Islas, surgió después de la creación del mundo. Como testimonio de su magnificencia, hay la siguiente rapsodia poética:

Su majestad domina el ancho océano;
Su esplendor gobierna el mar de jaspe;
Su majestad domina el ancho océano
Cuando, como montañas de plata, la marea arrastra peces a las cuevas;
Su esplendor gobierna el mar de jaspe
Cuando olas como la nieve envían serpientes desde lo profundo.
En el lado suroeste se amontonan altos mesetas;
Desde el Mar del Este se elevan picos altísimos.
Hay crestas carmesíes y rocas portentosas,
Acantilados escarpados y picos prodigiosos.
En lo alto de las crestas carmesíes
Los fénix cantan en parejas:
Ante acantilados escarpados
El unicornio descansa solo.

En la cima se oye el grito de los faisanes dorados;
Dentro y fuera de cuevas rocosas se ven los pasos de los dragones:
En el bosque hay ciervos longevos y zorros inmortales.
En los árboles hay aves divinas y grullas negras.
La hierba extraña y las flores nunca se marchitan:
Los pinos y cipreses verdes siempre mantienen su primavera.
Los melocotones inmortales siempre dan fruto;
Los altos bambúes a menudo retienen las nubes.
Dentro de un solo desfiladero las enredaderas son densas;
El color verde de los prados a su alrededor es fresco.
Esto es, de hecho, el pilar del Cielo, donde se encuentran cien ríos—
El gran eje de la Tierra, inalterado en diez mil kalpas.

Había en la cima de esa misma montaña una piedra inmortal, que medía treinta y seis pies y cinco pulgadas de altura y veinticuatro pies de circunferencia. La altura de treinta y seis pies y cinco pulgadas correspondía a los trescientos sesenta y cinco grados cíclicos, mientras que la circunferencia de veinticuatro pies correspondía a los veinticuatro términos solares del calendario. En la piedra también había nueve perforaciones y ocho agujeros, que correspondían a los Palacios de las Nueve Constelaciones y los Ocho Trigramas. Aunque carecía de sombra de árboles en todos sus lados, estaba adornada por epidendros a la izquierda y a la derecha. Desde la creación del mundo, había sido nutrida durante mucho tiempo por las semillas del Cielo y la Tierra y por las esencias del sol y la luna, hasta que, avivada por la inspiración divina, se quedó embarazada de un embrión divino. Un día, se abrió, dando a luz a un huevo de piedra del tamaño de una pelota de juego. Expuesto al viento, se transformó en un mono de piedra dotado de rasgos y miembros completamente desarrollados. Habiendo aprendido de inmediato a trepar y correr, este mono también se inclinó hacia los cuatro puntos cardinales, mientras dos rayos de luz dorada destellaban de sus ojos, alcanzando incluso el Palacio de la Estrella Polar. La luz perturbó al Gran Sabio Benevolente del Cielo, el Emperador de Jade Celestial del Deva Más Venerable, quien, acompañado por sus ministros divinos, estaba sentado en el Palacio de las Nubes de los Arcos Dorados, en el Salón del Tesoro de las Nieblas Divinas. Al ver el destello de los rayos dorados, ordenó a Ojo-de-Mil-Millas y Oreja-de-Viento-Justo que abrieran la Puerta del Cielo del Sur y miraran hacia afuera. A esta orden, los dos capitanes salieron a la puerta y, después de mirar atentamente y escuchar claramente, regresaron rápidamente para informar: "Sus súbditos, obedeciendo su orden de localizar los rayos, descubrieron que provenían de la Montaña de la Flor y el Fruto en la frontera del pequeño País de Aolai, que se encuentra al este del Continente Pūrvavideha del Este. En esta montaña hay una piedra inmortal que ha dado a luz a un huevo. Expuesto al viento, se ha transformado en un mono, quien, al inclinarse hacia los cuatro puntos cardinales, ha emitido desde sus ojos esos rayos dorados que alcanzaron el Palacio de la Estrella Polar. Ahora que está tomando algo de comida y bebida, la luz está a punto de atenuarse." Con misericordia compasiva, el Emperador de Jade declaró: "Estas criaturas del mundo inferior nacen de las esencias del Cielo y la Tierra, y no deben sorprendernos."

Ese mono en la montaña podía caminar, correr y saltar; se alimentaba de hierbas y arbustos, bebía de los arroyos y riachuelos, recogía flores de montaña y buscaba frutas de los árboles. Hizo compañeros al tigre y al lagarto, al lobo y al leopardo; se hizo amigo de la civeta y el ciervo, y llamó parientes al gibón y al babuino. Por la noche dormía bajo crestas rocosas, y por la mañana paseaba por las cuevas y los picos. Verdaderamente,

En la montaña no hay paso del tiempo;
El frío retrocede, pero uno no sabe el año.

Una mañana muy calurosa, estaba jugando con un grupo de monos bajo la sombra de unos pinos para escapar del calor. Míralos, cada uno divirtiéndose a su manera:

Balanceándose de rama en rama,
Buscando flores y frutas;
Jugaban dos o tres juegos
Con guijarros y con pelotas;
Rodeaban hoyos de arena;
Construían raras pagodas;
Perseguían las libélulas;
Corrían tras pequeños lagartos;
Inclinándose ante el cielo,
Adoraban a los Bodhisattvas;
Tiraban de las enredaderas trepadoras;
Trenzaban esteras con hierba;
Buscaban atrapar el piojo
Que mordían o aplastaban hasta la muerte;
Arreglaban sus abrigos peludos;
Raspaban sus uñas;
Los que se inclinaban se inclinaban;
Los que frotaban frotaban;
Los que empujaban empujaban;
Los que presionaban presionaban;
Los que tiraban tiraban;
Los que jalaban jalaban.
Bajo el bosque de pinos y libres para jugar,
Se lavaban en el arroyo de aguas verdes.

Así que, después de que los monos se divirtieron un rato, fueron a bañarse en el arroyo de la montaña y vieron que sus corrientes rebotaban y salpicaban como melones rodantes. Como dice el viejo dicho,

Las aves tienen su lenguaje de aves,
Y las bestias tienen su lenguaje de bestias.

Los monos se decían entre sí: "No sabemos de dónde viene esta agua. Como no tenemos nada que hacer hoy, sigamos el arroyo hasta su fuente para divertirnos un poco." Con un grito de alegría, arrastraron a los machos y las hembras, llamando a hermanos y hermanas, y treparon la montaña junto al arroyo. Al llegar a su fuente, encontraron una gran cascada. Lo que vieron fue

Una columna de arcoíris blancos elevándose,
Mil yardas de cumbres nevadas volando.
El viento del mar sopla pero no puede cortar
Lo que una luna de río ilumina para siempre.
Su aliento frío divide los claros verdes;
Sus ramas mojan las sombras verdes.
Esta corriente llamada cascada
Parece una cortina colgante alta.

Todos los monos aplaudieron con entusiasmo: "¡ Maravillosa agua! ¡ Maravillosa agua! Así que esta cascada está conectada a lo lejos con el arroyo en la base de la montaña, y fluye directamente hacia afuera, incluso hasta el gran océano." También dijeron: "Si alguno de nosotros tuviera la habilidad de penetrar la cortina y descubrir de dónde viene el agua sin hacerse daño, lo honraríamos como rey." Hicieron la llamada tres veces, cuando de repente el mono de piedra saltó de entre la multitud. Respondió al desafío con una voz fuerte: "¡Yo entraré! ¡Yo entraré!" ¡Qué mono! Porque

Hoy su fama se extenderá ampliamente.
Su fortuna la provee el momento.
Está destinado a vivir en este lugar,
Enviado por un rey al palacio de los dioses.

¡Míralo! Cerró los ojos, se agachó y con un solo salto atravesó la cascada. Abriendo los ojos de inmediato y levantando la cabeza para mirar alrededor, vio que dentro no había ni agua ni olas, solo un puente brillante y reluciente. Se detuvo para recogerse y miró más detenidamente de nuevo: era un puente hecho de chapa de hierro. El agua debajo surgía a través de un agujero en la roca para llegar al exterior, llenando todo el espacio bajo el arco. Con el cuerpo doblado, trepó por el puente, mirando alrededor mientras caminaba, y descubrió un hermoso lugar que parecía ser algún tipo de residencia. Entonces vio

Musgos frescos acumulándose en índigo,
Nubes blancas flotando como jade,
Y brillos luminosos de niebla y humo;
Ventanas vacías, habitaciones tranquilas,
Y flores talladas creciendo suavemente en bancos;
Estalactitas suspendidas en cuevas lechosas;
Raras flores voluminosas en el suelo.
Sartenes y estufas cerca de la pared muestran rastros de fuego;
Botellas y tazas en la mesa contienen sobras.
Los asientos y camas de piedra eran verdaderamente adorables;
Las ollas y tazones de piedra eran más dignos de elogio.
Había, además, uno o dos tallos de altos bambúes,
Y tres o cinco ramas de flores de ciruelo.

Con unos pocos pinos verdes siempre cubiertos de lluvia,
Todo este lugar en verdad se asemejaba a un hogar.

Después de mirar el lugar durante mucho tiempo, saltó al medio del puente y miró a izquierda y derecha. Allí en el medio había una tableta de piedra en la que estaba inscrito en letras grandes y regulares:

La Tierra Bendita de la Montaña de la Flor y el Fruto,
El Cielo de la Cueva de la Cascada de Agua.

Fuera de sí de alegría, el mono de piedra rápidamente se dio la vuelta para salir y, cerrando los ojos y agachándose nuevamente, saltó fuera del agua. "¡Un gran golpe de suerte!", exclamó con dos fuertes carcajadas, "¡un gran golpe de suerte!"

Los otros monos lo rodearon y preguntaron: "¿Cómo es por dentro? ¿Qué tan profunda es el agua?" El mono de piedra respondió: "No hay agua en absoluto. Hay un puente de chapa de hierro, y más allá de él hay una propiedad enviada por el Cielo."

"¿Qué quieres decir con que hay una propiedad ahí dentro?" preguntaron los monos.

Riendo, el mono de piedra dijo: "Esta agua salpica a través de un agujero en la roca y llena el espacio bajo el puente. Al lado del puente hay una mansión de piedra con árboles y flores. Dentro hay hornos y estufas de piedra, ollas y sartenes de piedra, camas y bancos de piedra. Una tableta de piedra en el medio tiene la inscripción,

La Tierra Bendita de la Montaña de la Flor y el Fruto,
El Cielo de la Cueva de la Cascada de Agua.

Este es realmente el lugar para que nos asentemos. Además, es muy espacioso por dentro y puede albergar a miles de jóvenes y viejos. Vivamos todos allí, y evitémonos estar sujetos a los caprichos del Cielo. Porque allí tenemos

Un refugio del viento,
Un abrigo de la lluvia.
No temes a la escarcha ni a la nieve;
No oyes ningún trueno.
La niebla y el humo se iluminan,
Calentados por una luz sagrada—
Los pinos son siempre verdes:
Flores raras, nuevas cada día."

Cuando los monos oyeron eso, se alegraron, diciendo: "Tú entra primero y guíanos." El mono de piedra cerró los ojos nuevamente, se agachó y saltó adentro. "¡Todos ustedes," gritó, "Síganme! ¡Síganme!" Los más valientes de los monos saltaron de inmediato, pero los más tímidos sacaron sus cabezas y luego las retiraron, se rascaron las orejas, se frotaron las mandíbulas y charlaron ruidosamente. Después de dar vueltas por un tiempo, también ellos saltaron adentro. Saltando por el puente, pronto todos estaban arrebatando platos, agarrando tazones o peleando por estufas y camas, empujando y empujando cosas aquí y allá. Acorde con su naturaleza obstinadamente traviesa, los monos no pudieron quedarse quietos por un momento y solo se detuvieron cuando estaban completamente exhaustos.

El mono de piedra entonces solemnemente tomó asiento arriba y les habló: "¡Caballeros! 'Si un hombre carece de confianza, es difícil saber qué puede lograr!' Ustedes mismos prometieron hace un momento que quien pudiera entrar aquí y salir de nuevo sin hacerse daño sería honrado como rey. Ahora que he entrado y salido, salido y entrado, y he encontrado para todos ustedes esta gruta celestial en la que pueden residir seguros y disfrutar del privilegio de formar una familia, ¿por qué no me honran como su rey?" Cuando los monos escucharon esto, todos cruzaron sus manos sobre el pecho y se postraron obedientemente. Cada uno de ellos entonces se alineó según rango y edad, y, inclinándose reverentemente, entonaron: "¡Larga vida a nuestro gran rey!" Desde ese momento, el mono de piedra ascendió al trono de la realeza. Eliminó la palabra "piedra" de su nombre y asumió el título, Rey Mono Hermoso. Hay un poema testimonial que dice:

La triple primavera se unió para engendrar todas las cosas.
Una piedra divina avivada por el sol y la luna
Cambió de huevo a simio para alcanzar el Gran Camino.
Nombre y apellido combinados elixires hechos.
Sin forma interior no cede imagen conocida;
Su aspecto exterior se cohesiona en acción mostrada.
En todas las edades todas las personas se rendirán a él:
Aclamado como rey, sabio, es libre para vagar.

El Rey Mono Hermoso así lideró una manada de gibones y babuinos, algunos de los cuales fueron nombrados por él como sus oficiales y ministros. Recorrieron la Montaña de la Flor y el Fruto por la mañana, y vivieron en la Cueva de la Cascada de Agua por la noche. Viviendo en concordia y simpatía, no se mezclaron con aves ni bestias, sino que disfrutaron de su independencia en perfecta felicidad. Porque tales eran sus actividades:

En la primavera recogían flores para comer y beber.
En el verano buscaban frutas para su sustento.
En el otoño acumulaban taros y castañas para evitar el paso del tiempo.
En el invierno buscaban espermatozoides amarillos para vivir todo el año.

El Rey Mono Hermoso había disfrutado de esta existencia despreocupada durante tres o cuatrocientos años cuando un día, mientras festejaba con el resto de los monos, de repente se puso triste y derramó unas lágrimas. Alarmados, los monos que lo rodeaban se inclinaron y preguntaron: "¿Qué está perturbando al Gran Rey?" El Rey Mono respondió: "Aunque estoy muy feliz en este momento, estoy un poco preocupado por el futuro. Por eso estoy angustiado." Todos los monos rieron y dijeron: "¡El Gran Rey de hecho no conoce el contentamiento! Aquí diariamente tenemos un banquete en una montaña inmortal en una tierra bendita, en una antigua cueva en un continente divino. No estamos sujetos al unicornio ni al fénix, ni somos gobernados por los gobernantes de la humanidad. Tal independencia y comodidad son bendiciones inmensurables. Entonces, ¿por qué se preocupa por el futuro?" El Rey Mono dijo: "Aunque hoy no estamos sujetos a las leyes del hombre, ni necesitamos ser amenazados por el gobierno de ningún ave o bestia, la vejez y la decadencia física en el futuro revelarán la soberanía secreta de Yama, Rey del Inframundo. Si morimos, ¿no habremos vivido en vano, no pudiendo eternamente ocuparnos entre los seres celestiales?"

Cuando los monos escucharon esto, todos cubrieron sus rostros y lloraron tristemente, cada uno preocupado por su propia impermanencia. Pero mira, de entre las filas un mono sin pelo de repente saltó y gritó en voz alta: "Si el Gran Rey es tan previsor, bien puede indicar el brote de su inclinación religiosa. Entre las cinco principales divisiones de todas las criaturas vivientes, solo hay tres especies que no están sujetas a Yama, Rey del Inframundo." El Rey Mono dijo: "¿Sabes quiénes son?" El mono dijo: "Son los Budas, los inmortales y los sabios santos; estos tres solos pueden evitar la Rueda de la Transmigración así como el proceso de nacimiento y destrucción, y vivir tanto como el Cielo y la Tierra, las montañas y los ríos." "¿Dónde viven?" preguntó el Rey Mono. El mono dijo: "No viven más allá del mundo del Jambūdvīpa, porque habitan en antiguas cuevas en montañas inmortales." Cuando el Rey Mono escuchó esto, se llenó de alegría, diciendo: "Mañana me despediré de todos ustedes y bajaré de la montaña. Incluso si tengo que vagar con las nubes hasta los rincones del mar o viajar a los distantes bordes del Cielo, tengo la intención de encontrar a estos tres tipos de personas. Aprenderé de ellos cómo ser joven para siempre y escapar de la calamidad infligida por el Rey Yama."

¡Mira, esta declaración lo llevó de inmediato
A liberarse de la Red de la Transmigración,
Y ser el Gran Sabio, Igual al Cielo.

Todos los monos aplaudieron con entusiasmo, diciendo: "¡Maravilloso! ¡Maravilloso! Mañana recorreremos las cordilleras para reunir muchas frutas, para que podamos despedir al Gran Rey con un gran banquete."

Al día siguiente, los monos se dedicaron a recolectar melocotones inmortales, a recoger frutas raras, a desenterrar hierbas de montaña y a cortar semillas amarillas. Trajeron ordenadamente toda variedad de orquídeas y epidendros, plantas exóticas y flores extrañas. Colocaron las sillas de piedra y las mesas de piedra, cubriendo las mesas con vinos inmortales y comida. Observa las:

Bolas doradas y gránulos perlados,
Madurez roja y robustez amarilla.
Las bolas doradas y los gránulos perlados son las cerezas,
Sus colores verdaderamente deliciosos.
La madurez roja y la robustez amarilla son las ciruelas,
Su sabor: una fragante acidez.
Longanes frescos
De pulpa dulce y piel delgada.

Lichis ardientes
De pequeños huesos y sacos rojos.
Frutas verdes del peral presentadas por las ramas.
Los nísperos amarillos con brotes son sostenidos con sus hojas.
Peras como cabezas de conejo y dátiles como corazones de pollo
Calman tu sed, tu tristeza y los efectos del vino.
Melocotones fragantes y almendras suaves
Son dulces como el elixir de la vida:
Ciruelas frescas y crujientes y fresas
Son agrias como el queso y el suero de leche.
Pulpa roja y semillas negras componen las sandías maduras.
Cuatro gajos de cáscara amarilla envuelven los grandes caquis.
Cuando las granadas se abren de par en par,
Granos de cinabrio brillan como motas de rubí:
Cuando las castañas se abren,
Sus fuertes cáscaras son duras como cornalina.
Las nueces y las almendras plateadas combinan bien con el té.
Los cocos y las uvas pueden ser convertidos en vino.
Avellanas, tejos y manzanas silvestres desbordan los platos.
Kumquats, cañas de azúcar, mandarinas y naranjas llenan las mesas.
Batatas dulces son horneadas,
Semillas amarillas sobrehervidas,
Los tubérculos picados con semillas de nenúfar,
Y la sopa en ollas de piedra hierve a fuego lento.
La humanidad puede alardear de sus manjares deliciosos,
Pero nada supera el placer de los monos de la montaña.

Los monos honraron al Rey Mono con el asiento en la cabecera de la mesa, mientras ellos se sentaban abajo según su edad y rango. Bebieron durante todo el día, cada uno de los monos se turnaba para ir adelante y presentarle al Rey Mono vino, flores y frutas. Al día siguiente, el Rey Mono se levantó temprano y dio la instrucción: "Pequeños, corten algunos maderos de pino y háganme una balsa. Luego, busquen un bambú para el palo y recojan algunas frutas y similares. Estoy a punto de irme." Cuando todo estuvo listo, se subió solo a la balsa. Empujando con todas sus fuerzas, se dirigió hacia el gran océano y, aprovechando el viento, zarpó hacia la frontera del continente del sur de Jambūdvīpa. Este es el resultado de este viaje:

El mono nacido del Cielo, fuerte en poder mágico,
Dejó la montaña y montó la balsa para atrapar el viento justo:
Derivó a través del mar en busca del camino de los inmortales,
Decidido en corazón y mente a lograr grandes cosas.
Es su destino, su porción, abandonar los celos terrenales:
Tranquilo y despreocupado, enfrentará a un sabio elevado.
Conocerá, creo, a un verdadero amigo discerniente:
La fuente revelada, todo el dharma será conocido.

De hecho, tuvo la fortuna de que, después de subir a la balsa de madera, un fuerte viento del sureste lo llevó a la costa noroeste, la frontera del continente del sur de Jambūdvīpa. Tomó el palo para probar el agua y, encontrándola poco profunda un día, abandonó la balsa y saltó a la orilla. En la playa había personas pescando, cazando gansos salvajes, cavando almejas y drenando sal. Se acercó a ellos y, haciendo una cara rara y algunas payasadas extrañas, los asustó, haciendo que dejaran caer sus cestas y redes y se dispersaran en todas direcciones. Uno de ellos no pudo correr y fue atrapado por el Rey Mono, quien lo despojó de su ropa y se la puso, imitando la forma en que los humanos las usaban. Con un aire altivo, caminó por los condados y prefecturas, imitando el habla y los modales humanos en los mercados. Descansaba de noche y comía por la mañana, pero estaba decidido a encontrar el camino de los Budas, inmortales y sabios santos, y a descubrir la fórmula para la juventud eterna. Sin embargo, vio que la gente del mundo era toda buscadora de beneficios y fama; no había uno solo que mostrara preocupación por su final predestinado. Esta es su condición:

¿Cuándo terminará esta búsqueda de fortuna y fama,
Este tirano de madrugar y acostarse tarde?
Montando mulas anhelan nobles corceles;
Siendo ya primeros ministros, esperan ser reyes.
Por comida y vestido sufren estrés y tensión,
Nunca temiendo el llamado de Yama al juicio final.
Buscando riqueza y poder para dar a los hijos de sus hijos,
No hay ni uno dispuesto a retroceder.

El Rey Mono buscó diligentemente el camino de la inmortalidad, pero no tuvo la oportunidad de encontrarlo. Atravesando grandes ciudades y visitando pequeños pueblos, pasó sin darse cuenta ocho o nueve años en el continente del sur de Jambūdvīpa antes de que de repente llegara al Gran Océano Occidental. Pensó que ciertamente habría inmortales viviendo más allá del océano; así que, después de haberse construido una balsa como la anterior, una vez más cruzó a la deriva el Océano Occidental hasta llegar al continente del oeste de Aparagodā nīya. Después de desembarcar, buscó durante mucho tiempo, cuando de repente se encontró con una montaña alta y hermosa con densos bosques en su base. Como no temía ni a los lobos ni a los lagartos, ni a los tigres ni a los leopardos, fue directamente a la cima para mirar alrededor. Era de hecho una montaña magnífica:

Mil picos se alzan como filas de lanzas,
Como diez mil codos de pantalla desplegada.
Los rayos del sol encierran ligeramente la niebla azul;
En la lluvia oscurecida, el color de la montaña se vuelve fresco y verde.
Enredaderas secas entrelazan viejos árboles;
Antiguos vados bordean caminos solitarios.
Flores raras y hierba exuberante.
Altos bambúes y pinos elevados.

Altos bambúes y pinos elevados
Por diez mil años crecen verdes en esta tierra bendita.
Flores raras y hierba exuberante
En todas las estaciones florecen como en las Islas de los Bienaventurados.
Los llamados de los pájaros ocultos están cerca.
Los sonidos de los arroyos que corren son claros.
En lo profundo de los cañones profundos las orquídeas se entrelazan.
En cada cresta y risco brotan líquenes y musgos.
Alzándose y cayendo, las cordilleras muestran un fino pulso de dragón.
Aquí en reclusión debe residir un hombre eminente.

Mientras observaba, de repente oyó el sonido de un hombre hablando profundamente dentro del bosque. Rápidamente se lanzó al bosque y aguzó el oído para escuchar. Era alguien cantando, y la canción decía así:

Veo partidas de ajedrez, el mango de mi hacha se ha podrido.
Corto madera, zheng zheng el sonido.
Camino lentamente por el borde de la nube en la entrada del valle.
Vendiendo mi leña para comprar algo de vino,
Soy feliz y río sin restricción.
Cuando el camino está helado en la altura del otoño,
Enfrento la luna, mi almohada la raíz del pino.
Durmiendo hasta el amanecer
Encuentro mis bosques familiares.
Subo las mesetas y escalo los picos
Para cortar enredaderas secas con mi hacha.
Cuando reúno suficiente para hacer una carga,
Paseo cantando por el mercado
Y lo cambio por tres pintas de arroz,
Sin la menor disputa
Sobre un precio tan modesto.
No conozco tramas ni planes;
Sin vanagloria ni deshonra
Mi vida se prolonga en simplicidad.
A los que encuentro,
Si no son inmortales, serían taoístas,
Sentados en silencio para expounder el Tribunal Amarillo.

Cuando el Hermoso Rey Mono oyó esto, se llenó de alegría, diciendo: "Así que los inmortales se esconden en este lugar." Saltó de inmediato al bosque. Mirando de nuevo con atención, encontró a un leñador cortando leña con su hacha. El hombre que vio estaba vestido de manera muy extraña.

En su cabeza llevaba un sombrero ancho de astilla
De hojas de semilla recién caídas de bambúes nuevos.
En su cuerpo llevaba una prenda de tela
De gasa tejida con algodón nativo.
Alrededor de su cintura ataba una faja enrollada

De seda hilada de un viejo gusano de seda.
En sus pies llevaba un par de sandalias de paja,
Con cordones enrollados de juncos secos.
En sus manos sostenía un hacha de acero fino;
Una cuerda robusta enrollada alrededor de su carga.
Al romper pinos o cortar árboles
¿Dónde está el hombre que iguale a él?

El Rey Mono se acercó y gritó: "¡Reverendo inmortal! Tu discípulo levanta las manos." El leñador se puso tan nervioso que dejó caer su hacha al volverse para devolver el saludo. "¡Blasfemia! ¡Blasfemia!" dijo. "¡Yo, un tonto que apenas tiene suficiente ropa o comida! ¿Cómo puedo llevar el título de inmortal?" El Rey Mono dijo: "Si no eres un inmortal, ¿cómo es que hablas su idioma?" El leñador preguntó: "¿Qué dije que sonaba como el lenguaje de un inmortal?" El Rey Mono explicó: "Cuando vine justo ahora al borde del bosque, te oí cantar, 'Aquellos con los que me encuentro, si no son inmortales, serían taoístas, sentados en silencio para explicar el Tribunal Amarillo.' El Tribunal Amarillo contiene las palabras perfeccionadas del Camino y la Virtud. ¿Qué puedes ser sino un inmortal?"

Riéndose, el leñador dijo: "Puedo decirte esto: la melodía de esa letra se llama 'Un Tribunal Lleno de Flores,' y me la enseñó un inmortal, un vecino mío. Vio que tenía que luchar para ganarme la vida y que mis días estaban llenos de preocupaciones, así que me dijo que recitara el poema cada vez que estuviera preocupado. Esto, dijo, me consolaría y me libraría de mis dificultades. Sucedió que estaba ansioso por algo justo ahora, así que canté la canción. No se me ocurrió que alguien me oiría."

El Rey Mono dijo: "Si eres vecino del inmortal, ¿por qué no lo sigues en la práctica del Camino? ¿No sería agradable aprender de él la fórmula para la juventud eterna?" El leñador respondió: "Mi suerte ha sido dura toda mi vida. Cuando era joven, estaba en deuda con la crianza de mis padres hasta que tenía ocho o nueve años. Tan pronto como comencé a entender los asuntos humanos, mi padre lamentablemente murió y mi madre quedó viuda. No tenía hermanos ni hermanas, así que no hubo más remedio que yo solo apoyara y cuidara a mi madre. Ahora que mi madre está envejeciendo, con mayor razón no me atrevo a dejarla. Además, mis campos son bastante estériles y desolados, y no tenemos suficiente comida o ropa. No puedo hacer más que cortar dos haces de leña para llevar al mercado a cambio de unas pocas monedas para comprar unas pintas de arroz. Yo mismo lo cocino, sirviéndoselo a mi madre con el té que hago. Por eso no puedo practicar austeridades."

El Rey Mono dijo: "Según lo que has dicho, eres de hecho un caballero de piedad filial, y ciertamente serás recompensado en el futuro. Espero, sin embargo, que me muestres el camino a la morada del inmortal, para que pueda reverentemente llamarlo." "No está lejos," dijo el leñador. "Esta montaña se llama la Montaña de la Mente y el Corazón, y en ella está la Cueva de la Luna Inclinada y Tres Estrellas. Dentro de la cueva hay un inmortal llamado el Patriarca Subodhi, quien ya ha enviado innumerables discípulos. Incluso ahora hay treinta o cuarenta personas que están practicando austeridades con él. Sigue este camino estrecho y viaja hacia el sur durante unos siete u ocho kilómetros, y llegarás a su hogar." Agarrando al leñador, el Rey Mono dijo: "Hermano honrado, ven conmigo. Si recibo algún beneficio, no olvidaré el favor de tu guía." "¡Qué tipo tan obstinado eres!" dijo el leñador. "Acabo de decirte estas cosas, y aún no entiendes. Si voy contigo, ¿no estaré descuidando mi sustento? ¿Y quién cuidará de mi madre? Debo cortar mi leña. ¡Sigue tú solo!"

Cuando el Rey Mono oyó esto, tuvo que despedirse. Saliendo del profundo bosque, encontró el camino y pasó por la pendiente de una colina. Después de haber viajado siete u ocho kilómetros, efectivamente apareció a la vista una cueva. Se paró derecho para observar mejor este espléndido lugar, y esto fue lo que vio:

Niebla y humo en brillante difusión,
Luces destellantes del sol y la luna,
Mil tallos de viejos cipreses,
Diez mil tallos de altos bambúes.
Mil tallos de viejos cipreses
Drapean en la lluvia llenando el aire con un verde tierno;
Diez mil tallos de altos bambúes
Sostenidos en humo pintan el valle chartreuse.
Flores extrañas esparcen brocados ante la puerta.
Hierba jade emite fragancia junto al puente.
En crestas prominentes crecen líquenes verdes húmedos;
En acantilados colgantes se adhieren musgos azules largos.
Los gritos de grullas inmortales se oyen a menudo.
De vez en cuando un fénix se eleva sobre la cabeza.
Cuando las grullas gritan,
Sus sonidos alcanzan a través del pantano hasta el cielo lejano.
Cuando el fénix se eleva,
Su pluma con cinco colores brillantes borda las nubes.
Los simios negros y los ciervos blancos pueden venir o esconderse;
Leones dorados y elefantes de jade pueden irse o quedarse.
Mira con cuidado este bendito y santo lugar:
Tiene la verdadera semblanza del Paraíso.

Notó que la puerta de la cueva estaba bien cerrada; todo estaba en silencio, y no había señales de ningún habitante humano. Se dio la vuelta y de repente percibió, en la cima del acantilado, una losa de piedra de aproximadamente ocho pies de ancho y más de treinta pies de alto. En ella estaba escrito en letras grandes:

La Montaña de la Mente y el Corazón;
La Cueva de la Luna Inclinada y Tres Estrellas.

Enormemente complacido, el Hermoso Rey Mono exclamó: "La gente aquí í es realmente honesta. ¡ Esta montaña y esta cueva realmente existen!" Miró el lugar durante mucho tiempo, pero no se atrevió a llamar. En su lugar, saltó a la rama de un pino, recogió algunas semillas de pino y las comió, y comenzó a jugar.

Después de un momento oyó la puerta de la cueva abrirse con un chirrido, y un joven inmortal salió. Su porte era sumamente elegante; sus rasgos eran altamente refinados. Este no era ciertamente un joven mortal ordinario, pues ten í a:

Su cabello atado con dos cordones de seda,
Una amplia túnica con dos mangas de viento.
Su cuerpo y rostro parecí an muy distintos,
Pues semblante y mente estaban ambos desapegados.
Largo tiempo extraño a todas las cosas mundanas
Era el muchacho eterno de la montaña.
Intocado incluso por una mota de polvo,
No temí a el caos causado por las estaciones.

Después de pasar por la puerta, el muchacho gritó: "¿Quién está causando disturbios aquí?" De un salto el Rey Mono saltó del árbol y se acercó a él inclin ándose. "Muchacho inmortal," dijo, "soy un buscador del camino de la inmortalidad. Nunca me atrevería a causar ningún disturbio." Con una risa, el joven inmortal preguntó: "¿Eres un buscador del Camino?" "Lo soy en verdad," respondió el Rey Mono. "Mi maestro en la casa," dijo el muchacho, "acaba de dejar su lecho para dar una conferencia en la plataforma. Sin siquiera anunciar su tema, me dijo que saliera y abriera la puerta, diciendo: 'Hay alguien afuera que quiere practicar austeridades. Puedes salir y recibirlo.' Debe ser usted, supongo." El Rey Mono dijo, sonriendo, "¡Soy yo, sin duda!" "Entonces s ígueme," dijo el muchacho. Con solemnidad, el Rey Mono arregló su ropa y siguió al muchacho a las profundidades de la cueva. Pasaron filas y filas de torres elevadas y enormes alacenas, de cámaras de perlas y arcos tallados. Después de caminar por innumerables c ámaras tranquilas y estudios vací os, finalmente llegaron a la base de la plataforma de jade verde. Se veí a al Patriarca Subodhi sentado solemnemente en la plataforma, con treinta inmortales menores de pie abajo en filas. Él era verdaderamente

Un inmortal de gran conocimiento y más pura apariencia,
El maestro Subodhi, cuya maravillosa forma del Oeste
No tení a fin ni nacimiento por obra de la Doble Tres.
Todo su espí ritu y aliento estaban llenos de misericordia.
Vací o, espontáneo, podí a cambiar a voluntad,
Su naturaleza Buda capaz de hacer todas las cosas.
La misma edad que el Cielo tení a su majestuoso marco.
Completamente probado e iluminado estaba este gran sacerdote.

Tan pronto como el Hermoso Rey Mono lo vio, se postró y se inclinó muchas veces, diciendo, "¡Maestro! ¡Maestro! Yo, su pupilo, le rindo mi sincero homenaje." El Patriarca dijo, "¿De dónde vienes? Vamos a escuchar claramente tu nombre y país antes de que te inclines nuevamente." El Rey Mono dijo, "Su pupilo vino de la Cueva de la Cortina de Agua de la Montaña de la Flor y el Fruto, en el País de Aolai del Continente del Este Pūrvavideha."

"¡Échenlo de aquí!" gritó el Patriarca. "No es más que un mentiroso y un fabricante de falsedades. ¿Cómo puede estar interesado en alcanzar la iluminación?" El Rey Mono se apresuró a inclinarse sin cesar y a decir, "La palabra de su pupilo es honesta, sin ningún engaño." El Patriarca dijo, "Si estás diciendo la verdad, ¿cómo es que mencionas el Continente del Este Pūrvavideha? Separando ese lugar del mío hay dos grandes océanos y toda la región del Continente del Sur Jambūdvīpa. ¿Cómo pudiste llegar aquí?" Inclinándose nuevamente, el Rey Mono dijo, "Su pupilo cruzó los océanos a la deriva y recorrió muchas regiones durante más de diez años antes de encontrar este lugar." El Patriarca dijo, "Si has venido en un largo viaje en muchas etapas, dejaré pasar eso. ¿Cuál es tu apellido?" El Rey Mono respondió nuevamente, "No tengo temperamento. Si un hombre me reprende, no me ofendo; si me golpea, no me enojo. De hecho, simplemente le devuelvo un saludo ceremonial y eso es todo. Toda mi vida es sin mal temperamento." "No estoy hablando de tu temperamento," dijo el Patriarca. "Estoy preguntando por el nombre de tus padres." "Tampoco tengo padres," dijo el Rey Mono. El Patriarca dijo, "Si no tienes padres, debes haber nacido de un árbol." "No de un árbol," dijo el Rey Mono, "sino de una roca. Recuerdo que solía haber una piedra inmortal en la Montaña de la Flor y el Fruto. Nací el año en que la piedra se partió."

Cuando el Patriarca oyó esto, se sintió secretamente complacido y dijo, "Bueno, evidentemente has sido creado por el Cielo y la Tierra. Levántate y muéstrame cómo caminas." Enderezándose de golpe, el Rey Mono corrió alrededor un par de veces. El Patriarca rió y dijo, "Aunque tus rasgos no son los más atractivos, te pareces a un mono que come piñones. Esto me da la idea de darte un apellido según tu apariencia. Tenía la intención de llamarte por el nombre de Hu. Si quito el radical animal de esta palabra, lo que queda es un compuesto formado por los dos caracteres, gu y yue. Gu significa envejecido y yue significa mujer, pero una mujer envejecida no puede reproducirse. Por lo tanto, es mejor darte el apellido de Sun. Si quito el radical animal de esta palabra, lo que nos queda es el compuesto de zi y xi. Zi significa un niño y xi significa un bebé, y ese nombre se ajusta exactamente a la Doctrina Fundamental del Niño. Así que tu apellido será 'Sun'."

Cuando el Rey Mono oyó esto, se llenó de alegría. "¡Espléndido! ¡Espléndido!" gritó, inclinándose, "Por fin sé mi apellido. Que el maestro sea aún más amable. Ya que he recibido el apellido, permítanme recibir también un nombre personal, para que pueda facilitar su llamado y mando." El Patriarca dijo, "Dentro de mi tradición hay doce caracteres que se han utilizado para nombrar a los pupilos según sus divisiones. Tú eres uno que pertenece a la décima generaci ón." "¿Cuáles son esos doce caracteres?" preguntó el Rey Mono. El Patriarca respondió, "Son: amplio, grande, sabio, inteligencia, verdadero, conforme, naturaleza, mar, agudo, despertar-a, completo y despertar. Tu rango cae precisamente en la palabra 'despertar-a'. De ahora en adelante se te dará el nombre religioso de 'Despertar-al-Vacío'. ¿De acuerdo?" "¡Espléndido! ¡Espléndido!" dijo el Rey Mono, riendo. "De ahora en adelante me llamaré Sun Wukong." Así fue que,

Al partir la nebulosa no tenía nombre.

Destruir el vacío obstinado necesita Despertar-al-Vacío.

No sabemos qué fruto de cultivo taoísta logró después; escuchemos la explicación en el próximo capítulo.

CAPÍTULO 2

Despertó por completo a las maravillosas verdades del Bodhi;
corta a Māra, vuelve a la raíz y se une al Espíritu Primordial.

Estábamos hablando del Hermoso Rey Mono, quien, habiendo recibido su nombre, saltó alegremente y avanzó para darle su agradecido saludo a Subodhi. El Patriarca entonces ordenó a la congregación que llevaran a Sun Wukong afuera y le enseñaran cómo rociar agua en el suelo y el polvo, y cómo hablar y moverse con la debida cortesía. La compañía de inmortales obedientemente salió con Wukong, quien luego se inclinó ante sus compañeros. Después prepararon un lugar en el corredor donde pudiera dormir. A la mañana siguiente comenzó a aprender de sus compañeros las artes del lenguaje y la etiqueta. Discutía con ellos las escrituras y las doctrinas; practicaba la caligrafía y quemaba incienso. Tal era su rutina diaria. En momentos más tranquilos barría los terrenos o cavaba en el jardín, plantaba flores o podaba árboles, recogía leña o encendía fuegos, traía agua o cargaba bebidas. No le faltaba nada de lo que necesitaba, y así vivía en la cueva sin darse cuenta de que habían pasado seis o siete años.

Un día el Patriarca ascendió a la plataforma y tomó su asiento elevado. Llamando a todos los inmortales, comenzó a dar una gran conferencia. Habló

Con palabras tan floridas y elocuentes
Que lotos de oro brotaron del suelo.
Revisó sutilmente la doctrina de los tres vehículos,
Incluyendo incluso la más mínima partícula de las leyes.
La cola de yak ondeaba lentamente y brotaba elegancia:
Su voz atronadora conmovió incluso al Noveno Cielo.
Por un tiempo habló sobre el Dao;
Por un tiempo habló sobre el Chan—
Armonizar las Tres Partes es algo natural.
La elucidación de una palabra llena de verdad
Apunta a lo no nacido mostrando el misterio de la naturaleza.

Wukong, que estaba allí de pie y escuchando, se complació tanto con la charla que se rascó la oreja y se frotó la mandíbula. Sonriendo de oreja a oreja, no pudo evitar bailar en cuatro patas. De repente el Patriarca lo vio y le gritó, "¿Por qué saltas y bailas locamente entre las filas y no escuchas mi conferencia?" Wukong dijo, "Su pupilo estaba escuchando devotamente la conferencia. Pero cuando escuché cosas tan maravillosas de mi reverendo maestro, no pude contenerme de alegría y empecé a saltar y brincar inconscientemente. ¡Que el maestro perdone mis pecados!"

"Déjame preguntarte," dijo el Patriarca, "si comprendes estas cosas maravillosas, ¿sabes cuánto tiempo has estado en esta cueva?" Wukong dijo,

"Su pupilo es básicamente de mente débil y no sabe el número de estaciones. Solo recuerdo que cada vez que el fuego se apagaba en la estufa, iba a la parte trasera de la montaña a recoger leña. Al encontrar una montaña llena de finos á rboles de durazno, he comido hasta saciarme de duraznos siete veces." El Patriarca dijo, "Esa montaña se llama la Montaña del Durazno Maduro. Si has comido hasta saciarte siete veces, supongo que deben haber sido siete años. ¿Qu é tipo de arte taoísta te gustaría aprender de mí?" Wukong dijo, "Dependo de la admonición de mi honorable maestro. Su pupilo aprendería a gustosamente cualquier cosa que tenga un toque de sabor taoísta."

El Patriarca dijo, "Dentro de la tradición del Dao, hay trescientas sesenta divisiones heterónomas, todas cuyas prácticas pueden resultar en Iluminación. No sé qué división te gustaría seguir." "Dependo de la voluntad de mi honorable maestro," dijo Wukong. "Su pupilo es completamente obediente." "¿Qué tal si te enseño la práctica de la división del Método?" Wukong preguntó, "¿C ómo explicarías la práctica de la división del Método?" "La práctica de la divisi ón del Método," dijo el Patriarca, "consiste en invocar inmortales y trabajar con la plancheta, en la adivinación manipulando tallos de milenrama, y en aprender los secretos de buscar el bien y evitar el mal." "¿Puede este tipo de práctica conducir a la inmortalidad?" preguntó Wukong. "¡Imposible! ¡ Imposible!" dijo el Patriarca. "Entonces no lo aprenderé," dijo Wukong.

"¿Qué tal," dijo el Patriarca nuevamente, "si te enseño la práctica de la división de las Escuelas?" "¿Qué significa la división de las Escuelas?" preguntó Wukong. "La división de las Escuelas," dijo el Patriarca, "incluye a los Confucianos, los Budistas, los Taoístas, los Dualistas, los Mohistas y los Mé dicos. Leen escrituras o recitan oraciones; entrevistan sacerdotes o invocan santos y similares." "¿Puede este tipo de práctica conducir a la inmortalidad?" preguntó Wukong. El Patriarca dijo, "Si la inmortalidad es lo que deseas, esta pr áctica es como colocar un pilar dentro de una pared." Wukong dijo, "Maestro, soy un tipo simple y no conozco los modismos del mercado. ¿Qué es colocar un pilar dentro de una pared?" El Patriarca dijo, "Cuando la gente construye casas y quiere que sean robustas, colocan un pilar como soporte dentro de la pared. Pero algún día la gran mansión se deteriorará, y el pilar también se pudrirá."

"Entonces lo que estás diciendo," dijo Wukong, "es que no es duradero. No voy a aprender esto."

El Patriarca dijo, "¿Qué tal si te enseño la práctica de la división del Silencio?" "¿Cuál es el objetivo de la división del Silencio?" preguntó Wukong. "Cultivar el ayuno y la abstinencia," dijo el Patriarca, "la quietud y la inactividad, la meditación y el arte de sentarse con las piernas cruzadas, la restricción del lenguaje y una dieta vegetariana. También están las prácticas de yoga, ejercicios de pie o postrados, la entrada en la completa quietud, la contemplación en confinamiento solitario y similares." "¿Pueden estas actividades," preguntó Wukong, "llevar a la inmortalidad?" "No son mejores que los ladrillos sin cocer en el horno," dijo el Patriarca. Wukong se rió y dijo, "¡El maestro ciertamente ama andarse por las ramas! ¿No te he dicho que no conozco estos modismos del mercado? ¿Qué quieres decir con los ladrillos sin cocer en el horno?" El Patriarca respondió, "Las tejas y los ladrillos en el horno pueden haber sido moldeados en forma, pero si no han sido refinados por el agua y el fuego, una fuerte lluvia algún día los hará desmoronarse." "Entonces esto también carece de permanencia," dijo Wukong. "No quiero aprenderlo."

El Patriarca dijo, "¿Qué tal si te enseño la práctica de la división de la Acción?" "¿Cómo es en la división de la Acción?" preguntó Wukong. "Muchas actividades," dijo el Patriarca, "como reunir el yin para nutrir el yang, doblar el arco y pisar la flecha, y frotar el ombligo para pasar el aliento. También hay experimentación con fórmulas alquímicas, quemar juncos y forjar calderos, tomar plomo rojo, hacer piedra de otoño y beber leche de novia y similares." "¿Pueden estas actividades llevar a la longevidad?" preguntó Wukong. "Obtener la inmortalidad de tales actividades," dijo el Patriarca, "es también como sacar la luna del agua." "¡Otra vez con eso, Maestro!" exclamó Wukong. "¿Qué quieres decir con sacar la luna del agua?" El Patriarca dijo, "Cuando la luna está alta en el cielo, su reflejo está en el agua. Aunque es visible allí, no puedes sacarla ni atraparla, pues es solo una ilusión." "¡Tampoco aprenderé eso!" dijo Wukong.

Cuando el Patriarca escuchó esto, lanzó un grito y saltó de la plataforma elevada. Apuntó la regla que sostenía en sus manos a Wukong y le dijo: "¡Qué mono travieso eres! ¡No quieres aprender esto ni aquello! ¿Qué es lo que estás esperando?" Avanzando, golpeó a Wukong tres veces en la cabeza. Luego cruzó los brazos detrás de su espalda y caminó adentro, cerrando las puertas principales detrás de él y dejando a la congregación afuera. Los que estaban escuchando la conferencia estaban tan aterrorizados que todos comenzaron a reprender a Wukong. "¡Simio imprudente!" gritaban, "¡eres completamente maleducado! El maestro estaba dispuesto a enseñarte secretos mágicos. ¿Por qué no quisiste aprender? ¿Por qué tuviste que discutir con él en su lugar? Ahora lo has ofendido, y quién sabe cuándo volverá a salir." En ese momento todos lo resentían y lo despreciaban y ridiculizaban. Pero Wukong no se enojó en lo más mínimo y solo respondió con una amplia sonrisa. Pues el Rey Mono, de hecho, ya había resuelto secretamente, por así decirlo, el enigma en la olla; por lo tanto, no discutió con las demás personas y pacientemente mantuvo la boca cerrada. Razonó que el maestro, al golpearlo tres veces, le estaba diciendo que se preparara para la tercera vigilia; y al cruzar los brazos detrás de su espalda, caminar adentro y cerrar las puertas principales, le estaba diciendo que entrara por la puerta trasera para que pudiera recibir instrucción en secreto.

Wukong pasó el resto del día felizmente con los otros pupilos frente a la Divina Cueva de las Tres Estrellas, esperando ansiosamente la noche. Cuando lleg ó la noche, inmediatamente se retiró con los demás, fingiendo estar dormido cerrando los ojos, respirando regularmente y permaneciendo completamente quieto. Como no había un vigilante en la montaña para golpear la vigilia o llamar la hora, no podía saber qué hora era. Solo podía confiar en sus propios cálculos contando las respiraciones que inhalaba y exhalaba. Aproximadamente a la hora de Zi, se levantó muy silenciosamente y se puso la ropa. Abriendo sigilosamente la puerta principal, se escapó del grupo y caminó afuera. Alzando la cabeza, vio

La brillante luna y el fresco y claro rocío,
Aunque en cada rincón no había ni una mota de polvo.
Aves resguardadas se posaban en los bosques;
Un arroyo fluía suavemente desde su fuente.
Las luciérnagas dispersaban la penumbra.
Los gansos salvajes esparcían columnas de palabras a través de las nubes.
Precisamente era la hora de la tercera vigilia—
Tiempo para buscar el Camino completo y verdadero.

Lo ves siguiendo el camino familiar de regreso a la entrada trasera, donde descubrió que la puerta estaba, de hecho, entreabierta. Wukong dijo felizmente: "El reverendo maestro realmente tenía la intención de darme instrucción. Por eso la puerta se dejó abierta." Llegó a la puerta con unos pocos pasos largos y entró de lado. Al acercarse a la cama del Patriarca, lo encontró durmiendo con el cuerpo acurrucado, de cara a la pared. Wukong no se atrevió a molestarlo; en cambio, se arrodilló ante su cama. Después de un rato, el Patriarca se despertó. Estirando las piernas, recitó para sí mismo:

"¡Difícil! ¡Difícil! ¡Difícil!
¡El Camino es más oscuro!
No considere el elixir dorado una cosa común.
Sin que un hombre perfecto transmita una sutil runa,
Tendrás palabras vanas, boca cansada y lengua reseca."

"Maestro," respondió Wukong de inmediato. "Su pupilo ha estado arrodillado aquí y esperándole durante mucho tiempo." Cuando el Patriarca escuchó la voz de Wukong, se levantó y se vistió. "¡Monito travieso!" exclamó, sentándose en posición de loto, "¿Por qué no estás durmiendo en frente? ¿Qué haces aquí detrás en mi lugar?" Wukong respondió: "Ante la plataforma y la congregación ayer, el maestro dio la orden de que su pupilo, a la hora de la tercera vigilia, viniera aquí por la entrada trasera para ser instruido. Por lo tanto, fui lo suficientemente audaz como para venir directamente a la cama del maestro."

Cuando el Patriarca escuchó esto, se sintió terriblemente complacido, pensando para sí mismo: "Este tipo es realmente un descendiente del Cielo y la Tierra. Si no, ¿cómo podría resolver tan fácilmente el enigma en mi olla?" "No hay otro aquí salvo su pupilo," dijo Wukong. "Que el maestro sea extremadamente misericordioso y me imparta el camino de la longevidad. Nunca olvidaré esta graciosa favor." "Ya que has resuelto el enigma en la olla," dijo el Patriarca, "es una indicación de que estás destinado a aprender, y me alegra enseñarte. Acércate y escucha con atención. Te impartiré el maravilloso camino de la longevidad." Wukong se inclinó para expresar su gratitud, se lavó los oídos y escuchó con mucha atención, arrodillándose ante la cama. El Patriarca dijo:

"Este audaz y secreto dicho que es maravilloso y verdadero:
Ahorra, nutre la naturaleza y la vida—no hay nada más.
Todo poder reside en el semen, aliento y espíritu;
Almacénalos con seguridad, no sea que haya una fuga.
¡No sea que haya una fuga!
¡Mantén dentro del cuerpo!
Presta atención a mis enseñanzas y el Camino mismo prosperará.
Aférrate a fórmulas orales tan útiles y agudas
Para purgar la concupiscencia, para alcanzar lo puro y fresco;
Hacia lo puro y fresco
Donde la luz es brillante.
Te enfrentarás a la plataforma del elixir, disfrutando de la luna.
La luna sostiene al conejo de jade, el sol, el cuervo;
La tortuga y la serpiente ahora están fuertemente entrelazadas.
Fuertemente entrelazadas,
La naturaleza y la vida son fuertes.
Puedes plantar un loto dorado incluso en medio de las llamas.
Exprime las Cinco Fases en conjunto, úsalas de ida y vuelta—
Cuando eso esté hecho, ¡sé un Buda o inmortal a voluntad!"

En ese momento, el mismo origen fue revelado a Wukong, cuya mente se espiritualizó mientras la bendición llegaba a él. Se comprometió cuidadosamente a memorizar todas las fórmulas orales. Después de inclinarse para agradecer al Patriarca, salió por la entrada trasera. Al salir, vio que

El cielo oriental comenzaba a palidecer con luz,
Pero los rayos dorados brillaban en el Camino del Oeste.

Siguiendo el mismo camino, regresó a la puerta delantera, la empujó silenciosamente y entró. Se sentó en su lugar para dormir y deliberadamente hizo ruido con la cama y las cobijas, gritando: "¡Es de día! ¡Es de día! ¡Levántense!" Todas las demás personas aún estaban durmiendo y no sabían que Wukong había recibido algo bueno. Ese día hizo el tonto después de levantarse, pero persistió en lo que había aprendido secretamente haciendo ejercicios de respiración antes de la hora de Zi y después de la hora de Wu.

Tres años pasaron rápidamente, y el Patriarca nuevamente subió a su trono para dar una conferencia a la multitud. Discutió las deliberaciones y parábolas académicas, y habló sobre el integumento de la conducta externa. De repente preguntó: "¿Dónde está Wukong?" Wukong se acercó y se arrodilló. "Su pupilo está aquí," dijo. "¿Qué tipo de arte has estado practicando últimamente?" preguntó el Patriarca. "Recientemente," dijo Wukong, "su pupilo ha comenzado a comprender la naturaleza de todas las cosas y mi conocimiento fundamental se ha establecido firmemente." "Si has penetrado en la naturaleza del dharma para aprehender el origen," dijo el Patriarca, "has, de hecho, entrado en la sustancia divina. Sin embargo, debes cuidar de los peligros de tres calamidades." Cuando Wukong escuchó esto, pensó durante mucho tiempo y dijo: "Las palabras del maestro deben ser erróneas. He escuchado frecuentemente que cuando uno está versado en el Camino y sobresale en virtud, disfrutará de la misma edad que el Cielo; el fuego y el agua no podrán dañarlo y todo tipo de enfermedad desaparecerá. ¿Cómo puede haber este peligro de tres calamidades?"

"Lo que has aprendido," dijo el Patriarca, "no es magia ordinaria: has robado los poderes creativos del Cielo y la Tierra y has invadido los oscuros misterios del sol y la luna. Tu éxito en perfeccionar el elixir es algo que los dioses y los demonios no pueden tolerar. Aunque tu apariencia será preservada y tu edad prolongada, después de quinientos años el Cielo enviará la calamidad del trueno para golpearte. Por lo tanto, debes ser lo suficientemente inteligente y sabio para evitarlo con anticipación. Si puedes escapar, tu edad realmente igualará la del Cielo; si no, tu vida así habrá terminado. Después de otros quinientos años, el Cielo enviará la calamidad del fuego para quemarte. Ese fuego no es un fuego natural ni común; su nombre es el Fuego de Yin, y surge desde la planta de tus pies hasta alcanzar incluso la cavidad de tu corazón, reduciendo tus entrañas a cenizas y tus extremidades a ruinas absolutas. El arduo trabajo de un milenio habrá sido completamente superfluo. Después de otros quinientos años, la calamidad del viento será enviada para soplar sobre ti. No es el viento del norte, sur, este u oeste; tampoco es uno de los vientos de las cuatro estaciones; ni es el viento de flores, sauces, pinos y bambúes. Se llama el Viento Poderoso, y entra desde la parte superior del cráneo en el cuerpo, pasa por el abdomen y penetra los nueve orificios. Los huesos y la carne se disolverán y el propio cuerpo se desintegrará. Por lo tanto, debes evitar las tres calamidades."

Cuando Wukong escuchó esto, se le erizó el cabello, y, inclinándose reverentemente, dijo: "Ruego al maestro que sea misericordioso y me imparta el método para evitar las tres calamidades. Hasta el final, nunca olvidaré su gracia." El Patriarca dijo: "No es, de hecho, difícil, excepto que no puedo enseñártelo porque eres algo diferente de otras personas." "Tengo una cabeza redonda que apunta al Cielo," dijo Wukong, "y pies cuadrados que caminan sobre la Tierra. Igualmente, tengo nueve orificios y cuatro extremidades, entrañas y cavidades. ¿En qué manera soy diferente de otras personas?" El Patriarca dijo: "Aunque te pareces a un hombre, tienes mucho menos papada." El mono, como verás, tiene una cara angular con mejillas hundidas y boca puntiaguda. Extendiendo su mano para tocarse, Wukong se rió y dijo: "¡El maestro no sabe cómo equilibrar las cosas! Aunque tengo mucho menos papada que los seres humanos, tengo mi bolsa, que puede considerarse un compensación."

"Muy bien, entonces," dijo el Patriarca, "¿qué método de escape te gustar
ía aprender? Hay el Arte de la Cucharilla Celestial, que cuenta con treinta y seis
transformaciones, y el Arte de la Multitud Terrestre, que cuenta con setenta y dos
transformaciones." Wukong dijo: "Su pupilo siempre está ansioso por atrapar
más peces, así que aprenderé el Arte de la Multitud Terrestre." "En ese caso,"
dijo el Patriarca, "ven aquí, y te pasaré las fórmulas orales." Luego le susurró
algo al oído, aunque no sabemos qué tipo de secretos maravillosos habló. Pero
este Rey Mono era alguien que, al conocer una cosa, podía entender cien. ¡
Inmediatamente aprendió las fórmulas orales y, después de trabajar en ellas y
practicarlas, dominó todas las setenta y dos transformaciones!

Un día, cuando el Patriarca y los diversos alumnos estaban admirando la vista
nocturna frente a la Cueva de las Tres Estrellas, el maestro preguntó: "Wukong,
¿ha sido perfeccionado ese asunto?" Wukong dijo: "Gracias a la profunda
bondad del maestro, su pupilo ha alcanzado efectivamente la perfección; ahora
puedo ascender como la niebla en el aire y volar." El Patriarca dijo: "Déjame
verte intentar volar." Deseando mostrar su habilidad, Wukong saltó de cincuenta
o sesenta pies en el aire, impulsándose con una voltereta. Caminó sobre las nubes
durante aproximadamente el tiempo de una comida y recorrió una distancia de no
más de tres millas antes de caer nuevamente de pie ante el Patriarca. "Maestro,"
dijo, con las manos juntas frente a él, "esto es volar al surcar las nubes." Rié
ndose, el Patriarca dijo: "¡Esto no puede llamarse surcar las nubes! ¡Es más
como arrastrarse sobre las nubes! El viejo dicho dice: 'El inmortal recorre el
Mar del Norte por la mañana y llega a Cangwu por la noche.' Si te toma medio
día ir menos de tres millas, ni siquiera puede considerarse arrastrarse sobre las
nubes."

"¿Qué quieres decir," preguntó Wukong, "con decir, 'El inmortal
recorre el Mar del Norte por la mañana y llega a Cangwu por la noche'?" El
Patriarca dijo: "Los que son capaces de surcar las nubes pueden comenzar desde
el Mar del Norte en la mañana, viajar a través del Mar del Este, el Mar del Oeste,
el Mar del Sur, y regresar de nuevo a Cangwu. Cangwu se refiere a Lingling en el
Mar del Norte. Solo puede llamarse verdadero surcar las nubes cuando puedes
atravesar los cuatro mares en un día." "¡Eso es verdaderamente difícil!" dijo
Wukong, "¡verdaderamente difícil!" "Nada en el mundo es difícil," dijo el
Patriarca; "solo la mente lo hace así." Cuando Wukong escuchó estas palabras,
se inclinó reverentemente e imploró al Patriarca: "Maestro, si realizas un servicio
por alguien, debes hacerlo a fondo. Que seas muy misericordioso y me impartas
también esta técnica de surcar las nubes. Nunca me atrevería a olvidar su graciosa
favor." El Patriarca dijo: "Cuando los diversos inmortales quieren surcar las
nubes, todos ascienden golpeando sus pies. Pero tú no eres como ellos. Cuando
te vi salir hace un momento, tuviste que impulsarte saltando. Lo que haré ahora
es enseñarte la voltereta en el aire de acuerdo a tu forma." Wukong nuevamente
se prosternó y le rogó, y el Patriarca le dio una fórmula oral, diciendo:

"Haz la señal mágica, recita el hechizo, aprieta tu puño con fuerza, sacude tu cuerpo, y cuando saltes, una voltereta te llevará ciento ocho mil millas." Cuando los demás oyeron esto, todos se rieron y dijeron: "¡Suerte para Wukong! Si aprende este pequeño truco, podrá convertirse en un despachador para entregar documentos o llevar circulares. ¡Podrá ganarse la vida en cualquier lugar!"

El cielo comenzaba a oscurecerse, y el maestro regresó a la cueva con sus discípulos. Sin embargo, durante toda la noche, Wukong practicó con fervor y dominó la técnica del salto en las nubes. Desde entonces, tuvo completa libertad, disfrutando felizmente de su estado de larga vida.

Un día, al principio del verano, los discípulos se reunieron bajo los pinos para la convivencia y la discusión. Le dijeron: "Wukong, ¿qué tipo de mérito acumulaste en otra encarnación que llevó al maestro a susurrarte al oído, el otro día, el método para evitar las tres calamidades? ¿Has aprendido todo?" "No voy a ocultar esto a mis diversos hermanos mayores," dijo Wukong, riendo. "Debido a la instrucción del maestro en primer lugar y a mi diligencia día y noche en segundo lugar, ¡he dominado completamente los varios asuntos!"

"Aprovechemos el momento," dijo uno de los alumnos. "Intenta hacer una demostración y nosotros miraremos." Cuando Wukong oyó esto, su espíritu se animó y estaba muy ansioso por mostrar sus poderes. "Invito a los diversos hermanos mayores a darme un tema," dijo. "¿En qué quieren que me transforme?" "¿Por qué no en un pino?" dijeron. Wukong hizo el signo mágico y recitó el hechizo; con un movimiento de su cuerpo se transformó en un pino. Verdaderamente era

Sostenido densamente en humo a través de las cuatro estaciones,
Su forma pura y hermosa se eleva recta hacia las nubes.
Sin la menor semejanza con el travieso mono,
Son sus ramas todas puestas a prueba por la escarcha y la nieve.

Cuando la multitud vio esto, aplaudieron y rugieron de risa, todos gritando: "¡Maravilloso mono! ¡Maravilloso mono!" No se dieron cuenta de que todo este alboroto había perturbado al Patriarca, quien salió corriendo de la puerta, arrastrando su bastón. "¿Quién está causando este alboroto aquí?" demandó. A su voz, los alumnos se compusieron de inmediato, ajustaron sus ropas y se adelantaron. Wukong también volvió a su forma verdadera y, deslizándose entre la multitud, dijo: "Para su información, reverendo maestro, estamos teniendo convivencia y discusión aquí. No hay nadie de afuera causando disturbios."

"Todos ustedes estaban gritando y vociferando," dijo el Patriarca enojado, "y se comportaban de una manera totalmente impropia para aquellos que practican la cultivación. ¿No saben que aquellos en la cultivación del Dao evitan

Abrir la boca para no desperdiciar su aliento y su espíritu,
O mover la lengua para no provocar discusiones?

¿Por qué están todos riendo ruidosamente aquí?" "No nos atrevemos a ocultar esto al maestro," dijo la multitud. "Justo ahora nos estábamos divirtiendo con Wukong, quien nos estaba dando una demostración de transformación. Le dijimos que se convirtiera en un pino, ¡y efectivamente se convirtió en un pino! Todos sus pupilos lo aplaudían y nuestras voces perturbaron al reverendo maestro. Rogamos su perdón."

"Váyanse, todos ustedes," dijo el Patriarca. "Tú, Wukong, ven aquí. Te pregunto qué tipo de exhibición estabas haciendo al convertirte en un pino. ¿Esta habilidad que posees ahora es solo para presumir ante la gente? Supongamos que ves a alguien con esta habilidad. ¿No le preguntarías de inmediato cómo la adquirió? Así que cuando otros ven que la posees, vendrán a rogar. Si temes rechazarles, revelarás el secreto; si no, pueden herirte. Estás poniendo en grave peligro tu vida." "Ruego al maestro que me perdone," dijo Wukong, postrándose. "No te condenaré," dijo el Patriarca, "pero debes dejar este lugar." Cuando Wukong escuchó esto, las lágrimas cayeron de sus ojos. "¿A dónde debo ir, maestro?" preguntó. "De donde viniste," dijo el Patriarca, "deberías volver allí." "Vine del continente Pūrvavideha del Este," dijo Wukong, su memoria sacudida por el Patriarca, "de la Cueva de la Cortina de Agua del Monte Flor-Fruta en el país de Aolai." "Regresa allí rápidamente y salva tu vida," dijo el Patriarca. "¡No puedes quedarte aquí!" "Permítame informar a mi estimado maestro," dijo Wukong, adecuadamente arrepentido, "he estado fuera de casa durante veinte años y ciertamente anhelo ver a mis súbditos y seguidores de tiempos pasados de nuevo. Pero sigo pensando que la profunda bondad de mi maestro hacia mí aún no ha sido retribuida. Por lo tanto, no me atrevo a irme."

"No hay nada que retribuir," dijo el Patriarca. "Asegúrate de no meterte en problemas y de no involucrarme: eso es todo lo que pido."

Viendo que no había otra alternativa, Wukong tuvo que inclinarse ante el Patriarca y despedirse de la congregación. "Una vez que te vayas," dijo el Patriarca, "estás destinado a caer en el mal. No me importa qué tipo de villanía y violencia practiques, pero te prohíbo mencionar que eres mi discípulo. Porque si solo pronuncias la mitad de la palabra, lo sabré; puedes estar seguro, miserable mono, de que serás despellejado vivo. Romperé todos tus huesos y desterraré tu alma al Lugar de la Oscuridad Nueveveces, del cual no serás liberado ni siquiera después de diez mil aflicciones." "Nunca me atreveré a mencionar a mi maestro," dijo Wukong. "Diré que he aprendido todo esto por mí mismo."
Después de agradecer al Patriarca, Wukong se dio la vuelta, hizo el signo mágico, se impulsó y realizó el salto en las nubes. Se dirigió directamente hacia el Este Pūrvavideha, y en menos de una hora ya podía ver el Monte Flor-Fruta y la Cueva de la Cortina de Agua. Regocijándose en secreto, el Apuesto Rey Mono dijo para sí mismo:

"Salí cargado con los huesos de un mortal.
El Dao alcanzado aligera tanto el cuerpo como la figura.
Es una pena de este mundo que nadie se resuelve firmemente
A aprender tal misterio que por sí mismo es obvio.

Era difícil cruzar los mares en tiempos pasados.
Regresando hoy, viajo con facilidad.
Las palabras de despedida aún resuenan en mis oídos.
¡Nunca espero ver tan pronto las profundidades orientales!"

Wukong bajó la dirección de su nube y aterrizó en el Monte Flor-Fruta. Estaba tratando de encontrar su camino cuando oyó el llamado de las grúas y el grito de los monos; el llamado de las grúas reverberaba en los cielos, y el grito de los monos movía su espíritu con tristeza. "¡Pequeños," gritó, "he regresado!" Desde las grietas del acantilado, de las flores y arbustos, y de los bosques y árboles, los monos grandes y pequeños saltaron en decenas de miles y rodearon al Apuesto Rey Mono. Todos se postraron y gritaron: "¡Gran Rey! ¡Qué desidia mental! ¿Por qué te fuiste por tanto tiempo y nos dejaste aquí anhelando tu regreso como alguien hambriento y sediento? Recientemente, hemos sido brutalmente abusados por un monstruo, que quería robarnos nuestra Cueva de la Cortina de Agua. Por pura desesperación, luchamos con él. Y aun así, todo este tiempo, ese tipo ha saqueado muchas de nuestras posesiones, secuestrado a varios de nuestros jóvenes y nos ha dado muchas noches y días de desasosiego cuidando nuestra propiedad. ¡Qué afortunados que nuestro gran rey ha regresado! Si el gran rey se hubiera quedado fuera un año más o menos, ¡nosotros y toda la cueva de la montaña le habríamos pertenecido a alguien más!"

Al escuchar esto, Wukong se llenó de ira. "¿Qué tipo de monstruo es este," gritó, "que se comporta de manera tan anárquica? Cuéntame en detalle y lo encontraré para vengarme." "Ten en cuenta, Gran Rey," dijeron los monos, postrándose, "que el tipo se hace llamar el Rey Monstruoso de la Caos, y vive al norte de aquí." Wukong preguntó: "¿Desde aquí hasta su lugar, qué tan grande es la distancia?" Los monos respondieron: "Viene como la nube y se va como la niebla, como el viento y la lluvia, como el relámpago y el trueno. No sabemos qué tan grande es la distancia." "En ese caso," dijo Wukong, "vayan a jugar un rato y no tengan miedo. Déjenme ir y encontrarlo."

¡Querido Rey Mono! Saltó con un brinco y dio volteretas todo el camino hacia el norte hasta que vio una montaña alta y escarpada. ¡Qué montaña!

Su pico, como un bolígrafo, se erguía;
Sus ríos serpenteantes fluían insondables y profundos.
Su pico, como un bolígrafo, erguido, corta el aire;
Sus ríos serpenteantes, insondables y profundos, alcanzan diversos lugares en la tierra.

En dos crestas las flores rivalizan con los árboles en su exótica belleza;
En varios lugares los pinos igualan a los bambúes en su verdor.
El dragón a la izquierda
Parece dócil y manso;
El tigre a la derecha
Parece gentil y apacible.

Bueyes de hierro
En ocasiones son vistos arando.
Flores de monedas de oro son frecuentemente plantadas.
Aves raras cantan melodiosamente;
El fénix se enfrenta al sol.
Rocas desgastadas y brillantes
Por aguas plácidas y luminosas
Aparecen por turnos grotescas, extrañas y feroces.
En incontables números están las montañas famosas del mundo
Donde las flores florecen y se marchitan; florecen y mueren.
¿Qué lugar se asemeja a esta escena duradera
Completamente intacta por las cuatro estaciones y las ocho épocas?
Este es, en las Tres Regiones, el Monte de la Primavera del Norte,
La Cueva de la Barriga de Agua, alimentada por las Cinco Fases.

El Apuesto Rey Mono estaba observando en silencio el paisaje cuando oyó a alguien hablando. Bajó la montaña para averiguar quién era, y descubrió la Cueva de la Barriga de Agua al pie de un acantilado empinado. Varios duendecillos que estaban bailando frente a la cueva vieron a Wukong y comenzaron a huir. "¡Deténganse!" gritó Wukong. "Pueden usar las palabras de su boca para comunicar los pensamientos de mi mente. Soy el señor de la Cueva de la Cortina de Agua en el Monte Flor-Fruta al sur de aquí. Su Rey Monstruoso de la Caos, o como se llame, ha estado abusando repetidamente de mis jóvenes, y he llegado aquí con el propósito específico de resolver asuntos con él."

Al escuchar esto, los duendecillos se precipitaron hacia la cueva y gritaron: "¡Gran Rey, ha ocurrido un desastre!" "¿Qué tipo de desastre?" preguntó el Rey Monstruoso. "Fuera de la cueva," dijeron los duendecillos, "hay un mono que se llama a sí mismo el señor de la Cueva de la Cortina de Agua en el Monte Flor-Fruta. Dice que has abusado repetidamente de sus jóvenes y que ha venido a resolver asuntos contigo." Riéndose, el Rey Monstruoso dijo: "A menudo he oído a esos monos decir que tienen un gran rey que ha dejado la familia para practicar la auto-cultivación. Debe haber regresado. ¿Cómo está vestido y qué tipo de arma tiene?" "No tiene ningún tipo de arma," dijeron los duendecillos. "Está sin gorra, lleva una túnica roja con un cinturón amarillo y tiene un par de botas negras. No se parece ni a un monje ni a un laico, ni a un taoísta ni a un inmortal. Está ahí afuera haciendo demandas con manos desnudas y puños vacíos." Cuando el Rey Monstruoso escuchó esto, ordenó: "Tráiganme mi armadura y mi arma." Estas fueron traídas de inmediato por los duendecillos, y el Rey Monstruoso se puso su coraza y su casco, agarró su cimitarra y salió de la cueva con sus seguidores. "¿Quién es el señor de la Cueva de la Cortina de Agua?" gritó con voz fuerte. Abriendo rápidamente los ojos para mirar, Wukong vio que el Rey Monstruoso

Llevaba en su cabeza un casco de oro negro
Que brillaba al sol;

Y en su cuerpo una túnica de seda oscura
Que se movía con el viento;
Abajo llevaba un chaleco de hierro negro
Atado fuertemente con correas de cuero;
Sus pies estaban calzados con botas finamente talladas,
Grandiosas como las de grandes guerreros.
Diez codos—el ancho de su cintura;
Treinta pies—la altura de su figura;
Sostenía en sus manos una espada;
Su hoja era fina y brillante.
Su nombre: el Monstruo de la Caos
De forma y aspecto más temibles.

"¡Tienes unos ojos tan grandes, monstruo imprudente, pero ni siquiera puedes ver al viejo Mono!" gritó el Rey Mono. Cuando el Rey Monstruoso lo vio, se rió y dijo: "No mides ni cuatro pies de alto, ni tienes treinta años; ni siquiera tienes armas en las manos. ¿Cómo te atreves a ser tan insolente, buscándome para ajustar cuentas?" "¡Tú, monstruo imprudente!" gritó Wukong.

"¡Eres realmente ciego! Piensas que soy pequeño, sin saber que no es difícil para mí crecer; piensas que no tengo armas, pero mis dos manos pueden arrastrar la luna desde el borde del Cielo. ¡No temas; solo prueba el puño del viejo Mono!" Saltó al aire y lanzó un golpe directo a la cara del monstruo. El Rey Monstruoso paró el golpe con su mano y dijo: "Eres un enano y yo soy tan alto; quieres usar tu puño, pero yo tengo mi cimitarra. Si te mato con ella, seré motivo de burla. Déjame dejar mi cimitarra, y veremos qué tan bien puedes pelear." "Bien dicho, buen hombre," respondió Wukong. "¡Vamos!"

El Rey Monstruoso cambió de posición y lanzó un golpe. Wukong se acercó a él, lanzándose al combate. Ambos se golpearon y patearon, luchando y chocando el uno contra el otro. Es fácil fallar en un alcance largo, pero un puñetazo corto es firme y confiable. Wukong golpeó al Rey Monstruoso en las costillas, lo golpeó en el pecho y le propinó tal castigo con unos pocos golpes certeros que el monstruo se hizo a un lado, levantó su enorme cimitarra, la apuntó directamente a la cabeza de Wukong y le lanzó un corte. Wukong esquivó, y el golpe pasó de largo. Al ver que su oponente se ponía más feroz, Wukong utilizó el método llamado el Cuerpo más allá del Cuerpo. Arrancando un puñado de pelos de su propio cuerpo y arrojándolos a su boca, los masticó hasta hacerlos pedacitos y luego los escupió al aire. "¡Cambio!" gritó, y se transformaron de inmediato en dos o trescientos pequeños monos que rodeaban a los combatientes por todos lados. Porque, verás, cuando alguien adquiere el cuerpo de un inmortal, puede proyectar su espíritu, cambiar su forma y realizar todo tipo de maravillas. Dado que el Rey Mono se había perfeccionado en el Camino, cada uno de los ochenta y cuatro mil pelos de su cuerpo podía cambiarse a la forma o sustancia que deseaba. Los pequeños monos que acababa de crear eran tan agudos de ojo y tan rápidos en movimiento que no podían ser heridos por espada ni lanza. ¡Míralos! Saltando y brincando, se lanzaron al Rey Monstruoso y lo rodearon, algunos abrazándolo, otros tirando de él, otros arrastrándose entre sus piernas, algunos tirando de sus pies. Le pateaban y golpeaban; le tiraban del cabello y le picaban los ojos; le pellizcaban la nariz y trataban de hacerlo caer completamente, hasta que se enredaron en confusión.

Mientras tanto, Wukong logró arrebatar la cimitarra, se abrió camino entre la multitud de pequeños monos y bajó la cimitarra de forma contundente sobre el cráneo del monstruo, cortándolo por la mitad. Él y el resto de los monos luego lucharon su camino hacia la cueva y masacraron a todos los duendecillos, jóvenes y viejos. Con un movimiento, reunió su cabello de nuevo en su cuerpo, pero había algunos monos que no regresaron a él. Eran los pequeños monos secuestrados por el Rey Monstruoso de la Cueva de la Cortina de Agua.

"¿Por qué están aquí?" preguntó Wukong. Los treinta o cincuenta de ellos dijeron llorando: "Después de que el Gran Rey se fue a buscar el camino de la inmortalidad, el monstruo nos amenazó durante dos años enteros y finalmente nos llevó a este lugar. ¿No pertenecen estos utensilios a nuestra cueva? Estas ollas y cuencos de piedra fueron todos tomados por la criatura." "Si estas son nuestras pertenencias," dijo Wukong, "sáquenlas de aquí." Luego prendió fuego a la Cueva de la Barriga de Agua y la redujo a cenizas. "Todos ustedes," les dijo, "síganme a casa." "Gran Rey," dijeron los monos, "cuando vinimos aquí, todo lo que sentimos fue el viento soplando a nuestro alrededor, y parecíamos flotar por el aire hasta que llegamos aquí. No sabemos el camino. ¿Cómo podemos regresar a nuestro hogar?" Wukong dijo: "Ese es un truco mágico suyo. ¡Pero no hay dificultad! ¡Ahora sé no solo una cosa, sino cien! También estoy familiarizado con ese truco. Cierren los ojos, todos ustedes, y no tengan miedo."

Querido Rey Mono. Recitó un hechizo, montó durante un tiempo sobre un viento feroz y luego bajó la dirección de la nube. "¡Pequeños!" gritó, "¡abran los ojos!" Los monos sintieron el suelo sólido bajo sus pies y reconocieron su territorio natal. Con gran deleite, cada uno de ellos corrió de regreso a la cueva por los caminos familiares y se amontonaron junto a los que esperaban en la cueva. Luego se alinearon según la edad y el rango y rindieron homenaje al Rey Mono. Se dispusieron vinos y frutas para el banquete de bienvenida. Cuando se les preguntó cómo había sometido al monstruo y rescatado a los jóvenes, Wukong presentó un detallado ensayo, y los monos estallaron en aplausos interminables.

"¿A dónde fuiste, Gran Rey?" gritaron. "¡Nunca esperábamos que adquirías tales habilidades!"

"El año que los dejé a todos ustedes," dijo Wukong, "navegué con las olas a través del Gran Océano Oriental y llegué al Continente de Aparagodānīya del Oeste. Luego llegué al Continente de Jambūdvīpa del Sur, donde aprendí los modos humanos, vistiendo esta prenda y estos zapatos. Me pavoneé entre las nubes durante ocho o nueve años, pero aún no había aprendido el Gran Arte. Luego crucé el Gran Océano Occidental y llegué al Continente de Aparagodānī ya del Oeste. Después de buscar durante mucho tiempo, tuve la buena fortuna de descubrir a un viejo Patriarca, quien me impartió la fórmula para disfrutar de la misma edad que el Cielo, el secreto de la inmortalidad." "¡Tal suerte es difícil de encontrar incluso después de diez mil aflicciones!" dijeron los monos, todos felicitándolo. "Pequeños," dijo Wukong, riendo de nuevo, "otro deleite es que nuestra familia entera ahora tiene un nombre."

"¿Cuál es el nombre del gran rey?"

"Mi apellido es Sun," respondió Wukong, "y mi nombre religioso es Wukong." Cuando los monos oyeron esto, todos aplaudieron y gritaron felices: "¡Si el gran rey es el Anciano Sun, entonces todos somos los Júnior Sun, los Sun Terceros, pequeños Sun, diminutos Sun—¡la Familia Sun, la Nación Sun y la Cueva Sun!" Así que todos vinieron y honraron al Anciano Sun con grandes y pequeños cuencos de vino de coco y uva, de flores y frutas divinas. ¡Era, de hecho, una gran y feliz familia!

Lo,

El apellido es uno, el yo ha regresado a su fuente.

¡Esta gloria espera—un nombre registrado en el Cielo!

No sabemos cuál fue el resultado y cómo le iría a Wukong en este reino; escuchemos la explicación en el próximo capítulo.

CAPÍTULO 3

Los Cuatro Mares y mil Montañas se inclinan para someterse;
Desde la Nueve Oscuridad se eliminan diez nombres de especies.

Ahora estábamos hablando del triunfante regreso del Hermoso Rey Mono a su país natal. Después de matar al Monstruoso Rey del Caos y arrebatarle su enorme cimitarra, practicó diariamente con los pequeños monos el arte de la guerra, enseñándoles cómo afilar bambúes para hacer lanzas, limar madera para hacer espadas, arreglar banderas y estandartes, ir de patrulla, avanzar o retirarse, y acampar. Durante mucho tiempo jugó así con ellos. De repente se quedó en silencio y se sentó, pensando en voz alta, "El juego que estamos jugando aquí puede resultar algo bastante serio. Supongamos que perturbamos a los gobernantes de los humanos o de las aves y bestias, y se ofenden; supongamos que dicen que estos ejercicios militares son subversivos, y levantan un ejército para destruirnos. ¿Cómo podemos enfrentarlos con nuestras lanzas de bambú y espadas de madera? Debemos tener espadas afiladas y buenas alabardas. Pero, ¿qué se puede hacer en este momento?" Cuando los monos oyeron esto, todos se alarmaron. "La observación del gran rey es muy acertada," dijeron, "pero, ¿dónde podemos obtener estas cosas?" Mientras hablaban, cuatro monos mayores se acercaron, dos hembras con traseros rojos y dos gibones de espalda desnuda. Al llegar al frente, dijeron: "Gran Rey, estar provisto de armas afiladas es un asunto muy simple." "¿Cómo es simple?" preguntó Wukong. Los cuatro monos respondieron: "Al este de nuestra montaña, a doscientas millas de agua, está la frontera del País Aolai. En ese país hay un rey que tiene innumerables hombres y soldados en su ciudad, y debe haber todo tipo de trabajos en metal allí. Si el gran rey va allí, puede comprar armas o hacer que se las fabriquen. Entonces podrás enseñarnos cómo usarlas para proteger nuestra montaña, y esta será la estrategia para asegurarnos la perpetuidad." Cuando Wukong escuchó esto, se llenó de alegría. "Jueguen aquí, todos ustedes," dijo. "Déjenme hacer un viaje."

¡Querido Rey Mono! Rápidamente realizó su voltereta en la nube y cruzó las doscientas millas de agua en un abrir y cerrar de ojos. Al otro lado, efectivamente descubrió una ciudad con amplias calles y enormes mercados, innumerables casas y numerosos arcos. Bajo el cielo despejado y el brillante sol, la gente iba y venía constantemente. Wukong pensó para sí mismo: "Debe haber armas listas por aquí. Pero bajar allí para comprar algunas piezas no es tan buen trato como adquirirlas por medio de magia." Por lo tanto, hizo la señal mágica y recitó un hechizo. Enfocado hacia el suroeste, inhaló profundamente y luego lo expulsó. Al instante se convirtió en un poderoso viento, lanzando guijarros y rocas por el aire. Era realmente aterrador:

Nubes gruesas en vasta formación se movían por el mundo;
La niebla negra y el vapor sombrío oscurecían la Tierra;
Las olas se agitaron en mares y ríos, asustando a peces y cangrejos;
Las ramas se rompían en los bosques montañosos, lobos y tigres huyendo.
Los comerciantes y mercaderes desaparecieron de las tiendas y los comercios.
No se veía a un solo hombre en los diversos mercados y centros comerciales.
El rey se retiró a su cámara del palacio real.
Los funcionarios, tanto militares como civiles, regresaron a sus hogares.
Este viento derribó el trono de Buda de mil años
Y sacudió hasta sus cimientos la Torre de los Cinco Fénixes.

El viento surgió y separó al rey de sus súbditos en el País Aolai. A lo largo de los diversos bulevares y mercados, cada familia cerró puertas y ventanas y nadie se atrevió a salir. Wukong luego bajó la dirección de su nube y se lanzó directamente a través de la puerta imperial. Encontró su camino hacia el arsenal, golpeó las puertas hasta abrirlas y vio que había innumerables armas dentro. Cimitarra, lanzas, espadas, alabardas, hachas de guerra, guadañas, látigos, rastrillos, palos de tambor, tambores, arcos, flechas, tenedores y lanzas—todo tipo estaba disponible. Muy complacido, Wukong se dijo a sí mismo: "¿Cuántas piezas puedo llevar yo solo? Es mejor que use la magia de división del cuerpo para transportarlas." ¡Querido Rey Mono! Arrancó un puñado de pelos, los masticó hasta hacerlos pedazos en su boca y los escupió. Recitando el hechizo, gritó: "¡Cambia!" Ellos se transformaron en miles de pequeños monos, que agarraron y tomaron las armas. Los que eran más fuertes tomaron seis o siete piezas, los más débiles dos o tres piezas, y juntos vaciaron el arsenal. Wukong luego montó la nube y realizó la magia de desplazamiento, llamando a un gran viento, que llevó a todos los pequeños monos de vuelta a su hogar.

Ahora les contamos sobre los diversos monos, tanto grandes como pequeños, que estaban jugando fuera de la cueva de la Montaña Flor-Fruta. De repente oyeron el sonido del viento y vieron en el aire una enorme horda de monos acercándose, la vista de la cual los hizo huir aterrados y esconderse. En un momento, Wukong bajó su nube y, sacudiéndose, recogió los pelos de vuelta en su cuerpo. Todas las armas estaban apiladas frente a la montaña. "¡Pequeños!" gritó, "¡vengan y reciban sus armas!" Los monos miraron y vieron a Wukong de pie solo en el suelo. Vinieron corriendo a inclinarse y preguntar qué había sucedido. Wukong luego les contó cómo había utilizado el poderoso viento para transportar las armas. Después de expresar su gratitud, todos los monos fueron a agarrar las cimitarra y las espadas, a manejar las hachas y a pelear por las lanzas, a tensar los arcos y a montar las flechas. Gritando y chillando, jugaron todo el día.

Al día siguiente, marcharon en formación como de costumbre. Al reunir a los monos, Wukong encontró que había cuarenta y siete mil de ellos. Esta asamblea impresionó enormemente a todas las bestias salvajes de la montaña—lobos, insectos, tigres, leopardos, ciervos ratón, ciervos de manchas, ciervos de río, zorros, gatos salvajes, tejones, leones, elefantes, simios, osos, antílopes, jabalíes, bisonte de musgo, gamuzas, búfalos de un cuerno verdes, liebres salvajes y mastines gigantes. Liderados por los varios reyes demonio de no menos de setenta y dos cuevas, todos vinieron a rendir homenaje al Rey Mono. A partir de entonces trajeron tributos anuales y respondieron al llamado de la lista cada temporada. Algunos de ellos participaron en las maniobras; otros suministraron provisiones de acuerdo a su rango. De manera ordenada, hicieron de toda la Montaña Flor-Fruta algo tan fuerte como un balde de hierro o una ciudad de metal. Los varios reyes demonio también presentaron tambores de metal, banderas de colores y cascos. El bullicio de marchar y practicar continuó día tras día.

Mientras el Hermoso Rey Mono disfrutaba de todo esto, de repente dijo a la multitud: "Todos ustedes han llegado a ser expertos con el arco y la flecha y competentes en el uso de armas. Pero esta cimitarra mía es verdaderamente pesada, no me gusta en absoluto. ¿Qué puedo hacer?" Los cuatro monos mayores se acercaron y memorializaron: "El gran rey es un sabio divino, por lo tanto no es apropiado que use un arma terrenal. Sin embargo, no sabemos si el gran rey es capaz de hacer un viaje por agua." "Desde que he conocido el Camino," dijo Wukong, "tengo la habilidad de setenta y dos transformaciones. La voltereta en la nube tiene poder ilimitado. Estoy familiarizado con la magia de ocultación del cuerpo y la magia de desplazamiento. Puedo encontrar mi camino hacia el Cielo o puedo entrar en la Tierra. Puedo caminar más allá del sol y la luna sin proyectar sombra, y puedo penetrar piedra y metal sin obstáculo. El agua no puede ahogarme, ni el fuego quemarme. ¿Hay algún lugar al que no pueda ir?"

"Es bueno que el gran rey posea tales poderes," dijeron los cuatro monos, "porque el agua debajo de este puente de chapa de hierro fluye directamente hacia el Palacio del Dragón del Océano Oriental. Si estás dispuesto a ir allí, Gran Rey, encontrarás al viejo Rey Dragón, de quien puedes solicitar algún tipo de arma. ¿No será eso de tu agrado?" Al escuchar esto, Wukong dijo con alegría: "¡Déjen

me hacer el viaje!"

¡Querido Rey Mono! Saltó hacia la cabeza del puente y empleó la magia de restricción del agua. Haciendo la señal mágica con sus dedos, saltó a las olas, que se abrieron para él, y siguió el cauce directo hasta el fondo del Océano Oriental. Mientras caminaba, de repente se encontró con un yakṣa en patrulla, quien lo detuvo con la pregunta: "¿Qué sabio divino es este que viene empujando a través del agua? Hable claramente para que pueda anunciar su llegada." Wukong dijo: "Soy el sabio nacido en el Cielo, Sun Wukong de la Montaña Flor-Fruta, un vecino cercano de tu viejo Rey Dragón. ¿Cómo es que no me reconoces?" Cuando el yakṣa oyó esto, se apresuró a regresar al Palacio del Agua-Cristal para informar. "Gran Rey," dijo, "hay afuera un sabio nacido en el Cielo de la Montaña Flor-Fruta llamado Sun Wukong. Asegura que es un vecino cercano tuyo, y está a punto de llegar al palacio." Aoguang, el Rey Dragón del Océano Oriental, se levantó de inmediato; acompañado de hijos y nietos dragones, soldados de camarón y generales de cangrejo, salió a recibirlo. "¡Alto Inmortal!" dijo, "¡ por favor, entre!" Fueron al palacio para una presentación adecuada, y después de ofrecer a Wukong el asiento de honor y té, el rey preguntó: "¿Cuándo se convirtió el alto inmortal en un maestro del Camino, y qué tipo de magia divina recibió?" Wukong dijo: "Desde el momento de mi nacimiento, he dejado la familia para practicar la auto-cultivación. Ahora he adquirido un cuerpo sin nacimiento ni muerte. Recientemente he estado enseñando a mis hijos cómo proteger nuestra cueva de montaña, pero, desafortunadamente, carezco de un arma adecuada. He oído que mi noble vecino, que ha disfrutado de vivir durante mucho tiempo en este palacio de jade verde y sus portales de concha, debe tener muchas armas divinas de sobra. Vine específicamente a pedir una de ellas."

Cuando el Rey Dragón oyó esto, apenas podía negarse. Así que ordenó a un comandante de perca que trajera una cimitarra de mango largo, y se la presentó a su visitante. "El viejo Mono no sabe cómo usar una cimitarra," dijo Wukong. "Te ruego que me des otra cosa." El Rey Dragón luego ordenó a un teniente de merluza junto con un portero de anguila que sacaran un tenedor de nueve puntas. Saltando de su asiento, Wukong lo tomó y probó algunos golpes. Lo dejó, diciendo: "¡Ligero! ¡Demasiado ligero! Y no se adapta a mi mano. Te ruego que me des otro." "Alto Inmortal," dijo el Rey Dragón, riendo, "¿no vas a mirar más de cerca? Este tenedor pesa tres mil seiscientos pounds." "¡No se adapta a mi mano!" dijo Wukong, "¡no se adapta a mi mano!" El Rey Dragón estaba volviéndose un poco temeroso; ordenó a un almirante de dorada y un brigadier de carpa que sacaran una halberd gigante, que pesaba siete mil doscientos pounds. Cuando vio esto, Wukong corrió hacia adelante y lo tomó. Probó algunos golpes y defensas y luego lo clavó en el suelo, diciendo: "¡Todavía es ligero! ¡ Demasiado ligero!" El viejo Rey Dragón estaba completamente nervioso. "Alto Inmortal," dijo, "no hay arma en mi palacio más pesada que esta halberd." Ri éndose, Wukong dijo: "Como dice el viejo refrán, '¿Quién se preocupa de que al Rey Dragón le falten tesoros!' Ve y busca más, y si encuentras algo que me guste, te ofreceré un buen precio." "Realmente no hay más aquí," dijo el Rey Dragón.

Mientras hablaban, la madre dragón y su hija se escabulleron y dijeron: "Gran Rey, podemos ver que definitivamente no es un sabio con habilidades mediocres. Dentro de nuestro tesoro oceánico está ese pedazo de raro hierro mágico con el que se fija la profundidad del Río Celestial. Estos últimos días, el hierro ha estado brillando con una luz extraña y hermosa. ¿Podría ser una señal de que debería ser sacado para encontrarse con este sabio?" "Eso," dijo el Rey Dragón, "fue la medida con la que el Gran Yu fijó las profundidades de ríos y océanos cuando conquistó la Inundación. Es un pedazo de hierro mágico, pero, ¿de qué utilidad podría ser para él?" "No nos preocupemos por si él podría encontrarle alguna utilidad," dijo la madre dragón. "Démoselo, y él podrá hacer lo que quiera con él. Lo importante es sacarlo de este palacio." El viejo Rey Dragón estuvo de acuerdo y le contó a Wukong toda la historia. "Sáquenlo y déjame verlo," dijo Wukong. Agitando las manos, el Rey Dragón dijo: "¡No podemos moverlo! ¡Ni siquiera podemos levantarlo! El alto inmortal debe ir allí mismo para verlo." "¿Dónde está?" preguntó Wukong. "Llévame allí."

El Rey Dragón, en consecuencia, lo llevó al centro del tesoro oceánico, donde de repente vieron mil ejes de luz dorada. Señalando el lugar, el Rey Dragón dijo: "Eso es—lo que está brillando." Wukong se ajustó la ropa y se adelantó a tocarlo: era una barra de hierro de más de veinte pies de largo y tan gruesa como un barril. Usando toda su fuerza, la levantó con ambas manos, diciendo: "Es un poco demasiado larga y demasiado gruesa. Sería más útil si fuera un poco más corta y más delgada." Apenas terminó de hablar cuando el tesoro se encogió unos pies en longitud y se volvió un poco más delgado. "Más pequeño aún ser ía aún mejor," dijo Wukong, dándole otro salto en sus manos. Nuevamente el tesoro se hizo más pequeño. Muy complacido, Wukong lo sacó del tesoro oceá nico para examinarlo. Encontró un aro dorado en cada extremo, con hierro negro sólido en el medio. Inmediatamente adyacente a uno de los aros estaba la inscripci ón: "La Vara de Oro con Aro Conformista. Peso: trece mil quinientos pounds." Pensó para sí mismo con deleite secreto: "Este tesoro, supongo, debe ser muy obediente a los deseos de uno." Mientras caminaba, deliberaba en su mente y murmuraba para sí mismo, rebotando la barra en sus manos: "¡Más corta y m ás delgada aún sería maravilloso!" Para cuando la sacó afuera, la barra no tenía más de veinte pies de largo y tenía el grosor de un tazón de arroz.

¡Mira cómo mostró su poder ahora! Agitó la vara para hacer estocadas y pases, participando en un combate simulado todo el camino de regreso al Palacio del Agua-Cristal. El viejo Rey Dragón estaba tan aterrado que temblaba de miedo, y los príncipes dragón estaban todos aterrorizados. Las tortugas marinas y los quelonios metieron sus cuellos; los peces, camarones y cangrejos se escondieron. Wukong sostuvo el tesoro en sus manos y se sentó en el Palacio del Agua-Cristal. Riendo, le dijo al Rey Dragón: "Estoy en deuda con mi buen vecino por su profunda amabilidad." "No hay de qué," dijo el Rey Dragón. "Este pedazo de hierro es muy útil," dijo Wukong, "pero tengo una declaración más que hacer." "¿Qué tipo de declaración desea hacer el alto inmortal?" preguntó el Rey Dragón. Wukong dijo: "Si no hubiera tal hierro, habría dejado el asunto as í. Ahora que lo tengo en mis manos, puedo ver que estoy usando la ropa equivocada para acompañarlo. ¿Qué debo hacer? Si tienes alguna vestimenta marcial, podrías darme una también. Te lo agradecería mucho." "Esto, lo confieso, no está en mi posesión," dijo el Rey Dragón. Wukong dijo: "Un invitado solitario no molestará a dos anfitriones. Incluso si afirmas que no tienes ninguna, nunca saldré por esta puerta." "Deja que el alto inmortal se tome la molestia de ir a otro océano," dijo el Rey Dragón. "Quizás encuentre algo all í." "Visitar tres casas no es tan conveniente como sentarse en una," dijo Wukong, "te ruego que me des un atuendo." "Realmente no tengo uno," dijo el Rey Dragón, "pues si lo tuviera, te lo habría presentado."

"¿Es así?" dijo Wukong. "¡Déjame probar el hierro contigo!"

"Alto inmortal," dijo nerviosamente el Rey Dragón, "¡no levantes nunca tu mano! ¡No levantes nunca tu mano! Déjame ver si mis hermanos tienen alguno y trataremos de darte uno." "¿Dónde están tus hermanos honorables?" preguntó Wukong. "Ellos son," dijo el Rey Dragón, "Aoqin, Rey Dragón del Océano Meridional; Aoshun, Rey Dragón del Océano Septentrional; y Aorun, Rey Dragón del Océano Occidental." "El viejo Mono no va a sus lugares," dijo Wukong. "Como dice el dicho popular, 'Tres en vínculo no pueden competir con dos en mano.' Solo estoy pidiendo que encuentres algo casual aquí y me lo des. Eso es todo." "No hay necesidad de que el alto inmortal vaya a ninguna parte," dijo el Rey Dragón. "Tengo en mi palacio un tambor de hierro y una campana de oro. Siempre que hay alguna emergencia, golpeamos el tambor y tocamos la campana y mis hermanos llegan pronto." "En ese caso," dijo Wukong, "ve a golpear el tambor y a tocar la campana." El general tortuga fue de inmediato a tocar la campana, mientras que el mariscal tortuga vino a golpear el tambor.

Poco después de que sonaron el tambor y la campana, los Reyes Dragón de los Tres Océanos recibieron el mensaje y llegaron puntualmente, congregándose todos en el patio exterior. "Hermano mayor," dijo Aoqin, "¿qué emergencia te hizo golpear el tambor y tocar la campana?" "Buen hermano," respondió el viejo Dragón, "¡es una larga historia! Aquí tenemos a un cierto sabio nacido en el Cielo de la Montaña Flor-Fruta, que vino aquí y afirmó ser mi vecino cercano. Posteriormente exigió un arma; el tenedor de acero que le presenté lo consideró demasiado pequeño, y la halberd que ofrecí demasiado ligera. Finalmente, él mismo tomó ese pedazo de hierro raro y divino con el que se fijó la profundidad del Río Celestial y lo usó para un combate simulado. Ahora está sentado en el palacio y también exige algún tipo de vestimenta de batalla. No tenemos nada de eso aquí. Así que sonamos el tambor y la campana para invitarles a todos a venir. Si tienen algún atuendo así, por favor, dáselo para que yo pueda enviarlo fuera de esta puerta."

Cuando Aoqin escuchó esto, se indignó. "Llamemos a nuestros hermanos," dijo, "y arrestémoslo. ¿Qué hay de malo en eso?" "¡No hables de arrestarlo!" dijo el viejo Dragón, "¡no hables de arrestarlo! ¡Ese pedazo de hierro—un pequeño golpe con él es mortal y un ligero toque es fatal! ¡El más mínimo roce agrietará la piel y un pequeño golpe dañará los músculos!" Aorun, el Rey Dragón del Océano Occidental, dijo: "El segundo hermano mayor no debería levantar su mano contra él. Mejor reunamos un atuendo para él y saquémoslo de este lugar. Luego podemos presentar una queja formal al Cielo, y el Cielo enviará su propio castigo."

"Tienes razón," dijo Aoshun, el Rey Dragón del Océano Septentrional, "aquí tengo un par de zapatos que pisan nubes del color de la raíz de loto." Aorun, el Rey Dragón del Océano Occidental, dijo: "Yo traje una coraza de malla de cadena hecha de oro amarillo." "Y yo tengo un gorro con plumas de fénix erectas, hecho de oro rojo," dijo Aoqin, el Rey Dragón del Océano Meridional. El viejo Rey Dragón se alegró y los trajo al Palacio del Agua-Cristal para presentar los regalos. Wukong se puso debidamente el gorro de oro, la coraza de oro y los zapatos que pisan nubes, y, empuñando su vara obediente, luchó su camino hacia afuera en un combate simulado, gritando a los dragones: "¡ Lamento haberles molestado!" Los Reyes Dragón de los Cuatro Océanos se indignaron, y consultaron juntos sobre presentar una queja formal, de la cual no hacemos mención aquí.

¡ Mira a ese Rey Mono! Abrió el canal de agua y volvió directamente a la cabeza del puente de hierro. Los cuatro viejos monos estaban liderando a los otros monos y esperando al lado del puente. De repente vieron a Wukong saltar de las olas: no había una gota de agua en su cuerpo mientras caminaba sobre el puente, todo radiante y dorado. Los diversos monos estaban tan asombrados que todos se arrodillaron, gritando: "¡ Gran Rey, qué maravillas! ¡ Qué maravillas!" Sonriendo ampliamente, Wukong ascendió a su alto trono y colocó la vara de hierro justo en el centro. Sin saber más, los monos se acercaron e intentaron levantar el tesoro. Era algo así como una libélula intentando sacudir un árbol de hierro: ¡ no podían moverlo ni un centímetro! Mordiéndose los dedos y sacando la lengua, cada uno de ellos decía: "¡ Oh Padre, es tan pesado! ¿Cómo lograste traerlo aquí?" Wukong se acercó a la vara, extendió las manos y la levantó. Riéndose, les dijo: "Todo tiene su dueño. Este tesoro ha presidido en el tesoro oceánico durante quién sabe cuántos miles de años, y simplemente ha empezado a brillar recientemente. El Rey Dragón solo lo reconoció como un pedazo de hierro negro, aunque también se dice que es la rareza divina que fijó el fondo del Río Celestial. Todos esos compañeros juntos no pudieron levantarlo ni moverlo, y me pidieron que lo llevara yo mismo. Al principio, este tesoro tenía más de veinte pies de largo y era del grosor de un barril. Después de que lo golpeé una vez y expresé mi sentimiento de que era demasiado grande, se encogió. Quería que fuera aún más pequeño, y nuevamente se hizo más pequeño. ¡ Por tercera vez le di la orden, y se hizo aún más pequeño! Cuando lo miré a la luz, tenía en él la inscripción: 'La Vara de Oro con Aro Conformista. Peso: trece mil quinientos pounds.' Apártense todos. Permítanme pedirle que pase por más transformaciones."

Sostuvo el tesoro en sus manos y gritó: "¡ Más pequeño, más pequeño, más pequeño!" y en un instante se encogió al tamaño de una pequeña aguja de bordar, lo suficientemente pequeña como para esconderse dentro de la oreja. Asombrados, los monos gritaron: "¡ Gran Rey! Sácala y juega con ella un poco más." El Rey Mono la sacó de su oreja y la colocó en su palma. "¡Más grande, más grande, más grande!" gritó, y nuevamente creció al grosor de un barril y m ás de veinte pies de largo. Se deleitó tanto jugando con ella que saltó sobre el puente y salió de la cueva. Sosteniendo el tesoro en sus manos, comenzó a realizar la magia de la imitación cósmica. Inclinándose, gritó: "¡Crecé!" y de inmediato creció hasta diez mil pies de altura, con una cabeza como la Montaña Tai y un pecho como un pico rugoso, ojos como rayos y una boca como un cuenco de sangre, y dientes como espadas y halberds. La vara en sus manos era de tal tamaño que su parte superior alcanzaba el trigésimo tercer Cielo y su parte inferior la dé cima octava capa del Infierno. Tigres, leopardos, lobos y criaturas que se arrastran, todos los monstruos de la montaña y los reyes demonios de las setenta y dos cuevas, estaban tan aterrorizados que se postraron y rindieron homenaje al Rey Mono con miedo y temblor. En un momento, revocó su apariencia mágica y devolvió el tesoro a una pequeña aguja de bordar guardada en su oreja. Regresó a la morada de la cueva, pero los reyes demonios de las diversas cuevas aún estaban asustados, y continuaron viniendo a rendir sus respetos.

En ese momento, se desplegaron las banderas, sonaron los tambores y los gongs de bronce sonaron fuertemente. Se ofreció un gran banquete de cien delicias, y las copas se llenaron hasta desbordarse con el fruto de las vides y los jugos del coco. Bebieron y banquete ó durante mucho tiempo, y se comprometieron en ejercicios militares como antes. El Rey Mono nombró a los cuatro viejos monos como poderosos comandantes de sus tropas, nombrando a las dos monos hembras de traseros rojos como marshals Ma y Liu, y a los dos gibones sin espalda como generales Beng y Ba. Además, los cuatro poderosos comandantes fueron encargados de todos los asuntos relacionados con fortificaciones, levantamiento de campamentos, recompensas y castigos. Habiendo resuelto todo esto, el Rey Mono se sintió completamente a gusto para volar en las nubes y montar la niebla, para recorrer los cuatro mares y divertirse en mil montañas. Mostrando su habilidad marcial, realizó amplias visitas a varios héroes y guerreros; realizando su magia, hizo muchos buenos amigos. Además, en ese momento, entró en una alianza fraternal con otros seis monarcas: el Rey Monstruo Toro, el Rey Monstruo Dragón, el Rey Monstruo Garuda, el Rey Lince Gigante, el Rey Macaco y el Rey Orangután. Junto con el Rey Mono Apuesto, formaron una orden fraternal de siete. Día tras día discutían artes civiles y militares, intercambiaban copas de vino y jarras, cantaban y bailaban al son de canciones y cuerdas. Se reunían por la mañana y se separaban por la noche; no había un solo placer que pasaran por alto, cubriendo una distancia de diez mil millas como si fuera solo el espacio de su propio patio. Como dice el dicho,

Un asentimiento de la cabeza va más lejos que tres mil millas;
Un giro del torso cubre más de ochocientos.

Un día, se les dijo a los cuatro poderosos comandantes que prepararan un gran banquete en su propia cueva, y los seis reyes fueron invitados a la fiesta. Mataban vacas y sacrificaban caballos; sacrificaban a Cielo y Tierra. Los varios demonios fueron ordenados a bailar y cantar, y todos bebieron hasta estar completamente ebrios. Después de despedir a los seis reyes, Wukong también recompensó a los líderes grandes y pequeños con regalos. Reclinado a la sombra de los pinos cerca del puente de hierro, se quedó dormido en un momento. Los cuatro poderosos comandantes llevaron a la multitud a formar un círculo protector a su alrededor, sin atreverse a alzar sus voces. En su sueño, el Rey Mono Apuesto vio a dos hombres acercarse con una convocatoria con los tres caracteres "Sun Wukong" escritos en ella. Se acercaron a él y, sin decir una palabra, lo ataron con una cuerda y lo arrastraron. El alma del Rey Mono Apuesto tambaleaba de un lado a otro. Llegaron al borde de una ciudad. El Rey Mono estaba recuperándose gradualmente, cuando levantó la cabeza y de repente vio sobre la ciudad un letrero de hierro que llevaba en grandes letras las tres palabras "Región de la Oscuridad." El Rey Mono Apuesto se volvió completamente consciente de inmediato. "La Región de la Oscuridad es la morada de Yama, el Rey de la Muerte," dijo. "¿Por qué estoy aquí?" "Tu edad en el Mundo de la Vida ha llegado a su fin," dijeron los dos hombres. "A los dos nos dieron esta convocatoria para arrestarte." Cuando el Rey Mono escuchó esto, dijo: "Yo, el viejo Mono, he trascendido las Tres Regiones y las Cinco Fases; por lo tanto, ya no estoy bajo la jurisdicción de Yama. ¿Por qué está tan confundido que quiere arrestarme?" Los dos convocadores prestaron escasa atención. Tirando y jalando, estaban decididos a arrastrarlo adentro. Creciendo enojado, el Rey Mono sacó su tesoro. Una ola de él lo convirtió en el grosor de un cuenco de arroz; levantó las manos una vez y los dos convocadores fueron reducidos a carne picada. Desató la cuerda, liberó sus manos y luchó su camino hacia la ciudad, empuñando la vara. Demonios con cabeza de toro se escondieron aterrorizados, y demonios con cara de caballo huyeron en todas direcciones. Una banda de soldados fantasmas corrió hacia el Palacio de la Oscuridad, gritando: "¡Grandes Reyes! ¡Desastre! ¡Desastre! ¡Fuera hay un dios del trueno de cara peluda luchando para entrar!"

Su informe alarmó a los Diez Reyes del Más Allá tanto que rápidamente ajustaron su atuendo y salieron a ver qué estaba sucediendo. Al descubrir una figura feroz y enojada, se alinearon de acuerdo a sus rangos y le saludaron con voces fuertes: "Alto inmortal, dinos tu nombre. Alto inmortal, dinos tu nombre." "Soy el sabio nacido del Cielo Sun Wukong de la Cueva de la Cortina de Agua en la Montaña Flor-Fruta," dijo el Rey Mono, "¿qué tipo de oficiales son ustedes?" "Nosotros somos los Emperadores de la Oscuridad," respondieron los Diez Reyes, inclinándose, "los Diez Reyes del Más Allá." "Díganme cada uno de sus nombres de inmediato," dijo Wukong, "o les daré una paliza."

Los Diez Reyes dijeron: "Nosotros somos: Rey Qinguang, Rey del Río del Comienzo, Rey del Emperador de la Canción, Rey de los Ministros Vengadores, Rey Yama, Rey de Rangos Iguales, Rey de la Montaña Tai, Rey de los Mercados de las Ciudades, Rey del Cambio Completo, y Rey de la Rueda Giratoria."

"Dado que todos ustedes han ascendido a los tronos de la realeza," dijo

Wukong, "deberían ser seres inteligentes, responsables en recompensas y castigos. ¿Por qué son tan ignorantes del bien y del mal? El viejo Mono ha adquirido el Dao y ha alcanzado la inmortalidad. Disfruto de la misma edad que el Cielo, y he trascendido las Tres Regiones y saltado por encima de las Cinco Fases. ¿Por qué, entonces, me enviaron hombres para arrestarme?"

"Alto inmortal," dijeron los Diez Reyes, "deje que su ira se apacigüe. Hay muchas personas en este mundo con el mismo nombre y apellido. ¿No podrían los convocadores haberse equivocado?" "¡Tonterías! ¡Tonterías!" dijo Wukong. "El proverbio dice: 'Los funcionarios se equivocan, los empleados se equivocan, ¡pero el convocador nunca se equivoca!' Rápido, traigan su registro de nacimientos y muertes, y déjenme echar un vistazo."

Cuando los Diez Reyes escucharon esto, lo invitaron a entrar al palacio para que lo viera por sí mismo. Sosteniendo su vara obediente, Wukong se dirigió directamente al Palacio de la Oscuridad y, mirando hacia el sur, se sentó en el medio. Los Diez Reyes inmediatamente ordenaron al juez encargado de los registros que trajera sus libros para su examen. El juez, que no se atrevió a tardar, se apresuró a una sala lateral y trajo cinco o seis libros de documentos y los registros sobre las diez especies de seres vivos. Los revisó uno por uno—criaturas de pelo corto, criaturas peludas, criaturas aladas, criaturas que se arrastran y criaturas escamosas—pero no encontró su nombre. Luego procedió al archivo sobre monos. Verán, aunque este mono se parecía a un ser humano, no estaba registrado bajo los nombres de los hombres; aunque se parecía a las criaturas de pelo corto, no residía en sus reinos; aunque se parecía a otros animales, no estaba sujeto al unicornio; y aunque se parecía a criaturas voladoras, no estaba gobernado por el fénix. Por lo tanto, tenía un registro separado, que Wukong examinó él mismo. Bajo el encabezado "Alma 1350" encontró el nombre Sun Wukong registrado, con la descripción: "Mono de piedra nacido del Cielo. Edad: trescientos cuarenta y dos años. Un buen fin."

Wukong dijo: "Realmente no recuerdo mi edad. Todo lo que quiero es borrar mi nombre. Tráiganme un pincel." El juez se apresuró a buscar el pincel y lo empapó en tinta espesa. Wukong tomó el registro de los monos y tachó todos los nombres que pudo encontrar en él. Tirando el registro, dijo: "¡Eso acaba con la cuenta! ¡Eso acaba con la cuenta! Ahora, verdaderamente no soy su súbdito." Brandishing su vara, luchó su camino fuera de la Región de la Oscuridad. Los Diez Reyes no se atrevieron a acercarse a él. En su lugar, fueron al Palacio de la Nube Verde para consultar al Bodhisattva Rey Kṣitigarbha y planearon informar el incidente al Cielo, lo que no nos concierne por el momento.

Mientras nuestro Rey Mono luchaba por salir de la ciudad, de repente se quedó atrapado en un grupo de hierba y tropezó. Al despertarse de un sobresalto, se dio cuenta de que todo había sido un sueño. Mientras se estiraba, escuchó a los cuatro poderosos comandantes y a los varios monos gritando a voz en cuello: "¡Gran Rey! ¿Cuánto vino bebiste? Has dormido toda la noche. ¿No te has despertado todavía?" "Dormir no es motivo de emoción," dijo Wukong, "pero soñé que dos hombres vinieron a arrestarme, y no percibí su intención hasta que me llevaron a las afueras de la Región de la Oscuridad. Mostrando mi poder, protesté hasta el Palacio de la Oscuridad y discutí con los Diez Reyes. Revisé nuestro registro de nacimientos y muertes y taché todos nuestros nombres. Esos tipos no tienen poder sobre nosotros ahora." Los varios monos hicieron una profunda reverencia para expresar su gratitud. Desde ese momento, hubo muchos monos de montaña que no envejecían, ya que sus nombres no estaban registrados en el Inframundo. Cuando el Rey Mono Apuesto terminó su relato de lo sucedido, los cuatro poderosos comandantes informaron la historia a los reyes demonios de varias cuevas, quienes todos vinieron a felicitarlo. Solo habían pasado unos días cuando los seis hermanos juramentados también vinieron a felicitarlo, todos encantados por la cancelación de los nombres. No elaboraremos aquí sobre su alegre reunión.

En cambio, nos dirigiremos al Gran Sabio Benevolente del Cielo, el Emperador de Jade Celestial del Más Venerable Deva, quien estaba celebrando corte un día en la Sala del Tesoro de las Nieblas Divinas, el Palacio Nublado de Arcos Dorados. Los ministros divinos, civiles y militares, estaban reunidos para la sesión matutina cuando de repente el inmortal taoísta Qiu Hongzhi anunció: "Su Majestad, afuera del Palacio Translúcido, Aoguang, el Rey Dragón del Océano Oriental, espera su mandato para presentar un memorial al Trono." El Emperador de Jade dio la orden de que lo llevaran, y Aoguang fue conducido a la Sala de las Nieblas Divinas. Después de haber pagado sus respetos, un joven divino a cargo de los documentos recibió el memorial, y el Emperador de Jade lo leyó desde el principio. El memorial decía:

Desde la región acuática humilde del Océano Oriental en el Continente Pū rvavideha del Este, el pequeño dragón súbdito, Aoguang, informa humildemente al Sabio Señor del Cielo, el Dios Supremo y Gobernante, que un falso inmortal, Sun Wukong, nacido de la Montaña Flor-Fruta y residente de la Cueva de la Cortina de Agua, ha abusado recientemente de su pequeño dragón, ganando un asiento en su hogar acuático por la fuerza. Exigió un arma, empleando poder e intimidación; pidió vestimenta marcial, desatando violencia y amenazas. Atemorizó a mis parientes acuáticos, y dispersó tortugas y tortugas marinas. El Dragón del Océano Meridional tembló; el Dragón del Océano Occidental estaba lleno de horror; el Dragón del Océano Septentrional retrocedió su cabeza para rendirse; y su súbdito Aoguang flexionó su cuerpo para hacer reverencia. Le presentamos el tesoro divino de una vara de hierro y la tapa dorada con plumas de fénix; dándole también una cota de malla y zapatos para caminar sobre las nubes, lo despedimos cortésmente. Pero incluso entonces estaba decidido a exhibir su destreza marcial y poderes mágicos, y lo único que pudo decirnos fue "¡Lamento haberles molestado!" Realmente no somos rival para él, ni somos capaces de someterlo. Por lo tanto, su súbdito presenta esta petición y suplica humildemente justicia imperial. Les pedimos sinceramente que envíen al ejército Celestial y capturen a este monstruo, para que la tranquilidad pueda restaurarse en los océanos y la prosperidad en la Región Inferior. Así presentamos este memorial.

Cuando el Santo Emperador terminó de leer, dio la orden: "Que el Dios Dragón regrese al océano. Enviaremos a nuestros generales a arrestar al culpable." El viejo Rey Dragón tocó agradecidamente su frente contra el suelo y se marchó. Desde abajo, el Inmortal Anciano Ge, el Maestro Celestial, también presentó el informe. "Su Majestad, el Ministro de la Oscuridad, Rey Qinguang, respaldado por el Bodhisattva Rey Kṣitigarbha, Papa del Inframundo, ha llegado para presentar su memorial." La chica de jade a cargo de la comunicación vino desde un lado para recibir este documento, que el Emperador de Jade también leyó desde el principio. El memorial decía:

La Región de la Oscuridad es la región inferior propia de la Tierra. Así como el Cielo es para los dioses y la Tierra para los fantasmas, así la vida y la muerte proceden en sucesión cíclica. Las aves nacen y los animales mueren; machos y hembras, se multiplican. Los nacimientos y transformaciones, el macho engendrado por la hembra procreativa—tal es el orden de la Naturaleza, y no puede ser cambiado. Pero ahora aparece Sun Wukong, un mono dañino nacido del Cielo de la Cueva de la Cortina de Agua en la Montaña Flor-Fruta, que practica el mal y la violencia, y resiste nuestra debida convocatoria. Ejercitando poderes mágicos, derrotó completamente a los mensajeros fantasmas de la Oscuridad Nueve veces; explotando fuerza bruta, atemorizó a los Diez Reyes Misericordiosos. Causó gran confusión en el Palacio de la Oscuridad; abrogó por la fuerza el Registro de Nombres, de modo que la categoría de monos ahora está fuera de control, y una vida inusualmente larga se otorga a la familia simia. La rueda de la transmigración está detenida, ya que el nacimiento y la muerte se eliminan en cada tipo de mono. Por lo tanto, su pobre monje arriesga ofender su autoridad Celestial al presentar este memorial. Le rogamos humildemente que envíe su ejército divino y someta a este monstruo, para que la vida y la muerte puedan ser nuevamente reguladas y el Inframundo asegurado perpetuamente. Respetuosamente presentamos este memorial.

Cuando el Emperador de Jade terminó de leer, nuevamente dio una orden: "Que el Señor de la Oscuridad regrese al Inframundo. Enviaremos a nuestros generales a arrestar a este culpable." El Rey Qinguang también tocó agradecidamente su cabeza contra el suelo y se marchó.

El Gran Deva Celestial convocó a sus varios súbditos inmortales, tanto civiles como militares, y preguntó: "¿Cuándo nació este mono dañino, y en qué generación comenzó su carrera? ¿Cómo es que se ha vuelto tan poderosamente hábil en el Camino?" Apenas había terminado de hablar cuando, desde las filas, Ojo de Mil Millas y Oído de Viento Acierto dieron un paso adelante. "Este mono," dijeron, "es el mono de piedra nacido del Cielo hace trescientos años. En ese tiempo no parecía ser mucho, y no sabemos dónde adquirió el conocimiento de la auto-cultivación en estos últimos años y se convirtió en un inmortal. Ahora sabe cómo someter dragones y domar tigres, y así es capaz de anular por la fuerza el Registro de la Muerte." "¿Cuál de ustedes, generales divinos," preguntó el Emperador de Jade, "desea descender allí para someterlo?"

Apenas había terminado de hablar cuando el Espíritu de Larga Vida del Planeta Venus se adelantó de las filas y se postró. "Máximo y Santo," dijo, "dentro de las tres regiones, todas las criaturas dotadas con los nueve orificios pueden, a través del ejercicio, convertirse en inmortales. No es sorprendente que este mono, con un cuerpo nutrido por el Cielo y la Tierra, una forma nacida del sol y la luna, deba alcanzar la inmortalidad, ya que su cabeza apunta al Cielo y sus pies caminan sobre la Tierra, y se alimenta de la rocío y la niebla. Ahora que tiene el poder de someter dragones y domar tigres, ¿en qué se diferencia de un ser humano? Por lo tanto, su súbdito se atreve a pedir a Su Majestad que recuerde la gracia compasiva de la Creación y emita un decreto de pacificación. Que sea convocado a la Regió n Superior y se le otorguen algún tipo de funciones oficiales. Su nombre será registrado en el Registro y podremos controlarlo aquí. Si es receptivo al decreto Celestial, será recompensado y ascendido en el futuro; pero si desobedece su mandato, lo arrestaremos de inmediato. Tal acción nos evitará una expedición militar en primer lugar, y, en segundo lugar, nos permitirá recibir entre nosotros a otro inmortal de manera ordenada."

El Emperador de Jade se mostró muy complacido con esta declaración, y dijo: "Seguiremos el consejo de nuestro ministro." Luego ordenó al Espíritu Estelar de Canto y Letras que compusiera el decreto, y delegó a la Estrella Dorada de Venus como virrey de la paz. Habiendo recibido el decreto, la Estrella Dorada sali ó por la Puerta del Cielo del Sur, bajó la dirección de su nube sagrada y se dirigió directamente a la Montaña Flor-Fruta y la Cueva de la Cortina de Agua. Dijo a los varios pequeños monos: "Soy el mensajero Celestial enviado desde arriba. Tengo conmigo un decreto imperial para invitar a su gran rey a ir a la Región Superior. ¡ Infórmenle esto rápidamente!" Los monos fuera de la cueva pasaron la palabra uno por uno hasta que llegó a la profundidad de la cueva. "Gran Rey," dijo uno de los monos, "hay un anciano afuera llevando un documento en su espalda. Dice que es un mensajero enviado desde el Cielo, y tiene un decreto imperial de invitaci ón para usted." Al escuchar esto, el Rey Mono Apuesto se sintió extremadamente complacido. "Estos últimos dos días," dijo, "justo estaba pensando en hacer un pequeño viaje al Cielo, ¡ y el mensajero celestial ya ha venido a invitarme!" El Rey Mono rápidamente se arregló y fue a la puerta para recibirlo. La Estrella Dorada entró al centro de la cueva y se detuvo con su rostro hacia el sur. "Soy la Estrella Dorada de Venus del Oeste," dijo. "He descendido a la Tierra, llevando el decreto imperial de pacificación del Emperador de Jade, e invito a que vaya al Cielo para recibir un nombramiento inmortal." Riéndose, Wukong dijo: "Estoy muy agradecido por la visita del Viejo Estrella." Luego dio la orden: "Pequeños, preparen un banquete para entretener a nuestro invitado." La Estrella Dorada dijo: "Como portador del decreto imperial, no puedo quedarme aquí mucho tiempo. Debo pedir al Gran Rey que me acompañe de inmediato. Después de su gloriosa promoción, tendremos muchas ocasiones para conversar a nuestro antojo." "Nos honras con tu presencia," dijo Wukong; "¡lamento que tengas que irte con las manos vacías!" Luego reunió a los cuatro poderosos comandantes para esta admonición: "Sean diligentes en enseñar y adiestrar a los jóvenes. Déjenme subir al Cielo para echar un vistazo y ver si puedo hacer que todos ustedes también sean traídos allí para vivir conmigo." Los cuatro poderosos comandantes indicaron su obediencia. Este Rey Mono montó la nube con la Estrella Dorada y ascendió al cielo. Verdaderamente

Él asciende al alto rango de inmortales del cielo;

Su nombre está inscrito en columnas de nubes y rollos de tesoros.

No sabemos qué tipo de rango o nombramiento recibió; escuchemos la explicación en el próximo capítulo.

CAPÍTULO 4

Nombrado Caballo de Banquete, ¿podrá estar satisfecho?
Nombrado Igual al Cielo, aún no está apaciguado.

La Estrella Dorada de Venus dejó las profundidades de la cueva donde habitaba el Rey Mono Apuesto, y juntos ascendieron montando las nubes. Pero el salto acrobático de nubes de Wukong, verán, no es una magia común; su velocidad es tremenda. Pronto dejó muy atrás a la Estrella Dorada y llegó primero a la Puerta del Cielo del Sur. Estaba a punto de desmontar de la nube e ingresar cuando el Devarāja Virūḍhaka, liderando a Pang, Liu, Kou, Bi, Deng, Xin, Zhang y Tao, los diversos héroes divinos, le bloquearon el camino con lanzas, cimitarras, espadas y alabardas, y le negaron la entrada. El Rey Mono dijo: "¡Qué engañoso es ese tipo de la Estrella Dorada! Si el viejo Mono ha sido invitado aquí, ¿por qué se ha ordenado a estas personas que usen sus espadas y lanzas para bloquear mi entrada?" Estaba protestando en voz alta cuando la Estrella Dorada llegó apresuradamente. "Viejo," dijo Wukong enojado, "¿por qué me engañaste? Me dijiste que fui invitado por el decreto de pacificación del Emperador de Jade. ¿Por qué entonces hiciste que estas personas bloquearan la Puerta del Cielo e impidieran mi entrada?" "Deja que el Gran Rey se calme," dijo la Estrella Dorada, riendo. "Dado que nunca has estado en la Sala del Cielo antes, ni te han dado un nombre, eres bastante desconocido para los diversos guardianes celestiales. ¿Cómo pueden dejarte entrar por su propia autoridad? Una vez que hayas visto al Deva Celestial, recibido un nombramiento y tenido tu nombre inscrito en el Registro de Inmortales, podrás entrar y salir a tu antojo. ¿Quién podría entonces obstruir tu camino?" "Si es así," dijo Wukong, "está bien. Pero no entraré solo." "Entonces entra conmigo," dijo la Estrella Dorada, tirándolo de la mano.

Al acercarse a la puerta, la Estrella Dorada gritó en voz alta: "¡Guardianes de la Puerta del Cielo, tenientes grandes y pequeños, hagan camino! Esta persona es un inmortal de la Región Inferior, a quien he convocado por el decreto imperial del Emperador de Jade." El Devarāja Virūḍhaka y los diversos héroes divinos inmediatamente bajaron sus armas y se hicieron a un lado, y el Rey Mono finalmente creyó lo que le habían dicho. Caminó lentamente dentro con la Estrella Dorada y miró a su alrededor. Porque realmente era

Su primera ascensión a la Región Superior,
Su repentina entrada en la Sala del Cielo,
Donde diez mil rayos de luz dorada giraban como un arcoíris coral,
Y mil capas de aire sagrado difundían una niebla púrpura.
¡Miren esa Puerta del Cielo del Sur!
Sus profundas sombras de verde

Están hechas de azulejos vidriados;
Sus radiantes murallas
Adornadas con jade precioso.

En ambos lados había una multitud de centinelas celestiales,
Cada uno de ellos, de pie junto a los pilares,
Portaba arcos y sujetaba estandartes.

Alrededor había diversas deidades divinas en armaduras doradas,
Cada una de ellas sosteniendo alabardas y látigos,
O empuñando cimitarras y espadas.

Impresionante puede ser el patio exterior;
¡Abrumador es el espectáculo interior!

En las salas internas se erguían varios pilares enormes
Rodeados de dragones de barbas rojas cuyas escamas doradas brillaban al sol.

Además, había algunos puentes largos;
Sobre ellos, fénixes de cabezas carmesíes giraban con plumas de muchos colores.

Una brillante niebla centelleaba a la luz del cielo.
Una niebla verde que descendía oscurecía las estrellas.

Treinta y tres mansiones celestiales se encontraban aquí arriba,
Con nombres como Nube Dispersa, Vaiśrvaṇa, Pāncavidyā, Suyāma, Nirmā ṇarati···

En el techo de cada mansión, la cresta sostenía una majestuosa bestia dorada.
También había setenta y dos salas del tesoro,
Con nombres como Asamblea Matutina, Vacío Trascendental, Luz Preciosa, Rey Celestial, Ministro Divino···

En cada sala, bajo los pilares, había filas de unicornios de jade.
En la Plataforma de Canopus,
Había flores que no se marchitan en milenios;
Junto al horno para refinar hierbas,
Crecían hierbas exóticas verdes durante diez mil años.

Se fue ante la Torre de Homenaje al Sabio,
Donde vio túnicas de gasa real púrpura
Brillantes como estrellas resplandecientes,
Gorras en forma de hibisco,
Resplandecientes con oro y piedras preciosas,
Y alfileres de jade y zapatos de perlas,
Y fajas púrpuras y ornamentos dorados.

Cuando las campanas doradas se movieron al ser golpeadas,
El memorial de los Tres Jueces cruzaría el patio bermellón;
Cuando sonaron los tambores del Cielo,
Diez mil sabios de la audiencia real honrarían al Emperador de Jade.

También fue a la Sala del Tesoro de las Nieblas Divinas
Donde clavos de oro penetraban marcos de jade,
Y fénixes coloridos danzaban sobre puertas escarlatas.

Aquí había puentes cubiertos y pasillos serpenteantes
Exhibiendo por todas partes intrincados tallados más elegantes;
Y aleros apiñados en capas de tres y cuatro,
Sobre cada uno de los cuales se erguían fénixes y dragones.
Allí, muy arriba,
Había una gran cúpula redonda, brillante y luminosa—
Su forma, una enorme calabaza de oro púrpura,
Debajo de la cual las diosas guardianas sacaban sus abanicos
Y las doncellas de jade sostenían sus velos inmortales.
Feroces eran los marshals del cielo que supervisaban la corte;
Dignos, los oficiales divinos que protegían el Trono.
Allí en el centro, sobre un plato de cristal,
Estaban amontonadas tabletas del Gran Elixir Monad;
Y surgiendo de los jarrones de cornalina
Había varias ramas de coral retorcido.
Así era que
Bienes raros de todo tipo se encontraban en la Sala del Cielo,
Y nada como ellos en la Tierra podría verse—
Esos arcos dorados, coches plateados, y esa casa Celestial,
Esas flores coralinas y plantas de jaspe con sus botones de jade.
El conejo de jade pasó por la plataforma para adorar al rey.
El cuervo dorado voló para venerar al sabio.
Bendito fue el Rey Mono al venir a este reino Celestial,
Él que no estaba atrapado en el sucio suelo de los hombres.

La Estrella Dorada de Venus condujo al Rey Mono Apuesto a la Sala del Tesoro de las Nieblas Divinas, y, sin esperar más anuncio, entraron en la presencia imperial. Mientras la Estrella se postraba, Wukong permanecía erguido junto a él. Sin mostrar respeto, solo inclinó su oído para escuchar el informe de la Estrella Dorada. "De acuerdo con tu decreto," dijo la Estrella Dorada, "tu súbdito ha traído al falso inmortal." "¿Cuál de ellos es el falso inmortal?" preguntó el Emperador de Jade amablemente. Solo entonces Wukong se inclinó y respondió: "Ninguno otro que el viejo Mono." Al pálido de horror, los diversos oficiales divinos dijeron: "¡Ese simio salvaje! Ya no se ha postrado ante el Trono, ¡y ahora se atreve a presentarse con una respuesta tan insolente como 'Ninguno otro que el viejo Mono'! ¡Es digno de muerte, digno de muerte!" "Ese tipo, Sun Wukong, es un falso inmortal de la Región Inferior," anunció el Emperador de Jade, "y solo ha adquirido recientemente la forma de un ser humano. Le perdonaremos esta vez su ignorancia de la etiqueta de la corte." "Gracias, Su Majestad," gritaron los diversos oficiales divinos. Solo entonces el Rey Mono se inclinó profundamente con las manos juntas y pronunció un grito de gratitud. El Emperador de Jade luego ordenó a los oficiales divinos, tanto civiles como militares, que averiguaran qué nombramiento vacante podría haber para que Sun

Wukong lo recibiera. Desde un lado, vino el Espíritu Estelar de Wuqu, quien informó: "En cada mansión y sala en el Palacio del Cielo, no falta ningún ministro. Solo en los establos imperiales se necesita un supervisor." "Que sea nombrado Caballo de Banquete," proclamó el Emperador de Jade. Los diversos súbditos nuevamente gritaron su agradecimiento, pero el Mono solo se inclinó profundamente y dio un fuerte grito de gratitud. El Emperador de Jade luego envió al Espíritu Estelar de Júpiter para acompañarlo a los establos.

El Rey Mono fue felizmente con el Espíritu Estelar de Júpiter a los establos para asumir sus deberes. Después de que el Espíritu Estelar regresó a su propia mansión, el nuevo oficial reunió a los supervisores adjuntos y asistentes, a los contables y administradores, y a otros oficiales grandes y pequeños e hizo una investigación exhaustiva de todos los asuntos de los establos. Había alrededor de mil caballos celestiales, y todos eran

Hualius y Chizhis
Lu'ers y Xianlis,
Consortes de Dragones y Golondrinas Púrpuras,
Alas Plegadas y Suxiangs,
Juetis y Cascos de Plata,
Yaoniaos y Amarillos Voladores.
Castaños y Más Rápidos que Flechas,
Liebres Rojas y Más Rápidos que Luces,
Luces Saltarinas y Sombras Elevadas,
Niebla Ascendente y Amarillos Triunfantes,
Perseguidores del Viento y Rompe Distancias.
Ala Voladora y Aguas Enérgicas,
Vientos Apresurados y Relámpagos Ardientes.
Gorriones de Cobre y Nubes Errantes,
Pintos parecidos a dragones y pintos parecidos a tigres,
Apagadores de Polvo y Escamas Púrpuras,
Y Ferghanas de las Cuatro Esquinas.
Como los Ocho Caballos y Nueve Caballos de Guerra
¡No tienen rivales en mil millas!
Así son estos finos caballos.
Cada uno de los cuales
Relincha como el viento y galopa como el trueno para mostrar un gran espíritu.
Pisan la niebla y montan las nubes con una fuerza inagotable.

Nuestro Rey Mono revisó las listas e hizo una inspección exhaustiva de los caballos. Dentro de los establos imperiales, los contables estaban encargados de conseguir suministros; los administradores acicalaban y lavaban a los caballos, picaban heno, les daban agua y preparaban su comida; y los adjuntos y asistentes se ocupaban de la gestión general. Sin descanso, el Bima supervisaba el cuidado de los caballos, ocupándose de ellos durante el día y vigilándolos diligentemente durante la noche. Aquellos caballos que querían dormir eran despertados y alimentados; aquellos que querían galopar eran atrapados y colocados en los establos. Cuando los caballos celestiales lo veían, todos se comportaban muy correctamente y estaban tan bien cuidados que sus flancos se hinchaban de grasa.

Más de medio mes pronto pasó, y en una mañana tranquila, los diversos ministros de departamento dieron un banquete para darle la bienvenida y felicitarlo. Mientras bebían felices, el Rey Mono de repente dejó su copa y preguntó: "¿Qué tipo de rango es este Caballo de Banquete que tengo?" "El rango y el título son los mismos," dijeron. "¿Pero qué grado ministerial es?" "No tiene un grado," dijeron. "Si no tiene un grado," dijo el Rey Mono, "supongo que debe ser el más alto." "Para nada," respondieron, "solo se puede llamar 'el no clasificado'." El Rey Mono dijo: "¿Qué quieren decir con 'el no clasificado'?" "Es realmente el nivel más bajo," dijeron. "Este tipo de ministro es el más bajo de los bajos rangos; por lo tanto, solo puede cuidar caballos. Toma el caso de Su Honor, quien, desde su llegada, ha sido tan diligente en cumplir con sus deberes. Si los caballos están gordos, solo te ganarás un '¡Bastante Bien!' Si se ven algo delgados, serás reprendido severamente. Y si están seriamente heridos o lesionados, serás procesado y multado."

Cuando el Rey Mono oyó esto, el fuego saltó de su corazón. "¡Así que ese es el desprecio que tienen por el viejo Mono!" gritó con rabia, rechinando los dientes. "En la Montaña de Frutas y Flores fui honrado como rey y patriarca. ¿Cómo se atreven a engañarme para que venga a cuidar caballos para ellos, si cuidar caballos es un servicio tan servil, reservado solo para los jóvenes y humildes? ¿Es este trato digno de mí? ¡Estoy renunciando! ¡Estoy renunciando! ¡Me voy ahora mismo!" Con un estruendo, pateó su escritorio oficial y sacó el tesoro de su oído. Un movimiento de su mano y tenía el grosor de un cuenco de arroz. Lanzando golpes en todas direcciones, se abrió paso fuera de los establos imperiales y fue directo a la Puerta del Cielo del Sur. Los diversos guardianes celestiales, sabiendo que había sido oficialmente nombrado Caballo de Banquete, no se atrevieron a detenerlo y le permitieron abrirse paso fuera de la Puerta del Cielo.

En un momento, bajó la dirección de su nube y regresó a la Montaña de Frutas y Flores. Los cuatro poderosos comandantes estaban viendo cómo entrenaban a las tropas con los Reyes Monstruo de diversas cuevas. "¡Pequeños!" gritó este Rey Mono en voz alta, "¡el viejo Mono ha regresado!" La bandada de monos vino a hacer una reverencia y lo recibió en las profundidades de la cueva. Mientras el Rey Mono ascendía a su trono, ellos se apresuraron a preparar un banquete para darle la bienvenida. "Recibe nuestras felicitaciones, Gran Rey," dijeron. "Habiendo estado en la región de arriba por más de diez años, debes regresar con éxito y gloria." "He estado ausente solo medio mes," dijo el Rey Mono. "¿Cómo puede ser más de diez años?"

"Gran Rey," dijeron los diversos monos, "no eres consciente del tiempo y las estaciones cuando estás en el Cielo. Un día en el Cielo es igual a un año en la Tierra. ¿Podemos preguntar al Gran Rey qué nombramiento ministerial recibió?"

"¡No menciones eso! ¡No menciones eso!" dijo el Rey Mono, agitando su mano. "¡Me avergüenza hasta la muerte! Ese Emperador de Jade no sabe cómo usar el talento. Al ver las características del viejo Mono, me nombró algo llamado Caballo de Banquete, que en realidad significa cuidar caballos para él. ¡Es un trabajo tan bajo que ni siquiera tiene clasificación! No sabía esto cuando asumí mis deberes, así que logré divertirme en los establos imperiales. Pero cuando pregunté a mis colegas hoy, descubrí qué posición degradante era. Estaba tan furioso que volqué el banquete que me estaban dando y rechacé el título. Por eso regresé." "¡Bienvenido de nuevo!" dijeron los diversos monos, "¡bienvenido de nuevo! Nuestro Gran Rey puede ser el soberano de esta bendita cueva con el mayor honor y felicidad. ¿Por qué debería irse a ser el criado de alguien?" "¡Pequeños!" gritaron, "¡envíen el vino rápidamente y animen a nuestro Gran Rey!"

Mientras estaban bebiendo vino y conversando felizmente, alguien vino a informar: "Gran Rey, hay dos reyes demonios de un cuerno afuera que quieren verte." "Déjalos pasar," dijo el Rey Mono. Los reyes demonios arreglaron su atuendo, corrieron hacia la cueva y se postraron. "¿Por qué querían verme?" preguntó el Rey Mono Apuesto. "Hemos oído desde hace mucho que el Gran Rey es receptivo a los talentos," dijeron los reyes demonios, "pero no teníamos razones para solicitar su audiencia. Ahora hemos aprendido que nuestro Gran Rey ha recibido un nombramiento divino y ha regresado con éxito y gloria. Hemos venido, por lo tanto, a presentar al Gran Rey una túnica roja y amarilla para su celebración. Si no desconfía de lo tosco y lo humilde y está dispuesto a recibirnos plebeyos, le serviremos como perros o como caballos." Muy complacido, el Rey Mono se puso la túnica roja y amarilla mientras el resto de ellos se alineaban alegremente y hacían homenaje. Luego nombró a los reyes demonios como Comandantes de Vanguardia, Marshals de los Regimientos de Avance. Después de expresar su agradecimiento, los reyes demonios preguntaron de nuevo: "Dado que nuestro Gran Rey estuvo en el Cielo durante mucho tiempo, ¿podemos preguntar qué tipo de nombramiento recibió?" "El Emperador de Jade menosprecia a los talentosos," dijo el Rey Mono. "Solo me nombró algo llamado Caballo de Banquete." Al escuchar esto, los reyes demonios dijeron de nuevo: "¡El Gran Rey tiene tales poderes divinos! ¿Por qué debería cuidar caballos para él? ¿Qué hay que lo detenga de asumir el rango de Gran Sabio, Igual al Cielo?" Cuando el Rey Mono escuchó estas palabras, no pudo ocultar su deleite, gritando repetidamente: "¡Bravo! ¡Bravo!" "Hazme un estandarte de inmediato," ordenó a los cuatro poderosos comandantes, "y escribe en él con letras grandes: 'El Gran Sabio, Igual al Cielo.' Levanta un poste para colgarlo. A partir de ahora, diríjanme solo como el Gran Sabio, Igual al Cielo, y el título de Gran Rey ya no se permitirá. Los Reyes Monstruo de las diversas cuevas también serán informados para que se sepa por todos." De esto no hablaremos más.

Ahora nos referimos al Emperador de Jade, quien celebró corte al día siguiente. Se vio al Maestro Celestial Zhang llevando al adjunto y al asistente de los establos imperiales para presentarse ante el patio bermellón. "Su Majestad," dijeron, postrándose, "el recién nombrado Caballo de Banquete, Sun Wukong, se opuso a su rango como demasiado bajo y salió del Palacio Celestial ayer en rebeldía." Mientras tanto, el Devarāja Virūḍhaka, liderando a los diversos guardianes celestiales desde la Puerta del Cielo del Sur, también hizo el informe: "El Caballo de Banquete, por razones desconocidas para nosotros, ha salido de la Puerta del Cielo." Cuando el Emperador de Jade escuchó esto, proclamó: "Que los dos comandantes divinos y sus seguidores regresen a sus deberes. Enviaremos soldados celestiales para capturar a este monstruo." Entre las filas, el Devarāja Li, que era el Portador de la Pagoda, y su Tercer Príncipe Naṭa se adelantaron y presentaron su solicitud, diciendo: "Su Majestad, aunque sus humildes súbditos no son talentosos, esperamos su autorización para someter a este monstruo." Delighted, el Emperador de Jade nombró al Portador de la Pagoda, Devarāja Li Jing, como gran mariscal para someter al monstruo, y ascendió al Tercer Príncipe Naṭa a ser el gran deidad a cargo de la Asamblea de Tres Plataformas de los Santos. Debían liderar una fuerza expedicionaria de inmediato hacia la Región Inferior.

El Devarāja Li y Naṭa hicieron una reverencia para despedirse y regresaron a su propia mansión. Después de revisar las tropas y sus capitanes y tenientes, nombraron al Dios del Gran Espíritu como Comandante de Vanguardia, al General Barriga de Pescado para cubrir la retaguardia, y al General de los Yakṣas para instar a las tropas. En un momento, salieron por la Puerta del Cielo del Sur y se dirigieron directamente a la Montaña de Frutas y Flores. Se seleccionó un terreno nivelado para el campamento y luego se dio la orden al Dios del Gran Espíritu para provocar la batalla. Después de recibir su orden y haber abrochado y atado adecuadamente su armadura, el Dios del Gran Espíritu tomó su hacha de flores que se despliegan y vino a la Cueva de la Cortina de Agua. Allí, frente a la cueva, vio una gran multitud de monstruos, todos ellos lobos, insectos, tigres, leopardos y similares; todos estaban saltando y gruñendo, blandiendo sus espadas y agitando sus lanzas.

"¡Malditas bestias!" gritó el Dios del Gran Espíritu. "¡Apúrense y díganle al Caballo de Banquete que yo, un gran general del Cielo, he venido con la autorización del Emperador de Jade para someterlo! ¡Díganle que salga rápido y se rinda, no sea que todos ustedes sean aniquilados!" Corriendo despavoridos hacia la cueva, esos monstruos gritaron el informe: "¡Desastre! ¡Desastre!"

"¿Qué tipo de desastre?" preguntó el Rey Mono. "Hay un guerrero celestial afuera," dijeron los monstruos, "que afirma ser un enviado imperial. Dice que vino por el sagrado decreto del Emperador de Jade para someterte, y te ordena que salgas rápido y te rindas, no sea que perdamos nuestras vidas." Al escuchar esto, el Rey Mono ordenó: "¡Consíganme mi vestido de batalla!" Rápidamente se puso su gorra de oro rojo, se puso su coraza de oro amarillo, se calzó sus zapatos de andar en las nubes y agarró la vara dorada con aro. Lideró a la multitud afuera y los organizó en formación de batalla. El Dios del Gran Espíritu abrió ampliamente sus ojos y miró a este magnífico Rey Mono:

La coraza de oro que llevaba en su cuerpo era brillante y resplandeciente;
La gorra de oro en su cabeza también relucía con la luz.
En sus manos tenía una vara, la vara dorada con aro,
Que bien combinaba con los zapatos de andar en las nubes en sus pies.
Sus ojos brillaban extrañamente como estrellas ardientes.
Colgando más allá de sus hombros había dos orejas, bifurcadas y duras.
Su notable cuerpo conocía muchas formas de cambio,
Y su voz resonaba como campanas y carillones.
Este Caballo de Banquete con boca en pico y dientes abiertos
Apuntaba alto para ser el Gran Sabio, Igual al Cielo.

"Mono sin ley," rugió poderosamente el Dios del Gran Espíritu, "¿me reconoces?" Cuando el Gran Sabio escuchó estas palabras, preguntó rápidamente: "¿Qué tipo de deidad torpe eres tú? ¡El viejo Mono aún no te ha conocido! ¡Declara tu nombre de inmediato!" "Simio fraudulento," gritó el Gran Espíritu, "¿qué quieres decir con que no me reconoces? Soy el General Celestial del Gran Espíritu, el Comandante de Vanguardia y subordinado del Devarāja Li, el Portador de la Pagoda, del empíreo divino. He venido por el decreto imperial del Emperador de Jade para recibir tu sumisión. Desvístete de inmediato y ríndete a la gracia Celestial, para que esta montaña de criaturas pueda evitar la ejecución. Si te atreves a pronunciar siquiera la mitad de un 'No,' serás reducido a polvo en segundos."

Cuando el Rey Mono escuchó esas palabras, se llenó de ira. "¡Insensato imprudente!" gritó. "¡Deja de presumir y mover la lengua! Te habría matado con un golpe de mi vara, pero entonces no tendría a nadie para comunicar mi mensaje. Así que, te perdonaré la vida por el momento. ¡Regresa al Cielo rápidamente e informa al Emperador de Jade que no tiene consideración por el talento! ¡El viejo Mono tiene habilidades ilimitadas! ¿Por qué me pidió que cuidara caballos para él? Echa un buen vistazo a las palabras en este estandarte. Si soy promovido según su título, depondré mis armas, y el cosmos será justo y tranquilo. Pero si no está de acuerdo con mi demanda, ¡me abriré camino hasta el Salón del Tesoro de las Brumas Divinas, y ni siquiera podrá sentarse en su trono de dragón!" Cuando el Dios del Gran Espíritu escuchó estas palabras, abrió ampliamente los ojos, enfrentando el viento, y vio efectivamente un alto poste fuera de la cueva. En el poste colgaba un estandarte que llevaba en letras grandes las palabras, "El Gran Sabio, Igual al Cielo."

El Dios del Gran Espíritu se rió desdeñosamente tres veces y se burló, "¡

Mono sin ley! ¡Qué fatuo puedes ser, y qué arrogante! ¡Así que quieres ser el Gran Sabio, Igual al Cielo! ¡Sé lo suficientemente bueno para tomar un poco de mi hacha primero!" Apuntando a su cabeza, intentó cortarlo, pero, siendo un luchador conocedor, el Rey Mono no se inmutó. Se enfrentó al golpe de inmediato con su vara dorada con aro, y esta emocionante batalla comenzó.

La vara se llamaba Complaciente;
El hacha se llamaba Flor que Se Despliega.
Los dos, encontrándose de repente,
Aún no conocían su debilidad o fuerza;
Pero el hacha y la vara
Chocaban de izquierda a derecha.
Uno ocultaba poderes secretos más maravillosos;
El otro se jactaba abiertamente de su vigor y fuerza.
Usaron magia—
Soplando nubes y soplando niebla;
Extendieron sus manos,
Salpicando barro y rociando arena.
El poder del luchador celestial tenía su camino:
Pero el Mono tenía un poder ilimitado de cambio.
La vara levantada—un dragón jugaba en el agua;
El hacha llegó—un fénix cortaba flores.
El Gran Espíritu, cuyo nombre se extendía por el mundo,
En destreza realmente no podía igualar al otro.
El Gran Sabio girando ligeramente su vara de hierro
Podía entumecer el cuerpo con un golpe en la cabeza.

El Dios del Gran Espíritu no podía oponerse más y permitió que el Rey Mono dirigiera un golpe poderoso a su cabeza, que rápidamente intentó desviar con su hacha. Con un crujido el mango del hacha se partió en dos, y el Gran Esp íritu giró rápidamente para huir por su vida. "¡Imbécil! ¡Imbécil!" se rió el Rey Mono, "ya te perdoné. ¡Ve e informa mi mensaje de inmediato!"

De regreso en el campamento, el Dios del Gran Espíritu fue directamente a ver al Portador de la Pagoda Devarāja. Jadeando y resoplando, se arrodilló diciendo, "¡El Caballo de Banquete realmente tiene grandes poderes mágicos! ¡Tu guerrero indigno no puede prevalecer contra él! Derrotado, he venido a pedir tu perdón." "Este tipo ha embotado nuestra voluntad de luchar," dijo Devar āja Li enojado. "¡Llévenlo y ejecútenlo!" Desde un lado vino el Príncipe Naṭ a, quien dijo, inclinándose profundamente, "Deja que tu ira se calme, Rey Padre, y perdona por el momento la culpa del Gran Espíritu. Permite que tu hijo entre en batalla una vez, y sabremos la longitud y la brevedad del asunto." El Devarā ja siguió la admonición y ordenó al Gran Espíritu regresar a su campamento y esperar juicio.

Este Príncipe Naṭa, debidamente armado, saltó de su campamento y se lanz ó a la Cueva de la Cortina de Agua. Wukong estaba despidiendo a sus tropas cuando vio a Naṭa acercarse con fiereza. ¡Querido Príncipe!

Dos mechones infantiles apenas cubren su cráneo.
Su cabello fluido aún no alcanza los hombros.
Una mente rara, alerta e inteligente.
Un cuerpo noble, puro y elegante.
Es, de hecho, el hijo unicornio del Cielo arriba,
Verdaderamente inmortal como el fénix de niebla y humo.
Esta semilla de dragón tiene por naturaleza rasgos inusuales.
Su tierna edad no muestra relación con ningún pariente terrenal.
Lleva en su cuerpo seis tipos de armas mágicas.
Vuela, salta; puede cambiar sin restricciones.
Ahora, por la proclamación de boca dorada del Emperador de Jade
Está designado a la Asamblea: su nombre, las Tres Plataformas.

Wukong se acercó y preguntó: "¿De quién eres el hermanito, y qué quieres, irrumpiendo en mi puerta?" "¡Mono monstruoso sin ley!" gritó Naṭa. "¿No me reconoces? Soy Naṭa, tercer hijo del Portador de la Pagoda Devarāja. Estoy bajo la comisión imperial del Emperador de Jade para venir y arrestarte."

"Pequeño príncipe," dijo Wukong riendo, "¡ni siquiera se te han caído los dientes de leche, y tu cabello natal todavía está húmedo! ¿Cómo te atreves a hablar tan grande? Voy a perdonarte la vida, y no lucharé contigo. Solo echa un vistazo a las palabras en mi estandarte y repórtalas al Emperador de Jade arriba. Concédeme este título, y no necesitarás mover tus fuerzas. Me someteré por mi cuenta. Si no satisfaces mis antojos, ¡seguramente lucharé hasta el Salón del Tesoro de las Brumas Divinas!"

Alzando la cabeza para mirar, Naṭa vio las palabras, "Gran Sabio, Igual al Cielo." "¿Qué gran poder posee este mono monstruoso," dijo Naṭa, "que se atreve a reclamar tal título? ¡No temas! Traga mi espada." "Me quedaré aquí tranquilamente," dijo Wukong, "y puedes darme unos cuantos tajos con tu espada." El joven Naṭa se enfureció. "¡Cambio!" gritó en voz alta, y se transformó de inmediato en una persona temible con tres cabezas y seis brazos. En sus manos sostenía seis tipos de armas: una espada para apuñalar monstruos, una cimitarra para cortar monstruos, una cuerda para atar monstruos, un garrote para domar monstruos, una bola bordada y una rueda de fuego. Blandiendo estas armas, montó un ataque frontal. "¡Este hermanito sí que conoce algunos trucos!" dijo Wukong, algo alarmado por lo que vio. "Pero no seas imprudente. ¡Mira mi magia!" ¡Querido Gran Sabio! Gritó, "¡Cambio!" y también se transformó en una criatura con tres cabezas y seis brazos. Un movimiento de la vara de aro dorado y se convirtió en tres bastones, que sostenía con seis manos. El conflicto fue verdaderamente estremecedor y hizo temblar las montañas. ¡Qué batalla!

El Príncipe Naṭa de seis brazos.

El Rey Mono de Piedra, hermoso y nacido del Cielo.
Al encontrarse, cada uno encontró a su igual
Y descubrió que ambos provenían de la misma fuente.
Uno fue destinado a descender a la Tierra.
El otro, con astucia, perturbó el universo.
El filo de la espada para apuñalar monstruos era rápido;
La afilada cimitarra para cortar monstruos alarmó a demonios y dioses;
La cuerda para atar monstruos era como una serpiente voladora;
El garrote para domar monstruos era como la cabeza de un lobo;
La rueda de fuego propulsada por rayos era como llamas que se lanzaban;
De aquí para allá rotaba la bola bordada.
Las tres varas cumplidoras del Gran Sabio
Protegían el frente y cuidaban la retaguardia con habilidad y destreza.
Unas cuantas rondas de amargo combate no revelaron vencedor,
Pero la mente del príncipe no descansaba fácilmente.
Ordenó que los seis tipos de armas se transformaran
En cientos y miles de millones, apuntando a la cabeza.
El Rey Mono, imperturbable, rugió con risa fuerte,
Y manejó su vara de hierro con arte y facilidad:
Una se convirtió en mil, mil en diez mil,
Llenando el cielo como un enjambre de dragones danzantes,
Y asustó a los Reyes Monstruo de varias cuevas, haciéndoles cerrar sus puertas.
Demonios y monstruos en toda la montaña escondieron sus cabezas.
El aliento furioso de los soldados divinos era como nubes opresivas.
La vara de hierro con aro dorado silbaba como el viento.
De este lado,
Los gritos de batalla de los luchadores celestiales atemorizaban a todos;
De ese lado,
El ondear de los estandartes de los monos monstruosos sorprendía a cada persona.
Volviéndose feroces, ambas partes deseaban una prueba de fuerza.
No sabemos quién era más fuerte y quién más débil.

Mostrando sus poderes divinos, el Tercer Príncipe y Wukong lucharon durante treinta rondas. Las seis armas de ese príncipe se transformaron en mil y diez mil piezas; la vara de aro dorado de Sun Wukong en diez mil y mil. Chocaban como gotas de lluvia y meteoros en el aire, pero aún no se determinaba la victoria o la derrota. Sin embargo, Wukong demostró ser el más rápido de ojo y mano. Justo en medio de la confusión, arrancó un mechón de cabello y gritó, "¡Cambio!" Se convirtió en una copia de él, también blandiendo una vara en sus manos y engañando a Naṭa. Su persona real saltó detrás de Naṭa y golpeó su hombro izquierdo con la vara. Naṭa, todavía realizando su magia, escuchó la vara silbando por el aire e intentó desesperadamente esquivarla. Incapaz de moverse lo suficientemente rápido, recibió el golpe y huyó con dolor. Rompiendo su magia y recogiendo sus seis armas, regresó a su campamento en derrota.

Parado frente a su línea de batalla, Devarāja Li vio lo que estaba sucediendo y estaba a punto de ir en ayuda de su hijo. El príncipe, sin embargo, llegó primero a él y jadeando, dijo: "¡Padre Rey! La Plaga del Caballo Ban es verdaderamente poderosa. ¡Incluso tu hijo de tal fuerza mágica no es rival para él! ¡Me ha herido en el hombro!" "Si este individuo es tan poderoso," dijo Devarāja, palideciendo de miedo, "¿cómo podemos vencerlo?" El príncipe dijo: "Frente a su cueva ha colocado un estandarte con las palabras, 'El Gran Sabio, Igual al Cielo.' Por su propia boca afirmó jactanciosamente que si el Emperador de Jade lo nombrara con tal título, todos los problemas cesarían. Si no se le diera este nombre, seguramente lucharía hasta el Salón del Tesoro de las Brumas Divinas." "Si ese es el caso," dijo Devarāja, "no luchemos con él por el momento. Regresemos a la región de arriba y reportemos estas palabras. Entonces habrá tiempo para que enviemos más soldados celestiales y lo enfrentemos por todos lados." El príncipe estaba en tanto dolor que no pudo luchar de nuevo; por lo tanto, regresó al Cielo con Devarāja para informar, de lo cual no hablaremos más.

¡Mira a ese Rey Mono regresar triunfante a su montaña! Los reyes monstruos de setenta y dos cuevas y los seis hermanos juramentados vinieron todos a felicitarlo, y festejaron jubilantemente en la cueva bendita.

Luego dijo a los seis hermanos: "Si ahora al hermano menor se le llama el Gran Sabio, Igual al Cielo, ¿por qué no asumen todos ustedes también el título de Gran Sabio?" "¡Las palabras de nuestro digno hermano son correctas!" gritó el Rey Monstruo Toro desde su medio, "Me llamaré el Gran Sabio, Paralelo al Cielo." "Yo me llamaré el Gran Sabio, Que Cubre el Océano," dijo el Rey Monstruo Dragón. "Yo me llamaré el Gran Sabio, Unido al Cielo," dijo el Rey Monstruo Garuda. "Yo me llamaré el Gran Sabio, Movilizador de Montañas," dijo el Rey Lince Gigante. "Yo me llamaré el Gran Sabio, Revelador," dijo el Rey Macaco. "Y yo me llamaré el Gran Sabio, Ahuyentador de Dioses," dijo el Rey Orangután. En ese momento, los siete Grandes Sabios tenían completa libertad para hacer lo que quisieran y llamarse a sí mismos con los títulos que les gustara. Se divirtieron todo el día y luego se dispersaron.

Ahora volvamos a Devarāja Li y al Tercer Príncipe, quienes, liderando a los demás comandantes, fueron directamente al Salón del Tesoro de las Brumas Divinas para dar este informe: "Por tu sagrada orden, tus súbditos lideraron la fuerza expedicionaria a la Región de Abajo para someter al inmortal nefasto, Sun Wukong. No teníamos idea de su enorme poder, y no pudimos prevalecer contra él. Imploramos a Su Majestad que nos dé refuerzos para acabar con él." "¿Cuán poderoso podemos esperar que sea un mono nefasto," preguntó el Emperador de Jade, "que se necesiten refuerzos?" "¡Que Su Majestad nos perdone de una ofensa digna de muerte!" dijo el príncipe, acercándose más.

"Ese mono nefasto blandía una vara de hierro; primero derrotó al Dios del Espíritu Poderoso y luego hirió el hombro de tu súbdito. Fuera de la puerta de su cueva, colocó un estandarte con las palabras, 'El Gran Sabio, Igual al Cielo.' Dijo que si se le diera tal rango, depondría sus armas y vendría a declarar su lealtad. Si no, lucharía hasta el Salón del Tesoro de las Brumas Divinas."

"¡Cómo se atreve este mono nefasto a ser tan insolente!" exclamó el Emperador de Jade, asombrado por lo que había oído. "¡Debemos ordenar a los generales que lo ejecuten de inmediato!" Al decir esto, la Estrella de Oro de Venus se adelantó nuevamente desde las filas y dijo, "El mono nefasto sabe cómo hacer un discurso, pero no tiene idea de lo que es apropiado y lo que no lo es. Incluso si se envían refuerzos para luchar contra él, no creo que pueda ser sometido de inmediato sin agotar nuestras fuerzas. Sería mejor que Su Majestad extendiera grandemente su misericordia y proclamara otro decreto de pacificación. Que se le haga efectivamente el Gran Sabio, Igual al Cielo; se le dará un título vacío, en resumen, rango sin compensación." "¿Qué quieres decir con rango sin compensación?" dijo el Emperador de Jade. La Estrella de Oro dijo, "Su nombre será Gran Sabio, Igual al Cielo, pero no se le dará ningún deber oficial ni salario. Lo mantendremos aquí en el Cielo para que podamos apaciguar su mente perversa y hacer que desista de su locura y arrogancia. El universo entonces estará calmado y los océanos tranquilos de nuevo." Al escuchar estas palabras, el Emperador de Jade dijo, "Seguiremos los consejos de nuestro ministro." Ordenó que se redactara el mandato y que la Estrella de Oro lo llevara allí.

La Estrella de Oro salió nuevamente por la Puerta del Sur del Cielo y se dirigió directamente a la Montaña de la Flor y el Fruto. Fuera de la Cueva de la Cortina de Agua, las cosas eran bastante diferentes de la vez anterior. Encontró toda la región llena de la presencia imponente y belicosa de todo tipo de monstruos imaginables, cada uno de ellos empuñando espadas y lanzas, blandiendo cimitarras y bastones. Gruñendo y saltando, comenzaron a atacar a la Estrella de Oro en cuanto lo vieron. "Escúchenme, jefes," dijo la Estrella de Oro, "déjenme molestarlos para informar esto a su Gran Sabio. Soy el mensajero celestial enviado por el Señor de arriba, y traigo un decreto imperial de invitación." Los diversos monstruos corrieron adentro para informar, "Hay un anciano afuera que dice que es un mensajero celestial de la región de arriba, y trae un decreto de invitación para ti." "¡Bienvenido! ¡Bienvenido!" dijo Wukong. "Debe ser esa Estrella de Oro de Venus que vino aquí la última vez. Aunque me dieron una posición humilde cuando me invitó a la región de arriba, sin embargo llegué al Cielo una vez y me familiaricé con los entresijos de los pasajes celestiales. Ha venido nuevamente esta vez, sin duda, con buenas intenciones." Ordenó a los diversos jefes que ondearan los estandartes y tocaran los tambores, y que formaran las tropas en orden de recepción. Liderando al resto de los monos, el Gran Sabio se puso su gorra y su coraza, sobre la cual se echó el manto rojo y amarillo, y se calzó los zapatos de nube. Corrió a la entrada de la cueva, se inclinó cortésmente y dijo en voz alta, "Por favor, entra, Estrella Vieja. Perdóname por no salir a recibirte."

La Estrella de Oro avanzó y entró en la cueva. Se puso de cara al sur y declaró: "Ahora informo al Gran Sabio. Debido a que el Gran Sabio se opuso a la humildad de su nombramiento anterior y se retiró de los establos imperiales, los funcionarios de ese departamento, tanto grandes como pequeños, informaron el asunto al Emperador de Jade. La proclamación del Emperador de Jade decía al principio: 'Todos los funcionarios nombrados avanzan desde posiciones humildes a exaltadas. ¿Por qué debería oponerse a ese arreglo?' Esto llevó a la campaña contra usted por Devarāja Li y Naṭa. Ellos ignoraban el poder del Gran Sabio y, por lo tanto, sufrieron la derrota. Informaron al Cielo que usted había colocado un estandarte que hacía conocer su deseo de ser el Gran Sabio, Igual al Cielo. Los diversos funcionarios marciales aún querían negar su solicitud. Fue este anciano quien, arriesgando ofender, abogó por el caso del Gran Sabio, para que pudiera ser invitado a recibir un nuevo nombramiento, y sin el uso de la fuerza. El Emperador de Jade aceptó mi sugerencia; de ahí que estoy aquí para invitarlo."

"Te causé problemas la última vez," dijo Wukong, riendo, "y ahora te debo nuevamente por tu amabilidad. ¡Gracias! ¡Gracias! Pero, ¿realmente existe tal rango como el Gran Sabio, Igual al Cielo, allá arriba?"

"Me aseguré de que este título fuera aprobado," dijo la Estrella de Oro, "antes de atreverme a venir con el decreto. Si hay algún contratiempo, que este anciano sea el responsable."

Wukong estaba muy complacido, pero la Estrella de Oro rechazó su sincera invitación a quedarse para un banquete. Por lo tanto, montó la nube sagrada con la Estrella de Oro y se dirigieron a la Puerta del Cielo del Sur, donde fueron recibidos por los generales celestiales y los guardianes con las manos cruzadas sobre el pecho. Entrando directamente en el Salón del Tesoro de las Brumas Divinas, la Estrella de Oro se postró y memorializó, "Su súbdito, por su decreto, ha convocado aquí a la Plaga del Caballo Ban, Sun Wukong."

"Que ese Sun Wukong se acerque," dijo el Emperador de Jade. "Ahora te proclamo como el Gran Sabio, Igual al Cielo, una posición de la más alta categoría. Pero no debes indulgir más en tu comportamiento absurdo." Inclinándose profundamente, el mono emitió un gran grito de agradecimiento. El Emperador de Jade luego ordenó a dos funcionarios de construcción, Zhang y Lu, que erigieran la residencia oficial del Gran Sabio, Igual al Cielo, a la derecha del Jardín de los Duraznos Inmortales. Dentro de la mansión, se establecieron dos departamentos, llamados "Paz y Tranquilidad" y "Espíritu Sereno," ambos llenos de funcionarios asistentes. El Emperador de Jade también ordenó a los Espíritus Estelares de los Cinco Polos que acompañaran a Wukong a asumir su puesto. Además, se le otorgaron dos botellas de vino imperial y diez racimos de flores doradas, con la orden de que debía mantener el control y decidir no participar más en comportamientos absurdos. El Rey Mono aceptó obedientemente la orden y ese día fue con los Espíritus Estelares a asumir su puesto. Abrió las botellas de vino y las bebió todas con sus colegas. Después de despedir a los Espíritus Estelares a sus propios palacios, se instaló en completa satisfacción y deleite para disfrutar de los placeres del Cielo, sin la menor preocupación o cuidado. Verdaderamente:

Su nombre divino, registrado para siempre en el Libro de la Larga Vida,

Y protegido de caer en saṃsāra, será conocido por mucho tiempo.

No sabemos qué ocurrió después; escuchemos la explicación en el próximo capítulo.

CAPÍTULO 5

Interrumpiendo el Festival de los Duraznos, el Gran Sabio roba el elixir;
Con la revuelta en el Cielo, muchos dioses intentarían capturar al demonio.

Ahora debemos decirles que el Gran Sabio, después de todo, era un monstruo mono; en verdad, no tenía conocimiento de su título o rango, ni le importaba el tamaño de su salario. No hacía nada más que poner su nombre en el Registro. En su residencia oficial era atendido día y noche por los funcionarios de los dos departamentos. Su única preocupación era comer tres comidas al día y dormir tranquilamente por la noche. Sin tener deberes ni preocupaciones, estaba libre y contento para recorrer las mansiones y conocer amigos, hacer nuevas amistades y formar nuevas alianzas a su antojo. Cuando se encontraba con los Tres Puros, los llamaba "Su Reverencia"; y cuando se encontraba con los Cuatro Teócratas, decía, "Su Majestad". En cuanto a los Nueve Luminarios, los Generales de los Cinco Cuartos, las Veintiocho Constelaciones, los Cuatro Devarājas, las Doce Ramas Horarias, los Cinco Ancianos de las Cinco Regiones, los Espíritus Estelares de todo el Cielo y los numerosos dioses de la Vía Láctea, los llamaba a todos hermanos y los trataba de manera fraternal. Hoy recorrió el este, y mañana deambuló por el oeste. Iba y venía en las nubes, sin itinerario específico.

Una mañana temprano, cuando el Emperador de Jade estaba en la corte, el inmortal taoísta Xu Jingyang salió de las filas y se adelantó a memorializar, haciendo una reverencia, "El Gran Sabio, Igual al Cielo, no tiene deberes en este momento y simplemente pierde el tiempo. Se ha vuelto bastante amigable con las diversas Estrellas y Constelaciones del Cielo, llamándolos sus amigos sin importar si son sus superiores o subordinados, y temo que su ociosidad pueda llevar a la picardía. Sería mejor darle alguna tarea para que no se vuelva travieso." Cuando el Emperador de Jade escuchó estas palabras, mandó llamar al Rey Mono de inmediato, quien vino amigablemente. "Su Majestad," dijo, "¿qué promoción o recompensa tenía en mente para el viejo Mono cuando me llamó?"

"Percibimos," dijo el Emperador de Jade, "que tu vida es bastante indolente, ya que no tienes nada que hacer, y hemos decidido, por lo tanto, darte una tarea. Te encargarás temporalmente del Jardín de los Duraznos Inmortales. Sé cuidadoso y diligente, mañana y tarde." Encantado, el Gran Sabio se inclinó profundamente y gruñó su agradecimiento mientras se retiraba.

No pudo contenerse de apresurarse de inmediato al Jardín de los Duraznos Inmortales para inspeccionar el lugar. Un espíritu local del jardín lo detuvo y le preguntó, "¿A dónde va el Gran Sabio?" "He sido autorizado por el Emperador de Jade," dijo el Gran Sabio, "para cuidar el Jardín de los Duraznos Inmortales. He venido a realizar una inspección." El espíritu local rápidamente lo saludó y luego llamó a todos los encargados de cavar, regar, cuidar los duraznos y limpiar y barrer. Todos vinieron a hacer una reverencia al Gran Sabio y lo llevaron adentro. Allí vio

Radiante de juventud y belleza,

En cada tronco y rama—

Flores radiantemente jóvenes y hermosas llenando los árboles,

Y frutos en cada tronco y rama que pesaban en los tallos.

Los frutos, pesando en los tallos, cuelgan como bolas doradas:

Las flores, llenando los árboles, forman mechones de rouge.

Siempre florecen, y siempre fructificando, maduran en mil años;

Sin conocer invierno ni verano, se prolongan hasta diez mil años.

Aquellos que primero maduran brillan como caras enrojecidas con vino,

Mientras que aquellos a medio crecer

Están sostenidos por tallos y tienen piel verde.

Encerrados en humo su carne conserva su verde,

Pero la luz del sol revela su gracia de cinabrio.

Debajo de los árboles hay flores raras y hierba exótica

Cuyos colores, que no se desvanecen en las cuatro estaciones, permanecen iguales.

Las torres, las terrazas y los estudios a izquierda y derecha

Se elevan tan alto en el aire que a menudo se ven cubiertos de nubes.

No plantados por los vulgares o los mundanos de la Ciudad Oscura,

Son cultivados y atendidos por la Reina Madre del Lago de Jade.

El Gran Sabio disfrutó de esta vista durante mucho tiempo y luego preguntó al espíritu local, "¿Cuántos árboles hay?" "Hay tres mil seiscientos," dijo el espíritu local. "Al frente hay mil doscientos árboles con pequeñas flores y pequeños frutos. Estos maduran una vez cada tres mil años, y después de probar uno de ellos un hombre se convertirá en un inmortal iluminado en el Camino, con extremidades saludables y un cuerpo liviano. En el medio hay mil doscientos árboles de flores en capas y frutos dulces. Maduran una vez cada seis mil años. Si un hombre los come, ascenderá al Cielo con la niebla y nunca envejecerá. En la parte trasera hay mil doscientos árboles con frutos de venas púrpuras y huesos amarillo pálido. Estos maduran una vez cada nueve mil años y, si se comen, harán que la edad de un hombre sea igual a la del Cielo y la Tierra, el sol y la luna."

Muy complacido con estas palabras, el Gran Sabio ese mismo día hizo una inspección minuciosa de los árboles y un listado de los cenadores y pabellones antes de regresar a su residencia. Desde entonces, iba allí para disfrutar del paisaje una vez cada tres o cuatro días. Ya no frecuentaba a sus amigos, ni hacía más viajes.

Un día vio que más de la mitad de los duraznos en las ramas de los árboles más viejos habían madurado, y quería mucho comer uno y probar su sabor novedoso. Sin embargo, seguido de cerca por el espíritu local del jardín, los mayordomos y los asistentes divinos de la Residencia Igual al Cielo, le resultó inconveniente hacerlo. Por lo tanto, ideó un plan en el momento y les dijo, "¿

Por qué no esperan todos afuera y me dejan descansar un rato en este cenador?"
Los diversos inmortales se retiraron en consecuencia. Luego, el Rey Mono se quit
ó el gorro y la túnica y se subió a un gran árbol. Seleccionó los grandes duraznos
que estaban completamente maduros y, arrancando muchos de ellos, los comió
hasta saciarse justo en las ramas. Solo después de estar satisfecho saltó del árbol.
Volviendo a ponerse el gorro y la túnica, llamó a su séquito para regresar a la
residencia. Después de dos o tres días, usó el mismo truco para robar duraznos
y gratificarse una vez más.

Un día la Reina Madre decidió abrir de par en par su cámara del tesoro y dar
un banquete para el Gran Festival de los Duraznos Inmortales, que se celebraría
en el Palacio del Lago de Jade. Ordenó a las diversas Doncellas Inmortales—
Vestido Rojo, Vestido Azul, Vestido Blanco, Vestido Negro, Vestido Púrpura,
Vestido Amarillo y Vestido Verde—que fueran con sus cestas de flores al Jardín
de los Duraznos Inmortales y recolectaran los frutos para el festival. Las siete
doncellas fueron a la puerta del jardín y lo encontraron custodiado por el espí
ritu local, los mayordomos y los ministros de los dos departamentos de la
Residencia Igual al Cielo. Las muchachas se acercaron a ellos, diciendo, "Hemos
sido ordenadas por la Reina Madre para recoger algunos duraznos para nuestro
banquete." "Doncellas divinas," dijo el espíritu local, "esperen un momento.
Este año no es igual que el año pasado. El Emperador de Jade ha puesto a cargo
aquí al Gran Sabio, Igual al Cielo, y debemos informarle antes de abrir la puerta."
"¿Dónde está el Gran Sabio?" preguntaron las doncellas. "Está en el jardí
n," dijo el espíritu local. "Debido a que está cansado, está durmiendo solo en
el cenador." "Si es así," dijeron las doncellas, "vamos a buscarlo, ya que no
podemos llegar tarde." El espíritu local entró en el jardín con ellas; encontraron
el camino hacia el cenador pero no vieron a nadie. Solo el gorro y la túnica estaban
en el cenador, pero no había persona a la vista. Ven, el Gran Sabio había jugado
un rato y comido varios duraznos. Luego se había transformado en una figura de
solo dos pulgadas de altura y, posado en la rama de un gran árbol, se había
quedado dormido bajo la cubierta de hojas espesas. "Dado que vinimos por
decreto imperial," dijeron las Doncellas Inmortales de Siete Vestidos, "¿cómo
podemos regresar con las manos vacías, aunque no podamos localizar al Gran
Sabio?" Uno de los funcionarios divinos dijo desde un lado, "Dado que las
doncellas divinas han venido por decreto, no deben esperar más. Nuestro Gran
Sabio tiene la costumbre de deambular por algún lugar, y debe haber salido del
jardín para encontrarse con sus amigos. Vayan y recojan sus duraznos ahora, y
nosotros informaremos por ustedes." Las Doncellas Inmortales siguieron su
sugerencia y fueron al bosque a recoger sus duraznos.

Recogieron dos cestas llenas de los árboles del frente y llenaron tres cestas m
ás de los árboles del medio. Cuando fueron a los árboles en la parte trasera del
bosque, encontraron que las flores eran escasas y los frutos escasos. Solo
quedaban unos pocos duraznos con tallos peludos y pieles verdes, porque la

realidad es que el Rey Mono había comido todos los maduros. Mirando de un lado a otro, las Siete Doncellas Inmortales encontraron en una rama que apuntaba hacia el sur un solo durazno que era mitad blanco y mitad rojo. La Doncella de Vestido Azul tiró de la rama con la mano, y la Doncella de Vestido Rojo, después de arrancar el fruto, dejó que la rama volviera a su posición. Esta era la misma rama en la que el Gran Sabio transformado estaba durmiendo. Sorprendido por ella, el Gran Sabio reveló su verdadera forma y sacó de su oreja la vara de oro con aros. Un movimiento y tenía el grosor de un cuenco de arroz. "¿De qué región han venido, monstruos," gritó, "que tienen el descaro de robar mis duraznos?" Aterrorizadas, las Siete Doncellas Inmortales se arrodillaron juntas y suplicaron, "¡Que el Gran Sabio se calme! No somos monstruos, sino las Doncellas Inmortales de Siete Vestidos enviadas por la Reina Madre para recoger los frutos necesarios para el Gran Festival de los Duraznos Inmortales, cuando la cámara del tesoro se abre de par en par. Acabamos de llegar aquí y primero vimos al espíritu local del jardín, quien no pudo encontrar al Gran Sabio. Temiendo que nos retrasáramos en cumplir el mandato de la Reina Madre, no esperamos al Gran Sabio y procedimos a recoger los duraznos. Le rogamos que nos perdone."

Cuando el Gran Sabio escuchó estas palabras, su enojo se convirtió en deleite. "Por favor, levántense, doncellas divinas," dijo. "¿Quién está invitado al banquete cuando la Reina Madre abre de par en par su cámara del tesoro?" "El último festival tenía su propio conjunto de reglas," dijeron las Doncellas Inmortales, "y los invitados eran: el Buda, los Bodhisattvas, los monjes santos y los arhats del Cielo Occidental; Kuan-yin del Polo Sur; el Santo Emperador de la Gran Misericordia del Este; los Inmortales de Diez Continentes y Tres Islas; el Espíritu Oscuro del Polo Norte; el Gran Inmortal del Cuerno Amarillo del Centro Imperial. Estos eran los Ancianos de los Cinco Cuartos. Además, estaban los Espíritus Estelares de los Cinco Polos, los Tres Puros, los Cuatro Reyes Deva, el Deva Celestial del Gran Mónada y el resto de las Ocho Cuevas Superiores. De las Ocho Cuevas Medias estaban el Emperador de Jade, los Nueve Héroes, los Inmortales de los Mares y Montañas; y de las Ocho Cuevas Inferiores, estaban el Papa de la Oscuridad y los Inmortales Terrestres. Los dioses y devas, tanto grandes como pequeños, de cada palacio y mansión, asistirán a este feliz Festival de los Duraznos Inmortales."

"¿Estoy invitado?" preguntó el Gran Sabio, riendo. "No hemos escuchado que se mencione tu nombre," dijeron las Doncellas Inmortales. "Soy el Gran Sabio, Igual al Cielo," dijo el Gran Sabio. "¿Por qué no debería ser yo, viejo Mono, un invitado de honor en la fiesta?" "Bueno, te dijimos la regla para el último festival," dijeron las Doncellas Inmortales, "pero no sabemos qué pasará esta vez." "Tienen razón," dijo el Gran Sabio, "y no las culpo. Todas quédense aquí y dejen que el viejo Mono vaya a hacer un poco de investigación para averiguar si está invitado o no."

¡Querido Gran Sabio! Hizo un signo mágico y recitó un hechizo, diciendo a las diversas Doncellas Inmortales, "¡Quédate! ¡Quédate! ¡Quédate!" Esta era la magia de la inmovilización, cuyo efecto fue que las Doncellas Inmortales de Siete Vestidos quedaron todas con los ojos bien abiertos y petrificadas debajo de los duraznos. Saliendo del jardín de un salto, el Gran Sabio montó su nube sagrada y se dirigió directamente al Lago de Jade. Mientras viajaba, vio allí

Un cielo lleno de niebla sagrada con luz brillante,
Y nubes de cinco colores pasando sin cesar.
Los gritos de las grullas blancas perforaban los nueve cielos;
Los hongos morados florecían entre mil hojas.
Justo en medio de esto apareció un inmortal
Con un rostro natural y justo y un comportamiento distinto.
Su espíritu brillaba como un arco iris danzante;
Una lista de sin nacimiento ni muerte colgaba de su cintura.
Su nombre, el Gran Inmortal de Pies Desnudos:
Asistiendo al Banquete de los Duraznos alargaría su edad.

Ese Gran Inmortal de Pies Desnudos se topó con el Gran Sabio, quien, con la cabeza baja, estaba ideando un plan para engañar al verdadero inmortal. Como quería ir en secreto al festival, preguntó, "¿A dónde va el Venerable Sabio?" El Gran Inmortal dijo, "Por la amable invitación de la Reina Madre, voy al feliz Festival de los Duraznos Inmortales." "El Venerable Sabio aún no ha aprendido lo que estoy a punto de decir," dijo el Gran Sabio. "Debido a la velocidad de mi voltereta en las nubes, el Emperador de Jade ha enviado al viejo Mono a todas las cinco vías principales para invitar a la gente a ir primero al Salón de la Luz Perfecta para un ensayo de ceremonias antes de asistir al banquete." Siendo un hombre sincero y honesto, el Gran Inmortal tomó la mentira por verdad, aunque protestó, "En años pasados ensayamos justo en el Lago de Jade y expresamos nuestra gratitud allí. ¿Por qué tenemos que ir al Salón de la Luz Perfecta para el ensayo esta vez antes de asistir al banquete?" Sin embargo, no tuvo más remedio que cambiar la dirección de su nube sagrada y dirigirse directamente al salón.

Pisando la nube, el Gran Sabio recitó un hechizo y, con un sacudón de su cuerpo, se transformó en el Gran Inmortal de Pies Desnudos. No le tomó mucho tiempo antes de llegar a la cámara del tesoro. Detuvo su nube y caminó suavemente hacia adentro. Allí encontró

Olas giratorias de fragancia ambrosial,
Capas densas de niebla sagrada,
Una terraza de jade adornada con ornamentos,
Una cámara llena de la fuerza vital,
Formas etéreas del fénix que se eleva y el argos que asciende,
Y formas ondulantes de flores doradas con tallos de jade.
Allí se encontraba la Pantalla de Nueve Fénixes en el Crepúsculo,
El Monte Faro de Ocho Tesoros y Niebla Púrpura,
Una mesa incrustada con oro de cinco colores,

Y una olla de jade verde de mil flores.
Sobre las mesas había hígados de dragón y médula de fénix,
Patas de oso y labios de simios.
Lo más tentador eran cada una de las cien delicias,
Y lo más suculento el color de cada tipo de fruta y comida.

Todo estaba dispuesto de manera ordenada, pero ningún dios había llegado aún para el banquete. Nuestro Gran Sabio no podía dejar de mirar la escena cuando de repente sintió el aroma abrumador del vino. Girando la cabeza, vio, en el largo corredor a la derecha, a varios funcionarios divinos encargados de hacer vino y administradores de machacar grano. Estaban dando instrucciones a los pocos taoístas encargados de llevar agua y a los muchachos que cuidaban el fuego al lavar los barriles y fregar las jarras. Ya habían terminado de hacer el vino, rico y suave como los jugos de jade. El Gran Sabio no pudo evitar que la saliva se le escapara por la comisura de la boca, y quería probarlo de inmediato, excepto que las personas estaban allí. Por lo tanto, recurrió a la magia. Arrancando algunos pelos, los arrojó a su boca y los masticó en pedazos antes de escupirlos. Recitó un hechizo y gritó "¡Cambio!" Se transformaron en muchos insectos que inducen el sueño, que aterrizaron en las caras de las personas. Míralos, cómo sus manos se debilitan, sus cabezas se inclinan y sus párpados se hunden. Dejaron sus actividades y todos se quedaron profundamente dormidos. El Gran Sabio luego tomó algunas de las rarezas más exquisitas y corrió al corredor. De pie junto a los frascos y apoyado en los barriles, se entregó a beber. Después de festejar durante mucho tiempo, se emborrachó por completo, pero pensó para sí, "¡Mal! ¡Mal! En poco tiempo, cuando lleguen los invitados, ¿no se indignarán conmigo? ¿Qué me pasará una vez que me atrapen? ¡Mejor vuelvo a casa ahora y duermo esto!"

¡Querido Gran Sabio! Tambaleándose de un lado a otro, se tropezó solo con la fuerza del vino, y en un momento perdió su camino. No fue a la Residencia Igual al Cielo, sino al Palacio Tushita. En el momento en que lo vio, se dio cuenta de su error. "El Palacio Tushita está en lo más alto de los treinta y tres Cielos," dijo, "el Cielo Sin Aflicción, que es el hogar del Altísimo Laozi. ¿Cómo llegué aquí? No importa, siempre he querido ver a este anciano pero nunca he encontrado la oportunidad. Ahora que está en mi camino, bien podría visitarlo."

Se arregló la ropa y se abrió paso, pero Laozi no estaba por ninguna parte. De hecho, no había rastro de nadie. La verdad del asunto es que Laozi, acompañado por el Buda Aged Dīpaṁkara, estaba dando una conferencia en la alta Plataforma de Elixir de Tres Pisos Rojos. Los diversos jóvenes divinos, comandantes y funcionarios estaban asistiendo a la conferencia, de pie a ambos lados de la plataforma. Buscando alrededor, nuestro Gran Sabio fue hasta la sala alquímica. No encontró a nadie, pero vio fuego ardiendo en un horno al lado de la chimenea, y alrededor del horno había cinco calabazas en las que se almacenaba el elixir terminado. "Esta cosa es el mayor tesoro de los inmortales," dijo el Gran Sabio felizmente. "Desde que el viejo Mono ha entendido el Camino y comprendido el misterio de la identidad del Interno con el Externo, también he querido producir un poco de elixir dorado por mi cuenta para beneficiar a las personas. Mientras que he estado demasiado ocupado en otros momentos como para pensar siquiera en ir a casa a disfrutar, ¡la buena fortuna me ha encontrado hoy en la puerta y me ha presentado esto! Mientras Laozi no esté cerca, tomaré algunas tabletas y probaré algo nuevo." Vertió el contenido de todas las calabazas y las comió como frijoles fritos.

En un momento, el efecto del elixir había disipado el del vino, y nuevamente pensó para sí, "¡Mal! ¡Mal! ¡He traído sobre mí una calamidad mayor que el Cielo! Si el Emperador de Jade se entera de esto, será difícil preservar mi vida. ¡Vete! ¡Vete! ¡Vete! Volveré a la Región Inferior para ser rey." Salió corriendo del Palacio Tushita y, evitando el camino anterior, se fue por la Puerta del Cielo Oeste, haciéndose invisible mediante la magia de la ocultación del cuerpo. Bajando la dirección de su nube, regresó a la Montaña de la Flor y el Fruto. Allí fue recibido por estandartes relucientes y lanzas brillantes, ya que los cuatro poderosos comandantes y los reyes monstruos de setenta y dos cuevas estaban realizando un ejercicio militar. "Pequeños," llamó en voz alta el Gran Sabio, "¡He regresado!" Los monstruos dejaron caer sus armas y se arrodillaron, diciendo, "¡Gran Sabio! ¡Qué laxitud de mente! Nos dejaste por tanto tiempo y ni una sola vez nos visitaste para ver cómo estábamos." "¡No es tanto tiempo!" dijo el Gran Sabio. "¡No es tanto tiempo!" Caminaban mientras hablaban, y se adentraron en la cueva. Después de limpiar el lugar y preparar un lugar para que descansara, y después de hacerle una reverencia y rendirle homenaje, los cuatro poderosos comandantes dijeron, "El Gran Sabio ha vivido en el Cielo durante más de un siglo. ¿Podemos preguntar qué nombramiento recibió realmente?"

"Recuerdo que ha pasado solo medio año," dijo el Gran Sabio, riendo. "¿Cómo pueden hablar de un siglo?" "Un día en el Cielo," dijeron los comandantes, "es igual a un año en la Tierra." El Gran Sabio dijo, "Me complace decir que esta vez el Emperador de Jade estaba más favorablemente dispuesto hacia mí, y de hecho me nombró Gran Sabio, Igual al Cielo. Se construyó una residencia oficial para mí, y se establecieron dos departamentos—Paz y Quietud, y Espíritu Sereno—con guardaespaldas y asistentes en cada departamento. Más tarde, cuando se descubrió que no tenía ninguna responsabilidad, me pidieron que cuidara el Jardín de los Duraznos Inmortales. Recientemente, la Reina Madre dio el Gran Festival de los Duraznos Inmortales, pero no me invitó. Sin esperar su invitación, fui primero a la Piscina de Jaspe y consumí en secreto la comida y el vino. Al salir de ese lugar, me tambaleé en el palacio de Laozi y terminé todo el elixir almacenado en cinco calabazas. Temí que el Emperador de Jade se ofendiera, y por eso decidí salir por la Puerta del Cielo."

Los diversos monstruos se deleitaron con estas palabras, y prepararon un

banquete de frutas y vino para darle la bienvenida. Se llenó un cuenco de piedra con vino de coco y se lo presentó al Gran Sabio, quien tomó un sorbo y luego exclamó con una mueca, "¡Sabe horrible! ¡Simplemente horrible!" "El Gran Sabio," dijeron Beng y Ba, los dos comandantes, "se ha acostumbrado a probar el vino divino y la comida en el Cielo. No es de extrañar que el vino de coco ahora parezca poco apetecible. Pero el proverbio dice, '¡Sabroso o no, es agua de casa!'" "¡Y todos ustedes son, 'relacionados o no, gente de casa'!" dijo el Gran Sabio. "Cuando me estaba divirtiendo esta mañana en la Piscina de Jaspe, vi muchos frascos y jarras en el corredor llenos de los jugos de jade, que ustedes nunca han saboreado. Déjenme volver y robar algunas botellas para traerlas aquí. Solo beban medio vaso, y cada uno de ustedes vivirá mucho sin envejecer."
Los diversos monos no pudieron contener su deleite. El Gran Sabio inmediatamente salió de la cueva y, con una voltereta, fue directamente de regreso al Festival de los Duraznos Inmortales, nuevamente usando la magia de la ocultación del cuerpo. Al entrar por la puerta del Palacio de la Piscina de Jaspe, vio que los vinateros, los machacadores de grano, los portadores de agua y los encargados del fuego todavía estaban dormidos y roncando. Tomó dos grandes botellas, una debajo de cada brazo, y llevó dos más en sus manos. Invirtiendo la dirección de su nube, regresó con los monos en la cueva. Ellos celebraron su propio Festival del Vino Inmortal, cada uno bebiendo unas copas, lo cual no vamos a relatar más.

Ahora les contamos sobre las Siete Doncellas Inmortales de Túnica, que no encontraron una liberación de la magia de inmovilización del Gran Sabio hasta que pasó un día entero. Cada una de ellas tomó su canasta de flores y se presentó ante la Reina Madre, diciendo, "Estamos retrasadas porque el Gran Sabio, Igual al Cielo, nos encarceló con su magia." "¿Cuántas canastas de duraznos inmortales han recogido?" preguntó la Reina Madre. "Solo dos canastas de duraznos pequeños y tres de duraznos de tamaño mediano," dijeron las Doncellas Inmortales, "pues cuando fuimos a la parte trasera del huerto, ¡no quedó ni la mitad de un grande! Pensamos que el Gran Sabio debe haberse comido todos. Mientras lo buscábamos, apareció inesperadamente y nos amenazó con violencia y golpizas. También nos interrogó sobre quién había sido invitado al banquete, y le dimos un relato completo del último festival. Fue entonces cuando nos ató con un hechizo, y no supimos a dónde fue. Solo hace un momento encontramos la liberación y pudimos regresar aquí."

Cuando la Reina Madre escuchó estas palabras, fue inmediatamente al Emperador de Jade y le presentó un informe completo de lo que había sucedido. Antes de que terminara de hablar, el grupo de vinateros junto con varios funcionarios divinos también llegaron a informar: "Alguien desconocido para nosotros ha vandalizado el Festival de los Duraznos Inmortales. El jugo de jade, las ocho exquisiteces y las cien delicias han sido robadas o comidas." Cuatro preceptores reales se acercaron entonces para anunciar: "El Patriarca Supremo del Dao ha llegado." El Emperador de Jade salió con la Reina Madre a recibirlo. Después de haberles presentado sus respetos, Laozi dijo: "Hay, en la casa de este viejo Daoista, algo de elixir dorado de Nueve Giros, que está reservado para el uso de Su Majestad durante el próximo Gran Festival de Cinabrio. Extrañamente, han sido robados por algún ladrón, y he venido específicamente para informarle a Su Majestad." Este informe aturdió al Emperador de Jade. En ese momento, los funcionarios de la Residencia Igual al Cielo vinieron a anunciar, haciendo reverencias: "El Gran Sabio Sun no ha estado cumpliendo con sus deberes últimamente. Salió ayer y aún no ha regresado. Además, no sabemos a dónde fue." Estas palabras aumentaron la ansiedad del Emperador de Jade.

Luego vino el Gran Inmortal de Pies Desnudos, quien se postró y dijo: "Ayer, en respuesta a la invitación de la Reina Madre, su servidor estaba en camino a asistir al festival cuando se encontró por casualidad con el Gran Sabio, Igual al Cielo. El Sabio le dijo a su servidor que Su Majestad le había ordenado enviarlo primero al Salón de Luz Perfecta para un ensayo de ceremonias antes de asistir al banquete. Su servidor siguió su dirección y fue debidamente al salón. Pero no vi el carro dragón y la carroza fénix de Su Majestad, y por lo tanto me apresuré a venir aquí a servirle."

Más asombrado que nunca, el Emperador de Jade dijo: "¡Este tipo ahora falsifica decretos imperiales y engaña a mis valiosos ministros! ¡Que el Ministro Divino de Detección localice rápidamente su paradero!" El ministro recibió su orden y dejó el palacio para hacer una investigación exhaustiva. Después de obtener todos los detalles, regresó rápidamente para informar: "La persona que ha perturbado tan profundamente el Cielo no es otra que el Gran Sabio, Igual al Cielo." Luego dio un relato repetido de todos los incidentes anteriores, y el Emperador de Jade se enfureció. Inmediatamente ordenó a los Cuatro Grandes Devarājas que asistieran al Devarāja Li y al Príncipe Naṭa. Juntos, convocaron a las Veintiocho Constelaciones, las Nueve Luminarias, las Doce Ramas Horarias, los Guardianes Intrépidos de los Cinco Cuartos, los Cuatro Guardianes Temporales, las Estrellas del Este y el Oeste, los Dioses del Norte y del Sur, las Deidades de las Cinco Montañas y los Cuatro Ríos, los Espíritus Estelares de todo el Cielo, y a cien mil soldados celestiales. Se les ordenó establecer dieciocho conjuntos de redes cósmicas, viajar a la Región Inferior, rodear completamente la Montaña de la Flor y el Fruto, y capturar al rogador y llevarlo ante la justicia. Todas las deidades inmediatamente alertaron a sus tropas y salieron del Palacio Celestial. Al irse, este fue el espectáculo de la expedición:

Amarillo de polvo; el viento agitado ocultó el cielo oscurecido:
Rojizo de barro, la niebla ascendente cubrió el mundo sombrío.
Debido a que un travieso mono insultó al Señor Supremo,
Los santos de todo el Cielo descendieron a esta Tierra mortal.
Esos Cuatro Grandes Devarājas,
Esos Guardianes Intrépidos de los Cinco Cuartos—

Esos Cuatro Grandes Reyes Deva formaron el mando principal;

Esos Guardianes Intrépidos de los Cinco Cuartos movieron innumerables tropas.

Li, el Portador de la Pagoda, dio órdenes desde el centro del ejército,

Con el feroz Naṭa como capitán de sus fuerzas avanzadas.

La Estrella de Rāhu, en la vanguardia, hizo el llamado a la lista;

La Estrella de Ketu, noble y alta, cerró la marcha:

Sōma, la luna, exhibió un espíritu más que ansioso;

Āditya, el sol, estaba todo brillante y radiante.

Héroes de talentos especiales eran las Estrellas de los Cinco Fases.

Las Nueve Luminarias disfrutaban mucho de una buena batalla.

Las Ramas Horarias de Zi, Wu, Mao y Yao—

Eran todos guardianes celestiales de fuerza titánica.

¡Hacia el este y oeste, las Cinco Plagas y las Cinco Montañas!

¡A la izquierda y derecha, los Seis Dioses de la Oscuridad y los Seis Dioses de la Luz!

¡Arriba y abajo, los Dioses Dragón de los Cuatro Ríos!

¡Y en la formación más apretada, las Veintiocho Constelaciones!

Citrā, Svātī, Viśākhā y Anurādhā eran los capitanes.

Revatī, Aśvinī, Apabharaṇī y Kṛttikā conocían bien el combate.

Uttara-Aṣāḍhā, Abhijit, Śravaṇā, Śraviṣṭha, Pūrva-Proṣṭhapada, Uttara-Proṣṭhapada,

Rohiṇī, Mūlabarhaṇī, Pūrva-Aṣāḍhā—¡cada una una estrella capaz!

Punarvasu, Tiṣya, Aśleṣā, Meghā, Pūrva-Phalgunī, Uttara-Phalgunī y Hastā—

¡Todas blandían espadas y lanzas para mostrar su poder!

Deteniendo la nube y bajando la niebla, vinieron a este mundo mortal

Y levantaron sus tiendas ante la Montaña de Flor y Fruto.

El poema dice:

El Rey Mono nacido en el Cielo que puede cambiar mucho

Roba vino y elixir para alegrarse en su guarida montañosa.

Dado que arruinó el Banquete del Durazno Inmortal,

Cien mil tropas celestiales extendieron la red de Dios.

Devarāja Li dio la orden a los soldados celestiales para que montaran sus tiendas, y se trazó un cordón tan apretado alrededor de la Montaña de la Flor y el Fruto que ni siquiera el agua podría escapar. Además, se extendieron dieciocho conjuntos de redes cósmicas por encima y por debajo de la región, y luego se ordenó a las Nueve Luminarias que entraran en batalla. Ellos lideraron a sus tropas y avanzaron hacia la cueva, frente a la cual encontraron a una tropa de monos, grandes y pequeños, brincando juguetonamente. "Pequeños monstruos allá," gritó uno de los Espíritus Estelares con voz severa, "¿dónde está su Gran Sabio? Somos deidades celestiales enviadas desde la Región Superior para someter a su rebelde Gran Sabio. Dile que venga aquí rápidamente y se rinda. Si él pronuncia siquiera medio 'No,' todos ustedes serán ejecutados." Apresuradamente, los pequeños monstruos informaron adentro, "¡Gran Sabio, desastre! ¡Desastre! Afuera hay nueve deidades salvajes que dicen que han sido enviadas desde la Regi ón Superior para someter al Gran Sabio." Nuestro Gran Sabio estaba compartiendo el vino celestial con los cuatro poderosos comandantes y los reyes monstruos de setenta y dos cuevas. Al escuchar este anuncio, dijo de manera despreocupada,

"Si tienes vino hoy, embriágate hoy;

¡No te preocupes por los problemas en tu puerta!"

Apenas había pronunciado este proverbio cuando otro grupo de duendecillos vino brincando y dijo, "Esos nueve dioses salvajes están tratando de provocar batalla con palabras groseras y lenguaje vulgar." "No los escuches," dijo el Gran Sabio, riendo.

"Busquemos hoy el placer en poesía y vino,

Y dejemos de preguntar cuándo lograremos gloria o fama."

Difícilmente había terminado de hablar cuando otro grupo de duendecillos llegó para informar, "Padre, ¡esos nueve dioses salvajes han derribado la puerta y están a punto de pelear para entrar!"

"¡Estos dioses imprudentes e insensatos!" dijo el Gran Sabio con ira. "¡ Realmente no tienen modales! No tenía intención de pelear con ellos. ¿Por qué me insultan a la cara?" Dio la orden para que el Rey Demonio de Un Cuerno liderara a los reyes monstruos de setenta y dos cuevas a la batalla, agregando que el viejo Mono y los cuatro poderosos comandantes seguirían en la retaguardia. El Rey Demonio rápidamente condujo a sus tropas de ogros para salir a pelear, pero fueron emboscados por las Nueve Luminarias y quedaron atrapados justo en la entrada del puente de chapa de hierro.

En el apogeo de la melee, llegó el Gran Sabio. "¡Hagan espacio!" gritó, sacando su bastón de hierro. Con un movimiento, se convirtió en algo tan grueso como un cuenco de arroz y alrededor de doce pies de largo. El Gran Sabio se lanz ó a la batalla, y ninguna de las Nueve Luminarias se atrevió a oponerse a él. En un momento, todos fueron repelidos. Cuando se reagruparon nuevamente en formación de batalla, las Nueve Luminarias se quedaron quietas y dijeron, "¡T ú, BanHorsePlague insensato! Eres culpable de los diez males. Primero robaste duraznos y luego vino, perturbando completamente el Gran Festival de los Duraznos Inmortales. También robaste a Laozi su elixir inmortal, y luego tuviste la desfachatez de saquear la bodega imperial para tu propio deleite. ¿No te das cuenta de que has acumulado pecado sobre pecado?" "¡De hecho!" dijo el Gran Sabio, "¡estos varios incidentes ocurrieron! Pero, ¿qué piensan hacer ahora?" Las Nueve Luminarias dijeron, "Recibimos el decreto dorado del Emperador de Jade para conducir nuestras tropas aquí y someterte. ¡Ríndete de inmediato y salva a estas criaturas de ser masacradas! Si no, demoleremos esta montaña y volcaremos esta cueva." "¿Qué tan grande es su poder mágico, dioses tontos?" replicó el Gran Sabio con ira, "¿que se atreven a pronunciar

tales palabras imprudentes? ¡No se vayan! ¡Prueben el bastón del viejo Mono!"
Las Nueve Luminarias lanzaron un ataque conjunto, pero el Rey Mono Atractivo
no se mostró en lo más mínimo intimidado. Manejó su bastón de aros dorados,
parando de lado a lado, y peleó contra las Nueve Luminarias hasta que estaban
completamente exhaustas. Cada uno de ellos dio la vuelta y huyó, sus armas arrastr
ándose detrás de ellos. Al correr hacia la tienda en el centro de su ejército, dijeron
al Portador de la Pagoda Devarāja, "¡Ese Rey Mono es, de hecho, un guerrero
intrépido! No podemos resistirlo, y hemos regresado derrotados."

Devarāja Li entonces ordenó a los Cuatro Grandes Devarājas y a las
Veintiocho Constelaciones que salieran juntas a la batalla. Sin mostrar el más mí
nimo pánico, el Gran Sabio también ordenó al Rey Demonio de Un Cuerno, a
los reyes monstruos de setenta y dos cuevas, y a los cuatro poderosos
comandantes que se colocaran en formación de batalla frente a la cueva. ¡Miren
esta batalla total! Fue verdaderamente aterradora con

El frío viento susurrante,
La oscura y temible niebla.
De un lado, las coloridas banderas ondeaban;
Del otro, lanzas y halberdos brillaban.
Había fila tras fila de cascos brillantes,
Y capa tras capa de brillante armadura.
Fila tras fila de cascos brillando a la luz del sol
Parecían campanas de plata cuyas campanadas resonaban en el cielo;
Capa tras capa de brillante armadura que se levantaba en capas como un
acantilado
Parecía glaciares aplastando la tierra.
Las gigantescas cimitaras
Volaban y brillaban como relámpagos;
Las lanzas de morera blancas,
¡Podrían atravesar incluso la niebla y las nubes!
Los halberdos en forma de cruz
Y las pestañas de ojo de tigre
Estaban dispuestas como filas densas de cáñamo;
Las espadas de bronce verdes
Y las palas de cuatro lados
Estaban amontonadas como árboles en un denso bosque.
Arcos curvados, ballestas y robustas flechas con plumas de águila,
Bastones cortos y lanzas en forma de serpiente—todo podía matar o mutilar.
Ese bastón obediente, que poseía el Gran Sabio,
Siguió girando y revoloteando en esta batalla con los dioses.
Lucharon hasta que el aire quedó libre de aves volando;
Lobos y tigres fueron expulsados desde dentro de la montaña;
El planeta se oscureció por piedras y rocas que caían,
Y el cosmos se oscureció por polvo y tierra voladores.

El clamor y el estruendo perturbaban el Cielo y la Tierra;
La lucha y el alboroto alarmaban tanto a demonios como a dioses.

Comenzando con la formación de batalla al amanecer, lucharon hasta que el sol se hundió detrás de las colinas occidentales. El Rey Demonio de Un Cuerno y los reyes monstruos de setenta y dos cuevas fueron todos capturados por las fuerzas del Cielo. Aquellos que escaparon fueron los cuatro poderosos comandantes y la tropa de monos, que se escondieron profundamente dentro de la Cueva de la Cortina de Agua. Con su único bastón, el Gran Sabio resistió en el aire a los Cuatro Grandes Devarājas, a Li el Portador de la Pagoda y al Príncipe Naṭa, y luchó con ellos durante mucho tiempo. Cuando vio que se acercaba la noche, el Gran Sabio arrancó un puñado de pelos, los arrojó a su boca y los masticó en pedazos. Los escupió, gritando, "¡Cambio!" Inmediatamente se convirtieron en muchos miles de Grandes Sabios, cada uno empleando un bastón de aros dorados. Repelieron al Príncipe Naṭa y derrotaron a los Cinco Devarājas.

En triunfo, el Gran Sabio recogió de nuevo sus pelos y se apresuró de regreso a su cueva. Pronto, en la entrada del puente de chapa de hierro, fue recibido por los cuatro poderosos comandantes que llevaban al resto de los monos. Mientras se postraban para recibirlo, lloraron tres veces, sollozando en voz alta, y luego rieron tres veces, riendo y bromeando. El Gran Sabio dijo, "¿Por qué ríen y lloran todos ustedes al verme?" "Cuando luchamos con los Reyes Deva esta mañana," dijeron los cuatro poderosos comandantes, "los reyes monstruos de setenta y dos cuevas y el Rey Demonio de Un Cuerno fueron todos capturados por los dioses. Nosotros fuimos los únicos que logramos escapar vivos, y por eso lloramos. Ahora vemos que el Gran Sabio ha regresado ileso y triunfante, y por eso también reímos."

"Victoria y derrota," dijo el Gran Sabio, "son experiencias comunes para un soldado. El antiguo proverbio dice,
Puedes matar a diez mil de tus enemigos,
¡Pero perderás tres mil de tus aliados!
Además, esos jefes que han sido capturados son tigres y leopardos, lobos e insectos, tejones y zorros, y cosas por el estilo. Ningún miembro de nuestra propia clase ha sido herido. ¿Por qué entonces deberíamos estar desconsolados? Aunque nuestros adversarios han sido rechazados por mi magia de división corporal, aún están acampados al pie de nuestra montaña. Seamos, por lo tanto, muy vigilantes en nuestra defensa. Tengan una buena comida, descansen bien y conserven su energía. Cuando llegue la mañana, mírenme realizar una gran magia y capturar a algunos de estos generales del Cielo, para que nuestros compañeros puedan ser vengados." Los cuatro poderosos comandantes bebieron un par de tazones de vino de coco con la multitud de monos y se durmieron pacíficamente. No diremos más de ellos.

Cuando esos Cuatro Devarājas retiraron sus tropas y detuvieron su lucha, cada uno de los comandantes celestiales vino a informar sobre su logro. Hubo quienes capturaron leones y elefantes y quienes apprehendieron lobos, criaturas arrastrándose y zorros. Sin embargo, ningún monstruo mono había sido apresado. Luego se aseguró el campamento, se levantó una gran tienda, y a esos comandantes con servicios meritorios se les otorgaron recompensas. Se ordenó a los soldados encargados de las redes cósmicas que llevaran campanas y se les dio contraseñas. Rodearon la Montaña de la Flor y el Fruto para esperar la gran batalla del día siguiente, y cada soldado, en todas partes, vigilaba diligentemente su puesto. Así que esta es la situación:

El diabólico mono asola el Cielo y la Tierra,

Pero la red se extiende, lista noche y día.

No sabemos qué sucedió después de la mañana siguiente; escuchemos la explicación en el próximo capítulo.

CAPÍTULO 6

Guanyin, asistiendo al banquete, indaga sobre la causa;
El Pequeño Sabio, ejerciendo su poder, somete al Gran Sabio.

Por el momento no les contaremos sobre el asedio de los dioses o del Gran Sabio en reposo. Hablamos en cambio del Gran Compasivo Salvador, el Eficaz Bodhisattva Guanyin de la Montaña Potalaka en el Mar del Sur. Invitada por la Dama Reina Madre para asistir al Gran Festival de los Duraznos Inmortales, llegó a la cámara del tesoro de la Charca de Jaspe con su discípulo mayor, Hui'an. Allí encontraron el lugar completamente desolado y las mesas del banquete en total desorden. Aunque varios miembros del panteón celestial estaban presentes, ninguno estaba sentado. En cambio, todos estaban inmersos en intercambios y discusiones vigorosas. Después de que el Bodhisattva saludara a las diversas deidades, le contaron lo que había ocurrido. "Dado que no habrá festival," dijo el Bodhisattva, "ni se levantarán copas, todos ustedes podrían acompañar a este humilde clérigo a ver al Emperador de Jade." Los dioses la siguieron gustosamente y fueron a la entrada del Salón de la Luz Perfecta. Allí el Bodhisattva fue recibido por los Cuatro Maestros Celestiales y el Inmortal de Pies Desnudos, quienes relataron cómo los soldados celestiales, ordenados por un furioso Emperador de Jade para capturar al monstruo, aún no habían regresado. El Bodhisattva dijo, "Me gustaría tener una audiencia con el Emperador de Jade. ¿Puedo molestar a uno de ustedes para que anuncie mi llegada?" El Preceptor Celestial Qiu Hongji fue de inmediato al Salón del Tesoro de las Nieblas Divinas y, después de hacer su informe, invitó a Guanyin a entrar. Laozi entonces tomó el asiento principal junto al Emperador, mientras que la Dama Reina Madre atendía detrás del trono.

El Bodhisattva condujo a la multitud adentro. Después de rendir homenaje al Emperador de Jade, también saludaron a Laozi y a la Reina Madre. Cuando cada uno de ellos estuvo sentado, ella preguntó, "¿Cómo va el Gran Festival de los Duraznos Inmortales?" "Cada año, cuando se ha llevado a cabo el festival," dijo el Emperador de Jade, "hemos disfrutado mucho. Este año ha sido completamente arruinado por un mono funesto, dejándonos con nada más que una invitación a la decepción." "¿De dónde vino este mono funesto?" preguntó el Bodhisattva. "Nació de un huevo de piedra en la cima de la Montaña de la Flor y el Fruto del País Aolai en el continente Pūrvavideha del Este," dijo el Emperador de Jade. "En el momento de su nacimiento, dos haces de luz dorada brillaron de inmediato desde sus ojos, llegando hasta el Palacio de la Estrella Polar. No pensamos mucho en eso, pero más tarde se convirtió en un monstruo, sometiendo al Dragón y domesticando al Tigre, así como erradicando su nombre del Registro de la Muerte. Cuando los Reyes Dragón y los Reyes del Inframundo nos informaron sobre el asunto, quisimos capturarlo. Sin embargo, la Estrella de la Larga Vida observó que todos los seres de las tres regiones que poseían los nueve orificios podían alcanzar la inmortalidad. Por lo tanto, decidimos educar y nutrir al talentoso mono y lo convocamos a la Región Superior. Fue nombrado Bimawen en los establos imperiales, pero, ofendido por la bajeza de su posición, abandonó el Cielo en rebelión. Luego enviamos a Devarāja Li y al Príncipe Naṭa para solicitar su sumisión proclamando un decreto de pacificación. Fue traído nuevamente a la Región Superior y fue nombrado Gran Sabio, Igual al Cielo—un rango sin compensación. Dado que no tenía nada que hacer más que vagar de este a oeste, temíamos que pudiera causar más problemas. Así que se le pidió que cuidara del Jardín de los Duraznos Inmortales. Pero rompió la ley y se comió todos los grandes duraznos de los árboles más antiguos. Para entonces, el banquete estaba a punto de llevarse a cabo. Como era una persona sin salario, por supuesto, no fue invitado; sin embargo, planeó engañar al Inmortal de Pies Desnudos y logró infiltrarse en el banquete asumiendo la apariencia del Inmortal. Se terminó todo el vino y la comida divina, después de lo cual también robó el elixir de Laozi y se llevó una cantidad considerable de vino imperial para el disfrute de sus monos de montaña. Nuestra mente ha estado muy angustiada por esto, y por lo tanto enviamos a cien mil soldados celestiales con redes cósmicas para capturarlo. Aún no hemos recibido el informe de hoy sobre cómo va la batalla."

Cuando el Bodhisattva escuchó esto, le dijo al Discípulo Hui'an, "Debes salir del Cielo de inmediato, bajar a la Montaña de la Flor y el Fruto, e indagar sobre la situación militar. Si el enemigo está comprometido, puedes ofrecer tu asistencia; en cualquier caso, debes traer un informe fidedigno." El Discípulo Hui'an ajustó su atuendo y montó la nube para abandonar el palacio, sosteniendo un bastón de hierro en la mano. Cuando llegó a la montaña, encontró capas de redes cósmicas tensadas y centinelas en cada puerta sosteniendo campanas y gritando contraseñas. ¡El cerco de la montaña era realmente hermético! Hui'an se detuvo y gritó: "Centinelas celestiales, ¿puedo molestarlos para que anuncien mi llegada? Soy el Príncipe Mokṣa, segundo hijo de Devarāja Li, y también soy Hui'an, el discípulo mayor de Guanyin del Mar del Sur. He venido a indagar sobre la situación militar."

Los soldados divinos de las Cinco Montañas informaron de inmediato sobre esto más allá de la puerta. Las constelaciones Acuario, Pléyades, Hidra y Escorpio luego transmitieron el mensaje a la tienda central. Devarāja Li emitió una bandera directiva, que ordenó abrir las redes cósmicas y permitir la entrada al visitante. El día apenas estaba amaneciendo en el este cuando Hui'an siguió la bandera adentro y se postró ante los Cuatro Grandes Devarājas y Devarāja Li.

Después de que terminó sus saludos, Devarāja Li dijo: "Hijo mío, ¿de dónde has venido?" "Tu hijo sin educación," dijo Hui'an, "acompañó al Bodhisattva para asistir al Festival de los Duraznos Inmortales. Al ver que el festival estaba desolado y la Charca de Jaspe arruinada, el Bodhisattva condujo a las diversas deidades y a tu hijo sin educación a tener una audiencia con el

Emperador de Jade. El Emperador de Jade habló extensamente sobre la expedici
ón de Padre y Rey a la Región Inferior para someter al mono funesto. Dado que
no ha regresado informe alguno durante un día entero y no se ha determinado ni
victoria ni derrota, el Bodhisattva ordenó a tu hijo sin educación venir aquí para
averiguar cómo están las cosas." "Ayer vinimos aquí a establecer el
campamento," dijo Devarāja Li, "y se enviaron a las Nueve Luminarias para
provocar batalla. Pero este individuo hizo una gran demostración de sus poderes
mágicos, y las Nueve Luminarias regresaron todas derrotadas. Después de eso,
llevé las tropas personalmente para confrontarlo, y el tipo también trajo sus
fuerzas a formación. Nuestros cien mil soldados celestiales lucharon con él hasta
la tarde, cuando se retiró de la batalla utilizando la magia de división corporal.
Cuando recordamos las tropas y realizamos nuestra investigación, encontramos
que habíamos capturado algunos lobos, criaturas arrastrándose, tigres, leopardos
y cosas por el estilo. Pero ¡ni siquiera atrapamos a la mitad de un monstruo mono!
Y hoy aún no hemos ido a la batalla."

Mientras decía todo esto, alguien llegó desde la puerta del campamento para
informar: "¡Ese Gran Sabio, liderando su banda de monstruos monos, está
gritando por batalla afuera!" Los Cuatro Devarājas, Devarāja Li y el príncipe
hicieron de inmediato planes para sacar las tropas, cuando Mokṣa dijo: "Padre
Rey, tu hijo sin educación fue enviado por el Bodhisattva para venir aquí a
adquirir información. Ella también me dijo que te diera asistencia en caso de que
hubiera combate real. Aunque no soy muy talentoso, me ofrezco a salir ahora y
ver qué tipo de Gran Sabio es este." "Hijo," dijo el Devarāja, "ya que has
estudiado con el Bodhisattva durante varios años, supongo que debes tener
algunos poderes. ¡Pero ten cuidado!"

¡Querido príncipe! Agarrando el bastón de hierro con ambas manos, ajustó
su prenda bordada y saltó fuera de la puerta. "¿Quién es el Gran Sabio, Igual al
Cielo?" gritó. Sosteniendo alto su bastón obediente, el Gran Sabio respondió:
"¡Nadie más que el viejo Mono aquí! ¿Quién eres tú para atreverte a
cuestionarme?" "Soy Mokṣa, el segundo príncipe de Devarāja Li," dijo Mok
ṣa. "En este momento también soy el discípulo del Bodhisattva Guanyin, un
defensor de la fe ante su trono del tesoro. Y mi nombre religioso es Hui'an."

"¿Por qué has dejado tu formación religiosa en el Mar del Sur y has venido aqu
í a verme?" dijo el Gran Sabio. "Fui enviado por mi maestro para indagar sobre
la situación militar," dijo Mokṣa. "Al ver qué molestia has causado, he venido
específicamente para capturarte." "¿Te atreves a hablar así?" dijo el Gran
Sabio. "¡Pero no huyas! ¡Prueba el bastón del viejo Mono!" Mokṣa no se asust
ó en absoluto y se enfrentó a su oponente con su propio bastón de hierro. Los
dos se enfrentaron ante la puerta del campamento en medio de la montaña, ¡y qu
é magnífica batalla libraron!

Aunque un bastón se enfrenta a otro, el hierro es bastante diferente;

Aunque esta arma se acopla con la otra, las personas no son las mismas.
Este se llama el Gran Sabio, un dios primordial rebelde;
El otro es el discípulo de Guanyin, un verdadero héroe y orgulloso.
El bastón todo de hierro ha sido golpeado mil veces,
Hecho por Seis Dioses de Oscuridad y Seis Dioses de Luz.
El bastón obediente establece la profundidad del río del Cielo,
Una cosa divina que rige los océanos con poder mágico.
Los dos de ellos al encontrarse han encontrado su igual;
De un lado a otro luchan en rondas interminables.
Desde este lado el bastón de manos sigilosas,
Salvaje y feroz,
Alrededor de la cintura apuñala y pincha rápidamente como el viento;
Del otro lado el bastón, que hace las veces de lanza,
Impulsando y sin compasión,
No da un momento de descanso en su parry de izquierda y derecha.
De este lado las banderas ondean y aletean;
Del otro los tambores de guerra retumban y retuercen.
Diez mil guerreros celestiales giran una y otra vez.
Los monstruos monos de toda una cueva se alinean en filas y filas.
Extrañas nieblas y nubes oscuras se extienden por toda la tierra.
El humo y el vapor de la batalla llegan incluso a la Casa del Cielo.
La batalla de ayer fue algo digno de ver.
Aún más violento es el concurso de hoy.
Envidia al verdaderamente capaz Rey Mono:
¡Mokṣa ha sido vencido—está huyendo por su vida!

Nuestro Gran Sabio luchó contra Hui'an durante cincuenta o sesenta rondas hasta que los brazos y hombros del príncipe estaban adoloridos y entumecidos y ya no podía pelear. Después de un último y fútil golpe de su arma, huyó en derrota. El Gran Sabio luego reunió a sus tropas de monos y las estacionó de manera segura fuera de la entrada de la cueva. En el campamento de Devarāja, se podía ver a los soldados celestiales recibiendo al príncipe y abriéndole camino para que entrara por la puerta. Jadeando y resoplando, corrió y exclamó a los Cuatro Devarājas, al Portador de Pagodas Li y a Naṭa: "¡Ese Gran Sabio! ¡Qué as! ¡Es grandioso su poder mágico! Tu hijo no puede superarlo y ha regresado derrotado." Impactado por la vista, Devarāja Li de inmediato escribió un memorial al Trono para solicitar más ayuda. El rey demonio Mahābāli y el Príncipe Mokṣa fueron enviados al Cielo para presentar el documento.

Sin atreverse a quedarse, los dos se lanzaron fuera de las redes cósmicas y montaron la niebla sagrada y la nube consagrada. En un momento llegaron al Salón de la Luz Perfecta y se encontraron con los Cuatro Maestros Celestiales, quienes los condujeron al Salón del Tesoro de las Nieblas Divinas para presentar su memorial. Hui'an también saludó al Bodhisattva, quien le preguntó: "¿Qué has averiguado sobre la situación?" "Cuando llegué a la Montaña de la Flor y el Fruto por tu orden," dijo Hui' an, "abrí las redes cósmicas con mi llamada. Al ver a mi padre, le conté las intenciones de mi maestro al enviarme. El Padre Rey dijo: 'Ayer luchamos una batalla con ese Rey Mono, pero solo logramos quitarle tigres, leopardos, leones, elefantes y cosas por el estilo. No atrapamos a uno solo de sus monstruos monos.' Mientras hablábamos, él nuevamente exigió batalla. Tu discípulo usó el bastón de hierro para pelear con él durante cincuenta o sesenta rondas, pero no pude prevalecer contra él y regresé derrotado al campamento. Así que el padre tuvo que enviar al rey demonio Mahābāli y a tu alumno aquí para pedir ayuda." El Bodhisattva bajó la cabeza y reflexionó.

Ahora les contamos sobre el Emperador de Jade, quien abrió el memorial y encontró un mensaje pidiendo asistencia. "¡Esto es más bien absurdo!" dijo riendo. "¿Es este monstruo mono tal mago que ni siquiera cien mil soldados del Cielo pueden vencerlo? Devarāja Li está pidiendo ayuda nuevamente. ¿Qué división de guerreros divinos podemos enviar para ayudarlo?" Apenas había terminado de hablar cuando Guanyin juntó las manos y le dijo: "Su Majestad, ¡no permita que su mente se turbe! Este humilde clérigo recomendará a un dios que puede capturar al mono." "¿A quién recomendarías?" dijo el Emperador de Jade. "Su Majestad, su sobrino," dijo el Bodhisattva, "el Inmortal Maestro de Ilustrada Sagacidad Erlang, que vive en la boca del Río de Libaciones en la Prefectura de Guan y disfruta del incienso y las ofrendas que se le ofrecen desde la Región Inferior. En días pasados, él mismo mató a seis monstruos. Bajo su mando están los Hermanos de la Montaña de Ciruelas y mil doscientos dioses de plantas, todos poseyendo grandes poderes mágicos. Sin embargo, solo acepta asignaciones especiales y no obedecerá ninguna convocatoria general. Su Majestad puede querer enviar un edicto transfiriendo sus tropas al escenario de la batalla y solicitando su ayuda. Nuestro monstruo seguramente será capturado." Cuando el Emperador de Jade escuchó esto, de inmediato emitió tal edicto y ordenó al rey demonio Mahābāli que lo presentara.

Habiendo recibido el edicto, el rey demonio montó una nube y se dirigió directamente a la boca del Río de las Libaciones. Le tomó menos de media hora llegar al templo del Maestro Inmortal. Inmediatamente, los magistrados demoníacos que custodiaban las puertas informaron dentro: "Hay un mensajero del Cielo afuera que ha llegado con un edicto en la mano." Erlang y sus hermanos salieron a recibir el edicto, que fue leído antes de quemar incienso. El edicto decía:

El Gran Sabio, Igual al Cielo, un monstruoso mono de la Montaña de la Flor y el Fruto, está en rebelión. En el Palacio robó duraznos, vino y elixir, y perturbó el Gran Festival de los Duraznos Inmortales. Se despacharon cien mil soldados celestiales con dieciocho conjuntos de redes cósmicas para rodear la montaña y capturarlo, pero la victoria aún no se ha asegurado. Por lo tanto, hacemos esta solicitud especial a nuestro digno sobrino y sus hermanos juramentados para que vayan a la Montaña de la Flor y el Fruto y ayuden a destruir a este monstruo. Tras su éxito habrá elevada recompensa y abundante recompensa.

Con gran deleite, el Maestro Inmortal dijo: "Dejen que el mensajero del Cielo regrese. Iré de inmediato a ofrecer mi asistencia con la espada desenvainada." El rey demonio regresó a informar, pero no hablaremos más de eso.

Este Maestro Inmortal convocó a los Seis Hermanos de la Montaña de Ciruelas: eran Kang, Zhang, Yao y Li, los cuatro grandes mariscales, y Guo Shen y Zhi Jian, los dos generales. Al congregarse ante la corte, les dijo: "El Emperador de Jade nos acaba de enviar a la Montaña de la Flor y el Fruto para capturar un monstruoso mono. ¡Vamos!" Encantados y dispuestos, los hermanos de inmediato convocaron a los soldados divinos bajo su mando. Con halcones montados y perros con correa, con flechas listas y arcos tensados, salieron en un violento viento mágico y cruzaron en un instante el gran Océano Oriental. Al aterrizar en la Montaña de la Flor y el Fruto, vieron su camino bloqueado por densas capas de red cósmica. "Comandantes divinos que custodian las redes cósmicas, escúchenos," gritaron. "Estamos especialmente asignados por el Emperador de Jade para capturar al monstruoso mono. ¡Abre rápidamente la puerta de tu campamento y déjanos pasar!" Las diversas deidades transmitieron el mensaje al interior, nivel por nivel. Los Cuatro Devarājas y Devarāja Li luego salieron a la puerta del campamento para recibirlos. Después de intercambiar saludos, hubo preguntas sobre la situación militar, y el Devarāja les dio un informe completo. "Ahora que yo, el Pequeño Sabio, he llegado," dijo el Maestro Inmortal, riendo, "tendrá que participar en un concurso de transformaciones con su adversario. Ustedes asegúrense de que las redes cósmicas estén bien tensadas por todos lados, pero dejen la parte superior descubierta. Déjenme probar suerte en este concurso. Si pierdo, ustedes no necesitan venir en mi ayuda, porque mis propios hermanos estarán allí para apoyarme. Si gano, ustedes tampoco necesitarán estar presentes para atarlo; mis propios hermanos se encargarán de eso. Todo lo que necesito es que el Devarāja Portador de Pagodas se mantenga en el aire con su espejo que refleja demonios. Si el monstruo es derrotado, temo que intente huir a un lugar distante. Asegúrense de que su imagen se refleje claramente en el espejo, para que no lo perdamos." Los Devarājas se colocaron en las cuatro direcciones, mientras que los soldados celestiales se alinearon de acuerdo con sus formaciones planificadas.

Con él como el séptimo hermano, el Maestro Inmortal llevó a los cuatro grandes mariscales y a los dos generales fuera del campamento para provocar la batalla. A los otros guerreros se les ordenó defender su campamento con vigilancia, y a las deidades de cabezas vegetales se les ordenó tener listos a los halcones y perros para la batalla. El Maestro Inmortal se dirigió a la parte delantera de la Cueva de la Cortina de Agua, donde vio a una tropa de monos posicionados ordenadamente en una formación que se asemejaba a un dragón enroscado. En el centro de la formación estaba la bandera que llevaba las palabras "El Gran Sabio, Igual al Cielo." "¡Ese monstruo audaz!" dijo el Maestro Inmortal. "¿Cómo se atreve a asumir el rango de 'Igual al Cielo'?" "No hay tiempo para alabanzas o reproches," dijeron los Seis Hermanos de la Montaña de Ciruelas. "¡Desafiémoslo de inmediato!" Cuando los pequeños monos al frente del campamento vieron al Maestro Inmortal, corrieron rápidamente a informar. Apresurándose a tomar su bastón de aro dorado, enderezando su coraza dorada, poniéndose sus zapatos que pisaban nubes y ajustando su gorra de oro rojo, el Rey Mono saltó fuera del campamento. Abrió bien los ojos para mirar al Maestro Inmortal, cuyos rasgos eran notablemente refinados y cuya vestimenta era muy elegante. Verdaderamente, era un hombre de

Rasgos más hermosos y de porte más noble,
Con orejas que llegan a los hombros y ojos brillantes.
Su cabeza llevaba la gorra del Fénix de las Tres Montañas,
Su cuerpo vestía una túnica de ganso de color amarillo pálido.
Botas de hilo dorado combinaban con calcetines de dragón enroscado.
Ocho emblemas en forma de flores adornaban su cinturón de jade.
De su cintura colgaba el arco de bola creciente.
Sus manos sostenían una lanza de tres puntas y dos hojas.
Una vez partió la Montaña de los Duraznos para salvar a su madre.
Su una bola golpeó a dos fénixes en un alto árbol.
Matando a ocho demonios, lanzó su fama lejos
Como hermano entre los Siete Santos de la Montaña de Ciruelas.
Su mente elevada menospreciaba ser pariente del Alto Cielo;
Su orgullo lo llevó a habitar cerca del Río de las Libaciones.
De la Ciudad de Chi aquí está el sabio héroe amable:
De epifanías sin límites, se llama Erlang.

Cuando el Gran Sabio lo vio, levantó su bastón de aro dorado con ráfagas de risa y gritó: "¿Qué pequeño guerrero eres y de dónde vienes, que te atreves a presentarte aquí para provocar batalla?" "¡Debes tener ojos pero sin pupilas!" gritó el Maestro Inmortal, "si no me reconoces! Soy el sobrino materno del Emperador de Jade, Erlang, el Rey de la Ilustre Gracia y Espíritu por designación imperial. He recibido mi orden de arriba para arrestarte, el rebelde simio Bimawen. ¿No sabes que ha llegado tu hora?" "Recuerdo," dijo el Gran Sabio, "que la hermana del Emperador de Jade hace algunos años se enamoró de la Región Inferior; se casó con un hombre llamado Yang y tuvo un hijo con él. ¿Eres ese chico que se dice que abrió la Montaña de los Duraznos con su hacha? Me gustaría reprenderte severamente, pero no tengo rencor contra ti. ¡También puedo golpearte con este bastón mío, pero quiero perdonarte la vida! Un niño como tú, ¿por qué no te das prisa y le pides a tus Cuatro Grandes Devarājas que salgan?" Cuando el Maestro Inmortal escuchó esto, se enojó mucho y gritó: "¡Simio imprudente! ¡No te atrevas a ser tan insolente! ¡Toma una muestra de mi hoja!" Esquivando el golpe, el Gran Sabio rápidamente levantó su bastón de aro dorado para enfrentarse a su oponente. ¡Qué magnífica pelea hubo entre los dos:

Erlang, el Dios de la Ilustre Bondad,
Y el Gran Sabio, Igual al Cielo!
Este, altivo y orgulloso, desafiaba al Rey Mono Atractivo.
Ese, sin conocer a su hombre, aplastaría a todos los valientes enemigos.
De repente, estos dos se encontraron,
Y ambos deseaban un enfrentamiento—
Nunca habían sabido quién era el mejor;
¡Hoy aprenderían quién es fuerte y quién es débil!
El bastón de hierro parecía un dragón volador,
Y la lanza divina un fénix danzante:
Izquierda y derecha golpeaban,
Atacando tanto por delante como por detrás.
La impresionante presencia de los Seis Hermanos de la Montaña de Ciruelas llenaba un lado,
Mientras que los cuatro generales, como Ma y Liu, tomaban el mando en el otro.
Todos trabajaban como uno para ondear banderas y hacer sonar tambores;
Todos ayudaban en la pelea con vítores mientras golpeaban el gong.
Dos armas afiladas buscaban una oportunidad para herir,
Pero los estocadas y paradas no se relajaban ni un poco.
El bastón de aro dorado, maravilla del mar,
Podía cambiar y volar para atrapar una victoria.
¡Un pequeño retraso y tu vida se acabó!
¡Un pequeño error y tu suerte se agota!

El Maestro Inmortal luchó contra el Gran Sabio durante más de trescientos asaltos, pero aún no se pudo determinar el resultado. Por lo tanto, el Maestro Inmortal convocó todos sus poderes mágicos; con un movimiento, hizo su cuerpo de cien mil pies de altura. Sosteniendo con ambas manos la lanza divina de tres puntos y dos hojas como las cumbres que coronan la Montaña Hua, esta figura de cara verde y dientes de sable con cabello escarlata lanzó un violento golpe a la cabeza del Gran Sabio. Pero el Gran Sabio también ejerció su poder mágico y se transformó en una figura que tenía las características y altura de Erlang. Empuñó un bastón dorado que se asemejaba al pilar que sostiene el Cielo en la cima de la Montaña Kunlun para oponerse al dios Erlang. Esta visión aterrorizó tanto a los mariscales, Ma y Liu, que ya no pudieron ondear las banderas, y apabulló tanto a los generales, Beng y Ba, que no pudieron usar ni cimitarra ni espada. Del lado de Erlang, los Hermanos Kang, Zhang, Yao, Li, Guo Shen y Zhi Jian dieron la orden a las deidades de cabezas vegetales de dejar sueltas a las aves y los perros y avanzar sobre aquellos monos frente a la Cueva de la Cortina de Agua con flechas montadas y arcos tensados. La carga, por desgracia,
Dispersó a los cuatro poderosos comandantes de los monos
Y capturó a dos o tres mil demonios numinosos.
Esos monos dejaron caer sus lanzas y abandonaron su armadura, renunciaron a sus espadas y tiraron sus lanzas. Se dispersaron en todas direcciones: corriendo,

gritando, trepando la montaña, o escabulléndose de regreso a la cueva. Era como si un gato en la noche hubiera atacado a las aves en reposo: se dispararon como estrellas para llenar el cielo. Así, los Hermanos lograron una victoria completa, de la cual no hablaremos más.

Ahora estábamos contándote sobre el Maestro Inmortal y el Gran Sabio, quienes se habían transformado en formas que imitaban el Cielo y la Tierra. Mientras luchaban, el Gran Sabio de repente percibió que los monos de su campamento estaban en fuga, y su corazón se debilitó. Cambió de su forma mágica, dio la vuelta y huyó, arrastrando su bastón detrás de él. Cuando el Maestro Inmortal vio que estaba huyendo, lo persiguió a grandes zancadas, diciendo: "¿A dónde vas? ¡Ríndete ahora, y tu vida será perdonada!" El Gran Sabio no se detuvo para luchar más, sino que corrió tan rápido como pudo. Cerca de la entrada de la cueva, se topó con Kang, Zhang, Yao y Li, los cuatro grandes mariscales, y Guo Shen y Zhi Jian, los dos generales, que estaban al frente de un ejército bloqueando su camino. "¡Simio sin ley!" gritaron, "¿a dónde crees que vas?" Temblando por completo, el Gran Sabio comprimió su bastón de aro dorado en una aguja de bordar y lo escondió en su oído. Con un movimiento de su cuerpo, se transformó en un pequeño gorrión y voló a posarse en la cima de un árbol. En gran agitación, los seis Hermanos buscaron por todas partes pero no pudieron encontrarlo. "¡Hemos perdido al monstruo mono! ¡Hemos perdido al monstruo mono!" gritaron todos.

Mientras hacían todo ese alboroto, llegó el Maestro Inmortal y preguntó: "Hermanos, ¿dónde lo perdieron en la persecución?" "Lo teníamos acorralado aquí," dijeron los dioses, "pero simplemente desapareció." Escaneando el lugar con su ojo de fénix bien abierto, Erlang de inmediato descubrió que el Gran Sabio se había transformado en un pequeño gorrión posado en un árbol. Cambió de su forma mágica y se quitó su arco de bola. Con un movimiento de su cuerpo, se transformó en un halcón, listo para atacar su presa. Cuando el Gran Sabio vio esto, se disparó con un batir de alas; cambiándose a sí mismo en un cormorán, se dirigió directamente hacia el cielo abierto. Cuando Erlang vio esto, rápidamente sacudió sus plumas y se transformó en una enorme grulla del océano, que podía penetrar las nubes para atacar con su pico. Por lo tanto, el Gran Sabio bajó su dirección, se transformó en un pez pequeño y se zambulló en un arroyo con un chapoteo. Erlang se apresuró hasta el borde del agua, pero no pudo ver rastro de él. Pensó para sí mismo: "Este simio debe haberse metido en el agua y haberse transformado en un pez, un camarón o algo así. Cambiaré de nuevo para atraparlo." Así que se transformó en un águila pescadora y se deslizó río abajo sobre las olas. Después de un tiempo, el pez en el que el Gran Sabio se había transformado nadaba a lo largo de la corriente. De repente, vio un ave que parecía un cometa verde, aunque sus plumas no eran completamente verdes, como una garza, aunque tenía plumas pequeñas, y como una grulla anciana, aunque sus patas no eran rojas. "Ese debe ser el Erlang transformado esperándome," pensó para sí mismo. Se dio la vuelta rápidamente y nadó lejos después de liberar algunas burbujas. Cuando Erlang vio esto, dijo: "El pez que liberó las burbujas parece una carpa aunque su cola no es roja, como un perca aunque no hay patrones en sus escamas, como un pez serpiente aunque no hay estrellas en su cabeza, como un bream aunque sus branquias no tienen cerdas. ¿Por qué se aleja en el momento en que me ve? ¡Debe ser el propio mono transformado!" Se lanzó hacia el pez y picoteó en él. El Gran Sabio salió disparado del agua y se transformó de inmediato en una serpiente de agua; nadó hacia la orilla y se retorció en la hierba a lo largo de la orilla. Cuando Erlang vio que había picoteado en vano y que una serpiente se había escabullido en el agua con un chapoteo, supo que el Gran Sabio se había transformado de nuevo. Dando la vuelta rápidamente, se transformó en una grulla gris con la parte superior escarlata, que extendió su pico como pinzas de hierro afiladas para devorar a la serpiente. Con un salto, la serpiente cambió de nuevo a un avutarda moteada que se mantenía estúpidamente sola en medio del agua. Cuando Erlang vio que el mono se había transformado en una criatura tan vulgar—porque la avutarda moteada es el ave más baja y más promiscuo, apareándose indiscriminadamente con fénixes, halcones o cuervos—se negó a acercarse a él. Volviendo a su verdadera forma, fue y tensó su arco al máximo. Con una bola envió al ave volando.

El Gran Sabio aprovechó esta oportunidad. Rodando por la pendiente de la montaña, se agachó allí para transformarse nuevamente, esta vez en un pequeño templo para el espíritu local. Su boca, bien abierta, se convirtió en la entrada, sus dientes en las puertas, su lengua en el Bodhisattva y sus ojos en las ventanas. Solo su cola le resultó problemática, así que la levantó por la parte de atrás y la transformó en un asta de bandera. El Maestro Inmortal lo persiguió por la pendiente, pero en lugar del avutarda que había golpeado, solo encontró un pequeño templo. Abrió rápidamente su ojo de fénix y lo miró cuidadosamente. Al ver el asta de bandera detrás de él, se rió y dijo: "¡Es el simio! ¡Ahora está tratando de engañarme de nuevo! He visto muchos templos antes, pero nunca uno con un asta de bandera detrás. Debe ser otro de los trucos de ese animal. ¿Por qué debería dejar que me atraiga adentro, donde puede morderme una vez que haya entrado? Primero aplastaré las ventanas con mi puño. ¡Luego patearé las puertas!"

El Gran Sabio escuchó esto y dijo con desánimo: "¡Qué malvado! Las puertas son mis dientes y las ventanas mis ojos. ¿Qué haré con mis ojos aplastados y mis dientes rotos?" Saltando como un tigre, desapareció nuevamente en el aire. El Maestro Inmortal estaba mirando por todas partes cuando llegaron juntos los cuatro grandes mariscales y los dos generales. "Hermano Mayor," dijeron, "¿has atrapado al Gran Sabio?" "Hace un momento," dijo el Maestro Inmortal riendo, "el mono se transformó en un templo para engañarme. Estaba a punto de aplastar las ventanas y patear las puertas cuando él desapareció de la vista con un salto. ¡Todo es muy extraño! ¡Muy extraño!" Los Hermanos estaban asombrados, pero no pudieron encontrar ningún rastro de él en ninguna dirección.

"Hermanos," dijo el Maestro Inmortal, "mantengan la vigilancia aquí abajo. Déjenme ir allá arriba a buscarlo." Rápidamente montó las nubes y se elevó al cielo, donde vio a Devarāja Li sosteniendo en alto el espejo reflejador de demonios y de pie sobre las nubes con Naṭa. "Devarāja," dijo el Maestro Inmortal, "¿has visto al Rey Mono?" "No ha venido aquí arriba," dijo el Devarāja, "he estado observándolo en el espejo."

Después de contarles sobre el duelo en magia y transformaciones y la captura del resto de los monos, el Maestro Inmortal dijo: "Finalmente se transformó en un templo. Justo cuando iba a atacarlo, se escapó." Cuando Devarāja Li escuchó estas palabras, giró el espejo reflejador de demonios una vez más y lo miró. "¡Maestro Inmortal!" dijo, riendo a carcajadas. "¡Ve rápidamente! ¡Rápidamente! Ese mono usó su magia de ocultación para escapar del cerco y ahora se dirige a la boca de tu Río de Libaciones."

Ahora les contamos sobre el Gran Sabio, que había llegado a la boca del Río de Libaciones. Con un movimiento de su cuerpo, se transformó en la forma del Santo Padre Erlang. Bajando la dirección de su nube, entró directamente en el templo, y los magistrados demonios no pudieron decir que no era el verdadero Erlang. Todos ellos, de hecho, se inclinaron para recibirlo. Se sentó en el medio y comenzó a examinar las diversas ofrendas: los tres tipos de carne sacrificial traídos por Li Hu, la ofrenda votiva de Zhang Long, la petición de un hijo de Zhao Jia y la solicitud de curación de Qian Bing. Mientras miraba estas, alguien hizo el reporte: "¡Otro Santo Padre ha llegado!" Los diversos magistrados demonios fueron rápidamente a mirar y quedaron aterrorizados, uno y todos. El Maestro Inmortal preguntó: "¿Ha venido aquí un llamado Gran Sabio, Igual al Cielo?" "No hemos visto ningún Gran Sabio," dijeron los magistrados demonios. "Pero hay otro Santo Padre adentro examinando las ofrendas." El Maestro Inmortal estalló la puerta; al verlo, el Gran Sabio reveló su verdadera forma y dijo: "¡No hay necesidad de que el niño pequeño se esfuerce más! ¡Sun es ahora el nombre de este templo!"

El Maestro Inmortal levantó su lanza divina de tres puntos y dos hojas y golpeó, pero el Rey Mono, con su cuerpo ágil, se movió rápidamente para esquivar. Sacó esa aguja de bordar suya, y con un solo movimiento la hizo adquirir el grosor de un cuenco de arroz. Lanzándose hacia adelante, se enfrentó a Erlang cara a cara. Comenzando desde la puerta del templo, los dos combatientes lucharon todo el camino de regreso a la Montaña Flor-Fruta, pisando nubes y neblinas y gritándose insultos. Los Cuatro Devarājas y sus seguidores se asustaron tanto por su aparición que se pusieron en guardia con aún más vigilancia, mientras que los grandes mariscales se unieron al Maestro Inmortal para rodear al Atractivo Rey

Mono. Pero no hablaremos más de ellos.

En cambio, les contamos sobre el rey demonio Mahābāli, quien, habiendo solicitado al Maestro Inmortal y a sus Seis Hermanos que lideraran sus tropas para someter al monstruo, regresó a la Región Superior para hacer su informe. Conversando con el Bodhisattva Guanyin, la Reina Madre y los diversos funcionarios divinos en el Salón de las Neblinas Divinas, el Emperador de Jade dijo: "Si Erlang ya ha ido a la batalla, ¿por qué no ha llegado hoy ningún informe adicional?" Juntando sus manos, Guanyin dijo: "Permita que este humilde clérigo invite a Su Majestad y al Patriarca del Dao a salir por la Puerta del Cielo del Sur, para que puedan averiguar personalmente cómo están las cosas." "Esa es una buena sugerencia," dijo el Emperador de Jade. Inmediatamente envió a buscar su carroza imperial y fue con el Patriarca, Guanyin, la Reina Madre y los diversos funcionarios divinos a la Puerta del Cielo del Sur, donde el cortejo fue recibido por soldados celestiales y guardianes. Abrieron la puerta y miraron a lo lejos; allí vieron redes cósmicas en todos lados, ocupadas por soldados celestiales, Devarāja Li y Naṭa en el aire sosteniendo en alto el espejo reflejador de demonios, y el Maestro Inmortal y sus Hermanos rodeando al Gran Sabio en el medio y luchando ferozmente. La Bodhisattva abrió su boca y se dirigió a Laozi: "¿Qué piensas de Erlang, a quien este humilde clérigo recomendó? Ciertamente tiene suficiente poder para rodear al Gran Sabio, si aún no lo ha capturado. Ahora ayudaré a que logre su victoria y me aseguraré de que el enemigo sea apresado."

"¿Qué arma usará la Bodhisattva?" preguntó Laozi, "y cómo lo ayudarás?" "Arrojaré mi jarrón inmaculado que uso para sostener mi ramita de sauce," dijo la Bodhisattva. "Cuando golpee a ese mono, al menos lo derribará, incluso si no lo mata. Erlang, el Pequeño Sabio, podrá entonces capturarlo."

"Ese jarrón tuyo," dijo Laozi, "está hecho de porcelana. Está bien si le golpea en la cabeza. Pero si se estrella contra el asta de hierro, ¿no se romperá? Más vale que no levantes las manos; déjame ayudarlo a ganar." La Bodhisattva dijo: "¿Tienes alguna arma?"

"Sí, en efecto," dijo Laozi. Se arremangó y tomó de su brazo izquierdo un brazalete, diciendo: "Esta es un arma hecha de acero rojo, traída a existencia durante mi preparación de elixir y completamente cargada con fuerzas teúrgicas. Se puede transformar a voluntad; indestructible por fuego o agua, puede atrapar muchas cosas. Se llama cortador de diamante o trampa de diamante. El año en que crucé el Paso Hangu, dependía mucho de ella para la conversión de los bárbaros, pues era prácticamente mi guardaespaldas día y noche. Déjame arrojarla y golpearlo." Después de decir esto, Laozi arrojó la trampa desde la Puerta del Cielo; cayó rodando hacia el campo de batalla en la Montaña Flor-Fruta y aterrizó justo en la cabeza del Rey Mono. El Rey Mono estaba involucrado en una amarga lucha con los Siete Sabios y no se dio cuenta de esta arma, que había caído del cielo y le golpeó en la coronilla. Ya no pudo mantenerse en pie, se desplomó. Logró levantarse nuevamente y estaba a punto de huir, cuando el pequeño perro del Santo Padre Erlang se lanzó hacia adelante y le mordió en la pantorrilla. Fue derribado por segunda vez y yació en el suelo maldiciendo: "¡Bestia! ¿Por qué no vas y matas a tu amo, en lugar de venir a morder al viejo Mono?" Dándose vuelta rápidamente, trató de levantarse, pero los Siete Sabios se lanzaron sobre él y lo inmovilizaron. Lo ataron con cuerdas y le perforaron el esternón con un cuchillo, para que no pudiera transformarse más.

Laozi recuperó su trampa de diamante y pidió al Emperador de Jade que regresara al Salón de las Neblinas Divinas con Guanyin, la Reina Madre y el resto de los Inmortales. Abajo, los Cuatro Reyes Deva y Devarāja Li retiraron todas sus tropas, rompieron el campamento y se acercaron a felicitar a Erlang, diciendo: "¡Este es realmente un magnífico logro del Pequeño Sabio!" "Esta ha sido la gran bendición de los Devas Celestiales," dijo el Pequeño Sabio, "y el ejercicio apropiado de su autoridad divina. ¿Qué he logrado?" Los Hermanos Kang, Zhang, Yao y Li dijeron: "El Hermano Mayor no necesita discutir más. Llevemos a este individuo ante el Emperador de Jade para ver qué se hará con él." "Hermanos Dignos," dijo el Maestro Inmortal, "no pueden tener una audiencia personal con el Emperador de Jade porque no han recibido ningún nombramiento divino. Dejen que los guardianes celestiales lo detengan. Yo iré con el Devarāja a la Región Superior para hacer nuestro informe, mientras todos ustedes realicen una búsqueda exhaustiva de la montaña aquí. Después de que la hayan limpiado, regresen al Río de Libaciones. Cuando tenga nuestros logros registrados y reciba nuestras recompensas, regresaré para celebrar con ustedes." Los cuatro grandes mariscales y los dos generales siguieron sus órdenes. El Maestro Inmortal luego montó las nubes con el resto de las deidades, y comenzaron su viaje triunfal de regreso al Cielo, cantando canciones de victoria todo el camino. En poco tiempo, llegaron al patio exterior del Salón de la Luz Perfecta, y el preceptor celestial avanzó para memorializar ante el Trono, diciendo: "Los Cuatro Grandes Devarājas han capturado al monstruoso mono, el Gran Sabio, Igual al Cielo. Ellos esperan la orden de Su Majestad." El Emperador de Jade dio la orden de que el rey demonio Mahābāli y los guardianes celestiales llevaran al prisionero al bloque de ejecución del monstruo, donde iba a ser cortado en pedazos pequeños. ¡Ay, esto es lo que les sucede a

el Fraude y la desfachatez, ahora castigados por la Ley;

las heroicidades grandiosas se desvanecerán en el tiempo más breve!

No sabemos qué será del Rey Mono; escuchemos la explicación en el próximo capítulo.

CAPÍTULO 7

Desde el Brasero de los Ocho Trigramas escapa el Gran Sabio;
Bajo la Montaña de las Cinco Fases, la Mente Mono permanece quieta.

Fama y fortuna,
Todo predestinado;
Uno siempre debe evitar un corazón engañoso.
Rectitud y verdad,
Los frutos de la virtud crecen tanto largos como profundos.
Un poco de presunción trae la ira del Cielo:
Aunque aún no se vea, seguramente vendrá a su tiempo.
Preguntad al Señor del Este por qué
Tales dolores y peligros aparecen ahora:
Porque el orgullo ha buscado escalar los límites,
Ignorando la jerarquía para desafiar la ley.

Les contábamos sobre el Gran Sabio, Igual al Cielo, que fue llevado por los guardianes celestiales al bloque de ejecución de monstruos, donde fue atado al pilar que somete a los monstruos. Luego lo golpearon con una cimitarra, lo cortaron con un hacha, lo apuñalaron con una lanza y lo cortaron con una espada, pero no pudieron dañar su cuerpo de ninguna manera. A continuación, el Espíritu Estelar del Polo Sur ordenó a las diversas deidades del Departamento del Fuego que lo quemaran con fuego, pero eso también tuvo poco efecto. Los dioses del Departamento del Trueno fueron luego ordenados a golpearlo con rayos, pero no se destruyó ni uno solo de sus cabellos. Por lo tanto, el rey demonio Mahābāli y los demás regresaron a informar al Trono, diciendo: "Su Majestad, no sabemos de dónde ha adquirido este Gran Sabio tal poder para proteger su cuerpo. Sus súbditos lo golpearon con una cimitarra y lo cortaron con un hacha; también lo golpeamos con truenos y lo quemamos con fuego. No se destruyó ni uno solo de sus cabellos. ¿Qué debemos hacer?"

Cuando el Emperador de Jade escuchó estas palabras, dijo: "¿Qué podemos hacer con un individuo así, una criatura de ese tipo?" Laozi entonces se adelantó y dijo: "Ese mono comió los duraznos inmortales y bebió el vino imperial. Además, robó el elixir divino y comió cinco calabazas de él, tanto crudo como cocido. Todo esto fue probablemente refinado en su estómago por el fuego del Samādhi para formar una sola masa sólida. La unión con su constitución le dio un cuerpo de diamante, que no puede ser destruido fácilmente. Por lo tanto, sería mejor que este Daoísta lo llevara y lo colocara en el Brasero de los Ocho Trigramas, donde será fundido por altas y bajas temperaturas. Cuando finalmente se separe de mi elixir, su cuerpo seguramente se reducirá a cenizas." Cuando el Emperador de Jade escuchó estas palabras, ordenó a los Seis Dioses de la Oscuridad y a los Seis Dioses de la Luz que liberaran al prisionero y se lo entregaran a Laozi, quien se fue en obediencia al decreto divino. Mientras tanto, el ilustre Sabio Erlang fue recompensado con cien flores de oro, cien botellas de vino imperial, cien bolitas de elixir, junto con tesoros raros, perlas brillantes y brocados, que se le dijo que compartiera con sus hermanos. Después de expresar su gratitud, el Maestro Inmortal regresó a la boca del Río de Libaciones, y por el momento no hablaremos más de él.

Al llegar al Palacio Tushita, Laozi aflojó las cuerdas del Gran Sabio, sacó el arma de su esternón y lo empujó al Brasero de los Ocho Trigramas. Luego ordenó al Daoísta que vigilaba el brasero y al paje encargado del fuego que avivaran una fuerte llama para el proceso de fundición. El brasero, verás, tenía ocho compartimentos que correspondían a los ocho trigramas de Qian, Kan, Gen, Zhen, Xun, Li, Kun y Dui. El Gran Sabio se arrastró al espacio debajo del compartimento que correspondía al trigrama Xun. Ahora, Xun simboliza viento; donde hay viento, no hay fuego. Sin embargo, el viento puede agitar el humo, que en ese momento enrojecía sus ojos, dándoles una condición permanentemente inflamada. Por lo tanto, a veces se les llamaba Ojos Ardientes y Pupilas de Diamante.

Realmente, el tiempo pasó rápidamente y el cuadragésimo noveno día llegó imperceptiblemente. El proceso alquímico de Laozi se perfeccionó, y en ese día vino a abrir el brasero para sacar su elixir. El Gran Sabio en ese momento estaba cubriendo sus ojos con ambas manos, frotándose la cara y derramando lágrimas. Oyó ruidos en la parte superior del brasero y, al abrir los ojos, de repente vio luz. No pudiendo contenerse, saltó del brasero y lo volcó con un fuerte estruendo. Comenzó a caminar directamente hacia afuera de la habitación, mientras un grupo de sorprendidos cuidadores del fuego y guardianes intentaba desesperadamente atraparlo. Cada uno de ellos fue derribado; él era tan salvaje como un tigre de cejas blancas en un ataque, un dragón unicorne con fiebre. Laozi se apresuró a intentar atraparlo, solo para ser recibido por un empujón tan violento que cayó de cabeza mientras el Gran Sabio escapaba. Sacando la varita obediente de su oído, la movió una vez en el viento y adquirió el grosor de un cuenco de arroz. Sosteniéndola en sus manos, sin preocuparse por lo bueno o lo malo, nuevamente se lanzó a través del Palacio Celestial, peleando tan ferozmente que los Nueve Luminares se encerraron y los Cuatro Devarājas desaparecieron de la vista. ¡Querido Mono Monstruo! Aquí hay un poema testimonial para él. El poema dice:

Este ser cósmico completamente fusionado con los dones de la naturaleza
Pasa con facilidad a través de diez mil trabajos y pruebas.
Vasto e inmóvil como el Gran Vacío,
Perfecto, en calma, se le llama la Profundidad Primordial.
Largo refinado en el brasero, no es mercurio ni plomo,
Solo el inmortal, viviendo por encima de todas las cosas.
Transformándose eternamente, aún cambia;
Los tres refugios y cinco mandamientos rechaza por completo.
Aquí hay otro poema:

Un rayo de espíritu llenando el vacío supremo—
Así es como se comporta la varita.
Se alarga o acorta según se desee;
De pie o acostado, crece o se encoge a voluntad.
Y otro:
El cuerpo de un simio del Dao se une a la mente humana.
La mente es un mono—este significado es profundo.
El Gran Sabio, Igual al Cielo, no es un pensamiento falso.
¿Cómo podría el puesto de BanCaballo mostrar justamente sus dones?
"Caballo trabaja con Mono" significa que tanto la Mente como la Voluntad
Necesitan unirse firmemente. No los busques afuera.
Todas las cosas de regreso al Nirvāṇa siguen una verdad—
Unirse al Tathāgata bajo los árboles gemelos.

Esta vez nuestro Rey Mono no tuvo respeto por personas grandes o pequeñas; atacó de un lado a otro con su vara de hierro, y no hubo una sola deidad que pudiera resistirlo. Peleó todo el camino hasta el Salón de la Luz Perfecta y se acercaba al Salón de las Neblinas Divinas, donde afortunadamente el Oficial Numinous Wang, asistente del Maestro Inmortal de la Santidad Adyuvante, estaba de guardia. Vio al Gran Sabio avanzando imprudentemente y fue hacia él para bloquear su camino, levantando su látigo dorado. "Mono desenfrenado," gritó, "¿a dónde vas? Estoy aquí, así que no te atrevas a ser insolente!" El Gran Sabio no esperó más palabras; levantó su vara y golpeó de inmediato, mientras el Oficial Numinous se enfrentaba a él también con su látigo empuñado. Los dos se lanzaron el uno contra el otro frente al Salón de las Neblinas Divinas. ¡Qué pelea fue esa entre

Un patriota de sangre roja de amplia fama,
Y un rebelde del Cielo con un nombre notorio!
El santo y el pecador se enredan gustosamente
Para que dos valientes luchadores puedan probar sus habilidades.
Aunque la vara es feroz
Y el látigo es veloz,
¿Cómo puede el recto y justo contenerse?
Este es un dios supremo del juicio con voz retumbante;
El otro, el Gran Sabio, Igual al Cielo, un simio monstruoso.
El látigo dorado y la vara de hierro usados por los dos
Son ambos armas divinas de la Casa de Dios.
En el Salón del Tesoro de las Neblinas Divinas muestran su poder hoy,
Cada uno exhibiendo su destreza de manera encantadora.
Este busca audazmente tomar el Palacio de la Osa Mayor;
El otro con todas sus fuerzas defiende el reino sagrado.
En amarga lucha incesante muestran su poder;
Moviéndose de un lado a otro, el látigo o la vara aún no han marcado.

Los dos pelearon un tiempo, y aún no se podía determinar victoria ni derrota. Sin embargo, el Maestro Inmortal de la Santidad Adyuvante ya había enviado un mensaje al Departamento del Trueno, y treinta y seis deidades del trueno fueron convocadas a la escena. Rodearon al Gran Sabio y se lanzaron a una feroz batalla. El Gran Sabio no se sintió intimidado en absoluto; empuñando su vara obediente, se defendió a izquierda y derecha y enfrentó a sus atacantes tanto por delante como por detrás. En un momento vio que las cimitarra, lanzas, espadas, halberd, látigos, mazas, martillos, hachas, garrotes dorados, hoces y palas de las deidades del trueno venían en gran cantidad y rapidez. Así que, con un movimiento de su cuerpo, se transformó en una criatura con seis brazos y tres cabezas. Un movimiento de la vara obediente y se convirtió en tres; sus seis brazos empuñaron las tres varas como una rueda giratoria, girando y danzando en medio de ellas. Las diversas deidades del trueno no podían acercarse a él en absoluto. Verdaderamente su forma era

Rodando de un lado a otro,
Brillante y luminosa;
Una forma eterna, ¿cómo la imitan los hombres?
No puede ser quemado por el fuego.
¿Puede ser ahogado alguna vez en agua?
Una perla lustrosa de mani es en verdad,
Inmunizada a todas las lanzas y las espadas.
Podría ser bueno;
Podría ser malo;
El bien y el mal presente podría hacer a voluntad.
Sería un inmortal, un Buda, si es bueno;
La maldad lo cubriría con pelo y cuerno.
Cambiando sin fin, corre desenfrenado en el Cielo,
No puede ser capturado por los señores luchadores o los dioses del trueno.

En ese momento, las diversas deidades tenían rodeado al Gran Sabio, pero no podían cerrarse sobre él. Todo el bullicio pronto perturbó al Emperador de Jade, quien de inmediato envió al Ministro Errante de Inspección y al Maestro Inmortal de Alas Benditas para que fueran a la Región Occidental e invitaran al anciano Buda a venir y someter al monstruo.

Los dos sabios recibieron el decreto y se dirigieron directamente a la Montaña del Espíritu. Después de haber saludado a los Cuatro Budas Vajra y a los Ocho Bodhisattvas frente al Templo del Tesoro de Trueno, les pidieron que anunciaran su llegada. Las deidades, por lo tanto, se presentaron ante la Plataforma de Loto del Tesoro y hicieron su informe. Tathāgata de inmediato los invitó a comparecer ante él, y los dos sabios se inclinaron ante el Buda tres veces antes de permanecer en espera bajo la plataforma. Tathāgata preguntó: "¿Qué causa que el Emperador de Jade incomode a los dos sabios para que vengan aquí?"

Los dos sabios explicaron lo siguiente: "Hace algún tiempo nació en la Montaña de las Flores y las Frutas un mono que ejerció sus poderes mágicos y reunió a un grupo de monos para perturbar el mundo. El Emperador de Jade lanzó un decreto de pacificación y lo nombró Bimawen, pero él despreció la bajeza de esa posición y se rebeló. Se envió a Devarāja Li y al Príncipe Naṭa para capturarlo, pero no tuvieron éxito, y se le dio otro decreto de amnistía. Luego fue nombrado el Gran Sabio, Igual al Cielo, un rango sin compensación. Después de un tiempo, se le dio el trabajo temporal de cuidar el Jardín de los Duraznos Inmortales, donde casi de inmediato robó los duraznos. También fue a la Charca de Jasper y se llevó la comida y el vino, devastando el Gran Festival. Medio ebrio, entró en secreto al Palacio Tushita, robó el elixir de Laozi, y luego abandonó el Palacio Celestial en rebelión. Nuevamente el Emperador de Jade envió a cien mil soldados Celestiales, pero no pudo ser sometido. Posteriormente, Guanyin convocó al Maestro Inmortal Erlang y a sus hermanos juramentados, quienes lucharon y lo persiguieron. Aún así, él conocía muchos trucos de transformación, y solo después de que fue golpeado por la trampa de diamante de Laozi pudo Erlang capturarlo finalmente. Llevado ante el Trono, fue condenado a ejecución; pero, aunque fue golpeado por una cimitarra y cortado por un hacha, quemado por el fuego y golpeado por el trueno, no sufrió daño alguno. Después de que Laozi recibió permiso real para llevarlo, fue refinado por el fuego, y el brasero no se abrió hasta el cuadragésimo noveno día. Inmediatamente saltó del Brasero de los Ocho Trigramas y repelió a los guardianes celestiales. Penetró en el Salón de la Luz Perfecta y se acercaba al Salón de las Neblinas Divinas cuando el Oficial Numinous Wang, asistente del Maestro Inmortal de la Santidad Adyuvante, se encontró y luchó con él ferozmente. Se ordenó a treinta y seis generales del trueno que lo rodearan completamente, pero nunca pudieron acercarse a él. La situación es desesperada, y por esta razón, el Emperador de Jade envió una solicitud especial para que tú defiendas el Trono."

Cuando Tathāgata escuchó esto, dijo a los varios bodhisattvas: "Todos ustedes manténganse firmes aquí en el templo principal, y que nadie relaje su postura meditativa. Debo ir a exorcizar a un demonio y defender el Trono."

Tathāgata entonces llamó a Ānanda y Kāśyapa, sus dos venerables discípulos, para que lo siguieran. Salieron del Templo del Trueno y llegaron a la puerta del Salón de las Neblinas Divinas, donde fueron recibidos por gritos y alaridos ensordecedores. Allí el Gran Sabio estaba siendo asediado por las treinta y seis deidades del trueno. El Patriarca Budista dio la orden del dharma: "Que las deidades del trueno bajen sus armas y rompan su cercado. Pidan al Gran Sabio que salga aquí y déjenme preguntarle qué tipo de poder divino tiene." Los diversos guerreros retrocedieron de inmediato, y el Gran Sabio también desechó su apariencia mágica. Cambiando de nuevo a su verdadera forma, se acercó con ira y gritó con mal humor: "¿De qué región eres, monje, que te atreves a detener la batalla y cuestionarme?" Tathāgata rió y dijo: "Soy Śākyamuni, el Venerable de la Región Occidental de la Bienaventuranza Última. Acabo de escuchar acerca de tu audacia, tu salvajismo y tus repetidos actos de rebelión contra el Cielo. ¿Dónde naciste, y en qué año lograste adquirir el Camino? ¿Por qué eres tan violento e indómito?" El Gran Sabio respondió:

"Nacido de la Tierra y el Cielo, inmortal divinamente fusionado,
Un viejo mono que proviene de la Montaña de las Flores y las Frutas.
Hice mi hogar en la Cueva de la Cortina de Agua;
Buscando amigo y maestro, aprendí el Gran Misterio.
Perfeccionado en las muchas artes de la vida eterna,
Aprendí a cambiar de maneras ilimitadas y vastas.
El espacio que encontré en esa tierra mortal era demasiado estrecho:
Puse mi mente en vivir en el Cielo de Jade Verde.
En el Salón de las Neblinas Divinas nadie debería residir por mucho tiempo,
Porque rey puede seguir a rey en el reinado del hombre.
Si la fuerza es honor, que se rindan ante mí.
¡Él es el único héroe que se atreve a luchar y ganar!"

Cuando el Patriarca Budista escuchó estas palabras, se rió en voz alta con desprecio. "Un tipo como tú," dijo, "no es más que un mono que tuvo la suerte de convertirse en un espíritu. ¿Cómo te atreves a ser tan presuntuoso como para querer apoderarte del venerado trono del Exaltado Emperador de Jade? Comenzó a practicar la religión cuando era muy joven, y ha pasado por la amarga experiencia de mil setecientos cincuenta kalpas, con cada kalpa durando ciento veintinueve mil seiscientos años. ¡Calcula tú mismo cuántos años le tomó ascender al disfrute de su gran y ilimitada posición! Eres simplemente una bestia que acaba de alcanzar la forma humana en esta encarnación. ¿Cómo te atreves a hacer tal alarde? ¡Blasfemia! Esto es pura blasfemia, y seguramente acortará tu vida asignada. ¡Arrepiéntete mientras aún hay tiempo y cesa tu charla ociosa! Ten cuidado de no encontrarte con tal peligro que seas derribado en un instante, y todos tus dones originales serán desperdiciados."

"Incluso si el Emperador de Jade ha practicado la religión desde la infancia," dijo el Gran Sabio, "no debería ser permitido permanecer aquí para siempre. El proverbio dice:
Muchos son los giros de la realeza:
¡El próximo año el turno será mío!
Dile que se mueva de inmediato y me entregue el Palacio Celestial. Eso será el final del asunto. Si no, continuaré causando disturbios y nunca habrá paz."

"Además de tu inmortalidad y tus transformaciones," dijo el Patriarca Budista, "¿qué otros poderes tienes que te atreves a usurpar esta sagrada región del Cielo?"

"¡Tengo muchos!" dijo el Gran Sabio. "De hecho, conozco setenta y dos transformaciones y una vida que no envejece a través de diez mil kalpas. También sé cómo nublar con un salto, y un salto me llevará ciento ocho mil millas. ¿Por qué no puedo sentarme en el trono Celestial?"

El Patriarca Budista dijo: "Déjame hacer una apuesta contigo. Si tienes la capacidad de dar un salto mortal fuera de esta palma derecha mía, te consideraré el ganador. No necesitarás levantar tu arma en batalla entonces, porque le pediré al Emperador de Jade que se mude conmigo al Oeste y te deje tener el Palacio

Celestial. Si no puedes saltar fuera de mi mano, puedes regresar a la Región Inferior y ser un monstruo. Trabaja unos kalpas más antes de volver a causar más problemas."

Cuando el Gran Sabio escuchó esto, se dijo a sí mismo, riendo: "¡Qué tonto es este Tathāgata! Un solo salto mortal mío puede llevar al viejo Mono ciento ocho mil millas, ¡y su palma ni siquiera mide un pie de ancho! ¿Cómo podría no saltar fuera de ella?" Preguntó rápidamente: "¿Estás seguro de que tu decisión se mantendrá?" "Por supuesto que sí," dijo Tathāgata. Extendió su mano derecha, que era del tamaño de una hoja de loto. Nuestro Gran Sabio guardó su vara obediente y, invocando su poder, saltó y se colocó justo en el centro de la mano del Patriarca. Dijo simplemente: "¡Me voy!" y desapareció, casi invisible como una franja de luz en las nubes. Con el ojo de la sabiduría fijado en él, el Patriarca Budista vio que el Rey Mono se precipitaba sin cesar como un trompo.

A medida que avanzaba el Gran Sabio, de repente vio cinco pilares de color carne que sostenían una masa de aire verde. "Este debe ser el final del camino," dijo. "Cuando regrese pronto, Tathāgata será mi testigo y ciertamente tomaré residencia en el Palacio de las Neblinas Divinas." Pero pensó para sí mismo: "¡Espera un momento! Sería mejor dejar algún tipo de recuerdo si voy a negociar con Tathāgata." Arrancó un cabello y sopló un puñado de aliento mágico sobre él, gritando: "¡Cambia!" Se transformó en un pincel con pelo extra grueso empapado en tinta pesada. En el pilar del medio escribió en letras grandes la siguiente línea: "El Gran Sabio, Igual al Cielo, ha hecho un recorrido por este lugar." Cuando terminó de escribir, recuperó su cabello, y con total falta de respeto dejó un burbujeante charco de orina de mono en la base del primer pilar. Invirtió su salto nublado y volvió al lugar donde había comenzado. De pie sobre la palma de Tathāgata, dijo: "Me fui, y ahora estoy de regreso. Dile al Emperador de Jade que me dé el Palacio Celestial."

"¡Maldito mono!" regañó Tathāgata. "¿Desde cuándo te fuiste de la palma de mi mano?" El Gran Sabio dijo: "¡Eres simplemente ignorante! Fui al borde del Cielo, y encontré cinco pilares de color carne que sostenían una masa de aire verde. Dejé un recuerdo allí. ¿Te atreves a ir conmigo a ver el lugar?" "No es necesario ir allí," dijo Tathāgata. "Solo baja la cabeza y mira." Cuando el Gran Sabio miró hacia abajo con sus ojos ardientes y pupilas de diamante, encontró escrito en el dedo medio de la mano derecha del Patriarca Budista la frase: "El Gran Sabio, Igual al Cielo, ha hecho un recorrido por este lugar." Un fuerte olor a orina de mono provenía de la bifurcación entre el pulgar y el primer dedo. Asombrado, el Gran Sabio dijo: "¿Puede esto realmente suceder? ¿Puede esto realmente suceder? Escribí esas palabras en los pilares que sostienen el cielo. ¿Cómo es que ahora aparecen en su dedo? ¿Podría ser que él esté ejerciendo el poder mágico de la precognición sin adivinación? ¡No lo creeré! ¡No lo creeré! ¡Déjame ir allí una vez más!"

¡Querido Gran Sabio! Rápidamente se agachó y estaba a punto de saltar de nuevo, cuando el Patriarca Budista dio la vuelta a su mano y lanzó al Rey Mono fuera de la Puerta del Cielo Occidental. Los cinco dedos se transformaron en las Cinco Fases de metal, madera, agua, fuego y tierra. De hecho, se convirtieron en cinco montañas conectadas, llamadas Montaña de las Cinco Fases, que lo mantuvieron presionado con suficiente fuerza para mantenerlo allí. Las deidades del trueno, Ānanda y Kāśyapa unieron sus manos y clamaron en aclamación:

¡Alabado sea el virtud! ¡Alabado sea la virtud!

Él aprendió a ser humano, nacido de un huevo ese año,

Y buscó cosechar el fruto del auténtico Camino.

Vivió en un lugar hermoso durante kalpas intocados.

Un día cambió, gastando vitalidad y fuerza.

Deseando un alto lugar, desobedeció el reinado del Cielo,

Se burló de los santos y robó píldoras, rompiendo grandes relaciones.

El mal, lleno hasta el borde, ahora enfrenta retribución.

No sabemos cuándo podrá encontrar liberación.

Después de que el Patriarca Budista Tathāgata había vencido al monstruoso mono, inmediatamente llamó a Ānanda y Kāśyapa para regresar con él al Paraíso Occidental. En ese momento, sin embargo, Tianpeng y Tianyou, dos mensajeros celestiales, salieron corriendo del Salón del Tesoro de las Neblinas Divinas y dijeron: "¡Rogamos a Tathāgata que espere un momento, por favor! El gran carruaje de nuestro Señor llegará en breve." Cuando el Patriarca Budista escuchó estas palabras, se dio la vuelta y esperó con reverencia. En un momento, de hecho, vio un carro tirado por ocho fénixes coloridos y cubierto por un dosel adornado con nueve joyas luminosas. Todo el cortejo fue acompañado por el sonido de canciones y melodías maravillosas, cantadas por un vasto coro celestial. Esparciendo flores preciosas y difundiendo incienso fragante, se acercó al Buda, y el Emperador de Jade ofreció su agradecimiento, diciendo: "Estamos verdaderamente en deuda con su poderoso dharma por vencer a ese monstruo. Suplicamos a Tathāgata que permanezca un breve día, para que podamos invitar a los inmortales a unirse a nosotros para ofrecerle un banquete de agradecimiento." Sin atreverme a rechazar, Tathāgata unió sus manos para agradecer al Emperador de Jade, diciendo: "Su viejo monje vino aquí a su mandato, Más Honorable Deva. ¿De qué poder puedo alardear, realmente? Debo mi éxito enteramente a la excelente fortuna de Su Majestad y las diversas deidades. ¿Cómo puedo ser digno de sus agradecimientos?" El Emperador de Jade luego ordenó a las diversas deidades del Departamento del Trueno que enviaran invitaciones a los Tres Puros, los Cuatro Ministros, los Cinco Ancianos, las Seis Funcionarias, las Siete Estrellas, los Ocho Polos, los Nueve Luminarios y los Diez Capitales. Junto con mil inmortales y diez mil sabios, debían venir al banquete de agradecimiento dado para el Patriarca Budista. A los Cuatro Grandes Preceptores Imperiales y a las Doncellas Divinas de los Nueve Cielos se les dijo que abrieran de par en par las puertas doradas de la Capital de Jade, el Palacio del Tesoro del Secreto

Primordial y las Cinco Posadas de la Luz Penetrante. Se pidió a Tathāgata que se sentara en la Alta Terraza de los Siete Tesoros, y las demás deidades se sentaron luego según rango y edad ante un banquete de hígados de dragón, médula de fé nix, jugos de jade y duraznos inmortales.

En poco tiempo, el Celestial Digno de Jade-Puro de Comienzo, el Celestial Digno de Más Alto-Puro de Tesoro Numinoso, el Celestial Digno de Gran-Puro de Virtud Moral, los Maestros Inmortales de las Cinco Influencias, los Espíritus Estelares de las Cinco Constelaciones, los Tres Ministros, los Cuatro Santos, los Nueve Luminarios, los Asistentes de Izquierda y Derecha, el Devarāja y el Prí ncipe Naṭa marcharon, liderando una fila de banderas y doseles en pares. Todos sostenían tesoros raros y perlas lustrosas, frutas de longevidad y flores exóticas que serían presentadas al Buda. Al inclinarse ante él, dijeron: "Estamos muy agradecidos por el poder insondable de Tathāgata, quien ha sometido al monstruoso mono. También estamos agradecidos al Más Honorable Deva, quien está teniendo este banquete y nos pidió que viniéramos aquí para ofrecer nuestro agradecimiento. ¿Podemos pedir a Tathāgata que le dé un nombre a este banquete?"

Respondiendo a la petición de las diversas deidades, Tathāgata dijo: "Si se desea un nombre, que se llame 'El Gran Banquete por la Paz en el Cielo.' "

"¡Qué nombre magnífico!" gritaron las diversas Inmortales al unísono. "De hecho, será el Gran Banquete por la Paz en el Cielo." Cuando terminaron de hablar, tomaron asiento por separado, y hubo vertido de vino e intercambio de copas, fijación de corsages y tocado de cítaras. Fue, sin duda, un banquete magn ífico, del cual tenemos un poema testimonial. El poema dice:

Esa Fiesta del Durazno Inmortal que el mono perturbó
Es superada por este Banquete por la Paz en el Cielo.
Las banderas de dragón y los carros de fénix brillan en halos brillantes;
Los letreros y estandartes arden en luz sagrada.
Las melodías y canciones divinas son dulces y justas;
Las flautas de fénix y las flautas de jade tocan fuerte.
El incienso fragante envuelve esta asamblea de santos.
Todo el mundo está tranquilo para alabar la Corte Santa.

Mientras todos ellos festejaban alegremente, la Reina Madre también llevó a un grupo de doncellas divinas y a cantoras inmortales para presentarse ante el Buda, danzando con pies ágiles. Se inclinaron ante él, y ella dijo: "Nuestro Festival de Duraznos Inmortales fue arruinado por ese monstruoso mono. Debemos nuestro agradecimiento al poderoso poder de Tathāgata por haber encadenado a este travieso simio. En la celebración de este Gran Banquete por la Paz en el Cielo, tenemos poco que ofrecer como un símbolo de nuestro agradecimiento. Sin embargo, por favor, acepta estos pocos duraznos inmortales recogidos de los grandes árboles por nuestras propias manos." Eran verdaderamente

Medio rojos, medio verdes, y desprendiendo un aroma dulce,

Estas jugosas raíces divinas de diez mil años.
¡Lamenta esos frutos plantados en la Primavera de Wuling!
¿Cómo podrían igualar las maravillas del hogar del Cielo:
Aquellos tiernos de venas moradas tan raras en el mundo,
Y esos inigualablemente dulces de huesos amarillos pálidos?
Alargan la edad, prolongan la vida y cambian tu ser.
El que tenga suerte de comerlos nunca será el mismo.

Después de que el Patriarca Budista unió sus manos para agradecer a la Reina Madre, ella ordenó a las cantoras inmortales y a las doncellas divinas que cantaran y danzaran. Todos los inmortales en el banquete aplaudieron con entusiasmo. Verdaderamente había

Remolinos de incienso celestial llenando los asientos,
Y un profuso despliegue de pétalos y tallos divinos.
¡La capital de jade y los arcos dorados en tan gran esplendor!
¡Qué inestimables son también los extraños bienes y tesoros raros!
Cada par tenía la misma edad que el Cielo.
Cada conjunto se multiplicaba a través de diez mil kalpas.
Campos de moras u océanos vastos, que cambien y se transformen.
El que vive aquí no tiene ni tristeza ni miedo.

La Reina Madre ordenó a las doncellas inmortales que cantaran y danzaran, mientras las copas de vino y los cálices chocaban entre sí con regularidad. Después de un rato, de repente

Una fragancia maravillosa vino a encontrarse con la nariz,
Despertando Estrellas y Planetas en aquel gran salón.
Los dioses y el Buda dejaron sus copas.
Levantando la cabeza, cada uno esperó con sus ojos.
Allí en el aire apareció un anciano,
Sosteniendo una planta de larga vida muy lujosa.
Su calabaza contenía el elixir de mil años.
Su libro listaba nombres de doce milenios de antigüedad.
El cielo y la tierra en su cueva no conocían restricción.
El sol y la luna estaban perfectos en su jarrón.
Vagaba por los Cuatro Mares en alegría serena,
Y hacía de los Diez Islotes su hogar tranquilo.
Emborrachándose a menudo en la Fiesta de los Duraznos,
Despertaba; la luna brillaba intensamente como en antaño.
Tenía una cabeza larga, un cuerpo corto y orejas grandes.
Su nombre: Estrella de Larga Vida del Polo Sur.

Después de que la Estrella de Larga Vida llegó y saludó al Emperador de Jade, también se acercó a agradecer a Tathāgata, diciendo: "Cuando escuché por primera vez que el nefasto mono estaba siendo llevado por Laozi al Palacio Tushita para ser refinado por el fuego alquímico, pensé que la paz estaba asegurada. Nunca sospeché que aún podría a escapar, y fue afortunado que Tathā gata, en su bondad, hubiera sometido a este monstruo. Cuando me enteré del banquete de agradecimiento, vine de inmediato. No tengo otros obsequios que presentarles, excepto estos agáricos morados, la planta de jaspe, la raíz de loto verde jade y el elixir dorado." El poema dice:

Loto verde jade y droga dorada se dan a Śākya.
Como las arenas del Ganges es la edad de Tathāgata.
El brocado de los tres arados es calma, felicidad eterna.
La guirnalda de nueve grados es una vida saludable e interminable.
El verdadero maestro de la Escuela Mādhyamika
Habita en el Cielo de forma y vacío.
La gran tierra y el cosmos lo llaman Señor.
Su marco de diamante de dieciséis pies es grande en bendición y edad.

Tathāgata aceptó los agradecimientos con alegría, y la Estrella de Larga Vida se fue a su asiento. Nuevamente hubo vertido de vino y intercambio de copas. El Gran Inmortal de Pies Descalzos también llegó. Después de postrarse ante el Emperador de Jade, también fue a agradecer al Patriarca Budista, diciendo: "Estoy profundamente agradecido por su dharma, que sometió al nefasto mono. No tengo otras cosas para transmitir mi respeto, sino dos peras mágicas y algunas dátiles, que ahora le presento."

El poema dice:
El Inmortal de Pies Descalzos trajo peras fragantes y dátiles
Para dar a Amitābha, cuyo conteo de años es largo.
Firme como una colina es su Plataforma de Loto de Siete Tesoros;
Como brocado es su Asiento de Flores de Mil Oro adornado.
No es este un falso discurso—su edad iguala al Cielo y a la Tierra;
Ni es esto una mentira—su suerte es grande como el mar.
La bendición y la larga vida alcanzan en él su mayor alcance,
Habitando en esa Región Occidental de calma, felicidad eterna.

Tathāgata nuevamente le agradeció y pidió a Ānanda y a Kāśyapa que guardaran los regalos uno por uno antes de acercarse al Emperador de Jade para expresar su gratitud por el banquete. Para entonces, todos estaban algo eufóricos. Un Ministro Espiritual de Inspección llegó para hacer el reporte: "¡El Gran Sabio está asomando la cabeza!" "No hay necesidad de preocuparse," dijo el Patriarca Budista. Sacó de su manga una etiqueta en la que estaban escritas en letras doradas las palabras Oṁ maṇi padme hūṁ. Pasándosela a Ānanda, le dijo que la colocara en la cima de la montaña. Este deva recibió la etiqueta, la sacó de la Puerta del Cielo y la pegó firmemente en un trozo cuadrado de roca en la cima de la Montaña de las Cinco Fases. La montaña inmediatamente echó raíces y creció junta en las costuras, aunque había suficiente espacio para respirar y para que las manos del prisionero pudieran salir y moverse un poco. Ānanda luego regresó para informar: "La etiqueta está firmemente adherida."

Tathāgata luego se despidió del Emperador de Jade y de las deidades, y salió con los dos deva por la Puerta del Cielo. Movido por la compasión, recitó un hechizo divino y llamó a un espíritu local y a los Guardias Sin Miedo de los Cinco Cuartos para que vigilaran la Montaña de las Cinco Fases. Se les dijo que alimentaran al prisionero con bolitas de hierro cuando tuviera hambre y le dieran cobre derretido para beber cuando tuviera sed. Cuando se cumpliera el tiempo de su castigo, se les dijo, alguien vendría a liberarlo. Así es como

El atrevido y nefasto mono en rebelión contra el Cielo
Es sometido por Tathāgata.
Bebe cobre derretido para soportar las estaciones,
Y se alimenta de bolitas de hierro para pasar el tiempo.
Probado por esta amarga desgracia enviada del Cielo,
Se alegra de estar vivo, aunque en una penosa situación.
Si a este héroe se le permite luchar de nuevo,
Servirá al Buda en el futuro e irá al Oeste.
Otro poema dice:
Orgulloso de su poder, una vez que llegó el momento,
Domó dragón y tigre, ostentando poder astuto.
Robando duraznos y vino, recorrió la Casa del Cielo.
Encontró confianza y gracia en la Ciudad de Jade.
Ahora está atado, pues su maldad está a rebosar.
Por buena estirpe infalible su aliento volverá a elevarse.
Si de verdad ha de escapar de las manos de Tathāgata,
Deberá esperar al santo monje de la corte Tang.

No sabemos en qué mes o año después se cumplirán sus días de penitencia; escuchemos la explicación en el próximo capítulo.

CAPÍTULO 8

Nuestro Buda hace escrituras para impartir la dicha suprema;
Guanyin recibe el decreto de ir a Chang'an.

Preguntad en el paso de la meditación
¿Por qué incluso innumerables consultas
Llevarían solo a la vejez vacía?
¿Pulir ladrillos para hacer espejos?
¿Acumular nieve para alimentos?
¿Cuántos jóvenes son así engañados;
¿Una pluma traga el gran océano?
¿Una semilla de mostaza contiene el Sumeru?
El Dhūta dorado sonríe suavemente.
El iluminado trasciende las diez paradas y los tres carros.
Los holgazanes deben unirse a las cuatro bestias y seis caminos.
¿Quién puede escuchar bajo el Acantilado Sin Pensamiento,
Bajo el Árbol Sin Sombra,
El llamado del cuco para el amanecer de la primavera?
Caminos en Caoxi, peligrosos;
Nubes en el Pico del Buitre, densas;
Aquí la voz de un viejo amigo se vuelve muda.
En una cascada de diez mil pies
Donde un loto de cinco pétalos se despliega,
El incienso envuelve las cortinas de un viejo templo.
En esa hora,
Una vez que llegues a la fuente,
Las tres joyas del Rey Dragón verás.
La melodía de esta lírica se llama "Su Wu a Ritmo Lento."

Ahora os contaremos sobre nuestro Soberano Buda Tathāgata, quien se despidió del Emperador de Jade y regresó al Monasterio del Tesoro del Trueno. Todos los tres mil budas, los quinientos arhats, los ocho reyes diamante, y los innumerables bodhisattvas sostenían banderines de templo, doseles bordados, raros tesoros y flores inmortales, formando una fila ordenada frente a la Montaña del Espíritu y bajo los dos Árboles Śāla para darle la bienvenida. Tathāgata detuvo su nube sagrada y les dijo:
He
Con la más profunda prajñā
Examinado los tres reinos.
Toda naturaleza fundamental
Terminará en extinción
Como fenómenos vacíos
Existiendo como nada.

La extirpación del mono astuto,
Esto, nadie puede comprender.
Nombre, nacimiento, muerte y origen
De todas las formas aparecen así.

Cuando terminó de hablar, emitió la luz śārī, que llenó el aire con cuarenta y dos arcoíris blancos, conectados de norte a sur. Al ver esto, la multitud se inclinó y adoró.

En poco tiempo, Tathāgata reunió las nubes sagradas y la niebla bendita, ascendió a la plataforma de loto del rango más alto y se sentó solemnemente. Esos tres mil budas, quinientos arhats, ocho reyes diamante, y cuatro bodhisattvas juntaron sus manos y se acercaron. Después de inclinarse, preguntaron, "El que causó disturbios en el Cielo y arruinó el Festival del Durazno, ¿quién era?"

"Ese individuo," dijo Tathāgata, "era un mono nocivo nacido en la Montaña de la Flor y el Fruto. Su maldad estaba más allá de todos los límites y desafía la descripción. Los guerreros divinos de todo el Cielo no pudieron someterlo. Aunque Erlang lo atrapó y Laozi trató de refinarlo con fuego, no pudieron hacerle ningún daño. Cuando llegué, él solo estaba exhibiendo su poder y destreza en medio de los deidades del trueno. Cuando detuve la pelea y pregunté sobre sus antecedentes, dijo que tenía poderes mágicos, sabiendo cómo transformarse y cómo hacer una voltereta en la nube, lo que lo llevaría a ciento ocho mil millas a la vez. Hice una apuesta con él para ver si podía saltar más allá de mi mano. Entonces lo agarré mientras mis dedos se transformaban en la Montaña de las Cinco Fases, que lo inmovilizó firmemente. El Emperador de Jade abrió de par en par las puertas doradas del Palacio de Jade, me invitó a sentarme en la mesa principal y dio un Banquete por la Paz en el Cielo para agradecerme. Hace solo un momento que me despedí del trono para regresar aquí." Todos se alegraron con estas palabras. Después de haber expresado sus más altos elogios para el Buda, se retiraron según sus rangos; volvieron a sus diversos deberes y disfrutaron del bhūtatathatā. Verdaderamente es la escena de

Niebla sagrada envolviendo a Tianzhu,
Luz de arcoíris rodeando al Honrado,
Que es llamado el Primero en el Oeste,
El Rey de la Escuela de la Informidad.
A menudo se ven simios negros presentando frutas.
Ciervos con flores en la boca,
Fénix azul bailando,
Aves coloridas cantando,
La tortuga espíritu alardeando de su edad,
Y la grulla divina recogiendo agárico.
Disfrutan en paz de la Tierra Pura de Jetavana,
El Palacio del Dragón, y mundos vastos como las arenas del Ganges.
Cada día florecen las flores;
Cada hora maduran los frutos.

Trabajan en silencio para alcanzar la perfección.
Meditan para dar el fruto correcto.
No mueren ni nacen.
No hay crecimiento ni disminución.
Niebla y humo como fantasmas pueden ir y venir.
No se interrumpen las estaciones, ni se recuerdan los años.
El poema dice:
Ir o venir es casual y libre;
De miedo o tristeza no hay ni un grado.
Los Campos de la Dicha Suprema son llanos y amplios.
En este gran mundo no hay cuatro estaciones.

Mientras el Patriarca Budista vivía en el Monasterio del Tesoro del Trueno en la Montaña del Espíritu, un día convocó a los diversos budas, arhats, guardianes, bodhisattvas, reyes diamante, y monjes y monjas mendicantes y les dijo, "No sabemos cuánto tiempo ha pasado aquí desde que sometí al astuto mono y pacifiqué el Cielo, pero supongo que al menos medio milenio ha pasado en el reino terrenal. Como este es el decimoquinto día del primer mes de otoño, he preparado un cuenco de tesoros lleno de cien variedades de flores exóticas y mil tipos de frutas raras. Me gustaría compartirlas con todos vosotros en celebración de la Fiesta del Cuenco de Ullambana. ¿Qué os parece?" Cada uno de ellos juntó sus manos y rindió homenaje al Buda tres veces para recibir el festival. Tathāgata entonces ordenó a Ānanda que tomara las flores y frutas del cuenco de tesoros, y se pidió a Kāśyapa que las distribuyera. Todos estaban agradecidos y presentaron poemas para expresar su gratitud.

El poema de bendición dice:
La estrella de bendición brilla ante Lokajyeṣṭha,
Quien disfruta de bendiciones duraderas e inmensas.
Su virtud bendita sin límites perdura como la Tierra.
La fuente de sus bendiciones se vincula con alegría al Cielo.
Sus campos de bendiciones, plantados lejos, prosperan cada año.
Su mar de bendiciones, enorme y profundo, siempre es fuerte.
Su bendición llena el mundo y todos serán bendecidos.
Que su bendición aumente, interminable y completa.
El poema de riqueza dice:
Su riqueza pesa una montaña donde el fénix canta.
Su riqueza sigue las estaciones para desearle larga vida.
Gana riqueza en grandes cantidades como su cuerpo salud.
Goza de riqueza abundante como el mundo en paz.
El alcance de su riqueza iguala al Cielo es siempre seguro.
El nombre de su riqueza es como el mar pero aún más puro.
La gracia de su riqueza se extiende lejos y es buscada por todos.
Su riqueza es ilimitada, enriqueciendo innumerables tierras.
El poema de larga vida dice:
La Estrella de Larga Vida da regalos a Tathāgata,

De quien la luz de la larga vida comienza ahora a brillar.

Los frutos de larga vida llenan los cuencos con tonos divinos.

Las flores de larga vida, recién recogidas, adornan el trono de loto.

El verso de larga vida, cuán elegante y bien elaborado.

Las canciones de larga vida son compuestas por mentes talentosas.

La longitud de la larga vida iguala la del sol y la luna.

La larga vida, como el mar y la montaña, ¡ es el doble de larga!

Después de que los bodhisattvas presentaron sus poemas, invitaron a Tathā gata a revelar el origen y esclarecer la fuente. Tathāgata abrió suavemente su boca benevolente para exponer el gran dharma y proclamar la verdad. Disertó sobre las doctrinas maravillosas de los tres vehículos, los cinco skandhas y el Sutra Śū rangamā. Mientras lo hacía, se veían dragones celestiales circulando arriba y flores descendían como lluvia en abundancia. Verdaderamente fue así:

La mente Chan brilla como la luna de mil ríos;

La verdadera naturaleza es pura y grande como un cielo despejado.

Cuando Tathāgata terminó su conferencia, dijo a la congregación, "He observado los Cuatro Grandes Continentes, y la moralidad de sus habitantes var ía a de un lugar a otro. Los que viven en el Este Pūrvavideha reverencian al Cielo y la Tierra, y son directos y pacíficos. Los del Norte Uttarakuru, aunque les gusta destruir la vida, lo hacen por la necesidad de ganarse la vida. Además, son bastante torpes de mente y letárgicos de espíritu, y no es probable que hagan mucho daño. Los de nuestro Oeste Aparagodānīya no son ni codiciosos ni propensos a matar; controlan su humor y templan su espíritu. Sin duda, no hay ningún iluminado de primer orden, pero todos están seguros de alcanzar la longevidad. Sin embargo, los que residen en el Sur Jambūdvīpa son propensos a practicar la lujuria y deleitarse en hacer el mal, entregándose a mucha matanza y conflicto. De hecho, todos están atrapados en el campo traicionero de la lengua y la boca, en el mar malvado de la calumnia y la malicia. Sin embargo, tengo tres cestas de escrituras verdaderas que pueden persuadir al hombre a hacer el bien." Al escuchar estas palabras, los diversos bodhisattvas juntaron sus manos y se inclinaron. "¿Cuáles son las tres cestas de escrituras auténticas," preguntaron, "que posee Tathā gata?"

Tathāgata dijo, "Tengo una colección de vinaya, que habla del Cielo; una colección de śāstras, que habla de la Tierra; y una colección de sutras, que redime a los condenados. En total, las tres colecciones de escrituras contienen treinta y cinco divisiones escritas en quince mil ciento cuarenta y cuatro pergaminos. Son las escrituras para el cultivo de la inmortalidad; son la puerta a la virtud suprema. Me gustaría enviar estas a la Tierra del Este; pero las criaturas en esa región son tan estúpidas y despectivas de la verdad que ignoran los elementos importantes de nuestra Ley y se burlan de la verdadera secta del Yoga. De alguna manera necesitamos a una persona con poder para ir a la Tierra del Este y encontrar un creyente virtuoso. Se le pedirá que experimente el amargo trabajo de pasar por mil montañas y diez mil aguas para venir aquí en busca de las escrituras auténticas, para que puedan ser implantadas para siempre en el este para iluminar a la gente. Esto proporcionará una fuente de bendiciones tan grandes como una montaña y tan profundas como el mar. ¿Cuál de vosotros está dispuesto a hacer tal viaje?"

En ese momento, la Bodhisattva Guanyin se acercó a la plataforma de loto y rindió homenaje tres veces al Buda, diciendo, "Aunque su discípula es poco talentosa, está dispuesta a ir a la Tierra del Este para encontrar un peregrino de las escrituras." Levantando la cabeza para mirar, los diversos budas vieron que la Bodhisattva tenía:

Una mente perfeccionada en las cuatro virtudes,
Un cuerpo dorado lleno de sabiduría,
Flecos de perlas y jade colgantes,
Pulseras perfumadas adornadas con tesoros brillantes,
Cabello oscuro recogido elegantemente en un moño de dragón enrollado,
Y fajas de brocado que ondean como plumas de fénix.
Sus botones de jade verde
Y túnica de seda blanca
Bañados en luz sagrada;
Su falda de terciopelo
Y cordones dorados
Envueltos por aire sagrado.
Con cejas en forma de luna nueva
Y ojos como dos estrellas brillantes,
Su rostro de jade irradia alegría natural,
Y sus labios rojizos parecen un destello de rojo.
Su inmaculado jarrón rebosa de néctar de año en año,
Sosteniendo ramitas de sauce llorón verde de época en época.
Ella disipa los ocho sufrimientos;
Ella redime a la multitud;
Ella tiene gran compasión;
Así gobierna la Montaña Tai
Y vive en el Mar del Sur.
Ella salva a los pobres, buscando sus voces,
Siempre atenta y solícita,
Siempre sabia y eficaz.
Su corazón de orquídea se deleita en los bambúes verdes;
Su naturaleza casta ama la glicina.
Ella es el señor misericordioso de la Montaña Potalaka,
La Guanyin Viviente de la Cueva del Sonido de las Mareas.

Cuando Tathāgata la vio, se alegró mucho y le dijo: "Ninguna otra persona está calificada para hacer este viaje. Debe ser la Honorable Guanyin de poderes mágicos grandiosos: ¡ella es la indicada para hacerlo!" "Al partir hacia el este", dijo la Bodhisattva, "¿tienes alguna instrucción?"

"Mientras viajas," dijo Tathāgata, "debes examinar el camino cuidadosamente. No viajes alto en el aire, sino permanece a una altitud intermedia

entre la niebla y la nube para que puedas ver las montañas y las aguas y recordar la distancia exacta. Entonces podrás instruir de cerca al peregrino de las escrituras. Dado que aún puede encontrar difícil el viaje, también te daré cinco talismanes."
Ordenando a Ānanda y Kāśyapa que sacaran una túnica bordada y un bastón sacerdotal de nueve anillos, le dijo a la Bodhisattva: "Puedes darle esta túnica y este bastón al peregrino de las escrituras. Si él está firme en su intención de venir aquí, puede ponerse la túnica y esta lo protegerá de caer de nuevo en la rueda de la transmigración. Cuando sostenga el bastón, lo protegerá de venenos o daños."
La Bodhisattva se inclinó profundamente para recibir los obsequios. Tathāgata también sacó tres filacterias y se las entregó a la Bodhisattva, diciendo: "Estos tesoros se llaman las filacterias de restricción, y aunque son todas iguales, sus usos no son los mismos. Tengo un hechizo separado para cada una de ellas: el Hechizo Dorado, el Hechizo Constrictivo y el Hechizo Prohibitivo. Si en el camino encuentras algún monstruo que posea grandes poderes mágicos, debes persuadirlo a aprender a ser bueno y seguir al peregrino de las escrituras como su discípulo. Si es desobediente, esta filacteria puede ser puesta en su cabeza, y echará raíces en el momento en que entre en contacto con la carne. Recita el hechizo particular que pertenece a la filacteria y hará que la cabeza se hinche y duela tan dolorosamente que pensará que su cerebro está estallando. Eso lo persuadirá a entrar en nuestro redil."
Después de que la Bodhisattva se inclinó ante el Buda y se despidió, llamó al Discípulo Hui'an para que la siguiera. Este Hui'an, ya ves, llevaba una enorme vara de hierro que pesaba mil libras. Siguió de cerca a la Bodhisattva y le sirvió como un poderoso guardaespaldas. La Bodhisattva hizo un paquete con la túnica bordada y la colocó en su espalda; escondió las filacterias doradas, tomó el bastón sacerdotal y descendió la Montaña del Espíritu. ¡He aquí, este único viaje resultará en
Un hijo de Buda regresando para cumplir su voto primordial.
El Anciano de la Cigarra Dorada abrazará el candana.
La Bodhisattva fue al pie de la colina, donde fue recibida en la puerta de la Abadía Daoísta de la Perfección de Jade por el Gran Inmortal de la Cabeza Dorada. La Bodhisattva fue agasajada con té, pero no se atrevió a demorarse mucho, diciendo: "He recibido el decreto del dharma de Tathāgata para buscar un peregrino de las escrituras en la Tierra del Este." El Gran Inmortal dijo: "¿Cuándo esperas que llegue el peregrino de las escrituras?" "No estoy segura," dijo la Bodhisattva. "Quizás en dos o tres años pueda llegar aquí." Así que se despidió del Gran Inmortal y viajó a una altitud intermedia entre la nube y la niebla para que pudiera recordar el camino y la distancia. Tenemos un poema testimonial para ella que dice:
Una búsqueda a través de diez mil millas, ¡no hace falta decirlo!
Decir quién será encontrado no es fácil.
¿No ha sido siempre así buscar a alguien?

¿Qué ha sido toda mi vida, fue eso mera casualidad?
Predicamos el Dao, nuestro método parece tonto
Cuando lo que decimos no se cree; predicamos en vano.
Para encontrar a alguien perspicaz, cedería hígado y bilis.
Creo que hay afinidad justo por delante.

Mientras la mentora y su discípulo viajaban, de repente se encontraron con un gran cuerpo de Agua Débil, pues esta era la región del Río de la Arena que Fluye. "Mi discípulo," dijo la Bodhisattva, "este lugar es difícil de cruzar. El peregrino de las escrituras será de huesos temporales y de estirpe mortal. ¿Cómo podrá cruzar?" "Maestra," dijo Hui'an, "¿cuán ancho supones que es este río?" La Bodhisattva detuvo su nube para echar un vistazo y vio que

En el este toca la costa arenosa;
En el oeste se une con los estados bárbaros;
En el sur llega incluso a Wuyi;
En el norte se acerca a los tártaros.
Su ancho es de ochocientas millas,
Y su longitud debe medir muchos miles más.
El agua fluye como si la Tierra estuviera sacudiendo su marco.
La corriente se eleva como una montaña que levanta su espalda.
Desplegado e inmenso;
Vasto e interminable.
El sonido de sus olas imponentes llega a oídos distantes.
La balsa de un dios no puede venir aquí,
Ni una hoja de loto puede flotar.
Hierba sin vida en el crepúsculo deriva a lo largo de las orillas torcidas.
Las nubes amarillas ocultan el sol para oscurecer los largos diques.
¿Dónde se puede encontrar el tráfico de mercaderes?
¿Alguna vez ha habido un refugio para los pescadores?
En la arena plana no descienden los gansos salvajes;
Desde costas distantes llega el llanto de los simios.
Solo las flores de la smartweed roja conocen esta escena,
Bañándose en el frágil aroma de los duckweeds blancos.

La Bodhisattva estaba observando el río cuando de repente se escuchó un fuerte chapoteo, y del medio de las olas saltó un monstruo feo y feroz. Parecía tener

Un verde, aunque no demasiado verde,
Y negro, aunque no demasiado negro,
Rostro de tez sombría;
Un cuerpo largo, aunque no demasiado largo,
Y corto, aunque no demasiado corto,
Cuerpo nervudo con pies desnudos.
Sus ojos brillantes
Resplandecían como dos luces debajo de la estufa.
Su boca, bifurcada en las comisuras,

Era como el cuenco ensangrentado de un carnicero.

Con dientes que sobresalían como espadas y cuchillos,

Y cabello rojo todo despeinado,

Rugió una vez y sonó como trueno,

Mientras sus piernas corrían como viento arremolinado.

Sosteniendo en sus manos un bastón sacerdotal, esa criatura diabólica corrió hacia la orilla e intentó apoderarse de la Bodhisattva. Sin embargo, fue detenido por Hui'an, quien blandió su vara de hierro, gritando: "¡Detente!", pero la criatura diabólica levantó su bastón para enfrentarlo. Así que los dos se enzarzaron en una feroz batalla junto al Río de la Arena que Fluye, que era verdaderamente aterradora.

La vara de hierro de Mokṣa

Muestra su poder para defender la Ley;

El bastón de domar monstruos de la criatura

Se esfuerza por mostrar su heroico poder.

Dos pitones plateados bailan a lo largo de la orilla del río.

Un par de monjes divinos se enfrentan en la orilla.

Este despliega sus talentos como el señor formidable de la Arena que Fluye.

Ese, para lograr gran mérito, protege a Guanyin con fuerza.

Este agita espuma y levanta olas.

Ese escupe niebla y viento.

Las espumas y olas agitadas oscurecen el Cielo y la Tierra.

La niebla escupida y el viento oscurecen tanto el sol como la luna.

El bastón de domar monstruos de este

Es como un tigre blanco que emerge de la montaña;

La vara de hierro de ese

Es como un dragón amarillo acostado en el camino.

Cuando lo usa uno,

Esta arma extiende el pasto y encuentra la serpiente.

Cuando la suelta el otro,

Esa arma derriba la cometa y parte el pino.

Pelean hasta que la oscuridad se espesa

Excepto por las estrellas brillantes,

Y la niebla se eleva

Para ocultar tanto el cielo como la tierra.

Este, largo tiempo habitante en el Agua Débil, es singularmente feroz.

Ese, recién salido de la Montaña del Espíritu, busca su primera victoria.

De un lado a otro a lo largo del río lucharon durante veinte o treinta rondas sin que ninguno prevaleciera, cuando la criatura diabólica inmovilizó la vara de hierro del otro y preguntó: "¿De qué región vienes, monje, que te atreves a oponerte a mí?" "Soy el segundo hijo del Devarāja Portador de la Pagoda," dijo Mokṣa, "Mokṣa, Discípulo Hui'an. Estoy sirviendo como el guardián de mi mentora, que está buscando un peregrino de las escrituras en la Tierra del Este. ¿Qué clase de monstruo eres tú que te atreves a bloquear nuestro camino?"

"Recuerdo," dijo el monstruo, reconociendo de repente a su oponente, "que solías seguir a Guanyin del Mar del Sur y practicar austeridades allí en el bosque de bambú. ¿Cómo llegaste a este lugar?" "¿No te das cuenta," dijo Mokṣa, "que ella es mi mentora, la que está allá en la orilla?"

Cuando el monstruo escuchó estas palabras, se disculpó repetidamente. Guardando su bastón, permitió que Mokṣa lo agarrara por el cuello y lo llevara lejos. Bajó la cabeza y se inclinó profundamente ante Guanyin, diciendo: "Bodhisattva, por favor, perdóname y permíteme dar mi explicación. No soy un monstruo; más bien, soy el General Levantador de Cortinas que espera el carro de fénix del Emperador de Jade en el Salón de las Niebla Divinas. Porque descuidadamente rompí una copa de cristal en uno de los Festivales de los Duraznos Inmortales, el Emperador de Jade me dio ochocientos latigazos, me desterró a la Región Inferior y me transformó en mi forma actual. Cada séptimo día envía una espada voladora para apuñalar mi pecho y costado más de cien veces antes de irse. ¡De ahí mi situación actual tan miserable! Además, el hambre y el frío son insoportables, y cada pocos días me veo obligado a salir de las olas y buscar un viajero como alimento. ¡Ciertamente no esperaba que mi ignorancia hoy me llevaría a ofender a la gran, misericordiosa Bodhisattva!"

"Debido a tu pecado en el Cielo," dijo la Bodhisattva, "fuiste desterrado. Sin embargo, el tomar vidas de la manera que lo haces ahora seguramente está sumando pecado sobre pecado. Por el decreto de Buda, estoy en camino hacia la Tierra del Este para encontrar un peregrino de las escrituras. ¿Por qué no te unes a mi redil, tomas refugio en buenas obras y sigues al peregrino de las escrituras como su discípulo cuando vaya al Cielo Occidental a pedirle a Buda las escrituras? Ordenaré que la espada voladora deje de apuñalarte. En el momento en que logres mérito, tu pecado será expiado y serás restaurado a tu antigua posición. ¿Qué te parece eso?" "Estoy dispuesto," dijo el monstruo, "a buscar refugio en la acción correcta." También dijo: "Bodhisattva, he devorado innumerables seres humanos en este lugar. Incluso ha habido varios peregrinos de las escrituras aquí, y me comí a todos. Las cabezas de los que devoré las arrojé en la Arena Flotante, y se hundieron en el fondo, porque tal es la naturaleza de esta agua que ni siquiera las plumas de ganso pueden flotar en ella. Pero los cráneos de los nueve peregrinos flotaron en el agua y no se hundieron. Considerándolos algo inusual, los encadené juntos con una cuerda y jugué con ellos a mi antojo. Si esto se hace conocido, temo que ningún otro peregrino de las escrituras querrá venir por aquí. ¿No pondrá en peligro mi futuro?"

"¿No venir por aquí? ¡Qué absurdo!" dijo la Bodhisattva. "Puedes tomar los cráneos y colgarlos alrededor de tu cuello. Cuando llegue el peregrino de las escrituras, habrá un uso para ellos." "Si ese es el caso," dijo el monstruo, "ahora estoy dispuesto a recibir tus instrucciones." La Bodhisattva entonces tocó la cima de su cabeza y le dio los mandamientos. La arena se tomó como un signo, y se le dio el apellido "Sha" y el nombre religioso "Wujing," y así fue como entró en la Puerta de la Arena. Después de haber despedido a la Bodhisattva, lavó su corazón y se purificó; nunca volvió a quitar la vida, pero esperó atentamente la llegada del peregrino de las escrituras.

Así, la Bodhisattva se despidió de él y se dirigió con Mokṣa hacia la Tierra del Este. Viajaron durante mucho tiempo y llegaron a una montaña alta, que estaba cubierta por un miasma tan fétido que no podían ascender a pie. Estaban a punto de montar en las nubes y pasar sobre ella cuando una ráfaga repentina de viento violento reveló otro monstruo de apariencia feroz. Miren sus:

Lips curled and twisted like dried lotus leaves;
Ears like rush-leaf fans and hard, gleaming eyes;
Gaping teeth as sharp as a fine steel file's;
A long mouth wide open like a fire pot.
Un gorro de oro se asegura con bandas en la mejilla.
Las correas de su armadura parecen serpientes sin escamas.
Sostiene un rastrillo—las garras extendidas de un dragón;
De su cintura cuelga un arco en forma de media luna.
Su presencia impresionante y su porte orgulloso
Desafían a las deidades y atemorizan a los dioses.

El monstruo se precipitó hacia los dos viajeros y, sin consideración por el bien o el mal, levantó el rastrillo y lo bajó con fuerza sobre la Bodhisattva. Pero se encontró con el Discípulo Hui'an, quien gritó con voz fuerte: "¡Monstruo imprudente! ¡Detén esta insolencia! ¡Cuidado con mi vara!" "¡Este monje," dijo el monstruo, "no sabe lo que hace! ¡Cuidado con mi rastrillo!" Los dos se enfrentaron al pie de la montaña para ver quién sería el vencedor. ¡Fue una batalla magnífica!

El monstruo es feroz.
Hui'an es poderoso.
La vara de hierro golpea el corazón;
El rastrillo de lodo raspa la cara.
El barro salpicando y el polvo esparcido oscurecen el Cielo y la Tierra;
La arena voladora y las rocas arrojadas asustan a los demonios y a los dioses.
El rastrillo de nueve dientes,
Todo bruñido,
Suena fuerte con dobles anillos;
La vara única,
Negra en su totalidad,
Salta y vuela en ambas manos.
Este es el príncipe de un Devarāja;
Ese es el espíritu de un gran mariscal.
Este defiende la fe en Potalaka;
Aquel vive en una cueva como un monstruo.
Reuniéndose esta vez se apresuran a luchar,
Sin saber quién perderá y quién ganará.

En el punto álgido de su batalla, Guanyin arrojó algunas flores de loto desde

el aire, separando la vara del rastrillo. Alarmado por lo que vio, la criatura demon
íaca preguntó: "¿De qué región eres, monje, que te atreves a jugarme este truco
de 'flor en el ojo'?" "¡Bestia maldita de ojos carnales y raza mortal!" dijo
Mokṣa. "Soy el discípulo de la Bodhisattva del Mar del Sur, y estas son flores
de loto arrojadas por mi mentora. ¿No las reconoces?" "¿La Bodhisattva del
Mar del Sur?" preguntó la criatura. "¿Es ella Guanyin quien barre las tres
calamidades y nos rescata de los ocho desastres?" "¿Quién más," dijo Mokṣ
a, "si no ella?"

La criatura arrojó su rastrillo, bajó la cabeza y se inclinó, diciendo: "¡
Hermano venerable! ¿Dónde está la Bodhisattva? Por favor, preséntamela."
Mokṣa levantó la cabeza y señaló hacia arriba, diciendo: "¿No está ella allí?"
"¡Bodhisattva!" la criatura hizo una reverencia hacia ella y gritó con voz fuerte,
"¡Perdona mi pecado! ¡Perdona mi pecado!"

Guanyin bajó la dirección de su nube y vino a preguntarle: "¿De qué región
eres, jabalí salvaje que te has convertido en espíritu o vieja cerda que te has
convertido en demonio, que te atreves a bloquear mi camino?" "¡No soy ni un
jabalí salvaje," dijo la criatura, "ni una vieja cerda! ¡Originalmente fui el
Mariscal de los Juncos Celestiales en el Río Celestial. Porque me emborraché y
jugué con la Diosa de la Luna, el Emperador de Jade me golpeó con un mazo dos
mil veces y me desterró al mundo de polvo. Mi verdadero espíritu buscaba el
hogar adecuado para mi próxima encarnación cuando perdí mi camino, pasé por
el útero de una vieja cerda y terminé con esta forma! Habiendo mordido a la cerda
hasta la muerte y matado al resto de la camada, tomé control de este rancho
montañoso y pasé mis días comiendo gente. ¡Poco esperaba encontrarme con la
Bodhisattva! ¡Sálvame, te lo imploro! ¡Sálvame!"

"¿Cuál es el nombre de esta montaña?" preguntó la Bodhisattva.

"Se llama la Montaña del Montículo Bendito," dijo la criatura demoníaca,
"y hay una cueva en ella llamada Caminos Nublados. Había una Segunda
Hermana Mayor Huevo originalmente en la cueva. Ella vio que sabía algo de artes
marciales y por eso me pidió ser el jefe de la familia, siguiendo la llamada práctica
de 'pararse de espaldas en la puerta.' Después de menos de un año, ella muri
ó, dejándome disfrutar de la posesión de toda su cueva. He pasado muchos días
y años en este lugar, pero no conozco ningún medio de sostenerme y paso el
tiempo comiendo gente. Imploro a la Bodhisattva que perdone mi pecado."

La Bodhisattva dijo: "Hay un viejo dicho:
Si quieres tener un futuro,
No actúes sin considerar el futuro.

Ya has transgredido en la Región Superior, y aún no has cambiado tus caminos
violentos sino que te entregas a quitar vidas. ¿No sabes que ambos crímenes ser
án castigados?"

"¡El futuro! ¡El futuro!" dijo la criatura. "Si te escucho, ¡mejor me alimento del viento! El proverbio dice,

Si sigues la ley del tribunal, te golpearán hasta la muerte;
Si sigues la ley de Buda, te morirás de hambre.

¡Déjame ir! ¡Déjame ir! Preferiría atrapar a algunos viajeros y masticar a la mujer gorda y jugosa de la familia. ¿Por qué debería preocuparme por dos crímenes, tres crímenes, mil crímenes o diez mil crímenes?" "Hay un dicho," dijo la Bodhisattva,

Un hombre con buenas intenciones
Ganará el consentimiento del Cielo.

Si estás dispuesto a volver a los frutos de la verdad, habrá medios para sostener tu cuerpo. Hay cinco tipos de granos en este mundo y todos pueden aliviar el hambre. ¿Por qué necesitas pasar el tiempo devorando humanos?"

Cuando la criatura escuchó estas palabras, fue como alguien que despertó de un sueño, y le dijo a la Bodhisattva: "Me gustaría mucho seguir la verdad. Pero 'ya que he ofendido al Cielo, incluso mis oraciones tienen poco valor.'" "He recibido el decreto de Buda para ir a la Tierra del Este a encontrar un peregrino de las escrituras," dijo la Bodhisattva. "Puedes seguirlo como su discípulo y hacer un viaje al Cielo Occidental; tu mérito cancelará tus pecados, y seguramente serás liberado de tus calamidades." "Estoy dispuesto. Estoy dispuesto," prometió la criatura con entusiasmo.

La Bodhisattva entonces tocó su cabeza y le dio las instrucciones. Señalando su cuerpo como un signo, le dio el apellido "Zhu" y el nombre religioso "Wuneng." Desde ese momento, aceptó el mandamiento de regresar a la realidad. Ayunó y comió solo una dieta vegetariana, absteniéndose de los cinco alimentos prohibidos y los tres alimentos indeseables para esperar de manera concentrada al peregrino de las escrituras.

La Bodhisattva y Mokṣa se despidieron de Wuneng y procedieron de nuevo a medio camino entre la nube y la niebla. Mientras viajaban, vieron en el aire a un joven dragón pidiendo ayuda. La Bodhisattva se acercó y le preguntó: "¿Qué dragón eres tú y por qué estás sufriendo aquí?" El dragón dijo: "Soy el hijo de Aorun, Rey Dragón del Océano Occidental. Porque inadvertidamente incendié el palacio y quemé algunas de las perlas allí, mi padre, el rey, memorializó ante la Corte Celestial y me acusó de grave desobediencia. El Emperador de Jade me colgó en el cielo y me dio trescientas latigazos, y seré ejecutado en unos días. Le suplico a la Bodhisattva que me salve."

Cuando Guanyin escuchó estas palabras, se apresuró con Mokṣa hasta la Puerta del Cielo del Sur. Fue recibida por Qiu y Zhang, los dos Maestros Celestiales, quienes le preguntaron: "¿A dónde vas?" "Esta humilde clériga necesita tener una audiencia con el Emperador de Jade," dijo la Bodhisattva. Los dos Maestros Celestiales informaron rápidamente, y el Emperador de Jade salió del salón para recibirla. Después de presentar sus saludos, la Bodhisattva dijo: "Por el decreto de Buda, esta humilde clériga está viajando a la Tierra del Este para encontrar un peregrino de las escrituras. En el camino me encontré con un dragón travieso colgado en el cielo. He venido especialmente para rogarle que le perdone la vida y me lo conceda. Puede ser un buen medio de transporte para el peregrino de las escrituras." Cuando el Emperador de Jade escuchó estas palabras, inmediatamente dio el decreto de perdón, ordenando a los centinelas celestiales que liberaran al dragón a la Bodhisattva. La Bodhisattva agradeció al Emperador, mientras que el joven dragón también hizo una reverencia a la Bodhisattva para agradecerle por salvarle la vida y prometió obediencia a su mandato. La Bodhisattva luego lo envió a vivir en un arroyo de montaña profunda con la instrucción de que cuando llegara el peregrino de las escrituras, se transformara en un caballo blanco y fuera al Cielo Occidental. El joven dragón obedeció la orden y se escondió, y no hablaremos más de él por el momento.

La Bodhisattva luego llevó a Mokṣa más allá de la montaña, y se dirigieron nuevamente hacia la Tierra del Este. No habían viajado mucho cuando de repente se encontraron con diez mil ejes de luz dorada y mil capas de vapor radiante.

"Maestra," dijo Mokṣa, "ese lugar luminoso debe ser la Montaña de las Cinco Fases. Puedo ver la etiqueta de Tathāgata impresa en ella." "Así que, debajo de este lugar," dijo la Bodhisattva, "es donde se está encarcelando al Gran Sabio, Igual al Cielo, quien perturbó el Cielo y el Festival de los Duraznos Inmortales." "Sí, efectivamente," dijo Mokṣa. La mentora y su discípulo ascendieron la montaña y miraron la etiqueta, en la que estaban inscritas las palabras divinas Oṁ mani padme hūṁ. Cuando la Bodhisattva vio esto, no pudo evitar suspirar y compuso el siguiente poema:

Lamento que el mono travieso no haya obedecido la Ley,
Quien desató heroicas salvajes en años pasados.
Su mente inflada, destrozó el Banquete del Durazno
Y audazmente robó en el Palacio Tushita.
No encontró rival digno en diez mil tropas;
A través del Cielo Nueve veces mostró su poder.
Ahora encarcelado por el Soberano Tathāgata,
¿Cuándo será libre para mostrar una vez más su poder?

Mientras la mentora y su discípulo hablaban, molestaron al Gran Sabio, quien gritó desde la base de la montaña: "¿Quién está allí arriba en la montaña componiendo versos para exponer mis faltas?" Cuando la Bodhisattva escuchó esas palabras, bajó la montaña para echar un vistazo. Allí debajo de los salientes rocosos estaban el espíritu local, el dios de la montaña y los centinelas celestiales que custodiaban al Gran Sabio. Todos vinieron y se inclinaron para recibir a la Bodhisattva, llevándola ante el Gran Sabio. Ella miró y vio que él estaba atrapado en una especie de caja de piedra: aunque podía hablar, no podía mover su cuerpo.

"Tú cuyo nombre es Sun," dijo la Bodhisattva, "¿me reconoces?"

El Gran Sabio abrió sus grandes ojos ardientes y pupilas de diamante y asintió. "¿Cómo no podría reconocerte?" gritó. "Eres la Poderosa Libertadora, la

Gran Bodhisattva Compasiva Guanyin del Monte Potalaka del Mar del Sur. ¡ Gracias, gracias por venir a verme! En este lugar cada día es como un año, ya que ningún conocido ha venido a visitarme. ¿De dónde vienes?"

"He recibido el decreto de Buda," dijo la Bodhisattva, "para ir a la Tierra del Este a encontrar un peregrino de las escrituras. Ya que estaba pasando por aquí, me detuve brevemente para verte."

"Tathāgata me engañó," dijo el Gran Sabio, "y me encarceló debajo de esta montaña. Durante más de quinientos años ya no he podido moverme. Te imploro, Bodhisattva, que muestres un poco de misericordia y rescates al viejo Mono." "Tu karma pecaminoso es muy profundo," dijo la Bodhisattva. "Si te rescato, temo que volverás a perpetrar violencia, y eso será muy malo."

"Ahora sé el significado del arrepentimiento," dijo el Gran Sabio. "Así que suplico a la Gran Compasión que me muestre el camino correcto, ya que estoy dispuesto a practicar la cultivación." Verdaderamente es que

Un deseo nacido en el corazón del hombre
Es conocido en todo el Cielo y la Tierra.
Si el vicio o la virtud carecen de recompensa,
Injusto debe ser el universo.

Cuando la Bodhisattva escuchó esas palabras del prisionero, se llenó de placer y dijo al Gran Sabio: "El sutra dice,

Cuando se habla una buena palabra,
Una respuesta vendrá desde más allá de mil millas;
Cuando se habla una palabra mala,
La oposición vendrá desde más allá de mil millas.

Si tienes tal propósito, espera hasta que llegue a la Gran Nación Tang en la Tierra del Este y encuentre al peregrino de las escrituras. Se le dirá que venga y te rescate, y podrás seguirlo como discípulo. Mantendrás las enseñanzas y sostendrás el rosario para entrar en nuestra puerta de Buda, para que puedas cultivar nuevamente los frutos de la rectitud. ¿Harás eso?" "Estoy dispuesto, estoy dispuesto," dijo el Gran Sabio repetidamente.

"Si realmente buscas los frutos de la virtud," dijo la Bodhisattva, "déjame darte un nombre religioso." "Ya tengo uno," dijo el Gran Sabio, "y me llamo Sun Wukong." "Hubo dos personas antes que tú que ingresaron a nuestra fe," dijo la Bodhisattva deleitada, "y sus nombres también están construidos sobre la palabra 'Wu.' Tu nombre concordará perfectamente con los de ellos, y eso es espléndido de hecho. No necesito darte más instrucciones, porque debo irme." Así, nuestro Gran Sabio, con naturaleza manifiesta y mente iluminada, regresó a la fe budista, mientras nuestra Bodhisattva, con atención y diligencia, buscaba al monje divino.

Ella dejó el lugar con Mokṣa y se dirigió directamente hacia el este; en unos días llegaron a Chang'an de la Gran Nación Tang. Abandonando la niebla y dejando la nube, mentora y discípulo se transformaron en dos monjes errantes cubiertos de llagas costrosas y entraron en la ciudad. Ya era anochecer. Mientras caminaban por una de las calles principales, vieron un templo del espíritu local. Ambos entraron directamente, alarmando al espíritu y a los guardias demoníacos, quienes reconocieron a la Bodhisattva. Se inclinaron para recibirla, y el espíritu local corrió rápidamente para informar al deidad guardiana de la ciudad, el dios del suelo, y a los espíritus de varios templos de Chang'an. Cuando supieron que era la Bodhisattva, todos vinieron a rendir homenaje, diciendo: "Bodhisattva, por favor perdónanos por llegar tarde en nuestra recepción." "¡Ninguno de ustedes," dijo la Bodhisattva, "debe dejar escapar una palabra de esto! Vine aquí por el decreto especial de Buda para buscar un peregrino de las escrituras. Me gustaría quedarme solo unos días en uno de sus templos, y partiré cuando encuentre al verdadero monje." Las diversas deidades regresaron a sus propios lugares, pero enviaron al espíritu local a la residencia del deidad guardiana de la ciudad para que la maestra y el discípulo pudieran permanecer incógnitos en el templo del espíritu. No sabemos qué tipo de peregrino de las escrituras se encontró. Escuchemos la explicación en el próximo capítulo.

CAPÍTULO 9

Chen Guangrui, de camino a su puesto, encuentra un desastre;
El monje Flotador del Río, vengando a sus padres, paga sus raíces.

Ahora les contaremos sobre la ciudad de Chang'an en la gran provincia de Shaanxi, que fue el lugar donde reyes y emperadores de generación en generación hicieron su capital. Desde los períodos de Zhou, Qin y Han:

Tres condados de flores florecieron como brocado,
Y ocho ríos fluyeron rodeando la ciudad.

Era verdaderamente una tierra de gran belleza escénica. En ese momento, el emperador Taizong de la dinastía Tang estaba en el trono, y el nombre de su reinado era Zhenguan. Había estado gobernando ahora durante trece años, y el nombre cíclico del año era Jisi. Toda la tierra estaba en paz: la gente venía trayendo tributos de ocho direcciones, y los habitantes del mundo entero se llamaban a sí mismos sus súbditos.

Un día, Taizong ascendió al trono y reunió a sus funcionarios civiles y militares. Después de que le rindieron homenaje, el primer ministro Wei Zheng salió de las filas y se adelantó para memorializar al Trono, diciendo: "Dado que el mundo ahora está en paz y la tranquilidad reina en todas partes, deberíamos seguir la antigua costumbre y establecer sitios para exámenes civiles, para que podamos invitar a eruditos dignos a venir aquí y seleccionar aquellos talentos que mejor servirán el trabajo de la administración y el gobierno". "Nuestro digno súbdito ha expresado un principio sólido en su memorial", dijo Taizong. Por lo tanto, emitió una convocatoria para ser proclamada en todo el imperio: en cada prefectura, condado y ciudad, aquellos que fueran eruditos en los clásicos confucianos, que pudieran escribir con facilidad y claridad, y que hubieran pasado las tres sesiones de examen, independientemente de si eran soldados o campesinos, serían invitados a ir a Chang'an para tomar el examen imperial.

Esta convocatoria llegó al lugar de Haizhou, donde fue vista por un hombre llamado Chen E, quien entonces fue directamente a casa para hablar con su madre, cuyo apellido de soltera era Zhang. "La corte", dijo, "ha enviado una convocatoria amarilla, declarando en estas provincias del sur que habrá exámenes para la selección de los dignos y talentosos. Su hijo desea probarse en dicho examen, porque si logro obtener un nombramiento, o incluso la mitad de un puesto, me convertiría en más crédito para mis padres, magnificaría nuestro nombre, daría un título a mi esposa, beneficiaría a mi hijo y traería gloria a esta casa nuestra. Tal es la aspiración de su hijo: deseo decirle claramente a mi madre antes de partir". "Hijo mío", dijo ella de la familia Zhang, "una persona educada 'aprende cuando es joven, pero se va cuando crece'. Deberías seguir este máximo. Pero cuando vayas al examen, debes tener cuidado en el camino, y, cuando obtengas un puesto, regresa rápidamente". Entonces Guangrui dio instrucciones a su paje familiar para que empacara sus maletas, se despidió de su madre y comenzó su viaje. Cuando llegó a Chang'an, el sitio de examen acababa de abrirse, y fue directamente. Tomó las pruebas preliminares, las pasó y fue al examen de la corte, donde en tres sesiones sobre política administrativa obtuvo el primer lugar, recibiendo el título de "zhuangyuan", cuyo certificado fue firmado por el propio emperador Tang. Según la costumbre, fue llevado por las calles a caballo durante tres días.

La procesión en un momento pasó por la casa del primer ministro, Yin Kaishan, quien tenía una hija llamada Wenjiao, apodada Mantangjiao. Ella aún no estaba casada, y en ese momento estaba a punto de lanzar una bola bordada desde lo alto de una torre adornada para seleccionar a su esposo. Sucedió que Chen Guangrui pasaba por debajo de la torre. Cuando la joven doncella vio la destacada apariencia de Guangrui y supo que él era el reciente zhuangyuan de los exámenes, se sintió muy complacida. Lanzó la bola bordada, que justo golpeó el sombrero de gasa negra de Guangrui. Inmediatamente, se pudo escuchar música animada de flautas y pitos en toda el área mientras decenas de doncellas y sirvientas bajaban corriendo de la torre, tomaban las riendas del caballo de Guangrui y lo llevaban a la residencia del primer ministro para la boda. El primer ministro y su esposa salieron de sus cámaras, reunieron a los invitados y al maestro de ceremonias, y dieron a la chica a Guangrui como su esposa. Juntos, hicieron una reverencia al Cielo y la Tierra; luego, el esposo y la esposa se inclinaron el uno al otro, antes de inclinarse ante el suegro y la suegra. El primer ministro luego ofreció un gran banquete y todos festejaron alegremente durante toda la noche, después de lo cual los dos entraron de la mano en la cámara nupcial.

En la quinta vigilia temprano a la mañana siguiente, Taizong tomó asiento en el Salón del Tesoro de los Carillones de Oro mientras los funcionarios civiles y militares asistían a la corte. Taizong preguntó: "¿Qué nombramiento debería recibir el nuevo zhuangyuan?" El primer ministro Wei Zheng dijo: "Su súbdito ha descubierto que dentro de nuestro territorio hay una vacante en Jiangzhou. Ruego a mi Señor que le conceda este puesto". Taizong de inmediato lo nombró gobernador de Jiangzhou y ordenó que partiera sin demora. Después de agradecer al emperador y dejar la corte, Guangrui regresó a la casa del primer ministro para informar a su esposa. Se despidió de su suegro y su suegra y procedió con su esposa al nuevo puesto en Jiangzhou.

Mientras dejaban Chang'an y seguían su viaje, la estación era la primavera tardía:

Un viento suave soplaba para reverdecer los sauces;
Una fina lluvia caía para enrojecer las flores.

Como su hogar estaba en el camino, Guangrui regresó a su casa donde él y su esposa hicieron una reverencia juntos a su madre, Lady Zhang. "Felicitaciones, hijo mío", dijo ella de la familia Zhang, "¡incluso regresaste con una esposa!"

"Su hijo", dijo Guangrui, "se apoyó en el poder de su bendición y pudo alcanzar el inmerecido honor de zhuangyuan. Por orden imperial estaba recorriendo las calles cuando, al pasar por la mansión del primer ministro Yin, fui golpeado por una bola bordada. El primer ministro amablemente dio a su hija a su hijo como esposa, y Su Majestad lo nombró gobernador de Jiangzhou. He regresado para llevarla conmigo al puesto". Ella de la familia Zhang se alegró y empacó de inmediato para el viaje.

Habían estado en la carretera unos días cuando llegaron a hospedarse en la Posada de las Diez Mil Flores, mantenida por un tal Liu Xiaoer. Ella de la familia Zhang de repente se enfermó y le dijo a Guangrui: "No me siento nada bien. Descansemos aquí un día o dos antes de seguir nuestro viaje". Guangrui obedeció. A la mañana siguiente había un hombre fuera de la posada sosteniendo una carpa dorada a la venta, que Guangrui compró por una cuerda de monedas. Estaba a punto de cocinarla para su madre cuando vio que la carpa parpadeaba vigorosamente. Asombrado, Guangrui dijo: "He oído que cuando un pez o una serpiente parpadea de esta manera, es una señal segura de que no es una criatura ordinaria". Por lo tanto, preguntó al pescador, "¿Dónde atrapaste este pez?"

"Lo atrapé", dijo el pescador, "del río Hong, a unas quince millas de este distrito". En consecuencia, Guangrui envió el pez vivo de regreso al río y regresó a la posada para contarle a su madre sobre ello. "Es una buena acción liberar a las criaturas vivas de la cautividad", dijo ella de la familia Zhang. "Estoy muy complacida". "Hemos estado en esta posada ahora durante tres días", dijo Guangrui. "La orden imperial es urgente. Su hijo tiene la intención de partir mañana, pero le gustaría saber si madre se ha recuperado completamente". Ella de la familia Zhang dijo, "Todavía no estoy bien, y el calor en el viaje en esta época del año, me temo, solo empeorará mi enfermedad. ¿Por qué no alquilas una casa para que me quede aquí temporalmente y me dejas una asignación? Los dos pueden proceder a su nuevo puesto. En otoño, cuando haga frío, puedes venir a buscarme". Guangrui discutió el asunto con su esposa; alquilaron debidamente una casa para ella y dejaron algo de dinero con ella, después de lo cual se despidieron y partieron.

Sintieron la fatiga del viaje, viajando de día y descansando de noche, y pronto llegaron al cruce del río Hong, donde dos barqueros, Liu Hong y Li Biao, los llevaron a su bote. Sucedió que Guangrui estaba destinado en su encarnación anterior a encontrarse con esta calamidad, y así tuvo que encontrarse con estos enemigos predestinados. Después de ordenar al paje que pusiera el equipaje en el bote, Guangrui y su esposa estaban a punto de embarcarse cuando Liu Hong notó la belleza de Lady Yin, quien tenía un rostro como una luna llena, ojos como agua otoñal, una pequeña boca como una cereza y una cintura diminuta como un sauce. Sus rasgos eran lo suficientemente llamativos como para hundir peces y dejar caer gansos salvajes, y su tez haría que la luna se escondiera y pusiera a las flores en vergüenza. Impulsado de inmediato a la crueldad, tramó con Li Biao;

juntos empujaron el bote a un área aislada y esperaron hasta la medianoche. Primero mataron al paje, y luego golpearon a Guangrui hasta matarlo, empujando ambos cuerpos al agua. Cuando la dama vio que habían matado a su esposo, se lanzó al agua, pero Liu Hong la agarró con sus brazos y la atrapó. "Si consientes en mi demanda", dijo, "todo estará bien. Si no lo haces, ¡este cuchillo te cortará en dos!" Incapaz de pensar en un plan mejor, la dama tuvo que consentir por el momento y se rindió a Liu Hong. El ladrón llevó el bote a la orilla sur, donde entregó el bote al cuidado de Li Biao. Él mismo se puso el sombrero y la túnica de Guangrui, tomó sus credenciales y procedió con la dama al puesto en Jiangzhou.

Ahora debemos decirles que el cuerpo del paje asesinado por Liu Hong se alejó con la corriente. Sin embargo, el cuerpo de Chen Guangrui se hundió hasta el fondo del agua y permaneció allí. Un yakṣa de patrulla en la desembocadura del río Hong lo vio y corrió al Palacio del Dragón. El Rey Dragón estaba justo celebrando la corte cuando el yakṣa entró para informar, diciendo, "Un erudito ha sido golpeado hasta la muerte en la desembocadura del río Hong por una persona desconocida, y su cuerpo ahora yace en el fondo del agua". El Rey Dragón hizo que el cadáver fuera llevado y colocado ante él. Lo miró detenidamente y dijo, "¡Pero este hombre era mi benefactor! ¿Cómo pudo haber sido asesinado? Como dice el dicho común, 'La bondad debe pagarse con bondad'. Debo salvar su vida hoy para poder pagar la bondad de ayer". Inmediatamente emitió un despacho oficial, enviando un yakṣa para entregarlo al dios municipal y al espíritu local de Hongzhou, y pidió el alma del erudito para salvar su vida. El dios municipal y el espíritu local a su vez ordenaron a los pequeños demonios entregar el alma de Chen Guangrui al yakṣa, quien llevó el alma de vuelta al Palacio de Cristal de Agua para una audiencia con el Rey Dragón.

"Erudito", preguntó el Rey Dragón, "¿cuál es tu nombre? ¿De dónde vienes? ¿Por qué viniste aquí y por qué razón fuiste golpeado hasta la muerte?" Guangrui le saludó y dijo, "Este humilde estudiante se llama Chen E, y mi nombre de cortesía es Guangrui. Soy del distrito Hongnong de Haizhou. Como el indigno zhuangyuan de la reciente sesión de exámenes, fui nombrado por la corte como gobernador de Jiangzhou, y me dirigía a mi puesto con mi esposa. Cuando tomé un bote en el río, no esperaba que el barquero, Liu Hong, codiciara a mi esposa y tramara en mi contra. Me golpeó hasta matarme y lanzó mi cuerpo al agua. Ruego al Gran Rey que me salve". Al escuchar estas palabras, el Rey Dragón dijo, "¡Así que eso es! Buen señor, la carpa dorada que liberaste anteriormente era yo. Eres mi benefactor. Puede que estés en una gran dificultad en este momento, pero ¿hay alguna razón por la que no deba venir en tu ayuda?" Por lo tanto, colocó el cuerpo de Guangrui a un lado, y puso una perla conservante en su boca para que su cuerpo no se deteriorara sino que se reuniera con su alma para vengarse en el futuro. También dijo, "Tu verdadera alma puede permanecer temporalmente en mi Oficina del Agua como un oficial". Guangrui se postró en agradecimiento, y el Rey Dragón preparó un banquete para entretenerlo, pero no diremos más sobre eso.

Ahora les contamos que Lady Yin odiaba al bandido Liu con tanto fervor que deseaba poder devorar su carne y dormir en su piel. Pero debido a que estaba embarazada y no sabía si sería un niño o una niña, no tuvo más alternativa que ceder a regañadientes a su captor. En poco tiempo llegaron a Jiangzhou; los empleados y los alguaciles vinieron a recibirlos, y todos los funcionarios subordinados dieron un banquete para ellos en la mansión del gobernador. Liu Hong dijo, "Habiendo llegado aquí, un estudiante como yo depende totalmente del apoyo y la asistencia de ustedes, caballeros". "Su Honor", respondieron los funcionarios, "es primero en los exámenes y un gran talento. Por supuesto, considerará a su pueblo como sus hijos; sus declaraciones públicas serán tan simples como su resolución de litigios es justa. Nosotros, subordinados, dependemos de su liderazgo, así que ¿por qué debería ser indebidamente modesto?" Cuando terminó el banquete oficial, todos se marcharon.

El tiempo pasó rápidamente. Un día, Liu Hong se fue lejos por asuntos oficiales, mientras Lady Yin en la mansión pensaba en su suegra y su esposo y suspiraba en el pabellón del jardín. De repente fue tomada por una tremenda fatiga y fuertes dolores en el vientre. Cayendo inconsciente al suelo, dio a luz a un hijo. De repente escuchó a alguien susurrando en su oído: "Mantangjiao, escucha cuidadosamente lo que tengo que decir. Soy el Espíritu Estelar del Polo Sur, quien te envía este hijo por orden expresa del Bodhisattva Guanyin. Un día su nombre será conocido ampliamente, porque no se le puede comparar con un mortal común. Pero cuando el bandido Liu regrese, seguramente tratará de hacerle daño al niño, y debes tener cuidado de protegerlo. Tu esposo ha sido rescatado por el Rey Dragón; en el futuro ambos se encontrarán de nuevo al igual que madre e hijo se reunirán. Llegará un día en que se corregirán los agravios y se castigarán los crímenes. ¡Recuerda mis palabras! ¡Despierta! ¡Despierta!"

La voz cesó y se fue. La dama se despertó y recordó cada palabra; abrazó a su hijo con fuerza pero no pudo idear un plan para protegerlo. Liu Hong entonces regresó y quiso que el niño fuera asesinado por ahogamiento en el momento en que lo vio. La dama dijo, "Hoy ya es tarde. Permítale vivir hasta mañana y luego ser lanzado al río".

Fue una suerte que Liu Hong fuera llamado por un asunto urgente la mañana siguiente. La dama pensó para sí: "Si este niño está aquí cuando regrese ese bandido, ¡su vida se habrá acabado! Mejor lo abandono ahora en el río, y que la vida o la muerte sigan su curso. Tal vez el Cielo, apiadándose de él, enviará a alguien para rescatarlo y cuidarlo. Así, podríamos tener la oportunidad de encontrarnos de nuevo." Sin embargo, temía que el reconocimiento futuro fuera difícil; así que se mordió un dedo y escribió una carta con su sangre, detallando los nombres de los padres, la historia familiar y la razón del abandono del niño. También le mordió un dedo del pie izquierdo para establecer una marca de identidad. Tomando una de sus prendas interiores, envolvió al niño y lo sacó de la mansión cuando nadie la estaba mirando. Afortunadamente, la mansión no estaba lejos del río. Al llegar a la orilla, la dama rompió en lágrimas y lloró larga y fuertemente. Estaba a punto de lanzar al niño al río cuando vio una tabla flotando cerca de la orilla. De inmediato rezó al Cielo, después de lo cual colocó al niño sobre la tabla y lo ató firmemente con una cuerda. Sujetó la carta escrita en sangre al pecho del niño, empujó la tabla al agua y la dejó a la deriva. Con lágrimas en los ojos, la dama regresó a la mansión, pero no diremos más sobre eso.

Ahora les contaremos sobre el niño en la tabla, que flotó con la corriente hasta detenerse justo debajo del Templo de la Montaña Dorada. El abad de este templo se llamaba Monje Faming. En la cultivación de la perfección y la comprensión de la verdad, ya había alcanzado el maravilloso secreto de la no-natalidad. Estaba sentado en meditación cuando de repente oyó el llanto de un bebé. Movido por esto, bajó rápidamente al río para echar un vistazo, y descubrió al bebé tendido en una tabla en el borde del agua. El abad lo sacó rápidamente del agua. Cuando leyó la carta escrita en sangre sujeta a su pecho, se enteró del origen del niño. Luego le dio el nombre de Río Flotante y arregló que alguien lo amamantara y cuidara, mientras él mismo mantenía la carta escrita en sangre guardada en un lugar seguro. El tiempo pasó como una flecha, y las estaciones como la lanzadera de un tejedor; Río Flotante pronto alcanzó su decimoctavo año. El abad le afeitó la cabeza y le pidió que se uniera a la práctica de austeridades, dándole el nombre religioso de Xuanzang. Después de haber recibido el toque en la cabeza y los mandamientos, Xuanzang persiguió el Camino con gran determinación.

Un día, a finales de la primavera, varios monjes reunidos a la sombra de los pinos discutían los cánones del Chan y debatían los puntos finos de los misterios. Un monje irreflexivo, que había sido completamente superado por las preguntas de Xuanzang, gritó enojado: "¡Maldito bestia! ¡Ni siquiera conoces tu propio nombre, y eres ignorante de tus propios padres! ¿Por qué sigues rondando aquí engañando a la gente?" Cuando Xuanzang escuchó tales palabras de reproche, entró en el templo y se arrodilló ante el maestro, diciendo con lágrimas en los ojos: "Aunque un ser humano nacido en este mundo recibe sus dones naturales de las fuerzas del yin y el yang y de las Cinco Fases, siempre es nutrido por sus padres. ¿Cómo puede haber una persona en este mundo que no tenga padre ni madre?" Repetidamente y con gran tristeza, rogó conocer los nombres de sus padres. El abad dijo: "Si realmente deseas buscar a tus padres, puedes seguirme a mi celda." Xuanzang lo siguió debidamente a su celda, donde, desde lo alto de una pesada viga transversal, el abad bajó una pequeña caja. Abriendo la caja, sacó una carta escrita en sangre y una prenda interior y se las entregó a Xuanzang. Solo después de desplegar la carta y leerla, Xuanzang supo los nombres de sus padres y comprendió en detalle las injusticias que se les habían hecho.

Cuando Xuanzang terminó de leer, cayó llorando al suelo, diciendo: "¿Cómo puede alguien ser digno de llevar el nombre de hombre si no puede vengar las injusticias hechas a sus padres? Durante dieciocho años, he sido ignorante de mis verdaderos padres, ¡ y solo hoy he aprendido que tengo una madre! Y sin embargo, ¿habría llegado siquiera a este día si mi maestro no me hubiera salvado y cuidado? Permita su discípulo ir a buscar a mi madre. Después, reconstruiré este templo con un cuenco de incienso en la cabeza, y devolveré la profunda bondad de mi maestro." "Si deseas buscar a tu madre," dijo el maestro, "puedes llevar esta carta en sangre y la prenda interior contigo. Ve como un monje mendicante a los aposentos privados en la mansión del gobernador de Jiangzhou. Entonces podrás encontrarte con tu madre."

Xuanzang siguió las palabras de su maestro y fue a Jiangzhou como un monje mendicante. Ocurrió que Liu Hong estaba fuera por negocios, ya que el Cielo había planeado que madre e hijo se encontraran. Xuanzang fue directamente a la puerta de los aposentos privados de la mansión del gobernador a pedir limosna. Verás, Lady Yin había tenido un sueño la noche anterior en el que veía una luna menguante volverse llena de nuevo. Ella pensó para sí: "No tengo noticias de mi suegra; mi esposo fue asesinado por este bandido; mi hijo fue arrojado al río. Si por casualidad alguien lo rescató y lo cuidó, debe tener dieciocho años ahora. Tal vez el Cielo desea que nos reunamos hoy. ¿Quién puede decirlo?"

Mientras meditaba sobre el asunto en su corazón, de repente escuchó a alguien recitando las escrituras fuera de su residencia y gritando repetidamente, "¡ Limosna! ¡ Limosna!" En un momento conveniente, la dama salió y le preguntó, "¿De dónde vienes?" "Su pobre monje," dijo Xuanzang, "es el discípulo de Faming, abad del Templo de la Montaña Dorada." "¿Entonces eres el discípulo del abad de ese templo?" preguntó ella, invitándolo a la mansión y sirviéndole algunas verduras y arroz. Observándolo de cerca, notó que en el habla y los modales se parecía notablemente a su esposo. La dama envió a su criada y luego preguntó: "¡ Joven maestro! ¿Dejaste a tu familia cuando eras niño o cuando creciste? ¿Cuál es tu nombre y tu apellido? ¿Tienes padres?" "No dejé a mi familia cuando era joven," respondió Xuanzang, "ni lo hice cuando crecí. Para decir la verdad, tengo una injusticia que vengar tan grande como el cielo, una enemistad profunda como el mar. Mi padre fue asesinado, y mi madre fue tomada por la fuerza. Mi maestro el abad Faming me dijo que buscara a mi madre en la mansión del gobernador de Jiangzhou."

"¿Cuál es el apellido de tu madre?" preguntó la dama. "El apellido de mi madre es Yin," dijo Xuanzang, "y su nombre de pila es Wenjiao. El apellido de mi padre es Chen y su nombre de pila es Guangrui. Mi apodo es Río Flotante, pero mi nombre religioso es Xuanzang."

"Soy Wenjiao," dijo la dama, "pero ¿qué prueba tienes de tu identidad?" Cuando Xuanzang escuchó que ella era su madre, cayó de rodillas y lloró amargamente. "Si mi propia madre no me cree," dijo, "puedes ver la prueba en esta carta escrita en sangre y esta prenda interior." Wenjiao las tomó en sus manos, y una mirada le dijo que eran auténticas. Madre e hijo se abrazaron y lloraron.

Lady Yin entonces gritó, "¡Hijo mío, vete de inmediato!" "Durante dieciocho años no he conocido a mis verdaderos padres," dijo Xuanzang, "y hoy he visto a mi madre por primera vez. ¿Cómo podría tu hijo soportar una separación tan rápida?" "Hijo mío," dijo la dama, "vete de inmediato, como si estuvieras en llamas. Si ese bandido Liu regresa, seguramente te quitará la vida. Fingiré estar enferma mañana y diré que debo ir a tu templo y cumplir un voto que hice en un año anterior para donar cien pares de zapatos de monje. En ese momento tendré más que decirte." Xuanzang siguió su mandato y se inclinó para despedirse de ella.

Estábamos hablando de Lady Yin, quien, habiendo visto a su hijo, estaba llena de ansiedad y alegría. Al día siguiente, con el pretexto de estar enferma, se tumbó en su cama y no quiso tomar ni té ni arroz. Liu Hong regresó a la mansión y la cuestionó. "Cuando era joven," dijo Lady Yin, "hice un voto de donar cien pares de zapatos de monje. Hace cinco días, soñé que un monje me pedía esos zapatos, sosteniendo un cuchillo en su mano. Desde entonces, no me he sentido bien." "¡Qué pequeño asunto!" dijo Liu Hong. "¿Por qué no me lo dijiste antes?" De inmediato subió al salón del gobernador y dio la orden a sus administradores Wang y Li de que cien familias de la ciudad trajeran un par de zapatos de monje cada una dentro de cinco días. Las familias obedecieron y completaron sus presentaciones. "Ahora que tenemos los zapatos," dijo Lady Yin a Liu Hong, "¿qué tipo de templo tenemos cerca para que pueda ir a cumplir mi voto?" Liu Hong dijo, "Hay un Templo de la Montaña Dorada aquí en Jiangzhou, así como un Templo de la Montaña Quemada. Puedes ir a cualquiera de los dos." "He oído durante mucho tiempo," dijo la dama, "que el Templo de la Montaña Dorada es muy bueno. Iré allí." Liu Hong de inmediato dio la orden a sus administradores Wang y Li de preparar un bote. Lady Yin tomó a un compañero de confianza y abordó el bote. Los barqueros empujaron el bote lejos de la orilla y se dirigieron al Templo de la Montaña Dorada.

Ahora les contamos sobre Xuanzang, quien regresó al templo y contó al abad Faming lo que había sucedido. Al día siguiente, una joven sirvienta llegó para anunciar que su ama venía al templo para cumplir un voto que había hecho. Todos los monjes salieron del templo para recibirla. La dama fue directamente al interior para adorar al Bodhisattva y dar un gran banquete vegetariano. Ordenó a la sirvienta que pusiera los zapatos y las medias de monje en bandejas y las llevara al salón ceremonial principal. Después de que la dama había adorado nuevamente con extrema devoción, pidió al abad Faming que distribuyera los regalos a los varios monjes antes de que se dispersaran. Cuando Xuanzang vio que todos los monjes se habían ido y que no había nadie más en el salón, se acercó y se arrodilló. La dama le pidió que se quitara los zapatos y las medias, y vio que, efectivamente, faltaba un dedo pequeño en su pie izquierdo. Una vez más, ambos se abrazaron y lloraron. También agradecieron al abad por su bondad al criar al joven.

Faming dijo, "Temo que el presente encuentro de madre e hijo pueda ser conocido por ese astuto bandido. Deben irse rápidamente para evitar cualquier daño." "Hijo mío," dijo la dama, "déjame darte un anillo de incienso. Ve a Hongzhou, a unos mil quinientos kilómetros al noroeste de aquí, donde encontrarás la Posada de las Diez Mil Flores. Antes dejamos allí a una anciana cuyo apellido de soltera es Zhang y que es la verdadera madre de tu padre. También he escrito una carta para que la lleves a la capital del emperador Tang. A la izquierda del Palacio Dorado está la casa del Primer Ministro Yin, quien es el verdadero padre de tu madre. Dale mi carta a tu abuelo materno, y pídele que solicite al emperador Tang que despache hombres y caballos para arrestar y ejecutar a este bandido, para que tu padre pueda ser vengado. Solo entonces podrás rescatar a tu vieja madre. No me atrevo a quedarme más tiempo, porque temo que ese sinvergüenza se ofenda por mi tardanza en regresar." Salió del templo, abordó el bote y se fue.

Xuanzang regresó llorando al templo. Le contó todo a su maestro y se inclinó para despedirse de inmediato. Yendo directamente a Hongzhou, llegó a la Posada de las Diez Mil Flores y se dirigió al posadero, Liu Xiaoer, diciendo, "En un año anterior hubo un huésped honorable aquí llamado Chen cuya madre permaneció en su posada. ¿Cómo está ahora?" "Originalmente," dijo Liu Xiaoer, "se quedó en mi posada. Después se quedó ciega, y durante tres o cuatro años no me pagó el alquiler. Ahora vive en un horno de alfarero en ruinas cerca de la Puerta del Sur, y todos los días mendiga en las calles. Una vez que ese huésped honorable se fue, estuvo ausente por mucho tiempo, y hasta ahora no hay noticias de él. No lo entiendo."

Cuando Xuanzang oyó esto, fue de inmediato al horno de alfarero en ruinas en la Puerta del Sur y encontró a su abuela. La abuela dijo, "Tu voz suena mucho como la de mi hijo Chen Guangrui." "No soy Chen Guangrui," dijo Xuanzang, "¡sino solo su hijo! Lady Wenjiao es mi madre." "¿Por qué no volvieron tu padre y tu madre?" preguntó la abuela. "Mi padre fue golpeado hasta la muerte por bandidos," dijo Xuanzang, "y uno de ellos obligó a mi madre a ser su esposa." "¿Cómo supiste dónde encontrarme?" preguntó la abuela. "Fue mi madre," respondió Xuanzang, "quien me dijo que buscara a mi abuela. Aquí hay una carta de madre y también un anillo de incienso."

La abuela tomó la carta y el anillo de incienso y lloró sin control. "Por mérito y reputación," dijo, "¡mi hijo llegó a esto! Pensé que había dado la espalda a la rectitud y había olvidado la bondad parental. ¿Cómo debía saber que fue asesinado? Afortunadamente, el Cielo al menos se apiadó de mí, y hoy un nieto ha venido a buscarme."

"Abuela," preguntó Xuanzang, "¿cómo te quedaste ciega?" "Porque pensaba tan a menudo en tu padre," dijo la abuela. "Lo esperé diariamente, pero no regresó. Lloré hasta quedarme ciega en ambos ojos." Xuanzang se arrodilló y rezó al Cielo, diciendo, "Ten piedad de Xuanzang, quien, a la edad de dieciocho años, aún no ha vengado la injusticia hecha a sus padres. Por orden de mi madre, vine hoy a buscar a mi abuela. Si el Cielo se apiadase de mi sinceridad, concede que los ojos de mi abuela recuperen la vista." Cuando terminó su petición, lamió los ojos de su abuela con la punta de su lengua. En un momento, ambos ojos se abrieron y eran como antes. Cuando la abuela vio al joven monje, dijo, "¡Eres realmente mi nieto! ¡Te pareces mucho a mi hijo Guangrui!" Se sintió tanto feliz como triste. Xuanzang llevó a su abuela fuera del horno y regresó a la posada de Liu Xiaoer, donde alquiló una habitación para que se quedara. También le dio algo de dinero, diciendo, "En poco más de un mes, volveré."

Despedido de su abuela, Xuanzang se dirigió directamente a la capital y encontró el camino hacia la casa del ministro principal Yin en la calle oriental de la ciudad imperial. Le dijo al portero: "Este pequeño monje es un pariente que ha venido a visitar al ministro principal." El portero informó al ministro, quien respondió: "¡No tengo relación con ningún monje!" Pero su esposa dijo: "Anoche soñé que mi hija Mantangjiao regresaba a casa. ¿Podría ser que nuestro yerno nos ha enviado una carta?" Por lo tanto, el ministro principal hizo que el pequeño monje fuera llevado a la sala de estar. Cuando vio al ministro y a su esposa, se cayó llorando al suelo. Sacando una carta de los pliegues de su túnica, se la entregó al ministro. El ministro la abrió, la leyó de principio a fin y lloró sin control. "Su Excelencia, ¿qué ocurre?" preguntó su esposa. "Este monje," dijo el ministro, "es nuestro nieto. Nuestro yerno, Chen Guangrui, fue asesinado por bandidos, y Mantangjiao fue forzada a ser la esposa del asesino." Cuando la esposa oyó esto, ella también lloró inconsolablemente.

"Que nuestra dama contenga su dolor," dijo el ministro. "Mañana por la mañana presentaré un memorial a nuestro Señor. Yo mismo llevaré las tropas para vengar a nuestro yerno." Al día siguiente, el ministro fue a la corte para presentar su memorial al emperador Tang, el cual decía:

El yerno de su sujeto, el zhuangyuan Chen Guangrui, se dirigía a su puesto en Jiangzhou con miembros de su familia. Fue golpeado hasta la muerte por el barquero Liu Hong, quien luego tomó a nuestra hija por la fuerza para ser su esposa. Pretendió ser el yerno de su sujeto y usurpó su puesto durante muchos años. Este es, de hecho, un incidente impactante y trágico. Le suplico a Su Majestad que despache caballos y hombres de inmediato para exterminar a los bandidos.

El emperador Tang vio el memorial y se enfureció enormemente. Inmediatamente convocó a sesenta mil soldados imperiales y ordenó al ministro principal Yin que los liderara. El ministro tomó el decreto y dejó la corte para hacer el pase de lista de las tropas en el cuartel. Se dirigieron inmediatamente hacia Jiangzhou, viajando de día y descansando de noche, y pronto llegaron al lugar. Caballos y hombres levantaron campamentos en la orilla norte, y esa misma noche, el ministro convocó con tabletas doradas al Subprefecto y al Juez del Condado de Jiangzhou a su campamento. Les explicó a los dos la razón de la expedición y pidió su asistencia militar. Luego cruzaron el río y, antes de que el cielo se iluminara, rodearon completamente la mansión de Liu Hong. Liu Hong aún estaba en sueños cuando, con el disparo de un solo cañón y el retumbar de los tambores, los soldados irrumpieron en los cuartos privados de la mansión. Liu Hong fue apresado antes de que pudiera ofrecer resistencia. El ministro lo hizo atar junto con el resto de los prisioneros y los llevó al campo de ejecución, mientras el resto de los soldados levantaba campamento fuera de la ciudad.

Tomando asiento en el gran salón de la mansión, el ministro invitó a la dama a salir a encontrarse con él. Ella estaba a punto de hacerlo, pero fue superada por la vergüenza al ver a su padre nuevamente y quiso ahorcarse allí mismo. Xuanzang se enteró de esto y corrió hacia adentro para salvar a su madre. Cayendo de rodillas, le dijo: "Tu hijo y su abuelo llevaron las tropas aquí para vengar a padre. El bandido ya ha sido capturado. ¿Por qué quiere madre morir ahora? Si madre estuviera muerta, ¿cómo podría su hijo permanecer con vida?" El ministro también entró para ofrecerle su consuelo. "He oído," dijo la dama, "que una mujer sigue a su cónyuge hasta la tumba. Mi marido fue asesinado por este bandido, causándome un dolor terrible. ¿Cómo podría ceder tan vergonzosamente ante el ladrón? El niño que llevaba—¡esa era mi única razón para vivir que me ayudaba a soportar mi humillación! Ahora que mi hijo ha crecido y mi viejo padre ha llevado tropas para vengar nuestro agravio, yo, que soy la hija, no tengo rostro que mostrar en nuestra reunión. Solo puedo morir para pagar a mi esposo."

"Hija mía," dijo el ministro, "tú no alteraste tu virtud de acuerdo con la prosperidad o la adversidad. ¡No tuviste elección! ¿Cómo puede esto considerarse vergonzoso?" Padre e hija se abrazaron, llorando; Xuanzang también no pudo contener su emoción. Secándose las lágrimas, el ministro dijo: "Los dos no deben sufrir más. Ya he capturado al culpable y debo ahora deshacerme de él." Se levantó y fue al lugar de ejecución, y ocurrió que el Subprefecto de Jiangzhou también había apresado al pirata Li Biao, quien fue traído por los centinelas al mismo lugar. Muy complacido, el ministro ordenó que Liu Hong y Li Biao fueran azotados cien veces con grandes cañas. Cada uno firmó un testimonio, dando un relato completo del asesinato de Chen Guangrui. Primero, Li Biao fue clavado a un asno de madera, y después de que fue llevado al mercado, lo desmembraron y su cabeza fue expuesta en un poste para que todos la vieran. Liu Hong fue llevado al cruce del río Hong, al lugar exacto donde había golpeado a Chen Guangrui hasta matarlo. El ministro, la dama y Xuanzang fueron todos al banco del río, y como libaciones ofrecieron el corazón y el hígado de Liu Hong, que habían sido arrancados de él vivo. Finalmente, se quemó un ensayo en elogio del difunto.

Frente al río, las tres personas lloraron sin control, y sus sollozos fueron escuchados en la región acuática de abajo. Un yakṣa que patrullaba las aguas llevó el ensayo en su forma espiritual al Rey Dragón, quien lo leyó y de inmediato envió a un tortuga mariscal para buscar a Guangrui. "Señor," dijo el rey, "¡Felicitaciones! ¡Felicitaciones! En este momento, tu esposa, tu hijo y tu suegro est án ofreciéndote sacrificios en la orilla del río. Ahora estoy dejando que tu alma se vaya para que puedas regresar a la vida. También te estamos presentando una perla de cumplimiento de deseos, dos perlas de rodillo, diez fardos de seda de sirena y un cinturón de jade con perlas brillantes. Hoy disfrutarás de la reunión de marido y mujer, madre e hijo." Después de que Guangrui dio las gracias repetidamente, el Rey Dragón ordenó a un yakṣa que escoltara su cuerpo a la boca del río y allí devolviera su alma. El yakṣa siguió la orden y se fue.

Ahora les contamos sobre la dama Yin, quien, habiendo llorado durante algún tiempo por su esposo, habría vuelto a matarse al zambullirse en el agua si Xuanzang no se hubiera aferrado a ella desesperadamente. Estaban luchando penosamente cuando vieron un cuerpo muerto flotando hacia la orilla del río. La dama se apresuró a acercarse para mirarlo. Reconociéndolo como el cuerpo de su esposo, estalló en un llanto aún más fuerte. A medida que la gente se reunía a su alrededor para mirar, de repente vieron a Guangrui desclavando sus puños y estirando sus piernas. Todo su cuerpo comenzó a moverse, y en un momento se trepó a la orilla y se sentó, para la infinita sorpresa de todos. Guangrui abrió los ojos y vio a la dama Yin, al ministro principal Yin, su suegro y a un joven monje, todos llorando a su alrededor. "¿Por qué están todos aquí?" dijo Guangrui.

"Todo comenzó," dijo la dama Yin, "cuando fuiste golpeado hasta la muerte por bandidos. Después, tu indigna esposa dio a luz a este hijo, quien tuvo la suerte de ser criado por el abad del Templo de la Montaña de Oro. El abad lo envió a encontrarse conmigo, y yo le dije que fuera a buscar a su abuelo materno. Cuando el padre escuchó esto, lo hizo saber a la corte y llevó tropas aquí para arrestar a los bandidos. Justo ahora, sacamos el hígado y el corazón del culpable vivo para ofrecerlos como libaciones, pero me gustaría saber cómo es posible que el alma de mi esposo pueda regresar para darle vida." Guangrui dijo: "Todo es gracias a que compramos la carpa dorada, cuando tú y yo estábamos hospedados en la Posada de las Diez Mil Flores. Solté esa carpa, sin saber que no era otra que el Rey Dragón de este lugar. Cuando los bandidos me empujaron al río después, él fue quien vino a mi rescate. Justo ahora él también fue quien me devolvió mi alma, así como muchos regalos preciosos, que tengo aquí conmigo. Ni siquiera sabía que habías dado a luz a este niño, y estoy agradecido de que mi suegro me haya vengado. ¡De hecho, la amargura ha pasado y la dulzura ha llegado! ¡Qué alegría incomparable!"

Cuando varios funcionarios oyeron esto, todos vinieron a presentar sus felicitaciones. El ministro entonces ordenó un gran banquete para agradecer a sus subordinados, después del cual las tropas y los caballos comenzaron su marcha de regreso a casa el mismo día. Cuando llegaron a la Posada de las Diez Mil Flores, el ministro ordenó levantar campamento. Guangrui fue con Xuanzang a la Posada de Liu para buscar a la abuela, quien había soñado la noche anterior que un árbol seco había florecido. También las urracas detrás de su casa charlaban incesantemente. Ella pensó para sí misma: "¿Podría ser que mi nieto viene?"

Antes de que pudiera terminar de hablar consigo misma, padre e hijo llegaron juntos. El joven monje la señaló y dijo: "¿No es esta mi abuela?" Cuando Guangrui vio a su anciana madre, se inclinó apresuradamente; madre e hijo se abrazaron y lloraron sin control durante un tiempo. Después de contarse mutuamente lo que había sucedido, pagaron la cuenta al posadero y salieron nuevamente hacia la capital. Cuando llegaron a la residencia del ministro principal, Guangrui, su esposa y su madre fueron a saludar a la esposa del ministro principal, quien estaba encantada. Ella ordenó a sus sirvientes que prepararan un gran banquete para celebrar la ocasión. El ministro dijo: "Este banquete de hoy puede ser nombrado el Festival de Reunión, porque verdaderamente toda nuestra familia está rejozando."

Temprano a la mañana siguiente, el emperador Tang celebró una corte, durante la cual el ministro principal Yin dejó las filas para dar un cuidadoso informe sobre lo que había sucedido. También recomendó que un talento como el de Guangrui fuera utilizado en algún cargo importante. El emperador Tang aprobó el memorial y ordenó que Chen E fuera promovido a Subcanciller de la Gran Secretaría para que pudiera acompañar a la corte y llevar a cabo sus políticas. Xuanzang, decidido a seguir el camino del Zen, fue enviado a practicar austeridades en el Templo de la Infinita Bendición. Algún tiempo después de esto, la dama Yin se suicidó tranquilamente, y Xuanzang regresó al Templo de la Montaña Dorada para retribuir la bondad del abad Faming. No sabemos cómo continuaron las cosas después de esto; escuchemos la explicación en el siguiente capítulo.

CAPÍTULO 10

Los tontos planes del Viejo Rey Dragón transgreden los decretos del Cielo;
La carta del Primer Ministro Wei busca ayuda de un oficial de los muertos.

Por ahora, no mencionaremos a Guangrui sirviendo en su puesto ni a Xuanzang practicando austeridades. Ahora les hablaremos de dos hombres dignos que vivían a orillas del río Jing, fuera de la ciudad de Chang'an: un pescador llamado Zhang Shao y un leñador llamado Li Ding. Ambos eran eruditos que no habían pasado ningún examen oficial, campesinos de montaña que sabían leer. Un día en la ciudad de Chang'an, después de haber vendido la madera que uno llevaba en la espalda y la carpa que el otro tenía en su canasta, entraron en una pequeña posada y bebieron hasta que se sintieron ligeramente ebrios. Cada uno llevando una botella, siguieron la orilla del río Jing y caminaron lentamente de regreso.

"Hermano Li," dijo Zhang Shao, "en mi opinión, aquellos que se esfuerzan por la fama perderán la vida por causa de la fama; aquellos que viven en busca de fortuna perecerán debido a la riqueza; aquellos que tienen títulos duermen abrazando a un tigre; y aquellos que reciben favores oficiales caminan con serpientes en sus mangas. Al pensarlo, sus vidas no pueden compararse con nuestra existencia despreocupada, cerca de las montañas azules y las aguas hermosas. Valoramos la pobreza y pasamos nuestros días sin tener que pelear con el destino."

"Hermano Zhang," dijo Li Ding, "hay mucha verdad en lo que dices. Pero tus aguas hermosas no pueden igualar mis montañas azules." "Al contrario," dijo Zhang Shao, "tus montañas azules no pueden igualar mis aguas hermosas, en testimonio de lo cual ofrezco una letra a la melodía de 'Mariposas Enamoradas de Flores' que dice:
En un pequeño barco sobre diez mil millas de brumas ondulantes
me inclino hacia la silenciosa, única vela,
rodeado por los sonidos del pez sirena.
Mi mente purificada, mi preocupación eliminada, aquí carezco de riqueza o fama;
Lentamente recojo tallos de juncos y cañas.
¡Contar las gaviotas es un placer que se puede contar!
En bancos de sauces y bahías de juncos
mi esposa e hijo se unen a mi risa alegre.
Duermo más sonoramente mientras el viento y las olas retroceden;
Sin vergüenza, sin gloria, ni miseria."

Li Ding dijo: "Tus aguas hermosas no son tan buenas como mis montañas azules. También tengo como testimonio un poema lírico a la melodía de 'Mariposas Enamoradas de Flores' que dice:
En la esquina sembrada de pinos de un denso bosque

127

oigo, sin palabras, el oriole—

su hábil lengua es una flauta melodiosa.

Rojos pálidos y verdes brillantes anuncian el calor de la primavera;

el verano llega abruptamente; así pasa el tiempo.

Luego llega el otoño

con flores doradas fragantes

dignas de nuestra alegría;

y el frío invierno desciende, rápido como un chasquido de dedos.

Sin que nadie me gobierne, soy libre en los cuatro climas."

El pescador dijo: "Tus montañas azules no son tan buenas como mis aguas hermosas, que me ofrecen algunas cosas agradables para disfrutar. Como testimonio, aquí tengo una letra a la melodía de 'El Cielo de la Perdiz':

La tierra de hadas, nube y agua son suficientes:

Barco a la deriva, remos descansando—este es mi hogar.

Parto peces vivos y cocino tortugas verdes;

Vaporizo cangrejos morados y hiervo camarones rojos.

Brotos de juncos verdes,

Brote de planta de agua;

Mejor aún los 'cabezas de pollo', las caltrops de agua,

Raíces de loto, viejas o jóvenes, las hojas tiernas de apio,

Puntas de flecha, caltrops blancos y flores de niaoying."

El leñador dijo: "Tus aguas hermosas no son tan buenas como mis montañas azules, que me ofrecen algunas cosas agradables para disfrutar. Como testimonio, también tengo una letra a la melodía de 'El Cielo de la Perdiz':

En altos picos escarpados que tocan el borde del cielo

una casa de hierba, una cabaña de paja serían mi hogar.

Las aves curadas, los gansos ahumados superan a tortugas o cangrejos;

Liebres, antílopes y ciervos superan a los peces o camarones.

Las hojas de chun aromáticas;

Los brotes amarillos de lian;

Los brotes de bambú y el té de montaña son aún mejores.

Ciruelas moradas, duraznos rojos, ciruelas pasas y albaricoques maduros,

Peras dulces, dátiles agrios y flores de canela."

El pescador dijo: "Tus montañas azules no son realmente tan buenas como mis aguas hermosas. Tengo otra letra a la melodía de 'El Inmortal del Río':

Una pequeña embarcación similar a una hoja va a donde elijo quedarme.

No temo diez mil pliegues de ola o bruma.

Lancio anzuelos y echo redes para atrapar peces frescos:

Sin salsa ni grasa,

Es aún más sabroso.

La anciana esposa y el joven hijo completan mi hogar.

Cuando los peces son abundantes, voy a los mercados de Chang'an

y los cambio por vino que bebo hasta emborracharme.

Un abrigo de coir me envuelve, en el arroyo otoñal me acuesto;

Ronco, dormido,

Sin inquietud ni preocupación—

No amo la gloria ni el pompón del hombre."

El leñador dijo: "Tus aguas hermosas aún no son tan buenas como mis montañas azules. También tengo un poema a la melodía de 'El Inmortal del Río':

Unas pocas casas de paja construidas bajo una colina.

Pinos, orquídeas, ciruelas, bambúes—todos adorables.

Pasando por arboledas, subiendo montañas, busco maderas secas.

Sin que nadie me reprenda,

Vendo como deseo:

Cuánto, cuán poco, depende de mi rendimiento.

Uso el dinero para comprar vino a mi antojo.

Tinajas de barro, jarras de arcilla—ambas me relajan.

Empapado de vino, en la sombra de los pinos me acuesto:

Sin pensamientos ansiosos;

Sin ganancia ni pérdida;

Sin preocupación por el fracaso o el éxito de este mundo."

El pescador dijo: "Aunque tu vida en las montañas no está mal, aún no es tan encantadora y elegante como la mía en las aguas hermosas. Como testimonio, tengo una letra a la melodía de 'La Luna sobre el Río Oeste':

Las gruesas flores del smartweed rojo brillan a la luz de la luna;

Las hojas amarillas de junco desordenadas, sacudidas por el viento.

El cielo azul, limpio y distante, en el vacío del Río Chu:

Dibujando mis líneas, agito un profundo estanque de estrellas.

En filas y hileras, grandes peces entran en la red;

Equipos de percas diminutas tragan los anzuelos.

Su sabor es especial cuando son atrapados y cocinados.

Mi risa preside ríos y lagos."

El leñador dice: "Hermano Zhang, tu vida en las aguas no es tan placentera como mi vida en las montañas. Como testimonio, también tengo una letra a la melodía de 'La Luna sobre el Río Oeste':

Hojas muertas, enredaderas marchitas ahogando el camino;

Postes rotos, bambúes envejecidos apiñándose en la colina;

Zarcillos secos y juncos en crecimiento desarreglado

Rompo y tomo; mis cuerdas trussan la carga.

Troncos de sauce huecos por insectos,

Ramas de pino cortadas por el viento,

Recojo y acumulo, listo para el frío del invierno.

Los cambio por vino o efectivo como deseo."

El pescador dijo: "Aunque tu vida en las montañas no está mal, aún no es tan encantadora y elegante como la mía en las aguas hermosas. Como testimonio, tengo una letra a la melodía de 'Inmortal junto al Río':

La marea que cae mueve mi único barco;

Descanso mis remos, mi canción viene con la noche.
El abrigo de coir, la luna menguante—¡qué encantadores son!
Ninguna gaviota se lanza por el miedo
Mientras nubes rosadas se extienden por el cielo.
Duermo sin preocupaciones en las islas de juncos,
Aún soñoliento cuando el sol está alto.
Trabajo según mis propios planes y deseos.
Vasallos en noches frías atendiendo la corte,
¿Podría su placer igualar mi alegría y paz?"

El leñador dijo: "El encanto y la gracia de tus aguas hermosas no pueden compararse con los de mis montañas azules. Yo también tengo un testimonio a la melodía de 'Inmortal junto al Río':

Camino por los caminos helados de otoño arrastrando mi hacha;
En la frescura de la noche remolco mi carga,
Aún más extraño con templos llenos de flores.
Empujo nubes para encontrar mi salida;
Atascado por la luna, llamo a abrir mi puerta.
La rústica esposa y el joven hijo me saludan con sonrisas;
En una cama de paja y almohada de madera me acuesto.
Peras al vapor y mijo cocido pronto están preparados.
El brebaje de la urna recién suavizado
Se añadirá a mis alegrías secretas."

El pescador dijo: "Todas estas cosas en nuestros poemas tienen que ver con nuestro modo de vida, las ocupaciones con las que nos mantenemos. Pero tu vida no es tan buena como esos momentos despreocupados de los míos, para los cuales tengo como testimonio un poema regulado. El poema dice:

Inactivamente miro a las grullas blancas del cielo azul volar.
Mi barco se detiene al lado del río, mi puerta está entreabierta.
A la sombra de la vela, mi hijo ha aprendido a atar los hilos de pesca;
El remo se detiene, me uno a mi esposa para secar las redes.
Mi mente está en calma: así sé que el agua está tranquila.
Mi ser está seguro: de ahí siento que el viento es ligero.
Con libertad me pongo mi abrigo de coir y sombrero de bambú:
Eso supera a llevar una túnica con una banda púrpura."

El leñador dijo: "Tus momentos despreocupados no son tan buenos como los míos, para los cuales también tengo un poema regulado como testimonio. El poema dice:

Inactivamente miro las olas de nubes blancas volar,
O me siento en las cerradas puertas de bambú de mi cabaña de paja.
Abro libros con calma para enseñar a mi hijo;
A veces enfrento a los invitados para jugar ajedrez en círculo.
Mi bastón pasea con mis canciones por caminos florales;
Despertado, subo montañas verdes, laúd en mano.
Sandalias de paja, cintas de cáñamo y mantas de tela gruesa

¡Todos superan a las prendas de seda cuando tu corazón está libre!"

Zhang Shao dijo: "Li Ding, nosotros dos somos de hecho

Afortunados de tener ligeras canciones para divertirnos.

No necesitamos castañuelas ni frascos de oro.

Pero los poemas que hemos recitado hasta ahora son piezas ocasionales, nada inusual. ¿Por qué no intentamos un poema largo en el estilo de versos encadenados y vemos cómo se desarrolla la conversación entre el pescador y el leñador?"

Li Ding dijo: "¡Esa es una propuesta maravillosa, Hermano Zhang! Por favor, comienza."

Mi barco descansa en la niebla y las olas del agua verde.

Mi hogar está profundo en montañas y llanuras abiertas.

Amo los arroyos y puentes mientras la marea de primavera aumenta;

Me preocupo por las crestas veladas por las nubes del amanecer.

Mis carpas frescas de Longmen son a menudo cocinadas;

Mis maderas secas, podridas por los gusanos, son quemadas diariamente.

Redes de muchos tipos sostendrán mi vejez.

Tanto el remo como la cuerda me verán hasta el final.

Me acuesto en una embarcación y miro a los gansos salvajes volar;

Me estiro en caminos de hierba cuando los cisnes salvajes lloran.

No tengo participación en campos de boca y lengua;

A través de mares de escándalo no he hecho mi camino.

Secado al sol por la corriente, mi red es como brocado;

Pulido nuevo en las rocas, mi hacha muestra una buena hoja.

Bajo la luna de otoño a menudo pesco solo;

En las colinas primaverales, todo tranquilo, no encuentro a nadie.

Los peces se cambian por vino para que yo y mi esposa bebamos;

La leña se utiliza para comprar una botella para mi hijo.

Canto y vierto libremente los deseos de mi corazón;

En canciones y suspiros no hay nadie que me restrinja.

Llamo a otros pescadores a venir como hermanos;

Con amigos nos unimos a los viejos de la naturaleza.

Hacemos reglas, jugamos y cambiamos las copas;

Rompemos palabras, las rehacemos, cuando pasamos las tazas.

Camarones cocidos, cangrejos hervidos son mis banquetes diarios;

Soy alimentado diariamente por aves ahumadas y patos fritos.

Mi esposa iletrada hace té con desgano;

Mi esposa de montaña cocina arroz con calma.

Cuando llega el amanecer, levanto mi bastón para agitar las olas;

Al amanecer, remolco mi madera para cruzar grandes caminos.

Me pongo un abrigo de coir después de la lluvia para atrapar carpas vivas;

Soplando el viento, empuño mi hacha para cortar pinos secos.

Ocultando huellas para huir del mundo, soy como un tonto;

Borrando nombre y apellido, juego a ser sordo y mudo.

Zhang Shao dijo: "Hermano Li, justo ahora me atreví a tomar la delantera y comencé con la primera línea del poema. ¿Por qué no comienzas tú esta vez y yo te seguiré?"

Un rústico que finge ser romántico;
Un viejo orgulloso de ríos y lagos.
Mi suerte es el ocio, busco la laxitud y la comodidad.
Evitando charlas y chismes, amo mi paz.
En noches de luna, duermo en seguras cabañas de paja;
Cuando el cielo oscurece, me envuelvo en una capa de coir ligera.
Me hago amigo con ardor de pinos y ciruelas;
Me complace mezclarme con garzas y gaviotas.
Mi mente no tiene planes de fortuna o fama;
Mis oídos son sordos al estruendo de la lanza y el tambor.
En cualquier momento verteré mi vino fragante;
Mis tres comidas del día son sopas de hojas verdes.
Mi vida descansa sobre dos atados de leña;
Mi oficio es mi caña equipada con anzuelos y líneas.
Llamo a nuestro joven hijo para afilar mi hacha;
Le digo a mi pequeño pícaro que debe reparar nuestras redes.
La primavera llega, me encanta observar los sauces verdes;
Los días cálidos alegran la vista de juncos y cañas.
Para huir del calor del verano planto nuevos bambúes;
Recojo loto joven para refrescarme en junio.
Cuando desciende la helada, las aves cebadas son sacrificadas;
Por el Doble Noveno cocinaré los cangrejos llenos de huevas.
Duermo profundamente en invierno aunque el sol esté alto;
Cuando el cielo es alto y brumoso, no freiré.
A lo largo del año deambulo libre en las colinas;
En los cuatro climas navego los lagos a voluntad.
Recogiendo leña poseo la sensación de los inmortales;
Dejando caer mi caña, no muestro forma mundana.
Las flores silvestres de mi puerta son fragantes y brillantes;
El agua verde de mi arroyo fluye calma y serena.
Contento, no busco los asientos de los Tres Duques.
Como una ciudad de diez millas, mi naturaleza es firme.
Las ciudades, aunque altas, deben resistir un asedio;
Los duques, aunque de alto rango, deben atender la convocatoria.
El deleite en colinas y ríos es verdaderamente raro.

¡Agradezcamos al Cielo, agradezcamos a la Tierra, agradezcamos a los dioses!

Los dos recitaron poemas y canciones y compusieron versos encadenados. Al llegar al lugar donde sus caminos se separaban, se inclinaron para despedirse. "Hermano Mayor Li," dijo Zhang Shao, "ten cuidado en tu camino. Cuando subas a las montañas, ten cuidado con el tigre. Si te hicieran daño, encontraría, como dice el refrán,

a un amigo faltante en la calle mañana."

Cuando Li Ding oyó estas palabras, se enojó mucho y dijo: "¡Qué canalla eres! ¡Los buenos amigos incluso morirían el uno por el otro! Pero tú, ¿por qué me dices cosas tan desafortunadas? Si un tigre me hace daño, tu barco seguramente volcará en el río." "Nunca volcaré mi barco en el río," dijo Zhang Shao. Li Ding dijo: "Así como

hay tormentas inesperadas en el cielo,

así hay bienestar o desventura repentina en el hombre.

¿Qué te hace tan seguro de que no tendrás un accidente?"

"Hermano Mayor Li," dijo Zhang Shao, "dices esto porque no tienes idea de lo que puede sucederte en tu negocio, mientras que yo puedo predecir lo que sucederá en mi tipo de negocio. Y te aseguro que no tendré ningún accidente." "El tipo de vida que eliges en las aguas," dijo Li Ding, "es un negocio extremadamente traicionero. Tienes que asumir riesgos todo el tiempo. ¿Cómo puedes estar tan seguro de tu futuro?"

"Hay algo que no sabes," dijo Zhang Shao. "En esta ciudad de Chang'an, hay un adivino que ejerce su oficio en la Calle de la Puerta Oeste. Todos los días le doy una carpa dorada como regalo, y él consulta los palos en su manga por mí. Sigo sus instrucciones cuando bajo mis redes, y nunca he fallado en cien ocasiones. Hoy fui de nuevo a comprar su predicción; me dijo que colocara mis redes en el recodo este del Río Jing y que lanzara mi línea desde la orilla oeste. Sé que volveré con una buena captura de peces y camarones. Cuando suba a la ciudad mañana, venderé mi captura y compraré algo de vino, y entonces me reuniré contigo de nuevo, viejo hermano." Los dos hombres luego se separaron.

Sin embargo, hay un proverbio: "Lo que se dice en el camino se oye en la hierba." Porque verás, ocurrió que un yakṣa de patrulla en el Río Jing escuchó la parte de la conversación sobre no haber fallado en cien ocasiones. Corrió de regreso al Palacio de Cristal de Agua e informó apresuradamente al Rey Dragón, gritando: "¡Desastre! ¡Desastre!" "¿Qué tipo de desastre?" preguntó el Rey Dragón.

"Su súbdito," dijo el yakṣa, "estaba patrullando el río y escuchó una conversación entre un leñador y un pescador. Antes de separarse, dijeron algo terrible. Según el pescador, hay un adivino en la Calle de la Puerta Oeste en la ciudad de Chang'an que es muy preciso en sus cálculos. Cada día, el pescador le da una carpa, y luego consulta los palos en su manga, con el resultado de que ¡el pescador no ha fallado ni una sola vez en cien ocasiones cuando lanza su línea! Si tales cálculos precisos continúan, ¿no serán exterminados todos nuestros parientes acuáticos? ¿Dónde encontrarás más habitantes de la región acuática que puedan saltar y brincar en las olas para realzar la majestad del Gran Rey?"

El Rey Dragón se enfureció tanto que quiso tomar la espada e ir de inmediato a Chang'an para matar al adivino. Pero sus hijos e nietos dragones, los ministros camarones y cangrejos, el consejero samli, el subdirector de percas de la Corte Menor, y el presidente carpa de la Junta de Oficios Civiles se acercaron y le dijeron: "Que el Gran Rey contenga su ira. El proverbio dice: 'No creas todo lo que escuchas.' Si el Gran Rey procede así, las nubes te acompañarán y las lluvias te seguirán. Tememos que la gente de Chang'an se asuste y que el Cielo se ofenda. Dado que el Gran Rey tiene el poder de aparecer o desaparecer repentinamente y transformarse en muchas formas y tamaños, déjele transformarse en un erudito. Luego vaya a la ciudad de Chang'an e investigue el asunto. Si realmente hay tal persona, puede matarlo sin demora; pero si no hay tal persona, no hay necesidad de dañar a personas inocentes." El Rey Dragón aceptó su sugerencia; abandonó su espada y despidió las nubes y las lluvias. Al llegar a la orilla del río, sacudió su cuerpo y se transformó en un erudito de túnica blanca, realmente con

Rasgos más viriles,
Una estatura imponente;
Un andar muy digno—
Tan ordenado y firme.
Su discurso exalta a Kong y Meng;
Su manera encarna a Zhou y Wen.
Lleva una túnica de seda del color de jade;
Su pañuelo casual tiene la forma de la letra uno.

Saliendo del agua, el Rey Dragón caminó hacia la Calle de la Puerta Oeste en la ciudad de Chang'an. Allí encontró una multitud ruidosa rodeando a alguien que decía con una actitud altanera y segura de sí misma: "Los nacidos bajo el Dragón seguirán su destino; los bajo el Tigre chocarán con sus fisonomías. Las ramas Yin, Chen, Si y Hai pueden decirse que se ajustan al gran esquema, pero temo que tu cumpleaños pueda chocar con el Planeta Júpiter." Cuando el Rey Dragón escuchó esto, supo que había encontrado el lugar del adivino. Caminando hacia él y empujando a la gente, miró adentro para ver

Cuatro paredes de exquisiteces escritas;
Una sala llena de pinturas brocadas;
Humo interminable de la pata de tesoro;
Y agua tan pura en un jarrón de porcelana.
A ambos lados están montadas las pinturas de Wang Wei;
Sobre su asiento cuelga la forma de Guigu.
La piedra de tinta de Duanxi,
La tinta de humo dorado,
Ambas combinan con el gran pincel de cabello más helado;
Las bolas de cristal,
Los números de Guo Pu,
Ordenadamente se enfrentan a los nuevos clásicos de la adivinación.
Conoce bien los hexagramas;
Ha dominado los ocho trigramas;
Percibe las leyes del Cielo y la Tierra;
Discierne los caminos de demonios y dioses.
Una bandeja frente a él fija las horas cósmicas;
Su mente ordena claramente todos los planetas y estrellas.
Verdaderamente aquellas cosas por venir

Y aquellas cosas pasadas
Las ve como en un espejo;
Qué casa se levantará
Y cuál caerá
Él lo prevé como un dios.
Conoce lo maligno y decreta lo bueno;
Prescribe la muerte y predice la vida.
Sus pronunciamientos aceleran el viento y la lluvia;
Su pincel alarma tanto a espíritus como a dioses.
El cartel de su tienda tiene letras que declaran su nombre;
Este divino adivino, Yuan Shoucheng.

¿Quién era este hombre? En realidad, era el tío de Yuan Tiankang, presidente de la Junta Imperial de Astronomía en la actual dinastía. El gentil hombre era verdaderamente de apariencia extraordinaria y rasgos elegantes; su nombre era conocido en todo el gran país y su arte era considerado el más alto en Chang'an. El Rey Dragón entró por la puerta y conoció al Maestro; después de intercambiar saludos, fue invitado a tomar el asiento de honor mientras un niño le servía té. El Maestro preguntó: "¿Qué te gustaría saber?" El Rey Dragón dijo: "Por favor, pronostica el clima." El Maestro consultó sus palos y emitió su juicio:

Las nubes ocultan la cima de la colina
Y la niebla envuelve el árbol.
La lluvia que deseas adivinar
Mañana la verás.

"¿A qué hora lloverá mañana y cuánta lluvia habrá?" preguntó el Rey Dragón. "A la hora del Dragón se reunirán las nubes," dijo el Maestro, "y se oirá trueno a la hora de la Serpiente. La lluvia vendrá a la hora del Caballo y alcanzará su límite a la hora de la Oveja. Habrá en total tres pies, tres pulgadas y cuarenta y ocho gotas de lluvia." "Es mejor que no estés bromeando ahora," dijo el Rey Dragón, riendo. "Si llueve mañana y está de acuerdo con el tiempo y la cantidad que profetizaste, te presentaré cincuenta taeles de oro como mi agradecimiento. Pero si no llueve, o si la cantidad y las horas son incorrectas, te digo con sinceridad que vendré y romperé tu puerta principal en pedazos y derribaré tu cartel. Serás echado de Chang'an de inmediato para que no puedas seguir seduciendo a la multitud." "Ciertamente puedes hacer eso," dijo el Maestro amablemente. "Adiós por ahora. Por favor, vuelve mañana después de la lluvia."

El Rey Dragón se despidió y regresó a su residencia acuática. Fue recibido por diversas deidades acuáticas, que preguntaron: "¿Cómo fue la visita del Gran Rey al adivino?" "Sí, sí, sí," dijo el Rey Dragón, "de hecho hay tal persona, pero es un adivino charlatán. Le pregunté cuándo llovería y dijo que mañana; le pregunté de nuevo sobre la hora y la cantidad, y me dijo que las nubes se reunirían a la hora del Dragón, se oiría trueno a la hora de la Serpiente, y que la lluvia vendría a la hora del Caballo y alcanzaría su límite a la hora de la Oveja. En total habría tres pies, tres pulgadas y cuarenta y ocho gotas de agua. Hice una apuesta con él:

si es como dijo, le recompensaré con cincuenta taeles de oro. Si hay el más mínimo error, derribaré su tienda y lo echaré, para que no se le permita seducir a la multitud en Chang'an." "El Gran Rey es el comandante supremo de los ocho ríos," dijeron los parientes acuáticos, riendo, "el gran Deidad Dragón a cargo de la lluvia. Si habrá lluvia o no, solo el Gran Rey lo sabe. ¿Cómo se atreve a hablar tan tontamente? ¡Ese adivino seguro perderá!"

Mientras los hijos y nietos del dragón se reían de la cuestión con los funcionarios peces y cangrejos, de repente se escuchó una voz en el aire anunciando: "Rey Dragón del Río Jing, recibe el mandato imperial." Levantaron la cabeza y vieron a un guardián vestido de oro sosteniendo el edicto del Emperador de Jade y dirigiéndose directamente a la residencia acuática. El Rey Dragón se apresuró a arreglar su atuendo y encender incienso para recibir el edicto. Después de hacer su entrega, el guardián ascendió al aire y se fue. El Rey Dragón abrió el edicto, que decía:

Mandamos al Príncipe de los Ocho Ríos
Que convoque trueno y lluvia;
Derrama mañana tu gracia
Para beneficiar a la raza de Chang'an.

Las instrucciones sobre las horas y la cantidad de lluvia escritas en el edicto no diferían en lo más mínimo de la predicción del adivino. Tan abrumado estaba el Rey Dragón que su espíritu lo abandonó y su alma huyó, y solo después de un rato recuperó la conciencia. Dijo a sus parientes acuáticos: "¡Realmente hay una criatura inteligente en el mundo del polvo! ¡Qué bien comprende las leyes del Cielo y la Tierra! ¡Estoy destinado a perder ante él!"

"Deje que el Gran Rey se calme," dijo el consejero samli. "¿Es tan difícil superar al adivino? Su súbdito aquí tiene un pequeño plan que silenciará a ese tipo para siempre." Cuando el Rey Dragón preguntó cuál era el plan, el consejero dijo: "Si la lluvia de mañana no llega a la hora y la cantidad especificadas por una mera fracción, significará que su predicción no es precisa. ¿No habrás ganado entonces? ¿Qué te impide desgarrar su letrero y echarlo a la calle?" El Rey Dragón aceptó su consejo y dejó de preocuparse.

Al día siguiente, ordenó al Duque del Viento, al Señor del Trueno, al Niño de las Nubes y a la Madre del Rayo que fueran con él al cielo sobre Chang'an. Esperó hasta la hora de la Serpiente antes de extender las nubes, la hora del Caballo antes de dejar suelto el trueno, la hora de la Oveja antes de liberar la lluvia, y solo en la hora del Mono la lluvia se detuvo. Hubo solo tres pies y cuarenta gotas de agua, ya que los tiempos se alteraron por una hora y la cantidad se cambió por tres pulgadas y ocho gotas.

Después de la lluvia, el Rey Dragón despidió a sus seguidores y bajó de las nubes, transformándose una vez más en un erudito vestido de blanco. Fue a la Calle de la Puerta Oeste y entró de golpe en la tienda de Yuan Shoucheng. Sin una palabra de explicación, comenzó a destrozar el letrero de la tienda, los pinceles y la piedra de tinta en pedazos. Sin embargo, el Maestro se sentó en su silla y permaneció impasible, así que el Rey Dragón descolgó la puerta y amenazó con golpearlo con ella, gritando: "¡No eres más que un falso profeta de lo bueno y lo malo, un impostor que engaña las mentes de la gente! ¡Tus predicciones son incorrectas; tus palabras son patentemente falsas! ¡Lo que me dijiste sobre el tiempo y la cantidad de la lluvia de hoy fue completamente inexacto, y aun así te atreves a sentarte tan arrogante y alto en tu asiento? ¡Sal de aquí de inmediato antes de que te ejecute!" Aún así, Yuan Shoucheng no se intimidó en absoluto. Levantó la cabeza y se rió con desprecio. "¡No tengo miedo!" dijo. "¡Para nada! No soy culpable de muerte, pero temo que tú hayas cometido un crimen mortal. Puedes engañar a otras personas, ¡pero no puedes engañarme! ¡Te reconozco, está claro: no eres un erudito de túnica blanca, sino el Rey Dragón del Río Jing! Al alterar los tiempos y retener la cantidad de lluvia, has desobedecido el edicto del Emperador de Jade y transgredido la ley del Cielo. ¡En la silla de ejecución de dragones no escaparás del cuchillo! ¡Y aquí estás, arremetiendo contra mí!"

Cuando el Rey Dragón oyó estas palabras, su corazón tembló y su cabello se erizó. Soltó la puerta rápidamente, arregló su ropa y se arrodilló ante el Maestro diciendo: "Ruego al Maestro que no se ofenda. Mis palabras anteriores fueron dichas en broma; poco sabía que mi broma resultaría ser un crimen tan serio. Ahora he transgredido la ley del Cielo. ¿Qué debo hacer? Te imploro que me salves. ¡Si no lo haces, nunca te dejaré ir!" "No puedo salvarte," dijo Shoucheng, "solo puedo señalarte lo que podría ser un camino de vida." "Estoy dispuesto a ser instruido," dijo el Dragón.

El Maestro dijo: "Serás ejecutado mañana por el juez humano, Wei Zheng, a la tercera parte de la hora del mediodía. Si deseas preservar tu vida, debes ir rápidamente a suplicar tu caso ante el presente emperador Tang Taizong, porque Wei Zheng es el primer ministro ante su trono. Si puedes ganarte el favor del emperador, serás perdonado." Al oír esto, el Dragón se despidió con lágrimas en los ojos. Pronto el sol rojo se hundió y la luna se alzó. Ve esto:

El humo se espesa en montañas moradas mientras los cuervos regresan cansados;
Los viajeros en lejanos viajes se dirigen a las posadas;
Los jóvenes gansos salvajes en los vados descansan en el campo y la arena.
El arroyo plateado aparece
Para apresurar el tiempo a flote.
Las luces se desvanecen en una aldea solitaria de llamas moribundas:
El viento barre el quemador para despejar el patio taoísta del humo
Mientras el hombre se desvanece en el sueño de la mariposa.
La luna mueve sombras florales sobre las barandas del jardín.
Las estrellas abundan
Mientras los relojes de agua marcan la hora;
Tan rápidamente se profundiza la oscuridad que es medianoche.
Nuestro Rey Dragón del Río Jing ni siquiera regresó a su hogar acuático;

esperó en el aire hasta que fue aproximadamente la hora de la Rata, cuando descendió de las nubes y brumas y llegó a la puerta del palacio. En ese momento, el emperador Tang estaba teniendo un sueño sobre caminar fuera del palacio a la luz de la luna, bajo las sombras de las flores. El Dragón de repente asumió la forma de un ser humano y se acercó a él. Arrodillándose, exclamó: "¡Su Majestad, sálvame, sálvame!" "¿Quién eres?" preguntó Taizong. "Estaríamos encantados de salvarte." "Su Majestad es el verdadero dragón," dijo el Rey Dragón, "pero yo soy un maldito. Debido a que he desobedecido el edicto del Cielo, debo ser ejecutado por un digno súbdito de Su Majestad, el juez humano Wei Zheng. Por eso he venido aquí a suplicarle que me salve." "Si Wei Zheng va a ser el verdugo," dijo Taizong, "ciertamente podemos salvarte. Puedes irte y no te preocupes." El Rey Dragón se sintió encantado y se marchó tras expresar su gratitud.

Ahora les contamos sobre Taizong, quien, al despertar, seguía dándole vueltas en su mente a lo que había soñado. Pronto fueron tres quintos de la hora de la quinta vigilancia, y Taizong celebró una corte para sus ministros, tanto civiles como militares. Ve esto:

Humo envolviendo los arcos del fénix;
Incienso nublando las cúpulas de dragón;
Luz brillando a medida que las pantallas de seda se mueven;
Nubes rozando las banderas de plumas;
Gobernantes y señores armoniosos como Yao y Shun;
Rituales y música solemnes como los de Han y Zhou.
Las lámparas asistentes,
Las abanicas de las doncellas de la corte
Muestran sus colores en parejas;
Desde pantallas de pavo real
Y salones de unicornios
La luz irradia por todas partes.
¡Tres vítores por una larga vida!
¡Un deseo de reinado eterno!
Cuando un látigo se rompe tres veces,
Las tapas y túnicas se inclinan ante la Corona.
Brillantes flores palaciegas, dotadas del aroma del Cielo;
Flexibles sauces de banco, cantados y alabados por la música de la corte.
Las pantallas de perlas,
Las pantallas de jade,
Se levantan alto por ganchos dorados:
El abanico dragón-fénix,
El abanico montaña-río,
Reposa en la parte superior de la carroza real.
Los señores civiles son nobles y refinados;
Los señores militares, fuertes y valientes.
El camino imperial divide las filas:
La corte bermellón alinea los grados.

El sello dorado y las cintas moradas con los tres signos
Durarán millones de años como el Cielo y la Tierra.

Después de que los ministros rindieron su homenaje, todos volvieron a pararse en filas según su rango. El emperador Tang abrió sus ojos de dragón para mirarlos uno a uno: entre los funcionarios civiles estaban Fang Xuanling, Du Ruhui, Xu Shizhi, Xu Jingzong y Wang Guei; y entre los funcionarios militares estaban Ma Sanbao, Duan Zhixian, Yin Kaishan, Cheng Yaojin, Liu Hongzhi, Hu Jingde y Qin Shubao. Cada uno de ellos estaba allí de la manera más solemne, pero el primer ministro Wei Zheng no se veía por ninguna parte. El emperador Tang pidió a Xu Shizhi que se acercara y le dijo: "Tuvimos un sueño extraño la noche pasada: había un hombre que nos rindió homenaje, llamándose a sí mismo el Rey Dragón del Río Jing. Dijo que había desobedecido el mandato del Cielo y que debía ser ejecutado por el juez humano Wei Zheng. Nos imploró que lo salváramos, y dimos nuestro consentimiento. Hoy, solo Wei Zheng está ausente de las filas. ¿Por qué es eso?" "Este sueño puede de hecho hacerse realidad," respondió Shizhi, "y Wei Zheng debe ser convocado al tribunal de inmediato. Una vez que llegue, deje que Su Majestad lo mantenga aquí todo un día y no le permita irse. Después de este día, el dragón del sueño será salvado." El emperador Tang se sintió muy complacido: dio la orden de que se convocara a Wei Zheng al tribunal.

Ahora hablamos del primer ministro Wei Zheng, quien estudió el movimiento de las estrellas y encendió incienso en su casa esa noche. Oyó los gritos de las grullas en el aire y vio allí a un mensajero Celestial sosteniendo el edicto dorado del Emperador de Jade, que ordenaba que ejecutara en su sueño al viejo dragón del Río Jing a precisamente la tercera parte de la hora del mediodía. Habiendo agradecido la gracia celestial, nuestro primer ministro se preparó en su residencia bañándose y absteniéndose de alimentos; también estaba afilando su espada mágica y ejercitando su espíritu, y por eso no asistió a la corte. Se sintió terriblemente agitado cuando vio llegar al oficial real de turno con la citación. Sin embargo, no atreviéndose a desobedecer la orden del emperador, tuvo que vestirse rápidamente y seguir la citación al tribunal, arrodillándose y pidiendo perdón ante el trono. El emperador Tang dijo: "De hecho, perdonamos a nuestro digno súbdito."

En ese momento, los varios ministros aún no se habían retirado del tribunal, y solo después de la llegada de Wei Zheng se levantó el telón para la despedida de la corte. Solo se le pidió a Wei Zheng que permaneciera; él montó en la carroza dorada con el emperador para entrar en la cámara de relajación, donde discutieron con el emperador tácticas para hacer segura al imperio y otros asuntos de estado. Cuando estaba justo a la mitad entre la hora de la Serpiente y la hora del Caballo, el emperador pidió a los asistentes reales que sacaran un gran juego de ajedrez, diciendo: "Tendremos una partida con nuestro digno súbdito." Las varias concubinas sacaron el tablero de ajedrez y lo colocaron en la mesa imperial. Despu és de expresar su gratitud, Wei Zheng comenzó a jugar al ajedrez con el emperador Tang, ambos moviendo las piezas paso a paso a sus posiciones. Era completamente de acuerdo con la instrucción del Clásico del Ajedrez:

El camino del ajedrez exalta la disciplina y la precaución; las piezas más poderosas deben permanecer en el centro, las más débiles en los flancos, y las menos poderosas en las esquinas. Esta es una ley familiar del jugador de ajedrez. La ley dice: "Es mejor perder una pieza que una ventaja. Cuando golpeas por la izquierda, debes proteger tu derecha; cuando atacas por detrás, debes vigilar tu frente. Solo cuando tienes un frente seguro también tendrás un trasero, y solo si tienes un trasero seguro mantendrás tu frente. Los dos extremos no pueden separarse, y sin embargo ambos deben permanecer flexibles y no estar sobrecargados. La formación exterior no debe ser demasiado suelta, mientras que una posición apretada no debe estar restringida. Más que aferrarte para salvar una sola pieza, es mejor sacrificarla para ganar; más que mover sin propósito, es mejor permanecer estacionario para ser autosuficiente. Cuando tu adversario te supera en número, tu primera preocupación es sobrevivir; cuando tú superas a tu adversario, debes esforzarte por explotar tu fuerza. Quien sabe cómo ganar no prolongará su pelea; quien es maestro en posiciones no se involucrará en combate directo; quien sabe cómo pelear no sufrirá derrota; y quien sabe cómo perder no entrará en pánico. Porque el ajedrez comienza con un compromiso adecuado pero termina en una victoria inesperada. Si tu enemigo, incluso sin ser amenazado, está trayendo refuerzos, es un signo de su intención de atacar; si abandona una pequeña pieza sin tratar de salvarla, puede estar acechando una pieza más grande. Si se mueve de manera casual, es un hombre sin pensamientos; la respuesta sin pensamiento es el camino hacia la derrota. El Clásico de Poesía dice:

Acércate con extrema precaución
Como si te enfrentaras a un profundo cañón.
Tal es su significado.
El poema dice:
El tablero de ajedrez es la tierra; las piezas son el cielo;
Los colores son luz y oscuridad como todo el universo.
Cuando el juego alcanza ese nivel hábil y sutil,
Presume y ríe con el viejo Inmortal del Ajedrez.

Los dos, el emperador y el súbdito, jugaron ajedrez hasta las tres cuartos de la hora del mediodía, pero el juego aún no había terminado. De repente, Wei Zheng puso su cabeza sobre la mesa y se quedó dormido profundamente. Taizong se rió y dijo: "Nuestro digno súbdito realmente se ha agotado por el estado y ha agotado su fuerza en beneficio del imperio. Por lo tanto, se ha quedado dormido en contra de su voluntad." Taizong le permitió seguir durmiendo y no lo despertó. Al poco tiempo, Wei Zheng se despertó y se postró en el suelo, diciendo: "¡Su súbdito merece diez mil muertes! ¡Su súbdito merece diez mil muertes! Justo ahora perdí la conciencia sin razón alguna. Ruego el perdón de Su Majestad por tal insulto contra el emperador."

"¿Qué insulto hay?" dijo Taizong. "¡Levántate! Olvidemos el viejo juego y comencemos uno nuevo." Wei Zheng expresó su gratitud. Al poner su mano sobre una pieza, un fuerte clamor se escuchó fuera de la puerta. Fue ocasionado por los ministros Qin Shubao y Xu Mougong, quienes llegaron con una cabeza de dragón goteando sangre. Lanzándola frente al emperador, dijeron: "Su Majestad, hemos visto mares volverse poco profundos y ríos secarse, pero algo tan extraño como esto nunca hemos oído." Taizong se levantó junto a Wei Zheng y dijo: "¿De dónde proviene esta cosa?" "Al sur del Corredor de los Mil Pasos," respondieron Shubao y Mougong, "en el cruce, esta cabeza de dragón cayó de las nubes. Sus humildes súbditos no se atreverían a ocultarlo de usted."

Alarmado, el emperador Tang preguntó a Wei Zheng: "¿Cuál es el significado de esto?" Girándose para postrarse ante él, Wei Zheng dijo: "Este dragón fue ejecutado justo ahora por su súbdito en su sueño." Cuando el emperador Tang escuchó estas palabras, fue invadido por el miedo y dijo: "Cuando nuestro digno ministro estaba durmiendo, no vi ningún movimiento de cuerpo o extremidad, ni percibí ninguna cimitarra o espada. ¿Cómo pudiste haber ejecutado a este dragón?" Wei Zheng respondió: "Mi señor, aunque

Mi cuerpo estaba ante mi maestro,
Dejé a Su Majestad en mi sueño;
Mi cuerpo ante mi maestro enfrentó el juego inconcluso,
Con los ojos entreabiertos;
Dejé a Su Majestad en mi sueño para montar la nube bendita,
Con un espíritu muy ansioso y alerta.
Ese dragón en la tabla de ejecución de dragones
Fue atado allí por huestes celestiales.
Su súbdito dijo:
'Por romper la ley del Cielo,
Eres digno de muerte.
Ahora, por mandato del Cielo,
Termino tu miserable vida.'
El dragón escuchó con tristeza;
Su súbdito despertó su espíritu;
El dragón escuchó con tristeza,
Recuperando garras y escamas para esperar su muerte;
Su súbdito despertó su espíritu,
Levantando su túnica y dando un paso para alzar su espada.
Con un fuerte crujido, el cuchillo descendió;
Y así, la cabeza del dragón cayó del cielo."

Cuando Taizong escuchó estas palabras, se llenó tanto de tristeza como de deleite. El deleite fue causado por su orgullo al tener un ministro tan bueno como Wei Zheng. Si tuviera a dignos de este tipo en su corte, pensó, ¿debería preocuparse por la seguridad de su imperio? Sin embargo, se entristeció por el hecho de que había prometido en su sueño salvar al dragón, y no había anticipado que la criatura sería asesinada de esta manera. Tuvo que forzarse a dar la orden a Shubao de que la cabeza del dragón fuera exhibida en el mercado, para que la población de Chang'an pudiera ser informada. Mientras tanto, recompensó a Wei Zheng, después de lo cual los varios ministros se dispersaron.

Esa noche regresó a su palacio sumido en una profunda depresión, ya que seguía recordando al dragón en el sueño llorando y suplicando por su vida. Poco esperaba que el giro de los acontecimientos fuera tal que el dragón aún no pudiera escapar de la calamidad. Tras pensar en el asunto durante mucho tiempo, se sintió física y mentalmente agotado. Alrededor de la hora del segundo vigía, se escuchó el sonido de llantos fuera de la puerta del palacio, y Taizong se sintió aún más temeroso. Estaba durmiendo inquietamente cuando vio a nuestro Rey Dragón del Río Jing sosteniendo su cabeza goteando sangre en su mano y llorando en voz alta: "¡Tang Taizong! ¡Devuélveme mi vida! ¡Devuélveme mi vida! Anoche estabas lleno de promesas para salvarme. ¿Por qué ordenaste a un juez humano durante el día que me ejecutara? ¡Sal, sal! Voy a discutir este caso contigo ante el Rey del Inframundo." Se apoderó de Taizong y no lo soltó ni desistió de su protesta. Taizong no pudo decir una palabra; solo pudo luchar hasta que el sudor cubrió todo su cuerpo. Justo en el momento en que parecía que nada podría separarlos, nubes fragantes y brumas coloridas aparecieron del sur. Una sacerdotisa daoísta avanzó y agitó una ramita de sauce. Ese dragón sin cabeza, aún lamentándose y llorando, se fue de inmediato hacia el noroeste. Porque verás, esta no era otra que la Bodhisattva Guanyin, quien por decreto de Buda estaba buscando a un peregrino de las escrituras en la Tierra del Este. Ella se quedó en el templo del espíritu local en la ciudad de Chang'an cuando escuchó en la noche los llantos de los demonios y los gritos de los espíritus. Así que vino especialmente a ahuyentar al dragón maldito y a rescatar al emperador. Ese dragón fue directamente a la corte del Inframundo para presentar su demanda, de la cual no diremos más.

Ahora les contamos sobre Taizong, quien, cuando despertó, solo pudo gritar en voz alta: "¡Fantasma! ¡Fantasma!" Asustó tanto a las reinas de tres palacios, a las concubinas de seis habitaciones y a los eunucos asistentes que permanecieron desvelados toda la noche. Pronto fue la quinta vigilia, y todos los oficiales de la corte, tanto civiles como militares, estaban esperando una audiencia fuera de la puerta. Esperaron hasta el amanecer, pero el emperador no apareció, y cada uno de ellos se volvió aprensivo e inquieto. Solo después de que el sol estaba alto en el cielo salió una proclamación que decía: "No nos sentimos bien. Los ministros quedan excusados de la corte." Pasaron rápidamente cinco o seis días, y los varios oficiales se volvieron tan ansiosos que estaban a punto de entrar en la corte sin convocatoria e indagar sobre el trono. Justo entonces, la reina madre dio la orden de traer al médico al palacio, y así la multitud esperó a la puerta de la corte en busca de alguna noticia. Al poco tiempo, el médico salió y fue interrogado sobre la enfermedad del emperador. "El pulso de Su Majestad es irregular," dijo el médico, "pues es débil y rápido. Habla sin parar sobre ver fantasmas. También percibo que hubo diez movimientos y un descanso, pero no queda aliento en sus vísceras. Temo que pasará dentro de siete días." Cuando los varios ministros escucharon esta declaración, palidecieron de miedo.

En este estado de alarma, escucharon nuevamente que Taizong había convocado a Xu Mougong, Huguo Gong y Yuchi Gong para que se presentaran ante él. Los tres ministros se apresuraron al palacio auxiliar, donde se postraron. Hablando sombríamente y con gran esfuerzo, Taizong dijo: "Mis dignos súbditos, desde la edad de diecinueve años he estado liderando mi ejército en expediciones a los cuatro rincones de la Tierra. He experimentado muchas dificultades a lo largo de los años, pero nunca he encontrado ninguna clase de cosa extraña o rara. Sin embargo, hoy he visto fantasmas."

"Cuando estableciste tu imperio," dijo Yuchi Gong, "tuviste que matar a incontables personas. ¿Por qué deberías temer a los fantasmas?" "Puede que no me creas," dijo Taizong, "pero fuera de este dormitorio mío, por la noche, hay ladrillos lanzados y espíritus gritando a un grado que es verdaderamente incontrolable. Durante el día no es tan malo, pero es intolerable por la noche." "Que Su Majestad esté tranquilo," dijo Shubao, "porque esta noche su súbdito y Jingde se mantendrán de guardia en la puerta del palacio. Veremos qué tipo de asuntos fantasmales hay." Taizong aceptó la propuesta, y Mougong y los otros ministros se retiraron después de expresar su gratitud.

Esa noche, los dos ministros, en plena vestimenta de batalla y sosteniendo un mazo dorado y un hacha de batalla, hicieron guardia fuera de la puerta del palacio. ¡Queridos generales! ¡Miren cómo están ataviados!

Llevaban en sus cabezas brillantes y relucientes cascos dorados,
Y en sus cuerpos corazas de escamas de dragón.
Sus corazas de joyas brillan como nubes sagradas:
Con nudos de león apretadamente atados,
Y cintas de seda recién hiladas.
Este tenía ojos de fénix mirando al cielo para asustar a las estrellas:
El otro tenía ojos marrones fulgurantes como rayos y la brillante luna.
Eran una vez guerreros de gran mérito;
Pero ahora se han convertido
Para siempre en los guardianes de las puertas,
En todas las épocas los protectores del hogar.

Los dos generales permanecieron junto a la puerta toda la noche y no vieron el más mínimo disturbio. Esa noche, Taizong descansó pacíficamente en el palacio; cuando llegó la mañana, convocó a los dos generales ante él y les agradeció profusamente, diciendo: "Desde que me enfermé, no he podido dormir durante días, y solo anoche logré descansar gracias a su presencia. Que nuestros dignos ministros se retiren ahora a descansar para que podamos contar con su protección una vez más por la noche." Los dos generales se fueron después de expresar su gratitud, y durante las siguientes dos o tres noches, su guardia trajo paz continua. Sin embargo, el apetito real disminuyó y la enfermedad se agravó. Además, Taizong no podía soportar ver a los dos generales sobrecargados. Así que nuevamente llamó a Shubao, Jingde, y a los ministros Du y Fang al palacio, diciéndoles: "Aunque he podido descansar estos últimos dos días, he impuesto a los dos generales la dificultad de estar despiertos toda la noche. Deseo que se hagan retratos de ambos por un pintor hábil y que se peguen en la puerta, para que los dos generales se liberen de cualquier trabajo adicional. ¿Qué les parece?" Los diversos ministros obedecieron; seleccionaron a dos pintores de retratos, quienes hicieron imágenes de los dos generales en su vestimenta de batalla adecuada. Los retratos fueron montados cerca de la puerta, y no ocurrió ningún incidente durante la noche.

Así fue durante dos o tres días, hasta que nuevamente se escuchó un fuerte repiqueteo de ladrillos y tejas en la puerta trasera del palacio. Al amanecer, el emperador reunió a los varios ministros, diciéndoles: "En los últimos días, felizmente, no ha habido incidentes en el frente del palacio, pero anoche los ruidos en la puerta trasera fueron tales que casi me asustaron hasta la muerte." Mougong se adelantó y dijo: "Los disturbios en la puerta delantera fueron ahuyentados por Jingde y Shubao. Si hay disturbio en la puerta trasera, entonces Wei Zheng deberá hacer guardia." Taizong aprobó la sugerencia y ordenó a Wei Zheng que guardara la puerta trasera esa noche. Aceptando la tarea, Wei se vistió con su vestimenta de corte completa esa noche; sosteniendo la espada con la que había matado al dragón, se mantuvo firme ante la puerta trasera del palacio. ¡Qué espléndida y heroica estatura! ¡Miren cómo está ataviado!

Un turbante de satén verde envuelve su frente:
El cinturón de jade de la túnica de seda cuelga a la cintura;
Con las mangas ondeando al viento, se deslizan como nieve que flota.
Supera los divinos aspectos de Lü y Shu.
Sus pies calzan botas negras más suaves;
Sus manos sostienen una espada afilada y feroz.
Con ojos deslumbrantes miró a los cuatro lados.
¿Qué dios desviado se atreve a acercarse?

Pasó toda la noche y no apareció ningún fantasma. Pero aunque no hubo incidentes ni en la puerta delantera ni en la trasera, la condición del emperador empeoró. Un día, la reina madre convocó a todos los ministros para discutir los arreglos funerarios. El mismo Taizong también llamó a Xu Mougong a su lecho para confiarle los asuntos del estado, encargándole al príncipe heredero como Liu Bei hizo con Zhuge Liang. Cuando terminó de hablar, se bañó y cambió de vestimenta, esperando que llegara su hora. Wei Zheng entonces salió de un lado y tiró de la prenda real con su mano, diciendo: "Que Su Majestad esté tranquilo. Su súbdito sabe algo que garantizará la larga vida de Su Majestad."

"Mi enfermedad," dijo Taizong, "ha llegado a la etapa irremediable; mi vida está en peligro. ¿Cómo puedes preservarla?" "Su súbdito tiene aquí una carta," dijo Wei, "que le presento a Su Majestad para que la lleve consigo al Infierno y la entregue al Juez del Inframundo, Jue."

"¿Quién es Cui Jue?" preguntó Taizong.

"Cui Jue," dijo Wei, "era súbdito del difunto emperador, su padre: al principio fue el magistrado del distrito de Cizhou, y posteriormente fue ascendido a vicepresidente de la Junta de Ritos. Cuando estaba vivo, era un amigo íntimo y hermano jurado de su súbdito. Ahora que está muerto, se ha convertido en juez en la capital del Inframundo, teniendo a su cargo las crónicas de la vida y la muerte en la región de la oscuridad. Sin embargo, me encuentra frecuentemente en mis sueños. Si vas allí en este momento y le entregas esta carta, seguramente recordará su obligación hacia su humilde súbdito y permitirá que Su Majestad regrese aquí. Seguramente tu alma volverá al mundo humano, y tu rostro real volverá a embellecer la capital." Cuando Taizong escuchó estas palabras, tomó la carta en sus manos y la puso en su manga; con eso, cerró los ojos y murió. Esas reinas y concubinas de tres palacios y seis habitaciones, el príncipe heredero y las dos filas de funcionarios civiles y militares, se pusieron de luto para llorarlo, mientras el ataúd imperial yacía en estado en el Salón del Tigre Blanco, pero no diremos más sobre eso. No sabemos cómo el alma de Taizong volvió; escuchemos la explicación en el próximo capítulo.

CAPÍTULO 11

Después de haber recorrido el Inframundo, Taizong regresa a la vida;
Después de haber presentado melones y frutas, Liu Quan se casa de nuevo.

El poema dice:
Cien años pasan como corrientes fluyentes;
Como espuma y burbujas, el trabajo de una vida ahora parece.
Ayer, los rostros tenían el brillo de un durazno;
Hoy, las sienes flotan con copos de nieve.
Las termitas se disipan: ¡ilusión aprenderás!
Las cucús llaman con gravedad por tu regreso temprano.
Las buenas obras secretas siempre prolongarán la vida.
La virtud no necesita, pues el cuidado del Cielo es fuerte.

Ahora les contamos sobre Taizong, cuya alma se deslizó fuera de la Torre de los Cinco Fénixes. Todo era borroso e indistinto. Le pareció que un grupo de guardias imperiales lo estaba invitando a una cacería, a la que Taizong consintió gustosamente y se fue con ellos. Habían viajado durante mucho tiempo cuando de repente todos los hombres y caballos desaparecieron de la vista. Se quedó solo, caminando por los campos desiertos y las llanuras desoladas. Mientras intentaba ansiosamente encontrar su camino de regreso, escuchó a alguien desde más allá llamando en voz alta: "¡Gran Emperador Tang, ven aquí! ¡Ven aquí!" Taizong escuchó esto y miró hacia arriba. Vio que el hombre tenía

Un gorro de gasa negra en su cabeza;
Cuernos de rinoceronte alrededor de su cintura.
El sombrero de gasa negra de su cabeza colgaba con bandas flexibles:
Los cuernos de rinoceronte de su cintura mostraban placas de oro.
Sostenía una placa de marfil envuelta en una niebla sagrada;
Llevaba una túnica de seda rodeada de luz sagrada.
En sus pies llevaba un par de botas de suela blanca
Para pisar nubes y escalar niebla;
Apretaba contra su corazón un libro de vida y muerte,
El cual determinaba el destino de uno.
Su cabello, exuberante, volaba sobre sus orejas:
Su barba ondeaba y danzaba alrededor de sus mandíbulas.
Una vez fue primer ministro de Tang:
Ahora juzgaba casos para servir al Rey Yama.

Taizong se acercó a él, y el hombre, arrodillándose al lado del camino, le dijo: "Su Majestad, por favor perdone a su súbdito por no haberle recibido desde una mayor distancia." "¿Quién eres tú?", preguntó Taizong, "y por qué motivo viniste a encontrarme?" El hombre respondió: "Hace medio mes, su humilde súbdito se encontró en las Salas de la Oscuridad con el Fantasma Dragón del Río Jing, quien presentó una demanda contra Su Majestad por haberlo ejecutado después de prometer salvarlo. Entonces, el gran rey Qinguang de la primera cámara envió inmediatamente mensajeros demoníacos para arrestarlo y llevarlo a juicio ante los Tres Tribunos. Su súbdito se enteró de esto y, por lo tanto, vino aquí para recibirlo. No esperaba llegar tarde hoy, y le ruego que me perdone."

"¿Cuál es tu nombre?", dijo Taizong, "y cuál es tu rango?" "Cuando su humilde súbdito estaba vivo," dijo el hombre, "sirvió en la Tierra ante el emperador anterior como magistrado del distrito de Cizhou. Después fui nombrado vicepresidente de la Junta de Ritos. Mi apellido es Cui y mi nombre de pila es Jue. En la Región de la Oscuridad tengo un cargo de juez en la Capital de la Muerte." Taizong se sintió muy complacido; se adelantó y extendió sus manos reales para levantar al hombre, diciendo: "Lamento haberle causado inconvenientes. Wei Zheng, quien sirve ante mi trono, tiene una carta para usted. Me alegra que tengamos la oportunidad de encontrarnos aquí." El juez expresó su gratitud y preguntó dónde estaba la carta. Taizong la sacó de su manga y se la entregó a Cui Jue, quien la recibió, inclinándose, y luego la abrió y leyó:

Su querido hermano Wei Zheng envía con la cabeza inclinada esta carta al Gran Juez, mi hermano jurado el Honorable Sr. Cui. Recuerdo nuestra antigua y buena sociedad, y tanto su voz como su rostro parecen estar presentes conmigo. Han pasado varios años desde que escuché por última vez su elevado discurso. Solo pude preparar algunas verduras y frutas para ofrecerle como sacrificios durante las festividades del año, aunque no sé si las ha disfrutado o no. Sin embargo, estoy agradecido de que no me haya olvidado, y de que me haya revelado en mis sueños que usted, mi hermano mayor, ha ascendido a un cargo aún más alto. Desafortunadamente, los mundos de Luz y Oscuridad están separados por un abismo tan amplio como los Cielos, así que no podemos encontrarnos cara a cara. La razón por la que le escribo ahora es la repentina muerte de mi emperador, el accomplished Taizong, cuyo caso, supongo, será revisado por los Tres Tribunos, para que él tenga la oportunidad de encontrarle. Le ruego encarecidamente que recuerde nuestra amistad mientras vivía y me conceda el pequeño favor de permitir que Su Majestad regrese a la vida. Este será un gran favor para mí, por el que le agradezco una vez más.

Después de leer la carta, el juez dijo con gran deleite: "La ejecución del viejo dragón el otro día por el juez humano Wei es ya conocida por su súbdito, quien lo admira mucho por este acto. Además, le debo a él el cuidado de mis hijos. Dado que ahora ha escrito tal carta, Su Majestad no debe preocuparse más. Su humilde súbdito se asegurará de que le devuelvan a la vida, para que pueda ascender una vez más a su trono de jade." Taizong le agradeció.

Mientras los dos hablaban, vieron a lo lejos a dos jóvenes vestidos con túnicas azules que sostenían pancartas y banderas y gritaban: "El Rey del Inframundo tiene una invitación para usted." Taizong avanzó junto al Juez Cui y los dos niños. De repente vio una enorme ciudad, y en una gran placa sobre la puerta de la ciudad estaba la inscripción en letras doradas: "La Región de la Oscuridad, La Puerta de los Espíritus." Agitando las banderas, las túnicas azules guiaron a Taizong hacia la ciudad. Mientras caminaban, vieron al lado de la calle al predecesor del emperador, Li Yuan, a su hermano mayor Jiancheng y a su hermano fallecido Yuanji, quienes se acercaron a ellos, gritando: "¡Aquí viene Shimin! ¡Aquí viene Shimin!" Los hermanos se aferraron a Taizong y comenzaron a golpearlo y amenazarlo con venganza. Sin tener a dónde esquivar, el emperador cayó en su trampa; y solo cuando el Juez Cui llamó a un demonio de cara azul y colmillos curvados para ahuyentarlos pudo escapar y continuar su camino.

No habían viajado más de unas pocas millas cuando llegaron a un imponente edificio con tejas verdes. Este edificio era verdaderamente magnífico. Vemos

Ligero, diez mil pliegues de brumas coloridas se apilan alto;
Débilmente, mil hebras de bruma carmesí aparecen.
Las cabezas de bestias salvajes se elevan desde los aleros resplandecientes.
Pares de tejas brillantes se levantan en niveles de cinco.
Filas de clavos rojo-oro se clavan profundamente en las puertas;
Cruce, losas de jade blanco componen las barandillas.
Las ventanas cerca de las luces liberan humo matutino.
Las pantallas, las cortinas, brillan como relámpagos.
Torres altas alcanzan el cielo azul;
Pasillos entrecruzados conectan las salas del tesoro.
Fragancia de trípodes en forma de bestia adorna las túnicas reales;
Linternas de seda escarlata iluminan las hojas de los portalones.
A la izquierda, hordas de Cabezas de Buey se alzan;
A la derecha, horripilantes Rostros de Caballo se alinean.
Las placas de oro se vuelven para saludar a los fantasmas de los muertos;
La seda blanca desciende para guiar a las almas fallecidas.
Se llama así: La Puerta Central del Infierno,
La Sala de Oscuridad de los Príncipes de Hades.

Mientras Taizong miraba el lugar, desde adentro se escuchó el tintineo del jade de cintas, la fragancia misteriosa del incienso divino, y dos pares de velas de antorchas seguidas por los Diez Reyes del Inframundo bajando por las escaleras. Los Diez Reyes eran: Rey Qinguang, Rey del Río Comienzo, Rey del Emperador Song, Rey de los Ministros Vengadores, Rey Yama, Rey de Rangos Iguales, Rey de la Montaña Tai, Rey de los Mercados de la Ciudad, Rey del Cambio Completo y Rey de la Rueda de Giro. Saliendo del Salón del Tesoro de la Oscuridad, se inclinaron para recibir a Taizong, quien, simulando modestia, declinó abrir el camino. Los Diez Reyes dijeron: "Su Majestad es el emperador de los hombres en el Mundo de Luz, mientras que nosotros somos solo los reyes de los espíritus en el Mundo de Oscuridad. Tales son de hecho nuestras estaciones designadas, ¿por qué debería usted deferirnos?" "Temo haber ofendido a todos ustedes," dijo Taizong, "así que, ¿cómo puedo atreverme a hablar de observar la etiqueta de fantasmas y hombres, de Luz y Oscuridad?" Solo después de mucho protestar, Taizong procedió hacia el Salón de la Oscuridad. Después de haber saludado adecuadamente a los Diez Reyes, se sentaron según los lugares asignados a anfitriones e invitados.

Después de un rato, el Rey Qinguang juntó las manos frente a él y se acercó, diciendo: "El Espíritu Dragón del Río Jing acusa a Su Majestad de haberlo asesinado después de prometer salvarlo. ¿Por qué?" "Le prometí que no le sucedería nada," dijo Taizong, "cuando el viejo dragón me apeló en mi sueño por la noche. Era culpable, ya sabes, y fue condenado a ser ejecutado por el juez humano Wei Zheng. Fue para salvarlo que invité a Wei Zheng a jugar ajedrez conmigo, ¡ no anticipando que Wei Zheng podría haber realizado la ejecución en su sueño! Eso fue de hecho una estratagema milagrosa ideada por el juez humano, y, después de todo, el dragón también era culpable de un delito mortal. No veo cómo soy culpable." Cuando los Diez Reyes escucharon estas palabras, respondieron, inclinándose: "Incluso antes de que naciera ese dragón, ya estaba escrito en el Libro de la Muerte sostenido por la Estrella del Polo Sur que debía ser asesinado por un juez humano. Siempre hemos sabido esto, pero el dragón presentó su queja aquí e insistió en que se trajera a Su Majestad para que su caso pudiera ser revisado por los Tres Tribunos. Ya le hemos enviado en su camino a su próxima encarnación a través de la Rueda de la Reencarnación. Lamentamos, sin embargo, haber causado a Su Majestad la inconveniencia de este viaje, y le pedimos disculpas por presionarlo a venir aquí."

Cuando terminaron de hablar, ordenaron al juez encargado de los Libros de Vida y Muerte que trajera rápidamente los registros para que pudieran determinar cuál era el tiempo asignado al emperador. El Juez Cui fue de inmediato a su cámara y examinó, uno por uno, las edades predestinadas para todos los reyes del mundo que estaban inscritos en los libros. Alarmado al ver que el Gran Emperador Tang Taizong del Continente Sur Jambūdvīpa estaba destinado a morir en el decimotercer año del período Zhenguan, rápidamente sumergió su gran pincel en tinta espesa y agregó dos trazos antes de presentar el libro. Los Diez Reyes echaron un vistazo y vieron que "treinta y tres años" estaba escrito debajo del nombre Taizong. Preguntaron alarmados: "¿Cuánto tiempo ha pasado desde que Su Majestad fue entronizado?" "Han pasado trece años," dijo Taizong. "Su Majestad no debe preocuparse," dijo el Rey Yama, "pues todavía tiene veinte años de vida. Ahora que su caso ha sido claramente revisado, podemos enviarlo de regreso al Mundo de Luz." Cuando Taizong escuchó esto, se inclinó para expresar su gratitud mientras los Diez Reyes ordenaban al Juez Cui y al Gran Mariscal Chu que lo acompañaran de regreso a la vida.

Taizong salió del Salón de la Oscuridad y preguntó, saludando a los Diez Reyes una vez más: "¿Qué sucederá con los que viven en mi palacio?" "Todos estarán a salvo," dijeron los Diez Reyes, "excepto su hermana menor. Parece que no vivirá mucho tiempo." "Cuando regrese al Mundo de Luz," dijo Taizong, inclinándose de nuevo para agradecerles, "tengo muy poco que puedo presentarles como un gesto de mi gratitud. Quizás pueda enviarles algunos melones u otros tipos de fruta?" Encantados, los Diez Reyes dijeron: "Aquí tenemos melones del este y del oeste, pero nos faltan los melones del sur." "En el momento en que regrese," dijo Taizong, "les enviaré algunos." Se inclinaron mutuamente con las manos juntas y se separaron.

El mariscal tomó la delantera, sosteniendo una bandera para guiar almas, mientras el Juez Cui seguía detrás para proteger a Taizong. Salieron de la Región de la Oscuridad, y Taizong vio que no era el mismo camino. Preguntó al juez: "¿Estamos yendo por el camino equivocado?" "No," dijo el juez, "pues así es en la Región de la Oscuridad: hay un camino para que vengas, pero no hay salida. Ahora debemos despedir a Su Majestad de la región de la Rueda de la Reencarnación, para que pueda hacer un recorrido por el Infierno y ser enviado en su camino a la reencarnación." Taizong no tuvo más remedio que seguir su camino.

No habían ido más que unas pocas millas cuando se encontraron con una alta montaña. Nubes oscuras tocaban el suelo a su alrededor, y nieblas negras cubrían el cielo. "Señor Cui," dijo Taizong, "¿qué montaña es esta?" El juez dijo: "Es la Montaña de Sombra Perpetua en la Región de la Oscuridad." "¿Cómo podemos ir allí?" preguntó Taizong temerosamente. "Su Majestad no debe preocuparse," dijo el juez, "pues sus súbditos están aquí para guiarle." Temblando y asustado, Taizong los siguió y ascendió la pendiente. Levantó la cabeza para mirar a su alrededor y vio que

Su forma era tanto escarpada como curvada,
Y su figura era aún más tortuosa.
Rugosa como los picos de Shu;
Alta como las cumbres de Lu;
No era una montaña famosa en el Mundo de Luz,
Sino un lugar traicionero en la Región de la Oscuridad.
Matorrales de espinas albergaban monstruos;
Filas de crestas de piedra albergaban demonios.
No se escuchaba sonido de aves o bestias;
Solo fantasmas o grifos caminaban ante los ojos.
El viento helado aullador;
La niebla negra interminable—
El viento helado aullador era el resoplido de huestes infernales;
La niebla negra interminable era el soplo de tropas demoníacas.
No había esplendor escénico aunque se mirara alto y bajo;
Todo era desolación cuando se miraba a la izquierda y a la derecha.
En ese lugar había montañas
Y picos,
Y cumbres,
Y cuevas,
Y arroyos;
Solo que no crecía hierba en las montañas;
Ningún pico perforaba el cielo;
Ningún viajero escalaba las cumbres;
Ninguna cueva albergaba nubes;

Ningún agua fluía en los arroyos.
Eran todos espectros en las orillas,
Y espectros debajo de los acantilados.
Los fantasmas se agrupaban en las cuevas,
Y las almas perdidas se escondían en los lechos de los arroyos.
Alrededor de la montaña,
Cabezas de Buey y Rostros de Caballo clamaban salvajemente;
Medio ocultos y medio a la vista,
Los fantasmas hambrientos y las almas necesitadas a menudo lloraban.
El juez en busca de almas,
Con prisa y furia entregó su citación;
El guardia que perseguía a los espíritus,
Resopló y gritó para presentar sus documentos.
El Rápido de Pies:
¡Un ciclón hirviente!
El Raptor de Almas:
¡Una niebla oscura que se expande!

Si no hubiera confiado en la protección del juez, Taizong nunca habría podido cruzar esta Montaña de Sombra Perpetua.

Mientras avanzaban, llegaron a un lugar donde había muchas salas y cámaras; dondequiera que se volvieran, escuchaban llantos melancólicos y veían visiones grotescas que les llenaban de terror. "¿Qué es este lugar?" preguntó Taizong de nuevo. "El Infierno de los Dieciocho Niveles detrás de la Montaña de la Sombra Perpetua", dijo el juez. "¿Qué es eso?" dijo Taizong. El juez respondió, "Escucha lo que tengo que decir:

El Infierno del Potro,
El Infierno de la Culpa Oscura,
El Infierno del Pozo Ardiente:
Toda esa tristeza,
Toda esa desolación,
Son causadas por mil pecados cometidos en la vida anterior;
Todos vienen a sufrir después de morir.
El Infierno del Hades,
El Infierno de Tirar de la Lengua,
El Infierno de Despellejamiento:
Todos esos lloriqueos y lamentos,
Todos esos quejas y llantos,
Esperan a los traidores, los rebeldes y los provocadores del Cielo;
El de boca de Buda y corazón de serpiente terminará aquí.
El Infierno de la Molienda,
El Infierno del Golpeteo,
El Infierno del Aplastamiento;
Con piel desgarrada y carne rota,
Bocas abiertas y dientes rechinantes,
Estos son los que engañan y mienten para cometer injusticias,

Los que adulan y halagan para engañar.
El Infierno del Hielo,
El Infierno de la Mutilación,
El Infierno de la Evisceración:
Con cara sucia y cabello enmarañado,
Ceño fruncido y mirada triste,
Estos son los que estafan a los simples con pesos injustos,
Y así traen la ruina sobre sí mismos.
El Infierno del Aceite Hirviendo,
El Infierno de la Oscuridad Tenebrosa,
El Infierno de la Montaña de Espadas:
Ellos tiemblan y se estremecen;
Se entristecen y se lamentan:
Por oprimir a los justos con violencia y fraude
Ahora deben acobardarse en su soledad dolorosa.
El Infierno del Pozo de Sangre,
El Infierno de Avīci.
El Infierno de las Escalas y los Pesos:
Toda la piel despellejada y los huesos expuestos,
Las extremidades cortadas y los tendones seccionados,
Son causados por asesinatos originados en la codicia,
La toma de la vida de humanos y bestias.
Su caída no tiene reversión en mil años—
Perdición eterna sin liberación.
Cada uno está firmemente atado y bien asegurado,
Encadenados tanto por cuerdas como por lazos.
El más mínimo movimiento atrae a los demonios de Cabello Rojo,
Los demonios de Cara Negra,
Con lanzas largas y espadas afiladas;
Los demonios de Cabeza de Toro,
Los demonios de Cara de Caballo,
Con picos de hierro y mazos de bronce,
Golpean hasta que las caras se contorsionan y la sangre fluye,
Pero los gritos a la Tierra y al Cielo no encuentran respuesta.
Así es que el hombre no debe traicionar su propia conciencia,
Pues los dioses tienen conocimiento, ¿quién podría escapar?
Así que el vicio y la virtud serán finalmente recompensados:
Solo difiere en llegar pronto o tarde."

Cuando Taizong escuchó estas palabras, quedó aterrado. Continuaron por un rato y encontraron a un grupo de soldados demoníacos, cada uno sosteniendo banderas y estandartes y arrodillándose al borde del camino. "Los Guardianes de los Puentes han venido a recibirlo," dijeron. El juez les ordenó abrir camino y procedió a llevar a Taizong a través de un puente dorado. Mirando hacia un lado, Taizong vio otro puente de plata, en el cual había varios viajeros que parec í an ser personas de principios y rectitud, justicia y honestidad. Ellos también eran guiados por banderas y estandartes. Al otro lado había otro puente, con viento helado girando a su alrededor y olas de sangre hirviendo abajo. Se escuchaba continuamente el sonido de llantos y gemidos. "¿Cuál es el nombre de ese puente?" preguntó Taizong. "Su Majestad," dijo el juez, "es el Puente Sin Opción. Cuando llegue al Mundo de la Luz, debe registrar esto para la posteridad. Pues debajo del puente no hay nada más que

Un vasto cuerpo de agua turbulenta;
Un camino estrecho y traicionero;
Como fardos de seda cruda fluyendo por el Río Largo,
O el Pozo de Fuego flotando hacia la Tierra,
Este aire frío, opresivo, este escalofrío penetrante;
Este hedor nauseabundo e irritante.
Las olas ruedan y giran;
Ningún bote va ni viene para transportar a los hombres;
Con pies desnudos y cabello enmarañado
Aquellos que se mueven aquí y allá son todos espíritus condenados.
El puente tiene varias millas de largo
Pero solo tres tramos de ancho.
Su altura mide cien pies;
Debajo, mil brazas de profundidad.
En la parte superior no hay barandillas para sujetarse;
Debajo hay fieros demonios que capturan hombres
Quienes, atados por cangues y cerraduras,
Luchan por huir del peligroso camino del Sin Opción.
Mira a esos feroces guardianes al lado del puente
Y a esas almas condenadas en el río—¡qué desdichados!
En ramas y ramitas
Cuelgan ropas de seda verde, roja, amarilla y púrpura;
Debajo del precipicio
Las prostitutas se agazapan por haber abusado de sus propios suegros.
Perros de hierro y serpientes de bronce se esforzarán por alimentarse de ellas.
Su caída es eterna—no hay salida."
El poema dice:
Se escuchan los llantos de los fantasmas; los demonios a menudo lloran
Mientras las olas de sangre se elevan diez mil pies de altura.
Rostros de Caballo y Cabezas de Toro por innumerables cantidades
Fortifican tenazmente este Puente Sin Opción.

Mientras Taizong y sus guías hablaban, los varios Guardianes del Puente regresaron a su estación. Aterrado por su visión, Taizong solo pudo asentir con la cabeza en silencioso horror. Siguió al juez y al gran mariscal a través del agua maliciosa del Río Sin Opción y del amargo Reino del Cuenco Sangriento. Pronto llegaron a la Ciudad de los Muertos, donde se escuchaban voces clamorosas proclamando claramente, "¡Li Shimin ha venido! ¡Li Shimin ha venido!"

Cuando Taizong escuchó todo este griterío, su corazón tembló y su bilis se estremeció. Luego vio una multitud de espíritus, algunos con la espalda rota por el potro, algunos con extremidades cortadas, y algunos sin cabeza, quienes le bloquearon el camino y gritaron juntos, "¡Devuélvenos nuestras vidas! ¡Devuélvenos nuestras vidas!" Aterrorizado, Taizong intentó desesperadamente huir y esconderse, mientras gritaba, "¡Señor Cui, sálvame! ¡Señor Cui, sálvame!"

"Su Majestad," dijo el juez, "estos son los espíritus de varios príncipes y sus subordinados, de bandidos y ladrones de diversos lugares. A través de obras de injusticia, tanto suyas como de otros, perecieron y ahora están cortados de la salvación porque no hay nadie para recibirlos o cuidarlos. Como no tienen dinero ni pertenencias, son fantasmas abandonados al hambre y al frío. Solo si Su Majestad puede darles algo de dinero, podré ofrecerle liberación." "Vine aquí," dijo Taizong, "con las manos vacías. ¿De dónde puedo sacar dinero?"

"Su Majestad," dijo el juez, "hay en el Mundo de los Vivos un hombre que ha depositado grandes sumas de oro y plata en nuestra Región de la Oscuridad. Puede usar su nombre para un préstamo, y su humilde juez será su aval; pediremos prestada una habitación llena de dinero de él y lo distribuiremos entre los fantasmas hambrientos. Entonces podrá pasar." "¿Quién es este hombre?" preguntó Taizong. "Es un hombre del distrito de Kaifeng en la provincia de Henan," dijo el juez. "Su nombre de pila es Liang y su apellido es Xiang. Tiene trece habitaciones de oro y plata aquí. Si Su Majestad le pide prestado, puede reembolsarle cuando regrese al Mundo de la Luz." Muy complacido y más que dispuesto a usar su nombre para el préstamo, Taizong de inmediato firmó una nota para el juez. Pidió prestada una habitación llena de oro y plata, y se le pidió al gran mariscal que distribuyera el dinero entre los fantasmas. El juez también les instruyó, diciendo, "Pueden dividirse estas piezas de plata y oro entre ustedes y usarlas en consecuencia. Dejen pasar al Gran Padre Tang, pues todavía tiene mucho tiempo de vida. Por la solemne palabra de los Diez Reyes lo estoy acompañando para que regrese a la vida. Cuando llegue al mundo de los vivos, se le ha instruido para que celebre una Gran Misa de Tierra y Agua para su salvación. Así que no causen más problemas." Cuando los fantasmas escucharon estas palabras y recibieron la plata y el oro, obedecieron y se retiraron. El juez ordenó al gran mariscal que ondeara la bandera para guiar almas, y condujo a Taizong fuera de la Ciudad de los Muertos. Partieron de nuevo por un camino amplio y nivelado, avanzando rápidamente con pasos ligeros y aéreos.

Viajaron por un largo tiempo y llegaron a la encrucijada del Camino de la Transmigración de Seis Vías. Vieron algunas personas que montaban las nubes vistiendo capas bordadas, y otras con amuletos daoístas de peces dorados colgando de sus cinturas; de hecho había monjes, monjas, daoístas y personas laicas, y toda variedad de bestias y aves, fantasmas y espíritus. En un flujo interminable, todos corrían bajo la Rueda de la Transmigración para entrar cada uno en un camino predestinado. "¿Cuál es el significado de esto?" preguntó el emperador Tang. "Su Majestad," dijo el juez, "como su mente está iluminada para percibir la inmanencia pervasiva de la naturaleza Buda en todas las cosas, debe recordar esto y proclamarlo en el Mundo de los Vivos. Esto se llama el Camino de la Transmigración de Seis Vías. Aquellos que realizan buenas obras ascenderán al camino de los inmortales; aquellos que permanecen patriotas hasta el final avanzarán al camino de la nobleza; aquellos que practican la piedad filial renacerán en el camino de la bendición; aquellos que son justos y honestos entrarán una vez más en el camino de los humanos; aquellos que aprecian la virtud procederán al camino de las riquezas; aquellos que son viciosos y violentos retrocederán al camino de los demonios." Cuando el emperador Tang escuchó esto, asintió con la cabeza y suspiró, diciendo,

"¡Ah, cuán verdaderamente bueno es la bondad!
Hacer el bien nunca traerá enfermedad!
En un corazón bueno siempre habita.
En un buen camino abre tu puerta de par en par.
No dejes que surjan pensamientos malvados,
Y debes despreciar toda malicia.
No digas que no hay retribución,
Pues los dioses tienen su disposición."

El juez acompañó al emperador Tang hasta la misma entrada al camino de la nobleza antes de postrarse y exclamar, "Su Majestad, aquí es donde debe proceder, y aquí su humilde juez se despedirá de usted. Le estoy pidiendo al Gran Mariscal Zhu que lo acompañe un poco más." El emperador Tang le agradeció, diciendo, "Lamento, señor, que haya tenido que viajar una distancia tan grande por mi causa." "Cuando Su Majestad regrese al Mundo de la Luz," dijo el juez, "asegúrese de celebrar la Gran Misa de Tierra y Agua para que esas almas desdichadas y sin hogar puedan ser liberadas. ¡Por favor, no lo olvide! Solo si no hay murmuraciones de venganza en la Región de la Oscuridad habrá la prosperidad de la paz en su Mundo de la Luz. Si hay algún camino perverso en su vida, debe cambiarlos uno por uno, y debe enseñar a sus súbditos en todo el país a hacer el bien. Entonces puede estar seguro de que su imperio se establecerá firmemente, y que su fama pasará a la posteridad." El emperador Tang prometió cumplir cada una de las peticiones del juez.

Después de despedirse del Juez Cui, siguió al Gran Mariscal Zhu y entró por la puerta. El gran mariscal vio dentro un caballo bayo de crines negras completo con riendas y silla. Ayudando al emperador desde la izquierda y la derecha, rápidamente lo ayudó a montarlo. El caballo salió disparado como una flecha, y pronto llegaron a la orilla del río Wei, donde se podían ver un par de carpas doradas retozando en la cima de las olas. Complacido por lo que vio, el emperador Tang tiró de las riendas de su caballo y se detuvo a mirar. "Su Majestad," dijo el gran mariscal, "apresurémonos y regresémoslo a su ciudad mientras aún hay tiempo." Pero el emperador persistió en su indulgencia y se negó a avanzar. El gran mariscal le agarró una de sus piernas y gritó, "¿Todavía no te mueves? ¿Qué estás esperando?" Con un fuerte chapoteo, fue empujado de su caballo al río Wei, y así dejó la Región de la Oscuridad y regresó al Mundo de la Luz.

Ahora les contaremos sobre aquellos que sirvieron ante el Trono en la dinastía Tang. Xu Mougong, Qin Shubao, Hu Jingde, Duan Zhixian, Ma Sanbao, Cheng Yaojin, Gao Shilian, Li Shiji, Fang Xuanling, Du Ruhui, Xiao Yu, Fu Yi, Zhang Daoyuan, Zhang Shiheng, y Wang Guei constituyeron los dos grupos de funcionarios civiles y militares. Se reunieron con el príncipe heredero del Palacio Oriental, la reina, las damas de la corte y el mayordomo principal en el Salón del Tigre Blanco para el luto imperial. Al mismo tiempo, discutieron la emisión de la proclamación del obituario para todo el imperio y la coronación del príncipe como emperador. Desde un lado del salón, Wei Zheng avanzó y dijo, "Todos ustedes, por favor absténganse de hacer cualquier cosa apresurada. Si alarman a los diversos distritos y ciudades, pueden provocar algo indeseable e inesperado. Esperemos aquí un día más, pues nuestro señor seguramente volverá a la vida."

"Qué tonterías estás hablando, Primer Ministro Wei," dijo Xu Jingzong, viniendo desde abajo, "pues el proverbio antiguo dice, 'Así como el agua derramada no se puede recuperar, un hombre muerto nunca puede regresar.' ¡Por qué pronuncias palabras tan vacías para exasperar nuestras mentes? ¿Qué razón tienes para esto?" "Para decirte la verdad, señor Xu," dijo Wei Zheng, "he sido instruido desde mi juventud en las artes de la inmortalidad. Mis cálculos son muy precisos, y te prometo que Su Majestad no morirá."

Mientras hablaban, de repente oyeron una voz fuerte gritando desde el ataúd, "¡Me has ahogado! ¡Me has ahogado!" Esto tan alarmante para los funcionarios civiles y militares, y tan aterrador para la reina y las damas, que cada uno de ellos tenía

Un rostro moreno como las hojas de morera otoñales,
Un cuerpo débil como el sauce de la primavera temprana.
Las piernas del príncipe heredero se doblaron,
No pudo sostener el bastón de luto para terminar sus ritos.
El alma del mayordomo lo dejó,
No pudo usar el gorro de luto para mostrar su dolor.
Las matronas se derrumbaron;
Las damas se inclinaron hacia los lados;
Las matronas se derrumbaron
Como débiles hibiscos arrasados por viento salvaje.
Las damas se inclinaron hacia los lados
Como lirios abrumados por lluvia repentina.
Los petrificados señores—
Sus huesos y tendones débiles—
Temblaban y se sacudían,
Todos mudos y asombrados.
Todo el Salón del Tigre Blanco era como un puente con vigas rotas;

El escenario funerario parecía un templo destrozado.

Cada persona presente en la corte huyó, y nadie se atrevió a acercarse al ataúd. Solo el recto Xu Mougong, el racional Primer Ministro Wei, el valiente Qin Qiong, y el impulsivo Jingde se acercaron y tomaron el ataúd. "Su Majestad," lloraron, "si hay algo que le preocupa, cuéntenoslo. ¡No juegue a ser fantasma y aterrorice a sus parientes!"

Sin embargo, Wei Zheng dijo, "No está jugando a ser fantasma. ¡Su Majestad está volviendo a la vida! ¡Consigan algunas herramientas, rápido!" Abrieron la tapa del ataúd y vieron, de hecho, que Taizong estaba sentado adentro, aún gritando, "¡Me has ahogado! ¿Quién me sacó?" Mougong y el resto de ellos se adelantaron para levantarlo, diciendo, "No tema, Su Majestad, y despierte. Sus súbditos están aquí para protegerlo." Solo entonces el emperador Tang abrió los ojos y dijo, "¡Cómo sufrí hace un momento! Apenas escapé del ataque de demonios vengativos de la Región de la Oscuridad, ¡solo para encontrarme con la muerte por ahogamiento!" "No tema, Su Majestad," dijeron los ministros. "¿Qué tipo de calamidad ocurrió en el agua?" "Estaba montando un caballo," dijo el emperador Tang, "cuando nos acercamos al río Wei donde dos peces jugaban. Ese engañoso Gran Mariscal Zhu me empujó del caballo al río, y casi me ahogo."

"Su Majestad aún no está completamente libre de las influencias de los muertos," dijo Wei Zheng. Rápidamente ordenó del dispensario imperial un caldo medicinal diseñado para calmar su espíritu y fortalecer su alma. También prepararon un poco de gachas de arroz, y solo después de tomar tales nutrientes una o dos veces volvió a ser él mismo nuevamente, recuperando completamente sus sentidos vivos. Un cálculo rápido reveló que el emperador Tang había estado muerto durante tres días y noches y luego volvió a la vida para gobernar nuevamente. Así tenemos un poema testimonial:

Desde tiempos antiguos, cuán a menudo ha cambiado el mundo!
La historia está llena de reinos que suben y caen.
Incontables fueron las maravillas de Zhou, Han y Jin.
¿Cuál podría igualar el llamado del Rey Tang de la muerte a la vida?

Para entonces ya era el atardecer; los diversos ministros se retiraron después de ver al emperador retirarse. Al día siguiente, se quitaron la vestimenta de luto y se cambiaron a su atuendo de corte: todos tenían puesta su túnica roja y gorro negro, su faja púrpura y medalla de oro, esperando fuera de la puerta para ser convocados a la corte. Ahora les contamos sobre Taizong, quien, habiendo recibido la medicina prescrita para calmar su espíritu y fortalecer su alma, y habiendo tomado el caldo de arroz varias veces, fue llevado a su dormitorio por sus asistentes. Durmió profundamente toda esa noche, y cuando se levantó al amanecer, su espíritu estaba completamente revivido. Miren cómo estaba vestido:

Llevaba un alto gorro real;
Llevaba una túnica ocre oscura;
Llevaba un cinturón de jade verde de la Montaña Azul;

Llevaba un par de botas despreocupadas de construcción de imperios.
Su apariencia deslumbrante
Superaba a cualquiera en la corte:
Con poder de sobra
Retomó su reinado.
¡ Qué gran emperador Tang de justicia y verdad,
El Majestuoso Li que resucitó de entre los muertos!

El emperador Tang subió al Salón del Tesoro del Carro de Oro y reunió a los dos grupos de funcionarios civiles y militares, quienes, después de gritar "Larga vida al emperador" tres veces, se pusieron en atención según su rango y archivo. Luego escucharon este anuncio fuerte: "Si hay algún asunto, salgan y presenten su memorial; si no hay ningún asunto, están despedidos de la corte."

Desde el este vino la fila de funcionarios civiles y desde el oeste vino la fila de funcionarios militares; todos avanzaron y se postraron ante los escalones de jade blanco. "Su Majestad," dijeron, "¿podemos preguntar cómo despertó de su letargo, que duró tanto tiempo?"

"En ese día, después de haber recibido la carta de Wei Zheng," dijo Taizong, "sentimos que nuestra alma había salido de estos salones, habiendo sido invitada por los guardias imperiales a unirse a una partida de caza. Mientras viajábamos, tanto los hombres como los caballos desaparecieron, donde mi padre, el antiguo emperador, y mis hermanos fallecidos vinieron a acosarnos. No habríamos podido escapar de ellos si no hubiera sido por la llegada de alguien con gorro y t única negros; este hombre resultó ser el juez Cui Jue, quien logró enviar a mis hermanos fallecidos. Le entregamos la carta de Wei Zheng, y mientras la leía, algunos muchachos de azul vinieron a guiarnos con banderas y estandartes al Salón de la Oscuridad, donde nos recibieron los Diez Reyes del Inframundo. Nos hablaron del Dragón del Río Jing, quien nos acusó de haberlo matado después de prometer salvarlo. Nosotros, a su vez, les explicamos lo que sucedió, y nos aseguraron que nuestro caso había sido revisado conjuntamente por los Tres Tribunales. Luego pidieron los Anales de Vida y Muerte para examinar cuál sería nuestra edad asignada. El juez Cui presentó sus libros, y el Rey Yama, después de revisarlos, dijo que el Cielo nos había asignado una porción de treinta y tres años. Dado que habíamos gobernado solo trece años, teníamos derecho a veinte años más de vida. Así que se ordenó al Gran Mariscal Zhu y al Juez Cui que nos enviaran de regreso aquí. Nos despedimos de los Diez Reyes y prometimos agradecerles con regalos de melones y otras frutas. Después de nuestra partida del Salón de la Oscuridad, encontramos en el Inframundo a todos aquellos que eran traicioneros con el estado y desleales con sus padres, aquellos que no practicaban ni virtud ni rectitud, aquellos que desperdiciaban los cinco granos, aquellos que engañaban abiertamente o en secreto, aquellos que se entregaban a pesos y medidas injustas; en resumen, los violadores, los ladrones, los mentirosos, los hipócritas, los libertinos, los desviados, los conspiradores y los transgresores de la ley. Todos estaban sufriendo diversas torturas por molido, quemado, golpeado, aserrado, frito, hervido, colgado y desollado. Había decenas de miles de ellos, y no podíamos poner fin a esta espantosa vista. Luego pasamos por la Ciudad de los Muertos, llena de las almas de bandidos y ladrones de toda la Tierra, que vinieron a bloquear nuestro camino. Afortunadamente, el juez Cui estaba dispuesto a responder por nosotros, y luego pudimos pedir prestada una habitación llena de oro y plata del Viejo Xiang de Henan para comprar los espíritus antes de poder proceder una vez más. Finalmente nos separamos después de que el juez Cui nos había instruido repetidamente que cuando regresáramos al Mundo de la Luz íbamos a celebrar una Gran Misa de Tierra y Agua para la salvación de esos espíritus huérfanos. Después de dejar el Camino Sextuple de la Transmigración, el Gran Mariscal Zhu nos pidió que montáramos un caballo tan rápido que parecía volar, y nos llevó a la orilla del río Wei. Mientras disfrutábamos de la vista de dos peces jugando en el agua, él agarró nuestras piernas y nos empujó al río. Solo entonces volvimos a la vida." Cuando los diversos ministros escucharon estas palabras, todos elogiaron y felicitaron al emperador. También se envió un aviso a todas las ciudades y distritos del imperio, y todos los funcionarios presentaron memoriales de felicitación, que no mencionaremos más.

Ahora les contaremos sobre Taizong, quien proclamó una amnistía general para los prisioneros del imperio. Además, pidió un inventario de los condenados por crímenes capitales, y el juez del Consejo de Justicia presentó unos cuatrocientos nombres de los que esperaban la muerte por decapitación o ahorcamiento. Taizong les concedió un año de licencia para regresar a sus familias, para que pudieran arreglar sus asuntos y poner en orden su propiedad antes de ir al mercado a recibir su justo castigo. Los prisioneros todos le agradecieron por tal gracia antes de partir. Después de emitir otro edicto para el cuidado y bienestar de los huérfanos, Taizong también liberó a unas tres mil doncellas y concubinas de la corte y las casó con oficiales militares dignos. A partir de ese momento, su reinado fue verdaderamente virtuoso, para lo cual tenemos un poema testimonial:

¡Grande es la virtud del Gran Gobernante Tang!
¡Superando a los Reyes Sabios, hace prosperar a su pueblo!
Quinientos convictos ahora pueden dejar la prisión;
Tres mil doncellas encuentran liberación del palacio.
Todos los funcionarios del imperio le desean larga vida.
Los ministros de la corte todos le dan grandes elogios.
Tal buen corazón, una vez agitado, el Cielo debería bendecir,
Y pasar tal bienestar a diecisiete generaciones.

Después de liberar a las doncellas y a los convictos, Taizong también emitió otra proclamación para ser publicada en todo el imperio. La proclamación decía:

El cosmos, aunque vasto,
Es brillantemente observado por el sol y la luna;
El mundo, aunque inmenso,
No aprueba a los villanos en el Cielo ni en la Tierra.
Si tu intención es el engaño,

Incluso esta vida traerá retribución;
Si tu dar excede el recibir,
Hay bendición no solo en la vida futura.
Mil diseños ingeniosos
No son como vivir según tus deberes;
Diez mil hombres de violencia
No pueden compararse con uno frugal y contento.
Si estás decidido a hacer obras de bien y misericordia,
¿Necesitas leer los sutras con diligencia?
Si tu intención es dañar a otros,
¡Incluso el aprendizaje de Buda es en vano!

Desde ese momento, no había ni una sola persona en el imperio que no practicara la virtud. Mientras tanto, se publicó otro aviso pidiendo un voluntario para llevar los melones y otras frutas a la Región de la Oscuridad. Al mismo tiempo, una habitación llena de oro y plata del tesoro fue enviada con el Duque Imperial de Khotan, Hu Jingde, al Distrito de Kaifeng en Henan para que la deuda a Xiang Liang pudiera ser pagada. Después de que el aviso hubiera estado publicado por algunos días, un digno se presentó como voluntario para la misión. Originalmente era de Zunzhou; su apellido era Liu y su nombre de pila Quan, y pertenecía a una familia de gran riqueza. La razón por la que se ofreció fue porque su esposa, Li Cuilian, había entregado una horquilla de oro de su cabeza, a modo de limosna, a un monje frente a su casa. Cuando Liu Quan la reprendió por su indiscreción al mostrarse fuera de su hogar, Li se molestó tanto que se ahorcó, dejando atrás a sus dos hijos pequeños, que lloraban lastimosamente día y noche. Liu Quan estaba tan lleno de remordimiento al verlos que decidió dejar la vida y su propiedad para llevar los melones al infierno. Por lo tanto, bajó el aviso real y fue a ver al emperador Tang. El emperador ordenó que fuera al Pabellón del Oro, donde se le colocaron un par de melones del sur en la cabeza, algo de dinero en la manga y un poco de medicina en la boca.

Así que Liu Quan murió al tomar veneno. Su alma, aún llevando los frutos en su cabeza, llegó a la Puerta de los Espíritus. El guardián demonio en la puerta gritó, "¿Quién eres tú para atreverte a venir aquí?" "Por orden imperial del Gran Emperador Tang Taizong," dijo Liu Quan, "vine aquí especialmente para presentar melones y otras frutas para el disfrute de los Diez Reyes del Inframundo." El guardián demonio lo recibió amablemente y lo llevó al Salón del Tesoro de la Oscuridad. Cuando vio al Rey Yama, presentó los melones, diciendo, "Por orden del emperador Tang, vine de lejos para presentar estos melones como una muestra de agradecimiento por la hospitalidad de los Diez Reyes." Muy complacido, el Rey Yama dijo, "¡Ese emperador Taizong es ciertamente un hombre de palabra!" Aceptó los melones y procedió a preguntar al mensajero su nombre y su hogar. "Su humilde servidor," dijo Liu Quan, "residía originalmente en Junzhou; mi apellido es Liu y mi nombre de pila es Quan. Debido a que mi esposa se ahorcó, dejando a nadie para cuidar de nuestros hijos, decidí dejar mi hogar y mis hijos y sacrificar mi vida por el país ayudando a mi emperador a traer estos melones aquí como una ofrenda de agradecimiento."

Cuando los Diez Reyes escucharon estas palabras, pidieron inmediatamente por Li, la esposa de Liu Quan; ella fue traída por el guardián demonio, y esposo y esposa se reunieron ante el Salón de la Oscuridad. Conversaron sobre lo que había sucedido y también agradecieron a los Diez Reyes por este encuentro. El Rey Yama, además, examinó los Libros de Vida y Muerte y encontró que tanto esposo como esposa estaban destinados a vivir hasta una edad avanzada. Ordenó rápidamente al guardián demonio que los llevara de vuelta a la vida, pero el guardián dijo, "Dado que Li Cuilian ha estado en el Mundo de la Oscuridad por muchos días, su cuerpo ya no existe. ¿A quién debería unirse su alma?"

"La hermana del emperador, Li Yuying," dijo el Rey Yama, "está destinada a morir muy pronto. Tomen su cuerpo de inmediato para que esta mujer pueda volver a la vida." El guardián demonio obedeció la orden y llevó a Liu Quan y a su esposa fuera de la Región de la Oscuridad para regresar a la vida. No sabemos cómo los dos regresaron a la vida; escuchemos la explicación en el próximo capítulo.

CAPÍTULO 12

El emperador Tang, firmemente sincero, convoca una Gran Misa;
Guanyin, en epifanía, convierte a la Cigarra de Oro.

Estábamos contándoles sobre el guardián demonio que estaba guiando a Liu Quan y su esposa fuera de la Región de la Oscuridad. Acompañados por un viento oscuro que giraba, regresaron directamente a Chang'an de la gran nación. El demonio empujó el alma de Liu Quan en el Pabellón del Tribunal Dorado, pero el alma de Cuilian fue llevada al patio interior del palacio real. Justo entonces, la Princesa Yuying estaba caminando bajo las sombras de las flores por un camino cubierto de musgo verde. El guardián demonio chocó contra ella y la empujó al suelo; su alma viviente fue arrebatada y el alma de Cuilian fue empujada al cuerpo de Yuying. El guardián demonio luego regresó a la Región de la Oscuridad, y no diremos más sobre eso.

Ahora les contamos que las sirvientas del palacio, tanto jóvenes como viejas, cuando vieron que Yuying había caído y muerto, corrieron rápidamente al Salón de los Carillones Dorados y reportaron el incidente a la reina, diciendo: "¡La princesa ha caído y muerto!" Horrorizada, la reina lo informó a Taizong.

Cuando Taizong escuchó la noticia, asintió, suspirando, y dijo: "¡Así que esto ha ocurrido de hecho! Le preguntamos al Rey de la Oscuridad si los viejos y jóvenes de nuestra familia estarían a salvo o no. Él dijo: 'Todos estarán a salvo, pero temo que tu hermana real no vivirá mucho'. Ahora su palabra se ha cumplido". Todos los habitantes del palacio vinieron a llorarla, pero cuando llegaron al lugar donde había caído, vieron que la princesa estaba respirando.

"¡Dejen de llorar! ¡Dejen de llorar!" dijo el emperador Tang. "¡No la asusten!" Se acercó y levantó su cabeza con la mano real, gritando: "¡Despierta, hermana real!"

Nuestra princesa de repente se dio vuelta y gritó: "¡Esposo, camina despacio! ¡Espérame!" "Hermana," dijo Taizong, "todos estamos aquí." Levantando la cabeza y abriendo los ojos para mirar alrededor, la princesa dijo: "¿Quiénes son ustedes para atreverse a tocarme?" "Este es tu hermano real," dijo Taizong, "y tu cuñada."

"¿Dónde tengo yo un hermano real y una cuñada?" preguntó la princesa. "Mi familia es Li, y mi nombre de soltera es Li Cuilian. El apellido de mi esposo es Liu y su nombre de pila es Quan. Ambos somos de Junzhou. Porque saqué una horquilla de oro para dar a un monje fuera de nuestra casa como limosna hace tres meses, mi esposo me reprendió por caminar indiscretamente fuera de nuestras puertas y así violar la etiqueta apropiada para una mujer. Me regañó, y me enfurecí tanto que me ahorqué con un cordón de seda blanca, dejando atrás a un par de hijos que lloraban día y noche. A causa de mi esposo, que fue enviado por el emperador Tang a la Región de la Oscuridad para presentar melones, el Rey Yama tuvo piedad de nosotros y nos permitió a ambos regresar a la vida. Él estaba caminando adelante; no pude seguirle el paso, tropecé y caí. ¡Qué groseros son todos ustedes! ¡Sin conocer mi nombre, cómo se atreven a tocarme!" Cuando Taizong escuchó estas palabras, dijo a sus asistentes, "Supongo que mi hermana fue golpeada sin sentido por la caída. ¡Está desvariando!" Ordenó que Yuying fuera ayudada a entrar al palacio y que se trajera medicina de la farmacia de la corte.

Cuando el emperador Tang regresaba a la corte, uno de sus asistentes se acercó para informar, diciendo: "Su Majestad, el hombre Liu Quan, que fue a presentar los melones, ha regresado a la vida. Ahora está fuera de la puerta, esperando su orden." Muy sorprendido, el emperador Tang dio la orden inmediata para que Liu Quan fuera traído, quien luego se postró ante el patio lacado en rojo. Taizong le preguntó, "¿Cómo fue la presentación de los melones?"

"Su súbdito," dijo Liu Quan, "llevaba los melones en la cabeza y fue directamente a la Puerta de los Espíritus. Fui llevado al Salón de la Oscuridad, donde conocí a los Diez Reyes del Inframundo. Presenté los melones y hablé extensamente sobre la sincera gratitud de mi señor. El Rey Yama estaba muy contento y elogió profusamente a Su Majestad, diciendo: '¡Ese emperador Taizong es de hecho un hombre de virtud y un hombre de palabra!'" "¿Qué viste en la Región de la Oscuridad?" preguntó el emperador Tang. "Su súbdito no viajó mucho," dijo Liu Quan, "y no vi mucho. Solo escuché al Rey Yama preguntándome sobre mi aldea natal y mi nombre. Su súbdito por lo tanto le dio un relato completo de cómo abandoné el hogar y a mis hijos debido al suicidio de mi esposa y me ofrecí voluntariamente para la misión. Rápidamente envió a un guardián demonio, que trajo a mi esposa, y nos reunimos en el Salón de la Oscuridad. Mientras tanto, también examinaron los Libros de Vida y Muerte y nos dijeron que ambos deberíamos vivir hasta una edad avanzada. El guardián demonio fue enviado para vernos regresar a la vida. Su súbdito caminó adelante, pero mi esposa se quedó atrás. Estoy agradecido de haber regresado a la vida, pero no sé dónde ha ido mi esposa."

Alarmado, el emperador Tang preguntó, "¿Dijo algo el Rey Yama sobre tu esposa?" "No dijo mucho," dijo Liu Quan. "Solo escuché la exclamación del guardián demonio de que Li Cuilian había estado muerta por tanto tiempo que su cuerpo ya no existía. El Rey Yama dijo, 'La hermana real, Li Yuying, debería morir pronto. Dejen que Cuilian tome prestado el cuerpo de Yuying para que pueda volver a la vida.' Su súbdito no tiene conocimiento de quién es esa hermana real y dónde reside, ni ha intentado localizarla."

Cuando el emperador Tang escuchó este informe, se llenó de alegría y dijo a los muchos funcionarios a su alrededor, "Cuando nos despedimos del Rey Yama, lo interrogamos en cuanto a los habitantes del palacio. Él dijo que los viejos y los jóvenes estarían todos a salvo, aunque temía que nuestra hermana no viviría mucho. Justo ahora nuestra hermana Yuying cayó moribunda bajo las flores.

Cuando fuimos a ayudarla, recuperó la conciencia momentáneamente, gritando, 'Esposo, camina despacio! ¡Espérame!' Pensamos que su caída la había dejado sin sentido, ya que estaba desvariando así. Pero cuando la interrogamos cuidadosamente, dijo exactamente lo que Liu Quan ahora nos cuenta."

"Si Su Alteza Real falleció momentáneamente, solo para decir estas cosas después de recuperar la conciencia," dijo Wei Zheng, "esto significa que existe una posibilidad real de que la esposa de Liu Quan haya regresado a la vida tomando prestado el cuerpo de otra persona. Invitemos a la princesa a salir, y veamos qué tiene que decirnos."

"Acabamos de pedir a la farmacia de la corte que enviara algo de medicina," dijo el emperador Tang, "ya que no sabemos lo que está sucediendo." Algunas damas de la corte fueron a buscar a la princesa, y la encontraron adentro, gritando, "¿Por qué necesito tomar alguna medicina? ¿Cómo podría esta ser mi casa? La nuestra es una casa limpia y fresca de azulejos, no como esta, amarilla como si tuviera ictericia, ¡y con tales adornos tan llamativos! ¡Déjenme salir! ¡Déjenme salir!" Todavía estaba gritando cuando cuatro o cinco damas y dos o tres eunucos la agarraron y la llevaron afuera al tribunal.

El emperador Tang dijo, "¿Reconoces a tu esposo?" "¿De qué estás hablando?" dijo Yuying. "Nosotros dos estábamos comprometidos desde la infancia como marido y mujer. Le di a luz un niño y una niña. ¿Cómo podría no reconocerlo?" El emperador Tang pidió a uno de los funcionarios del palacio que la ayudara a bajar del Salón del Tesoro. La princesa fue directamente ante los escalones de jade blanco, y cuando vio a Liu Quan, lo agarró, diciendo, "Esposo, ¿dónde has estado? ¡Ni siquiera me esperaste! Tropecé y caí, y luego fui rodeada por todas estas personas locas, ¡hablando tonterías! ¿Qué tienes que decir a esto?" Liu Quan escuchó que ella hablaba como su esposa, pero la persona que veía ciertamente no se parecía a ella, y no se atrevió a reconocerla como su propia esposa. El emperador Tang dijo,

"De hecho,
Los hombres han visto montañas agrietarse, o la tierra abrirse;
¡Pero nadie ha visto a los vivos intercambiados por los muertos!"

¡Qué gobernante tan justo y amable! Tomó las cajas de tocador, las prendas y las joyas de su hermana y las otorgó todas a Liu Quan; era como si el hombre recibiera una dote. Además, quedó exento para siempre de tener que participar en cualquier servicio obligatorio a la Corona, y se le dijo que llevara a la hermana real de vuelta a su hogar. Así que, marido y mujer juntos expresaron su gratitud ante los escalones y regresaron felices a su aldea. Tenemos un poema testimonial:

¡Cuán largo, cuán corto—el hombre tiene su duración de años;
Vive y muere, cada uno predestinado por el destino.
Liu Quan presentó melones y regresó a la vida;
En el cuerpo de alguien más lo hizo Li, su pareja.

Los dos se despidieron del emperador, regresaron directamente a Junzhou, y vieron que tanto la casa como los hijos estaban en buen orden. Nunca dejaron de proclamar las recompensas de la virtud, pero no hablaremos más de ellos.

Ahora les contamos sobre Yuchi Gong, quien tomó una gran carga de oro y plata y fue a ver a Xiang Liang en el Distrito de Kaifeng en Henan. Resultó que el hombre se ganaba la vida vendiendo agua, mientras que su esposa, cuyo apellido era Zhang, vendía cerámica frente a su casa. Cualquier dinero que ganaban, solo guardaban lo suficiente para su subsistencia, dando todo el resto ya sea como limosnas a los monjes o como regalos a los muertos comprando dinero de papel y quemándolo. Así acumularon un enorme mérito; porque aunque eran gente pobre en el Mundo de la Luz, en realidad eran ciudadanos principales para quienes se almacenaban jade y oro en el otro mundo. Cuando Yuchi Gong llegó a su puerta con el oro y la plata, Papá Xiang y Mamá Xiang se aterrorizaron. Y cuando también vieron a los funcionarios del distrito con sus caballos y carruajes reuniéndose fuera de su choza de paja, la pareja de ancianos quedó estupefacta. Se arrodillaron en el suelo e hicieron kowtow sin cesar. "Ancianos, por favor levántense," dijo Yuchi Gong. "Aunque soy un funcionario imperial, vine aquí con este oro y plata para reembolsarles por orden de mi rey." Temblando, el hombre dijo, "Su humilde servidor nunca ha prestado dinero a otros. ¿Cómo nos atreveríamos a aceptar una riqueza tan inexplicable?"

"He descubierto," dijo Yuchi Gong, "que de hecho son ustedes pobres. Pero también han dado limosnas para alimentar a los monjes. Lo que excede sus necesidades lo han usado para comprar dinero de papel, que quemaron en dedicación a la Región de la Oscuridad. Así han acumulado una vasta fortuna allá abajo. Nuestro emperador, Taizong, regresó a la vida después de estar muerto durante tres días; tomó prestada una habitación llena de oro y plata de ustedes mientras estaba en la Región de la Oscuridad, y estamos devolviendo la suma exacta a ustedes. Por favor, cuenten su dinero en consecuencia para que podamos hacer nuestro informe de vuelta al emperador." Xiang Liang y su esposa, sin embargo, permanecieron firmes. Levantaron las manos al Cielo y gritaron, "Si sus humildes servidores aceptaran este oro y plata, deberíamos morir rápidamente. Podríamos haber recibido crédito por quemar dinero de papel, pero esto es un secreto desconocido para nosotros. Además, ¿qué evidencia tenemos de que nuestro Padre, Su Majestad, tomó prestado nuestro dinero en algún otro mundo? Simplemente no nos atrevemos a aceptarlo." "Su Majestad nos dijo," dijo Yuchi Gong, "que recibió el préstamo de ustedes porque el juez Cui dio fe de él, y él podría dar testimonio. Así que por favor acepten esto." "Incluso si tuviera que morir," dijo Xiang Liang, "no podría aceptar el regalo."

Viendo que persistían en su negativa, Yuchi Gong no tuvo más alternativa que enviar a alguien de regreso para informar al Trono. Cuando Taizong vio el informe y se enteró de que Xiang Liang se había negado a aceptar el oro y la plata, dijo, "¡Son verdaderamente ancianos virtuosos!" Emitió un decreto de inmediato para que Hu Jingde usara el dinero para erigir un templo, construir un santuario y apoyar los servicios religiosos que se realizarían en ellos. La pareja de ancianos, en otras palabras, sería reembolsada de esta manera. El decreto fue enviado a Jingde, quien, habiendo expresado su gratitud, mirando hacia la capital, proclamó su contenido para que todos lo supieran. Usó el dinero para comprar un terreno de aproximadamente cincuenta acres que no era necesario ni para las autoridades militares ni para el pueblo. Se erigió un templo en esta pieza de tierra y se llamó el Templo Real Xiangguo. A la izquierda de él también había un santuario dedicado a Papá y Mamá Xiang, con una inscripción de piedra que declaraba que los edificios fueron erigidos bajo la supervisión de Yuchi Gong. Este es el Gran Templo Xiangguo que todavía está en pie hoy.

El trabajo fue terminado e informado; Taizong estaba extremadamente complacido. Luego reunió a muchos funcionarios para que se emitiera un aviso público invitando a monjes para la celebración de la Gran Misa de Tierra y Agua, para que esas almas huérfanas en la Región de la Oscuridad pudieran encontrar la salvación. El aviso se difundió por todo el imperio, y se pidió a los funcionarios de todas las regiones que recomendaran a monjes ilustres por su santidad para ir a Chang'an para la Misa. En menos de un mes, varios monjes del imperio habían llegado. El emperador Tang ordenó al historiador de la corte, Fu Yi, que seleccionara a un sacerdote ilustre para encargarse de las ceremonias. Cuando Fu Yi recibió la orden, sin embargo, presentó un memorial al Trono que intentaba disputar el valor de Buda. El memorial decía:

Las enseñanzas del Territorio Occidental niegan las relaciones de gobernante y súbdito, de padre e hijo. Con las doctrinas de los Tres Caminos y el Sendero Séxtuplo, engañan y seducen a los necios y los ingenuos. Enfatizan los pecados del pasado para asegurar las felicidades del futuro. Al cantar en sánscrito, buscan una forma de escape. Sin embargo, sometemos que el nacimiento, la muerte y la duración de la vida están ordenados por la naturaleza; pero las condiciones de la desgracia o el honor público están determinadas por la voluntad humana. Estos fenómenos no son, como algunos filisteos mantendrían ahora, ordenados por Buda. Las enseñanzas de Buda no existían en la época de los Cinco Teócratas y los Tres Reyes, y sin embargo esos gobernantes eran sabios, sus súbditos leales y sus reinados duraderos. No fue hasta el período del Emperador Ming en la dinastía Han que se estableció la adoración de dioses extranjeros, pero esto solo significaba que a los sacerdotes del Territorio Occidental se les permitía propagar su fe. El evento, de hecho, representaba una intrusión extranjera en China, y las enseñanzas no son, en absoluto, dignas de ser creídas.

Cuando Taizong vio el memorial, lo distribuyó entre los diversos oficiales para su discusión. En ese momento, el primer ministro Xiao Yu se adelantó y se postró para dirigirse al trono, diciendo: "Las enseñanzas de Buda, que han florecido en varias dinastías anteriores, buscan exaltar lo bueno y contener lo malo. De esta manera, son encubiertamente una ayuda para la nación, y no hay razón para rechazarlas. Después de todo, Buda también es un sabio, y quien desprecia a un sabio es, él mismo, sin ley. Insto a que el disidente sea severamente castigado".

Al debatir con Xiao Yu, Fu Yi argumentó que la propiedad tenía su fundamento en el servicio a los padres y al gobernante. Sin embargo, Buda abandonó a sus padres y dejó a su familia; de hecho, desafió al Hijo del Cielo por sí mismo, al igual que usó un cuerpo heredado para rebelarse contra sus padres. Xiao Yu, continuó diciendo Fu Yi, no nació en la naturaleza salvaje, pero al adherirse a esta doctrina de negación parental, confirmó el dicho de que un hijo no filial en realidad no tenía padres. Sin embargo, Xiao Yu juntó sus manos frente a él y declaró: "El infierno fue establecido precisamente para personas de este tipo". Taizong entonces llamó al Gran Chambelán, Zhang Daoyuan, y al Presidente de la Gran Secretaría, Zhang Shiheng, y les preguntó cuán eficaces eran los ejercicios budistas en la obtención de bendiciones. Los dos oficiales respondieron: "El énfasis de Buda está en la pureza, la benevolencia, la compasión, los frutos adecuados y la irrealidad de las cosas. Fue el Emperador Wu de la dinastía Zhou del Norte quien estableció las Tres Religiones en orden. El Maestro Chan, Da Hui, también elogió esos conceptos de lo oscuro y lo distante. Generaciones de personas reverenciaron a santos como el Quinto Patriarca, que se convirtió en hombre, o el Bodhidharma, que apareció en su forma sagrada; ninguno de ellos demostró ser insignificante en gracia y poder. Además, desde la antigüedad se ha sostenido que las Tres Religiones son las más honorables, no deben ser destruidas ni abolidas. Rogamos, por lo tanto, que Su Majestad ejerza su juicio claro y sagaz". Muy complacido, Taizong dijo: "Las palabras de nuestros súbditos dignos no son irrazonables. Cualquiera que las dispute más será castigado". Entonces ordenó a Wei Zheng, Xiao Yu y Zhang Daoyuan que invitaran a los diversos sacerdotes budistas a preparar el sitio para la Gran Misa y seleccionar entre ellos a alguien de gran mérito y virtud para servir como maestro del altar. Todos los oficiales entonces inclinaron sus cabezas al suelo para agradecer al emperador antes de retirarse. Desde ese momento también se estableció la ley de que cualquier persona que denunciara a un monje o al budismo tendría sus brazos rotos.

Al día siguiente, los tres funcionarios de la corte comenzaron el proceso de selección en el Altar Montaña-Río, y entre los sacerdotes reunidos allí eligieron a un monje ilustre de gran mérito. "¿Quién es esta persona?" preguntas.

Cigarra de Oro era su antiguo nombre divino.
Despreocupado por las palabras de Buda,
Tuvo que sufrir en este mundo de polvo,
Cayendo en la red al nacer como hombre.
Encontró desgracia al venir a la Tierra,
Y malhechores incluso antes de su nacimiento.
Su padre: Chen, un zhuangyuan de Haizhou.
El padre de su madre: jefe de la corte de esta dinastía.
Destinado por su estrella natal a caer en el arroyo,
Siguió la marea y la corriente, perseguido por poderosas olas.
En la isla de Montaña de Oro, tuvo gran suerte,

Pues el abad, Qian' an, lo crió.
Conoció a su verdadera madre a los dieciocho años,
Y llamó a su padre en la capital.
Un gran ejército fue enviado por el Jefe Kaishan
Para eliminar a la banda viciosa en Hongzhou.
El zhuangyuan Guangrui escapó de su destino:
Hijo se reunió con padre—¡qué digno de alabanza!
Vieron al emperador para recibir su gracia;
Sus nombres resonaron en la Torre Lingyan.
Rechazando el cargo, eligió la vida monástica
En el Templo Hongfu para buscar el verdadero Camino,
Este antiguo hijo de Buda, apodado Flotador del Río,
Con un nombre religioso de Chen Xuanzang.

Entonces, ese mismo día, la multitud seleccionó al sacerdote Xuanzang, un hombre que había sido monje desde la infancia, que mantenía una dieta vegetariana y que había recibido los mandamientos al momento de salir del vientre de su madre. Su abuelo materno era Yin Kaishan, uno de los principales comandantes del ejército de la presente dinastía. Su padre, Chen Guangrui, había obtenido el premio de zhuangyuan y fue nombrado Gran Secretario de la Cámara Wenyuan. Xuanzang, sin embargo, no tenía amor por la gloria o la riqueza, dedicándose por completo a la búsqueda del Nirvāṇa. Sus investigaciones revelaron que tenía un excelente antecedente familiar y el más alto carácter moral. No había fallado en dominar ninguno de los miles de clásicos y sūtras; ninguno de los cánticos e himnos budistas le era desconocido. Los tres oficiales llevaron a Xuanzang ante el trono. Después de pasar por un elaborado ritual de la corte, se inclinaron para informar: "Sus súbditos, en obediencia a su sagrado decreto, han seleccionado a un ilustre monje de nombre Chen Xuanzang".

Al escuchar el nombre, Taizong pensó en silencio durante mucho tiempo y dijo: "¿Podría ser Xuanzang el hijo del Gran Secretario Chen Guangrui?" El niño Flotador del Río hizo una reverencia y respondió: "Ese es, en efecto, su súbdito". "Esta es una elección muy apropiada," dijo Taizong, encantado. "Eres verdaderamente un monje de gran virtud y poseedor de la mente de Chan. Por lo tanto, te nombramos Gran Expositor de la Fe, Vicario Supremo de los Sacerdotes". Xuanzang tocó su frente al suelo para expresar su gratitud y recibir su nombramiento. Además, se le dio una túnica de punto de oro y cinco colores, un sombrero de Vairocana, y la instrucción de buscar diligentemente a todos los monjes dignos y clasificar a todos estos ācāryas en orden. Debían seguir el decreto imperial y proceder al Templo de la Transformación, donde comenzarían el ritual después de seleccionar un día y hora propicios.

Xuanzang se inclinó nuevamente para recibir el decreto y se marchó. Fue al Templo de la Transformación y reunió a muchos monjes; prepararon las camas, construyeron las plataformas y ensayaron la música. Se eligió un total de mil doscientos monjes dignos, jóvenes y viejos, que luego fueron divididos en tres secciones ocupando las partes trasera, media y delantera del salón. Se completaron todos los preparativos y todo se puso en orden ante los Budas. Se seleccionó el tercer día del noveno mes de ese mismo año como el día de suerte, cuando comenzaría una Gran Misa de Tierra y Agua que duraría cuarenta y nueve días. Se presentó un memorial a Taizong, quien fue con todos sus familiares y funcionarios, tanto civiles como militares, a la Misa ese día para quemar incienso y escuchar la conferencia. Tenemos un poema como testimonio. El poema dice:

Cuando la estrella anual de Zhenguan alcanzó los trece años,
El rey convocó a su pueblo para escuchar los Libros Sagrados.
La Ley infinita se realizó en una parcela de verdad;
Nube, niebla y luz llenaron el Gran Salón de la Promesa.
Por gracia, el rey decretó el rito de este gran templo;
Cigarra de Oro, despojada de su caparazón, buscó la riqueza del Oeste.
Difundió ampliamente las buenas obras para salvar a los condenados
Y mantuvo su fe para predicar los Tres Modos de Vida.

En el decimotercer año del período Zhenguan, cuando el año estaba en jisi y el noveno mes en jiaxu, en el tercer día y en la hora auspiciosa de gueimao, Chen Xuanzang, el Gran Expositor-Sacerdote, reunió a mil doscientos monjes ilustres. Se reunieron en el Templo de la Transformación en la ciudad de Chang'an para exponer los diversos sūtras sagrados. Después de celebrar la corte esa misma mañana, el emperador condujo a muchos funcionarios tanto militares como civiles y salió del Salón del Tesoro de los Carillones Dorados en carruajes de fénix y carros de dragón. Llegaron al templo para escuchar las conferencias y encender incienso. ¿Cómo aparece el cortejo imperial? Verdaderamente viene con

Un cielo lleno de aire bendito,
Incontables rayos de luz sagrada.
El viento favorable sopla suavemente;
El sol omnificente brilla con fuerza.
Mil señores con jade de cinturón caminan al frente y atrás.
Las muchas banderas de los guardias están a la izquierda y a la derecha.
Los que sostienen garrotes dorados,
Y halberds y hachas,
Marchan en pares y pares;
Las linternas de seda roja,
El urn de incienso real,
Se mueven en solemnidad.
Los dragones vuelan y las fénixes danzan;
Los halcones se elevan y las águilas emprenden vuelo.
Este Hijo del Cielo es un sabio recto;
Los ministros justos son buenos.
Aumentan nuestra dicha por mil años, superando a Yu y Shun;
Aseguran la paz de mil generaciones, rivalizando con Yao y Tang.

También vemos el paraguas de mango curvado,
Y túnicas con dragones ondulantes—
Su resplandor iluminándose mutuamente;
Los anillos de jade unidos,
Los abanicos de fénix,
Agitando a través de la niebla sagrada.
Esos gorros de perlas y cinturones de jade;
Las cintas moradas y las medallas de oro.
Mil filas de soldados protegen el Trono;
Dos líneas de mariscales sostienen la carroza.
Este emperador, purificado y sincero, se inclina ante Buda,
Contento de elevar incienso y buscar el fruto de la virtud.

El gran cortejo del emperador Tang pronto llegó frente al templo. El emperador ordenó que se detuviera la música, salió de las carrozas y llevó a muchos funcionarios en la adoración de Buda, tomando palillos de incienso encendidos en sus manos. Después de inclinarse tres veces sosteniendo el incienso, levantaron la cabeza y miraron a su alrededor. Este era, de hecho, un espléndido salón religioso. Ves

Banderas y estandartes danzantes;
Sombrillas brillantes y relucientes.
Banderas y estandartes danzantes
Llenan el aire con hebras de niebla de colores brillantes.
Sombrillas brillantes y relucientes
Brillan al sol como rayos ardientes.
Imponente, la imagen dorada de Lokājyeṣṭha;
Más asombrosos, los rasgos de jade de los arhats.
Flores divinas llenan los jarrones.
Incienso de sándalo arde en las urnas.
Las flores divinas que llenan los jarrones
Adornan el templo con un brillante bosque de brocados.
El incienso de sándalo que arde en las urnas
Cubre el cielo claro con olas de nubes fragantes.
Apilados en bandejas rojas hay frutas de temporada.
En mostradores de colores, montones de pasteles y dulces reposan.
Filas de nobles sacerdotes cantan los sūtras sagrados
Para salvar de sus tribulaciones a esas almas huérfanas.

Taizong y sus oficiales levantaron cada uno el incienso; también adoraron el cuerpo dorado de Buda y rindieron homenaje a los arhats. Después, el Maestro de la Ley, Chen Xuanzang, el Gran Expositor de la Fe, condujo a los diversos monjes a saludar al emperador Tang. Después de la ceremonia, regresaron a sus asientos según su rango y posición. El sacerdote luego presentó a Taizong la proclamación para la liberación de las almas huérfanas. Decía:

La virtud suprema es vasta y sin fin, pues el budismo se basa en el Nirvāṇa. El espíritu de lo puro y lo limpio circula libremente y fluye en todas partes en las

Tres Regiones. Hay mil cambios y diez mil transformaciones, todos regulados por las fuerzas del yin y el yang. Verdaderamente son ilimitados y vastos el sustento, la función, la verdadera naturaleza y la permanencia de tales fenómenos. Pero mira a esas almas huérfanas, ¡qué dignas son de nuestra compasión y lástima! Ahora, por el santo mandato de Taizong, hemos seleccionado y reunido a varios sacerdotes, quienes se dedicarán a la meditación y a la proclamación de la Ley. Abriendo de par en par las puertas de la salvación y poniendo en movimiento muchos recipientes de misericordia, deseamos liberar a ustedes, las multitudes, del Mar del Sufrimiento y salvarles de la perdición y del Camino de los Seis. Serán conducidos a regresar al camino de la verdad y disfrutar de la dicha del Cielo. Ya sea por movimiento, reposo o no actividad, estarán unidos con, y se convertirán en, esencias puras. Por lo tanto, aprovechen esta noble ocasión, pues están invitados a los placeres de la ciudad celestial. Aprovechen nuestra Gran Misa para que puedan encontrar la liberación de la prisión del Infierno, ascender rápidamente y libremente a la dicha suprema, y viajar sin restricciones en la Región del Oeste.

El poema dice:

Una urna de incienso inmortal.

Algunos rollos de poder salvífico.

Mientras proclamamos esta Ley infinita,

Reciban ahora la interminable gracia del Cielo.

Toda su culpa y crimen abolidos,

Ustedes, almas perdidas, pueden dejar su prisión.

Que nuestra nación sea firmemente bendecida

Con paz duradera y abarcadora.

Muy complacido con lo que había leído, Taizong dijo a los monjes: "Manténganse firmes, todos ustedes, en su devoción y no aflojen en su servicio a Buda. Después de lograr mérito y después de que cada uno haya recibido su bendición, los recompensaremos generosamente. Tengan la seguridad de que no habrán trabajado en vano." Los mil doscientos monjes tocaron sus frentes contra el suelo para expresar su gratitud. Después de las tres comidas vegetarianas del día, el emperador Tang regresó al palacio para esperar la celebración formal de la misa siete días después, cuando nuevamente sería invitado a elevar incienso. A medida que caía el crepúsculo, los diversos funcionarios se retiraron. ¿Qué tipo de noche era esta? Observa

El largo tramo de cielo despejado mientras la penumbra se apodera,

A medida que los cuervos caen a su percha al final del día.

La gente se vuelve silenciosa, la ciudad llena de luces:

Ahora es el momento para que los monjes Chan mediten.

Te hemos contado sobre el paisaje de la noche. A la mañana siguiente, el Maestro de la Ley volvió a ascender a su asiento y reunió a los monjes para recitar sus sūtras, pero no diremos más sobre eso.

Ahora te contaremos sobre el Bodhisattva Guanyin de la Montaña Potalaka en el Mar del Sur, quien, desde que recibió el mandato del Tathāgata, estaba buscando en la ciudad de Chang' an a una persona digna que fuera el buscador de escrituras. Sin embargo, durante mucho tiempo no encontró a nadie verdaderamente virtuoso. Luego supo que Taizong estaba exaltando el mérito y la virtud y seleccionando a monjes ilustres para llevar a cabo la Gran Misa. Cuando descubrió, además, que el sacerdote principal y celebrante era el monje Niño Rí o Flotante, quien era un hijo de Buda nacido del paraíso y que también era el anciano que había enviado a esta encarnación, el Bodhisattva se sintió extremadamente complacido. Inmediatamente tomó los tesoros otorgados por Buda y los llevó con Mokṣa para venderlos en las calles principales de la ciudad.

"¿Cuáles eran esos tesoros?" preguntas. Eran la sotana bordada con joyas raras y el báculo sacerdotal de nueve anillos. Pero mantuvo ocultos los Filtros de Oro, el Restringente y el Prohibitivo para usarlos en otro momento, poniendo a la venta solo la sotana y el báculo sacerdotal.

Ahora, en la ciudad de Chang' an, había uno de esos monjes necios que no había sido seleccionado para participar en la Gran Misa, pero que poseía algunos hilos de riqueza. Al ver al Bodhisattva, que se había transformado en un monje cubierto de costras y llagas, descalzo y sin cabeza, vestido con harapos, y sosteniendo a la venta la resplandeciente sotana, se acercó y preguntó: "Tú, monje sucio, ¿cuánto pides por tu sotana?" "El precio de la sotana," dijo el Bodhisattva, "es cinco mil taeles de plata; por el báculo, dos mil." El monje necio se rió y dijo: "¡Este monje sucio está loco! ¡Un lunático! ¿Quieres siete mil taeles de plata por dos artículos tan comunes? No valen tanto, incluso si usarlos te hiciera inmortal o te convirtiera en un buda. ¡Llévatelos! ¡Nunca podrás venderlos!" El Bodhisattva no se molestó en discutir con él; se alejó y continuó su camino con Mokṣa.

Después de un largo tiempo, llegaron a la Puerta de la Flor Oriental y se encontraron con el ministro principal Xiao Yu, que regresaba de la corte. Sus heraldos gritaban para despejar las calles, pero el Bodhisattva se negó valientemente a apartarse. Se quedó en la calle sosteniendo la sotana y se enfrentó al ministro principal. El ministro tiró de las riendas para observar esta brillante y luminosa sotana y pidió a sus subordinados que averiguaran el precio de la prenda. "Pido cinco mil taeles por la sotana," dijo el Bodhisattva, "y dos mil por el báculo." "¿Qué tiene de tan bueno," preguntó Xiao Yu, "para que sea tan cara?" "Esta sotana," dijo el Bodhisattva, "tiene algo bueno y también algo malo. Para algunas personas puede ser muy cara, pero para otras puede no costar nada en absoluto."

"¿Qué tiene de bueno," preguntó Xiao Yu, "y qué tiene de malo?"

"El que lleve mi sotana," respondió el Bodhisattva, "no caerá en la perdición, no sufrirá en el Infierno, no encontrará violencia y no se encontrará con tigres y lobos. ¡Así de buena es! Pero si la persona resulta ser un monje necio que disfruta de placeres y se regocija en iniquidades, o un sacerdote que no obedece las leyes dietéticas ni los mandamientos, o un ser mundano que ataca los sūtras y calumnia a Buda, nunca podrá ver mi sotana. ¡Eso es lo malo!" El ministro principal preguntó de nuevo: "¿Qué quieres decir con que será caro para algunos y no caro para otros?" "El que no siga la Ley de Buda," dijo el Bodhisattva, "o no rinda homenaje a las Tres Joyas tendrá que pagar siete mil taeles si insiste en comprar mi sotana y mi báculo. ¡Así de caro será! Pero si honra las Tres Joyas, se regocija en hacer buenas obras y obedece a nuestro Buda, es una persona digna de estas cosas. Yo le daré gustosamente la sotana y el báculo para establecer una afinidad de bondad con él. Eso es lo que quise decir cuando dije que para algunos no costaría nada."

Cuando Xiao Yu escuchó estas palabras, su rostro no pudo ocultar su placer, pues sabía que esta era una buena persona. Se desmontó de inmediato y saludó al Bodhisattva ceremoniosamente, diciendo: "Su Eminencia Santa, por favor perdone cualquier ofensa que Xiao Yu pudiera haber causado. Nuestro Gran Emperador Tang es una persona muy religiosa, y todos los funcionarios de su corte piensan de manera similar. De hecho, hemos comenzado una Gran Misa de Tierra y Agua, y esta sotana será muy apropiada para el uso de Chen Xuanzang, el Gran Expositor de la Fe. Permítame acompañarle para tener una audiencia con el Trono."

El Bodhisattva se mostró feliz de cumplir con la sugerencia. Se dieron la vuelta y entraron por la Puerta de la Flor Oriental. El Custodio de la Puerta Amarilla entró para hacer el informe, y fueron convocados al Salón del Tesoro, donde Xiao Yu y los dos monjes cubiertos de costras y llagas estaban de pie al pie de las escaleras.

"¿Qué quiere informar Xiao Yu?" preguntó el emperador Tang. Prostrándose ante los escalones, Xiao Yu dijo: "Su súbdito, al salir por la Puerta de la Flor Oriental, se encontró por casualidad con estos dos monjes, que venden una sotana y un báculo sacerdotal. Pensé en el sacerdote Xuanzang, quien podría llevar esta prenda. Por esta razón, pedimos tener una audiencia con Su Majestad."

Altamente complacido, Taizong preguntó por el precio de la sotana. El Bodhisattva y Mokṣa estaban al pie de las escaleras, pero no se inclinaron en absoluto. Cuando se preguntó el precio de la sotana, el Bodhisattva respondió: "Cinco mil taeles por la sotana y dos mil por el báculo sacerdotal." "¿Qué tiene de tan bueno la sotana," dijo Taizong, "que deba costar tanto?" El Bodhisattva dijo:

"De esta sotana,
Un dragón que lleva solo un jirón
Escapará del infortunio de ser devorado por el gran roc;
O una grulla de la que cuelga un hilo
Trascederá este mundo y alcanzará el lugar de los dioses.
Siéntate en ella:
¡Diez mil dioses te saludan!
Muévete con ella:
¡Siete Budas te seguirán!

Esta sotana fue hecha de seda extraída de gusanos de seda helados
Y hilos hilados por hábiles artesanos.
Niñas inmortales hicieron la urdimbre;
Doncellas divinas ayudaron en el telar.
Poco a poco, las partes fueron cosidas y bordadas.
Punto a punto, se erguía—un brocado de la urdimbre,
Su tejido translúcido más fino que las flores ornamentadas.
Sus colores, brillantes, emiten luz preciosa.
Póntela y una niebla carmesí rodeará tu figura.
Quítatela y verás volar las nubes de colores.
Fuera de la puerta de los Tres Cielos se vio su luz primordial;
Ante las Cinco Montañas su aura mágica creció.
Incrustados hay capas de loto del Oeste,
Y perlas colgantes brillan como planetas y estrellas.
En cuatro esquinas hay perlas que brillan de noche;
En la parte superior se sujeta una esmeralda.
Aunque carezca de la forma primordial omnividente,
Es sostenida por Ocho Tesoros todos resplandecientes.
Esta sotana
La mantienes doblada a tu antojo;
Te la pones para encontrarte con sabios.
Cuando se mantiene doblada a tu antojo,
Sus matices arcoíris atraviesan mil envolturas.
Cuando te la pones para encontrarte con sabios,
¡Todo el Cielo se asusta—tanto demonios como dioses!
En la parte superior están la perla ṛddhi,
La perla māṇi,
La perla que limpia el polvo,
La perla que detiene el viento.
También están la cornalina roja,
El coral púrpura,
La perla luminiscente,
El Śārīputra.
Le quitan a la luna su blancura;
Igualan al sol en su rojidez.
En oleadas, su aura divina impregna el cielo;
En destellos, su luminosidad eleva su perfección.
En oleadas, su aura divina impregna el cielo,
Inundando la Puerta del Cielo.
En destellos, su luminosidad eleva su perfección,
Iluminando todo el mundo.
Brillando sobre las montañas y los ríos,
Despierta a tigres y leopardos;
Iluminando las islas y los mares,
Mueve dragones y peces.

A lo largo de sus bordes cuelgan dos cadenas de oro fundido,
Y une los collares un anillo de jade blanco como la nieve.
El poema dice:
Las verdades más nobles de las augustas Tres Joyas
Juzgan a todas las Cuatro Criaturas en el Camino de los Seis.
La mente iluminada se alimenta de la Ley de Dios y del hombre;
La naturaleza percibida transmite la lámpara de la sabiduría.
El solemne Vajradhātu guarda el cuerpo
Cuando la mente es pura como el hielo en frascos de jade.
Desde que Buda causó que se hiciera esta sotana,
¿qué diez mil kalpas podrían dañar a un monje?"

Cuando el emperador Tang, que estaba en el Salón del Tesoro, escuchó estas palabras, se sintió muy complacido. "Dime, sacerdote," preguntó de nuevo, "¿qué tiene de tan bueno el báculo sacerdotal de nueve anillos?" "Mi báculo," dijo el Bodhisattva, "tiene en él

Nueve anillos unidos hechos de hierro y fijados en bronce,
Y nueve juntas de enredadera inmortal siempre joven.
Cuando se sostiene, desprecia la vista de los huesos envejecidos;
Deja la montaña para regresar con nubes esponjosas.
Recorrió el Cielo con el Quinto Patriarca;
Rompió la puerta del Infierno donde Luo Bo buscó a su madre.
No manchado por la suciedad de este mundo de polvo rojo,
Sigue gustosamente al dios-monje por el Monte Jade."

Cuando el emperador Tang escuchó estas palabras, dio la orden de que se abriera la sotana para que pudiera examinarla cuidadosamente de arriba a abajo. ¡Era de hecho algo maravilloso! "Venerable Anciano de la Gran Ley," dijo, "no te engañaremos. En este mismo momento hemos exaltado la Religión de la Misericordia y sembrado abundantemente en los campos de la bendición. Puedes ver a muchos sacerdotes reunidos en el Templo de la Transformación para realizar la Ley y los sūtras. En medio de ellos hay un hombre de gran mérito y virtud, cuyo nombre religioso es Xuanzang. Por lo tanto, deseamos comprar estos dos objetos tesoro de ti para dárselos a él. ¿Cuánto realmente pides por estas cosas?"

Al escuchar estas palabras, el Bodhisattva y Mokṣa juntaron las manos y alabaron a Buda. "Si es un hombre de virtud y mérito," le dijo al Trono, inclinándose, "este humilde clérigo está dispuesto a dárselos. No aceptaré dinero." Terminó de hablar y se dio la vuelta de inmediato para irse. El emperador Tang rápidamente pidió a Xiao Yu que la detuviera. Levantándose en el Salón, se inclinó profundamente antes de decir: "Antes afirmaste que la sotana valía a cinco mil taeles de plata, y el báculo dos mil. Ahora que ves que queremos comprarlos, te niegas a aceptar el pago. ¿Insinúas que nos aprovecharemos de nuestra posición y tomaremos tu posesión por la fuerza? ¡Eso es absurdo! Te pagaremos de acuerdo con la suma original que pediste; por favor, no lo rechaces."

Levantando las manos en señal de saludo, el Bodhisattva dijo: "Este humilde clérigo hizo un voto anteriormente, afirmando que cualquier persona que rinda homenaje a las Tres Tesoros, se regocije en la virtud y se someta a nuestro Buda recibirá estos tesoros gratuitamente. Dado que está claro que Su Majestad está ansioso por magnificar la virtud, descansar en la excelencia y honrar nuestra fe budista al tener a un monje ilustre que proclame la Gran Ley, es mi deber presentar estos regalos. No tomaré dinero por ellos. Se dejarán aquí y este humilde clérigo se despedirá de usted." Cuando el emperador Tang vio que ella era tan insistente, se sintió muy complacido. Ordenó a la Corte de Banquetes que preparara un gran banquete vegetariano para agradecer al Bodhisattva, quien también rechazó eso firmemente. Se marchó amigablemente y regresó a su escondite en el Templo del Espíritu Local, del que no diremos más.

Ahora les contamos sobre Taizong, quien celebró una corte al mediodía y pidió a Wei Zheng que convocara a Xuanzang para una audiencia. Ese Maestro de la Ley estaba justo dirigiendo a los monjes en el canto de sūtras y la recitación de geyas. Cuando escuchó el decreto del emperador, dejó la plataforma de inmediato y siguió a Wei Zheng para presentarse ante el Trono. "Hemos molestado mucho a nuestro Maestro," dijo Taizong, "para que realice obras ejemplares de bien, por lo que apenas tenemos algo que ofrecerle en agradecimiento. Esta mañana, Xiao Yu se encontró con dos monjes que estaban dispuestos a presentarnos una sotana bordada con tesoros raros y un báculo sacerdotal de nueve anillos. Por lo tanto, le llamamos especialmente para que los reciba para su disfrute y uso." Xuanzang se inclinó para expresar su agradecimiento.

"Si nuestro Maestro de la Ley está dispuesto," dijo Taizong, "por favor, póngase la prenda para que podamos verla." El sacerdote, por lo tanto, sacudió la sotana y se la puso, sosteniendo el báculo en sus manos. Al estar de pie frente a los escalones, tanto el gobernante como los súbditos estaban encantados. ¡Aquí estaba un verdadero hijo de Tathāgata! Míralo:

Su apariencia imponente, ¡qué elegante y refinado!
¡Esta túnica de Buda le queda como un guante!
Su esplendor más lustroso derrama sobre el mundo;
Sus colores brillantes impregnan el universo.
Arriba y abajo hay hileras de perlas brillantes;
Delante y detrás, capas de cuerdas doradas.
El brocado dorado adorna los bordes de la túnica por todas partes,
Con patrones bordados de lo más variados y raros.
Con forma de Ocho Tesoros están las ranas de hilo.
Un anillo de oro une los cuellos con lazos de terciopelo.
Se muestra en la parte superior e inferior el rango del Cielo,
Y estrellas, grandes y pequeñas, están colocadas a la izquierda y a la derecha.
Grande es la fortuna de Xuanzang, el sacerdote,
Ahora más que merecedor de esta cosa preciosa.
Parece un arhat viviente del Oeste,

O incluso mejor que su verdadera élite.
Sostiene su báculo y todos sus nueve anillos suenan,
Benéfico en su sombrero de Vairocana.
¡Un verdadero hijo de Buda, no es un cuento vano!
¡Iguala el Bodhi y eso no es una mentira!

Los diversos funcionarios, tanto civiles como militares, se alinearon ante los escalones y gritaron "¡Bravo!" Taizong no podría haber estado más complacido, y le dijo al Maestro de la Ley que mantuviera su sotana puesta y el báculo en sus manos. Se ordenaron dos regimientos de la guardia de honor para acompañarlo junto con muchos otros funcionarios. Salieron por la puerta de la corte y avanzaron por las calles principales hacia el templo, y todo el séquito daba la impresión de que un zhuangyuan estaba haciendo un recorrido por la ciudad. ¡La procesión era un espectáculo conmovedor! Los comerciantes y artesanos en la ciudad de Chang'an, los príncipes y nobles, los hombres de tinta y letras, los hombres adultos y las pequeñas niñas—todos competían por tener una buena vista. Todos exclamaban: "¡Qué sacerdote! ¡Es verdaderamente un arhat viviente descendido a la Tierra, un bodhisattva vivo que viene al mundo!" Xuanzang se dirigió directamente al templo donde fue recibido por todos los monjes que dejaban sus asientos. En el momento en que lo vieron vistiendo esa sotana y sosteniendo el báculo, todos dijeron que ¡el Rey Kṣitigarbha había llegado! Todos se inclinaron ante él y le atendieron a izquierda y derecha. Subiendo al salón principal, Xuanzang encendió incienso para honrar al Buda, después de lo cual habló sobre el favor del emperador a la multitud. Luego, cada uno volvió a su asiento asignado, y pronto el orbe ardiente se hundió hacia el oeste. Así fue:

Atardecer: la niebla escondía árboles y hierbas;
Las primeras campanadas de la capital sonaron.
Zheng-zheng tocaron tres veces, y el tráfico humano cesó;
Las calles de atrás y delante pronto se hicieron silenciosas.
Aunque las luces brillaban en el Primer Templo,
El pueblo solitario estaba en silencio y mudo.
El monje se concentró para atender los sūtras aún—
Tiempo para fundir demonios, para nutrir su espíritu.

El tiempo pasó como el chasquido de los dedos, y la celebración formal de la Gran Misa en el séptimo día estaba por llevarse a cabo. Xuanzang presentó al emperador Tang un memorial, invitándolo a elevar el incienso. Las noticias de estas buenas obras estaban circulando por todo el imperio. Al recibir la notificación, Taizong mandó traer su carroza y llevó a muchos de sus funcionarios, tanto civiles como militares, así como a sus familiares y damas de la corte, al templo. Todo el pueblo de la ciudad—jóvenes y viejos, nobles y plebeyos—también acudió para escuchar la predicación. Al mismo tiempo, el Bodhisattva le dijo a Mokṣa: "Hoy es la celebración formal de la Gran Misa, el primer séptimo de siete tales ocasiones. Ya es hora de que tú y yo nos unamos a la multitud. Primero, queremos ver cómo va la misa; segundo, queremos averiguar si la Cigarra de Oro es digna de mis tesoros; y tercero, podemos descubrir de qué división del budismo está predicando." Los dos se dirigieron entonces al templo; y así es que

La afinidad ayudará a los viejos camaradas a encontrarse
Mientras la perfección regresa a este asiento sagrado.

Al entrar al templo para mirar alrededor, descubrieron que tal lugar en la capital de una gran nación realmente superaba al Ṣaḍ-varṣa, o incluso al Jardín Jetavana de la Śrāvastī. Era verdaderamente un templo elevado de Caturdiśgaḥ, resonando con música divina y cantos budistas. Nuestro Bodhisattva se dirigió directamente al lado de la plataforma de muchos tesoros y contempló una forma que realmente se parecía a la iluminada Cigarra de Oro. El poema dice:

Todas las cosas eran puras, sin un punto de polvo.
Xuanzang de la Gran Ley estaba sentado alto en el escenario.
Almas perdidas, redimidas, se acercaron al lugar sin ser vistas;
Los nobles de la ciudad vinieron a escuchar la Ley.
Das cuando el tiempo es propicio: esta intención tiene un alcance profundo.
Muere como desees, la puerta del Canon está abierta.
Al escuchar que él recitaba la Ley Infinita,
Jóvenes y viejos se sintieron alegres y consolados.
Otro poema dice:
Desde que hizo un recorrido por este sitio sagrado,
Conoció a un amigo diferente a todos los demás.
Hablaron del presente y de innumerables cosas—
Del mérito y la prueba en este mundo de polvo.
La nube de la Ley se extiende para cubrir las colinas;
La red de la Verdad se expande ampliamente para llenar todo el espacio.
Evalúa sus vidas y regresa a buenos pensamientos,
Porque la gracia del Cielo es abundante como las flores que caen.

En la plataforma, ese Maestro de la Ley recitó durante un tiempo el Sūtra de la Vida y la Liberación para los Muertos; luego, dio una charla durante un tiempo sobre la Crónica del Tesoro Celestial para la Paz en la Nación, después de lo cual predicó durante un tiempo sobre el Rollos sobre el Mérito y la Auto-Cultivación.

El Bodhisattva se acercó y golpeó sus manos en la plataforma, llamando en voz alta: "¡Eh, monje! Solo sabes hablar sobre las enseñanzas del Pequeño Vehículo. ¿No sabes nada sobre el Gran Vehículo?" Cuando Xuanzang escuchó esta pregunta, se llenó de alegría. Se dio la vuelta y saltó de la plataforma, levantó las manos y saludó al Bodhisattva, diciendo: "Venerable Maestro, por favor perdone a su discípulo por la falta de respeto. Solo sé que los sacerdotes que vinieron antes que yo solo hablan sobre las enseñanzas del Pequeño Vehículo. No tengo idea de qué enseñan sobre el Gran Vehículo." "Las doctrinas de tu Pequeño Vehículo," dijo el Bodhisattva, "no pueden salvar a los condenados llevándolos al Cielo; solo pueden engañar y confundir a los mortales. Tengo en mi posesión el Tripitaka, tres colecciones de las Leyes del Gran Vehículo de Buda, que son capaces de enviar a los perdidos al Cielo, liberar a los afligidos de sus sufrimientos, crear cuerpos intemporales y romper los ciclos de ir y venir."

Mientras hablaban, el oficial encargado del incienso y la inspección de los salones informó al emperador: "El Maestro estaba justo en el proceso de dar una lección sobre la maravillosa Ley cuando fue arrastrado por dos mendigos cubiertos de costras, balbuceando algún tipo de tonterías." El rey ordenó que fueran arrestados, y los dos monjes fueron llevados por muchas personas y empujados al salón en la parte trasera. Cuando el monje vio a Taizong, ni levantó las manos ni hizo una reverencia; en su lugar, levantó la cara y dijo: "¿Qué desea de mí, Su Majestad?" Reconociéndola, el emperador Tang dijo: "¿No eres la monja que nos trajo la sotana el otro día?" "Lo soy," dijo el Bodhisattva. "Si has venido a escuchar la lección," dijo Taizong, "puedes tomar algo de comida vegetariana. ¿Por qué participar en esta discusión descontrolada con nuestro Maestro y perturbar el aula de conferencias, retrasando nuestro servicio religioso?"

"Lo que ese Maestro suyo estaba enseñando," dijo el Bodhisattva, "resulta ser las enseñanzas del Pequeño Vehículo, que no pueden llevar a los perdidos al Cielo. En mi posesión está el Tripitaka, la Ley del Gran Vehículo de Buda, que es capaz de salvar a los condenados, liberar a los afligidos y crear el cuerpo indestructible." Deleitado, Taizong preguntó ansiosamente: "¿Dónde está tu Ley del Gran Vehículo de Buda?" "En el lugar de nuestro señor, Tathāgata," dijo el Bodhisattva, "en el Gran Templo del Trueno, ubicado en la India del Gran Cielo Occidental. Puede deshacer el nudo de cien enemistades; puede disipar desgracias inesperadas." "¿Puedes recordar alguna de ella?" preguntó Taizong. "Ciertamente," dijo el Bodhisattva. Taizong se alegró mucho y dijo: "Que el Maestro lleve a esta monja a la plataforma para comenzar una lección de inmediato."

Nuestro Bodhisattva llevó a Mokṣa y voló a la alta plataforma. Luego caminó sobre las nubes sagradas para elevarse en el aire y reveló su verdadera forma salvadora, sosteniendo el vaso puro con la rama de sauce. A su izquierda estaba la figura viril de Mokṣa portando el báculo. El emperador Tang estaba tan abrumado que se inclinó hacia el cielo y adoró, mientras los funcionarios civiles y militares se arrodillaban en el suelo y quemaban incienso. En todo el templo, no había un solo monje, monja, daoísta, persona secular, erudito, artesano y comerciante que no se inclinara y exclamara: "¡Querido Bodhisattva! ¡Querido Bodhisattva!"
Tenemos una canción como testimonio. Ellos vieron solo

Niebla auspiciosa en difusión
Y dharmakāya velado por luz sagrada.
En el brillante aire del Cielo de nueve pliegues
Apareció una dama inmortal.
Esa Bodhisattva

Llevaba en la cabeza un gorro
Ajustado con hojas de oro
Y decorado con flores de jade,
Con borlas de perlas colgantes,
Brillando con luz dorada.
En su cuerpo tenía
Una túnica de fino seda azul,
De color ligero
Y simplemente bordada
Por dragones que giran
Y fénixes que se elevan.
Delante colgaba
Un par de jade de fragancia,
Que brillaba con la luna
Y danzaba con el viento,
Superpuesto con preciosas perlas
Y con jade imperial.
Alrededor de su cintura estaba atado
Una falda de terciopelo bordado
De seda de gusano de hielo
Y ribeteada en oro,
En la que superaba las nubes de colores
Y cruzaba el mar de jaspe.
Delante de ella llevaba
Un cacatúa con pico rojo y plumas amarillas,
Que había vagado por el Océano Oriental
Y por todo el mundo
Para fomentar obras de misericordia y piedad filial.
Sostenía en sus manos
Un vaso precioso que dispensaba gracia y sustentaba el mundo,
En el que estaba plantada
Una ramita de sauce flexible,
Que podía humedecer el cielo azul
Y barrer todo mal—
Toda niebla y humo que se adhiere.
Sus anillos de jade unían bucles bordados;
Un loto dorado crecía bajo sus pies.
Durante tres días a menudo vino y fue:
Esta misma Guanshiyin que salva del dolor y la pena.

Tan complacido estaba Tang Taizong con la visión que se olvidó de su imperio; tan cautivados estaban los funcionarios civiles y militares que ignoraron por completo la etiqueta de la corte. Todos estaban cantando: "¡Namo Bodhisattva Guanshiyin!"

Taizong dio de inmediato la orden para que un pintor hábil esbozara la verdadera forma del Bodhisattva. No había terminado de hablar cuando se

180

seleccionó a un tal Wu Daozi, quien podía retratar dioses y sabios y era un maestro de la perspectiva noble y la visión elevada. Inmediatamente abrió su magn ífico pincel para registrar la verdadera forma. Las nubes sagradas del Bodhisattva se disiparon gradualmente y, en poco tiempo, la luz dorada desapareció. Desde el aire flotó un trozo de papel en el que estaban claramente escritas varias líneas en estilo de gāthā:

Saludamos al gran Gobernante de Tang

Con escritos más sublimes del Oeste.

El camino: ciento ocho mil millas.

Este Mahāyāna busca con fervor.

Estos Libros, cuando lleguen a tu noble estado,

Pueden redimir espíritus condenados del Infierno.

Si alguien está dispuesto a ir,

Se convertirá en un Buda de oro.

Cuando Taizong vio la gāthā, dijo a los diversos monjes: "Detengamos la Misa. Esperen hasta que envíe a alguien a traer las escrituras del Gran Vehículo. Entonces renovaremos nuestro esfuerzo sincero para cultivar los frutos de la virtud." Ninguno de los funcionarios discrepó con el emperador, quien luego preguntó en el templo: "¿Quién está dispuesto a aceptar nuestra comisión para buscar escrituras de Buda en el Cielo Occidental?" Apenas había terminado de hablar cuando el Maestro de la Ley se adelantó desde un costado y lo saludó, diciendo: "Aunque su pobre monje no tiene talentos, está listo para desempeñar el servicio de un perro y un caballo. Buscaré estas verdaderas escrituras en nombre de Su Majestad, para que el imperio de nuestro rey sea firme y perdurable." Muy complacido, el emperador Tang se acercó para levantar al monje con sus manos reales, diciendo: "Si el Maestro está dispuesto a expresar su lealtad de esta manera, sin desanimarse por la gran distancia o por el viaje sobre montañas y rí os, estamos dispuestos a convertirnos en hermanos de lazos." Xuanzang tocó su frente en el suelo para expresar su gratitud. Siendo de hecho un hombre recto, el emperador Tang se fue de inmediato ante la imagen de Buda en el templo y se inclinó ante Xuanzang cuatro veces, dirigiéndose a él como "nuestro hermano y santo monje."

Conmovido, Xuanzang dijo: "Su Majestad, ¿qué habilidad y qué virtud posee su pobre monje para merecer tal afecto de su Gracia Celestial? No escatimar é esfuerzos en este viaje, pero procederé con toda diligencia hasta llegar al Cielo Occidental. Si no alcanzo mi meta, o las verdaderas escrituras, no regresaré a nuestra tierra, incluso si tengo que morir. Preferiría caer en la perdición eterna en el Infierno." Entonces levantó el incienso ante Buda y hizo esa su promesa. Muy complacido, el emperador Tang ordenó que su carroza regresara al palacio para esperar el día y la hora auspiciosos, cuando se pudieran emitir documentos oficiales para que el viaje comenzara. Así fue como el Trono se retiró mientras todos se dispersaban.

Xuanzang también regresó al Templo de las Grandes Bendiciones. Los muchos monjes de ese templo y sus varios discípulos, que habían escuchado sobre la búsqueda de las escrituras, todos vinieron a verlo. Preguntaron: "¿Es cierto que has prometido ir al Cielo Occidental?" "Sí," respondió Xuanzang. "Oh Maestro," dijo uno de sus discípulos, "he oído a la gente decir que el camino hacia el Cielo Occidental es largo, lleno de tigres, leopardos y todo tipo de monstruos. Temo que habrá partida pero no retorno para ti, ya que será difícil salvaguardar tu vida."

"Ya he hecho un gran voto y una profunda promesa," dijo Xuanzang, "que si no adquiero las verdaderas escrituras, caeré en la perdición eterna en el Infierno. Dado que he recibido tal gracia y favor del rey, no tengo alternativa más que servir a mi país hasta el máximo de mi lealtad. Es cierto, por supuesto, que no tengo idea de cómo me irá en este viaje o si me espera el bien o el mal." Les dijo nuevamente: "Mis discípulos, después de que me vaya, esperen dos o tres años, o seis o siete años. Si ven las ramas de los pinos dentro de nuestra puerta apuntando hacia el este, sabrán que estoy a punto de regresar. Si no, no volveré." Los discípulos grabaron firmemente sus palabras en su memoria.

A la mañana siguiente, Taizong celebró una corte y reunió a todos los funcionarios. Redactaron el edicto formal que declaraba la intención de adquirir escrituras y lo sellaron con el sello de libre paso. El Presidente de la Junta Imperial de Astronomía llegó entonces con el informe: "Hoy las posiciones de los planetas son especialmente favorables para que los hombres realicen un viaje de gran longitud." El emperador Tang se mostró muy complacido. Posteriormente, el Custodio de la Puerta Amarilla también presentó un informe, diciendo: "El Maestro de la Ley espera su placer fuera de la corte." El emperador lo convocó a la sala del tesoro y dijo: "Hermano Real, hoy es un día auspicioso para el viaje, y su edicto de libre paso está listo. También le presentamos un tazón hecho de oro púrpura para que recoja limosnas en su camino. Se han seleccionado dos asistentes para acompañarlo, y un caballo será su medio de viaje. Puede comenzar su viaje de inmediato."

Muy complacido, Xuanzang expresó su gratitud y recibió sus regalos, sin mostrar el menor deseo de quedarse. El emperador Tang pidió su carroza y llevó a muchos funcionarios fuera de la puerta de la ciudad para despedirlo. Los monjes del Templo de las Grandes Bendiciones y los discípulos ya estaban allí esperando con la ropa de invierno y verano de Xuanzang. Cuando el emperador los vio, ordenó que primero se empacaran las bolsas en los caballos y luego pidió a un oficial que trajera una jarra de vino. Taizong levantó su copa para brindar al peregrino, diciendo: "¿Cuál es el nombre de nuestro Hermano Real?" "Su pobre monje," dijo Xuanzang, "es una persona que ha dejado a su familia. No se atreve a asumir un nombre." "El Bodhisattva dijo antes," dijo Taizong, "que había tres colecciones de escrituras en el Cielo Occidental. Nuestro Hermano puede tomar eso como un nombre y llamarse Tripitaka. ¿Qué le parece?"

Agradeciéndole, Xuanzang aceptó el vino y dijo: "Su Majestad, el vino es la primera prohibición del sacerdocio. Su pobre monje ha practicado la abstinencia desde su nacimiento." "El viaje de hoy," dijo Taizong, "no se puede comparar con ningún evento ordinario. Por favor, beba una copa de este vino diet ético y acepte nuestros buenos deseos que acompañan el brindis." Xuanzang no se atrevió a rechazar; tomó el vino y estaba a punto de beber, cuando vio a Taizong agacharse para recoger un puñado de tierra con sus dedos y espolvorearlo en el vino. Tripitaka no tenía idea de lo que significaba este gesto.

"Querido Hermano," dijo Taizong, riendo, "¿cuánto tiempo te llevará volver de este viaje al Cielo Occidental?" "Probablemente en tres años," dijo Tripitaka, "regresaré a nuestra noble nación." "Los años son largos y el viaje es grande," dijo Taizong. "Bebe esto, Hermano Real, y recuerda:

Aprecia un puñado de tierra de tu hogar,
Pero no ames diez mil taels de oro extranjero."

Entonces Tripitaka comprendió el significado del puñado de tierra espolvoreado en su copa; agradeció al emperador una vez más y vació la copa. Salió por la puerta y se fue, mientras el emperador Tang regresaba en su carroza. No sabemos qué le sucederá en este viaje; escucharemos la explicación en el próximo capítulo.

CAPÍTULO 13

En la guarida de los tigres, la Estrella de Oro trae liberación;
En el Pico de Doble Horquilla, Boqin detiene al monje.

El rico gobernante Tang emitió un decreto,
Encargando a Xuanzang buscar la fuente del Chan.
Se dedicó a encontrar la Guarida del Dragón,
Con firme determinación de escalar el Pico de los Buitres.
¿A través de cuántos estados vagó más allá del suyo?
A través de nubes y colinas pasó diez mil veces.
Ahora deja el trono para ir hacia el Oeste;
Mantendrá la ley y la fe para alcanzar el Gran Vacío.

Ahora les contaremos sobre Tripitaka, quien, en el tercer día antes del décimo quinto del noveno mes en el decimotercer año del periodo Zhenguan, fue despedido por el emperador Tang y muchos funcionarios desde la puerta de Chang'an. Durante un par de días, su caballo trotó sin cesar, y pronto llegaron al Templo de la Puerta de la Ley. El abad de ese templo llevó a unos quinientos monjes a ambos lados para recibirlo y lo llevó adentro. Al encontrarse, se sirvió té, después se presentó una comida vegetariana. Poco después de la comida, cayó la tarde, y así

Las sombras se movieron hacia el pulso cercano del Río Estelar;
La luna brillaba sin una mota de polvo.
Los gansos salvajes llamaban desde el cielo distante,
Y los trillos de lavar sonaban desde hogares cercanos.
A medida que los pájaros regresaban a posarse en árboles marchitos,
Los monjes Chan conversaban en sus tonos sánscritos.
Sobre esteras de juncos colocadas en una sola cama,
Se sentaron hasta la mitad de la noche.

Bajo las lámparas, los varios monjes discutieron doctrinas budistas y el propósito de buscar escrituras en el Cielo Occidental. Algunos señalaron que las aguas eran amplias y las montañas muy altas; otros mencionaron que los caminos estaban llenos de tigres y leopardos; otros sostenían que los picos precipitados eran difíciles de escalar; y otro grupo insistió en que los monstruos viciosos eran difíciles de someter. Sin embargo, Tripitaka mantuvo su boca bien cerrada, pero señaló con el dedo su propio corazón y asintió con la cabeza varias veces. No entendiendo lo que quería decir, los diversos monjes unieron sus manos y preguntaron: "¿Por qué el Maestro de la Ley señaló su corazón y asintió con la cabeza?"

"Cuando la mente está activa," respondió Tripitaka, "todo tipo de māra entra en existencia; cuando la mente se extingue, todo tipo de māra se extinguirá. Este discípulo ya ha hecho un importante voto ante Buda en el Templo de la

Transformación, y no tiene otra alternativa que cumplirlo con todo su corazón. Si voy, no me desviaré hasta haber llegado al Cielo Occidental, visto a Buda y adquirido las escrituras para que la Rueda de la Ley sea girada hacia nosotros y el reino de nuestro señor sea asegurado para siempre." Cuando los varios monjes oyeron esta declaración, todos lo felicitaron y lo elogiaron, diciendo: "¡Un maestro leal y valiente!" Lo elogiaron sin cesar mientras lo acompañaban a la cama.

Pronto

Los bambúes derribaron la luna poniente
Y los gallos cantaron para reunir las nubes del amanecer.

Los varios monjes se levantaron y prepararon un poco de té y la comida de la mañana. Xuanzang se puso su hábito y fue a adorar a Buda en el salón principal.

"Su discípulo, Chen Xuanzang," dijo, "está en camino a buscar escrituras en el Cielo Occidental. Pero mis ojos carnales son tenues e insensibles y no reconocen la verdadera forma del Buda viviente. Ahora deseo hacer un voto: que a lo largo de este viaje quemaré incienso cada vez que llegue a un templo, adoraré a Buda cada vez que encuentre a un Buda y barreré una pagoda cada vez que llegue a una pagoda. Que nuestro Buda sea misericordioso y pronto me revele su Cuerpo Diamante de dieciséis pies de altura. Que me conceda las verdaderas escrituras para que puedan ser preservadas en la Tierra del Este."

Terminó su oración y regresó al salón para la comida vegetariana, después de la cual sus dos asistentes prepararon la silla y lo instaron a comenzar su viaje. Al salir de la puerta del templo, Tripitaka se despidió de los monjes, que se entristecieron al verlo partir. Lo acompañaron durante diez millas antes de regresar, con lágrimas en los ojos, mientras Tripitaka avanzaba directamente hacia el Oeste. Era la época de finales de otoño. Ustedes ven

Los árboles se desnudan en las aldeas mientras los pétalos de juncos se rompen;
De cada columna de arce caen las hojas rojas.
Los viajeros a través de caminos de niebla y lluvia son pocos.
Las hermosas crisantemos,
Las afiladas rocas de montaña,
Los fríos arroyos y los lirios agrietados todo causa tristeza.
La nieve cae de un cielo helado sobre los juncos y las cañas.
Un pato desciende al anochecer en el vacío distante.
Las nubes sobre los desiertos se mueven a través de la oscuridad creciente.
Las golondrinas parten;
Los gansos salvajes aparecen—
Sus gritos, aunque fuertes, son vacilantes y desolados.

Después de viajar durante varios días, el maestro y los discípulos llegaron a la ciudad de Gongzhou. Fueron recibidos de inmediato por varios funcionarios municipales de esa ciudad, donde pasaron la noche. A la mañana siguiente, partieron de nuevo, llevando comida y bebida en el camino, descansando de noche y viajando de día. En dos o tres días, llegaron al Distrito de Hezhou, que formaba la frontera del Gran Imperio Tang. Cuando el comandante de la guarnición de la frontera así como los monjes y sacerdotes locales escucharon que el Maestro de la Ley, un hermano unido al emperador, estaba en camino al Cielo Occidental para ver a Buda por comisión real, recibieron a los viajeros con el debido respeto. Algunos sacerdotes principales luego los invitaron a pasar la noche en el Templo Fuyuan, donde cada clérigo residente vino a rendir respeto a los peregrinos. Se sirvió la cena, después de la cual se les dijo a los dos asistentes que alimentaran bien a los caballos, ya que el Maestro quería salir antes del amanecer. Al primer canto del gallo, llamó a sus asistentes y despertó a los monjes de ese templo. Se apresuraron a preparar té y desayuno, después de lo cual los peregrinos partieron de la frontera.

Debido a que estaba un poco impaciente por irse, el Maestro se levantó un poco demasiado temprano. De hecho, era finales de otoño, cuando los gallos cantan bastante temprano—cerca del tiempo de la cuarta vigilia. Frente a la clara escarcha y la brillante luna, los tres de ellos viajaron durante unas veinte o treinta millas, cuando se encontraron con una cordillera. Pronto se volvió extremadamente difícil para ellos encontrar el camino. Al tener que hurgar en la hierba para buscar un sendero, comenzaron a preocuparse de que podrían estar yendo en la dirección equivocada. En ese momento tan ansioso, de repente tropezaron; los tres, así como el caballo, cayeron en un profundo pozo. Tripitaka estaba aterrorizado; sus compañeros temblaban de miedo. Aún estaban temblando cuando oyeron voces gritando: "¡Atraparlos! ¡Atraparlos!" Un viento violento sopló y apareció una multitud de cincuenta o sesenta ogros, quienes atraparon a Tripitaka y a sus compañeros y los sacaron del pozo. Temblando y convulsionando, el Maestro de la Ley echó un vistazo alrededor y vio a un feroz Rey Monstruo sentado en lo alto. Verdaderamente tenía

Una figura muy audaz,
Un rostro muy feroz.
Luz brilló de sus ojos relámpago;
Todos temblaban ante su voz truenosa.
Sus dientes en forma de sierra sobresalían,
Como colmillos emergían de sus mandíbulas.
El brocado envolvía su cuerpo,
Y franjas en espiral cubrían su espina.
Se veía carne a través de escasos y metálicos bigotes.
Sus garras eran afiladas como espadas.
Incluso Huang Gong del Mar del Este temería
A este Rey de Montaña del Sur de cejas blancas.

Tripitaka estaba tan asustado que su espíritu lo abandonó, mientras los huesos de sus seguidores se debilitaban y sus tendones se volvían insensibles.

El Rey Monstruo gritó que los ataran, y los varios ogros ataron a los tres con cuerdas. Se estaban preparando para ser comidos cuando se oyó un clamor afuera del campamento. Alguien entró a informar: "El Señor de la Montaña del Oso y el Ermitaño del Buey han llegado." Al escuchar esto, Tripitaka levantó la vista. El primero en entrar era un tipo moreno. "¿Cómo se veía?" preguntas.

Parecía valiente y audaz,
Con un cuerpo tanto robusto como musculoso.
Su gran fuerza podía vadear las aguas.
Merodeaba por los bosques, exhibiendo su poder.
Siempre un buen augurio en sueños,
Ahora mostraba sus rasgos vigorosos.
Podía romper o escalar los árboles verdes,
Y predecía cuándo se acercaba el invierno.
Verdaderamente era muy astuto.
Por eso se le llamaba Señor de la Montaña.
Detrás de él venía otro tipo robusto. "¿Cómo se veía?" preguntas.
Una gorra de cuernos gemelos,
Y una joroba de lo más majestuosa.
Su túnica verde mostraba su naturaleza tranquila,
Caminaba con un paso somnoliento.
Era hijo de un padre llamado Toro;
El nombre propio de su madre era Vaca.
Un gran beneficio para la gente que labraba,
Por eso se le llamaba el Ermitaño del Buey.

Los dos entraron presuntuosamente, y el Rey Monstruo salió rápidamente a recibirlos. El Señor de la Montaña del Oso dijo: "Estás en plena forma, General Yin. ¡Felicidades! ¡Felicidades!" "El General Yin se ve mejor que nunca," dijo el Ermitaño del Buey. "¡Es maravilloso! ¡Es maravilloso!" "Y ustedes dos caballeros, ¿cómo han estado estos días?" preguntó el Rey Monstruo. "Simplemente manteniéndome en la ociosidad," dijo el Señor de la Montaña. "Simplemente manteniéndome al día con los tiempos," dijo el Ermitaño. Tras estos intercambios, se sentaron a charlar un poco más.

Mientras tanto, uno de los asistentes de Tripitaka estaba atado tan apretadamente que comenzó a gemir lastimosamente. "¿Cómo llegaron estos tres aquí?" preguntó el tipo moreno. "¡Prácticamente se presentaron en la puerta!" dijo el Rey Monstruo. "¿Se pueden usar para la cena de los huéspedes?" preguntó el Ermitaño, riendo. "¡Por supuesto!" dijo el Rey Monstruo. "No terminemos con todos," dijo el Señor de la Montaña. "Cenaremos a dos de ellos y dejaremos uno." El Rey Monstruo estuvo de acuerdo. Llamó a sus subordinados de inmediato para hacer que los asistentes fueran destripados y sus cadáveres desmembrados; sus cabezas, corazones y hígados debían ser presentados a los huéspedes, las extremidades al anfitrión, y las porciones restantes de carne y hueso al resto de los ogros. En el momento en que se dio la orden, los ogros se lanzaron sobre los asistentes como tigres acechando a ovejas: masticando y crujiendo, los devoraron en un abrir y cerrar de ojos. El sacerdote casi muere de miedo, porque, como verás, esta fue su primera amarga prueba desde su partida de Chang'an.

Mientras lidiaba con su horror, la luz comenzó a crecer en el este. Los dos monstruos no se retiraron hasta el amanecer. Diciendo: "Estamos en deuda con su generosa hospitalidad hoy. Permítanos devolver el favor en otra ocasión," se marcharon juntos. Pronto el sol se alzó alto en el cielo, pero Tripitaka seguía en un aturdimiento, incapaz de discernir qué dirección era el norte, sur, este o oeste. En ese estado medio muerto, de repente vio a un anciano acercándose, sosteniendo un bastón en sus manos. Caminando hacia Tripitaka, el hombre agitó sus manos y todas las cuerdas se rompieron. Luego sopló sobre Tripitaka, y el monje comenzó a revivir. Cayendo al suelo, dijo: "¡Agradezco al anciano por salvar la vida de este pobre monje!" "Levántate," dijo el anciano, devolviendo su saludo, "¿has perdido algo?"

"Los seguidores de su pobre monje," dijo Tripitaka, "han sido devorados por los monstruos. No tengo idea de dónde está mi caballo o mi equipaje." "¿No es ese su caballo allí con los dos fardos?" preguntó el anciano, señalando con su bastón. Tripitaka se dio la vuelta y descubrió que sus pertenencias habían permanecido intactas. Algo aliviado, le preguntó al anciano: "Anciano, ¿qué lugar es este? ¿Cómo es que está aquí?" "Se llama el Pico de Doble Horquilla, un lugar infestado de tigres y lobos. ¿Cómo lograste llegar aquí?" "Al primer canto del gallo," dijo Tripitaka, "su pobre monje salió del Distrito de Hezhou. Poco imaginé que nos habíamos levantado demasiado temprano y perdimos el camino a través de la niebla y el rocío. Nos encontramos con este Rey Monstruo tan feroz que me capturó a mí y a mis dos seguidores. También había un tipo moreno llamado el Señor de la Montaña del Oso y un tipo robusto llamado el Ermitaño del Buey. Ellos llegaron y se dirigieron al Rey Monstruo como General Yin. Los tres devoraron a mis dos seguidores y se retiraron solo al amanecer. No tengo idea de dónde acumulé la fortuna y el mérito que hicieron que el anciano me rescatara aquí."

"Ese Ermitaño del Buey," dijo el anciano, "es un espíritu de toro salvaje; el Señor de la Montaña, un espíritu de oso; y el General Yin, un espíritu de tigre. Los varios ogros son todos demonios de montañas y árboles, espíritus de bestias extrañas y lobos. Debido a la pureza primordial de tu naturaleza, no pueden devorarte. Sígueme ahora, y te guiaré en tu camino." Tripitaka no podía estar más agradecido. Asegurando los fardos en la silla y llevando su caballo, siguió al anciano fuera del pozo y caminó hacia el camino principal. Ató el caballo a los arbustos al lado del camino y se volvió para agradecer al anciano. En ese momento, una suave brisa pasó, y el anciano se elevó en el aire y se fue, montando una grulla blanca con cabeza carmesí. A medida que el viento se calmó, un trozo de papel flotó hacia abajo, con cuatro líneas de verso escritas en él:

Soy el Planeta Venus del Oeste,
Que vino a salvarte por solicitud especial,

Algunos discípulos divinos vendrán en tu ayuda.

No culpes a las escrituras por las dificultades que vendrán.

Cuando Tripitaka leyó esto, se inclinó hacia el cielo diciendo: "Agradezco a la Estrella de Oro por ayudarme a atravesar esta prueba." Después de eso, llevó su caballo de nuevo en su solitaria y melancólica travesía.

En esta cresta realmente tienes

Frío y susurrante, el viento de la selva;

Susurrante y gorgoteante, el agua de los arroyos;

Fragantes y almizclados, flores silvestres en flor;

En desorden y grupos, rocas ásperas amontonadas;

Charlando y golpeando, los monos y los ciervos;

En filas, los ciervos almizcleros y los ciervos de sombra.

Chirridos y arrullos, los pájaros llaman frecuentemente.

Silencioso y quieto, no hay un hombre a la vista.

Ese maestro

Tiembla y se estremece ante su mente ansiosa.

Este querido caballo,

Asustado y nervioso, apenas puede levantar las piernas.

Listo para abandonar su cuerpo y sacrificar su vida, Tripitaka comenzó a subir esa montaña escarpada. Viajó durante medio día, pero no había ni un solo ser humano o morada a la vista. Era consumido por el hambre y desanimado por el camino difícil. En ese momento desesperado, vio a dos feroces tigres gruñendo frente a él y varias enormes serpientes girando detrás de él; criaturas viciosas aparecieron a su izquierda y bestias extrañas a su derecha. Como estaba completamente solo, Tripitaka no tuvo otra alternativa que someterse a la voluntad del Cielo. Como si para completar su impotencia, el lomo de su caballo se estaba hundiendo y sus piernas se doblaban; se arrodilló y pronto quedó postrado en el suelo. No podía moverlo ni golpeándolo ni tirando de él. Con apenas un centímetro de espacio para estar de pie, nuestro Maestro de la Ley estaba en lo más profundo de la desesperación, pensando que la muerte segura sería su destino. Sin embargo, podemos decirte que aunque estaba en peligro, la ayuda estaba en camino. Porque justo cuando pensaba que estaba a punto de expirar, las criaturas viciosas comenzaron a dispersarse y las bestias monstruosas huyeron; los feroces tigres desaparecieron y las enormes serpientes se esfumaron. Cuando Tripitaka miró más adelante, vio a un hombre que venía por la ladera de la montaña con un tridente de acero en sus manos y arco y flechas en su cintura. ¡Era, de hecho, una figura valiente! Míralo:

Tenía en su cabeza un gorro

De piel de leopardo, manchado y blanco como la artemisa;

Llevaba en su cuerpo una túnica

De lana de cordero con brocado de seda oscura.

Alrededor de su cintura llevaba un cinturón de rey león,

Y en sus pies botas altas de ante.

Sus ojos sobresalían como los de alguien colgado.

¡Su barba se enroscaba salvajemente como la de un dios feroz!
Un arco y flechas envenenadas colgaban de él.
Sostenía un enorme tridente de acero fino.
Su voz como un trueno aterrorizaba a los gatos monteses,
Y los faisanes salvajes temblaban ante su truculencia.

Cuando Tripitaka lo vio acercarse, se arrodilló al lado del camino y gritó, con las manos juntas frente a él: "¡Gran rey, sálvame! ¡Gran rey, sálvame!" El hombre se acercó a Tripitaka y dejó su tridente. Levantando al monje con sus manos, dijo: "No tengas miedo, anciano, porque no soy un hombre malvado. Soy un cazador que vive en esta montaña; mi apellido es Liu y mi nombre es Boqin. También me llaman el Guardián Superior de la Montaña. Vine aquí a buscar algunos animales para comer, no esperaba encontrarme contigo. Espero no haberte asustado."

"Tu pobre monje," dijo Tripitaka, "es un clérigo que ha sido enviado por su Majestad, el emperador Tang, a buscar escrituras de Buda en el Cielo Occidental. Cuando llegué aquí hace unos momentos, estaba rodeado por tigres, lobos y serpientes, así que no podía avanzar. Pero cuando las criaturas te vieron venir, todas se dispersaron, y así has salvado mi vida. ¡Muchas gracias! ¡Muchas gracias!" "Dado que vivo aquí y mi sustento depende de matar algunos tigres y lobos," dijo Boqin, "o de atrapar algunas serpientes y reptiles, generalmente ahuyento a las bestias salvajes. Si has venido del imperio Tang, en realidad eres nativo aquí, porque este todavía es territorio Tang y yo soy un súbdito Tang. Tú y yo vivimos de la tierra que pertenece al emperador, así que, en verdad, somos ciudadanos de la misma nación. No tengas miedo. Sígueme. Puedes descansar a tu caballo en mi casa, y te veré partir por la mañana." Tripitaka se llenó de alegría al oír estas palabras, y llevó su caballo a seguir al cazador.

Pasaron la ladera y nuevamente oyeron el aullido del viento. "Siéntate aquí, anciano," dijo Boqin, "y no te muevas. El sonido de ese viento me dice que un gato montés se acerca. Lo llevaré a casa para poder prepararte una comida." Cuando Tripitaka oyó esto, su corazón latía con fuerza y su bilis temblaba, y se quedó plantado en el suelo. Aferrando su tridente, ese Guardián avanzó y se encontró cara a cara con un gran tigre de rayas. Al ver a Boqin, el tigre se dio la vuelta y huyó. Como un trueno, el Guardián bramó: "¡Bestia maldita! ¿A dónde huirás?" Cuando el tigre lo vio acercarse, se giró con garras agitadas para saltar sobre él, solo para encontrarse con el Guardián que levantó su tridente. Tripitaka estaba tan aterrorizado que quedó paralizado en la hierba. Desde que dejó el vientre de su madre, ¿cuándo había presenciado tales sucesos violentos y peligrosos? El Guardián persiguió al tigre hasta el pie de la ladera, y fue una magnífica batalla entre hombre y bestia. Verás:

Resentimiento furioso,
Y un torbellino agitado.
En un resentimiento furioso

El cabello del potente Guardián levantó su gorra;
Como un torbellino agitado
El príncipe rayado arrojó polvo, mostrando su poder.
Este mostró sus dientes y empuñó sus patas;
Aquel se movió de lado, pero se volvió a luchar.
El tridente se levantó hacia el cielo, reflejando el sol.
La cola rayada agitó tanto niebla como nubes.
Este apuñaló locamente el pecho de su enemigo;
Aquel, enfrentándolo, lo tragaría entero.
Aléjate y podrás vivir tus años.
Únete a la lucha y conocerás a Yama, el rey.
Oyes el rugido del príncipe rayado
Y los gritos ásperos del Guardián.
El rugido del príncipe rayado
Sacudió montañas y arroyos para asustar a aves y bestias;
Los gritos ásperos del Guardián
Desbloquearon los Cielos para hacer aparecer las estrellas.
Los ojos dorados de este sobresalían,
Y la ira estalló del valiente corazón de aquel.
Amable era Liu, el Guardián de la Montaña;
Digno de alabanza era este rey de las bestias salvajes.
Así, tigre y hombre lucharon, cada uno deseando vivir—
¡Un poco más lento y uno pierde su alma!

Lucharon durante aproximadamente una hora, y cuando las patas del tigre comenzaron a desacelerarse y su torso a aflojarse, fue derribado por el tridente del Guardián que lo atravesó por el pecho. ¡Era una vista lastimosa! Las puntas del tridente atravesaron el corazón, y en un instante el suelo se cubrió de sangre.

El Guardián luego arrastró a la bestia por la oreja por el camino. ¡Qué hombre! Apenas jadeaba, ni su rostro cambiaba de color. Le dijo a Tripitaka: "¡Estamos de suerte! ¡Estamos de suerte! Este gato montés debería ser suficiente para un día de comida para el anciano." Aplaudiéndolo sin cesar, Tripitaka dijo: "¡El Guardián es realmente un dios de la montaña!" "¿Qué habilidad tengo yo," dijo Boqin, "que merezca tal aclamación? Esto es realmente la buena fortuna del padre. Vamos. Quiero desollado rápido para poder cocinar algo de su carne y entretenerte." Sostenía el tridente en una mano y arrastraba al tigre con la otra, liderando el camino mientras Tripitaka lo seguía con su caballo. Caminaron juntos más allá de la ladera y de repente se encontraron con un pueblo montañés, frente al cual había

Árboles viejos que se elevan hacia el cielo,
Caminos llenos de enredaderas silvestres.
En innumerables cañones el viento era fresco;
En muchas crestas llegaban sonidos y vistas extrañas.

Una senda de flores silvestres, su aroma se adhirió al cuerpo;
Unas pocas cañas de bambú, ¡ qué verde perdurable!
El portal de hierba,
El patio cercado de estacas—
Una imagen para pintar o dibujar.
El puente de losas de piedra,
Las paredes de tierra blanca—
¡ Qué encantador, de verdad, y raro!
Ahora en la melancólica cara del otoño,
El aire era fresco y vigoroso,
A la orilla del camino caían hojas amarillas;
Sobre las cumbres las nubes blancas flotaban.
En los bosques poco densos los pájaros salvajes piaban,
Y los perros jóvenes ladraban afuera de la puerta del pueblo.

Cuando Boqin llegó a la puerta de su casa, arrojó al tigre muerto y gritó: "¡ Pequeños, ¿dónde están?" Salieron tres o cuatro criados, todos luciendo bastante poco atractivos y mezquinos, que arrastraron al tigre adentro. Boqin les dijo que lo desollaran rápidamente y lo prepararan para el invitado. Luego se dio la vuelta para dar la bienvenida a Tripitaka en su morada, y mientras se saludaban, Tripitaka le agradeció nuevamente por el gran favor de salvar su vida. "Somos compatriotas," dijo Boqin, "y no hay necesidad de que me agradezcas." Después de que se sentaron y bebieron té, una anciana con alguien que parecía ser su nuera salió a saludar a Tripitaka. "Esta es mi madre, y esta es mi esposa," dijo Boqin. "Por favor, pida a su madre que tome el asiento de honor," dijo Tripitaka, "y deje que su pobre monje rinda sus respetos." "El padre es un invitado que viene de gran distancia," dijo la anciana. "Por favor, relájate y no te pongas ceremonioso." "Madre," dijo Boqin, "él ha sido enviado por el emperador Tang a buscar escrituras de Buda en el Cielo Occidental. Se encontró con su hijo hace un momento en la cresta. Dado que somos compatriotas, lo invité a la casa para que descanse su caballo. Mañana lo veré partir."

Cuando escuchó estas palabras, la anciana se sintió muy complacida. "¡ Bien! ¡ Bien! ¡ Bien!" dijo. "¡ El momento no podría ser mejor, incluso si hubiéramos planeado invitarlo! Porque mañana es el aniversario de la muerte de tu difunto padre. Invitemos al anciano para que realice algunas buenas acciones y recite un pasaje apropiado de las escrituras. Lo veremos partir pasado mañana." Aunque era un matador de tigres, un llamado "Guardia de la Montaña", nuestro Liu Boqin sentía un gran cariño filial por su madre. Cuando escuchó lo que ella dijo, inmediatamente quiso preparar el incienso y el dinero de papel, para que Tripitaka pudiera ser invitado a quedarse.

Mientras hablaban, el cielo comenzó a oscurecerse. Los sirvientes trajeron sillas y una mesa y colocaron varios platos de carne de tigre bien cocida, humeante. Boqin invitó a Tripitaka a comenzar, diciéndole que el arroz vendría después.

"¡ Oh querido!" dijo Tripitaka, con las manos juntas. "A decir verdad, he sido monje desde que salí del vientre de mi madre, y nunca he comido carne." Al escuchar esto, Boqin reflexionó un momento. Luego dijo: "Anciano, por generaciones esta humilde familia nunca ha mantenido una dieta vegetariana. Podríamos, supongo, encontrar algunos brotes de bambú y setas de madera y preparar algunas verduras secas y pasteles de frijoles, pero todos estarían cocinados con la grasa de ciervos o tigres. ¡Incluso nuestras ollas y sartenes están empapadas en grasa! ¿Qué debo hacer? Debo pedir perdón al anciano." "No te preocupes," dijo Tripitaka. "Disfruta de la comida tú mismo. Incluso si no comiera durante tres o cuatro días, podría soportar el hambre. Pero no me atrevo a romper el mandamiento dietético." "Supón que mueres de hambre," dijo Boqin, "¿y entonces?" "Estoy en deuda con la bondad celestial del Guardián," dijo Tripitaka, "por salvarme de las manadas de tigres y lobos. Morir de hambre es mejor que ser comida para un tigre."

Cuando la madre de Boqin escuchó esto, exclamó: "Hijo, deja de hablar así con el anciano. Déjame preparar un plato vegetariano para servirle." "¿De dónde sacarías tal plato?" dijo Boqin. "No te preocupes. Yo lo haré," dijo su madre. Ella pidió a su nuera que bajara una pequeña sartén y la calentara hasta que gran parte de la grasa se hubiera quemado. Lavar y fregar la sartén una y otra vez y luego la pusieron de nuevo en la estufa y hirvieron un poco de agua en ella. Tomando algunas hojas de olmo de la montaña, hicieron sopa con ellas, después de lo cual cocinaron un poco de arroz con mijo amarillo mezclado con maíz. También prepararon dos tazones de verduras secas y llevaron todo a la mesa. "Anciano," dijo la anciana a Tripitaka, "por favor, come un poco. Esta es la comida más limpia y pura que mi nuera y yo hemos preparado." Tripitaka dejó su asiento para agradecerle antes de volver a sentarse. Boqin se retiró a otro lugar; platos y cuencos llenos de carne de tigre sin salsa ni sal, carne de ciervo almizclero, carne de serpiente, carne de zorro, conejo y tiras de venado curado se colocaron frente a él. Para hacer compañía a Tripitaka, se sentó y estaba a punto de tomar sus palillos cuando vio a Tripitaka juntar las manos y comenzar a recitar algo. Sobresaltado, Boqin no se atrevió a tocar sus palillos; en su lugar, se levantó y se quedó a un lado. Habiendo pronunciado no más que unas pocas frases, Tripitaka le dijo: "Por favor, come." "Eres un sacerdote que gusta de recitar escrituras cortas," dijo Boqin. "Eso no era escritura," dijo Tripitaka, "solo una oración que se dice antes de las comidas." "¡Ustedes que dejan a sus familias," dijo Boqin, "son particulares en todo! ¡Incluso para una comida tienen que murmurar algo!"

Comieron su cena y los platos y cuencos fueron retirados. La noche se acercaba cuando Boqin llevó a Tripitaka fuera del salón principal para dar un paseo en la parte trasera de la vivienda. Pasaron por un pasillo y llegaron a un cobertizo de paja. Abriendo la puerta, entraron, donde encontraron varios arcos pesados y algunas aljabas de flechas colgando en las paredes. Dos piezas de piel de tigre, hediondas y manchadas de sangre, estaban drapeadas sobre las vigas cruzadas, y un número de lanzas, cuchillos, tridentes y varas estaban clavados en el suelo en una esquina. Había dos asientos en el medio del cobertizo, y Boqin invitó a Tripitaka a sentarse un momento. Al ver que el lugar era tan espeluznante y putrefacto, Tripitaka no se atrevió a quedarse. Pronto salieron del cobertizo y caminaron más hacia atrás hasta un enorme jardín, donde parecía no haber fin de gruesos grupos de crisantemos apilando su oro y arces levantando su carmesí. Con un fuerte susurro, más de una docena de ciervos gordos y un gran rebaño de ciervos almizcleros saltaron. Calmados y de temperamento suave, no se asustaron en absoluto al ver seres humanos. Tripitaka dijo: "Debes haber domesticado a estos animales." "Como las personas de tu ciudad de Chang'an," dijo Boqin, "donde los adinerados almacenan riquezas y tesoros y los terratenientes acumulan arroz y grano, así nosotros, los cazadores, debemos mantener algunas de estas bestias salvajes para prepararnos ante días oscuros. ¡Eso es todo!" Mientras caminaban y conversaban, se hizo oscuro y regresaron a la casa para descansar.

Tan pronto como los miembros de la familia, jóvenes y viejos, se levantaron a la mañana siguiente, fueron a preparar comida vegetariana para servir al sacerdote, quien luego fue invitado a comenzar sus recitaciones. Habiendo primero lavado sus manos, el sacerdote fue al salón ancestral con el Guardián para quemar incienso. Solo después de que se inclinó ante el santuario de la casa, Tripitaka golpeó su pez de madera y recitó primero las verdaderas sentencias para la purificación de la boca, y luego la fórmula divina para la purificación de la mente y el cuerpo. Pasó al Sūtra para la Salvación de los Muertos, después de lo cual Boqin le pidió que compusiera por escrito una oración específica para la liberación del difunto. Luego tomó el Sūtra del Diamante y el Sūtra de Guanyin, cada uno de los cuales fue recitado en voz alta y clara. Después del almuerzo, recitó varias secciones del Sūtra del Loto y el Sūtra de Amitāyus, antes de terminar con el Sūtra del Pavo Real y un breve relato de la historia de Buda sanando a un bhikṣu. Pronto fue otra vez de noche. Todo tipo de incienso se quemaron junto con los varios caballos de papel, imágenes de las deidades y la oración por la liberación del difunto. Así se completó el servicio budista, y cada persona se retiró.

Ahora les contaremos sobre el alma del padre de Boqin, verdaderamente un fantasma redimido de la perdición, que vino a su propia casa y se apareció a todos los miembros de su familia en un sueño. "Fue difícil," dijo, "para mí escapar de mis amargas pruebas en la Región de la Oscuridad, y durante mucho tiempo no pude alcanzar la salvación. Afortunadamente, las recitaciones del santo monje ahora han expiado mis pecados. El rey Yama ha ordenado que alguien me envíe a la rica tierra de China, donde podré asumir mi próxima encarnación en una familia noble. Todos ustedes, por lo tanto, deben cuidar de agradecer al anciano y asegurarse de que no sean negligentes de ninguna manera. Ahora los dejo." Así es que

En todas las cosas hay un propósito solemne:

Salvar a los muertos de la perdición y el dolor.

Cuando toda la familia despertó del sueño, el sol ya estaba saliendo por el este. La esposa de Boqin dijo: "Guardia, soñé anoche que padre vino a la casa. Dijo que fue difícil para él escapar de sus amargas pruebas en la Región de la Oscuridad, y que durante mucho tiempo no pudo alcanzar la salvación. Afortunadamente, las recitaciones del santo monje ahora han expiado sus pecados, y el rey Yama ha ordenado que alguien lo envíe a la rica tierra de China donde podrá asumir su próxima encarnación en una familia noble. Nos dijo que cuidáramos de agradecer al anciano y no ser negligentes de ninguna manera. Después de que terminó de hablar, se desvaneció, a pesar de mi súplica de que se quedara. ¡Desperté y todo fue un sueño!"

"Yo también tuve un sueño," dijo Boqin, "uno exactamente como el tuyo. Levantémonos y hablemos con madre sobre esto." Los dos estaban a punto de hacerlo cuando oyeron a la anciana madre llamando: "Boqin, ven aquí. Quiero hablar contigo." Entraron y encontraron a la madre sentada en la cama. "Hijo," dijo, "tuve un feliz sueño anoche. Soñé que tu padre vino a la casa diciendo que, gracias al trabajo redentor del anciano, sus pecados habían sido expiados. Él está de camino a la rica tierra de China, donde asumirá su próxima encarnación en una familia noble." El esposo y la esposa rieron a carcajadas.

Boqin dijo: "Tu nuera y yo tuvimos este sueño, y apenas íbamos a contártelo. ¡Nunca hubiéramos esperado que la llamada de madre también tuviera que ver con este sueño!" Por lo tanto, llamaron a cada miembro de la familia para expresar su gratitud y preparar el caballo del monje para el viaje. Se inclinaron ante el sacerdote y dijeron: "Agradecemos al anciano por proporcionar vida y liberación para nuestro difunto padre, por lo cual nunca podremos devolverte lo suficiente." "¿Qué ha logrado este pobre monje," dijo Tripitaka, "que merezca tal gratitud?" Boqin dio un relato detallado del sueño que los tres habían tenido, y Tripitaka también se sintió muy complacido. Se sirvió nuevamente una comida vegetariana, y se presentó una tael de plata como símbolo de su gratitud.

Tripitaka se negó a aceptar tanto como un centavo, aunque toda la familia le suplicó con insistencia. Solo dijo: "Si, por compasión, pueden acompañarme en la primera parte de mi camino, siempre estaré agradecido por tal amabilidad." Boqin y su madre y esposa no tuvieron más alternativa que preparar apresuradamente algunas galletas de harina sin refinar, que Tripitaka estuvo encantado de aceptar. Se le dijo a Boqin que lo acompañara lo más lejos posible. Cumpliendo con la orden de su madre, el Guardián también ordenó a varios sirvientes que se unieran a ellos, cada uno llevando equipo de caza y armas. Caminaron hacia la carretera principal, y parecía no haber fin al esplendor escénico de las montañas y picos.

Cuando habían viajado durante medio día, se encontraron con una enorme montaña tan alta y escarpada que realmente parecía tocar el cielo azul. En poco tiempo, toda la compañía llegó a la base de la montaña, y el Guardián comenzó a ascender como si caminara en terreno llano. A mitad de camino, Boqin se dio la vuelta y se detuvo al lado del camino, diciendo: "Anciano, por favor sigue tú solo. Debo despedirme de ti y regresar." Cuando Tripitaka escuchó estas palabras, se deslizó de su silla y dijo: "Te ruego que me acompañes un poco más." "No te das cuenta, anciano," dijo Boqin, "que esta montaña se llama la Montaña de las Dos Fronteras; la mitad oriental pertenece a nuestro dominio del Gran Tang, pero la mitad occidental es territorio de los tártaros. Los tigres y lobos de allá no son mis súbditos, ni debo cruzar la frontera. Debes continuar por tu cuenta." Tripitaka se sintió temeroso; extendió las manos y se agarró de las mangas del cazador, las lágrimas fluyendo de sus ojos.

Fue en este tierno momento de despedida cuando vino desde debajo de la montaña una voz atronadora que clamaba: "¡Mi maestro ha llegado! ¡Mi maestro ha llegado!" Tripitaka quedó estupefacto, y Boqin tembló. No sabemos quién estaba gritando; escuchemos la explicación en el próximo capítulo.

CAPÍTULO 14

El Mono de la Mente regresa a lo correcto;
Los Seis Ladrones desaparecen de la vista.

La Mente es el Buda y el Buda es la Mente;
Tanto la Mente como el Buda son cosas importantes.
Si percibes que no hay Mente ni Cosa,
Tuya es el dharmakāya de la Verdadera Mente.
El dharmakāya
No tiene forma ni figura:
Un resplandor similar a una perla que sostiene una miríada de cosas.
El cuerpo sin cuerpo es el cuerpo verdadero,
Y la forma real es aquella forma que no tiene forma.
No hay forma, no hay vacío, no hay no-vacío;
No hay venida, no hay partida, no hay pariṇāmanā;
No hay contraste, no hay igualdad, no hay ser ni no-ser:
No hay dar, no hay tomar, no hay anhelo esperanzador.
La luz eficaz es la misma dentro y fuera.
Todo el reino del Buda está en un grano de arena.
Un grano de arena sostiene el chiliocosmos;
Una mente o cuerpo son como diez mil cosas.
Para saber esto, debes comprender el Hechizo de la No-mente;
Desatascado y sin mancha es el karma puro.
No realices los muchos actos de bien o mal:
Esta es la verdadera sumisión a Śākyamuni.

Te estábamos contando sobre Tripitaka y Boqin, quienes, en miedo y alarma, oyeron nuevamente el grito: "¡Mi Maestro ha llegado!" Los varios sirvientes dijeron: "Debe ser el viejo simio en esa caja de piedra debajo de la montaña quien está gritando." "¡Es él! ¡Es él!" dijo el Guardián. Tripitaka preguntó: "¿Quién es este viejo simio?"

"El antiguo nombre de esta montaña," dijo el Guardián, "era la Montaña de las Cinco Fases. Se cambió a la Montaña de las Dos Fronteras como resultado de las campañas occidentales de nuestro gobernante del Gran Tang para asegurar su imperio. Hace unos años, escuché de mis mayores que durante el tiempo en que Wang Mang usurpó el trono del emperador Han, esta montaña cayó del Cielo con un mono divino sujeto debajo de ella. No temía ni al calor ni al frío, y no tomaba ni comida ni bebida. Había sido vigilado y protegido por los espíritus de la Tierra, quienes le daban bolas de hierro cuando tenía hambre y jugos de bronce cuando tenía sed. Ha perdurado desde ese tiempo hasta ahora, sobreviviendo tanto al frío como al hambre. Debe ser él quien está haciendo todo este ruido. No tengas miedo, Anciano. Bajemos la montaña para echar un vistazo."

Tripitaka tuvo que estar de acuerdo y llevó a su caballo cuesta abajo. Habían viajado solo unos pocos kilómetros cuando se encontraron con una caja de piedra en la que, de hecho, había un mono que, con su cabeza asomando, agitaba sus manos locamente y gritaba: "¡Maestro, ¿por qué has tardado tanto en llegar? ¡ Bienvenido! ¡Bienvenido! Sácame, y te protegeré en tu camino hacia el Cielo Occidental!" El sacerdote se acercó para mirarlo más de cerca. "¿Cómo se ve?" preguntas tú.

Una boca puntiaguda y mejillas hundidas;
Dos pupilas de diamante y ojos ardientes.
Líquenes se habían acumulado en su cabeza;
La glicinia crecía en sus oídos.
Por sus sienes había más hierba verde que pelo;
Debajo de su barbilla, musgo en lugar de barba.
Con barro en su frente,
Y tierra en su nariz,
¡Se veía más que desesperado!
Sus dedos eran ásperos
Y sus palmas callosas
Estaban cubiertos de suciedad y mugre.
Afortunadamente, sus ojos aún podían girar,
Y su lengua simiesca, articulada.
Aunque en el habla tenía gran facilidad,
Su cuerpo no podía mover.
Él era el Gran Sabio Sun de hace quinientos años.
Hoy su tormento termina, deja la red del Cielo.

Indudablemente una persona valiente, ese Guardián Liu se acercó a la criatura y le arrancó algo de hierba de las sienes y algo de musgo debajo de la barbilla. Preguntó: "¿Qué tienes que decir?" "Nada para ti," dijo el mono, "pero pide a ese maestro que suba aquí. Tengo una pregunta para él."

"¿Cuál es tu pregunta?" preguntó Tripitaka. "¿Eres alguien enviado por el gran rey de la Tierra del Este para buscar escrituras en el Cielo Occidental?" preguntó el mono. "Lo soy," dijo Tripitaka. "¿Por qué preguntas?"

"Soy el Gran Sabio, Igual a Cielo," dijo el mono, "quien perturbó enormemente el Palacio Celestial hace quinientos años. Debido a mi pecado de rebelión y desobediencia, fui encarcelado aquí por el Buda. Hace algún tiempo, un cierto Bodhisattva Guanyin había recibido el decreto del Buda para ir a la Tierra del Este en busca de un peregrino de escrituras. Le pedí que me diera algo de ayuda, y me persuadió para no participar nuevamente en la violencia. Se me dijo que creyera en la Ley del Buda y protegiera fielmente al peregrino de escrituras en su camino para adorar al Buda en el Oeste, porque habría una buena recompensa reservada para mí cuando se lograra tal mérito. Por lo tanto, he estado manteniendo mi vigilancia día y noche, esperando que el Maestro venga a rescatarme. Estoy dispuesto a protegerte en tu búsqueda de escrituras y convertirme en tu discípulo."

Cuando Tripitaka escuchó estas palabras, se llenó de deleite y dijo: "Aunque tienes esta buena intención, gracias a la instrucción del Bodhisattva, de entrar en nuestra comunidad budista, no tengo hacha ni taladro. ¿Cómo puedo liberarte?"

"No necesitas hacha ni taladro," dijo el mono. "Si estás dispuesto a rescatarme, podré salir." Tripitaka dijo: "Estoy dispuesto, pero ¿cómo puedes salir?" "En la cima de esta montaña," dijo el mono, "hay una etiqueta estampada con las letras doradas de nuestro Buda Tathāgata. Ve allí arriba y levanta la etiqueta. Entonces yo saldré." Tripitaka estuvo de acuerdo y se volvió hacia Boqin, suplicándole: "Guardia, ven conmigo a la montaña." "¿Crees que está hablando la verdad?" preguntó Boqin. "¡Es la verdad!" gritó el mono. "¡No me atrevería a mentir!"

Boqin no tuvo más opción que llamar a sus sirvientes para que guiara a los caballos. Él mismo apoyó a Tripitaka con sus manos, y nuevamente comenzaron a subir la alta montaña. Tirando de enredaderas y lianas, finalmente llegaron a la cima más alta, donde vieron diez mil haces de luz dorada y mil pliegues de aire sagrado. Había una enorme losa cuadrada de piedra, en la que estaba sellada la etiqueta con las letras doradas, Oṁ maṇi padme hūṁ. Tripitaka se acercó a la piedra y se arrodilló; miró las letras doradas y se inclinó varias veces hacia la piedra. Luego, mirando hacia el Oeste, oró: "Tu discípulo, Chen Xuanzang, fue específicamente ordenado a buscar escrituras de ti. Si está ordenado que él sea mi discípulo, permíteme levantar esas letras doradas para que el mono divino pueda encontrar la liberación y unirse a mí en la Montaña del Espíritu. Si no está predestinado a ser mi discípulo, si solo es un monstruo cruel que intenta engañarme y traer desgracia a nuestra empresa, permíteme no levantar esta cinta." Se inclinó nuevamente después de haber orado. Al avanzar, con la mayor facilidad, tomó las letras doradas. De inmediato, un viento fragante pasó y sopló la etiqueta de sus manos hacia el aire mientras una voz decía: "Soy el guardián de la prisión del Gran Sabio. Hoy su tormento ha terminado, y mis colegas y yo estamos devolviendo este sello al Tathāgata." Tripitaka, Boqin y sus seguidores estaban tan aterrados que cayeron al suelo y se inclinaron hacia el cielo. Luego descendieron de la alta montaña y regresaron a la caja de piedra, diciendo al mono: "La etiqueta ha sido levantada. Puedes salir." Deleitado, el mono dijo: "Maestro, será mejor que te alejes de aquí para que pueda salir. No quiero asustarte."

Cuando Boqin escuchó esto, condujo a Tripitaka y al resto de la compañía a caminar de regreso hacia el este durante cinco o seis millas. Nuevamente oyeron al mono gritar: "¡Más lejos! ¡Más lejos!" Así que Tripitaka y los demás fueron aún más lejos hasta que dejaron la montaña. De repente, se escuchó un estruendo tan fuerte que parecía que la montaña se estaba agrietando y la tierra se estaba abriendo en dos; todos quedaron asombrados. Al siguiente momento, el mono ya estaba frente al caballo de Tripitaka; completamente desnudo, se arrodilló y gritó:

"¡Maestro, ya estoy fuera!" Se inclinó cuatro veces hacia Tripitaka y luego, saltando, dijo a Boqin respetuosamente: "Agradezco al Hermano Mayor por tomarse la molestia de escoltar a mi maestro. También estoy agradecido por haberme afeitado la hierba de la cara." Habiendo agradecido, fue de inmediato a poner el equipaje en orden para que pudiera ser atado a la espalda del caballo. Cuando el caballo lo vio, su torso se aflojó y sus patas se pusieron rígidas. Con miedo y temblor, apenas podía mantenerse en pie. Pues verás, ese mono había sido una Plaga de Caballos de Ban, que solía cuidar los caballos dragón en los establos celestiales. Su autoridad era tal que los caballos de este mundo inevitablemente le temerían cuando lo viesen.

Cuando Tripitaka vio que el mono era verdaderamente una persona de buenas intenciones, alguien que realmente se parecía a aquellos que habían abrazado la fe budista, le llamó: "Discípulo, ¿cuál es tu apellido?" "Mi apellido es Sun," dijo el Rey Mono. "Déjame darte un nombre religioso," dijo Tripitaka, "para que sea conveniente dirigirse a ti." "Este noble pensamiento del maestro es muy apreciado," dijo el Rey Mono, "pero ya tengo un nombre religioso. Me llaman Sun Wukong." "Se ajusta exactamente al énfasis de nuestra denominación," dijo Tripitaka, encantado. "Pero mira, te ves más bien como un pequeño dhūta. Déjame darte un apodo y llamarte Peregrino Sun. ¿Qué te parece?" "¡Bien! ¡Bien!" dijo Wukong. Así que desde entonces, también fue llamado Peregrino Sun.

Cuando Boqin vio que el Peregrino Sun estaba definitivamente preparándose para partir, se volvió a hablar respetuosamente a Tripitaka, diciendo: "Anciano, tienes la suerte de haber hecho un excelente discípulo aquí. ¡Felicidades! Esta persona debería ser la más adecuada para acompañarte. Ahora debo despedirme de ti." Inclinándose para agradecerle, Tripitaka dijo: "No puedo agradecerte lo suficiente por toda tu amabilidad. Por favor, asegúrate de agradecer a tu querida madre y esposa cuando regreses a tu casa. He causado grandes inconvenientes a todos ustedes, y te agradeceré nuevamente en mi camino de regreso." Boqin devolvió su saludo y se despidieron.

Ahora te contaremos sobre el Peregrino Sun, quien le pidió a Tripitaka que montara su caballo. Él mismo, completamente desnudo, llevó el equipaje a su espalda y guió el camino. En poco tiempo, mientras pasaban por la Montaña de las Dos Fronteras, vieron un feroz tigre acercándose, gruñendo y moviendo su cola. Tripitaka, sentado en su caballo, se alarmó, pero el Peregrino, caminando al lado del camino, estaba encantado. "No tengas miedo, Maestro," dijo, "pues está aquí para presentarme algunas ropas." Dejó el equipaje y sacó una pequeña aguja de sus oídos. Con un movimiento enfrentando el viento, se convirtió en una vara de hierro con el grosor de un tazón de arroz. La sostuvo en sus manos y se rió, diciendo: "No he usado este tesoro en más de quinientos años. ¡Hoy lo saco para conseguir una pequeña prenda para mí!" ¡Mira! Se acercó directamente al tigre, gritando: "¡Bestia maldita! ¿A dónde crees que vas?"

Acostado, el tigre se tendió en el polvo y no se atrevió a moverse. El Peregrino Sun apuntó la vara a su cabeza, y un golpe hizo que su cerebro estallara como diez mil pétalos rojos de flores de durazno, y los dientes volaran como tantas piezas de jade blanco. Tan aterrorizado estaba nuestro Chen Xuanzang que se cayó de su caballo. "¡Oh Dios! ¡Oh Dios!" gritó, mordiéndose los dedos. "Cuando el Guardián Liu superó a ese tigre rayado el otro día, tuvo que luchar con él durante casi medio día. Pero sin siquiera pelear hoy, Sun Wukong reduce al tigre a pulpa con un golpe de su vara. ¡Qué cierto es el dicho: 'Para el fuerte, siempre hay alguien más fuerte!' "

"Maestro," dijo el Peregrino mientras regresaba arrastrando al tigre, "siéntate un momento y espera hasta que le haya quitado la ropa. Cuando me la ponga, comenzaremos de nuevo." "¿Dónde tiene ropa?" preguntó Tripitaka. "No te preocupes por mí, Maestro," dijo el Peregrino, "tengo mi propio plan." ¡Querido Rey Mono! Sacó un mechón de pelo y sopló un aliento mágico sobre él, gritando: "¡Cambia!" Se convirtió en un cuchillo afilado y curvado, con el cual abrió el pecho del tigre. Cortando la piel en línea recta, luego la arrancó en una sola pieza. Cortó las patas y la cabeza, haciendo la piel en un cuadrado. La levantó y la probó para ver si le quedaba, y luego dijo: "Es un poco demasiado grande; una pieza puede hacerse en dos." Tomó el cuchillo y lo cortó nuevamente en dos piezas; guardó una de ellas y envolvió la otra alrededor de su cintura. Desgajando un trozo de ratán del lado del camino, lo ató firmemente a esta cobertura para la parte inferior de su cuerpo. "¡Maestro!" dijo, "¡vamos! ¡Vamos! Cuando lleguemos a casa de alguien, tendremos tiempo suficiente para pedir algunos hilos y una aguja para coser esto." Le dio una compresión a su vara de hierro y volvió a convertirse en una pequeña aguja, que guardó en su oído. Lanzando el equipaje sobre su espalda, le pidió a su Maestro que montara el caballo.

Al comenzar el viaje, el monje le preguntó: "Wukong, ¿cómo es que la vara de hierro que usaste para matar al tigre ha desaparecido?" "Maestro," dijo el Peregrino riendo, "no tienes idea de lo que realmente es esa vara mía. Fue adquirida originalmente del Palacio del Dragón en el Océano Oriental. Se llama el Divino Hierro Precioso para Proteger el Río Celestial, y otro nombre para ella es la Vara Dorada de Anillas Cumplidoras. En el momento en que me rebelé contra el Cielo, dependí mucho de ella; porque podía cambiar a cualquier forma, grande o pequeña, según mi deseo. Justo ahora, la hice cambiar a una pequeña aguja de bordar, y así está guardada en mi oído. Cuando la necesite, la sacaré." Satisfecho por lo que escuchó, Tripitaka hizo otra pregunta: "¿Por qué ese tigre se volvió completamente inmóvil cuando te vio? ¿Cómo explicas el hecho de que simplemente te dejó golpearlo?" "Para decirte la verdad," dijo Wukong, "incluso un dragón, ¡y no digamos este tigre, se comportaría si me hubiera visto! Yo, viejo Mono, poseo la habilidad de someter dragones y domesticar tigres, y el poder de volcar ríos y agitar océanos. Puedo mirar el rostro de una persona y discernir su carácter; puedo escuchar solo sonidos y descubrir la verdad. Si quiero ser grande, puedo llenar el universo; si quiero ser pequeño, puedo ser más pequeño que un cabello. En resumen, tengo maneras ilimitadas de transformació n y medios incalculables para volverse visible o invisible. ¿Qué hay de extraño, entonces, en que me despoje de un tigre? ¡Espera a que lleguemos a algunas verdaderas dificultades—entonces verás mis talentos!" Cuando Tripitaka escuch ó estas palabras, se sintió más aliviado que nunca y instó a su caballo a avanzar. Así, maestro y discípulo, los dos charlaron mientras viajaban, y pronto el sol se hundió en el oeste. Verás

El suave resplandor del crepúsculo que se apaga,
Y nubes distantes regresando lentamente.
En cada colina crece el coro de los pájaros,
Aglomerándose en refugio en los bosques.
Las bestias salvajes en parejas y dúos,
En manadas y grupos se dirigen a casa.
La nueva luna, con forma de gancho, rompe la oscuridad que se extiende
Con diez mil estrellas luminosas.

El Peregrino dijo: "Maestro, avancemos, que se está haciendo tarde. Hay densos grupos de árboles por allá, y supongo que debe haber una casa o un pueblo también. Apresurémonos hacia allí y pidamos alojamiento." Instigando a su caballo, Tripitaka se acercó directamente a una casa y desmontó. El Peregrino dej ó caer la bolsa y se dirigió a la puerta, gritando: "¡Ábrete! ¡Ábrete!" Un anciano llegó a la puerta, apoyándose en un bastón. Cuando abrió la chirriante puerta, se asustó por la horrible apariencia del Peregrino, quien tenía la piel de tigre alrededor de la cintura y parecía un dios del trueno. Comenzó a gritar: "¡Un fantasma! ¡Un fantasma!" y otras palabras tontas. Tripitaka se acercó y lo tomó, diciendo: "Anciano, no tengas miedo. Él es mi discípulo, no un fantasma." Solo cuando miró hacia arriba y vio los rasgos apuestos de Tripitaka, el anciano se quedó quieto. "¿De qué templo eres?" preguntó, "y por qué traes a un personaje tan desagradable a mi puerta?"

"Soy un pobre monje de la corte Tang," dijo Tripitaka, "en mi camino a buscar escrituras del Buda en el Cielo Occidental. Pasábamos por aquí y se estaba haciendo tarde; por eso nos atrevíamos a acercarnos a su gran mansión y pedirle una noche de alojamiento. Planeamos partir mañana antes de que amanezca, y le rogamos que no niegue nuestra solicitud."

"Aunque seas un hombre Tang," dijo el anciano, "ese personaje desagradable ciertamente no es un hombre Tang." "¡Viejo!" gritó Wukong en voz alta, "¿realmente no puedes ver, verdad? El hombre Tang es mi maestro, y yo soy su discípulo. ¡Por supuesto, no soy un hombre de azúcar o un hombre de miel! ¡Soy el Gran Sabio, Igual al Cielo! Los miembros de tu familia deberían reconocerme. Además, ya te he visto antes."

"¿Dónde me has visto antes?" "Cuando eras joven," dijo Wukong, "¿

no recogías leña frente a mis ojos? ¿No cargabas verduras delante de mi cara?" El anciano dijo: "¡Eso es una tontería! ¿Dónde vivías? ¿Y dónde estaba yo, que debería haber recogido leña y cargado verduras ante tus ojos?" "¡Solo mi hijo diría tonterías!" dijo Wukong. "¡Realmente no me reconoces! ¡Mira de cerca! Soy el Gran Sabio en la caja de piedra de esta Montaña de las Dos Fronteras." "Te pareces algo a él," dijo el anciano, medio reconociendo la figura ante él, "pero, ¿cómo saliste?" Wukong entonces dio un relato completo de cómo el Bodhisattva lo había convertido y cómo ella le había pedido que esperara al Monje Tang para liberar la etiqueta de su liberación.

Después de eso, el anciano se inclinó profundamente e invitó a Tripitaka a entrar, llamando a su esposa anciana y a sus hijos para que salieran y conocieran a los huéspedes. Cuando les contó lo que había sucedido, todos se alegraron. Luego se sirvió té, tras lo cual el anciano preguntó a Wukong: "¿Cuántos años tienes, Gran Sabio?" "¿Y tú cuántos años tienes?" preguntó Wukong. "He vivido tontamente durante ciento treinta años," dijo el anciano. "¡Todavía eres mi tataranieto!" dijo el Peregrino. "No puedo recordar cuándo nací, pero he pasado más de quinientos años bajo esta montaña." "Sí, sí," dijo el anciano. "Recuerdo que mi bisabuelo decía que cuando esta montaña cayó del cielo, tenía un simio divino aprisionado debajo de ella. ¡Qué pensar que debiste haber esperado hasta ahora para tu libertad! Cuando te vi en mi infancia, tenías hierba en la cabeza y barro en la cara, pero no te tenía miedo entonces. Ahora, sin barro en la cara y hierba en la cabeza, pareces un poco más delgado. Y con ese enorme trozo de piel de tigre colgando de tu cintura, ¿qué gran diferencia hay entre tú y un demonio?"

Cuando los miembros de su familia escucharon este comentario, todos estallaron en carcajadas. Siendo un tipo bastante decente, el anciano de inmediato ordenó que se preparara una comida vegetariana. Después, Wukong dijo: "¿Cuál es tu apellido?" "Nuestra humilde familia," dijo el anciano, "lleva el nombre de Chen." Cuando Tripitaka escuchó esto, dejó su asiento para saludarlo, diciendo: "Anciano, compartimos el mismo ilustre clan." "Maestro," dijo el Peregrino, "tu apellido es Tang. ¿Cómo puede ser que tú y él compartan los mismos ilustres antepasados?" Tripitaka dijo: "El apellido de mi familia secular también es Chen, y vengo de la Aldea Juxian, en el Distrito de Hongnong de Haizhou, en el dominio Tang. Mi nombre religioso es Chen Xuanzang. Debido a que nuestro Gran Emperador Tang Taizong me hizo su hermano por decreto, tomé el nombre de Tripitaka y usé Tang como mi apellido. Por eso se me llama el Monje Tang." El anciano se sintió muy complacido al escuchar que compartían el mismo apellido.

"Viejo Chen," dijo el Peregrino, "debo molestar a tu familia un poco más, porque no me he bañado en quinientos años. ¡Por favor, ve y hierve un poco de agua para que mi maestro y yo, su discípulo, podamos lavarnos! Les agradeceremos aún más cuando nos vayamos." El anciano dio de inmediato la orden de hervir agua y llevar tinas con varias lámparas. Mientras el maestro y el discípulo se sentaban ante las lámparas después de sus baños, el Peregrino dijo: "Viejo Chen, aún tengo un favor más que pedirte. ¿Puedes prestarme una aguja y un poco de hilo?" "Por supuesto, por supuesto," respondió el anciano. Se le dijo a una de las amahs que trajera la aguja y el hilo, que luego fueron entregados al Peregrino. El Peregrino, verás, tenía la vista más aguda; notó que Tripitaka se había quitado una camisa de tela blanca y no se la había vuelto a poner después de su baño. El Peregrino la agarró y se la puso. Quitándose su piel de tigre, cosió los dobladillos usando un "doblez de cara de caballo" y la volvió a atar alrededor de su cintura con la hebra de ratán. Hizo una pasarela frente a su maestro, diciendo: "¿Cómo se ve hoy el viejo Mono comparado con cómo se veía ayer?" "Muy bien," dijo Tripitaka, "¡muy bien! Ahora realmente pareces un peregrino. Si no crees que la camisa esté demasiado gastada o vieja, puedes quedártela." "¡Gracias por el regalo!" dijo Wukong respetuosamente. Luego salió a buscar un poco de heno para alimentar al caballo, después de lo cual tanto el maestro como el discípulo se retiraron con el anciano y su familia.

A la mañana siguiente, Wukong se levantó y despertó a su maestro para prepararse para el viaje. Tripitaka se vistió mientras Wukong ordenaba su equipaje. Estaban a punto de partir cuando el anciano trajo agua para lavar y algo de comida vegetariana, por lo que no salieron hasta después de la comida. Tripitaka montó su caballo con el Peregrino guiando el camino; viajaron de día y descansaron de noche, tomando comida y bebida según sus necesidades. Pronto era principios de invierno. Verás:

Arces dañados por la helada y los árboles marchitos;
Pocos pinos y cipreses verdes aún en la cresta.
Las flores de ciruelo brotadas esparcen su suave aroma.
El breve día cálido—
¡Un pequeño regalo de primavera!
Pero los lirios moribundos ceden al exuberante té silvestre.
Un puente frío lucha contra la rama de un viejo árbol,
Y el agua burbujeante fluye en el arroyo serpenteante.
Nubes grises, cargadas de nieve, flotan por todo el cielo.
El fuerte y frío viento
¡Desgarra la manga!
¿Cómo se soporta esta fría fuerza de la noche?

El maestro y el discípulo habían viajado durante un tiempo cuando, de repente, seis hombres saltaron desde el lado del camino con gran alboroto, todos sosteniendo largas lanzas y cortas espadas, cuchillas afiladas y fuertes arcos. "¡Detente, monje!" gritaron. "¡Deja tu caballo y suelta tu bolsa de inmediato, y te dejaremos pasar vivo!" Tripitaka estaba tan aterrorizado que su alma lo dejó y su espíritu huyó; cayó de su caballo, incapaz de pronunciar una palabra. Pero el Peregrino lo levantó, diciendo: "No te alarmes, Maestro. No es nada realmente, solo algunas personas que vienen a darnos ropa y un subsidio para el viaje."

"Wukong," dijo Tripitaka, "debes estar un poco sordo. ¡Nos dijeron que dej áramos nuestra bolsa y nuestro caballo, y tú quieres pedirles ropa y un subsidio para el viaje?" "Solo quédate aquí y cuida nuestras pertenencias," dijo el Peregrino, "y deja que el viejo Mono los enfrente. Veremos qué pasa." Tripitaka dijo: "¡Incluso un buen golpe no es rival para un par de puños, y dos puños no pueden hacer frente a cuatro manos! ¡Hay seis grandes tipos allá, y tú eres una persona tan pequeña! ¿Cómo puedes tener el valor de enfrentarte a ellos?"

Como siempre había sido audaz, el Peregrino no esperó más discusión. Caminó hacia adelante con los brazos cruzados y saludó a los seis hombres, diciendo: "Señores, ¿por qué bloquean el camino de este pobre monje?"

"Nosotros somos los reyes de la carretera," dijeron los hombres, "filantró picos señores de la montaña. Nuestra fama ha sido conocida durante mucho tiempo, aunque pareces ignorarla. Deja tus pertenencias de inmediato, y se te permitirá pasar. ¡Si tan solo pronuncias la mitad de un 'no', serás despedazado!" "También he sido un gran rey hereditario y un señor de la montaña durante siglos," dijo el Peregrino, "pero aún no he aprendido sus ilustres nombres."

"¡Así que realmente no sabes!" dijo uno de ellos. "Entonces déjanos decirte: uno de nosotros se llama Ojo que Ve y Se Regocija; otro, Oído que Escucha y Se Enfurece; otro, Nariz que Huele y Ama; otro, Lengua que Prueba y Desea; otro, Mente que Percibe y Codicia; y otro, Cuerpo que Soporta y Sufre."

"No son más que seis bandidos peludos," dijo Wukong riendo, "que no han reconocido en mí a una persona que ha dejado la familia, su legítimo maestro. ¿Cómo se atreven a bloquear mi camino? ¡Saquen los tesoros que han robado para que podamos dividirlos en siete partes. ¡Los perdonaré entonces!" Al escuchar esto, los ladrones reaccionaron con rabia y diversión, codicia y miedo, deseo y ansiedad. Se lanzaron hacia adelante gritando: "¡Tú, monje imprudente! ¡No tienes nada que ofrecernos, y aun así quieres que compartamos nuestro botín contigo!" Empuñando lanzas y espadas, rodearon al Peregrino y le dieron golpes en la cabeza setenta u ochenta veces. El Peregrino se mantuvo en medio de ellos y se comportó como si nada estuviera sucediendo.

"¡Qué monje!" dijo uno de los ladrones. "¡Realmente tiene una cabeza dura!" "¡Pasablemente!" dijo el Peregrino, riendo. "Pero tus manos deben estar cansándose de todo ese ejercicio; ya es hora de que el viejo Mono saque su aguja para un poco de entretenimiento." "Este monje debe ser un hombre de acupuntura disfrazado," dijo el ladrón. "¡No estamos enfermos! ¿Qué es esto de usar una aguja?" El Peregrino metió la mano en su oído y sacó una pequeña aguja de bordado; un movimiento de ella en el viento y se convirtió en una varilla de hierro del grosor de un tazón de arroz. La sostuvo en sus manos, diciendo: "¡No corran! ¡Déjenme intentar con ustedes con esta varilla!" Los seis ladrones huyeron en todas direcciones, pero con grandes zancadas, él los alcanzó y los rode ó a todos. Golpeó a cada uno de ellos hasta matarlos, les quitó la ropa y confiscó sus pertenencias. Luego el Peregrino volvió sonriendo ampliamente y dijo: "Puedes proceder ahora, Maestro. Esos ladrones han sido exterminados por el viejo Mono."

"¡Eso es algo terrible que has hecho!" dijo Tripitaka. "Puede que hayan sido hombres fuertes en la carretera, pero no habrían sido condenados a muerte incluso si los hubieran atrapado y juzgado. Si tienes tales habilidades, deberías haberlos ahuyentado. ¿Por qué los mataste a todos? ¿Cómo puedes ser un monje cuando quitas vidas sin causa? Nosotros, que hemos dejado la familia, debería amos

Mantener a las hormigas fuera de peligro cuando barramos el suelo,

Y poner pantallas en las lámparas por amor a las polillas.

¿Cómo puedes matarlos así, sin tener en cuenta lo negro o lo blanco? ¡No mostraste ninguna misericordia! Es bueno que estemos aquí en las montañas, donde cualquier investigación adicional es poco probable. Pero supón que alguien te ofende cuando lleguemos a una ciudad y cometes violencia de nuevo, golpeando a la gente indiscriminadamente con esa varilla tuya—¿podría yo permanecer inocente y salir ileso?"

"Maestro," dijo Wukong, "si no los hubiera matado, ¡ellos te habrían matado a ti!" Tripitaka dijo: "Como sacerdote, preferiría morir que practicar la violencia. Si me mataran, solo habría uno de mí, pero tú masacraste a seis personas. ¿Cómo puedes justificar eso? Si este asunto fuera llevado ante un juez, e incluso si tu viejo fuera el juez, ciertamente no podrías justificar tu acción."

"Para decirte la verdad, Maestro," dijo el Peregrino, "cuando yo, el viejo Mono, era rey en la Montaña de las Flores y Frutas hace quinientos años, maté no sé cuántas personas. No habría sido un Gran Sabio, Igual al Cielo, si hubiera vivido según lo que dices." "¡Es precisamente porque no tenías escrúpulos ni autocontrol!" dijo Tripitaka, "desatando tu descontrol en la Tierra y propagando el escándalo en el Cielo, que tuviste que someterte a esta prueba de quinientos años. Ahora que has entrado en la senda del budismo, si todavía insistes en practicar la violencia y te entregas a quitar vidas como antes, no eres digno de ser un monje, ni puedes ir al Cielo Occidental. ¡Eres malvado! ¡Eres simplemente demasiado malvado!"

Ahora, este mono nunca había podido tolerar las reprimendas en toda su vida. Cuando escuchó la constante reprimenda de Tripitaka, no pudo suprimir las llamas que saltaban en su corazón. "Si eso es lo que piensas," dijo. "Si crees que no soy digno de ser un monje, ni tampoco puedo ir al Cielo Occidental, ¡no me molestes más con tus quejas! ¡Me iré y volveré!" Antes de que Tripitaka tuviera tiempo de responder, el Peregrino ya estaba tan enfurecido que saltó al aire, gritando solo: "¡El viejo Mono se va!" Tripitaka rápidamente levantó la cabeza para mirar, pero el mono ya había desaparecido, dejando solo un sonido de susurro que se desvanecía rápidamente hacia el Este. Solo, el sacerdote solo pudo sacudir la cabeza y suspirar: "¡Ese tipo! ¡Es tan reacio a ser enseñado! Solo le dije unas pocas palabras. ¿Cómo pudo desaparecer sin dejar rastro y volver así de repente? Bueno, bueno, bueno. ¡También debe ser que estoy destinado a no tener un discípulo ni ningún otro compañero, porque ahora ni siquiera podría a llamarlo o localizarlo si quisiera! ¡Lo mejor es que continúe por mi cuenta!" Así que estaba preparado para

Dejar su vida y dirigirse hacia el Oeste,
Ser su propio maestro y no depender de nadie.

El anciano no tuvo más alternativa que empacar su bolsa y ponerla en el caballo, ni siquiera se molestó en montarlo. Sosteniendo su bastón en una mano y las riendas en la otra, partió tristemente hacia el Oeste. No había viajado lejos cuando vio a una anciana frente a él en el camino de la montaña, sosteniendo una prenda de seda y un gorro con un diseño floral. Cuando Tripitaka la vio acercarse, se apresuró a apartar su caballo para que ella pudiera pasar. "Anciano, ¿de dó nde vienes?" preguntó la anciana, "¿y por qué caminas aquí todo solo?" Tripitaka respondió: "Su hijo fue enviado por el Gran Rey de la Tierra del Este para buscar las verdaderas escrituras del Buda viviente en el Cielo Occidental."

"El Buda del Oeste," dijo la anciana, "vive en el Gran Templo del Trueno en el territorio de la India, y el viaje hasta allí tiene una longitud de ciento ocho mil millas. Estás solo, sin compañero ni discípulo. ¿Cómo puedes pensar en ir allí?"

"Hace unos días," dijo Tripitaka, "sí recogí a un discípulo, un carácter bastante rebelde y obstinado. Lo regañé un poco, pero se negó a ser enseñado y desapareció." La anciana dijo: "Tengo aquí una camisa de seda y un gorro con flores incrustadas de oro, que solían pertenecer a mi hijo. Solo había sido monje durante tres días cuando, lamentablemente, murió. Acabo de terminar de llorarlo en el templo, donde su maestro me dio estas cosas para mantener su memoria. Padre, como tienes un discípulo, te daré la camisa y el gorro." "Estoy muy agradecido por tus generosos regalos," dijo Tripitaka, "pero mi discípulo se ha ido. No me atrevo a aceptarlos." "¿A dónde se fue?" preguntó la anciana. Tripitaka respondió: "Escuché un sonido de susurro dirigiéndose hacia el este."

"Mi hogar no está muy lejos hacia el este," dijo la anciana, "y puede que él esté yendo allí. Tengo un hechizo que se llama las Verdaderas Palabras para Controlar la Mente, o el Hechizo de la Faja Ajustada. Debes memorizarlo en secreto; grábalo firmemente en tu memoria y no dejes que nadie lo aprenda. Intentaré alcanzarlo y persuadirlo para que regrese y te siga. Cuando regrese, dale la camisa y el gorro para que los use; y si nuevamente se niega a obedecerte, recita el hechizo en silencio. No se atreverá a hacerte daño ni a dejarte de nuevo."

Al escuchar estas palabras, Tripitaka inclinó la cabeza para agradecerle. La anciana se transformó en un rayo de luz dorada y desapareció hacia el este. Entonces Tripitaka se dio cuenta de que era el Bodhisattva Guanyin quien le hab ía enseñado las Verdaderas Palabras; se apresuró a recoger unos puñados de tierra con los dedos y las esparció como incienso, inclinándose reverentemente hacia el

Este. Luego tomó la camisa y el gorro y los escondió en su bolsa. Sentado al lado del camino, comenzó a recitar las Verdaderas Palabras para Controlar la Mente. Después de unas pocas repeticiones, lo supo de memoria, pero no hablaremos más de él por el momento.

Ahora les contamos sobre Wukong, quien, habiendo dejado a su maestro, se dirigió directamente hacia el Océano Oriental con un solo salto de nube. Detuvo su nube, abrió un camino en el agua y fue directamente al Palacio del Cristal de Agua. Al enterarse de su llegada, el Rey Dragón salió a darle la bienvenida. Después de intercambiar saludos y sentarse, el Rey Dragón dijo: "He escuchado recientemente que la prueba del Gran Sabio se ha completado, y me disculpo por no haberte felicitado aún. Supongo que has tomado nuevamente posesión de tu montaña inmortal y has regresado a la antigua cueva." "Tenía esa inclinación," dijo Wukong, "pero en su lugar me convertí en monje." "¿Qué tipo de monje?" preguntó el Rey Dragón. "Estoy en deuda con el Bodhisattva del Mar del Sur," dijo el Peregrino, "quien me persuadió para hacer el bien y buscar la verdad. Debía seguir al Monje Tang de la Tierra del Este para ir a adorar al Buda en el Oeste. Desde que entré en la senda del budismo, también me dieron el nombre de 'Peregrino.'" "¡Eso es verdaderamente digno de alabanza!" dijo el Rey Dragón. "Has, como decimos, dejado lo incorrecto y seguido lo correcto; has sido renovado al poner tu mente en la bondad. Pero si ese es el caso, ¿por qué no te diriges hacia el Oeste, sino que regresas hacia el este?"

El Peregrino rió y dijo: "¡Ese Monje Tang no sabe nada de la naturaleza humana! Hubo unos pocos rufianes que querían robarnos, y los maté a todos. Pero ese Monje Tang no pudo dejar de regañarme, diciéndome una y otra vez lo mal que estaba. ¿Puedes imaginar al viejo Mono soportando esa clase de tedio? ¡Simplemente lo dejé! Estaba de regreso a mi montaña cuando decidí venir a visitarte y pedirte una taza de té." "¡Gracias por venir! ¡Gracias por venir!" exclamó el Rey Dragón. En ese momento, los hijos y nietos del Dragón les presentaron té aromático. Cuando terminaron el té, el Peregrino se dio la vuelta y vio colgado detrás de él en la pared una pintura de la "Presentación de Zapatos en el Puente Yi." "¿Qué es esto?" preguntó el Peregrino. El Rey Dragón respondió: "El incidente representado en la pintura tuvo lugar algún tiempo después de que nacieras, y puede que no reconozcas de qué se trata—la presentación triple de zapatos en el Puente Yi." "¿Qué quieres decir con la presentación triple de zapatos?" preguntó el Peregrino.

"El inmortal en la pintura," dijo el Rey Dragón, "se llamaba Huang Shigong, y el joven que estaba arrodillado frente a él se llamaba Zhang Liang. Shigong estaba sentado en el Puente Yi cuando de repente uno de sus zapatos se cayó y cayó bajo el puente. Le pidió a Zhang Liang que lo fuera a buscar, y el joven rápidamente lo hizo, volviéndoselo a poner mientras se arrodillaba allí. Esto sucedió tres veces. Como Zhang Liang no mostró el más mínimo signo de orgullo o impaciencia, ganó la afecto de Shigong, quien esa noche le impartió un manual celestial y le dijo que apoyara la casa de Han. Después, Zhang Liang 'hizo sus planes sentado en una tienda militar para lograr victorias a mil millas de distancia.' Cuando se estableció la dinastía Han, dejó su puesto y se fue a las montañas, donde siguió al taoísta, Maestro Pino Rojo, y se iluminó en el camino de la inmortalidad. Gran Sabio, si no acompañas al Monje Tang, si no estás dispuesto a ejercer diligencia o a aceptar instrucción, seguirás siendo un inmortal falso después de todo. No pienses que alguna vez adquirirás los Frutos de la Verdad."

Wukong escuchó estas palabras y permaneció en silencio por un tiempo. El Rey Dragón dijo: "Gran Sabio, debes tomar la decisión tú mismo. No es prudente permitir que la comodidad momentánea ponga en peligro tu futuro."

"¡No otra palabra!" dijo Wukong. "¡El viejo Mono regresará para acompañarlo, eso es todo!" Encantado, el Rey Dragón dijo: "Si ese es tu deseo, no me atrevo a retenerte. En cambio, le pido al Gran Sabio que muestre su misericordia de inmediato y no permita que su maestro espere más." Cuando el Peregrino escuchó esta exhortación a irse, salió disparado de la región oceánica; montando las nubes, dejó al Rey Dragón.

En su camino se encontró con el Bodhisattva del Mar del Sur. "Sun Wukong," dijo el Bodhisattva, "¿por qué no me escuchaste y acompañaste al Monje Tang? ¿Qué estás haciendo aquí?" El Peregrino se sorprendió tanto que la saludó desde lo alto de las nubes. "Estoy muy agradecido por las amables palabras del Bodhisattva," dijo. "Un monje de la corte Tang apareció, levantó el sello y salvó mi vida. Me convertí en su discípulo, pero él me culpó por ser demasiado violento. Me alejé de él por un tiempo, pero ahora estoy volviendo para acompañarlo." "Ve rápido entonces," dijo el Bodhisattva, "antes de que cambies de opinión de nuevo." Terminaron de hablar y cada uno siguió su camino. En un momento, nuestro Peregrino vio al Monje Tang sentado desanimado al lado del camino. Se acercó a él y dijo: "Maestro, ¿por qué no estás en el camino? ¿Qué estás haciendo aquí?" "¿Dónde has estado?" preguntó Tripitaka, mirando hacia arriba. "Tu ausencia me ha obligado a sentarme aquí y esperar por ti, sin atreverme a caminar o moverme." El Peregrino respondió: "Solo fui a la casa del viejo Rey Dragón en el Océano Oriental a pedir un poco de té."

"Discípulo," dijo Tripitaka, "los que han dejado la familia no deben mentir. No ha pasado ni una hora desde que me dejaste, y afirmas que has tomado té en la casa del Rey Dragón?" "Para decirte la verdad," dijo el Peregrino, riendo, "sé cómo hacer saltos de nube, y un solo salto me lleva ciento ocho mil millas. Por eso puedo ir y volver en un abrir y cerrar de ojos." Tripitaka dijo: "Porque te hablé un poco severamente, te ofendiste y me dejaste enojado. Con tu habilidad, podrías ir a pedir un poco de té, pero una persona como yo no tiene otra perspectiva más que sentarse aquí y soportar el hambre. ¿Te sientes cómodo con eso?" "Maestro," dijo el Peregrino, "si tienes hambre, iré a mendigar algo de comida para ti." "No es necesario mendigar," dijo Tripitaka, "porque aún tengo en mi bolsa algunos alimentos secos que me dio la madre del Guardián Liu. Trae un poco de agua en ese cuenco. Comeré algo y podremos comenzar de nuevo."

El Peregrino fue a desatar la bolsa y encontró algunas galletas hechas de harina sin refinar, que sacó y le entregó al maestro. Luego vio una luz brillando de una camisa de seda y un gorro con flores incrustadas de oro. "¿Trajiste esta prenda y el gorro de la Tierra del Este?" preguntó. "Llevé esto en mi infancia," dijo Tripitaka con desdén. "Si usas el gorro, sabrás cómo recitar escrituras sin tener que aprenderlas; si te pones la prenda, sabrás cómo realizar rituales sin tener que practicarlos." "Querido Maestro," dijo el Peregrino, "déjame ponérmelos."

"Puede que no te queden bien," dijo Tripitaka, "pero si te quedan, puedes usarlos." El Peregrino entonces se quitó su vieja camisa de tela blanca y se puso la camisa de seda, que parecía haber sido hecha especialmente para él. Luego se puso también el gorro. Cuando Tripitaka vio que se había puesto el gorro, dejó de comer los alimentos secos y comenzó a recitar silenciosamente el Hechizo de la Faja Ajustada.

"¡Oh, mi cabeza!" gritó el Peregrino. "¡Me duele! ¡Me duele!" El maestro pasó por la recitación varias veces sin cesar, y el dolor era tan intenso que el Peregrino se revolcaba en el suelo, sus manos agarrando el gorro con flores incrustadas de oro. Temiendo que pudiera romper la faja dorada, Tripitaka dejó de recitar y el dolor cesó. El Peregrino tocó su cabeza con la mano y sintió que estaba fuertemente atada por una delgada banda de metal; no podía ser ni retirada ni desgarrada, pues parecía haber echado raíces en su cabeza. Sacando la aguja de su oído, la introdujo dentro de la faja y comenzó a abrirla salvajemente. Temiendo que pudiera romper la faja con su fuerza, Tripitaka comenzó su recitación de nuevo, y la cabeza del Peregrino comenzó a dolerle una vez más. Era tan doloroso que hizo volteretas y saltos mortales. Su rostro e incluso sus orejas se pusieron rojos, sus ojos se salieron de las órbitas, y su cuerpo se debilitó. Cuando el maestro vio su apariencia, se sintió movido a interrumpir su recitación, y el dolor se detuvo como antes. "Mi cabeza," dijo el Peregrino, "el maestro le ha puesto un hechizo." "Solo estaba recitando el Sūtra de la Faja Ajustada," dijo Tripitaka. "¿Desde cuándo te puse un hechizo?" "Recítalo un poco más y verás qué pasa," dijo el Peregrino. Tripitaka comenzó a recitar, y el Peregrino inmediatamente comenzó a dolerle. "¡Para! ¡Para!" gritó. "Me duele en cuanto comienzas a recitar. ¿Cómo lo explicas?" "¿Ahora escucharás mis instrucciones?" preguntó Tripitaka. "Sí, lo haré," respondió el Peregrino. "¿Y no volverás a ser rebelde?" "No me atreveré," dijo el Peregrino.

Aunque dijo eso con la boca, la mente del Peregrino aún estaba tramando mal. Con un movimiento de la aguja se volvió del grosor de un cuenco de arroz; la apuntó hacia el Monje Tang y estaba a punto de golpearlo. El sacerdote se asustó tanto que recitó dos o tres veces más. Cayendo al suelo, el mono arrojó el bastón de hierro y ni siquiera pudo levantar las manos. "Maestro," dijo, "he aprendido mi lección. ¡Detente! ¡Por favor, detente!" "¿Cómo te atreves a ser tan imprudente," dijo Tripitaka, "que quieras golpearme?" "No me atrever ía a golpearte," dijo el Peregrino, "pero déjame preguntarte algo. ¿Quién te enseñó esta magia?" "Fue una anciana," dijo Tripitaka, "quien me la imparti ó hace un momento." Creciendo muy enojado, el Peregrino dijo: "¡No necesitas decir nada más! ¡La anciana debe ser esa Guanshiyin! ¿Por qué quiso que sufriera así? ¡Voy a ir al Mar del Sur a golpearla!"

"Si me había enseñado esta magia," dijo Tripitaka, "ella debió saberlo incluso antes que yo. Si vas a buscarla y ella comienza su recitación, ¿no estarás muerto?" El Peregrino vio la lógica en esto y no se atrevió a alejarse. De hecho, no tuvo más alternativa que arrodillarse en contrición y suplicar a Tripitaka, diciendo: "Maestro, este es su método para controlarme, dejándome sin otra alternativa más que seguirte al Oeste. No iré a molestarlo, pero tampoco debes considerar este hechizo como un juguete para recitarlo con frecuencia. Estoy dispuesto a acompañarte sin nunca tener el pensamiento de dejarte de nuevo."

"Si es así," dijo Tripitaka, "ayúdame a subir al caballo y vayamos." En ese momento, el Peregrino abandonó todos los pensamientos de desobediencia o rebelión. Con entusiasmo se ajustó la camisa de seda y fue a recoger el equipaje, y se dirigieron nuevamente hacia el Oeste. No sabemos qué más se dirá después de su partida; escucharemos la explicación en el próximo capítulo.

CAPÍTULO 15

En la Montaña Serpiente Enrollada, los dioses dan protección secreta;
En el Arroyo de la Tristeza del Águila, el Caballo de la Voluntad es domado.

Te estábamos contando sobre el Peregrino, que atendía al Monje Tang fielmente mientras avanzaban hacia el Oeste. Viajaron durante varios días bajo el frío cielo de mediados de invierno; un viento helado soplaba ferozmente, y carámbanos resbaladizos colgaban por todas partes. Atravesaron
Un tortuoso camino de gargantas colgantes y acantilados,
Una peligrosa cordillera escalonada con cumbres y picos.
Mientras Tripitaka cabalgaba en su caballo, sus oídos captaron el distante sonido de un torrente. Se volvió para preguntar: "Wukong, ¿de dónde proviene ese sonido?" El Peregrino dijo: "El nombre de este lugar, recuerdo, es Montaña Serpiente Enrollada, y hay un Arroyo de la Tristeza del Águila en él. Supongo que de ahí proviene." Antes de que terminaran su conversación, llegaron a la orilla del arroyo. Tripitaka detuvo su caballo y miró alrededor. Vio
Un arroyo burbujeante y frío que atravesaba las nubes,
Su corriente límpida enrojecida por el sol.
Su salpicadura en la lluvia nocturna agita los valles tranquilos;
Sus colores brillan al amanecer para llenar el aire.
Olas tras olas parecen como astillas voladoras de jade,
Su profundo rugido resuena como el viento claro.
Fluye para unirse a un vasto tramo de humo y marea,
Donde las gaviotas se pierden con las garzas, pero no hay pescadores a la vista.
El maestro y el discípulo estaban mirando el arroyo, cuando hubo un fuerte chapoteo en medio del arroyo y emergió un dragón. Revolviendo las aguas, se lanzó hacia la orilla y se dirigió directamente hacia el sacerdote. El Peregrino se asustó tanto que arrojó el equipaje, sacó al maestro de su caballo y se dio la vuelta para huir con él de inmediato. El dragón no pudo alcanzarlos, pero se tragó el caballo blanco, arnés y todo, de un solo trago antes de perderse nuevamente en el agua. El Peregrino llevó a su maestro a un terreno elevado y dejó al sacerdote sentado allí; luego regresó a buscar el caballo y el equipaje. La carga de bolsas todavía estaba allí, pero el caballo no se veía por ningún lado. Colocando el equipaje frente a su maestro, dijo: "Maestro, no hay rastro de ese dragón maldito, que ha asustado a nuestro caballo." "Discípulo," dijo Tripitaka, "¿cómo podemos encontrar el caballo nuevamente?" "¡Relájate! ¡Relájate!" dijo el Peregrino. "¡Déjame ir a echar un vistazo!"
Silbó una vez y saltó al aire. Sombreando sus ojos ardientes y pupilas de diamante con su mano, miró en las cuatro direcciones, pero no había el más mínimo rastro del caballo. Al caer de las nubes, hizo su reporte, diciendo: "Maestro,

nuestro caballo debe haber sido comido por ese dragón. ¡No se ve por ningún lado!" "Discípulo," dijo Tripitaka, "¿qué tamaño tiene la boca de esa criatura para poder tragarse un caballo, arnés y todo? Debe haberse asustado y estar corriendo suelto por algún lugar en el valle. Por favor, echa otro vistazo." El Peregrino dijo: "Realmente no tienes idea de mi capacidad. Este par de ojos míos a plena luz del día puede discernir el bien y el mal dentro de mil millas; a esa distancia, incluso puedo ver una libélula cuando despliega sus alas. ¿Cómo podría perder algo tan grande como un caballo?" "Si ha sido comido," dijo Tripitaka, "¿cómo debo proceder? ¡Ten piedad de mí! ¿Cómo puedo caminar a través de esos mil montes y diez mil aguas?" Mientras hablaba, las lágrimas comenzaron a caer como lluvia. Cuando el Peregrino lo vio llorar, se enfureció y comenzó a gritar: "¡Maestro, deja de comportarte como un debilucho! ¡Siéntate aquí! ¡Solo siéntate aquí! Que el viejo Mono encuentre a esa criatura y le pida que nos devuelva nuestro caballo. Eso será el final del asunto." Agarrándolo, Tripitaka dijo: "Discípulo, ¿a dónde tienes que ir para encontrarlo? ¿No me lastimarías si él apareciera de algún lugar después de que te hayas ido? ¿Qué pasaría entonces si tanto el hombre como el caballo perecieran?" Al escuchar estas palabras, el Peregrino se enojó aún más. "¡Eres un debilucho! ¡Realmente un debilucho!" tronó. "Quieres un caballo para montar, y aún así no me dejas ir. ¿Quieres quedarte aquí y envejecer, viendo nuestras bolsas?"

Mientras gritaba enojado así, escuchó a alguien llamando desde el aire: "¡Gran Sabio Sun, no te enojes! Y deja de llorar, Hermano Real de Tang. Somos una banda de deidades enviadas por el Bodhisattva Guanyin para dar protección secreta al peregrino de las escrituras." Al oír esto, el sacerdote se inclinó rápidamente hacia el suelo. "¿Qué deidades son ustedes?" preguntó el Peregrino. "Díganme sus nombres, para que pueda anotarlos." "Somos los Seis Dioses de la Oscuridad y los Seis Dioses de la Luz," dijeron, "los Guardianes de los Cinco Puntos, los Cuatro Centinelas, y los Dieciocho Protectores de los Monasterios. Cada uno de nosotros espera sobre ti en rotación." "¿Cuál de ustedes comenzará hoy?" preguntó el Peregrino. "Los Dioses de la Oscuridad y la Luz," dijeron, "seguido de los Centinelas y los Protectores. Nosotros, los Guardianes de los Cinco Puntos, a excepción del Guardián de Cabeza Dorada, estaremos aquí en algún lugar día y noche." "Si ese es el caso," dijo el Peregrino, "los que no estén de servicio pueden retirarse, pero los primeros Seis Dioses de la Oscuridad, el Centinela del Día, y los Guardianes deben permanecer para proteger a mi maestro. Que el viejo Mono vaya a encontrar a ese dragón maldito en el arroyo y le pida nuestro caballo." Las diversas deidades obedecieron. Solo entonces Tripitaka se sintió algo aliviado mientras se sentaba en el acantilado y le decía al Peregrino que tuviera cuidado. "Solo no te preocupes," dijo el Peregrino. ¡Querido Rey Mono! Se ajustó el cinturón alrededor de su camisa de seda, se subió la falda de piel de tigre y se dirigió directamente hacia la garganta del arroyo sosteniendo el bastón de hierro de aros dorados. Estando a mitad de camino entre la nube y la niebla, gritó fuertemente sobre el agua: "¡Lagarto sin ley! ¡Devuélveme mi caballo! ¡Devuélveme mi caballo!"

Ahora te contamos sobre el dragón, que, tras haber comido el caballo blanco de Tripitaka, yacía en el fondo del arroyo, dominando su espíritu y nutriendo su naturaleza. Sin embargo, cuando escuchó a alguien exigiendo el caballo con palabras abusivas, no pudo contener el fuego que saltaba en su corazón y saltó rápidamente. Revolviendo las olas, salió del agua, diciendo: "¿Quién se atreve a insultarme aquí con su gran boca?" El Peregrino lo vio y gritó ferozmente: "¡No huyas! ¡Devuélveme mi caballo!" Empuñando su bastón, apuntó a la cabeza de la bestia y golpeó, mientras el dragón atacaba con fauces abiertas y garras danzantes. La batalla entre los dos ante el arroyo fue, de hecho, feroz. Ves

El dragón extendiendo afiladas garras:
El mono levantando su bastón.
Los bigotes de aquel colgaban como hilos de jade blanco;
Los ojos de este brillaban como lámparas de oro rojo.
La boca debajo de los bigotes de aquel exhalaba nieblas de colores:
El bastón en manos de este se movía como un viento feroz.
Aquel era un hijo maldito que trajo tristeza a sus padres;
Este era un monstruo que desafiaba a los dioses en lo alto.
Ambos debían sufrir debido a su situación.
Ahora quieren ganar, así que cada uno muestra su fuerza.

De un lado a otro, de un lado a otro, lucharon durante mucho tiempo, hasta que el dragón se debilitó y no pudo luchar más. Se volvió y se lanzó de nuevo al agua; hundiéndose en el fondo del arroyo, se negó a salir otra vez. El Rey Mono lanzó insulto tras insulto, pero el dragón solo pretendía ser sordo.

El Peregrino tuvo poco más remedio que regresar a Tripitaka, diciendo: "Maestro, ese monstruo apareció como resultado de mis insultos. Luchó conmigo durante mucho tiempo antes de asustarse y huir. Ahora se está escondiendo en el agua y se niega a salir de nuevo." "¿Sabes con certeza que fue él quien se comió mi caballo?" preguntó Tripitaka. "¡Escucha cómo hablas!" dijo el Peregrino. "Si no lo hubiera comido, ¿estaría dispuesto a enfrentarme y responderme así?" "La vez que mataste al tigre," dijo Tripitaka, "afirmaste que tenías la habilidad de domar dragones y someter tigres. ¿Por qué no puedes someter a este hoy?" Como el mono tenía una tolerancia bastante baja para cualquier tipo de provocación, este solo insulto de Tripitaka lo irritó tanto que dijo: "¡No una palabra más! ¡Déjame ir y mostrarle quién es el maestro!"

Con grandes saltos, nuestro Rey Mono saltó hasta el borde del arroyo. Usando su magia de voltear mares y ríos, transformó el agua clara y límpida del Arroyo de la Tristeza del Águila en las corrientes fangosas del Río Amarillo durante la marea alta. El dragón maldito en lo profundo del arroyo no podía sentarse ni

acostarse en un solo momento. Pensó para sí mismo: "Así como 'la bendici
ón nunca se repite, la desdicha nunca viene sola.' Apenas ha pasado un año
desde que escapé de la ejecución por parte del Cielo y vine a esperar aquí, pero
ahora tengo que enfrentarme a este monstruo miserable que intenta hacerme
daño." ¡Míralo! Cuanto más pensaba en el asunto, más irritado se volvía.
Incapaz de soportarlo más, apretó los dientes y saltó del agua, gritando: "¿Qué
tipo de monstruo eres y de dónde vienes, que quieres oprimirme así?" "No
importa de dónde vengo," dijo el Peregrino. "Solo devuélveme el caballo, y te
perdonaré la vida." "He tragado tu caballo en mi estómago," dijo el dragón,
"así que ¿cómo voy a devolverlo? ¿Qué vas a hacer si no puedo devolvértelo?"
El Peregrino dijo: "Si no devuelves el caballo, solo observa este bastón. Solo
cuando tu vida se convierta en un pago por mi caballo habrá un final para este
asunto." Los dos de ellos nuevamente libraron una amarga lucha debajo de la
cresta de la montaña. Después de algunas rondas, sin embargo, el pequeño dragó
n simplemente no pudo aguantar más; sacudiendo su cuerpo, se transformó en
una pequeña serpiente de agua y se deslizó en los pantanos.

El Rey Mono llegó corriendo con su bastón y apartó la hierba para buscar la
serpiente, pero no había rastro de ella. Estaba tan exasperado que los espíritus
de los Tres Gusanos en su cuerpo explotaron y comenzó a aparecer humo de sus
siete aperturas. Recitó un hechizo que comenzaba con la letra om y convocó al
espíritu local y al dios de la montaña de esa región. Los dos se arrodillaron ante
él, diciendo: "El espíritu local y el dios de la montaña han venido a verte."

"Extiendan sus piernas," dijo el Peregrino, "y les saludaremos a cada uno
con cinco golpes de mi bastón solo para aliviar mis sentimientos."

"Gran Sabio," suplicaron, "por favor, sea más indulgente y permita que
sus humildes súbditos le digan algo." "¿Qué tienen que decir?" dijo el
Peregrino. "El Gran Sabio ha estado en cautiverio por mucho tiempo," dijeron
las dos deidades, "y no teníamos conocimiento de cuándo fue liberado. Por eso
no hemos estado aquí para recibirlo, y le rogamos que nos perdone." "Está
bien," dijo el Peregrino, "no les golpearé. Pero permítanme preguntarles algo.
¿De dónde vino ese monstruoso dragón en el Arroyo de la Tristeza del Águila y
por qué devoró el caballo blanco de mi maestro?" "Nunca hemos sabido que
el Gran Sabio tuviera un maestro," dijeron las dos deidades, "pues siempre ha
sido un inmortal primordial de primer rango que no se somete ni al Cielo ni a la
Tierra. ¿Qué quieres decir con el caballo de tu maestro?" El Peregrino dijo:
"Por supuesto que no sabían de esto. Debido a mi comportamiento despectivo
hacia el Cielo, tuve que sufrir durante quinientos años. Fui convertido por la
amable persuasión del Bodhisattva Guanyin, quien hizo que el verdadero monje
de la corte Tang me rescatara. Como su discípulo, debía seguirlo al Cielo
Occidental para buscar escrituras del Buda. Pasamos por este lugar, y el caballo
blanco de mi maestro se perdió."

"¡Así que así es!" dijeron las dos deidades. "Nunca ha habido nada malo en este arroyo, excepto que es amplio y profundo, y su agua es tan clara que puedes ver hasta el fondo. Aves grandes como cuervos o águilas son reacias a volar sobre él; porque cuando ven sus propios reflejos en el agua clara, son propensas a confundirlos con otras aves de su propia bandada y arrojarse al arroyo. De ahí el nombre, el Arroyo de la Tristeza del Águila Empinada. Hace algunos años, en su camino para buscar un peregrino de las escrituras, el Bodhisattva Guanyin rescató a un dragón y lo envió aquí. Se le dijo que esperara al peregrino de las escrituras y se le prohibió hacer cualquier mal o violencia. Solo cuando tiene hambre se le permite salir a las orillas para alimentarse de aves o antílopes. ¿Cómo pudo ser tan ignorante como para ofender al Gran Sabio?"

El Peregrino dijo: "Al principio, quería tener un concurso de fuerza conmigo y solo logró unos pocos combates. Después no quería salir ni siquiera cuando lo insulté. Solo cuando usé la magia de voltear mares y ríos y agité el agua apareció de nuevo, y entonces aún quería pelear. ¡Realmente no tenía idea de cuán pesado era mi bastón! Cuando finalmente no pudo aguantar más, se convirtió en una serpiente de agua y se deslizó entre la hierba. Fui allí para buscarlo, pero no había rastro de él." "Quizás no sepa, Gran Sabio," dijo el espíritu local, "que hay innumerables agujeros y grietas a lo largo de estas orillas, a través de los cuales el arroyo está conectado con sus muchos afluentes. El dragón podría haberse deslizado en cualquiera de ellos. Pero no hay necesidad de que el Gran Sabio se enoje tratando de buscarlo. Si quiere capturar a esta criatura, todo lo que necesita hacer es pedir que Guanshiyin venga aquí; entonces él se rendirá sin duda."

Cuando el Peregrino escuchó esto, llamó al dios de la montaña y al espíritu local para que lo acompañaran a ver a Tripitaka y dar cuenta de lo que había sucedido. "Si necesitas enviar a buscar al Bodhisattva," dijo Tripitaka, "¿cuándo podrás regresar? ¿Cómo puede este pobre monje soportar el frío y el hambre?" Apenas había terminado de hablar cuando el Guardián de la Cabeza Dorada gritó desde el aire, "¡Gran Sabio, no es necesario que te vayas! Su humilde súbdito irá a buscar al Bodhisattva." El Peregrino se sintió muy complacido, gritando, "¡Gracias por tomar todas esas molestias! ¡Ve rápido!" El Guardián montó las nubes rápidamente y se dirigió directamente hacia el Mar del Sur; el Peregrino pidió al dios de la montaña y al espíritu local que protegieran a su maestro y al Centinela del Día que encontrara algo de comida vegetariana, mientras él regresaba a patrullar el arroyo, y no diremos más de eso.

Ahora les contamos sobre el Guardián de la Cabeza Dorada, que montó las nubes y pronto llegó al Mar del Sur. Descendiendo de la luz auspiciosa, se dirigió directamente al bosque de bambú púrpura de la Montaña Potalaka, donde pidió a las diversas deidades con armaduras doradas y a Mokṣa que anunciaran su llegada. El Bodhisattva dijo, "¿Para qué has venido?" "El Monje Tang perdió su caballo en el Arroyo de la Tristeza del Águila de la Montaña de la Serpiente Enrollada," dijo el Guardián, "y el Gran Sabio Sun se encuentra en un terrible dilema. Preguntó a las deidades locales, quienes afirmaron que un dragón enviado por el Bodhisattva a ese arroyo se lo había comido. Por lo tanto, el Gran Sabio me envió a solicitar al Bodhisattva que fuera a someter a ese dragón maldito, para que pudiera recuperar su caballo." Al escuchar esto, el Bodhisattva dijo: "Esa criatura era originalmente el hijo de Aorun del Océano Occidental. Debido a su descuido, incendió el palacio y destruyó las perlas luminosas que colgaban allí, su padre lo acusó de subversión y fue condenado a morir por el Tribunal Celestial. Fui yo quien personalmente pidió perdón al Emperador de Jade por él, para que pudiera servir como medio de transporte para el Monje Tang. No entiendo cómo pudo tragarse el caballo del monje en su lugar. Pero si eso es lo que sucedió, tendré que ir allí yo misma." El Bodhisattva dejó su plataforma de loto y salió de la cueva divina. Montando la luminosidad auspiciosa con el Guardián, cruzó el Mar del Sur. Tenemos un poema testimonial que dice:

Buda proclamó el Tripitaka Supremo
Que la Diosa declaró en toda Chang'an:
Esas grandes y maravillosas verdades podían alcanzar el Cielo y la Tierra;
Esas sabias y verdaderas palabras podían salvar a los espíritus condenados.
Hicieron que la Cigarra Dorada volviera a arrojar su caparazón.
Movieron a Xuanzang a enmendar sus caminos de nuevo.
Al bloquear su camino en el Arroyo de la Tristeza del Águila,
Un príncipe dragón en forma de caballo regresa a la Realidad.

El Bodhisattva y el Guardián pronto llegaron a la Montaña de la Serpiente Enrollada. Detuvieron las nubes sagradas en el aire y vieron al Peregrino Sun abajo, gritando abusos en la orilla del arroyo. El Bodhisattva le pidió al Guardián que lo fuera a buscar. Bajando sus nubes, el Guardián pasó junto a Tripitaka y se dirigió directamente al borde del arroyo, diciendo al Peregrino: "Ha llegado el Bodhisattva." Cuando el Peregrino escuchó esto, saltó rápidamente al aire y le gritó: "¡Tú, llamada Maestra de los Siete Budas y Fundadora de la Fe de la Misericordia! ¿Por qué tuviste que usar tus trucos para hacerme daño?"

"¡Tú, insolente establero, ignorante de trasero rojo!" dijo el Bodhisattva. "Hice un considerable esfuerzo para encontrar a un peregrino de las escrituras, a quien instruí cuidadosamente para salvar tu vida. ¡En lugar de agradecerme, me criticas!" "¡Me salvaste, de acuerdo!" dijo el Peregrino. "Si realmente querías liberarme, deberías haberme dejado disfrutar un poco sin ataduras. Cuando te encontraste conmigo el otro día sobre el océano, podrías haberme reprendido con unas pocas palabras, diciéndome que sirviera al Monje Tang con diligencia, y eso habría sido suficiente. ¿Por qué tuviste que darle un gorro de flores y hacer que me engañara para que lo llevara puesto y sufriera? Ahora el fillet se ha afianzado en la cabeza del viejo Mono. ¡Y tú incluso le enseñaste este llamado 'Hechizo del Fillet Ajustado', que él recita una y otra vez, causando un dolor interminable en mi cabeza! ¡No me has hecho daño, en verdad!" El Bodhisattva se rió y dijo: "¡Oh, Mono! No prestas atención a las admoniciones ni estás dispuesto a buscar el fruto de la verdad. Si no te restringes así, probablemente te burlarás de la autoridad del Cielo de nuevo sin consideración por lo bueno o lo malo. Si causas problemas como lo hiciste antes, ¿quién podrá controlarte? Solo a través de esta pequeña adversidad estarás dispuesto a entrar en nuestra puerta del Yoga."

"Está bien," dijo el Peregrino, "consideraré el asunto como mi mala suerte. Pero, ¿por qué tomaste a ese dragón condenado y lo enviaste aquí para que pudiera convertirse en un espíritu y tragarse el caballo de mi maestro? ¡ Es tu culpa, sabes, si permites que un malhechor cometa más fechorías!" "Fui personalmente a suplicar al Emperador de Jade," dijo el Bodhisattva, "que el dragón se quedara aquí para que pudiera servir como medio de transporte para el peregrino de las escrituras. ¿Crees que esos caballos mortales de la Tierra del Este podrían cruzar diez mil aguas y mil colinas? ¿Cómo podrían esperar alcanzar la Montaña del Espíritu, la tierra del Buda? ¡ Solo un caballo-dragón podría hacer ese viaje!" "Pero ahora mismo, él tiene tanto miedo de mí," dijo el Peregrino, "que se niega a salir de su escondite. ¿Qué podemos hacer?" El Bodhisattva le dijo al Guardián: "Ve al borde del arroyo y di: 'Sal, Tercer Príncipe Dragón Jade del Rey Dragón Aorun. El Bodhisattva del Mar del Sur está aquí.' Entonces saldrá."

El Guardián fue de inmediato al borde del arroyo y llamó dos veces. Revolviendo las aguas y saltando a través de las olas, el pequeño dragón apareció y se transformó de inmediato en forma de hombre. Se paró sobre las nubes y se elevó al aire; saludando al Bodhisattva, dijo: "Agradezco de nuevo al Bodhisattva por salvarme la vida. He esperado aquí mucho tiempo, pero no he oído noticias del peregrino de las escrituras." Señalando al Peregrino, el Bodhisattva dijo: "¿ No es él el discípulo mayor del peregrino de las escrituras?" Cuando lo vio, el pequeño dragón dijo: "Bodhisattva, él es mi adversario. Tenía hambre ayer y comí su caballo. Luchamos por eso, pero él aprovechó su fuerza superior y me derrotó; de hecho, me maltrató tanto que no me atreví a mostrarme de nuevo. Pero nunca ha mencionado una palabra sobre la búsqueda de las escrituras."

"No te molestaste en preguntarme mi nombre," dijo el Peregrino. "¿Cómo esperabas que te dijera algo?" El pequeño dragón dijo: "¿No te pregunté, '¿Qué tipo de monstruo eres y de dónde vienes?' Pero todo lo que hiciste fue gritar: '¡ No importa de dónde vengo; solo devuelve mi caballo!' Desde cuándo has pronunciado siquiera la mitad de la palabra 'Tang' ?" "Ese mono," dijo el Bodhisattva, "siempre se basa en sus propias habilidades. ¿Cuándo ha dado algún crédito a otras personas? Cuando salgas esta vez, recuerda que hay otros que se unirán a ti. Así que cuando te pregunten, por favor menciona primero el asunto de la búsqueda de las escrituras; se someterán a ti sin causarte más problemas."

El Peregrino recibió esta palabra de consejo amablemente. El Bodhisattva se acercó al pequeño dragón y le arrancó las brillantes perlas que colgaban de su cuello. Luego sumergió su rama de sauce en el dulce rocío de su jarrón y lo roció por todo su cuerpo; soplando un bocado de aliento mágico sobre él, gritó: "¡Cambia!" El dragón de inmediato se transformó en un caballo con el pelo del mismo color y calidad que el del caballo que había tragado. El Bodhisattva le dijo: "Debes superar con la mayor diligencia todas las malditas barreras. Cuando logres tu mérito, ya no serás un dragón ordinario; adquirirás el verdadero fruto de un cuerpo dorado." Sosteniendo el freno en su boca, el pequeño dragón aceptó humildemente la instrucción. El Bodhisattva le dijo a Wukong que lo llevara ante Tripitaka, diciendo: "Yo regreso a través del océano."

El Peregrino se aferró a ella y se negó a soltarla, diciendo: "¡No voy! ¡No voy! ¡El camino hacia el Oeste es tan traicionero! Si tengo que acompañar a este monje mortal, ¿cuándo llegaré? Si tengo que soportar todas estas miserias, podría perder mi vida. ¿Qué tipo de mérito crees que lograré? ¡No voy! ¡No voy!"

"En años pasados, antes de que llegases al camino de la humanidad," dijo el Bodhisattva, "estabas ansioso por buscar la iluminación. Ahora que has sido liberado del castigo del Cielo, ¿cómo podrías volverte perezoso de nuevo? La verdad de la Nirvāṇa en nuestra enseñanza nunca puede realizarse sin fe y perseverancia. Si en tu viaje te encuentras con algún peligro que amenace tu vida, te doy permiso para llamar al Cielo, y el Cielo responderá; para llamar a la Tierra, y la Tierra será eficaz. En caso de dificultades extremas, yo misma vendré a rescatarte. Acércate y te dotaré de un medio más de poder." Arrancando tres hojas de su rama de sauce, el Bodhisattva las colocó en la parte posterior de la cabeza del Peregrino, gritando: "¡Cambia!" Se convirtieron de inmediato en tres pelos con poder salvador. Ella le dijo: "Cuando te encuentres en una situación desesperada y sin esperanza, puedes usarlos según tus necesidades, y te liberarán de tu aflicción particular." Después de que el Peregrino escuchó todas estas amables palabras, agradeció al Bodhisattva de Gran Misericordia y Compasión. Con viento perfumado y neblinas de colores girando a su alrededor, el Bodhisattva regresó a Potalaka.

Bajando la dirección de su nube, el Peregrino tiró del manto del caballo y lo llevó hacia Tripitaka, diciendo: "¡Maestro, tenemos un caballo!" Muy complacido por lo que vio, Tripitaka dijo: "Discípulo, ¿cómo es que el caballo ha crecido un poco más fuerte y gordo que antes? ¿Dónde lo encontraste?" "¡Maestro, todavía estás soñando!" dijo el Peregrino. "Justo ahora, el Guardián de la Cabeza Dorada logró traer al Bodhisattva aquí, y ella transformó al dragón del arroyo en nuestro caballo blanco. Excepto por el arnés que falta, el color y el pelaje son todos los mismos, y el viejo Mono lo ha traído aquí." "¿Dónde está el Bodhisattva?" preguntó Tripitaka, muy sorprendido. "Déjame ir a agradecerle." "Para este momento," dijo el Peregrino, "el Bodhisattva probablemente ya ha llegado al Mar del Sur; no hay necesidad de preocuparse por eso." Recogiendo unos puñados de tierra con sus dedos y esparciéndolos como incienso, Tripitaka se inclinó reverentemente hacia el Sur. Luego se levantó y se preparó para partir nuevamente con el Peregrino.

Habiendo despedido al dios de la montaña y al espíritu local y dado instrucciones a los Guardianes y los Centinelas, el Peregrino pidió a su maestro que montara. Tripitaka dijo: "¿Cómo puedo montar un caballo sin arnés? Busquemos un bote para cruzar este arroyo, y luego podremos decidir qué hacer."

"¡Este maestro mío es verdaderamente impráctico!" dijo el Peregrino. "En la naturaleza de esta montaña, ¿dónde encontrarás un bote? Dado que el caballo ha vivido aquí durante mucho tiempo, debe conocer el estado del agua. Simplemente móntalo como si fuera un bote y cruzaremos." Tripitaka no tuvo más remedio que seguir su sugerencia y subió al caballo sin silla; el Peregrino tomó el equipaje y llegaron al borde del arroyo. Entonces vieron a un viejo pescador empujando río abajo hacia ellos en una vieja balsa de madera. Cuando el Peregrino lo vio, agitó las manos y gritó: "¡Viejo pescador, ven aquí! ¡Ven aquí! Venimos de la Tierra del Este a buscar escrituras. Es difícil para mi maestro cruzar, así que por favor, llévanos." Al escuchar estas palabras, el pescador rápidamente empujó la balsa hacia la orilla. Pidiendo a su maestro que desmontara, el Peregrino ayudó a Tripitaka a subir a la balsa antes de embarcar el caballo y el equipaje. Ese viejo pescador alejó la balsa, y como una flecha en el viento, cruzaron rápidamente el empinado Arroyo de la Tristeza del Águila y aterrizaron en la orilla occidental. Tripitaka le dijo al Peregrino que desatara una bolsa y sacará algunos centavos Tang para darle al viejo pescador. Con un empujón de su remo, el viejo pescador se alejó, diciendo: "No quiero dinero." Fluyó río abajo y pronto desapareció de la vista. Sintiendo mucha gratitud, Tripitaka siguió juntando las manos para expresar su agradecimiento. "Maestro," dijo el Peregrino, "no es necesario que seas tan solícito. ¿No lo reconoces? Él es el Dios del Agua de este arroyo. Dado que no vino a rendir sus respetos al viejo Mono, estaba a punto de recibir una golpiza. Es suficiente que ahora se haya salvado de eso. ¿Se atrevería a aceptar dinero?" El Maestro solo le creyó a medias cuando volvió a subir al caballo sin silla; siguiendo al Peregrino, se dirigió a la carretera principal y partieron nuevamente hacia el Oeste. Así sería que ellos

A través de la vasta Asíness llegarían a la otra orilla,

Y escalarían con corazones sinceros la Montaña del Espíritu.

El Maestro y el discípulo continuaron su viaje, y pronto el ardiente sol se hundió hacia el oeste a medida que el cielo se oscurecía gradualmente. Ves

Nubes brumosas y sin rumbo,

Una luna de montaña tenue y sombría.

El cielo, todo helado, construye el frío;

El viento aullante corta a través de ti.

Un pájaro está perdido en medio de las pálidas y amplias arenas,

Mientras el crepúsculo brilla donde las colinas distantes son bajas.
Mil árboles rugen en bosques escasos;
Un simio grita en un pico árido.
No se ve ningún viajero en este largo camino
Cuando barcos de lejos regresan por la noche.

Mientras Tripitaka, montando su caballo, miraba a lo lejos, de repente vio algo que parecía un pequeño pueblo junto al camino. "Wukong," dijo, "hay una casa delante de nosotros. Pidamos alojamiento allí y viajemos de nuevo mañana." Levantando la cabeza para echar un vistazo, el Peregrino dijo: "Maestro, no es una casa común." "¿Por qué no?" preguntó Tripitaka. "Si fuera una casa ordinaria," dijo el Peregrino, "no habría peces voladores ni bestias reclinadas decorando la cumbrera de su techo. Debe ser un templo o una abadía." Mientras hablaban, maestro y discípulo llegaron a la puerta del edificio. Desmontando, Tripitaka vio en la parte superior de la puerta tres grandes caracteres: Santuario Lishe. Entraron, donde los recibió un anciano con algunas cuentas colgando de su cuello. Se acercó con las manos juntas, diciendo: "Maestro, por favor, tome asiento." Tripitaka respondió rápidamente a su saludo y luego fue al salón principal para inclinarse ante las imágenes sagradas. El anciano llamó a un joven para que sirviera té, tras lo cual Tripitaka le preguntó: "¿Por qué se llama a este santuario Lishe?"

El anciano dijo: "Esta región pertenece al Reino Hamil de los bárbaros occidentales. Hay un pueblo detrás del santuario, que fue construido a partir de la piedad de todas sus familias. El 'Li' se refiere a la tierra que pertenece a todo el pueblo, y el 'She' es el Dios del Suelo. Durante los días de siembra en primavera, arado en verano, cosecha en otoño y almacenamiento en invierno, cada una de las familias traía tres bestias, flores y frutas para sacrificar en el santuario, para que pudieran ser bendecidos con buena suerte en las cuatro estaciones, una rica cosecha de los cinco granos y prosperidad en la crianza de las seis criaturas domésticas." Cuando Tripitaka escuchó estas palabras, asintió con la cabeza para mostrar su aprobación, diciendo: "Esto es realmente como el proverbio: 'Incluso a tres millas de casa hay costumbres completamente distintas.' Las familias en nuestra región no practican tales buenas obras." Entonces el anciano preguntó: "¿Cuál es la honorable casa del maestro?" "Su pobre monje," dijo Tripitaka, "ha sido enviado por decreto real de la Gran Nación Tang en el Este para ir a buscar escrituras del Buda en el Cielo Occidental. Se estaba haciendo bastante tarde cuando pasé por su estimado edificio. Por lo tanto, vine a su santo santuario a pedir alojamiento por una noche. Saldré tan pronto como amanezca." El anciano se mostró encantado y seguía diciendo: "¡Bienvenido! ¡Bienvenido!" Llamó nuevamente al joven para preparar una comida, que Tripitaka comió con gratitud.

Como de costumbre, el Peregrino fue muy observador. Notando una cuerda para colgar ropa atada debajo del alero, se acercó a ella y tiró hasta que se rompió por la mitad. Luego utilizó el pedazo de cuerda para atar al caballo. "¿Dónde robaste este caballo?" preguntó el anciano, riendo. "¡Viejo!" dijo el Peregrino, enojado, "¡ten cuidado con lo que dices! Somos monjes sagrados que vamos a adorar al Buda. ¿Cómo podríamos robar caballos?" "Si no lo robaste," rió el anciano, "¿por qué no hay silla ni riendas, de modo que tengas que romper mi tendedero?"

"Este bribón siempre es tan impulsivo," dijo Tripitaka disculpándose. "Si querías atar al caballo, ¿por qué no le pediste adecuadamente al anciano una cuerda? ¿Por qué tuviste que romper su tendedero? ¡Señor, por favor, no se enfade! Nuestro caballo, para decirte la verdad, no es robado. Cuando nos acercamos al Arroyo de la Tristeza del Águila ayer desde el este, tenía un caballo blanco completo con arnés. Poco anticipamos que había un dragón condenado en el arroyo que se había convertido en un espíritu, y que tragó a mi caballo de un solo bocado, arnés y todo. Afortunadamente, mi discípulo tiene algunos talentos y pudo llevar a la Bodhisattva Guanyin al arroyo para someter al dragón. Ella le dijo que asumiera la forma de mi caballo blanco original, para que pudiera llevarme a adorar al Buda en el Cielo Occidental. Apenas ha pasado un día desde que cruzamos el arroyo y llegamos a su santo santuario. No hemos tenido tiempo para buscar un arnés."

"Maestro, no necesita preocuparse," dijo el anciano. "Un anciano como yo ama bromear, pero no tenía idea de que su estimado discípulo tomara todo tan en serio. Cuando era joven, tenía un poco de dinero, y a mí también me encantaba montar. Pero con los años he tenido mi parte de desgracias: muertes en la familia e incendios en el hogar no me han dejado mucho. Por lo tanto, estoy reducido a ser un cuidador aquí en el santuario, cuidando los fuegos y el incienso, y dependiendo de la buena voluntad de los patronos en el pueblo de allá atrás para vivir. Aún conservo un arnés que siempre he atesorado, y que incluso en esta pobreza no he podido vender. Pero desde que escuché su historia, cómo incluso la Bodhisattva entregó al dragón divino y lo hizo cambiar en un caballo para llevarlo, siento que no debo retener nada. Mañana traeré el arnés y se lo presentaré al maestro, quien espero aceptará con gusto." Cuando Tripitaka escuchó esto, le agradeció repetidamente. No pasó mucho tiempo antes de que el joven trajera la comida de la noche, después de lo cual se encendieron lámparas y se prepararon las camas. Todos luego se retiraron.

A la mañana siguiente, el Peregrino se levantó y dijo: "Maestro, ese viejo cuidador prometió anoche darnos el arnés. Pídanselo. No lo escatimen." Apenas había terminado de hablar cuando el anciano entró con una silla, junto con almohadillas, riendas y demás. No faltaba ni un solo artículo necesario para montar a caballo. Los dejó en el corredor, diciendo: "Maestro, le presento este arnés." Cuando Tripitaka lo vio, lo aceptó con deleite y pidió al Peregrino que probara la silla en el caballo. Acercándose, el Peregrino tomó los arreos y los examinó pieza por pieza. Eran, de hecho, artículos magníficos, por los cuales

tenemos un poema testimonial. El poema dice:
La silla tallada brilla con clavos de estrellas plateadas.
El asiento precioso brilla con hilos dorados brillantes.
Las almohadillas son montones de suaves edredones de lana.
Las riendas son tres bandas de cuerdas de seda morada.
Las correas de cuero del freno tienen forma de flores.
Las solapas tienen formas grabadas en oro de bestias danzantes.
Los anillos y el bocado están hechos del mejor acero.
Tassels a prueba de agua cuelgan a ambos lados.

Secretamente complacido, el Peregrino colocó la silla sobre la espalda del caballo, y parecía estar hecha a medida. Tripitaka se inclinó para agradecer al anciano, quien rápidamente lo levantó, diciendo: "¡No es nada! ¿Para qué necesita agradecerme?" El anciano no les pidió que se quedaran más tiempo; en cambio, instó a Tripitaka a montarse. El sacerdote salió por la puerta y subió a la silla, mientras el Peregrino lo seguía, cargando el equipaje. El anciano entonces sacó un látigo de su manga, con un mango de ratán envuelto en tiras de cuero, y la correa tejida con cuerdas hechas de ligamentos de tigre. Se paró al lado del camino y lo presentó con las manos levantadas, diciendo: "Monje Sagrado, tengo un látigo aquí que también puedo regalarle." Tripitaka lo aceptó sobre su caballo, diciendo: "¡Gracias por su donación! ¡Gracias por su donación!"

Incluso mientras decía esto, el anciano desapareció. El sacerdote se volvió para mirar el Santuario Lishe, pero se había convertido en solo un terreno nivelado. Desde el cielo vino una voz que decía: "Monje Sagrado, lamento no haberte ofrecido una mejor recepción. Soy el espíritu local de la Montaña Potalaka, quien fue enviado por la Bodhisattva para presentarte el arnés. Ustedes dos deben viajar al Oeste con toda diligencia. No sean perezosos en ningún momento." Tripitaka se asustó tanto que se cayó de su caballo y se inclinó hacia el cielo, diciendo: "Su discípulo es de ojos carnales y linaje mortal, y no reconoce la sagrada imagen de la deidad. Por favor, perdónenme. Le ruego que transmita mi agradecimiento a la Bodhisattva." ¡Míralo! ¡Todo lo que podía hacer era inclinarse hacia el cielo sin preocuparse por contar cuántas veces! Al lado del camino, el Gran Sabio Sun se retorció de risa, el Guapo Rey Mono se rompió de hilaridad. Se acercó y tiró de su maestro, diciendo: "¡Maestro, levántate! ¡Ya se ha ido! ¡No puede oírte, ni puede ver tu inclinación! ¿Por qué seguir con esta adoración?" "Discípulo," dijo el sacerdote, "cuando me incliné así, tú solo podías quedarte riéndote al lado del camino, sin ni siquiera hacer una reverencia. ¿Por qué?" "No lo sabrías, ¿verdad?" dijo el Peregrino. "Por jugar a las escondidas con nosotros, ¡realmente merece una golpiza! Pero por el bien de la Bodhisattva, le perdonaré, y eso ya es algo. ¿Crees que se atreve a aceptar una reverencia del viejo Mono? ¡El viejo Mono ha sido un héroe desde su juventud, y no sabe cómo inclinarse ante la gente! ¡Incluso cuando vi al Emperador de Jade y a Laozi, solo les di un saludo, eso es todo!" "¡Blasfemia!" dijo Tripitaka.

"¡Deja de hablar tonterías! Vamos a ponernos en marcha sin más demora."
Así que el sacerdote se levantó y se preparó para partir nuevamente hacia el Oeste.

Después de dejar ese lugar, tuvieron un viaje pacífico durante dos meses, pues todo lo que encontraron fueron bárbaros, musulmanes, tigres, lobos y leopardos. El tiempo pasó rápidamente, y fue nuevamente principios de primavera. Se podía ver un verde jade dorando el bosque montañoso y brotes verdes de hierba apareciendo. Las flores de ciruelo estaban todas caídas y las hojas de sauce brotando suavemente. Mientras maestro y discípulo admiraban este paisaje primaveral, vieron el sol hundiéndose nuevamente hacia el oeste. Deteniendo el caballo, Tripitaka miró a lo lejos y vio, en el pliegue de la colina, la sombra de edificios y la oscura silueta de torres. "Wukong," dijo Tripitaka, "mira los edificios allá. ¿Qué tipo de lugar es ese?" Estirando el cuello para mirar, el Peregrino dijo: "Debe ser un templo o un monasterio. Sigamos y pidamos alojamiento allí." Tripitaka se alegró de seguir esta sugerencia y urgió a su caballo dragón hacia adelante. No sabemos lo que sucedió después; escuchemos la explicación en el próximo capítulo.

CAPÍTULO 16

En el Salón Guanyin, los monjes conspiran por el tesoro;
En la Montaña del Viento Negro, un monstruo roba la sotana.

Estábamos contándote sobre el discípulo y el maestro, quienes instaron al caballo a avanzar y llegaron a la puerta principal del edificio. Vieron que, de hecho, era un monasterio con
Niveles de torres y torretas,
Y filas de tranquilos cuartos.
Sobre la puerta del templo
Colgaba la majestuosa panoplia de nimbos de colores;
Ante el Salón de las Cinco Bendiciones
Giraban mil hilos de brillantes neblinas rojas.
Dos filas de pinos y bambúes;
Un bosque de enebro y cipreses;
Dos filas de pinos y bambúes
Revelaban su hermosa virtud inalterada por el tiempo;
Un bosque de enebro y cipreses
Mostraba su belleza casta en colores agradables.
También vieron la alta torre de campanas,
La pagoda robusta,
Monjes en silenciosa meditación
Y aves en los árboles que arrullaban suavemente.
Una soledad sin polvo era la verdadera soledad,
Porque la quietud del Dao era verdaderamente quieta.
El poema dice:
Este templo, como Jetavana, se oculta en un bosque verde jade.
Su belleza supera incluso el Ṣaḍ-varṣa.
La tierra pura entre los hombres es verdaderamente rara:
Las famosas montañas de este mundo son mayormente custodiadas por monjes.
El sacerdote desmontó y el Peregrino dejó su carga. Estaban a punto de atravesar la puerta cuando salió un monje. "¿Cómo se ve?" preguntas.
Llevaba un sombrero sujeto a la izquierda
Y una túnica más que pura.
Dos anillos de bronce colgaban de sus orejas;
Una cinta de seda estaba atada alrededor de su cintura.
Sus sandalias de paja se movían con tranquilidad;
Sus manos llevaban un pez de madera.
Su boca recitaba constantemente
La Sabiduría que buscaba con más humildad.
Cuando Tripitaka lo vio, se quedó esperando junto a la puerta y saludó con las palmas juntas frente a él. El monje devolvió el saludo de inmediato y dijo riendo:

"¡Lo siento, pero no te conozco!" Luego preguntó: "¿De dónde vienes? Por favor, entra a tomar un té." "Su discípulo," dijo Tripitaka, "ha sido enviado por decreto real de la Tierra del Este para ir a buscar escrituras del Buda en el Templo del Trueno. Se estaba haciendo tarde cuando llegamos aquí, y nos gustaría pedir alojamiento por una noche en su bello templo." "Por favor, tómese un asiento dentro," dijo el monje. Solo entonces Tripitaka llamó al Peregrino para que llevara el caballo adentro. Cuando el monje vio el rostro del Peregrino, se sintió algo asustado y preguntó: "¿Qué es esa cosa que lleva el caballo?" "¡Habla en voz baja!" dijo Tripitaka. "¡Es fácil provocarlo! Si te escucha referirte a él como una cosa, se enojará. Resulta que es mi discípulo." Con un escalofrío, el monje se mordió el dedo y dijo: "¡Qué criatura tan horrenda, y tú lo hiciste tu discípulo!" Tripitaka dijo: "No puedes juzgar solo por la apariencia. Puede que sea feo, pero es muy útil."

Ese monje no tuvo más remedio que acompañar a Tripitaka y al Peregrino mientras entraban por la puerta del templo. Dentro, sobre la entrada del salón principal, estaban escritas en letras grandes las palabras "Salón de Guanyin Chan". Muy complacido, Tripitaka dijo: "Este discípulo se ha beneficiado repetidamente de la gracia sagrada de la Bodhisattva, aunque no ha tenido oportunidad de agradecérselo. Ahora que estamos en este salón Chan, es como si estuviéramos conociendo a la Bodhisattva personalmente, y es muy apropiado que ofrezca mi agradecimiento." Cuando el monje escuchó esto, le dijo a uno de los asistentes que abriera de par en par la puerta del salón e invitó a Tripitaka a adorar. El Peregrino ató el caballo, dejó su equipaje y subió con Tripitaka al salón. Estirando su espalda y luego aplanándose en el suelo, Tripitaka se inclinó ante la imagen dorada mientras el monje iba a tocar el tambor, y el Peregrino comenzaba a sonar la campana. Prostrándose ante el asiento de la deidad, Tripitaka derramó su corazón en oración. Cuando terminó, el monje dejó de tocar el tambor, pero el Peregrino continuó golpeando la campana sin cesar. Ahora rápido, ahora lento, persistió durante mucho tiempo. El asistente dijo: "El servicio ha terminado. ¿Por qué sigues golpeando la campana?" Solo entonces el Peregrino dejó caer el martillo y dijo, riendo: "¡No lo sabrías! ¡Solo estoy viviendo por el proverbio: 'Si eres monje un día, golpea la campana un día!'"

Para entonces, los monjes jóvenes y viejos del monasterio y los ancianos de las habitaciones superiores e inferiores estaban todos alarmados por el sonido descontrolado de la campana. Salieron corriendo juntos gritando: "¿Quién es el loco que juega con la campana?" El Peregrino saltó del salón y gritó: "¡Tu abuelo Sun la sonó para divertirse!" En el momento en que los monjes lo vieron, se asustaron tanto que cayeron y rodaron por el suelo. Gateando, dijeron: "¡Padre Trueno!" "¡Él es solo mi bisnieto!" dijo el Peregrino. "¡Levántense, levántense! No tengan miedo. Somos nobles sacerdotes que hemos venido de la Gran Nación Tang en el este." Los diversos monjes entonces se inclinaron cortésmente ante él, y cuando vieron a Tripitaka, se sintieron aún más tranquilos.

Uno de los monjes, que era el abad del monasterio, dijo: "Que los santos padres vengan a la sala de estar de atrás para que podamos ofrecerles un té." Desatando las riendas y llevando el caballo, recogieron el equipaje y pasaron por el salón principal hacia la parte de atrás del monasterio, donde se sentaron en filas ordenadas.

Después de servir el té, el abad preparó una comida vegetariana, aunque aún era bastante temprano para la cena. Tripitaka no había terminado de agradecerle cuando un viejo monje apareció por la parte trasera, apoyado en dos chicos. Observa cómo estaba vestido:

Llevaba en su cabeza un sombrero Vairocana
Coronado con una preciosa y brillante piedra ojo de gato;
Llevaba en su cuerpo un vestido de lana brocado,
Con ribetes brillantes en oro y plumas de martinete.
Un par de zapatos de monje en los que se colocaron Ocho Tesoros,
Y un bastón sacerdotal cubierto de joyas estrelladas.
Su rostro lleno de arrugas,
Se parecía a la Vieja Bruja de la Montaña Li;
Sus ojos eran de vista borrosa,
Aunque parecía un Rey Dragón del Océano Oriental.
El viento apuñalaba su boca porque le habían caído los dientes,
Y la parálisis había torcido su espalda envejecida.

Los diversos monjes hicieron el anuncio: "El Patriarca está aquí." Tripitaka se inclinó para recibirlo, diciendo: "Viejo Abad, su discípulo se inclina ante usted." El viejo monje devolvió el gesto, y ambos se sentaron. "Justo ahora escuché a los pequeños anunciar," dijo el viejo monje, "que venerables padres de la corte Tang han llegado del este. Salí específicamente a conocerles." "Sin saber mejor," dijo Tripitaka, "hemos irrumpido en su estimado templo. ¡Por favor, perdónenos!" "¡Por favor, por favor!" dijo el viejo monje. "¿Puedo preguntarle, santo padre, cuál es la distancia entre aquí y la Tierra del Este?"

"Desde que dejé las afueras de Chang'an," dijo Tripitaka, "he viajado unos cinco mil millas antes de pasar la Montaña de Dos Fronteras, donde recogí a un pequeño discípulo. Continuando, pasamos por el Reino Hamil de los bárbaros occidentales, y en dos meses habíamos viajado otras cinco o seis mil millas. Solo entonces llegamos a su noble región." "Bueno, han cubierto la distancia de diez mil millas," dijo el viejo monje. "Este discípulo verdaderamente ha desperdiciado su vida, pues ni siquiera ha salido de la puerta del templo. Como dice el refrán, 'he estado sentado en el pozo mirando al cielo.' ¡Un verdadero trozo de madera muerta!"

Entonces Tripitaka preguntó: "¿Cuál es la honorable edad del Viejo Abad?" "Estúpidamente he alcanzado mi año doscientos setenta," dijo el viejo monje. Cuando el Peregrino escuchó esto, dijo: "¡Eres solo mi descendiente de la generación diez mil!" "¡Cuidadoso!" dijo Tripitaka, mirándolo con severidad.

"¡No ofendas a la gente con tu osadía!" "Y tú, anciano," preguntó el viejo monje, "¿cuántos años tienes?" "No me atrevo a decirlo," dijo el Peregrino. Ese viejo monje pensó que era solo un comentario tonto; no prestó más atención ni volvió a preguntar. En cambio, pidió que se sirviera el té, y un joven clérigo sacó una bandeja hecha de jade blanco lechoso en la que había tres tazas de cloisonné con bordes dorados. Otro joven sacó una tetera de cobre blanco y sirvió tres tazas de té aromático, verdaderamente más colorido que los brotes de camelia y más fragante que las flores de canela. Cuando Tripitaka vio esto, no pudo dejar de hacer cumplidos, diciendo: "¡Qué maravillas! ¡Qué maravillas! ¡Una bebida encantadora, de verdad, y utensilios encantadores!" "¡Cosas más vergonzosas!" dijo el viejo monje. "El santo padre reside en la corte celestial de una gran nación, y ha presenciado todo tipo de tesoros raros. Cosas como estas no son dignas de tu alabanza. Dado que has venido de un estado noble, ¿tienes algo precioso que puedas mostrarme?" "¡Es patético!" dijo Tripitaka. "No tenemos nada precioso en la Tierra del Este; y aunque tuviéramos, no podría traerlo conmigo debido a la distancia."

Desde un lado, el Peregrino dijo: "Maestro, vi una sotana el otro día en nuestra bolsa. ¿No es eso un tesoro? ¿Por qué no sacarla y mostrársela?" Cuando los otros monjes lo oyeron mencionar una sotana, todos comenzaron a reírse. "¿De qué te ríes?" preguntó el Peregrino. El abad dijo: "Decir que una sotana es un tesoro, como acabas de hacer, es ciertamente risible. Si quieres hablar de sotanas, sacerdotes como nosotros tendríamos más de veinte o treinta tales prendas. Toma el caso de nuestro Patriarca, que ha sido monje aquí durante unos doscientos cincuenta años. ¡Él tiene más de setecientas!" Luego hizo la sugerencia: "¿Por qué no las sacan para que estas personas las vean?" ¡Ese viejo monje ciertamente pensó que era su espectáculo esta vez! Pidió a los asistentes que abrieran la sala de almacenamiento y a los dhūtas que sacaran los cofres. Sacaron doce de ellos y los colocaron en el patio. Se desbloquearon las cerraduras; se instalaron estantes para la ropa a ambos lados y se tendieron cuerdas por todas partes. Uno por uno, las sotanas fueron sacudidas y colgadas para que Tripitaka las viera. ¡Era realmente un cuarto lleno de bordados, cuatro paredes de exquisita seda!

Mirando una por una, el Peregrino vio que todas eran piezas de fina seda intrincadamente tejidas y delicadamente bordadas, salpicadas de oro. Se rió y dijo: "¡Bien! ¡Bien! ¡Bien! ¡Ahora empáquenlas! ¡Saquemos la nuestra para que la vean!" Tirando del Peregrino a un lado, Tripitaka dijo suavemente: "Discípulo, no empieces un concurso de riqueza con otros. Tú y yo somos extraños lejos de casa, ¡y esto podría ser un error!" "Solo un vistazo a la sotana," dijo el Peregrino, "¿cómo puede eso ser un error?" "No has considerado esto," dijo Tripitaka. "Como dijeron los antiguos, 'El raro objeto de arte no debe exponerse a la persona codiciosa y engañosa.' Porque una vez que lo vea, será tentado; y una vez que sea tentado, trazará planes y maquinaciones. Si eres tímido, podrías terminar cediendo a todas sus demandas; de lo contrario, podría resultar en lesiones y pérdida de vida, y eso no es un asunto menor." "¡Relájate! ¡Relájate!" dijo el Peregrino. "¡El Viejo Mono asumirá toda la responsabilidad!" ¡Míralo! ¡No permitió ninguna discusión adicional! Alzando el vuelo, desató la bolsa y brillantes rayos comenzaron a resplandecer a través de las dos capas de papel de aceite en las que estaba envuelta la prenda. Descartó el papel y sacó la sotana. Al sacudirla, una luz carmesí inundó la habitación y un aire glorioso llenó el patio. Cuando los diversos monjes la vieron, ninguno pudo reprimir la admiración en su corazón y los elogios en sus labios. ¡Era verdaderamente una magnífica sotana! Tenía colgando

Perlas brillantes—maravillosas en todos los aspectos—
Y tesoros de Buda en cada aspecto raro.
De arriba a abajo se extiende un tejido de parras sobre seda hermosa;
En todos los lados hay dobladillos de fino brocado.
Póntela y los duendes serán vencidos.
Pisa en ella y los demonios huirán al infierno.
Está hecha por esas manos de dioses encarnados;
Quien no es un verdadero monje no se atreve a llevarla.

Cuando el viejo monje vio un tesoro de tal calidad, de verdad se sintió impulsado a la villanía. Acercándose, se arrodilló ante Tripitaka y las lágrimas comenzaron a caer de sus ojos. "Este discípulo verdaderamente no tiene suerte," dijo. "Viejo abad," dijo Tripitaka, levantándolo, "¿qué quieres decir?" "Ya se estaba haciendo tarde," dijo él, "cuando el venerable padre extendió este tesoro. Pero mis ojos están nublados y no puedo ver claramente. ¿No es esta mi desgracia?" "Saca las lámparas," dijo Tripitaka, "y podrás verlo mejor." El viejo monje dijo: "El tesoro del padre ya es deslumbrante; si encendemos las lámparas, será demasiado brillante para mis ojos, y nunca podré verlo adecuadamente." "¿Cómo te gustaría verlo?" preguntó el Peregrino. "Si el venerable padre está dispuesto a ser generoso," respondió el viejo monje, "por favor, permíteme llevarlo de regreso a mi habitación, donde puedo pasar la noche mirándolo detenidamente. Mañana te lo devolveré antes de que continúes tu viaje hacia el oeste. ¿Qué te parece?" Sorprendido, Tripitaka comenzó a quejarse al Peregrino, diciendo: "¡Es todo culpa tuya! ¡Es todo culpa tuya!" "¿De qué tienes miedo?" dijo el Peregrino, riendo. "Déjame envolverlo y él podrá llevárselo. Si ocurre algún percance, el Viejo Mono se encargará de ello." Tripitaka no pudo detenerlo; le entregó la sotana al monje, diciendo: "Puedes mirarla, pero debes devolverla mañana por la mañana, tal como está. ¡No la estropees ni la dañes de ninguna manera!" El viejo monje estaba muy complacido. Después de decirle al joven clérigo que llevara la sotana adentro, dio instrucciones para que varios monjes barrieran el salón Chan en frente. Se enviaron a buscar dos camas de ratán y se preparó la ropa de cama, para que los dos viajeros pudieran descansar. También dio instrucciones para enviarlos con desayuno por la mañana, después de lo cual todos se fueron. Maestro y discípulo cerraron el salón y durmieron, y no diremos más de eso.

Ahora contaremos sobre el viejo monje, que había conseguido la sotana mediante fraude. La llevó bajo las lámparas en la habitación trasera y se sentó frente a ella, llorando. El sacerdote principal del monasterio estaba tan sorprendido que no se atrevió a retirarse primero. El joven clérigo, sin saber la razón del llanto, fue a informar a los otros monjes, diciendo: "El anciano padre ha estado llorando, y ya es la segunda vigilia y aún no ha dejado de llorar." Dos grandes discípulos, que eran sus favoritos, se acercaron para preguntarle: "Gran maestro, ¿por qué lloras?" "Lloró por mi mala suerte," respondió el viejo monje, "pues no puedo mirar el tesoro del Monje Tang." Uno de los monjes más jóvenes dijo: "¡El anciano padre se está volviendo un poco senil! La sotana está justo frente a ti. Solo tienes que desatar el paquete y mirarla. ¿Por qué tienes que llorar?" "Pero no puedo mirarla por mucho tiempo," dijo el viejo monje. "Tengo doscientos setenta años, y sin embargo he negociado en vano por esos varios cientos de sotanas. ¿Qué debo hacer para adquirir esa única sotana de él? ¿Cómo puedo convertirme en el mismo Monje Tang?" "El gran maestro está cometiendo un error," dijo el monje más joven. "El Monje Tang es un mendicante que tuvo que dejar su hogar y su país. Tú estás disfrutando de los beneficios de la vejez aquí, y eso debería ser suficiente. ¿Por qué quieres ser un mendicante como él?" El viejo monje dijo: "Aunque estoy relajándome en casa y disfrutando de mis años declinantes, no tengo una sotana como la suya para ponerme. Si puedo ponerme la sotana por solo un día, moriré con los ojos cerrados, porque entonces no habré sido un monje en vano en este Mundo de Luz." "¡Qué tonterías!" dijo otro monje. "Si quieres ponértela, ¿qué hay de difícil en eso? Mañana pediremos que se queden un día más, y podrás llevarla todo el día; si eso no es suficiente, los retendremos durante diez días para que puedas usar la sotana todo ese tiempo. Eso será el final del asunto. ¿Por qué tienes que llorar así?" "Incluso si se les retiene durante todo un año," dijo el viejo monje, "solo podré usarla durante un año. ¡Eso no es duradero! En el momento en que quieran irse, tendremos que devolverla. ¿Cómo podemos hacer que dure?"

Mientras hablaban, uno de los monjes más jóvenes, cuyo nombre era Gran Sabiduría, habló: "Anciano padre, si quieres que dure, ¡eso también es fácil!" Cuando el viejo monje escuchó eso, se iluminó. "Hijo mío," dijo, "¿qué pensamientos profundos tienes?" Gran Sabiduría dijo: "El Monje Tang y su discípulo son viajeros y están sujetos a mucho estrés y tensión. Así que ahora están profundamente dormidos. Supongo que algunos de nosotros, que somos fuertes, podríamos tomar cuchillos y lanzas, abrir el salón Chan y matarlos. Podríamos enterrarlos en el patio trasero, y solo los de nuestra familia lo sabrían. También podríamos quedarnos con el caballo blanco y el equipaje, pero la sotana podría guardarse como un legado. ¿No es este un plan hecho para durar a travé s de la posteridad?" Cuando el viejo monje escuchó esto, se llenó de alegría. Sec ándose las lágrimas, dijo: "¡Bien! ¡Bien! ¡Bien! ¡Este plan es absolutamente maravilloso!" Inmediatamente pidió cuchillos y lanzas.

Había en medio de ellos otro monje pequeño, cuyo nombre era Gran Plan, que era el compañero de clase más joven de Gran Sabiduría. Acercándose, dijo: "¡Ese plan no es bueno! Si quieres matarlos, primero debes evaluar la situación. Es fácil encargarse del que tiene la cara blanca, pero el de la cara peluda presenta más dificultad. Si por alguna razón no puedes matarlo, podrías traer desastre sobre ustedes mismos. Tengo un plan que no requiere cuchillos ni lanzas. ¿Qué piensas de esto?" "Hijo mío," dijo el viejo monje, "¿qué tipo de plan tienes?"

"En opinión de tu pequeño nieto," dijo Gran Plan, "podemos convocar a todos los jefes residentes, tanto senior como junior, en el ala oriental de este monasterio, pidiéndole a cada persona y su grupo que traigan un bulto de leña seca. Sacrificaremos las tres habitaciones del salón Chan y les prenderemos fuego; la gente dentro estará impedida de todas las salidas. ¡Incluso el caballo se quemar á con ellos! Si las familias que viven frente al templo o detrás de él ven el fuego, podemos decir que lo causaron por su negligencia y que quemaron nuestro salón Chan. Esos dos monjes seguramente serán quemados vivos, pero nadie lo sabrá. Después de eso, ¿no tendremos la sotana como nuestro legado?" Cuando los monjes escucharon esto, todos se alegraron. "¡Mejor! ¡Mejor! ¡Mejor! ¡Este plan es aún más maravilloso! ¡Más maravilloso!" dijeron todos. Inmediatamente enviaron a buscar a los jefes residentes para que trajeran leña. Ay, este solo plan tendrá como resultado

Un venerable viejo monje perdiendo su vida,
Y el Salón Chan de Guanyin reducido a polvo.

Ese monasterio, verás, tenía más de setenta suites y alrededor de doscientos monjes residían allí. Multitudes de ellos fueron a buscar leña, que apilaron alrededor del salón Chan hasta que estuvo completamente rodeado. Luego hicieron planes para encender el fuego, pero no diremos más de eso.

Ahora debemos contar sobre Tripitaka y su discípulo, que ya se habían ido a descansar. Sin embargo, ese Peregrino era un mono espiritual; aunque se acostó, solo estaba ejercitando su aliento para preservar su espíritu, con los ojos entreabiertos. De repente escuchó gente corriendo afuera y el crujir de la leña en el viento. "Este es un tiempo para la tranquilidad," dijo para sí mismo, con su sospecha completamente despertada, "¿por qué oigo gente caminando? ¿Podr ían ser ladrones tramando contra nosotros?" Dando vueltas, saltó y hubiera abierto la puerta para mirar afuera, si no hubiera tenido miedo de despertar a su maestro. ¡Míralo exhibir sus habilidades! Con un solo movimiento de su cuerpo se transformó en una abeja. De verdad que tenía

Una dulce boca y una cola viciosa;
Una cintura pequeña y un cuerpo ligero.

Cortó flores y sauces como un dardo;
Buscó como un meteoro el polen fragante.
Su ligero y diminuto cuerpo podía soportar mucho peso.
Sus alas delgadas zumbando podían surcar el viento.
Descendiendo de vigas y travesaños,
Se arrastró para obtener una vista clara.

Entonces vio que varios monjes estaban cargando heno y llevando leña; rodeando el salón Chan, estaban a punto de encender el fuego. "¡Lo que mi maestro dijo se ha hecho realidad!" dijo el Peregrino, sonriendo para sí mismo.

"Como querían quitarnos la vida y robarnos la sotana, se vieron impulsados a tal traición. Supongo que podría usar mi vara para atacarlos, pero temo que no podrían soportarlo. ¡Un pequeño golpe y todos estarían muertos! Entonces el Maestro me culparía por actuar violentamente de nuevo. Oh, ¡que así sea! Llevaré a las ovejas a extraviarse convenientemente y enfrentaré un complot con otro complot, para que no puedan vivir aquí más." ¡Querido Peregrino! Con una sola voltereta, saltó directo a la Puerta del Sur del Cielo. Así asustó a los guerreros divinos Pang, Liu, Gou y Bi, que se inclinaron, y así alarmó a Ma, Zhao, Wen y Guan, que se agacharon. "¡Dios mío!" gritaron. "¡Ese personaje que interrumpió el Cielo está aquí de nuevo!" "¡No es necesario ser ceremonioso, todos ustedes!" dijo el Peregrino, agitando su mano. "¡Y no se alarmen! Vine a buscar a Virūpākṣa, el Devarāja de Ojos Anchos."

Antes de que terminara de hablar, el Devarāja llegó y saludó al Peregrino, diciendo: "¡Ha pasado mucho tiempo! Escuché hace un tiempo que el Bodhisattva Guanyin pidió al Emperador de Jade los servicios de los Cuatro Centinelas, los Seis Dioses de Luz y Oscuridad, y los Guardianes para proteger al Monje Tang mientras va en busca de escrituras en el Cielo Occidental. También dijo que te habías convertido en su discípulo. ¿Cómo es que tienes tiempo para estar aquí hoy?" "¡No hables de tiempo libre!" dijo el Peregrino. "El Monje Tang se encontró con gente malvada en su camino, que están a punto de quemarlo. Es una emergencia extrema, y por eso he venido a pedirte prestada tu Capa Repelente de Fuego para salvarlo. Tráemela rápido; te la devolveré en cuanto termine con ella." "Te equivocas," dijo el Devarāja. "Si la gente malvada está comenzando un fuego, deberías ir a buscar agua para salvarlo. ¿Por qué quieres la Capa Repelente de Fuego?" El Peregrino dijo: "No tienes idea de lo que hay detrás de esto. Si encuentro agua para salvarlo, el fuego no arderá, y eso beneficiará a nuestros enemigos. Quiero esta capa para que solo el Monje Tang esté protegido de daño. ¡No me importa el resto! ¡Que se quemen! ¡Rápido! ¡Rápido! Un pequeño retraso, y podría ser demasiado tarde! ¡Arruinarás mis asuntos abajo!" "Este mono sigue tramando con una mente malvada," dijo el Devarāja, riendo. "Después de cuidar de sí mismo, no se preocupa por los demás."

"¡Apúrate!" dijo el Peregrino. "¡Deja de hablar, o arruinarás mi gran empresa!" El Devarāja no se atrevió a negarse y le dio al Peregrino la capa.

El Peregrino la tomó y descendió a través de las nubes al techo del salón Chan, donde cubrió al Monje Tang, al caballo blanco y al equipaje. Luego se fue a sentar en el techo de la habitación trasera ocupada por el viejo monje para guardar la sotana. Al ver a la gente encendiendo el fuego, juntó los dedos para hacer un signo mágico y recitó un hechizo. En dirección al suelo suroeste, tomó una profunda respiración y luego sopló. Al instante, se levantó un fuerte viento y avivó el fuego en una poderosa llamarada. ¡Qué fuego! ¡Qué fuego! Vemos

Humo negro rodante;
Llamas rojas elevándose.
Con humo negro rodante
Todas las estrellas desaparecen del vasto cielo;
Con llamas rojas elevándose
La tierra se ilumina, hecha carmesí por mil millas.
Al principio,
¡Qué serpientes doradas brillantes!
Poco después,
¡Qué imponentes caballos de sangre!
Las Tres Fuerzas del Sur muestran su poder.
El Gran Dios del Fuego revela su poder.
Cuando la madera seca arde en tal fuego intenso,
¿Por qué hablar de Suiren perforando fuego con madera?
Cuando llamas de colores brotan de puertas aceitosas,
Incluso igualan al horno abierto de Laozi.
Así es como el fuego arde sin piedad,
Aunque no es peor que tal fraude intencionado
Como no suprimir los delitos
Y fomentar la violencia.
El viento barre el fuego
Y las llamas vuelan hasta unos ocho mil pies;
El fuego es ayudado por el viento,
Así que las cenizas estallan más allá del Cielo de Nueve Pliegues.
Ping-ping, pang-pang,
Suena como esos fuegos artificiales al final del año.
Po-po, la-la,
Son como el rugido de cañones en los campamentos.
Arde hasta que la imagen del Buda no puede huir de la escena,
Y los Guardianes del Templo no tienen lugar para esconderse.
Es como la Campaña del Acantilado Rojo en la noche,
Superando el fuego en el Palacio Epang.

Como dice el dicho: "Una pequeña chispa de fuego puede quemar diez mil acres." En un instante, el fuerte viento y el fuego furioso hicieron que todo el Salón Guanyin brillara en rojo. ¡Miren a esos monjes! Comenzaron a sacar los cofres y a llevar los cajones, a buscar mesas y a arrebatar ollas. Un lamento fuerte llenó todo el patio. Sin embargo, el Peregrino Sun se mantuvo de guardia en la parte trasera mientras la Capa Repelente de Fuego protegía de manera segura el salón Chan en el frente. El resto del lugar estaba completamente iluminado; verdaderamente, el cielo se iluminó con brillantes llamas rojas, y una luz dorada brillante brillaba a través de las paredes.

Sin embargo, nadie sabía que cuando comenzó el fuego, había llamado la atención de un monstruo de montaña. A unas veinte millas al sur de este Salón Guanyin había una Montaña de Viento Negro, donde también había una Cueva de Viento Negro. Un monstruo en la cueva, que casualmente se movió en su sueño, notó que sus ventanas estaban iluminadas. Pensó que había amanecido, pero cuando se levantó y miró de nuevo, vio en cambio el brillante resplandor del fuego ardiendo en el norte. Asombrado, el monstruo dijo: "¡Dios mío! Debe haber un incendio en el Salón Guanyin. ¡Esos monjes son tan descuidados! ¡Déjame ver si puedo ayudarles un poco!" ¡Querido monstruo! Se levantó con su nube y fue de inmediato al lugar del fuego y el humo, donde descubrió que los salones delantero y trasero estaban completamente vacíos mientras el fuego en los pasillos de ambos lados rugía. Con grandes zancadas corrió hacia adentro y estaba a punto de pedir agua cuando vio que no había fuego en la habitación trasera. Sin embargo, alguien estaba sentado en el techo agitando el viento. Comenzó a percibir lo que estaba sucediendo y corrió rápidamente hacia adentro para mirar a su alrededor. En la sala del viejo monje, vio en la mesa un resplandor colorido emitido por un paquete envuelto en una manta azul. Lo desató y descubrió que era una sotana de brocado de seda, un raro tesoro budista. ¡Así es como la riqueza mueve la mente del hombre! No intentó apagar el fuego ni llamó por agua. Arrebatando la sotana, cometió un robo aprovechándose de la confusión y de inmediato giró su nube de regreso hacia la cueva de la montaña.

El fuego rugió hasta la hora del quinto vigía antes de apagarse. Miren a esos monjes: llorando y lamentándose, fueron con manos vacías y cuerpos desnudos a rebuscar en las cenizas, tratando desesperadamente de salvar un trozo o dos de metal o objetos valiosos. Algunos intentaron erigir un refugio temporal a lo largo de las paredes, mientras otros, entre los escombros, intentaron construir un horno improvisado para poder cocinar arroz. Todos estaban aullando y quejándose, pero no diremos más sobre eso.

Ahora les contaremos sobre el Peregrino, que, tomando la Capa Repelente de Fuego, la envió a la Puerta del Sur del Cielo con una voltereta. La devolvió al Devarāja de Ojos Anchos, diciendo: "¡Muchas gracias por prestármela!" El Devarāja la tomó de vuelta y dijo: "El Gran Sabio es muy honesto. Estaba un poco preocupado de que si no devolvías mi tesoro, tendría dificultades para encontrarte. Me alegra que la hayas traído de vuelta." "¿Crees que el viejo Mono es el tipo de persona que roba abiertamente?" preguntó el Peregrino. "Como dice el dicho: 'Devuelve lo que tomas prestado, ¡y podrás volver a pedir prestado!'" "No te he visto en mucho tiempo," dijo el Devarāja, "y me gustaría invitarte a pasar un tiempo en mi palacio. ¿Qué te parece?" El

Peregrino dijo: "¡El viejo Mono no puede hacer lo que hacía antes, 'sentarse en un banco podrido y dispensar discursos elevados!' Ahora que tengo que proteger al Monje Tang, no tengo un momento de ocio. ¡Déjame un cheque para más adelante!" Se despidió rápidamente del Devarāja y descendió de las nubes. Cuando salió el sol, llegó al salón Chan, donde con un sacudón de su cuerpo volvió a convertirse en una abeja. Cuando voló adentro y recuperó su forma original, vio que su maestro aún estaba durmiendo profundamente.

"¡Maestro!" gritó el Peregrino, "es el amanecer. Levántate." Solo entonces Tripitaka se despertó; se dio la vuelta, diciendo: "¡Sí, efectivamente!" Vistiéndose, abrió la puerta y salió. Al levantar la vista, vio paredes desmoronadas y particiones chamuscadas; las torres, las terrazas y los edificios habían desaparecido por completo. "¡Ah!" gritó, muy conmovido. "¿Cómo es que todos los edificios han desaparecido? ¿Por qué solo hay paredes quemadas?"

"¡Todavía estás soñando!" dijo el Peregrino. "Tuvo lugar un incendio aquí anoche." "¿Por qué no supe nada de esto?" preguntó Tripitaka. "El viejo Mono fue quien salvaguardó el salón Chan," respondió el Peregrino. "Cuando vi que el Maestro estaba profundamente dormido, no quise molestarte." "Si tenías la capacidad de salvaguardar el salón Chan," dijo Tripitaka, "¿por qué no apagaste el fuego en los otros edificios?" "Para que aprendas la verdad," dijo el Peregrino, riendo, "justo como lo predijiste ayer. Se enamoraron de nuestra sotana y tramaron hacer que nos quemaran vivos. Si el viejo Mono hubiera estado menos alerta, ¡ya nos habrían reducido a huesos y cenizas!" Cuando Tripitaka escuchó estas palabras, se alarmó y preguntó: "¿Fueron ellos quienes iniciaron el fuego?" "¿Quién más?" dijo el Peregrino. "¿Podría ser," preguntó Tripitaka, "que te maltrataron y tú hiciste esto?" El Peregrino respondió: "¿Es el viejo Mono el tipo de miserable que se entregaría a tales asuntos sórdidos? Realmente fueron ellos quienes iniciaron el fuego. Cuando vi cuán maliciosos eran, admito que no los ayudé a apagarlo. ¡Sin embargo, logré proporcionarles un poco de viento!"

"¡Dios mío! ¡Dios mío!" dijo Tripitaka. "Cuando comienza un fuego, debes conseguir agua. ¿Cómo pudiste proporcionar viento en su lugar?"

"Debes haber oído," dijo el Peregrino, "lo que los antiguos decían: 'Si un hombre no desea hacer daño a un tigre, un tigre no tiene intención de hacer daño a un hombre.' Si no hubieran jugado con fuego, ¿hubiera yo jugado con viento?" "¿Dónde está la sotana?" preguntó Tripitaka. "¿Se ha quemado?" "¡En absoluto!" respondió el Peregrino. "No se ha quemado, porque el fuego no llegó a las habitaciones del viejo monje donde estaba la sotana." "¡No me importa!" exclamó Tripitaka, su resentimiento creciendo. "Si hay el más mínimo daño, voy a recitar esa pequeña cosa y ¡tú estarás muerto!" "¡Maestro!" gritó el Peregrino alarmado, "¡no empieces tu recitación! Buscaré la sotana y te la devolveré, y así terminaremos con esto. Déjame ir a buscarla para que podamos comenzar nuestro viaje." Tripitaka llevó el caballo mientras el Peregrino cargaba el equipaje. Salieron del salón Chan y fueron a la habitación trasera.

Ahora les contamos sobre los monjes, que aún estaban de luto cuando de repente vieron al maestro y al discípulo acercándose con el caballo y el equipaje. Asustados hasta los huesos, todos dijeron: "¡Las almas agraviadas han venido a buscar venganza!" "¿Qué almas agraviadas buscan venganza?" gritó el Peregrino. "¡Devuélvanme mi sotana rápidamente!" Todos los monjes se arrodillaron de inmediato, diciendo mientras se postraban: "¡Santos Padres! Así como un agravio implica un enemigo, ¡así también una deuda tiene su acreedor adecuado! Si buscan venganza, por favor entiendan que no tuvimos nada que ver con esto. Fue el viejo monje quien conspiró con Gran Plan contra ustedes. ¡No nos hagan pagar por sus vidas!" "¡Ustedes, malditas bestias!" gritó el Peregrino con ira. "¿Quién quiere que paguen con sus vidas? Solo devuélvanme la sotana y nos iremos." Dos de los monjes que eran menos tímidos le dijeron: "Padre, se suponía que debías ser quemado vivo en el salón Chan, y sin embargo, ahora vienes a exigir la sotana. ¿Eres realmente un hombre, o eres un fantasma?" "¡Este grupo de criaturas malditas!" dijo el Peregrino, riendo. "¿Dónde estaba el fuego? Vayan al frente y miren el salón Chan. Luego pueden regresar y hablar." Los monjes se levantaron y fueron al frente a mirar; ni siquiera medio centímetro de la puerta, la ventana o la pantalla fuera del salón Chan estaba chamuscada. Todos quedaron asombrados y se convencieron de que Tripitaka era un monje divino y el Peregrino un guardián celestial. Todos se acercaron para postrarse ante ellos, diciendo: "Tenemos ojos pero no pupilas, y por lo tanto no reconocimos a Verdaderos Hombres descendiendo a la Tierra. Su sotana está en la residencia del viejo Patriarca en la parte trasera." Tripitaka se sintió profundamente triste al pasar junto a las filas de paredes desmoronadas y particiones dañadas antes de llegar a las habitaciones del Patriarca, que, de hecho, estaban intactas por el fuego. Los monjes se apresuraron a entrar, llorando: "Padre anciano, el Monje Tang debe ser un dios. No ha sido quemado vivo, aunque nosotros nos hemos lastimado. Tomemos la sotana rápidamente y devolvámosla a él."

Pero la verdad es que el viejo monje no podía encontrar la sotana. Además, la mayoría de los edificios de su monasterio habían sido arruinados, y él, por supuesto, estaba terriblemente angustiado. Cuando escuchó a los monjes llamando, ¿cómo podría tener el valor de responder? Sintiendo una desesperación total e incapaz de resolver su dilema, se inclinó hacia adelante, dio varios grandes pasos y se estrelló la cabeza contra la pared. ¡Qué penoso! El impacto hizo que

El cerebro estallara, la sangre fluyera, y su alma se dispersara;
Su cabeza manchó la arena mientras su respiración se detenía.
Tenemos un poema como testimonio, que dice:
¡Tan lamentable es este viejo monje ciego!

¡ En vano vive entre los hombres hasta una edad tan avanzada!
Quiere la sotana para conservarla siempre,
Sin saber cuán poco común es el regalo de Buda.
Si crees que lo que perdura puede venir con facilidad,
Tuyo será el fracaso seguro y la tristeza cierta.
Gran Plan, Gran Sabiduría, ¿de qué sirven?
Ganar a costa de la pérdida de otros: ¡ qué sueños vacíos!

Conmovidos hasta las lágrimas, los monjes lloraron: "¡ El Patriarca se ha suicidado. Y no podemos encontrar la sotana! ¿Qué haremos?" "Debió ser ustedes quienes la robaron y la escondieron," dijo el Peregrino. "¡ Salgan todos! Denme una lista completa de sus nombres y déjenme marcarlos uno por uno." Los residentes principales de todas las habitaciones superiores e inferiores hicieron un conteo exhaustivo de todos los monjes, los dhūtas, los jóvenes novicios y los taoístas en dos rollos, y le presentaron al Peregrino unos doscientos treinta nombres. Pidiendo a su maestro que se sentara en el medio, el Peregrino revisó la lista y examinó a los monjes uno por uno. Cada persona tuvo que aflojar su ropa para ser revisada a fondo, pero no había sotana. Luego fueron a buscar en los baúles y cofres que habían sido salvados del fuego, pero de nuevo no había el más mínimo rastro de la prenda. Desconcertado, Tripitaka se volvió cada vez más amargado hacia el Peregrino hasta que comenzó a recitar el hechizo mientras se sentaba allí. Cayendo de inmediato al suelo, el Peregrino se agarró la cabeza con las manos, apenas pudiendo soportar el dolor. "¡ Detén la recitación! ¡ Detén la recitación!" gritó. "¡ Encontraré la sotana!" Aterrorizados por lo que veían, los varios monjes se acercaron y se arrodillaron para suplicar a Tripitaka, quien solo entonces detuvo su recitación. El Peregrino saltó de un salto y sacó su bastón de su oído. Le habría golpeado a los monjes, si Tripitaka no hubiera gritado que se detuviera, gritando: "¡ Mono! ¿No tienes miedo de tu dolor de cabeza? ¿Todavía quieres comportarte mal? ¡ No te muevas y no lastimes a la gente! Déjame interrogarlos más." Los monjes se postraron y suplicaron a Tripitaka, diciendo: "Padre, por favor, perdónanos. Verdaderamente no vimos tu sotana. ¡ Fue enteramente culpa de ese viejo diablo! Después de que obtuvo tu sotana anoche, comenzó a llorar hasta muy tarde; ni siquiera se molestó en mirarla, porque todo lo que tenía en mente era cómo podría conservarla permanentemente como una herencia. Esa fue la razón por la que tramó hacer que te quemaran vivo, pero después de que comenzó el fuego, también surgió un viento violento. Cada uno de nosotros estaba solo preocupado por apagar el fuego y tratar de salvar algo. No tenemos idea de dónde ha ido la sotana."

Con ira, el Peregrino entró en la habitación del Patriarca, sacó el cadáver del viejo que había sido estrellado hasta la muerte y lo desnudó. El cuerpo fue examinado cuidadosamente, pero el tesoro no estaba en ningún lado. Incluso si hubieran cavado tres pies en el suelo de esa habitación, no habría habido rastro de ello. El Peregrino pensó en silencio un momento y luego preguntó: "¿Hay algún monstruo por aquí que se haya convertido en un espíritu?" "Si el padre no hubiera preguntado," dijo el abad, "nunca habría sabido esto. Al sureste de nosotros hay una Montaña de Viento Negro, en la que hay una Cueva de Viento Negro. En la cueva hay un Gran Rey Negro, con quien este difunto viejo solía discutir el Dao con frecuencia. Él es el único espíritu monstruo por aquí." "¿A qué distancia está la montaña de aquí?" preguntó el Peregrino. "Solo a veinte millas," dijo el abad. "La cima que puedes ver ahora es donde está." El Peregrino se rió y dijo: "¡Relájate, Maestro! No es necesario discutir más; debe haber sido robada por el monstruo negro." "Ese lugar está a unas veinte millas de distancia," dijo Tripitaka. "¿Cómo puedes estar tan seguro de que fue él?"

"No viste el fuego de anoche," dijo el Peregrino, "cuando su luz iluminó grandes distancias, y su brillo penetró en el Cielo Triple. No solo a veinte millas, sino que a doscientas millas a su alrededor se podía ver. No tengo dudas de que vio el brillante resplandor del fuego y usó esa oportunidad para venir aquí en secreto. Cuando vio que nuestra sotana era un tesoro, la tomó en la confusión y se fue. Que el viejo Mono vaya a buscarlo." "¿Quién cuidará de mí mientras tú te vas?" preguntó Tripitaka. "Puedes relajarte," dijo el Peregrino. "Tienes en secreto la protección de los dioses; y abiertamente, me aseguraré de que los monjes te atiendan." Luego llamó a los monjes, diciendo: "Algunos de ustedes pueden ir y enterrar a ese viejo diablo, mientras que los demás pueden atender a mi maestro y cuidar de nuestro caballo blanco." Los monjes aceptaron de inmediato. El Peregrino dijo nuevamente: "No me den ninguna respuesta casual ahora, solo para volverse perezosos en su servicio después de que me haya ido. Quienes cuiden de mi maestro deben ser alegres y agradables; quienes cuiden del caballo blanco deben asegurarse de que se le dé agua y heno en proporciones adecuadas. Si hay el más mínimo error, pueden contar con conocer este bastón. ¡Ahora observen!" Sacó su bastón y lo apuntó a la pared de ladrillo chamuscada: con un solo golpe, no solo pulverizó la pared, sino que el impacto fue tan grande que causó que siete u ocho más paredes se derrumbaran. Cuando los varios monjes vieron esto, todos quedaron paralizados por el miedo. Se arrodillaron para postrarse con lágrimas fluyendo de sus ojos y dijeron: "Padre, ten por seguro que seremos muy diligentes en cuidar al santo padre después de que te vayas. No se nos ocurriría aflojar en ninguna manera."

¡Querido Peregrino! Rápidamente montó la nube y voló directo hacia la Montaña de Viento Negro para buscar la sotana. Así fue que

La búsqueda de la verdad, la Cicada Dorada dejó Chang'an.
Con regalos se dirigió hacia el oeste, pasando colinas verde azulado.
Había lobos y tigres a su paso;
Aunque raramente se veían comerciantes o eruditos.
Conoció la envidia de un tonto monje;
Su refugio era únicamente el poder del Gran Sabio.

El fuego creció; el viento vino y destruyó el salón Chan.

Un Oso Negro robó la túnica bordada por la noche.

No sabemos si el Peregrino encontró la sotana o no, ni si el resultado de su búsqueda fue bueno o malo. Escuchemos la explicación en el próximo capítulo.

CAPÍTULO 17

El Peregrino Sun causa gran disturbio en la Montaña del Viento Negro;
Guanshiyin somete al monstruo oso.

Te contamos ahora que cuando el Peregrino Sun se lanzó en el aire, aterrorizó tanto a los monjes, los dhūtas, los jóvenes novicios y los asistentes en el Salón de Guanyin, que todos se inclinaron hacia el cielo diciendo: "¡Oh, Padre! ¡Así que en realidad eres una deidad encarnada que sabe cómo montar la niebla y navegar con las nubes! ¡No es de extrañar que el fuego no pueda dañarte! Ese viejo ignorante nuestro, ¡qué despreciable era! Usó toda su inteligencia solo para traer desastre sobre su propia cabeza". "Por favor, levántense todos," dijo Tripitaka. "No hay necesidad de lamentarse. Esperemos que él encuentre la sotana, y todo estará bien. Pero si no, temería por sus vidas; pues ese discípulo mío tiene mal temperamento, y me temo que ninguno de ustedes escapará de él". Cuando los monjes oyeron esto, todos se sintieron aterrorizados; suplicaron al Cielo que se encontrara la sotana para que sus vidas se preservaran, pero no diremos más sobre ellos por el momento.

Te estábamos contando sobre el Gran Sabio Sun. Habiendo saltado al aire, dio una vuelta con su torso y llegó de inmediato a la Montaña del Viento Negro. Deteniendo su nube, miró cuidadosamente y vio que era, de hecho, una montaña magnífica, especialmente en esta época de primavera. Ves

Muchos arroyos fluyendo potentemente,
Incontables acantilados compitiendo por la belleza.
Las aves cantan, pero no se ve a nadie;
Aunque caen las flores, el árbol aún tiene aroma.
La lluvia pasa, el cielo es una lámina azul húmeda;
Viene el viento, los pinos se balancean como pantallas de jade.
La hierba de la montaña brota,
Las flores silvestres florecen
En acantilados colgantes y altas cordilleras.
La glicina crece,
Los árboles hermosos brotan
En picos escarpados y mesetas planas.
Ni siquiera te encuentras con un ermitaño.
¿Dónde puedes encontrar a un leñador?
Junto al arroyo las grullas beben en parejas;
En las rocas, los simios salvajes juegan locamente.
Majestuosamente, las ramas se extienden en su verde exuberante,
Mostrando su esplendor en la brillante niebla de la montaña.

El Peregrino estaba disfrutando del paisaje cuando de repente escuchó voces provenientes de un hermoso prado de hierba. Con pasos ligeros y sigilosos, avanzó poco a poco y se escondió debajo de un acantilado para espiar. Vio a tres monstruos sentados en el suelo: un tipo moreno en el medio, un taoísta a la izquierda y un erudito vestido de blanco a la derecha. Estaban en medio de una animada conversación, discutiendo cómo establecer el trípode y el horno, cómo amasar el cinabrio y refinar el mercurio, los temas de la nieve blanca y el brote amarillo, y las doctrinas esotéricas del taoísmo heterodoxo. Mientras hablaban, el tipo moreno dijo, riendo, "Pasado mañana será la fecha del parto de mi madre. ¿Vendrán ustedes dos caballeros a visitarme?" "Cada año celebramos el cumpleaños del Gran Rey," dijo el erudito vestido de blanco. "¿Cómo podríamos pensar en no venir este año?" "Anoche encontré un tesoro," dijo el tipo moreno, "que puede llamarse una túnica bordada de Buda. Es una cosa muy atractiva, y creo que la usaré para realzar mi cumpleaños. Planeo dar un gran banquete, comenzando mañana, e invitar a todos nuestros amigos taoístas de varias montañas para celebrar esta prenda. Llamaremos a la fiesta el Festival de la Túnica de Buda. ¿Qué les parece?" "¡Maravilloso! ¡Maravilloso!" dijo el taoísta, riendo. "Primero vendré al banquete mañana, y luego te traeré buenos deseos en tu cumpleaños pasado mañana."

Cuando el Peregrino los escuchó hablar sobre una túnica de Buda, estaba seguro de que se referían a su propio tesoro. Incapaz de suprimir su ira, saltó de su escondite y levantó en alto la vara de hierro con ambas manos, gritando, "¡Monstruos ladrones! Ustedes robaron mi sotana. ¿Qué Festival de la Túnica de Buda creen que van a tener? ¡Devuélvanmela de inmediato, y no intenten huir!" Blandiendo su vara, golpeó sus cabezas. En pánico, el tipo moreno huyó montado en el viento, y el taoísta escapó montado en las nubes. El erudito vestido de blanco, sin embargo, fue asesinado de un solo golpe de la vara, y resultó ser el espíritu de una serpiente con manchas blancas cuando el Peregrino revisó su cuerpo más de cerca. Levantó el cadáver de nuevo y lo rompió en varios pedazos antes de proceder profundamente en la montaña para buscar al tipo moreno. Pasando por picos puntiagudos y crestas escarpadas, se encontró frente a un acantilado colgante con una cueva debajo. Ves

Niebla y humo abundantes,
Cipreses y pinos sombríos.
Niebla y humo abundantes, sus tonos rodean la puerta;
Cipreses y pinos sombríos, su verdor envuelve la entrada.
Madera seca y plana sostiene un puente.
Las glicinas se enrollan alrededor de la cresta.
Aves que llevan pétalos rojos llegan a la garganta nublada.
Y los ciervos caminan sobre florecillas para peinar las planicies rocosas.
Delante de esa puerta
Las flores florecen con la estación
Mientras el viento lleva su fragancia.
Sobre los sauces que sombrean el dique, los ruiseñores cantan;
Sobre los dulces duraznos del banco, las mariposas revolotean.
Este lugar rústico, aunque sin causa para mucha alabanza,

Aún rivaliza con la belleza del Monte Penglai.

El Peregrino fue a la puerta y encontró que las dos puertas de piedra estaban bien cerradas. Sobre la puerta había una tabla de piedra, en la que estaba claramente escrito en grandes letras, "Montaña del Viento Negro, Cueva del Viento Negro." Levantó su vara para golpear la puerta, gritando, "¡Abran la puerta!" Un pequeño demonio que hacía guardia en la puerta salió y preguntó, "¿Quién eres tú, que te atreves a golpear nuestra cueva inmortal?" "¡Bestia condenable!" reprendió el Peregrino. "¿Qué clase de lugar es este, que te atreves a asumir el título de 'inmortal'? ¿La palabra 'inmortal' es para que tú la uses? Ve rápido adentro y dile a ese tipo moreno que traiga la sotana de tu venerable padre de inmediato. Entonces podría perdonar las vidas de todo el nido de ustedes." El pequeño demonio corrió rápidamente adentro y reportó: "¡Gran Rey! No tendrás un Festival de la Túnica de Buda. Hay un monje con cara peluda y boca de dios del trueno afuera exigiendo la sotana."

Ese tipo moreno, después de ser perseguido por el Peregrino desde el prado, apenas había logrado llegar a la cueva. Ni siquiera había podido sentarse cuando nuevamente escuchó este anuncio, y pensó para sí mismo: "Me pregunto de dónde vino este tipo, tan arrogante que se atrevió a presentarse haciendo demandas en mi puerta". Pidió su armadura y, después de ponérsela, salió sosteniendo una lanza con borlas negras. El Peregrino estaba parado a un lado de la puerta, sosteniendo su vara de hierro y mirando ferozmente. El monstruo realmente presentaba una figura formidable:

Un casco como un tazón de acero oscuro bruñido;
Una coraza de oro negro que brillaba intensamente.
Una túnica de seda negra con amplias mangas ondeantes,
Y fajas verde oscuro con largas, largas borlas.
Sostenía en sus manos una lanza con borlas negras.
Llevaba en sus pies dos botas de cuero negro.
Las pupilas doradas de sus ojos brillaban como relámpagos.
Era así en esta montaña el Rey del Viento Negro.

"Este tipo," dijo el Peregrino, sonriendo para sí mismo, "parece exactamente como un trabajador de horno o un minero de carbón. ¡Debe fregar carbón aquí para ganarse la vida! ¿Cómo se volvió todo negro?" El monstruo gritó en voz alta, "¿Qué clase de monje eres tú que te atreves a ser tan insolente por aquí?" Apresurándose hacia él con su vara de hierro, el Peregrino rugió, "¡No más conversación ociosa! ¡Devuélveme la sotana de tu venerable abuelo de inmediato!" "¿De qué monasterio eres, bonzo?" preguntó el monstruo, "¿y dónde perdiste tu sotana que te atreves a presentarte en mi lugar y exigir su devolución?" "Mi sotana," dijo el Peregrino, "estaba guardada en el cuarto trasero del Salón de Guanyin al norte de aquí. Debido al incendio allí, cometiste robo aprovechándote de la confusión; después de llevarte la prenda, incluso querías iniciar un Festival de la Túnica de Buda para celebrar tu cumpleaños. ¿Lo niegas? Devuélvemela rápidamente, y te perdonaré la vida. Si murmuras siquiera medio 'no,' ¡volcaré la Montaña del Viento Negro y nivelaré la Cueva del Viento Negro. ¡Toda tu cueva de demonios será pulverizada!"

Cuando el monstruo escuchó estas palabras, rió con desdén y dijo, "¡ Criatura audaz! Tú mismo provocaste el incendio anoche, pues fuiste tú quien convocó al viento en el techo. Me llevé la sotana, de acuerdo, pero ¿qué vas a hacer al respecto? ¿De dónde vienes y cuál es tu nombre? ¿Qué habilidad tienes, que te atreves a decir tales palabras imprudentes?" El Peregrino dijo, "Así que no reconoces a tu venerable abuelo. ¡Él es el discípulo del Maestro de la Ley, Tripitaka, que resulta ser el hermano del Trono en la Gran Nación Tang. Mi apellido es Sun, y mi nombre es Wukong Peregrino. Si te digo mis habilidades, te asustarás hasta perder el sentido y morirás en el acto!" "No lo haré," dijo el monstruo. "Dime qué habilidades tienes." "Hijo mío," dijo el Peregrino, riendo, "¡prepárate! ¡Escucha con atención!

Desde joven, grandes eran mis poderes mágicos;
Me transformaba con el viento para mostrar mi fuerza.
Durante mucho tiempo entrené mi naturaleza y practiqué la Verdad
Para huir de la rueda del karma con mi vida.
Con mente sincera siempre busqué el Camino;
Brotes de hierbas recogía en el Monte Lingtai.
Había en esa montaña un viejo inmortal.
Su edad: ¡ciento ocho mil años!
Se convirtió solemnemente en mi maestro
Y me mostró el camino a la longevidad,
Diciendo que en mi cuerpo había medicina y píldoras
Que uno buscaría en vano fuera.
Me dio esos altos secretos de los dioses;
Sin fundamento me habría perdido.
Mi luz interior se reavivó, me senté en paz
Mientras el sol y la luna se unían dentro de mí.
No pensaba en nada, todos mis deseos se habían ido,
Mi cuerpo fortalecido, mis seis sentidos purificados.
De la edad a la juventud fue un fácil logro;
Unirse a los trascendentes no era un objetivo distante.
Tres años sin fugas hicieron un marco divino,
Inmune a los sufrimientos conocidos por los hombres mortales.
Jugando por los Diez Islotes y las Tres Islas,
Hice las rondas en el mismo borde del Cielo.
Viví así durante unos trescientos años,
Aunque aún no había ascendido al Cielo Nueve.
Domando dragones marinos encontré un verdadero tesoro:
La vara de hierro dorada la encontré abajo.

Como mariscal de campo en la Montaña de la Flor y el Fruto,
Monstruos reuní en la Cueva de la Cortina de Agua.
Luego el Emperador de Jade me dio el nombre,
Igual al Cielo—tal, el rango más alto.
Tres veces causé estragos en el Salón de las Brumas Divinas;
Una vez robé melocotones de la Reina Madre.
Así vinieron cien mil hombres divinos
Para frenarme con sus filas de lanzas y espadas.
El Devarāja fue rechazado de vuelta al Cielo,
Mientras Naṭa con dolor lideraba sus tropas y huía.
El Maestro Xiansheng conocía bien las transformaciones;
Con él libré un concurso y caí.
Laozi, Guanyin y el Emperador de Jade
Todos vieron la batalla en la Puerta del Cielo del Sur.
Cuando Laozi decidió prestar su ayuda,
Erlang me llevó al magistrado del Cielo.
Al pilar de derrotar monstruos fui atado;
Se les dijo a los dioses que me cortaran la cabeza.
No pudieron dañarme ni con mazo ni con espada,
Intentaron hacerme estallar y quemarme con truenos.
¿Qué habilidades tenía realmente este viejo Mono,
Que no estaba ni un poco asustado?
Al brasero de Laozi me enviaron luego,
Para cocinarme lentamente con fuego divino.
El día que se abrió la tapa, salté fuera
Y corrí por el Cielo blandiendo una vara.
De un lado a otro merodeaba sin que nadie me detuviera,
Causando estragos en los treinta y seis Cielos.
Entonces Tathāgata reveló su poder:
Bajo la Montaña de las Cinco Fases me tenía atrapado,
Y allí me retorcí durante quinientos años completos
Hasta que por suerte Tripitaka dejó la corte Tang.
Ahora voy al Oeste, habiendo cedido a la Verdad,
Para ver a las Cejas de Jade en el Gran Trueno.
Ve y pregunta en los cuatro rincones del universo:
¡Sabrás que soy el famoso demonio de todos los tiempos!"

Cuando el monstruo escuchó estas palabras, se rió y dijo: "¿Así que eres el PlagaCaballoQueDisturba el Palacio Celestial?" Lo que más molestaba al Peregrino era cuando la gente lo llamaba PlagaCaballoQueDisturba. En cuanto oyó ese nombre, perdió los estribos. "¡Tú, monstruo insolente!" gritó. "No quieres devolver la túnica que robaste, y aún así te atreves a insultar a este monje santo. ¡No huyas! ¡Mira esta vara!" El hombre moreno saltó a un lado para esquivar el golpe; empuñando su lanza larga, avanzó para enfrentarse a su oponente. Fue una batalla impresionante entre los dos:

La vara obediente,
La lanza con borlas negras.
Dos hombres muestran su poder frente a la cueva:
Apuntando al corazón y al rostro;
Golpeando la cabeza y el brazo.
Este demuestra habilidad con una vara mortal;
Aquel inclina la lanza para rápidos, triples empujes.
El "tigre blanco subiendo la montaña" extiende sus garras;
El "dragón amarillo tumbado en el camino" gira su espalda.
Con neblinas de colores volando
Y brillantes destellos de luz,
La fuerza de dos dioses-monstruos aún está por probarse.
Uno es el Sabio que busca la verdad, Igual a los Cielos;
El otro es el Gran Rey Negro que ahora es un espíritu.
¿Por qué librar esta batalla en la montaña?
¡La túnica, por la que cada uno mataría!

Ese monstruo luchó con el Peregrino durante más de diez rondas hasta cerca del mediodía, pero la batalla fue un empate. Usando su lanza para detener la vara por un momento, el hombre moreno dijo, "Peregrino Sun, guardemos nuestras armas por ahora. Primero déjame almorzar, y luego reanudaremos la contienda."

"¡Bestia maldita!" dijo el Peregrino. "¿Quieres ser un héroe? ¿Qué héroe quiere comer después de luchar apenas medio día? Considera al viejo Mono, que estuvo encarcelado bajo la montaña durante quinientos años y ni siquiera probó una gota de agua. Entonces, ¿de qué tienes hambre? No me des excusas y no huyas. Devuélveme mi túnica, y te dejaré ir a comer." Pero ese monstruo apenas logró lanzar un empuje débil con su lanza antes de correr a la cueva y cerrar sus puertas de piedra. Despidió a sus pequeños demonios y se preparó para el banquete, escribiendo tarjetas de invitación para los reyes monstruos de varias montañas, pero no diremos más sobre eso.

Debemos decirles que el Peregrino no tuvo éxito en derribar la puerta y tuvo que regresar al Salón de Guanyin. Los clérigos de ese monasterio ya habían enterrado al viejo monje y todos se habían reunido en la sala trasera para atender al Monje Tang, sirviéndole el almuerzo poco después de que terminó el desayuno. Mientras correteaban buscando sopa y acarreando agua, se vio al Peregrino descendiendo del cielo. Los monjes se inclinaron cortésmente y lo recibieron en la sala trasera para ver a Tripitaka. "Wukong," dijo Tripitaka, "así que has vuelto. ¿Cómo está la túnica?" "Al menos encontré al verdadero culpable," dijo el Peregrino. "Fue bueno que no castigáramos a estos monjes, ya que el monstruo de la Montaña del Viento Negro la robó. Fui a buscarlo en secreto y lo vi sentado en un hermoso prado conversando con un erudito vestido de blanco y un viejo taoísta. Estaba, en cierto sentido, confesando sin ser torturado, diciendo algo sobre que pasado mañana sería su cumpleaños, cuando invitaría a todos los

demás grifos para la ocasión. También mencionó que había encontrado una tú
nica bordada de Buda anoche, en celebración de lo cual planeaba hacer un gran
banquete, llamándolo el Festival de la Túnica de Buda. El viejo Mono se lanzó
hacia ellos y golpeó con su vara; el hombre moreno se transformó en viento y se
fue, y el taoísta también desapareció. El erudito vestido de blanco, sin embargo,
fue asesinado, y resultó ser una serpiente con manchas blancas que se había
convertido en espíritu. Rápidamente perseguí al hombre moreno hasta su cueva
y le exigí que saliera a pelear. Ya había admitido que tomó la túnica, pero
luchamos hasta un empate después de medio día de batalla. El monstruo regres
ó a su cueva porque quería comer; cerró sus puertas de piedra con fuerza y se neg
ó a pelear más. Volví para ver cómo estabas y hacer este informe para ti. Ya que
sé el paradero de la túnica, no me preocupa su negativa a devolvérmela."

Cuando los diversos monjes escucharon esto, algunos juntaron las manos
mientras otros se postraron, todos cantando, "¡Namo Amitābha! Ahora que
sabemos el paradero de la túnica, tenemos una oportunidad de salvar nuestras
vidas." "No celebren aún," dijo el Peregrino, "pues todavía no la he
recuperado, ni mi maestro ha salido. Esperen hasta que tengamos la túnica para
que mi maestro pueda salir pacíficamente por esta puerta antes de empezar a
celebrar. Si hay el más mínimo contratiempo, el viejo Mono no es un cliente que
deba ser provocado, ¿verdad? ¿Han servido buenas cosas a mi maestro? ¿Le han
dado bastante heno a nuestro caballo?" "¡Sí, sí, sí!" gritaron los monjes
apresuradamente. "¡Nuestro servicio al monje santo no ha disminuido en lo m
ás mínimo!" "Estuviste fuera solo medio día," dijo Tripitaka, "y me han
servido té tres veces y he tenido dos comidas vegetarianas. No se atrevieron a
menospreciarme. Por lo tanto, debes hacer un gran esfuerzo para recuperar la tú
nica." "¡No te apresures!" dijo el Peregrino. "Ya que sé dónde está,
ciertamente capturaré a este individuo y te devolveré la prenda. ¡Relájate! ¡Relá
jate!"

Mientras hablaban, el abad trajo algunos manjares vegetarianos más para
servir al santo monje Sun. El Peregrino comió un poco y se fue de inmediato en
la nube sagrada para buscar al monstruo. Mientras viajaba, vio a un pequeño
demonio acercándose por el camino principal, que tenía una caja de madera de
peral encajada entre su brazo izquierdo y su cuerpo. Sospechando que algo
importante estaba dentro de la caja, el Peregrino levantó su vara y la bajó con
fuerza sobre la cabeza del demonio. ¡Ay! El demonio no pudo soportar tal golpe.
Fue reducido instantáneamente a una hamburguesa de carne, que el Peregrino
arrojó al costado del camino. Cuando abrió la caja, efectivamente había una tarjeta
de invitación, en la que estaba escrito:

Tu estudiante-servidor, el Oso, se dirige humildemente al Excelentísimo
Decano Anciano del Estanque Dorado. Por los generosos regalos que me has
otorgado en varias ocasiones, estoy profundamente agradecido. Lamento no
haber podido asistirte anoche cuando te visitó el Dios del Fuego, pero supongo

que Vuestra Santa Eminencia no ha sido afectada de ninguna manera. Tu estudiante, por casualidad, ha adquirido una túnica de Buda, y esta ocasión merece una celebración festiva. Por lo tanto, he preparado con cuidado un buen vino para tu disfrute, con la sincera esperanza de que Vuestra Santa Eminencia se digne a visitarnos. Esta invitación se presenta respetuosamente con dos días de antelación.

Cuando el Peregrino vio esto, se rió a carcajadas, diciendo, "¡Ese viejo cadáver! ¡No perdió nada con su muerte! ¡Así que pertenecía a una pandilla de monstruos! ¡No es de extrañar que viviera hasta sus doscientos setenta años! Supongo que ese monstruo debe haberle enseñado un poco de magia, como ingerir su aliento, y así disfrutó de tanta longevidad. Todavía puedo recordar cómo se veía. Déjame transformarme en ese monje y ir a la cueva para ver dónde está mi túnica. Si puedo, la recuperaré sin desperdiciar mi energía."

¡Querido Gran Sabio! Recitó un hechizo, enfrentó el viento y se transformó de inmediato en una réplica exacta de ese viejo monje. Guardando su vara de hierro, se dirigió a la cueva, gritando, "¡Abran la puerta!" Cuando el pequeño demonio que estaba en la puerta vio tal figura, rápidamente hizo su reporte en el interior: "Gran Rey, ha llegado el Anciano del Estanque Dorado." Muy sorprendido, el monstruo dijo, "Acabo de enviar a un pequeño a entregarle una invitación, pero no podría haber llegado a su destino ni siquiera en este momento. ¿Cómo podría haber llegado el viejo monje tan rápido? Supongo que el pequeño no se encontró con él en el camino, pero el Peregrino Sun debe haberle pedido que viniera aquí por la túnica. Tú, mayordomo, esconde la túnica. ¡No dejes que la vea!"

Al caminar por la puerta principal, el Peregrino vio en el patio pinos y bambúes compartiendo su verdor, melocotoneros y ciruelos compitiendo en su esplendor; las flores florecían por todas partes y el aire estaba cargado con el aroma de las orquídeas. Era un verdadero paraíso en una cueva. Vio, además, un pareado montado a ambos lados de la segunda puerta que decía:

Un retiro en la montaña profunda sin preocupaciones mundanas.

Una cueva divina y apartada: ¡qué alegría serena!

El Peregrino se dijo a sí mismo, "Este tipo también es alguien que se retira de la suciedad y el polvo, una criatura demoníaca que conoce su destino." Caminó por la puerta y avanzó más; cuando pasó por la tercera puerta, vio vigas talladas con adornos elaborados y grandes ventanas brillantemente decoradas. Entonces apareció el hombre moreno, vestido con una chaqueta casual hecha de fina seda verde oscuro, coronada por una capa verde cuervo de damasco con figuras; llevaba un turbante de tela negra y calzaba un par de botas de ante negro. Cuando vio entrar al Peregrino, arregló su ropa y bajó los escalones para recibirlo, diciendo,

"Estanque Dorado, viejo amigo, hace días que no nos vemos. ¡Por favor, toma asiento! ¡Por favor, toma asiento!" El Peregrino lo saludó ceremoniosamente, después de lo cual se sentaron y tomaron té.

Después del té, el monstruo se inclinó y dijo, "Acabo de enviarte una breve nota, humildemente invitándote a visitarme pasado mañana. ¿Por qué mi viejo amigo me concede ese placer hoy, ya?" "Solo vine a presentar mis respetos," dijo el Peregrino, "y no anticipé encontrarme con tu amable mensajero. Cuando vi que iba a haber un Festival de la Túnica de Buda, vine apresuradamente, con la esperanza de ver la prenda." "Mi viejo amigo puede estar equivocado," dijo el monstruo, riéndose. "Esta túnica originalmente pertenecía al Monje Tang, que se estaba quedando en tu lugar. ¿Por qué querrías verla aquí, si seguramente la has visto antes?" "Tu pobre monje," respondió el Peregrino, "la pidió prestada, pero no tuvo la oportunidad anoche de examinarla antes de que la tomara el Gran Rey. Además, nuestro monasterio, incluyendo todas nuestras pertenencias, fue destruido por el fuego, y el discípulo de ese Monje Tang era bastante belicoso al respecto. En toda esa confusión, no pude encontrar la túnica por ninguna parte, sin saber que el Gran Rey, con su buena fortuna, la encontró. Por eso vine especialmente a verla."

Mientras hablaban, uno de los pequeños demonios en patrulla regresó para informar: "Gran Rey, ¡desastre! El oficial junior que fue a entregar la invitación fue golpeado hasta la muerte por el Peregrino Sun y dejado en el camino. Nuestro enemigo siguió la pista y se transformó en el Anciano del Estanque Dorado para poder obtener la túnica de Buda por fraude." Cuando el monstruo escuchó eso, se dijo a sí mismo, "Ya me estaba preguntando por qué vino hoy, y de manera tan apresurada también. ¡Entonces, realmente es él!" Saltando, agarró su lanza y la apuntó al Peregrino. Sacando la vara de su oreja, el Peregrino asumió su forma original y paró la lanza. Corrieron desde la sala de estar hasta el patio delantero, y desde allí pelearon hasta la puerta principal. Los monstruos en la cueva estaban aterrados; jóvenes y viejos en esa casa estaban horrorizados. Esta feroz contienda ante la montaña fue incluso diferente a la anterior. ¡Qué lucha!

Este Rey Mono audazmente se hizo pasar por monje;
Ese hombre moreno ocultó sabiamente la túnica.
De ida y vuelta fue su ingenioso intercambio,
Adaptándose a cada instante perfectamente.
Quería ver la túnica pero no tenía medios:
¡Este tesoro rúnico es un misterio, de hecho!
El pequeño demonio en patrulla anunció el desastre;
El viejo demonio, enojado, mostró su poder.
Pelearon desde la Cueva del Viento Negro,
La vara y la lanza forzaron una prueba de fuerza.
La vara detuvo la lanza, su ruido resonando;
La lanza encontró la vara, causando chispas.
Los cambios de Wukong, desconocidos para los hombres;
Las habilidades mágicas del monstruo, raras en la tierra.
Este quería para su fiesta de cumpleaños una túnica de Buda.

¿Iría aquel sin la túnica a casa en paz?

¡ La amarga lucha esta vez parecía interminable!

¡ Ni siquiera un Buda vivo descendiendo podría separarlos!

Desde la entrada de la cueva pelearon hasta la cima de la montaña, y desde la cima de la montaña pelearon hasta las nubes. Expulsando viento y niebla, levantando arena y rocas, pelearon hasta que el sol rojo se hundió hacia el oeste, pero ninguno de los dos pudo ganar ventaja. El monstruo dijo, " ¡ Oye, Sun! ¡ Detente un momento! Se está haciendo tarde para seguir peleando. ¡ Vete! Vuelve mañana por la mañana, y decidiremos tu destino." "No huyas, hijo mío," gritó el Peregrino. " ¡ Si quieres pelear, actúa como un luchador! No me des la excusa de que se está haciendo tarde." Con su vara, llovió golpes indiscriminadamente sobre la cabeza y el rostro de su oponente, pero el hombre moreno se transformó una vez más en una brisa clara y regresó a su cueva. Cerrando fuertemente sus puertas de piedra, se negó a salir.

El Peregrino no tuvo más alternativa que regresar al Salón de Guanyin. Descendiendo de las nubes, dijo: "Maestro". Tripitaka, que lo esperaba con los ojos desorbitados, se alegró al verlo; pero cuando no vio la túnica, se asustó de nuevo. "¿Cómo es que todavía no has traído la túnica?" preguntó. El Peregrino sacó de su manga la nota de invitación y se la entregó a Tripitaka, diciendo: "Maestro, el monstruo y ese viejo cadáver solían ser amigos. Envió a un pequeño demonio aquí con esta invitación para que asistiera a un Festival de la Túnica de Buda. Maté al pequeño demonio y me transformé en el viejo monje para entrar en la cueva. Logré engañarlo para que me diera una taza de té, pero cuando pedí la túnica, se negó a mostrármela. Mientras estábamos sentados allí, mi identidad fue revelada por alguien en patrulla en la montaña y comenzamos a luchar. La batalla duró hasta esta tarde y terminó en empate. Cuando el monstruo vio que se hacía tarde, se escabulló de nuevo en la cueva y cerró firmemente su puerta de piedra. El Viejo Mono no tuvo más remedio que regresar aquí por el momento".

"¿Qué tan buena es tu habilidad como luchador en comparación con la suya?" preguntó Tripitaka. "No mucho mejor", dijo el Peregrino. "Estamos bastante igualados". Tripitaka entonces leyó la nota de invitación y se la entregó al abad, diciendo: "¿Podría ser que tu maestro también fuera un espíritu monstruo?" Cayendo de rodillas, el abad dijo: "Padre viejo, mi maestro es humano. Debido a que ese Gran Rey Negro alcanzó el camino de la humanidad a través de la auto-cultivación, frecuentemente venía al monasterio para discutir textos religiosos con mi maestro. Le impartió a mi maestro un poco de la magia de nutrir el espíritu e ingerir aliento; por eso se llaman amigos".

"Este grupo de monjes aquí ", dijo el Peregrino, "no tienen el aura de monstruos: cada uno tiene una cabeza redonda apuntando al cielo y un par de pies planos en la tierra. Son un poco más altos y pesados que el Viejo Mono, pero no son monstruos. Mira lo que está escrito en la nota: 'tu sirviente-estudiante, el Oso'. Esta criatura debe ser un oso negro que se ha convertido en espíritu". Tripitaka dijo: "He escuchado de los antiguos que el oso y el simio son del mismo tipo. Son bestias, en otras palabras. ¿Cómo puede este oso convertirse en espíritu?" "El Viejo Mono también es una bestia", dijo el Peregrino, riendo, "pero yo me convertí en el Gran Sabio, Igual al Cielo. ¿Es diferente? Todas las criaturas de este mundo que poseen los nueve orificios pueden convertirse en inmortales a través del arte de la auto-cultivación". "Acabas de decir que los dos estaban igualados", dijo Tripitaka de nuevo. "¿Cómo puedes derrotarlo y recuperar mi túnica?" "¡Déjalo! ¡Déjalo!" dijo el Peregrino. "Sé lo que hacer". Mientras discutían el asunto, los monjes trajeron la cena para maestro y discípulo. Después, Tripitaka pidió lámparas para ir al salón Chan al frente a descansar. El resto de los monjes se reclinó contra las paredes debajo de algunos toldos temporales y durmió, mientras que las habitaciones traseras se dieron para acomodar a los abades mayores y menores. Ya era tarde. Ves

El Arroyo Plateado brilla;
El aire perfectamente puro;
El cielo lleno de estrellas brillantes y parpadeantes;
El río marcado por la marea que retrocede.
Todos los sonidos están callados;
Todas las colinas vacías de pájaros.
El fuego del pescador se apaga junto al arroyo;
Las lámparas se debilitan en la pagoda.
Anoche los ācāryas sonaron tambores y campanas.
¡Solo se escucha llanto toda esta noche!

Así pasaron la noche en el salón Chan, pero Tripitaka estaba pensando en la túnica. ¿Cómo podría dormir bien? Mientras se revolvía y giraba, de repente vio las ventanas iluminándose. Se levantó de inmediato y llamó: "Wukong, es de mañana. Ve a encontrar la túnica rápidamente". El Peregrino se levantó de un salto y vio que los monjes traían agua para lavarse. "Todos ustedes", dijo el Peregrino, "cuídense de atender a mi maestro. El Viejo Mono se va". Levantándose de su cama, Tripitaka lo agarró, preguntando: "¿A dónde vas?" "Pensándolo bien", dijo el Peregrino, "todo este asunto revela la irresponsabilidad de la Bodhisattva Guanyin. Ella tiene un salón Chan aquí donde ha disfrutado del incienso y la adoración de toda la gente local, y aun así permite que un espíritu monstruo sea su vecino. Me voy al Mar del Sur para encontrarla y tener una pequeña conversación. Voy a pedirle que venga aquí y exija que el monstruo nos devuelva la túnica". "¿Cuándo volverás?" preguntó Tripitaka. "Probablemente justo después del desayuno", respondió el Peregrino. "A más tardar, debería estar de vuelta al mediodía, cuando todo debería estar resuelto. Todos ustedes, monjes, deben cuidar de esperar a mi maestro. El Viejo Mono se va".

Dijo que se iba, y al instante ya había desaparecido. En un momento, llegó al Mar del Sur, donde detuvo su nube para mirar alrededor. Vio

Una vasta extensión de océano,

Donde agua y cielo parecían fusionarse.
Luz auspiciosa envolvía la tierra;
Aire sagrado iluminaba el mundo.
Innumerables olas cubiertas de nieve surgían hasta el cielo;
Capas de olas nebulosas lavaban el sol.
Agua volando por todas partes;
Olas agitándose por todos lados.
Agua volando por todas partes rodaba como truenos;
Olas agitándose por todos lados retumbaban como cañonazos.
No hablemos solo del agua;
Miremos más al centro.
La montaña llena de tesoros de cinco colores deslumbrantes:
Rojo, amarillo, verde, púrpura profundo y azul.
Si este es el verdadero escenario de Guanyin,
Mira más allá a Potalaka del Mar del Sur.
¡Qué lugar tan espléndido!
El alto pico de la montaña
Cortaba el espacio aéreo.
En su interior había miles de flores raras,
Cientos de tipos de hierbas divinas.
El viento agitaba los árboles preciosos;
El sol brillaba sobre el loto dorado.
Tejas vidriadas cubrían el Salón de Guanyin;
Caparazón de tortuga se extendía ante la Cueva del Sonido de la Marea.
En la sombra de los verdes sauces, el loro hablaba;
Dentro del bosquecillo de bambú, el pavo real cantaba.
En rocas con granos como huellas dactilares,
Los guardianes fieros y solemnes.
Ante la orilla de cornalina,
Mokṣa fuerte y heroico.

El Peregrino, que apenas podía apartar la vista del maravilloso paisaje, bajó su nube y se dirigió directamente al bosquecillo de bambú. Las diversas deidades estaban allí para recibirlo, diciendo: "La Bodhisattva nos contó hace tiempo sobre la conversión del Gran Sabio, por quien no tenía más que elogios. Se supone que estás acompañando al Monje Tang en este momento. ¿Cómo tienes tiempo para venir aquí?" "Porque estoy acompañando al Monje Tang", dijo el Peregrino, "tuve un incidente en nuestro viaje sobre el cual debo ver a la Bodhisattva. Por favor, anuncien mi llegada". Las deidades fueron a la entrada de la cueva para hacer el anuncio, y la Bodhisattva le pidió que entrara. Obedeciendo la convocatoria, el Peregrino fue ante la plataforma de loto enjoyada y se arrodilló.

"¿Qué haces aquí?" preguntó la Bodhisattva. "En su viaje, mi maestro se encontró con uno de tus salones Chan", dijo el Peregrino, "donde recibes los servicios de fuego e incienso de la gente local. Pero también permitiste que un

Espíritu Oso Negro viviera cerca y robara la túnica de mi maestro. Varias veces intenté recuperarla sin éxito. He venido específicamente a pedírtela". La Bodhisattva dijo: "¡Este mono todavía habla insolentemente! Si el Espíritu Oso robó tu túnica, ¿por qué viniste a pedírmela a mí? Todo fue porque tuviste la presunción, mono miserable, de mostrar tu tesoro a personas siniestras. Además, tuviste tu parte de maldad cuando llamaste al viento para intensificar el fuego, que quemó una de mis estaciones de paso abajo. ¿Y aun así quieres seguir causando alboroto aquí?" Cuando el Peregrino escuchó a la Bodhisattva hablando así, se dio cuenta de que ella tenía conocimiento de eventos pasados y futuros. Rápidamente se inclinó con humildad y dijo: "Bodhisattva, por favor perdona la ofensa de tu discípulo. Fue como dijiste. Pero estoy molesto por la negativa del monstruo a devolvernos nuestra túnica, y mi maestro está amenazando con recitar ese hechizo en cualquier momento. No puedo soportar el dolor de cabeza, y es por eso que he venido a causarte inconveniencia. Te suplico, Bodhisattva, que tengas misericordia de mí y nos ayudes a capturar a ese monstruo, para que podamos recuperar la prenda y continuar hacia el Oeste".

"Ese monstruo tiene gran poder mágico", dijo la Bodhisattva, "realmente tan fuerte como el tuyo. ¡Está bien! Por el bien del Monje Tang, iré contigo esta vez". Cuando el Peregrino escuchó esto, se inclinó de nuevo en agradecimiento y pidió a la Bodhisattva que partiera de inmediato. Montaron las nubes bendecidas y pronto llegaron a la Montaña del Viento Negro. Descendiendo de las nubes, siguieron un camino en busca de la cueva.

Mientras caminaban, vieron a un daoísta bajando la ladera de la montaña, sosteniendo una bandeja de vidrio en la que había dos píldoras mágicas. El Peregrino se topó con él, sacó su bastón y lo bajó directamente sobre su cabeza, con un golpe causando que el cerebro estallara y la sangre saliera a borbotones del cuello. Completamente sorprendida, la Bodhisattva dijo: "¡Mono, todavía eres tan imprudente! No robó tu túnica; ni te conocía ni te hizo daño. ¿Por qué lo mataste de un golpe?"

"Bodhisattva", dijo el Peregrino, "puede que no lo reconozcas, pero es amigo del Espíritu Oso Negro. Ayer estaba conversando con un erudito vestido de blanco en el prado. Como fueron invitados a la cueva del Espíritu Oso Negro, que iba a dar un Festival de la Túnica de Buda para celebrar su cumpleaños, este daoísta dijo que primero iría a celebrar el cumpleaños de su amigo hoy y luego asistiría al festival mañana. Así fue como lo reconocí. Debe haber estado en camino para celebrar el cumpleaños del monstruo". "Si es así, está bien", dijo la Bodhisattva. El Peregrino entonces fue a recoger al daoísta y descubrió que era un lobo gris. La bandeja, que había caído a un lado, tenía una inscripción en la parte inferior: "Hecho por el Maestro Trascendiendo el Vacío".

Cuando el Peregrino vio esto, se rió y dijo: "¡Qué suerte! ¡Qué suerte! El Viejo Mono se beneficiará; la Bodhisattva ahorrará algo de energía. Este monstruo puede decirse que ha confesado sin tortura, mientras que el otro monstruo puede estar destinado a perecer hoy". "¿Qué estás diciendo, Wukong?" dijo la Bodhisattva. "Bodhisattva", dijo el Peregrino, "yo, Wukong, tengo un dicho: la trama debe enfrentarse con la trama. No sé si me escucharás o no". "¡Habla!" dijo la Bodhisattva.

"¡Mira, Bodhisattva!" dijo el Peregrino. "Hay dos píldoras mágicas en esta pequeña bandeja, y son regalos de presentación que presentaremos al monstruo. Debajo de la bandeja está la inscripción de cinco palabras 'Hecho por el Maestro Trascendiendo el Vacío', y esto servirá como nuestro contacto con el monstruo. Si me escuchas, te daré un plan que no requerirá armas ni combate. En un momento, el monstruo enfrentará la pestilencia; en un abrir y cerrar de ojos, la túnica de Buda reaparecerá. Si no sigues mi sugerencia, puedes regresar al Oeste, y yo, Wukong, regresaré al Este; la túnica de Buda se contará como perdida, mientras que Tripitaka Tang habrá viajado en vano".

"¡Este mono es bastante hábil con su lengua!" dijo la Bodhisattva, riendo. "¡Para nada!" dijo el Peregrino. "Pero es un pequeño plan". "¿Cuál es tu plan?" preguntó la Bodhisattva. "Ya que la bandeja tiene esta inscripción debajo", dijo el Peregrino, "el daoísta mismo debe ser este Maestro Trascendiendo el Vacío. Si estás de acuerdo conmigo, Bodhisattva, puedes cambiarte a ti misma en este daoísta. Tomaré una de las píldoras y luego me transformaré en otra píldora, una un poco más grande, es decir. Lleva esta bandeja con las dos píldoras mágicas y preséntalas al monstruo como su regalo de cumpleaños. Deja que el monstruo se trague la píldora más grande, y el Viejo Mono hará el resto. Si no quiere devolver la túnica de Buda, el Viejo Mono hará una, ¡incluso si tengo que tejerla con sus tripas!"

La Bodhisattva no pudo pensar en un mejor plan y tuvo que asentir con la cabeza para mostrar su aprobación. "¿Bien?" dijo el Peregrino, riendo. Inmediatamente, la Bodhisattva ejerció su gran misericordia y poder ilimitado. Con su infinita capacidad de transformación, su mente se movió en perfecta armonía con su voluntad, y su voluntad con su cuerpo: en un instante borroso, se transformó en la forma del inmortal Maestro Trascendiendo el Vacío.

Su capa de grulla bajaba al viento,
Con pasos etéreos, cruzaba el vacío.
Su rostro, envejecido como ciprés y pino,
Muestra rasgos frescos nunca vistos.
Se mueve con libertad sin fin,
Un especial así, auto-sostenido.
En suma, todo vuelve a una Forma,
Pero de cuerpos perversos se libera.

Cuando el Peregrino vio la transformación, exclamó: "¡Maravilloso, Maravilloso! ¿Es el monstruo la Bodhisattva, o es la Bodhisattva el monstruo?" La Bodhisattva sonrió y dijo: "Wukong, la Bodhisattva y el monstruo, ambos existen en un solo pensamiento. Considerados en términos de su origen, no son nada". Inmediatamente iluminado, el Peregrino se dio la vuelta y se transformó de inmediato en una píldora mágica:

Una perla rodante estabilizadora—
Redonda, brillante, de receta desconocida.
Fundida "tres veces tres" en el Monte Goulou;
Forjada "seis veces seis", con la ayuda de Shao Weng.
Como baldosas vidriadas y llamas doradas
Brilla con la luz del sol y del mani.
Su capa de mercurio y plomo
Tiene un poder difícil de evaluar.

La píldora en la que se había transformado el Peregrino era ligeramente más grande que la otra. Teniéndolo en cuenta, la Bodhisattva tomó la bandeja de vidrio y fue directamente a la entrada de la cueva del monstruo. Se detuvo para mirar alrededor y vio:

Profundos desfiladeros, acantilados peligrosos,
Nubes elevándose desde los picos;
Pinos verdes y cipreses,
Y el viento susurrando en los bosques.
Profundos desfiladeros, acantilados peligrosos:
¡Un lugar verdaderamente hecho para monstruos y no para el hombre!
Pero pinos verdes y cipreses
Podrían parecer adecuados para que un recluso piadoso busque el Camino.
La montaña tiene un arroyo,
Y el arroyo tiene agua,
Su corriente murmura suavemente como un laúd
Digno de limpiar tus oídos.
El acantilado tiene ciervos,
Los bosques tienen grullas,
Donde suavemente resuena la música de las esferas
Para elevar tu espíritu.
Así fue la suerte del inmortal falso que Bodhi vino:
Su voto era otorgar misericordia ilimitada.

Después de inspeccionar el lugar, la Bodhisattva estaba secretamente complacida y se dijo a sí misma: "Si esta bestia maldita podría ocupar tal montaña, podría ser que está destinada a alcanzar el Camino". Así, ya estaba inclinada a ser misericordiosa.

Cuando llegó a la entrada de la cueva, algunos de los pequeños demonios que estaban de guardia allí la reconocieron, diciendo: "Ha llegado el Inmortal Transcendiendo el Vacío". Algunos fueron a anunciar su llegada, mientras que otros la saludaron. En ese momento, el monstruo salió inclinándose por la puerta, diciendo: "Transcendiendo el Vacío, ¡honras mi humilde morada con tu presencia divina!" "Este humilde Daoísta", dijo la Bodhisattva, "presenta respetuosamente una píldora de elixir como regalo de cumpleaños". Después de que ambos se inclinaran mutuamente, se sentaron. Se mencionaron los incidentes del día anterior, pero la Bodhisattva no respondió. En cambio, tomó la bandeja y dijo: "Gran Rey, por favor acepte la humilde consideración de este pequeño Dao ísta". Eligió la píldora grande y se la entregó al monstruo, diciendo: "¡Que el Gran Rey viva mil años!" El monstruo entonces empujó la otra píldora hacia la Bodhisattva, diciendo: "Deseo compartir esto con el Maestro Transcendiendo el Vacío". Después de esta presentación ceremonial, el monstruo estaba a punto de tragarla, pero la píldora rodó por sí misma directamente por su garganta. Volvió a su forma original y comenzó a hacer ejercicios físicos. El monstruo cayó al suelo, mientras la Bodhisattva revelaba su verdadera forma y recuperaba la Túnica de Buda del monstruo. El Peregrino luego salió del cuerpo del monstruo por su nariz, pero temiendo que el monstruo aún pudiera ser truculento, la Bodhisattva arrojó una faja sobre su cabeza. Cuando se levantó, el monstruo de hecho tomó su lanza para arremeter contra el Peregrino. Sin embargo, la Bodhisattva se elevó en el aire y comenzó a recitar su hechizo. El hechizo funcionó, y el monstruo sintió un dolor excruciante en su cabeza; arrojando la lanza, rodó salvajemente por el suelo. En el aire, el Rey Mono Hermoso casi se desplomó de la risa; abajo, el Monstruo Oso Negro casi se rodó hasta la muerte en el suelo.

"Bestia maldita", dijo la Bodhisattva, "¿te rendirás ahora?" "Me rindo", dijo el monstruo sin vacilación, "¡por favor, perdona mi vida!" Temiendo que se hubiera desperdiciado demasiado esfuerzo, el Peregrino quiso atacar de inmediato. Deteni éndolo rápidamente, la Bodhisattva dijo: "No lo lastimes; tengo algún uso para é l". El Peregrino dijo: "¿Por qué no destruir un monstruo como él, de qué utilidad puede ser?" "No hay nadie guardando la parte trasera de mi Montaña Potalaka", dijo la Bodhisattva, "y quiero llevármelo allí para que sea un Gran Dios Guardiá n de la Montaña". "Verdaderamente una diosa salvadora y misericordiosa", dijo el Peregrino, riendo, "que no lastimará a un solo ser sintiente. Si el viejo Mono conociera un hechizo así, lo recitaría mil veces. ¡Eso acabaría con tantos osos negros como los que hay por aquí!"

Así, les contaremos sobre el monstruo, que recuperó la conciencia después de mucho tiempo. Convencido por el dolor insoportable, no tuvo más remedio que caer de rodillas y suplicar: "¡Perdona mi vida, estoy dispuesto a someterme a la Verdad!" Bajando de la luminosidad bendecida, la Bodhisattva luego tocó su cabeza y le dio los mandamientos, diciéndole que la esperara, sosteniendo la lanza. Así fue con el Oso Negro:

Hoy su ambición desmedida es controlada;
Esta vez su licencia ilimitada ha sido frenada.

"Puedes regresar ahora, Wukong", instruyó la Bodhisattva, "y sirve atentamente al Monje Tang. No causes más problemas con tu descuido". "Estoy agradecido de que la Bodhisattva haya estado dispuesta a venir hasta aquí para ayudar", dijo el Peregrino, "y es mi deber como discípulo acompañarte de vuelta". "Puedes estar excusado", dijo la Bodhisattva. Sosteniendo la túnica, el Peregrino entonces le hizo una reverencia y se fue, mientras la Bodhisattva llevaba al oso y regresaba al gran océano. Tenemos un poema testimonial:

La luz auspiciosa rodea la forma dorada:

¡Qué laberinto de colores tan digno de alabanza!

Ella muestra gran misericordia para socorrer a la humanidad,

Para revelar el loto dorado mientras escanea el mundo.

Ella viene todo por la búsqueda de las escrituras;

Luego se retira, siempre casta y pura.

El demonio convertido, ella se va hacia el mar;

Un budista recupera una túnica de brocado.

No sabemos qué pasó después; escuchemos la explicación en el próximo cap ítulo.

CAPÍTULO 18

En el Salón de Guanyin el Monje Tang deja su prueba;
En la Aldea Gao el Gran Sabio expulsa al monstruo.

El Peregrino se despidió del Bodhisattva. Bajando la dirección de su nube, colgó la túnica en uno de los cedros fragantes cercanos. Sacó su vara y se abrió camino hacia la Cueva del Viento Negro. ¿Pero dónde podía encontrar siquiera a un solo demonio pequeño dentro? El hecho era que cuando vieron la epifanía del Bodhisattva, haciendo que el viejo monstruo rodara por el suelo, todos se dispersaron. El Peregrino, sin embargo, no se detuvo; amontonó leña seca alrededor de varias puertas de la cueva y encendió un fuego en la parte delantera y en la trasera. ¡Toda la Cueva del Viento Negro se redujo a una "Cueva del Viento Rojo"! Recogiendo la túnica, el Peregrino montó la luminosidad auspiciosa y se dirigió al norte.

Ahora les contamos sobre Tripitaka, quien esperaba impacientemente el regreso del Peregrino y se preguntaba si el Bodhisattva había consentido en venir a ayudar o si el Peregrino, con algún pretexto, lo había dejado. Estaba lleno de pensamientos tontos y especulaciones salvajes cuando vio nubes brillantes y rosadas acercándose en el cielo. Bajando al pie de los escalones y arrodillándose, el Peregrino dijo: "¡Maestro, la túnica está aquí!"

Tripitaka se alegró mucho, y ninguno de los monjes pudo ocultar su placer. "¡Bien! ¡Bien!" exclamaron. "¡Ahora hemos encontrado nuestras vidas de nuevo!" Tomando la túnica, Tripitaka dijo: "Wukong, cuando te fuiste por la mañana, prometiste regresar después del desayuno o al mediodía. ¿Por qué vuelves tan tarde, cuando el sol ya se está poniendo?" El Peregrino entonces dio un relato detallado de cómo fue a pedir la ayuda del Bodhisattva y cómo ella, en su transformación, había subyugado al monstruo. Cuando Tripitaka escuchó el relato, preparó una mesa de incienso de inmediato y adoró, mirando hacia el sur. Luego dijo: "Discípulo, ya que tenemos la túnica de Buda, empacamos y nos vamos." "No hay necesidad de apresurarse así," dijo el Peregrino. "Está oscureciendo, no es momento para viajar. Esperemos hasta mañana por la mañana antes de partir." Todos los monjes se arrodillaron y dijeron: "El anciano Sun tiene razón. Está oscureciendo y, además, tenemos un voto que cumplir. Ahora que todos estamos a salvo y se ha recuperado el tesoro, debemos redimir nuestro voto y pedir a los venerables ancianos que distribuyan la bendición. Mañana los despediremos hacia el Oeste."

"¡Sí, sí, eso está muy bien!" dijo el Peregrino. ¡Miren a esos monjes! Vaciaronsus bolsillos y presentaron todos los objetos de valor que lograron salvar del fuego. Todos hicieron alguna contribución. Prepararon algunas ofrendas vegetarianas, quemaron dinero de papel para pedir paz perpetua y recitaron varios rollos de escrituras para la prevención de calamidades y la liberación del mal. El servicio duró hasta tarde en la noche. A la mañana siguiente ensillaron el caballo y tomaron el equipaje, mientras los monjes acompañaban a sus invitados por una gran distancia antes de regresar. Mientras el Peregrino lideraba el camino, fue el momento más feliz de la primavera.

Verán

Las ligeras huellas del caballo sobre el césped;
Hilos dorados de sauces balanceándose con el rocío fresco.
Melocotones y albaricoques llenan el bosque de alegría.
Las enredaderas crecen con vigor a lo largo del camino.
Pares de patos calentados por el sol descansan en las orillas arenosas;
Las flores fragantes del arroyo amansan las mariposas.

Así el otoño se va, el invierno se desvanece y la primavera está a medio camino;

¿Cuándo se hará el mérito y se encontrará el Verdadero Escrito?

Maestro y discípulo viajaron por unos seis o siete días en el desierto. Un día, cuando ya estaba oscureciendo, vieron una aldea a lo lejos. "Wukong," dijo Tripitaka, "¡mira! Hay una aldea allá. ¿Qué tal si pedimos alojamiento para pasar la noche antes de viajar de nuevo mañana?" "Esperemos hasta que determine si es un buen o mal lugar antes de decidir," dijo el Peregrino. El maestro tiró de las riendas mientras el Peregrino miraba fijamente a la aldea. Verdaderamente había

Filas densas de cercas de bambú;
Grupos espesos de chozas de paja.
Árboles silvestres rascando el cielo frente a las puertas;
El arroyo serpenteante reflejando las casas.
Los sauces junto al camino desplegaban su encantador verdor;
Eran fragantes las flores que florecían en el patio.

En este momento del crepúsculo que se desvanece rápidamente,
Los pájaros gorjeaban por todas partes en el bosque.
Mientras el humo de la cocina se levantaba,
El ganado regresaba por cada carril y camino,

También veías, bien alimentados, cerdos y pollos durmiendo junto al borde de la casa,

Y el viejo vecino ebrio llegando con una canción.

Después de examinar el área, el Peregrino dijo, "Maestro, puedes proceder. Parece ser una aldea de buenas familias, donde será apropiado buscar refugio."

El sacerdote urgió al caballo blanco, y llegaron al comienzo de un camino que se adentraba en la aldea, donde vieron a un joven con un pañuelo de algodón en la cabeza y una chaqueta azul. Llevaba un paraguas en la mano y un paquete en la espalda; sus pantalones estaban remangados, y llevaba en los pies un par de sandalias de paja con tres bucles. Caminaba resueltamente por la calle cuando el Peregrino lo agarró, diciendo: "¿A dónde vas? Tengo una pregunta para ti: ¿qu é es este lugar?" Luchando por liberarse, el hombre protestó: "¿No hay nadie más aquí en la aldea? ¿Por qué tienes que elegirme para tu pregunta?" "Patrón," dijo el Peregrino amablemente, "no te enojes. 'Ayudar a otros es en verdad ayudarte a ti mismo.' ¿Qué tiene de malo que me digas el nombre de este lugar? Quizás pueda ayudarte con tus problemas." Incapaz de liberarse del agarre del Peregrino, el hombre estaba tan furioso que saltaba salvajemente. "¡ Mala suerte! ¡ Estoy maldito!" gritó. "¡ No hay fin para las quejas que he sufrido a manos de los ancianos de mi familia y todavía tengo que encontrarme con este tipo calvo y sufrir tal indignidad de él!"

"Si tienes la habilidad de abrir mi mano," dijo el Peregrino, "te dejaré ir." El hombre se retorció a izquierda y derecha sin éxito: era como si lo hubieran sujetado con unas tenazas de hierro. Se enfureció tanto que tiró su paquete y su paraguas; con ambas manos, lanzó golpes y arañazos al Peregrino. Con una mano sosteniendo su equipaje, el Peregrino rechazó al hombre con la otra, y por más que el hombre intentara, no podía arañar ni tocar al Peregrino en absoluto. Cuanto más luchaba, más firme era el agarre del Peregrino, de modo que el hombre estaba completamente exasperado.

"Wukong," dijo Tripitaka, "¿no viene alguien por allá? Puedes preguntar a otra persona. ¿Por qué te aferras a él así? Déjalo ir." "Maestro, no entiendes," dijo el Peregrino, riendo. "Si pregunto a otra persona, toda la diversión se irá. ¡ Tengo que preguntarle si, como dice el dicho, 'habrá algún negocio' !" Al ver que era inútil luchar más, el hombre finalmente dijo, "Este lugar se llama la Aldea del Sr. Gao en el territorio del Reino de Qoco. La mayoría de las familias aquí en la aldea se apellidan Gao, y por eso se llama así la aldea. Ahora déjame ir."

"Difícilmente estás vestido para un paseo por el vecindario," dijo el Peregrino, "así que dime la verdad. ¿A dónde vas y qué estás haciendo? Entonces te dejaré ir."

El hombre tenía poca alternativa más que decir la verdad. "Soy miembro de la familia del viejo Sr. Gao, y mi nombre es Gao Cai. El viejo Sr. Gao tiene una hija, su más joven, de hecho, que tiene veinte años y aún no está comprometida. Sin embargo, hace tres años, un espíritu monstruo la capturó y la mantuvo como su esposa. Tener a un monstruo como su yerno molestaba terriblemente al viejo Sr. Gao. Decía, 'Mi hija teniendo a un monstruo como su esposo difícilmente puede ser un arreglo duradero. Primero, la reputación de mi familia está arruinada, y segundo, ni siquiera tengo suegros con quienes podamos ser amigos.' Todo ese tiempo quería anular este matrimonio, pero el monstruo se negó absolutamente; en su lugar, encerró a la hija en el edificio trasero y no le permitió ver a su familia por casi medio año. El viejo, por lo tanto, me dio varios taeles de plata y me dijo que encontrara un exorcista para capturar al monstruo. Desde entonces, casi no he descansado los pies; logré encontrar tres o cuatro personas, todos monjes inútiles y taoístas impotentes. Ninguno de ellos pudo subyugar al monstruo. Hace poco recibí una severa reprimenda por mi incompetencia, y con solo media onza más de plata como viático, me dijeron que esta vez encontrara un exorcista capaz. No esperaba encontrarme contigo, mi estrella desafortunada, y ahora mi viaje se retrasa. Eso es lo que quería decir con las quejas que he sufrido dentro y fuera de la familia, y por eso protestaba hace un momento. No sabía que tenías este truco de sujetar a las personas, que no podía superar. Ahora que te he contado la verdad, déjame ir."

"Es realmente tu suerte," dijo el Peregrino, "combinada con mi vocación: ¡encajan como los números cuatro y seis cuando lanzas los dados! No necesitas viajar lejos, ni desperdiciar tu dinero. No somos monjes inútiles ni taoístas impotentes, porque realmente tenemos algunas habilidades; somos muy experimentados, de hecho, en capturar monstruos. Como dice el refrán, '¡ Ahora tienes no solo un médico compasivo, sino también has curado tus ojos!' Por favor, toma la molestia de regresar al cabeza de tu familia y dile que somos monjes sagrados enviados por el Trono en la Tierra del Este para ir a adorar a Buda en el Cielo Occidental y adquirir escrituras. Somos muy capaces de capturar monstruos y atar a demonios." "No me engañes," dijo Gao Cai, "¡porque ya estoy harto! Si me engañas y realmente no tienes la capacidad de atrapar al monstruo, solo me causarás más quejas." El Peregrino dijo, "Te garantizo que no sufrirás ningún daño. Llévame a la puerta de tu casa." El hombre no pudo pensar en una mejor alternativa; recogió su paquete y paraguas y se volvió para guiar al maestro y al discípulo hasta la puerta de su casa. "Ustedes dos ancianos," dijo, "por favor descansen un momento contra los postes de enganche aquí. Iré a informar a mi amo." Solo entonces el Peregrino lo soltó. Dejando el equipaje y desmontando del caballo, maestro y discípulo se quedaron esperando fuera de la puerta.

Gao Cai atravesó la puerta principal y fue directamente al salón principal en el centro, pero resultó que se encontró directamente con el viejo Sr. Gao. "¡Bestia de piel gruesa!" gritó el Sr. Gao. "¿Por qué no estás buscando un exorcista? ¿ Qué haces aquí?" Dejando su paquete y paraguas, Gao Cai dijo, "Déjame informar humildemente a mi señor. Tu sirviente apenas llegó al final de la calle y se encontró con dos monjes: uno montando un caballo y el otro cargando un paquete. Me agarraron y se negaron a soltarme, preguntando a dónde iba. Al principio me negué absolutamente a decírselo, pero fueron muy insistentes y no tenía forma de liberarme. Solo entonces les di un relato detallado de los asuntos de mi señor. El que me sostenía se alegró, diciendo que arrestaría al monstruo para nosotros." "¿De dónde vinieron?" preguntó el viejo Sr. Gao. "Afirmó ser un monje sagrado, el hermano del emperador," dijo Gao Cai, "que fue enviado desde la Tierra del Este para ir a adorar a Buda en el Cielo Occidental y adquirir escrituras." "Si son monjes que han venido desde tan lejos," dijo el viejo Sr. Gao, "pueden tener algunas habilidades. ¿Dónde están ahora?" "Esperando fuera de la puerta principal," dijo Gao Cai.

El viejo Sr. Gao rápidamente se cambió de ropa y salió con Gao Cai para extender su bienvenida, exclamando, "¡Su Gracia!" Cuando Tripitaka escuchó esto, se volvió rápidamente, y su anfitrión ya estaba parado frente a él. Ese anciano llevaba en la cabeza un turbante de seda oscura; vestía una túnica de brocado de seda de Sichuan en blanco cebollino con una faja verde oscuro, y un par de botas hechas de cuero de toro áspero. Sonriendo afablemente, se dirigió a ellos, diciendo, "¡Honorables Sacerdotes, por favor acepten mi reverencia!" Tripitaka devolvió su saludo, pero el Peregrino se quedó allí inmóvil. Cuando el viejo vio lo horrible que se veía, no le hizo reverencia. "¿Por qué no me saludas?" exigió el Peregrino. Algo alarmado, el viejo dijo a Gao Cai: "¡Joven! ¿Realmente me has metido en problemas, no? Ya hay un monstruo feo en la casa que no podemos ahuyentar. ¡Ahora tienes que traer a este espíritu trueno para causarme más problemas!"

"Viejo Gao," dijo el Peregrino, "es en vano que hayas llegado a una edad tan avanzada, ¡porque apenas tienes discernimiento! Si quieres juzgar a las personas por su apariencia, ¡estás completamente equivocado! Yo, viejo Mono, puedo ser feo, pero tengo algunas habilidades. Capturaré al monstruo para tu familia, exorcizaré al demonio, aprehenderé a ese yerno tuyo y recuperaré a tu hija. ¿Será suficiente? ¿Por qué todos estos murmullos sobre apariencias?" Cuando el viejo escuchó esto, tembló de miedo, pero logró recomponerse lo suficiente como para decir, "¡Por favor, entren!" A esta invitación, el Peregrino guió al caballo blanco y pidió a Gao Cai que recogiera su equipaje para que Tripitaka pudiera entrar con ellos. Sin ningún respeto por las maneras, ató el caballo a uno de los pilares y sacó una silla lacada y desgastada por el tiempo para que su maestro se sentara. Jaló otra silla y se sentó a un lado. "Este pequeño sacerdote," dijo el viejo Sr. Gao, "¡realmente sabe cómo sentirse en casa!"

"Si estás dispuesto a tenerme aquí por medio año," dijo el Peregrino, "¡entonces realmente me sentiré como en casa!"

Después de que se sentaran, el viejo Sr. Gao preguntó: "Hace un momento, mi pequeño dijo que ustedes dos, honorables sacerdotes, venían de la Tierra del Este?" "Sí," respondió Tripitaka. "Tu pobre monje fue comisionado por la corte para ir al Cielo Occidental a buscar escrituras para Buda. Ya que hemos llegado a tu aldea, nos gustaría pedir alojamiento para la noche. Planeamos partir temprano mañana por la mañana." "¿Así que ustedes dos querían alojamiento?" dijo el viejo Sr. Gao. "Entonces, ¿por qué dijeron que podían atrapar monstruos?" "Como estamos pidiendo un lugar para quedarnos," dijo el Peregrino, "pensamos que podríamos atrapar algunos monstruos, ¡solo por diversión! ¿Podemos preguntar cuántos monstruos hay en tu casa?" "¡Dios mío!" exclamó el viejo Sr. Gao. "¿Cuántos monstruos podríamos alimentar? ¡Solo está este yerno, y ya hemos sufrido bastante con él!" "Cuéntame todo sobre el monstruo," dijo el Peregrino, "cómo llegó a este lugar, qué tipo de poder tiene, y demás. Empieza desde el principio y no omitas ningún detalle. Entonces podré atraparlo para ti."

"Desde tiempos antiguos," dijo el viejo Sr. Gao, "esta aldea nuestra nunca ha tenido problemas con fantasmas, duendes o demonios; de hecho, mi única desgracia consiste en no tener un hijo. Me nacieron tres hijas: la mayor se llama Fragrant Orchid; la segunda, Jade Orchid; y la tercera, Green Orchid. Las dos primeras, desde su juventud, fueron prometidas a personas de esta misma aldea, pero esperaba que la más joven tomara un esposo que se quedara con nuestra familia y aceptara que sus hijos llevaran nuestro nombre. Como no tengo hijo, él se convertiría en mi heredero y cuidaría de mí en mi vejez. Nunca esperé que, hace unos tres años, apareciera un tipo que era razonablemente apuesto. Dijo que venía de la Montaña Fuling y que su apellido era Zhu. Como no tenía ni padres ni hermanos, estaba dispuesto a ser aceptado como yerno, y lo acepté, pensando que alguien sin otros lazos familiares era exactamente el tipo de persona adecuada. Cuando primero llegó a nuestra familia, debo confesar, era bastante industrioso y bien educado. Trabajaba duro para aflojar la tierra y arar los campos sin siquiera usar un búfalo; y cuando cosechaba los granos, lo hacía sin hoz ni bastón. Llegaba a casa tarde en la noche y comenzaba temprano de nuevo por la mañana, y para serte sincero, estábamos bastante contentos con él. El único problema era que su apariencia comenzó a cambiar."

"¿De qué manera?" preguntó el Peregrino. "Bueno," dijo el viejo Sr. Gao, "cuando primero llegó, era un tipo robusto y moreno, pero luego se convirtió en un idiota con orejas enormes y un hocico largo, con una gran mata de cerdas detrás de la cabeza. Su cuerpo se volvió terriblemente tosco y corpulento. En resumen, su apariencia completa era la de un cerdo! ¡Y qué apetito tan enorme! Para una sola comida, necesita de tres a cinco fanegas de arroz: una pequeña merienda por la mañana significa más de cien galletas o panecillos. Es una suerte que siga una dieta vegetariana; si le gustara la carne y el vino, la propiedad y la finca de este viejo serían consumidas en medio año!" "Quizás es porque es un buen trabajador," dijo Tripitaka, "que tiene tan buen apetito." "¡Incluso ese apetito es un pequeño problema!" dijo el viejo Sr. Gao. "Lo más perturbador es que le gusta venir montado en el viento y desaparecer cabalgando en la niebla; levanta piedras y tierra tan frecuentemente que mi hogar y mis vecinos no han tenido un momento de paz. Luego encerró a mi pequeña hija, Green Orchid, en el edificio trasero, y no la hemos visto por medio año y no sabemos si está viva o muerta. Ahora estamos seguros de que es un monstruo, y por eso queremos conseguir un exorcista para expulsarlo." "No hay nada difícil en eso," dijo el Peregrino. "Relájate, viejo! Esta noche lo atraparé para ti, y exigiré que firme un documento de anulación y te devuelva a tu hija. ¿Qué te parece?" Inmensamente complacido, el viejo Sr. Gao dijo: "Tomar a él fue una pequeña cosa, considerando cómo ha arruinado mi buena reputación y cuántos de nuestros parientes ha alejado! Sólo atrápalo para mí. ¿Para qué molestarse con un documento? Por favor, simplemente deshazte de él para mí." El Peregrino dijo: "¡Es sencillo! Cuando caiga la noche, verás el resultado!"

El viejo estaba encantado; pidió de inmediato que se pusieran las mesas y se preparara un banquete vegetariano. Cuando terminaron la comida, estaba anocheciendo. El viejo preguntó: "¿Qué tipo de armas y cuántas personas necesitas? Será mejor que nos preparemos pronto." "Tengo mi propia arma," respondió el Peregrino. El viejo dijo: "Lo único que ustedes dos tienen es ese bastón sacerdotal, difícilmente algo que puedas usar para luchar contra el monstruo," tras lo cual el Peregrino sacó una aguja de bordado de su oreja, la sostuvo en sus manos, y al agitarla una vez en el viento, la cambió en una vara con aros dorados del grosor de un cuenco de arroz. "Mira esta vara," le dijo al viejo Sr. Gao. "¿Cómo se compara con tus armas? ¿Crees que servirá para el monstruo?" "Ya que tienes un arma," dijo nuevamente el viejo Sr. Gao, "¿necesitas algunos asistentes?" "No necesito asistentes," dijo el Peregrino. "Todo lo que pido es algunas personas mayores decentes que hagan compañía a mi maestro y hablen con él, para que me sienta libre de dejarlo por un rato. Atraparé al monstruo para ti y le haré prometer públicamente que se irá, para que te deshagas de él para siempre." El viejo pidió de inmediato a su sirviente que llamara a varios amigos íntimos y parientes, quienes pronto llegaron. Después de que fueron presentados, el Peregrino dijo: "Maestro, puedes sentirte completamente seguro sentado aquí. ¡El Viejo Mono se va!"

¡Míralo! Levantando en alto su vara de hierro, arrastró al viejo Sr. Gao diciendo: "Llévame al edificio trasero donde está el monstruo para que pueda echar un vistazo." El viejo lo llevó efectivamente hasta la puerta del edificio trasero. "¡Consigue una llave rápidamente!" dijo el Peregrino. "Míralo tú mismo," dijo el viejo Sr. Gao. "Si pudiera usar una llave en esta cerradura, no te necesitaría." El Peregrino rió y dijo: "¡Querido viejo! Aunque eres bastante mayor, ¡ni siquiera puedes reconocer una broma! Solo te estaba tomando el pelo un poco, y tomaste mis palabras literalmente." Se adelantó y tocó la cerradura: estaba sólidamente soldada con cobre líquido. Molesto, el Peregrino rompió la puerta con un tremendo golpe de su vara y descubrió que estaba completamente oscuro adentro. "Viejo Gao," dijo el Peregrino, "ve y llama a tu hija para ver si está adentro." Reuniendo valor, el viejo gritó: "¡Señorita Tres!" Reconociendo la voz de su padre, la niña respondió débilmente: "¡Papá! ¡Estoy aquí!" Con sus pupilas doradas brillando, el Peregrino miró a las sombras oscuras. "¿Cómo se ve?" preguntas. Ves que

Su cabello parecido a una nube está despeinado y sin cepillar;
Su rostro similar al jade está sucio y sin lavar.
Aunque su naturaleza refinada no ha cambiado,
Su encantadora imagen está cansada y demacrada.
Sus labios color cereza parecen completamente sin sangre,
Y su cuerpo está tanto torcido como encorvado.
Tejidas en tristeza
Las cejas de polilla están pálidas;
Debilitada por la pérdida de peso,
La voz al hablar es débil.

Se acercó, y cuando vio que era el viejo Sr. Gao, lo agarró y comenzó a llorar. "¡Deja de llorar! ¡Deja de llorar!" dijo el Peregrino. "Déjame preguntarte: ¿dónde está el monstruo?" "No sé a dónde se ha ido," dijo la niña. "Hoy en día se va por la mañana y regresa solo después del anochecer. Rodeado de nubes y niebla, viene y va sin nunca dejarme saber dónde está. Desde que supo que mi padre está tratando de expulsarlo, toma precauciones frecuentes; por eso solo viene de noche y se va por la mañana." "No hay necesidad de hablar más," dijo el Peregrino. "¡Viejo! Lleva a tu amada hija al edificio de enfrente, y luego podrás pasar todo el tiempo que quieras con ella. El Viejo Mono estará aquí esperando por él; si el monstruo no aparece, no me culpes. Pero si aparece, ¡arrancaré de raíz las malas hierbas de tus problemas!" Con gran alegría, el viejo Sr. Gao llevó a su hija al edificio de enfrente. Ejercitando su poder mágico, el Peregrino sacudió su cuerpo y de inmediato se transformó en la forma de esa niña, sentándose sola a esperar al monstruo. Al poco tiempo, una ráfaga de viento sopló, levantando polvo y piedras. ¡Qué viento!

Al principio era una brisa suave y ligera.

Después se volvió racheado y fuerte.

¡Una ligera brisa suave que podía llenar el mundo!

¡Un viento fuerte y racheado que nada más podía detener!

Las flores y los sauces se rompieron como cáñamo sacudido;

Los árboles y las plantas fueron derribados como cultivos arrancados.

Revolvió ríos y mares, amedrentando a fantasmas y dioses.

Fracturó rocas y montañas, asombrando a Cielo y Tierra.

Los ciervos que comen flores perdieron su camino a casa.

Los monos que recolectan frutas todos se extraviaron.

La pagoda de siete niveles se estrelló en la cabeza de Buda.

Las banderas de ocho lados dañaron la cima del templo.

Los haces de oro y los pilares de jade fueron arrancados.

Como bandadas de golondrinas volaron las tejas del techo.

El barquero levantó sus remos para hacer un voto,

Deseoso de sacrificar su ganado.

El espíritu local abandonó su santuario.

Los reyes dragón de cuatro mares hicieron humildes reverencias.

En el mar, el barco de yakṣa encalló,

Mientras la mitad de la muralla de la Gran Muralla fue derribada.

Cuando el violento ráfaga de viento pasó, apareció en el aire un monstruo que era realmente feo. Con su cara negra cubierta de pelo corto y espeso, su hocico largo y sus enormes orejas, llevaba una camisa de algodón que no era ni completamente verde ni completamente azul. Una especie de pañuelo de algodón moteado estaba atado alrededor de su cabeza. Dijo el Peregrino, sonriendo para sí mismo: "¡Así que tengo que hacer negocios con algo así!" ¡Querido Peregrino! Ni siquiera saludó al monstruo, ni le habló; en su lugar, se tumbó en la cama y fingió estar enfermo, quejándose todo el tiempo. Incapaz de distinguir lo verdadero de lo falso, el monstruo entró en la habitación y, agarrando a su "esposa", exigió de inmediato un beso. "¡Realmente quiere jugar con el Viejo Mono!" dijo el Peregrino, sonriendo para sí mismo. Usando un truco de sujeción, atrapó el largo hocico de ese monstruo y le dio un giro repentino y violento, haciéndolo caer al suelo con un fuerte golpe. Recogiendo su cuerpo, el monstruo se apoyó en el lado de la cama y dijo: "Hermana, ¿por qué pareces algo molesta conmigo hoy? ¿Porque llegué tarde, quizás?" "¡No estoy molesta!" dijo el Peregrino. "Si no es así," dijo el monstruo, "¿por qué me hiciste caer de esa manera?" "¿Cómo puedes ser tan grosero," dijo el Peregrino, "agarrándome así y queriendo besarme? No me siento muy bien hoy; en condiciones normales, hubiera estado despierto esperándote y hubiera abierto la puerta yo mismo. Puedes quitarte la ropa e irte a dormir."

El demonio no sospechó nada y se quitó la ropa. El Peregrino saltó y se sentó en el orinal, mientras el demonio se metía en la cama. Palpando a su alrededor, no pudo sentir a nadie y gritó: "Hermana, ¿dónde has ido? Por favor, quítate la ropa e irte a dormir." "Ve a dormir primero," dijo el Peregrino, "porque tengo que esperar hasta que haya dejado caer mi carga." El demonio efectivamente aflojó su ropa y se quedó en la cama. De repente el Peregrino soltó un suspiro, diciendo: "¡Mi suerte está bastante baja!" "¿Qué te preocupa?" dijo el monstruo. "¿Qué quieres decir con que tu suerte está bastante baja? Es cierto que he consumido bastante comida y bebida desde que entré a tu familia, pero ciertamente no las tomé como comidas gratis. Mira las cosas que hice por tu familia: limpiando los terrenos y drenando las zanjas, transportando ladrillos y llevando tejas, construyendo paredes y golpeando mortero, arando los campos y rastrillando la tierra, plantando plántulas de arroz y trigo; en resumen, cuidé de toda tu propiedad. Ahora lo que llevas en tu cuerpo resulta ser brocado, y lo que llevas como adornos resulta ser oro. Disfrutas de las flores y frutas de las cuatro estaciones, y tienes verduras frescas para la mesa en todos los ocho períodos. ¿Qué es lo que te hace tan insatisfecho que tienes que suspirar y lamentar, diciendo que tu suerte está bastante baja?"

"No es del todo como dices," dijo el Peregrino. "Hoy mis padres me dieron una severa reprimenda por la pared divisoria, lanzando ladrillos y tejas a este lugar." "¿Por qué te estaban reprendiendo?" preguntó el monstruo. El Peregrino dijo: "Dijeron que desde que nos hemos convertido en marido y mujer, en realidad eres un yerno en su familia, pero uno que está completamente sin modales. Una persona tan fea como tú no es presentable: no puedes conocer a tus cuñados, ni puedes saludar a otros parientes. Dado que llegas con las nubes y te vas con la niebla, realmente no sabemos a qué familia perteneces y cuál es tu verdadero nombre. De hecho, has arruinado la reputación de nuestra familia y has contaminado nuestro legado. Eso fue lo que me reprocharon, y por eso estoy molesto." "Aunque soy algo poco agraciado," dijo el monstruo, "no es un gran problema si insisten en que sea más apuesto. Discutimos estos asuntos antes cuando llegué aquí, y entré en tu familia con el consentimiento de tu padre. ¿Por qué lo mencionaron de nuevo hoy? Mi familia se encuentra en la Cueva de los Senderos Nublados de la Montaña Fuling; mi apellido se basa en mi apariencia. Por lo tanto, me llaman Zhu, y mi nombre oficial es Ganglie. Si alguna vez te preguntan de nuevo, diles lo que te he dicho."

"Este monstruo es bastante honesto," pensó el Peregrino para sí mismo, sintiéndose secretamente complacido. "Sin tortura, ya ha hecho una confesión clara; con su nombre y ubicación claramente conocidos, seguramente será atrapado, sin importar lo que pueda suceder." Luego, el Peregrino le dijo: "Mis padres están tratando de conseguir un exorcista aquí para arrestarte." "¡Ve a dormir! ¡Ve a dormir!" dijo el monstruo, riendo. "¡No te preocupes por ellos! Conozco tantas transformaciones como estrellas hay en el Cucharón Celestial, y poseo un rastrillo de nueve puntas. ¿Por qué debería temer a cualquier exorcista, monje o sacerdote taoísta? Incluso si tu viejo fuera lo suficientemente piadoso como para conseguir que el Patriarca Ruteador de Monstruos descendiera del Nueve Cielos, aún podría reclamar haber sido un viejo conocido suyo. Y él no se atrevería a hacerme nada."

"Pero estaban diciendo que esperaban invitar a alguien llamado Sun," dijo el Peregrino, "el llamado Gran Sabio, Igual al Cielo, que causó estragos en el Palacio Celestial hace quinientos años. Iban a pedirle que viniera a atraparte." Cuando el monstruo escuchó este nombre, se alarmó bastante. "Si eso es cierto," dijo, "me voy. ¡No podemos seguir viviendo como pareja!" "¿Por qué tienes que irte tan repentinamente?" preguntó el Peregrino. "Quizás no sepas," dijo el monstruo, "que ese Caballo de Plaga que causó tal tumulto en el Cielo tiene algunas habilidades reales. Temo que no soy rival para él, y perder mi reputación no es mi estilo."

Cuando terminó de hablar, se puso la ropa, abrió la puerta y salió de inmediato. El Peregrino lo agarró, y con un solo movimiento de su propia cara asumió su forma original, gritando: "¡Monstruo, ¿a dónde crees que vas?! ¡Mira bien y ve quién soy!" El monstruo se dio la vuelta y vio los dientes salientes, la boca abierta, los ojos ardientes, las pupilas doradas, la cabeza puntiaguda y el rostro peludo del Peregrino—¡prácticamente un dios del trueno viviente! Se horrorizó tanto que sus manos se entumecieron y sus pies se debilitaron. Con un fuerte sonido desgarrador, se rompió la camisa y se liberó del agarre del Peregrino transformándose en un viento violento. El Peregrino se lanzó hacia adelante y golpeó fuertemente el viento con su vara de hierro; el monstruo de inmediato se transformó en innumerables haces de luz ardiente y huyó hacia su montaña. Montando en las nubes, el Peregrino lo persiguió, gritando: "¿A dónde corres? ¡Si asciendes al Cielo, te perseguiré hasta el Palacio de la Estrella Polar, y si bajas a la Tierra, te seguiré hasta el corazón del Infierno!" ¡Dios mío! No sabemos a dónde los llevó la persecución ni cuál fue el resultado de la pelea. Escuchemos la explicación en el próximo capítulo.

CAPÍTULO 19

En la Cueva de Caminos Nublados, Wukong recibe a los Ocho Reglas;
En la Montaña de la Pagoda, Tripitaka recibe el Sutra del Corazón.

Te estábamos contando sobre la luz ardiente del monstruo, que estaba huyendo, mientras el Gran Sabio montando en las nubes rosadas lo seguía de cerca. Mientras avanzaban así, llegaron a una alta montaña, donde el monstruo reunió los haces de luz ardiente y retomó su forma original. Corriendo hacia una cueva, sacó un rastrillo de nueve puntas para pelear. "¡Monstruo sin ley!" gritó el Peregrino. "¿De qué región eres, demonio, y cómo conoces los nombres del viejo Mono? ¿Qué habilidades tienes? ¡Confiesa rápidamente y tal vez se te perdone la vida!" "¡Así que no conoces mis poderes!" dijo el monstruo. "¡Ven aquí y prepárate! ¡Te diré!

Mi mente fue oscura desde la juventud;
Siempre amé mi pereza y holgazanería.
Ni la naturaleza nutritiva ni la búsqueda de lo Real,
Pasé mis días engañado y confundido.
De repente conocí a un verdadero inmortal
Que se sentó y me habló del frío y el calor.
 'Arrepiéntete,' dijo, 'y cesa tu camino mundano:
Tomar vida acumula una maldición sin límites.
Un día, cuando el Gran Límite termine tu suerte,
Por ocho desgracias y tres caminos llorarás demasiado tarde.'
Escuché y volví mi voluntad a enmendar mis caminos:
Oí, me arrepentí y busqué el asombroso runa.
Por destino, mi maestro se convirtió de inmediato,
Señalando pasos clave para el Cielo y la Tierra.
Enseñado para forjar la Gran Píldora Nueve Veces Invertida,
Trabajé sin pausa día y noche
Para alcanzar el Palacio de la Píldora de Barro en mi cabeza
Y los Puntos de Manantial de Ébano en las plantas de mis pies.
Con sal de riñón inundando la Charca Floral,
Así fue alimentado cálidamente mi Campo de Cinabrio.
El Bebé y la Chica Linda se unieron como yin y yang;
El plomo y el mercurio se mezclaron como sol y luna.
En concordia, el dragón Li y el tigre Kan usaron,
La tortuga espiritual chupó la sangre del cuervo dorado.
 'Tres flores se unieron en la cima,' se reclamó la raíz;
 'Cinco alientos enfrentaron su fuente' y fluyeron libremente.
Mis méritos cumplidos, ascendí a lo alto,

Recibido por parejas de inmortales del cielo.
Nubes rosadas radiantes surgieron bajo mis pies;
Con luz y sonido enfrenté el Arco Dorado.
El Emperador de Jade ofreció un banquete para los dioses
Que se sentaron en filas según sus rangos.
Hecho mariscal del Río Celestial,
Tomé el mando tanto de marineros como de barcos.
Porque la Reina Madre ofreció el Banquete de Duraznos—
Cuando recibió a sus invitados en la Charca de Jaspe—
Mi mente se nubló porque me embriagué,
Un descarado alborotador tambaleándose a izquierda y derecha.
Con audacia irrumpí en el Palacio de Frío Infinito
Donde la encantadora hada me recibió.
Cuando vi su rostro que atraparía el alma de uno,
¡No pude detener mi deseo carnal de antaño!
Sin consideración por las modales o por el rango,
Agarré a la Señorita Chang' e pidiéndole que se fuera a la cama.
Tres o cuatro veces me rechazó:
Escondiéndose al este y al oeste, estaba muy molesta.
Con mi pasión por las nubes rugí como un trueno,
Casi derribando el arco de la puerta del Cielo.
El Inspector General informó al Emperador de Jade;
Estaba destinado ese día a encontrar mi destino.
El Frío Infinito se cerró completamente hermético
No me dejó ninguna manera de correr o escapar.
Entonces fui atrapado por los diversos dioses,
Aún sin desanimarme, porque el vino estaba en mi corazón.
Atado y llevado ante el Emperador de Jade,
Por ley debería haber sido condenado a muerte.
Fue Venus, la Estrella Dorada, el Sr. Li,
Quien dejó las filas y se arrodilló para rogar por mí.
Mi castigo cambió a dos mil golpes,
Mi carne fue desgarrada; mis huesos casi crujieron.
¡Vivo! Fui desterrado de la puerta del Cielo
Para hacer mi hogar bajo la Montaña Fuling.
Un útero errante es mi destino pecaminoso:
¡El Cerdo de Cerda Dura es mi apelación mundana!"

Cuando el Peregrino escuchó esto, dijo: "Así que en realidad eres el Dios del Agua de los Juncos Celestiales, que vino a la tierra. No es de extrañar que conocieras el nombre del viejo Mono." "¡Malditas sean!" gritó el monstruo.

"¡Tú, BanHorsePlague que desafía al Cielo! Cuando causaste tal tumulto ese año en el Cielo, no tenías idea de cuántos de nosotros tuvimos que sufrir por tu culpa. ¡Y aquí estás de nuevo para hacer la vida miserable a los demás! ¡No me hables! ¡Prueba mi rastrillo!" El Peregrino, por supuesto, no estaba dispuesto a ser tolerante; levantando su vara, golpeó la cabeza del monstruo. Los dos comenzaron una batalla en medio de la montaña, en medio de la noche. ¡Qué pelea!

Las pupilas doradas del Peregrino ardían como rayos;
Los ojos redondos del monstruo destellaban como flores de plata.
Este uno escupió niebla de colores:
Ese otro arrojó una niebla carmesí.
La niebla carmesí iluminó la oscuridad;
La niebla de colores que escupió iluminó la noche.
La vara con aros dorados;
El rastrillo de nueve puntas.
Dos verdaderos héroes dignos de alabanza:
Uno era el Gran Sabio descendido a la tierra;
Uno era un Mariscal que vino del Cielo.
Ese uno, por indecoroso, se convirtió en un monstruo;
Este uno, para huir de su tormento, se inclinó ante un monje.
El rastrillo se lanzó como un dragón blandiendo sus garras:
La vara vino como un fénix que se desliza entre flores.
Ese uno dijo: "¡Tu ruptura de un matrimonio es como un parricidio!"
Este uno dijo: "¡Deberías ser arrestado por violar a una joven!"
¡Tales palabras vacías!
¡Tal clamor salvaje!
De un lado a otro, la vara bloqueaba el rastrillo.
Lucharon hasta que el alba estaba a punto de romper,
Cuando los dos brazos del monstruo se sintieron doloridos y entumecidos.

Desde el segundo vigía, los dos pelearon hasta que comenzó a aclarar en el este. Ese monstruo no pudo resistir más y huyó en derrota. Se transformó una vez más en una ráfaga de viento violento y regresó directamente a su cueva, cerrando las puertas con fuerza y negándose a salir. Fuera de la cueva, el Peregrino vio una gran piedra con la inscripción, "Cueva de Caminos Nublados." Para entonces, ya estaba completamente claro. Dándose cuenta de que el monstruo no saldría, el Peregrino pensó para sí mismo: "Temo que el Maestro pueda estar esperándome ansiosamente. Mejor volveré a verlo antes de regresar aquí para atrapar al monstruo." Montando en las nubes, pronto llegó al pueblo de Viejo Gao.

Ahora les contaremos sobre Tripitaka, que charló sobre el pasado y el presente con los otros ancianos y no durmió en toda la noche. Se preguntaba por qué el Peregrino no se había presentado, cuando de repente este cayó en el patio. Ajustándose la ropa y guardando su vara, el Peregrino subió al salón, gritando: "¡Maestro! ¡He regresado!" Los diversos ancianos se inclinaron rápidamente, diciendo: "¡Gracias por todos los problemas que has soportado!" "Wukong, estuviste ausente toda la noche," dijo Tripitaka. "Si atrapaste al monstruo, ¿dónde está ahora?" "Maestro," dijo el Peregrino, "ese monstruo no es un demonio de este mundo, ni es una bestia extraña de las montañas. En realidad, es la encarnación del Mariscal de los Juncos Celestiales. Debido a que tomó el camino equivocado de la reencarnación, su apariencia asumió la forma de un jabalí salvaje: pero en realidad su naturaleza espiritual no ha sido extinguida. Dijo que derivó su apellido de su apariencia, y se hacía llamar Zhu Ganglie. Cuando lo ataqué con mi vara en el edificio trasero, intentó escapar transformándose en una ráfaga de viento violento; entonces golpeé el viento, y se transformó en haces de luz ardiente y se retiró a su cueva en la montaña. Allí sacó un rastrillo de nueve puntas para pelear con el viejo Mono durante toda la noche. Justo ahora, cuando empezó a clarear, no pudo luchar más y huyó a la cueva, cerrando las puertas con fuerza y no saliendo más. Quería derribar la puerta para acabar con él, pero temía que pudieras estar esperándome ansiosamente aquí. Por eso volví primero para darte noticias."

Cuando terminó de hablar, el viejo Sr. Gao se adelantó y se arrodilló, diciendo: "Honorable Sacerdote, no tengo alternativa más que decir esto. Aunque lo has ahuyentado, podría regresar aquí después de que te vayas. ¿Qué haremos entonces? Tal vez deba pedirte el favor de apresarlo, para que no tengamos más preocupaciones. Este anciano, te aseguro, no será ingrato ni cruel; habrá una generosa recompensa para ti. Pediré a mis familiares y amigos que sean testigos de la elaboración de un documento, por el cual dividiré mis posesiones y mi propiedad contigo. Todo lo que quiero es eliminar el problema de raíz, para que la pura virtud de nuestra familia Gao no se vea manchada."

"¿No estás siendo un poco exigente, viejo?" dijo el Peregrino, riendo. "Ese monstruo me dijo que, aunque tiene un enorme apetito y ha consumido bastante comida y bebida de tu familia, también ha hecho mucho bien por ustedes. Gran parte de lo que has podido acumular estos últimos años se lo debes a su fuerza, así que en realidad no ha tomado comidas gratis de ti. ¿Por qué querrías que lo alejaran? Según él, es un dios que ha bajado a la tierra y que ha ayudado a tu familia a ganarse la vida. Además, no ha dañado a tu hija de ninguna manera. Tal yerno, creo yo, sería una buena pareja para tu hija y tu familia. Entonces, ¿qué hay de todo esto sobre arruinar la reputación de tu familia y dañar tu posición en la comunidad? ¿Por qué no lo aceptas tal como es?"

"Honorable Sacerdote," dijo el viejo Sr. Gao, "aunque este asunto puede no ofender la moral pública, sí nos deja con un mal nombre. Nos guste o no, la gente dirá: '¡La familia Gao ha acogido a un monstruo como yerno!' ¿Cómo puede uno soportar comentarios de ese tipo?" "Wukong," dijo Tripitaka, "si has trabajado para él todo este tiempo, podrías ver esto hasta una conclusión satisfactoria." El Peregrino dijo: "Lo estaba probando un poco, solo por diversi ón. Esta vez que vaya, capturaré al monstruo con certeza y lo traeré de vuelta para que todos lo vean. No te preocupes, viejo Gao. ¡Cuida bien de mi maestro! ¡Me voy!"

Dijo que se iba, y al instante siguiente ya no estaba a la vista. Saltando esa montaña, llegó a la entrada de la cueva; unos pocos golpes con la vara de hierro redujeron las puertas a polvo. "¡Tú, coolie sobrealimentado!" gritó, "¡Sal rápido y pelea con el viejo Mono!" Jadeando, el monstruo yacía en la cueva intentando recuperar el aliento. Cuando escuchó cómo derribaban sus puertas y oyó que lo llamaban "un coolie sobrealimentado", no pudo contener su ira. Arrastrando su rastrillo, se recompuso y salió corriendo. "¡Un BanHorsePlague como tú," gritó, "¡es una verdadera plaga! ¿Qué te he hecho para que rompas mis puertas en pedazos? Ve y consulta la ley: un hombre que rompe la puerta de alguien y entra sin permiso puede ser culpable de allanamiento, un crimen castigable con la muerte!" "¡Idiota!" dijo el Peregrino, riendo. "Puede que haya derribado la puerta, pero mi caso sigue siendo defendible. Pero tú, te llevaste a una chica de su familia por la fuerza, sin usar a los proper matchmakers y testigos, sin presentar los regalos adecuados de dinero y vino. Si me preguntas, ¡tú eres el culpable de un crimen capital!" "¡Suficiente de esta charla ociosa!" dijo el monstruo, "¡y cuídate del rastrillo del Viejo Cerdo!" Parando el rastrillo con su vara, el Peregrino dijo: "¿No es ese rastrillo algo que usas como un campesino común para arar los campos o plantar verduras para la familia Gao? ¿Por qué debería temerte?"

"¡Te has equivocado!" dijo el monstruo. "¿Es este rastrillo cosa de este mundo? Solo escucha mi recital:

Este es un acero helado divino muy refinado,
Pulido tan alto que brilla y reluce.
Laozi empuñó el gran martillo y las tenazas;
Marte mismo agregó carbones pieza por pieza.
Cinco Reyes de los Cinco Cuartos aplicaron sus planes;
Doce Dioses del Tiempo gastaron todas sus habilidades.
Hicieron nueve puntas como dientes colgantes de jade,
Y anillos de bronce fueron fundidos con hojas de oro caídas.
Adornado con cinco estrellas y seis luminosidades,
Su marco conformado a ocho codos y cuatro climas.
Su longitud total ajustada al esquema cósmico,
Concordando con el yin yang, con el sol y la luna:
Dioses del Seis-Diagrama grabaron como el Cielo gobernó;
Estrellas de Ocho-Trigramas se alinearon en filas y archivos.
Lo nombraron el Alto Tesoro Rastrillo Dorado,
Un regalo para el Emperador de Jade para proteger su corte.
Desde que aprendí a ser un gran inmortal,
Convirtiéndome en alguien con longevidad,
Fui hecho Mariscal de los Juncos Celestiales

Y me dieron este rastrillo, un signo de gracia real.

Cuando se sostiene alto, habrá llamas brillantes y luz;

Cuando se baja, el fuerte viento sopla la nieve blanca.

Los guerreros del Cielo lo temen a todos;

Los Diez Reyes del Infierno todos se encogen de él.

¿Existen tales armas entre los hombres?

En este amplio mundo no hay tal acero fino.

Cambia su forma a mi deseo,

Subiendo y bajando a mi mando.

Lo he mantenido conmigo durante varios años,

Un compañero diario del que nunca me separé.

He estado con él a lo largo de las tres comidas del día,

Ni lo dejé cuando fui a dormir por la noche.

Lo llevé conmigo a la Fiesta de los Duraznos,

Y con él asistí a la corte del Cielo.

Desde que hice el mal confiando en el vino,

Desde que confié en mi fuerza y mostré mi fraude,

El Cielo me envió a este mundo de polvo,

Donde en mi próxima vida pecaría aún más.

Con mente malvada comí hombres en mi cueva,

Complacido en casarme en la aldea Gao.

Este rastrillo puede voltear los lares de dragones marinos y tortugas

Y rastrillar las guaridas montañosas de tigres y lobos.

No hay necesidad de nombrar otras armas,

Solo mi rastrillo es de la más apropiada fama.

¿Para ganar en batalla? ¡Bah, no es difícil!

¿Y para hacer méritos? ¡No es necesario decirlo!

Puedes tener una cabeza de bronce, un cerebro de hierro y un cuerpo de acero completo.

¡Rastrillaré hasta que tu alma se derrita y tu espíritu gotee!"

Cuando el Peregrino escuchó estas palabras, guardó su vara de hierro y dijo: "¡No te jactes demasiado, Idiota! ¡El Viejo Mono estirará su cabeza justo aquí, y tú podrás darle un golpe! ¡Veamos si su alma se derrite y su espíritu gotea!" El monstruo, de hecho, levantó su rastrillo alto y lo bajó con toda su fuerza; con un fuerte golpe, el rastrillo hizo chispas al rebotar. Pero el golpe no le causó ni un rasguño en la cabeza al Peregrino. El monstruo estaba tan atónito que sus manos se entumecieron y sus pies se debilitaron. Murmuró: "¡Qué cabeza! ¡Qué cabeza!" "No sabías esto, ¿verdad?" dijo el Peregrino. "Cuando causé tal tumulto en el Cielo robando las píldoras mágicas, los duraznos inmortales y el vino imperial, fui capturado por el Pequeño Sabio Erlang y llevado al Palacio de la Estrella Polar. Los varios seres celestiales me cortaron con un hacha, me golpearon con un garrote, me cortaron con un cimitarra, me apuñalaron con una espada, me quemaron con fuego y me golpearon con trueno—todo esto no pudo hacerme daño en lo más mínimo. Luego fui llevado por Laozi y colocado en su brasero de ocho trigramas, en el que fui refinado por fuego divino hasta que tuve ojos ardientes y pupilas de diamante, una cabeza de bronce y brazos de hierro. Si no me crees, dame algunos golpes más y verás si me duele algo."

"Mono," dijo el monstruo, "recuerdo que en el momento en que estabas causando problemas en el Cielo, vivías en la Cueva de Cortinas de Agua de la Montaña Flor-Fruta, en el País Aolai del Continente Pūrvavideha del Este. Tu nombre no ha sido escuchado durante mucho tiempo. ¿Cómo es que de repente apareces aquí para oprimirme? ¿Podría ser que mi suegro ha viajado tanto para pedirte que vinieras aquí?" "Tu suegro no vino a buscarme," dijo el Peregrino. "Soy el Viejo Mono que se convirtió de malo a bueno, que dejó al taoísta para seguir al budista. Ahora estoy acompañando al hermano real del Gran Emperador Tang en la Tierra del Este, cuyo nombre es Tripitaka, Maestro de la Ley. Él va camino al Cielo Occidental a buscar escrituras de Buda. Pasamos por la aldea Gao y pedimos alojamiento; el viejo Gao luego sacó el tema de su hija y me pidió que la rescatara y que te atrapara, ¡tú, coolie sobrealimentado!"

Al escuchar esto, el monstruo arrojó su rastrillo y dijo con gran amabilidad: "¿Dónde está el peregrino de las escrituras? Por favor, tómate la molestia de presentármelo." "¿Por qué quieres verlo?" preguntó el Peregrino. El monstruo dijo: "Yo fui un converso del Bodhisattva Guanshiyin, quien me ordenó llevar una dieta vegetariana aquí y esperar al peregrino de las escrituras. Debía seguirlo al Cielo Occidental para buscar escrituras del Buda, para que pudiera expiar mis pecados con mi mérito y recuperar los frutos de la Verdad. He estado esperando varios años sin recibir más noticias. Desde que te convertiste en su discípulo, ¿por qué no mencionaste la búsqueda de escrituras desde el principio? ¿Por qué tuviste que desatar tu violencia y atacarme justo en mi propia puerta?"

"No intentes ablandarme con engaños," dijo el Peregrino, "pensando que puedes escapar de esa manera. Si realmente eres sincero en tu deseo de acompañar al Monje Tang, debes enfrentar al Cielo y jurar que estás diciendo la verdad. Entonces te llevaré a ver a mi maestro." Inmediatamente, el monstruo se arrodilló y se postró tan rápido como si estuviera golpeando arroz con la cabeza. "Amitābha," gritó, "¡Namo Buda! Si no estoy hablando la verdad con toda sinceridad, que me castigue como a quien ha ofendido al Cielo—¡que me corten en pedazos!"

Al escuchar que juraba tal juramento, el Peregrino dijo: "¡Está bien! Enciende un fuego y quema este lugar tuyo; entonces te llevaré conmigo." El monstruo, por lo tanto, arrastró manojos de juncos y espinas y encendió el fuego; la Cueva de Caminos Nublados pronto pareció un horno de alfarero abandonado.

"No tengo otro apego," le dijo al Peregrino. "Puedes llevarme contigo."

"Dame tu rastrillo y déjame sostenerlo," dijo el Peregrino, y nuestro monstruo se lo entregó de inmediato. Arrancando un mechón de pelo, el Peregrino sopló sobre él y gritó: "¡Cambia!" Se transformó en una cuerda de cáñamo de tres capas con la que se preparó para atar las manos del monstruo. Colocando sus brazos detrás de la espalda, el monstruo no hizo nada para detenerse y fue atado. Luego, el Peregrino tomó su oreja y lo arrastró, gritando: "¡Apúrate! ¡Apúrate!"

"¡Suave, por favor!" suplicó el monstruo. "Me estás sujetando tan fuerte, ¡y me duele la oreja!" "No puedo ser más suave," dijo el Peregrino, "porque no puedo preocuparme por ti ahora. Como dice el refrán, '¡Cuanto más bonito es el cerdo, más asqueroso es el agarre!' Una vez que hayas visto a mi maestro y probado tu valía, te dejaré ir." Elevándose a una distancia a medio camino entre la nube y la niebla, se dirigieron directamente hacia la aldea de la familia Gao. Tenemos un poema como testimonio:

Fuerte es la naturaleza del metal para vencer la madera:
El Mono de la Mente ha sometido al Dragón de la Madera.
Con metal y madera obedientes como uno,
Todo su amor y virtud crecerán y mostrarán.
Un huésped y un anfitrión no hay nada entre ellos;
Tres emparejamientos, tres uniones—¡hay gran misterio!
Naturaleza y sentimientos fusionados con gusto como Último y Primero:
Ambos seguramente se iluminarán en el Oeste.

En un momento llegaron a la aldea. Sujetando el rastrillo y tirando de la oreja del monstruo, el Peregrino dijo: "Mira a aquel que está sentado de la manera más digna allá arriba en el salón principal: ese es mi maestro." Cuando el viejo Sr. Gao y sus familiares vieron de repente al Peregrino arrastrando por la oreja a un monstruo que tenía las manos atadas detrás de la espalda, todos alegremente dejaron sus asientos para recibirlos en el patio. El anciano gritó: "¡Honorable Sacerdote! Ahí está mi yerno." Nuestro monstruo avanzó y cayó de rodillas, postrándose ante Tripitaka y diciendo: "Maestro, su discípulo se disculpa por no haber venido a recibirlo. Si hubiera sabido antes que mi maestro se estaba quedando en casa de mi suegro, habría venido de inmediato a rendir mis respetos, y ninguno de estos problemas me habría sobrevenido." "Wukong," dijo Tripitaka, "¿cómo lograste traerlo aquí para que me vea?" Solo entonces el Peregrino soltó su agarre. Usando el mango del rastrillo para darle un golpe al monstruo, gritó: "¡Idiota! ¡Di algo!" El monstruo dio un relato completo de cómo el Bodhisattva lo había convertido.

Grandemente complacido, Tripitaka dijo de inmediato: "Señor Gao, ¿puedo pedir prestada su mesa de incienso?" El viejo Sr. Gao la sacó de inmediato, y Tripitaka encendió el incienso después de purificar sus manos. Se inclinó hacia el sur, diciendo: "¡Agradezco al Bodhisattva por su santa gracia!" Los otros ancianos se unieron a la adoración añadiendo incienso, después de lo cual Tripitaka reanudó su asiento en el salón principal y pidió a Wukong que desatara al monstruo. El Peregrino sacudió su cuerpo para recuperar su cabello, y la cuerda se cayó por sí sola. Una vez más el monstruo se inclinó ante Tripitaka, declarando su intención de seguirlo al Oeste, y luego también se inclinó ante el Peregrino, dirigiéndose a él como "hermano mayor" porque era el discípulo mayor.

"Dado que has entrado en mi grupo y has decidido convertirte en mi discípulo," dijo Tripitaka, "déjame darte un nombre religioso para poder dirigirme a ti adecuadamente." "Maestro," dijo el monstruo, "el Bodhisattva ya puso manos sobre mi cabeza y me dio los mandamientos y un nombre religioso, que es Zhu Wuneng." "¡Bien! ¡Bien!" dijo Tripitaka, riendo. "Tu hermano mayor se llama Wukong y tú te llamas Wuneng; sus nombres están bien en acuerdo con la énfasis de nuestra denominación." "Maestro," dijo Wuneng, "desde que recibí los mandamientos del Bodhisattva, he estado completamente cortado de las cinco viandas prohibidas y de los tres alimentos indeseables. Mantuve una estricta dieta vegetariana en casa de mi suegro, nunca tocando ningún alimento prohibido. Ahora que he conocido a mi maestro hoy, déjame liberarme de mi voto vegetariano." "¡No, no!" dijo Tripitaka. "Dado que no has comido las cinco viandas prohibidas y los tres alimentos indeseables, déjame darte otro nombre. Te llamaré Ocho Reglas." Encantado, el Idiota dijo: "Obedeceré a mi maestro." Por esta razón, también se le llamó Zhu Ocho Reglas.

Cuando el viejo Sr. Gao vio el feliz desenlace de todo este asunto, se sintió más encantado que nunca. Ordenó de inmediato a sus sirvientes que prepararan un banquete para agradecer al Monje Tang. Ocho Reglas se acercó y le tiró de la ropa, diciendo: "Papá, por favor, pide a mi humilde esposa que salga y salude a los abuelos y tíos. ¿Qué te parece?" "¡Hermano digno!" dijo el Peregrino, riendo. "Desde que has abrazado el budismo y te has convertido en un monje, por favor, no menciones nunca más 'tu humilde esposa'. Puede haber un daoísta casado en este mundo, pero no existe tal monje, ¿verdad? Mejor sentémonos y disfrutemos de una buena comida vegetariana. Tendremos que partir pronto hacia el Oeste."

El viejo Sr. Gao organizó las mesas e invitó a Tripitaka a ocupar el lugar de honor en el centro: el Peregrino y Ocho Reglas se sentaron a ambos lados mientras los familiares ocupaban los asientos restantes. El Sr. Gao abrió una botella de vino dietético y llenó un vaso: esparció un poco de vino en el suelo para agradecer al Cielo y a la Tierra antes de presentar el vaso a Tripitaka. "A decir verdad, anciano señor," dijo Tripitaka, "este pobre monje ha sido vegetariano desde su nacimiento. No he tocado ningún tipo de comida prohibida desde la infancia."

"Sé que el reverendo maestro es casto y puro," dijo el viejo Sr. Gao, "y no me atreví a presentar ningún alimento prohibido. Este vino está hecho para quienes mantienen una dieta vegetariana: no hay daño en que tomes un vaso."

"Simplemente no me atrevo a usar vino," dijo Tripitaka. "porque la prohibición de las bebidas alcohólicas es el primer mandamiento de un monje." Alarmado, Wuneng dijo: "Maestro, aunque mantuve una dieta vegetariana, no dejé el vino."

"Aunque mi capacidad no es grande," dijo Wukong, "y no puedo manejar más de un tazón, tampoco he dejado de usar vino." "En ese caso," dijo Tripitaka, "ustedes dos hermanos pueden tomar un poco de este vino puro. Pero no se les permite emborracharse y causar problemas." Así que los dos tomaron el primer trago antes de volver a sus asientos para disfrutar del banquete. No podemos describirles en su totalidad cuán ricamente cargada estaba la mesa y qué variedades de delicias se presentaron.

Después de que el maestro y los discípulos fueron agasajados, el viejo Sr. Gao sacó una bandeja lacada roja que contenía unas doscientas taelas de oro y plata en pequeñas piezas, que se presentarían a los tres sacerdotes para gastos de viaje. Además, había tres prendas exteriores de fina seda. Tripitaka dijo: "Somos mendigos que pedimos comida y bebida de aldea en aldea. ¿Cómo podríamos aceptar oro, plata y ropa preciosa?"

Acercándose y extendiendo su mano, el Peregrino tomó un puñado del dinero, diciendo: "Gao Cai, ayer te tomaste la molestia de traer a mi maestro aquí, y como resultado, hoy hemos hecho un discípulo. No tenemos nada con qué agradecerte. Toma esto como remuneración por ser un guía; tal vez puedas usarlo para comprar un par de sandalias de paja. Si hay más monstruos, entrégamelos y te estaré verdaderamente agradecido." Gao Cai tomó el dinero y se inclinó para agradecer al Peregrino por su recompensa. El viejo Sr. Gao luego dijo: "Si los maestros no quieren la plata y el oro, por favor acepten al menos estas tres prendas simples, que son solo pequeños signos de nuestra buena voluntad." "Si nosotros, los que hemos dejado la familia," dijo Tripitaka nuevamente, "aceptamos el soborno de un solo hilo de seda, podemos caer en diez mil kalpas de las que nunca nos recuperaremos. Es suficiente que llevemos los restos de la mesa como provisiones en nuestro camino." Ocho Reglas habló desde un lado: "Maestro, Hermano Mayor, tal vez ustedes no quieran estas cosas. Pero yo fui yerno en este hogar durante varios años, y el pago por mis servicios debería valer más que tres piedras de arroz. ¡Padre, mi camisa fue rasgada por el Hermano Mayor anoche; por favor, dame una túnica de seda azul. Mis zapatos también están desgastados, así que por favor dame un buen par de zapatos nuevos!" Cuando el viejo Sr. Gao escuchó eso, no se atrevió a rechazarlo; de inmediato se compraron un nuevo par de zapatos y una túnica para que Ocho Reglas pudiera deshacerse de la ropa vieja.

Con aire presumido, nuestro Ocho Reglas habló amablemente al viejo Sr. Gao, diciendo: "Por favor, transmite mis humildes sentimientos a mi suegra, a mi tía abuela, a mi segunda tía y a mi tío político, y a todos mis demás familiares. Hoy me voy como monje, y por favor no me culpen si no puedo despedirme de ellos en persona. Padre, cuida de mi otra mitad. Si fracasamos en nuestra búsqueda de las escrituras, regresaré a la vida secular y viviré contigo nuevamente como tu yerno." "¡Cargador!" gritó el Peregrino. "¡Deja de hablar tonterías!" "No son tonterías," dijo Ocho Reglas. "A veces temo que las cosas puedan salir mal, y entonces podría terminar sin poder ser ni monje ni casarme, perdiendo en ambos casos." "¡Menos de esta conversación ociosa!" dijo Tripitaka. "Debemos apurarnos y partir." Empacaron su equipaje, y se le dijo a Ocho

Reglas que llevara la carga con un palo. Tripitaka montó en el caballo blanco, mientras el Peregrino lideraba el camino con la vara de hierro sobre sus hombros. Los tres se despidieron del viejo Sr. Gao y de sus familiares y se dirigieron hacia el Oeste. Tenemos un poema como testimonio:

La tierra está cubierta de neblina, los árboles parecen altos.
El hijo de Buda de la corte Tang trabaja siempre.
Come arroz mendigado de muchas casas;
Lleva cuando hace frío una túnica remendada mil veces.
¡Aguanta al caballo de la Voluntad en el pecho!
¡El Mono de la Mente es astuto—no dejes que llore!
La naturaleza unida a los sentimientos, causas unidas—
La luna está llena de luz dorada cuando se corta el cabello.

Los tres de ellos se dirigieron hacia el Oeste, y durante aproximadamente un mes fue un viaje sin incidentes. Cuando cruzaron la frontera de Qoco, miraron hacia arriba y vieron una montaña alta. Tripitaka detuvo su caballo y dijo: "Wukong, Wuneng, hay una montaña alta adelante. Debemos acercarnos con cuidado." "¡No es nada!" dijo Ocho Reglas. "Esta montaña se llama la Montaña de la Pagoda y allí vive un maestro Chan de Nido de Cuervo, practicando austeridades. Viejo Jabalí lo ha conocido antes." "¿Cuál es su negocio?" preguntó Tripitaka. "Es bastante hábil en el Camino," dijo Ocho Reglas, "y una vez me pidió que practicara austeridades con él. Pero no fui, y ahí terminó el asunto."

Mientras el maestro y el discípulo conversaban, pronto llegaron a la montaña. ¡Qué montaña tan espléndida! Verás

Al sur de ella, pinos azules, enebros verde jade;
Al norte, sauces verdes, melocotoneros rojos.
Un clamoroso bullicio:
Las aves de montaña conversan.
Un baile agitado:
Grullas inmortales se unen en vuelo.
Una densa fragancia:
Las flores de mil colores.
Un verde múltiple:
Diversas plantas en formas exóticas.
En el arroyo fluye agua verde burbujeante;
Ante el acantilado flotan pétalos de nubes sagradas.
Verdaderamente un lugar de rara belleza, un sitio bien aislado;
Todo en silencio, no se ve a un hombre.

Mientras el maestro estaba sentado en su caballo, mirando a la distancia, vio en la parte superior del enebro fragante un nido hecho de madera seca y hierba. A la izquierda, ciervos almizcleros llevaban flores en sus bocas; a la derecha, monos de montaña presentaban frutas. En la cima del árbol, fénixes azules y rosas cantaban juntos, pronto unidos por una congregación de grullas negras y faisanes de colores brillantes. "¿No es ese el maestro Chan de Nido de Cuervo?"

preguntó Ocho Reglas, señalando. Tripitaka animó a su caballo y montó hacia el árbol.

Ahora les contamos sobre ese maestro Chan, quien, al ver que los tres se acercaban, dejó su nido y saltó del árbol. Tripitaka desmontó y se postró. Levantándolo con su mano, el maestro Chan dijo: "¡Santo Monje, por favor, levántate! ¡Perdóname por no haber venido a recibirte!" "Viejo maestro Chan," dijo Ocho Reglas, "¡por favor, acepta mi reverencia!" "¿No eres tú el Zhu Ganglie de la Montaña Fuling?" preguntó el maestro Chan, sorprendido. "¿Cómo tuviste la buena fortuna de viajar con el santo monje?" "Hace unos años," dijo Ocho Reglas, "debía mi gratitud al Bodhisattva Guanyin por persuadirme de seguirlo como discípulo." "¡Bien! ¡Bien! ¡Bien!" dijo el maestro Chan, muy complacido. Luego señaló a Peregrino y preguntó: "¿Quién es esta persona?" "¿Cómo es que el viejo Chan lo reconoce a él," dijo Peregrino, riendo, "y no a mí?" "Porque no he tenido el placer de conocerte," dijo el maestro Chan. Tripitaka dijo: "Él es mi discípulo mayor, Sun Wukong." Sonriendo amablemente, el maestro Chan dijo: "¡Qué grosero de mi parte!"

Tripitaka se inclinó nuevamente y preguntó sobre la distancia al Gran Templo del Trueno de los Cielos Occidentales. "¡Está muy lejos! ¡Muy lejos!" dijo el maestro Chan. "Además, el camino es difícil, lleno de tigres y leopardos." Con gran seriedad, Tripitaka preguntó de nuevo: "¿A qué distancia estamos?"

"Aunque puede estar muy lejos," respondió el maestro Chan, "un día llegarás allí. Pero todos esos obstáculos māra en el camino son difíciles de disipar. Tengo aquí un Sutra del Corazón en este rollo; tiene cincuenta y cuatro oraciones que contienen doscientos setenta caracteres. Cuando encuentres estos obstáculos māra, recita el sutra y no sufrirás ningún daño." Tripitaka se postró en el suelo y pidió recibirlo, donde el maestro Chan le impartió el sutra recitándolo oralmente. El sutra decía:

SUTRA DEL CORAZÓN DE LA GRAN PERFECCIÓN DE SABIDURÍA

Cuando la Bodhisattva Guanzizai se movía en el profundo curso de la Perfección de Sabiduría, vio que los cinco montones no eran más que vacío, y trascendió todas las sufrimientos. Śārīputra, la forma no es diferente del vacío, el vacío no es diferente de la forma; la forma es vacío, y el vacío es forma. Lo mismo es cierto para las sensaciones, percepciones, volición y conciencia. Śārīputra, así es como todos los dharmas son solo apariencias vacías, ni producidas ni destruidas, ni manchadas ni puras, ni aumentadas ni disminuidas. Por eso, en el vacío no hay formas ni sensaciones, percepciones, volición o conciencia; no hay ojo, oído, nariz, lengua, cuerpo o mente; no hay forma, sonido, olor, gusto, tacto ni objeto de la mente. No hay reino de la vista, hasta que lleguemos al reino de la conciencia sin mente; no hay ignorancia, ni hay extinción de la ignorancia, hasta que lleguemos al estado donde no hay vejez y muerte, ni hay extinción de la vejez y muerte; no hay sufrimiento, aniquilación ni camino; no hay cognición ni logro.

Debido a que no hay nada que lograr, la mente del Bodhisattva, en virtud de confiar en la Perfección de Sabiduría, no tiene obstáculos: no hay obstáculos, y por lo tanto, no hay terror ni miedo; está lejos de errores y engaños, y finalmente alcanza el Nirvāṇa. Todos los Budas de los tres mundos confían en la Perfecció n de Sabiduría, y es por eso que alcanzan la iluminación última y completa. Conoce, por lo tanto, que la Perfección de Sabiduría es un gran hechizo divino, un hechizo de gran iluminación, un hechizo sin igual, y un hechizo sin superior. Puede eliminar todos los sufrimientos—tal es la verdad desnuda. Por lo tanto, cuando se va a pronunciar el Hechizo de la Perfección de Sabiduría, di este hechizo: "¡Puerta! ¡Puerta! ¡Pāragate! ¡Pārasaṃgate! ¡Bodhisvāhā!"

Ahora, porque ese maestro de la ley de la corte Tang estaba espiritualmente preparado, pudo recordar el Sutra del Corazón después de escucharlo solo una vez. A través de él, ha llegado hasta nosotros en el día de hoy. Es el clásico integral para la cultivación de la Perfección, la misma puerta para convertirse en un Buda.

Después de la transmisión del sutra, el maestro Chan pisó la luminosidad de las nubes y estaba a punto de regresar a su nido de cuervo. Sin embargo, Tripitaka lo detuvo y le preguntó con seriedad nuevamente sobre el estado del camino hacia el Oeste. El maestro Chan se rió y dijo:

"El camino no es tan difícil de andar;
Intenta escuchar lo que digo.
Mil colinas y aguas profundas;
Lugares llenos de duendes y atascos;
Cuando llegues a esos acantilados que tocan el cielo,
No temas y pon tu mente en calma.
Cruzando el Precipicio de las Orejas Rubias,
Debes caminar con pasos colocados de lado.
Ten cuidado en el Bosque de Pino Negro;
Los espíritus zorro probablemente te barrerán el camino.
Los grifos llenarán las capitales;
Monstruos pueblan todas las montañas;
Viejos tigres se sientan como magistrados;
Lobos grises actúan como registradores.
¡Leones, elefantes—todos llamados reyes!
¡Leopardos y tigres son todos conductores de coches!
Un jabalí salvaje lleva un palo de acarreo;
Te encontrarás más adelante con una sirena.
Un viejo simio de piedra de muchos años
Ahora alimenta allí su rencor.
Solo pregunta a ese conocido tuyo:
Él conoce bien el camino hacia el Oeste."

Al escuchar esto, el Peregrino se rió con desprecio y dijo: "Vamos. No le preguntes a él, ¡pregúntame a mí! ¡Eso es suficiente!" Tripitaka no comprendi ó lo que quería decir. El maestro Chan, transformándose en un rayo de luz dorada, subió directamente a su nido de cuervo, mientras el sacerdote se inclinaba hacia él para expresar su gratitud. Furioso, el Peregrino levantó su vara de hierro y la empujó violentamente hacia arriba, pero se vieron guirnaldas de flores de loto en flor junto con un escudo de nubes auspiciosas de mil capas. Aunque el Peregrino pudiera tener la fuerza para volcar ríos y mares, no pudo agarrar ni un solo hilo del nido de cuervo. Cuando Tripitaka vio esto, tiró de Peregrino, diciendo:

"Wukong, ¿por qué estás atacando el nido de un bodhisattva como él?" "Por irse así después de abusar tanto de mi hermano como de mí," dijo el Peregrino. "Él estaba hablando del camino hacia el Cielo Occidental," dijo Tripitaka. "¿Desde cuándo te abusó?"

"¿No lo entendiste?" preguntó el Peregrino. "Él dijo: 'Un jabalí salvaje lleva un palo de acarreo', e insultó a Ocho Reglas. 'Un viejo simio de piedra de muchos años' ridiculizó al viejo Mono. ¿Cómo más explicarías eso?"

"Hermano Mayor," dijo Ocho Reglas, "no te enojes. Este maestro Chan conoce los eventos del pasado y del futuro. Veamos si su declaración, 'Te encontrarás más adelante con una sirena', se cumplirá o no. Vamos a perdonarlo y dejarlo." El Peregrino vio las flores de loto y la niebla auspiciosa cerca del nido, y tuvo poca alternativa que pedirle a su maestro que montara para que pudieran descender de la montaña y continuar hacia el Oeste. He aquí, su viaje

Así muestra que en el mundo del hombre el puro ocio es raro,

¡Pero los males y ogros son abundantes en las colinas!

Realmente no sabemos qué sucedió en el viaje que siguió; escuchemos la explicación en el siguiente capítulo.

CAPÍTULO 20

En la Cresta del Viento Amarillo, el monje Tang se encuentra con adversidades;
En la media montaña, Ocho Reglas se esfuerza por ser el primero.

El dharma nace a través de la mente;
También será destruido a través de la mente.
¿Quién lo destruye o lo hace nacer?
Eso debes determinarlo tú mismo.
Si es a través de tu propia mente,
¿Por qué otros necesitan decírtelo?
Todo lo que necesitas es tu arduo trabajo
Para sacar sangre del mineral de hierro.
Deja que un cordón de seda perfore tu nariz
Para atar un nudo firme en el vacío;
Asegúralo al árbol del no-trabajo,
Para que no seas vicioso y salvaje.
No consideres al ladrón como tu hijo,
Y olvida todo dharma y mente.
Que el Otro no me engañe:
Con un gran puñetazo, golpéalo primero.
La mente manifiesta también es no-mente;
La Ley manifiesta es ley que se ha detenido.
Cuando tanto el Buey como el Hombre desaparezcan,
El cielo verde jade es brillante y claro.
Cualquier luna de otoño es igual de redonda:
No puedes distinguir una de la otra.

Este enigmático gāthā fue compuesto por Xuanzang, maestro de la ley, despu és de haber dominado a fondo el Sutra del Corazón, que, de hecho, había atravesado la puerta de su comprensión. Lo recitaba con frecuencia, y el rayo de luz espiritual penetró por sí mismo en su ser más íntimo.

Ahora nos dirigimos a contarles sobre los tres viajeros, que cenaron en el viento y descansaron junto a las aguas, que se vistieron con la luna y se cubrieron con las estrellas en su viaje. Pronto, la escena del verano llegó de nuevo, bajo un cielo tórrido. Ellos vieron:

Las flores se habían ido, y las mariposas no se detuvieron;
En los altos árboles, el canto de la cigarra se volvió impertinente.
Gusanos salvajes hicieron sus capullos, granadas hermosas su fuego,
Mientras nuevas lirios aparecían en los estanques.

Mientras viajaban un día, se estaba haciendo tarde nuevamente cuando vieron una aldea junto al camino de la montaña. "Wukong," dijo Tripitaka, "mira ese

sol poniéndose detrás de la montaña, ocultando su orbe llameante, y la luna elev
ándose sobre el mar oriental, revelando una rueda helada. Es bueno que una
familia viva junto al camino allí arriba. Pidamos alojamiento por la noche y
procedamos mañana." "¡Tienes razón!" dijo Ocho Reglas. "¡El Viejo Jabal
í también tiene mucha hambre! Vamos a pedir algo de comida en la casa. Luego
podré recuperar mis fuerzas para cargar el equipaje."

"¡Este diablillo abrazador de familia!" dijo el Peregrino. "Solo dejaste a la
familia hace unos días y ya comienzas a quejarte." "Hermano Mayor," dijo
Ocho Reglas, "no soy como tú—no puedo absorber el viento y exhalar la neblina.
Desde que comencé a seguir a nuestro maestro hace unos días, he estado medio
hambriento todo el tiempo. ¿Lo sabías?" Al oír esto, Tripitaka dijo, "Wuneng,
si tu corazón todavía se aferra a la familia, no eres el tipo de persona que quiere
dejarla. ¡Más te vale volver!" El Idiota se quedó tan sorprendido que cayó de
rodillas y dijo: "Maestro, por favor, no escuches las palabras del Hermano Mayor.
Le encanta culpar a los demás: no me he quejado, pero él dijo que estaba quejá
ndome. Solo soy un idiota honesto, que dijo que tenía hambre para que pudié
ramos encontrar algún hogar donde pedir comida. ¡Inmediatamente me llamó un
diablillo abrazador de familia! Maestro, recibí los mandamientos del Bodhisattva
y la misericordia de usted, y por eso estaba decidido a servirle y ir al Cielo
Occidental. Voto que no tengo arrepentimientos. Esto es, de hecho, lo que llaman
la práctica de estrictas austeridades. ¿Qué quieres decir con que no estoy
dispuesto a dejar la familia?" "En ese caso," dijo Tripitaka, "puedes
levantarte."

Saltando de un salto, el Idiota todavía murmuraba algo mientras recogía el
palo con el equipaje. No tuvo más opción que seguir a sus compañeros con
completa determinación hasta la puerta de la casa junto al camino. Tripitaka
desmontó, el Peregrino tomó las riendas, y Ocho Reglas dejó el equipaje, todos
parados en la sombra de un gran árbol. Sosteniendo su báculo sacerdotal de nueve
anillos y presionando hacia abajo su sombrero de lluvia tejido de paja y ratán,
Tripitaka fue primero a la puerta. Vio dentro a un anciano reclinado en una cama
de bambú y recitando suavemente el nombre de Buda. Tripitaka no se atrevió a
hablar en voz alta; en su lugar, dijo muy despacio y en voz baja, "¡Patrón,
saludos!" El anciano se levantó de un salto y comenzó a acomodar su atuendo.
Salió de la puerta para devolver el saludo, diciendo: "Honorable Sacerdote, perd
óneme por no haber salido a recibirle. ¿De dónde viene? ¿Qué hace en mi
humilde morada?" "Este pobre monje," dijo Tripitaka, "es un sacerdote del
Gran Tang en la Tierra del Este. En obediencia a un decreto imperial, estoy
viajando al Gran Templo del Trueno para buscar escrituras del Buda. Se estaba
haciendo tarde cuando llegué a su estimada región, y pediría albergue por una
noche en su magnífica mansión. Le ruego que me conceda este favor." "No
puedes ir allí," dijo el anciano, sacudiendo la cabeza y agitando la mano, "es
extremadamente difícil traer escrituras del Cielo Occidental. Si quieres hacer eso,

más te vale ir al Cielo Oriental." Tripitaka guardó silencio, pensando para sí mismo: "El Bodhisattva me dijo claramente que fuera hacia el Oeste. ¿Por qué este anciano ahora dice que debería dirigirme hacia el Este en su lugar? ¿Dónde en el Este habría alguna escritura?" Terriblemente aturdido y avergonzado, no pudo hacer ninguna respuesta durante mucho tiempo.

Ahora les contamos sobre el Peregrino, que siempre había sido impulsivo y travieso. Incapaz de contenerse, avanzó y dijo en voz alta: "¡Viejo! Aunque tengas tanta edad, no tienes mucho sentido común. Nosotros, los monjes, hemos viajado una gran distancia para venir a pedirte refugio, y aquí estás tratando de intimidarnos con palabras desalentadoras. Si tu casa es demasiado pequeña y no hay suficiente espacio para que durmamos, nos sentaremos debajo de los árboles por la noche y no te molestaremos." "¡Maestro!" dijo el anciano, tomando a Tripitaka, "tú no dices nada. Pero ese discípulo tuyo con una barbilla puntiaguda, mejillas marchitas, boca de dios del trueno y ojos rojos como la sangre—¡parece un demonio con un grave caso de consunción—cómo se atreve a ofender a una persona anciana como yo!"

"Un viejo como tú," dijo el Peregrino riendo, "realmente tiene muy poco discernimiento. ¡Los que son guapos pueden ser buenos solo por su apariencia! Una persona como yo, el Viejo Mono, puede ser pequeña pero resistente, ¡como la piel alrededor de una bola de ligamentos!" "Supongo que debes tener algunas habilidades," dijo el anciano. "No me voy a jactar," dijo el Peregrino, "pero son pasables." "¿Dónde solías vivir?" preguntó el anciano, "¿y por qué te afeitaste el cabello para convertirte en monje?" "El hogar ancestral del Viejo Mono," dijo el Peregrino, "está en la Cueva del Cortina de Agua en la Montaña Flor-Fruta, en el País Aolai del Este, en el continente Pūrvavideha. Aprendí a ser un espíritu monstruo en mi juventud, asumiendo el nombre de Wukong, y con mis habilidades finalmente me convertí en el Gran Sabio, Igual al Cielo. Como no recibí ninguna designación aceptable en el Cielo, causé un gran tumulto en el Palacio Celestial, y sufrí grandes calamidades. Sin embargo, fui liberado de mis pruebas y me he convertido en budista para buscar los frutos de la Verdad. Como guardián de mi maestro, que está al servicio de la corte Tang, estoy viajando al Cielo Occidental para adorar a Buda. ¿Por qué debería temer a altas montañas, caminos traicioneros, aguas anchas y olas salvajes? Yo, el Viejo Mono, puedo aprehender monstruos, someter demonios, amansar tigres, capturar dragones— en suma, sé un poco sobre todos los asuntos que una persona necesita saber para subir al Cielo o descender a la Tierra. Si por casualidad tu hogar está sufriendo de algunas perturbaciones como ladrillos voladores y tejas danzantes, o de ollas hablando y puertas abriéndose solas, el Viejo Mono puede tranquilizarlo por ti."

Cuando ese anciano escuchó este largo discurso, se echó a reír y dijo: "¡Así í que realmente eres un monje charlatán que mendiga de un lugar a otro!" "¡Solo tu hijo es un charlatán!" dijo el Peregrino. "No estoy muy hablador en estos días, porque seguir a mi maestro en su viaje es bastante cansado." "Si no estuvieras cansado," dijo ese anciano, " y si tuvieras ganas de charlar, probablemente me habrías hablado hasta la muerte. Como tienes tales habilidades, supongo que puedes ir al Oeste con éxito. ¿Cuántos de ustedes son?" "Les agradecemos al viejo patrón por no echarnos," dijo Tripitaka; "somos tres en total." "¿Dónde está el tercer miembro de su grupo?" preguntó el anciano. "Tus ojos deben estar algo nublados, anciano," dijo el Peregrino. "¿No está allí parado en la sombra?" El anciano, de hecho, tenía mala vista; levantó la cabeza y miró atentamente. En el momento en que vio a Ocho Reglas con su extraño rostro y boca, se aterrorizó tanto que comenzó a correr de regreso a la casa, tropezando en cada paso. "¡Cierra la puerta! ¡Cierra la puerta!" gritó. "¡ Viene un monstruo!" El Peregrino lo sujetó, diciendo: "¡No tengas miedo, anciano! No es un monstruo; es mi hermano menor." "¡Bien! ¡Bien! ¡Bien!" dijo el anciano, temblando por completo. "¡Un monje más feo que otro!"

Ocho Reglas se acercó a él y dijo: "Realmente te has equivocado, Aged Sir, si juzgas a las personas por su apariencia. Podemos ser feos, pero todos somos ú tiles." Mientras el anciano hablaba con los tres monjes frente a su casa, aparecieron dos jóvenes al sur de la aldea, guiando a una anciana y varios niños pequeños. Todos tenían la ropa arremangada y caminaban descalzos, ya que regresaban después de un día de plantar brotes jóvenes de grano. Cuando vieron al caballo blanco, el equipaje y lo que sucedía frente a su casa, corrieron hacia adelante, preguntando: "¿Qué hacen aquí ustedes?" Girando la cabeza, Ocho Reglas movió las orejas un par de veces y estiró su largo hocico una vez, asustando tanto a la gente que cayeron a derecha e izquierda, dispersándose locamente en todas direcciones. Tripitaka, alarmado, seguía diciendo: "¡No tengan miedo! ¡ No tengan miedo! ¡No somos malas personas! ¡Somos monjes en busca de escrituras!" Al salir de su casa, el anciano ayudó a la anciana a levantarse, diciendo: "Mama, ¡levántate! Cálmate. Este maestro viene de la corte Tang. Sus discí pulos pueden parecer horribles, pero realmente son buenas personas con caras feas. Llévate a los chicos y chicas de vuelta a la casa." Agarrándose del anciano, la anciana entró con los dos jóvenes y sus niños.

Sentado en la cama de bambú en su casa, Tripitaka comenzó a protestar, diciendo: "¡Discípulos! Ustedes dos no solo son feos en apariencia, sino que también son groseros en su lenguaje. Han asustado mucho a esta familia, y me est án causando pecar." "Para decirte la verdad, Maestro," dijo Ocho Reglas, "desde que empecé a acompañarte, me he comportado mucho mejor. En el momento en que vivía en la Aldea Vieja Gao, todo lo que necesitaba hacer era fruncir el ceño y mover mis orejas una vez, y docenas de personas se asustarían hasta la muerte." "Deja de hablar tonterías, Idiota," dijo el Peregrino, "y arregla tu fealdad." "Mira cómo habla Wukong," dijo Tripitaka. "Tu apariencia viene con tu nacimiento. ¿Cómo puedes decirle que la arregle?" "Toma ese hocico en forma de rastrillo," dijo el Peregrino, "ponlo en tu pecho y no lo saques. Y pega tus orejas de hoja de caña en la parte de atrás de tu cabeza, y no las agites. Eso es arreglarlo." Ocho Reglas, de hecho, escondió su hocico y pegó sus orejas en la parte de atrás de su cabeza; con las manos juntas frente a él para ocultar su cabeza, se quedó a un lado de su maestro. El Peregrino llevó el equipaje dentro de la puerta principal, y ató al caballo blanco a uno de los postes del patio.

Luego el anciano trajo a un joven para presentar tres tazas de té colocadas en una bandeja de madera. Después del té, ordenó que se preparara una comida vegetariana. Luego, el joven tomó una mesa vieja, sin barnizar, llena de agujeros y varios taburetes con patas rotas, y los colocó en el patio para que los tres se sentaran donde hacía fresco. Solo entonces preguntó Tripitaka: "Patrón anciano, ¿cuál es su noble apellido?" "Su humilde servidor lleva el apellido Wang," dijo el anciano. "¿Y cuántos herederos tiene?" preguntó Tripitaka. "Tengo dos hijos y tres nietos," dijo el anciano. "¡Felicidades! ¡Felicidades!" dijo Tripitaka. "¿Y cuántos años tiene?" "He vivido tontamente hasta mi sexagé simo primer año," dijo el anciano. "¡Bien! ¡Bien! ¡Bien!" dijo el Peregrino. "Has comenzado un nuevo ciclo sexagenario." "Patrón anciano," dijo Tripitaka nuevamente, "usted dijo cuando llegamos por primera vez que las escrituras en el Cielo Occidental eran difíciles de obtener. ¿Por qué?" "Las escrituras no son difíciles de obtener," dijo el anciano, "pero el viaje allí está lleno de peligros y dificultades. A unos treinta millas al oeste de nosotros hay una montaña llamada la Cresta del Viento Amarillo de Ochocientas Millas. Los monstruos infestan esa montaña, y eso es a lo que me refería con dificultades. Sin embargo, como este pequeño sacerdote afirma que tiene muchas habilidades, quiz ás puedan proceder después de todo." "¡No hay miedo! ¡No hay miedo!" dijo el Peregrino. "¡Con el Viejo Mono y su hermano menor alrededor, nunca seremos tocados, sin importar qué tipo de monstruo encontremos!"

Mientras hablaban, uno de los hijos sacó un poco de arroz y lo colocó sobre la mesa, diciendo: "Por favor, coman." Tripitaka inmediatamente juntó las manos para comenzar su gracia, pero Ocho Reglas ya se había tragado un tazón entero de arroz. Antes de que el sacerdote pudiera decir unas pocas palabras, el Idiota había devorado tres tazones más. "¡Mira al tragón!" dijo el Peregrino. "¡Es como si hubiéramos encontrado un preta!" El viejo Wang era una persona sensible. Cuando vio lo rápido que comía Ocho Reglas, dijo: "¡Este respetado sacerdote debe tener mucha hambre! ¡Rápido, trae más arroz!" El Idiota de hecho tenía un apetito enorme. ¡Míralo! Sin levantar la cabeza ni una vez, terminó más de diez tazones, mientras que Tripitaka y el Peregrino apenas podían terminar dos. El Idiota se negaba a detenerse y quería comer aún más. "En nuestra prisa no hemos preparado ningún manjar delicado," dijo el viejo Wang, "y no me atrevo a presionarte demasiado. Por favor, tómate al menos una ración más." Tanto Tripitaka como el Peregrino dijeron: "Ya hemos comido suficiente." "Viejo," dijo Ocho Reglas, "¿de qué estás murmurando? ¿Quién está jugando a la adivinació n contigo? ¿Por qué mencionas todo eso sobre el quinto yao y el sexto yao? Si tienes arroz, ¡tráelo solo!" Así que el Idiota terminó todo el arroz en ese hogar en una sola comida, ¡ y luego dijo que solo estaba medio lleno! Las mesas y los platos fueron retirados, y después de que se prepararon camas en la cama de bambú y sobre algunas tablas de madera, los viajeros descansaron.

A la mañana siguiente, el Peregrino fue a ensillar el caballo, mientras que Ocho Reglas ordenaba su equipaje. El viejo Wang le pidió a su esposa que preparara algunos refrigerios y bebidas para servirles, después de lo cual los tres expresaron su agradecimiento y se despidieron de su anfitrión. El anciano dijo: "Si hay algún contratiempo en su viaje después de dejar aquí, deben sentirse libres de regresar a nuestra casa." "Viejo," dijo el Peregrino, "no hables con tales palabras desconcertantes. ¡Aquellos de nosotros que hemos dejado la familia nunca retrocedemos!" Luego urgieron al caballo, recogieron el equipaje y se dirigieron hacia el Oeste. ¡ Ay! Lo que este viaje significa para ellos es que

No hay camino seguro que conduzca al Reino Occidental;
Habrá grandes desastres traídos por demonios viles.

Antes de que los tres hubieran viajado medio día, de hecho llegaron a una montaña alta, extremadamente escarpada. Tripitaka montó directamente hasta el acantilado colgante y miró a su alrededor, sentado de lado en su silla. Verdaderamente

Alta era la montaña;
Escarpada, la cima;
Empinado, el precipicio;
Profundo, el cañón;
Gorgoteante, el arroyo;
Y frescas eran las flores.
Esta montaña, ya sea alta o no,
Su cima alcanzaba el cielo azul;
Este arroyo, ya sea profundo o no,
Su lecho se abría al Infierno abajo.
Frente a la montaña,
Nubes blancas se alzaban en anillos continuos
Y rocas en formas grotescas.
Incontables los acantilados desgarradores de almas a diez mil yardas de profundidad;
Detrás de ellos, cuevas retorcidas y serpenteantes, escondiendo dragones,
Donde el agua goteaba de los salientes gota a gota.
También vio algunos ciervos con cuernos en zigzag;
Antílopes tontos mirando sin comprender;
Pitones de escamas rojas que se retorcían y enroscaban;
Simios de cara blanca tontos y necios;
Tigres que escalaban las colinas para buscar sus cuevas por la noche;
Dragones que revolvían las olas para dejar sus guaridas al amanecer.
Si uno se acercaba a la entrada de una cueva,

Las hojas muertas crujían;
Las aves en la hierba
Desplegaban sus alas batientes ruidosamente;
Las bestias en el bosque
Caminaban con patas que raspaban ruidosamente.
De repente, criaturas salvajes pasaron corriendo,
Haciendo latir los corazones con miedo.

Así fue que la Cueva-Debido-a-Caer se enfrentó debidamente a la Cueva-Debido-a-Caer,

La Cueva que se enfrentó debidamente a la Cueva-Debido-a-Caer se enfrentó debidamente a la montaña.

Un pico azul teñido como mil yardas de jade,
Cubierto de niebla como innumerables montones de gasa verde jade.

El maestro avanzaba muy despacio, mientras que el Gran Sabio Sun también caminaba a un paso más lento y Zhu Wuneng procedía con tranquilidad con la carga. Mientras todos miraban la montaña, de repente se levantó un gran torbellino. Alarmado, Tripitaka dijo: "¡Wukong, el viento está subiendo!" "¿Por qué temer al viento?" dijo el Peregrino. "Este es el aliento del Cielo en las cuatro estaciones, nada de qué temer." "Pero este es un viento terriblemente violento, diferente al que viene del Cielo," dijo Tripitaka. "¿Cómo así?" dijo el Peregrino. Tripitaka dijo: "¡Mira este viento!

Augustamente sopla con un tono estruendoso,
Una inmensa fuerza dejando el cielo verde jade.
Pasa la cresta, solo escucha los árboles rugir.
Se mueve en el bosque, solo ve los postes temblar.
Los sauces junto a las orillas son mecidos hasta las raíces;
Las flores de jardín ahora se elevan con sus hojas.
Los barcos de pesca, redes recogidas, tensan sus cabos;
Las embarcaciones con velas caídas tienen sus anclas arrojadas.
Los caminantes en medio del viaje han perdido su camino;
Los leñadores en las colinas no pueden sostener sus cargas.
De los bosques con frutas divinas, los monos se dispersan;
De los grupos de flores raras, los pequeños cervatillos huyen.
Delante del acantilado, los cipreses caen uno por uno;
Río abajo, el bambú y el pino mueren hoja por hoja.
La tierra y el polvo se dispersan mientras la arena explota;
Ríos y mares volcados, las olas hierven y ruedan."

Ocho Reglas avanzó y tiró de Peregrino, diciendo: "¡Hermano Mayor, el viento es demasiado fuerte! Busquemos refugio hasta que se calme." "Eres demasiado blando, hermano," dijo el Peregrino, riendo, "cuando quieres esconderte en cuanto el viento se intensifica. ¿Qué te pasaría si te encuentras cara a cara con un espíritu monstruoso?" "Hermano Mayor," dijo Ocho Reglas, "probablemente no has oído el proverbio,

¡Huye de la hermosa dama como de un enemigo;

Huye del viento como de una flecha!

No sufrimos ninguna pérdida si tomamos refugio solo por un momento."

"Deja de hablar," dijo el Peregrino, "y déjame agarrar el viento y olerlo." "Est ás mintiendo de nuevo, Hermano Mayor," dijo Ocho Reglas, riendo, "¿cómo puede el viento ser agarrado para que lo huela? Incluso si logras atraparlo, se te escabullirá de inmediato." "Hermano," dijo el Peregrino, "no sabías que tengo la magia para 'agarrar el viento'." ¡Querido Gran Sabio! Permitió que la cabeza del viento se moviera, pero atrapó su cola y la olfateó. Al encontrarlo algo hediondo, dijo: "Este no es un viento muy bueno, ¡pues huele a tigre o a monstruo; hay algo definitivamente extraño en él."

Apenas había terminado de hablar cuando, desde una loma de la montaña, apareció un feroz tigre rayado con una cola similar a un látigo y miembros poderosos. Tripitaka estaba tan horrorizado que ya no pudo permanecer en la silla; cayó de cabeza del caballo blanco y se quedó tendido al lado del camino, medio aturdido. Arrojando el equipaje, Ocho Reglas tomó su azada y corrió junto al Peregrino. "¡Bestia maldita!" gritó. "¿A dónde vas?" Se lanzó hacia adelante y golpeó la cabeza de la bestia. Ese tigre se puso de pie sobre sus patas traseras y, levantando su pata izquierda, se apuñaló el propio pecho con un golpe. Luego, agarrando la piel, rasgó hacia abajo con un fuerte ruido desgarrador y se quedó completamente despojado de su propia piel mientras permanecía allí al lado del camino. ¡Mira qué abominable se ve! ¡Oh! Esa forma horrible:

Toda cubierta de sangre, el cuerpo desnudo;
Rojo enfermo, las piernas y pies torcidos;
Como llamas disparadas, el cabello salvaje por las sienes;
Duras y erizadas, dos cejas apuntando hacia arriba;
Blancamente infernal, cuatro colmillos de acero;
Con luz brillante, un par de ojos dorados;
Imponente de aspecto, rugió poderosamente;
Con fuerza feroz, clamó en voz alta.

"¡Detente! ¡Detente!" gritó. "No soy ninguna otra persona. Soy el vanguardista de las fuerzas comandadas por el Gran Rey Viento Amarillo. He recibido la estricta orden del Gran Rey de patrullar esta montaña y atrapar a unos mortales para ser usados como aperitivos para él. ¿De dónde vienen ustedes, monjes, que se atreven a alcanzar sus armas para hacerme daño?" "¡Maldita bestia!" gritó Ocho Reglas. "¡Así que no me reconoces! ¡No somos mortales que simplemente pasamos por aquí; somos los discípulos de Tripitaka, el hermano real del Gran Emperador Tang en la Tierra del Este, que por decreto imperial est á viajando al Cielo Occidental a buscar escrituras del Buda. Más vale que te apartes rápido para que podamos pasar, y no alarmes a mi maestro. Entonces te perdonar é la vida. Pero si eres insolente como antes, ¡no habrá clemencia cuando esta azada se levante!"

Ese monstruo-espíritu no permitió más discusión. Se acercó rápidamente, asumió una postura de combate y arañó la cara de Ocho Reglas. Esquivando el golpe, Ocho Reglas atacó de inmediato con su azada. Como el monstruo no tení a armas en las manos, se dio la vuelta y huyó, con Ocho Reglas pisándole los talones. Corriendo hacia la pendiente abajo, el monstruo sacó de debajo de un grupo de rocas un par de cimitarras de bronce, con las que se volvió a enfrentar a su perseguidor. Así que los dos chocaron justo frente a la pendiente de la montaña, cerrándose uno al otro una y otra vez. Mientras tanto, el Peregrino levantó al monje Tang y dijo: "Maestro, no temas. Siéntate aquí y deja que el viejo Mono vaya a ayudar a Ocho Reglas a derribar a ese monstruo para que podamos irnos." Solo entonces Tripitaka logró sentarse; temblando por todo su cuerpo, comenzó a recitar el Sūtra del Corazón, pero no diremos más sobre eso.

Desenfundando el bastón de hierro, el Peregrino gritó: "¡ Atrápalo!" Ocho Reglas atacó de inmediato con aún más ferocidad, y el monstruo huyó en derrota. "No lo perdones," gritó el Peregrino. "¡ Debemos atraparlo!" Blandiendo el bastó n y la azada, los dos persiguieron montaña abajo. En pánico, el monstruo recurri ó al truco del oro de la cícada que lanza su caparazón: se revolcó en el suelo y volvió a tomar la forma de un tigre. El Peregrino y Ocho Reglas no se detuvieron. Al acercarse al tigre, tenían la intención de deshacerse de él de una vez por todas. Cuando el monstruo los vio acercarse, nuevamente se despojó de su propia piel y arrojó la piel sobre una gran roca, mientras su verdadera forma se convertía en un violento soplo de viento que se dirigía de regreso por donde había venido. De repente, al notar al maestro de la ley sentado al lado del camino y recitando el Sūtra del Corazón, lo atrapó y lo llevó consigo montando el viento. ¡ Oh, qué pena que Tripitaka,

El Flote del Río estaba destinado a sufrir a menudo!

¡ Es difícil hacer mérito en la puerta del Buda!

Habiendo llevado al Monje Tang de regreso a la puerta de su cueva, el monstruo detuvo el viento y dijo al que estaba de guardia en la puerta: "Ve a informar al Gran Rey y dile que la Vanguardista Tigre ha capturado a un monje. Espera su orden afuera de la puerta." El Maestro de la Cueva dio la orden de que entrara. El Vanguardista Tigre, con las dos cimitarras de bronce colgando de su cintura, levantó al Monje Tang en sus manos. Avanzó y se arrodilló, diciendo: "¡ Gran Rey! Aunque su humilde oficial no es talentoso, le agradece por otorgarle el honroso mandato de hacer patrullas en la montaña. Me encontré con un monje que es Tripitaka, maestro de la ley y hermano del Trono del Gran Tang en la Tierra del Este. Mientras estaba en su camino a buscar escrituras del Buda, lo capturé para presentárselo aquí para su placer culinario." Cuando el Maestro de la Cueva escuchó esto, se sorprendió un poco. "He escuchado algún rumor," dijo, "de que el maestro de la ley Tripitaka es un monje divino que está en busca de escrituras por decreto imperial del Gran Tang. Tiene bajo su mando a un discípulo cuyo nombre es Peregrino Sun y que posee un poder mágico tremendo y una inteligencia prodigiosa. ¿Cómo lograste atraparlo y traerlo aquí?"

"De hecho, tiene dos discípulos," dijo el Vanguardista. "El que apareció primero usó un rastrillo de nueve puntas, y tenía un hocico largo y orejas enormes. Otro usó una vara de hierro con aros dorados, y tenía ojos de fuego y pupilas de diamante. Mientras me perseguían para atacarme, utilicé el truco de la cícada dorada que lanza su caparazón y no solo logré eludirlos, sino también atrapar a este monje. Ahora lo presento respetuosamente ante el Gran Rey como una comida." "No lo comamos aún," dijo el Maestro de la Cueva.

"Gran Rey," dijo el Vanguardista, "¡solo un caballo sin valor se aparta de la comida lista!" "No has considerado esto," dijo el Maestro de la Cueva.

"No hay nada de malo en comerlo, pero me temo que sus dos discípulos pueden venir a nuestra puerta y discutir con nosotros. En su lugar, atémoslo a uno de los postes del jardín trasero y esperemos tres o cuatro días. Si esos dos no aparecen para molestarnos, entonces podremos disfrutar del doble beneficio de tener su cuerpo limpio y no tener que discutir con nuestras lenguas. Luego podremos hacer lo que queramos con él, ya sea hervido, al vapor, frito o salteado; podremos tomarnos nuestro tiempo para disfrutarlo." Muy complacido, el Vanguardista dijo: "El Gran Rey está lleno de sabiduría y previsión, y lo que dice es muy razonable. Pequeños, lleven al sacerdote adentro."

Siete u ocho demonios corrieron desde los lados y se llevaron al Monje Tang; como halcones que atrapan gorriones, lo ataron firmemente con cuerdas. Así es como ese

Desafortunado Flote del Río en el Peregrino medita;
El dios-monje en dolor recuerda a Wuneng.

"Discípulos," dijo, "no sé en qué montaña están cazando monstruos, o en qué región están sometiendo duendes. Pero he sido capturado por este demonio del cual tengo que sufrir un gran daño. ¿Cuándo nos volveremos a ver? ¡Oh, qué miseria! Si ustedes dos pueden venir rápidamente, tal vez puedan salvar mi vida. Pero si tardan, ¡no sobreviviré!" Mientras lamentaba y suspiraba, sus lágrimas caían como lluvia.

Ahora les contamos sobre el Peregrino y Ocho Reglas, quienes, habiendo perseguido al tigre por la pendiente de la montaña, lo vieron caer y colapsar al pie del acantilado. Levantando su vara, el Peregrino la golpeó contra el tigre con toda su fuerza, pero la vara rebotó y sus manos fueron golpeadas por el impacto. Ocho Reglas también dio un golpe con su rastrillo, y sus puntas también rebotaron. Luego descubrieron que no era más que un trozo de piel de tigre cubriendo una gran losa de piedra. Muy asustado, el Peregrino dijo: "¡Oh, no! ¡Oh, no! ¡Nos ha engañado!" "¿Qué engaño?" preguntó Ocho Reglas. El Peregrino respondió: "Esto se llama el truco de la cícada dorada lanzando su caparazón. Dejó su piel cubriendo la piedra aquí para engañarnos, pero él mismo ha escapado. Regresemos de inmediato para ver al Maestro. Esperemos que no le hayan hecho daño." Se retiraron apresuradamente, pero Tripitaka ya había desaparecido. Aullando como un trueno, el Peregrino gritó: "¿Qué haremos? ¡Se ha llevado al Maestro!" "¡Cielos! ¡Cielos!" lamentó Ocho Reglas, llevando al caballo, mientras las lágrimas caían de sus ojos, "¿a dónde iremos a buscarlo?" Con la cabeza en alto, el Peregrino dijo: "¡No llores! ¡No llores! En el momento en que lloras, ya te sientes derrotado. Deben estar en alguna parte de esta montaña. Vamos a buscarlos."

Los dos realmente se lanzaron montaña arriba, pasando por las crestas y escalando las alturas. Después de viajar durante mucho tiempo, de repente vieron una cueva emergiendo de debajo de un acantilado. Deteniéndose para mirar con cuidado a su alrededor, vieron que era, de hecho, un lugar formidable. Verán:

Un pico puntiagudo como una fortaleza;
Un viejo camino siempre serpenteante;
Pinos azules y bambúes frescos;
Sauces verdes y árboles wu exuberantes;
Rocas extrañas en pares debajo del acantilado;
Aves raras en pares dentro del bosque.
Un arroyo que fluye a lo lejos se derrama sobre un muro de piedras;
El arroyo de la montaña llega a las orillas de arena en pequeñas gotas.
Nubes de desierto en grupos;
Y hierba tan verde como jade.
La astuta zorra y la liebre corren salvajemente;
Ciervos con cuernos y ciervos almizcleros compiten por su fuerza.
Un viejo tronco se despliega en el acantilado;
A media caída del barranco, un cedro antiguo cuelga.
Augusto y grandioso, este lugar supera al Monte Hua;
Las flores que caen y los pájaros cantores rivalizan con Tiantai.

"Estimado Hermano," dijo el Peregrino, "puedes dejar el equipaje en el pliegue de la montaña, donde estará protegido del viento. Luego puedes pastar el caballo cerca y no necesitas salir. Deja que el viejo Mono vaya a pelear con él en su puerta. Ese monstruo tiene que ser capturado antes de que nuestro maestro pueda ser rescatado." "No necesito instrucciones," dijo Ocho Reglas. "¡Ve rápidamente!" Ajustándose la camisa y apretándose el cinturón sobre la falda de piel de tigre, el Peregrino agarró su vara y se lanzó hacia la cueva, donde vio seis palabras en letras grandes sobre la puerta: "Cueva del Viento Amarillo, Pico del Viento Amarillo." Se colocó de inmediato en posición para luchar, con las piernas separadas y un pie ligeramente adelante del otro. Sosteniendo su vara en alto, gritó: "¡Monstruo! ¡Saca a mi maestro de inmediato, o de lo contrario volcaré tu guarida y nivelaré tu morada!"

Cuando los pequeños demonios oyeron esto, cada uno de ellos se aterrorizó y corrió adentro a hacer el informe: "¡Gran Rey, desastre!" El Monstruo del Viento Amarillo, que estaba sentado allí, preguntó: "¿Qué pasa?" "Fuera de la puerta de la cueva hay un monje con boca de dios trueno y cara peluda," dijo uno de los pequeños demonios, "sosteniendo en sus manos una enorme vara de hierro gruesa y exigiendo el regreso de su maestro." Algo temeroso, el Maestro de la Cueva dijo al Vanguardista Tigre: "Te pedí que patrullaras la montaña, y solo debiste haber atrapado algunos búfalos de montaña, jabalíes, ciervos gordos o cabras salvajes. ¿Por qué tuviste que traer de vuelta a un Monje Tang? Ahora hemos provocado a su discípulo para que venga aquí y cree todo tipo de disturbios. ¿Qué haremos?" "No te preocupes, Gran Rey," dijo el Vanguardista, "y pon a descansar tus preocupaciones. Aunque este oficial joven no es talentoso, está dispuesto a llevar a cincuenta soldados allá afuera y traer a ese llamado Peregrino Sun como condimento para tu comida." "Además de los varios oficiales aquí," dijo el Maestro de la Cueva, "tenemos unos setecientos regulares. Puedes elegir tantos de ellos como quieras. Solo si ese Peregrino es atrapado podremos disfrutar de un pedazo de la carne de ese monje con algún consuelo. Y si eso sucede, estoy dispuesto a convertirme en tu hermano de juramento. Pero temo que si no puedes atraparlo, incluso podrías salir herido. ¡No debes culparme entonces!"

"¡Relájate! ¡Relájate! ¡Déjame ir ahora!" dijo el Monstruo Tigre. Contó a cincuenta de los pequeños demonios más fuertes, quienes comenzaron a tocar tambores y agitar banderas. Él mismo tomó las dos cimitarras de bronce y saltó fuera de la cueva, gritando con voz alta: "¿De dónde has salido, tú monje-mono, que te atreves a hacer tanto ruido aquí?!" "¡Bestia desolladora!" gritó el Peregrino. "Tú fuiste el que usó ese truco de lanzar el caparazón para llevarte a mi maestro. ¿Por qué me cuestionas a mí? Más te vale sacar a mi maestro de inmediato, o no perdonaré tu vida." "Tomé a tu maestro," dijo el Monstruo Tigre, "para que pudiera ser servido a mi Gran Rey como carne para su arroz. Si sabes lo que es bueno para ti, aléjate de aquí. Si no, también te atraparé a ti, y serás comido junto con él. ¡Será como 'un artículo gratis con cada compra!'" Cuando oyó esto, el Peregrino se llenó de ira. Con los dientes apretados y los ojos en llamas, levantó su vara de hierro y gritó: "¿Qué gran habilidad tienes, que te atreves a hablar así? ¡No te muevas! ¡Mira esta vara!" Blandiendo sus cimitarras rápidamente, el Vanguardista se volvió para enfrentarlo. Realmente fue una batalla mientras los dos desataban su poder. ¡Qué pelea!

Ese monstruo es verdaderamente un huevo de ganso,
¡Pero Wukong no es menos que un huevo de ganso!
Cuando las espadas de bronce luchan contra el Hermoso Rey Mono,
Es como si los huevos vinieran a golpear piedras.
¿Cómo pueden los gorriones pelear con el fénix?
¿Se atreven las palomas a oponerse a las águilas y halcones?
El monstruo eructa viento—la montaña se llena de polvo;
Wukong escupe niebla y las nubes ocultan el sol.
Luchan no más que cuatro o cinco rondas;
El Vanguardista se debilita, sin fuerza.
Se vuelve en derrota para huir por su vida,
Presionado por Wukong, quien busca su muerte.

No pudiendo resistir más, el monstruo se dio la vuelta y huyó. Pero como hab í a presumido frente al Maestro de la Cueva, no se atrevió a volver a la cueva; en su lugar, huyó hacia la pendiente de la montaña. El Peregrino, por supuesto, no lo dejaría ir; sosteniendo su vara, lo persiguió sin descanso, gritando y llorando por el camino. Al llegar al pliegue de la montaña, que formaba un cortavientos, se le ocurrió mirar hacia arriba, y allí estaba Ocho Reglas pastando al caballo. Al escuchar todos los gritos y alboroto, Ocho Reglas se dio la vuelta y vio que era el Peregrino persiguiendo a un Tigre Monstruoso derrotado. Abandonando al caballo, Ocho Reglas levantó su rastrillo y, acercándose por un lado, lo golpeó con fuerza en la cabeza del monstruo. ¡ Pobre Vanguardista!

¡ Esperaba saltar fuera de la red de cuerdas marrones,
Sin saber que se encontraría con la trampa del pescador!

Un golpe del rastrillo de Ocho Reglas produjo nueve agujeros, de los cuales brotó sangre fresca, y el cerebro de toda la cabeza del monstruo se secó por completo. Tenemos un poema como testimonio de Ocho Reglas, que dice:

Regresando a la Verdad hace algunos años,
Mantuvo una dieta casto para realizar el Verdadero Vací o.
Servir a Tripitaka es su piadoso deseo:
Este, el primer mérito de un nuevo converso budista.

El idiota puso su pie en la espina del monstruo y volvió a bajar el rastrillo sobre él una vez más. Cuando el Peregrino vio eso, se sintió muy complacido, diciendo: "¡ Así se hace, Hermano! Se atrevió a llevar a decenas de pequeños demonios contra mí, pero fue derrotado. En lugar de huir de regreso a la cueva, vino aquí buscando la muerte. Es bueno que estés aquí, de lo contrario, habría escapado de nuevo." "¿Es él quien se llevó a nuestro maestro con el viento?" preguntó Ocho Reglas. "¡ Sí! ¡ Sí!" dijo el Peregrino. "¿Le preguntaste sobre el paradero de nuestro maestro?" dijo Ocho Reglas. "Este monstruo trajo al Maestro a la cueva," dijo el Peregrino, "para ser servido a algún sinvergüenza de Gran Rey como carne para su arroz. Me enojé, luché con él y lo perseguí aqu í para que tú lo terminaras. Hermano, ¡ este es tu mérito! Puedes quedarte aquí guardando el caballo y el equipaje, y déjame arrastrar a este monstruo muerto de regreso a la entrada de la cueva para provocar otra batalla. Debemos capturar al viejo monstruo antes de poder rescatar al Maestro." "Tienes razón, Hermano Mayor," dijo Ocho Reglas. "¡ Ve, ve ahora! Si derrotas a ese viejo monstruo, persíguelo aquí y deja que el viejo Cerdo lo intercepte y lo mate." ¡ Querido Peregrino! Sosteniendo la vara de hierro en una mano y arrastrando al tigre muerto con la otra, volvió a la entrada de la cueva. Así fue que

El maestro de la ley se encontró con monstruos en su prueba;
Sentimiento y naturaleza en paz, los demonios salvajes fueron sometidos.

No sabemos si esta vez logró superar al monstruo y rescatar al Monje Tang; escuchemos la explicación en el próximo capí tulo.

SOBRE EL AUTOR

Wu Cheng'en (1506-1582) fue un novelista y poeta chino de la dinastía Ming, nacido en Huai'an, provincia de Jiangsu. Es ampliamente reconocido como el autor de "Viaje al Oeste" (西游记), una de las cuatro grandes novelas clásicas de la literatura china. Wu Cheng'en se destacó por su talento literario desde joven, y su obra maestra combina elementos de mitología, religión y sátira social. A través de sus escritos, Wu supo capturar la imaginación de los lectores y dejar una huella duradera en la cultura china. Su legado literario sigue siendo celebrado y estudiado en la actualidad.

Made in United States
Troutdale, OR
12/18/2024

26804295R00168